江吏部集注解

甲田利雄著

八木書店

凡　例

一、『江吏部集』は大江匡衡（九五二―一〇一二）の漢詩集である。底本には、木版本群書類従巻第百三十二の江吏部集を用ゐた。

二、本文の讀點は、總て私解により施點した。又、底本に施された傍注等は、これを削り校異に於いてそれを示した。

三、校異も欄に各條に該當する『本朝文粹』『日本詩紀』『本朝麗藻』『朝野群載』『本朝文粹註釋』が見えるものを記した。又、意に據りて私見を加へた。

四、文字は概ね底本に從ひ、正體を原則とした。

令和六年十二月

目次

凡例……一
卷上……一
天部……三
四時部……一二一
地部……一九七
居處部……二六九
卷中……二九一
神道部……二九三
釋教部……三〇四
帝德部……三二四
人倫部……三三二
文部……五〇〇

目　次

音樂部 ……………………………………………………五六七

飲食部 ……………………………………………………五七四

火部 ………………………………………………………五八九

卷下 ………………………………………………………五九三

鳥部 ………………………………………………………五九三

草部 ………………………………………………………五九五

木部 ………………………………………………………五九四

索　引

項目索引 …………………………………………………… 3

事項索引 …………………………………………………… 7

人名索引 ……………………………………………………36

書名索引 ……………………………………………………76

二

江吏部集 巻上

天部

月 付月露　風　雲

雨　雪

四時部

早春　三月三日　暮春

避暑　七夕　雑秋

九月盡　雑冬　除夜

地部

山　原　野

林　海　江

池　氷　泉

水　　水樹

居處部

院　　池臺　　林亭

山居　　田家　　橋

天部

1　月下即事、于レ時、八月十四日、

風爽雲收遊二月下一、誰知明日勝二今宵一、若無二惟月恩光至一、筆路詩場定寂寥、

○**考説**

「即事」

詩題の詞で、其の場の事を詠じた詩題。

「雲收」

雲の散ずる事。

『全唐詩』巻五、王維一、送神、

倏雲收兮雨歇、山青青兮水潺湲、

「惟」

惟《コレ》は發語の助辭。

『文選』巻第一、班孟堅(固)、兩都賦、靈臺詩、

習習祥風、祁祁甘雨、百穀蓁蓁、庶草蕃廡、屢惟《コレ》豐年、於《ア、》皇《オホキニ》樂胥、良曰、習習、祁祁、風雨和貌、百穀庶草、謂レ非二一種一也、蓁蓁、蕃廡、皆盛貌、屢、數也、言能使二風雨以レ時、百穀草木皆盛一、故數致二豐年一、於、美也、美二我皇家之樂一、胥、助語、

「筆路」

『玉海』辭學指南、作文法、

李漢老曰、爲レ文之法、有二筆力一、有二筆路一、

筆路は文脈の意。

○大　意

風は爽やかで雲も散じ、月光を賞でゝ遊ぶ。誰が明日の方が今宵より月のながめがよいと知らう。若しこの月の恩がなければ、定めし文場も詩宴も、寂漠たるものであらう。

2

(1)　八月十五夜、江州野亭[1]、對レ月言レ志、

去年八月十五夜、營二吏務一以在二尾州一、今年八月十五夜、事二湯藥一以在二江州一、不レ見二漢宮之月一、不レ見二梁園之月一、不レ聞二鳳琴之聲一、不レ聞二龍笛之聲一、我雖レ假二風月之[2]名一、於二風月之席一、因緣猶[3]淺明矣、是風骨之鮫之令レ然也、是月將之駑之令レ然也、定知、翰林主人獨二歩於文場一、醉鄉先生鷹二揚於酒城[4]一、（域イ）

○校　異

①「八月十五夜、江州野亭」＝『本朝文粋』卷第八、「仲秋三五夕於江州野亭」に作る。②「之」＝『本朝文粋』なし。③「猶」＝『本朝文粋』なし。④「城」＝『本朝文粋』「域」に作る。

○考　説

「營二吏務一以在二尾州一」

『中古歌仙三十六人傳』に據れば、匡衡は正暦三年（九九二）正月廿日と、長保三年（一〇〇一）正月廿四日との、二度尾張權守に任じられたとある。

又、『類聚符宣抄』第八、任符、には、寛弘七年（一〇一〇）六月八日付の、「請下殊蒙二天恩一因二准傍例一不レ待二本任放還一給二任符一赴中任國上狀」と云ふ匡衡の奏狀が見え、それには、寛弘六年正月に尾張守に任じられ、十月廿八日着任、今年（寛弘七年）丹波守遷任の由が見られる。して見ると匡衡が尾張の權守・守に任じられたのは三度となる。この中、長保三年の任尾張權守については、『本朝文粹』巻第七、奏狀下、書狀、に、藤原行成に宛てた、長保三年三月三日付の書狀があり、その中には、赴任に際して溫諭の勅語を賜はり、駿駒を賜はり、侍讀の榮に浴し、今や、國守・侍讀・東宮學士・文章博士・式部權大輔・御書所別當の六官を經帶し、榮耀恩澤不レ能レ不レ陳、この歡喜恐悅を、天聽に達してほしいと述べてゐる。この書狀を見る時、本詩の序の「官冷齡仄」「員外郎遊二外土一亦無レ妨」の句とはそぐはない。恐らく初度尾張權守に任じられた時を指すものと考へられる。

「湯藥」

『晉書』列傳第三、王祥傳、

王祥字休徵、琅邪臨沂人、（中略）祥性至孝、早喪レ親、繼母朱氏不レ慈、數譖レ之、由レ是失二愛於父一、毎使レ掃二除牛下一、祥愈恭謹、父母有レ疾、衣不レ解レ帶、湯藥必親嘗、母常欲二生魚一、時天寒氷凍、祥解レ衣、將レ剖レ氷求レ之、氷忽自解、雙鯉躍出、持レ之而歸、

「漢宮之月」

漢の宮殿の月。特定の宮殿を指さず、禁中の月の意である。漢宮之月を見ずとは、禁中の観月の宴に參侍し得ぬ事。

『全唐詩』巻四、呉少微、怨歌行、

城南有二怨婦一、含レ情傍二芳叢一、自謂二八時、歌舞入二漢宮一、皇恩數流眄、承レ幸玉堂中、

「梁園之月」

梁の孝王の園、別に兎園とも云ふ。

『史記』巻之五十八、梁孝王世家第二十八、

梁孝王武者、孝文皇帝子也、而與二孝景帝一同母、母竇太后也、（中略）孝王竇太后少子也、愛レ之、賞賜不レ可レ勝レ道、於レ是孝王築二東苑一、方三百餘里、廣二睢陽城一七十里、

『西京雑記』巻第二、

梁孝王好下營二宮室苑囿一之樂上、作二曜華之宮一、築二兎園一、

梁園之月を見ずとは、親王家の詩宴に陪し得ぬ事を云ふ。

「鳳琴」

『全唐詩』巻四、張紘、行路難、

君不レ見相如綠綺琴、一撫一拍鳳凰音、

右の紘の詩では、琴で鳳凰音をかなでる事になる。次に掲げる琴賦の句は、琴に鳳形を施して飾る事になる。

『文選』巻第十八、嵆叔夜（康）、琴賦、

鏤《エリ》レ會《ヌイメヲ》褭《ツヽム》レ厠《ツキメヲ》、朗密調均、華繪彫琢、布レ藻垂レ文、銑曰、鏤、謂斤《ヲノヲ以テ》去二木之中一也、會、合縫也、褭レ厠、謂二相比密緻一也、朗密、謂二大小一也、華繪、彫琢、布藻、垂文、皆謂二文采飾一也、

錯《マシフルニ》以二犀象一、藉《シクニ》以二翠綠一、紘以二園客之絲一、徽以二鍾山之玉一、善曰、列仙傳曰、園客（注、李善の引いた列仙傳は不詳。今、『述異記』を引き掲げる。「園客者濟陰人、貌美、邑人多欲レ妻レ之、客終不レ娶、常種二五色香草一、積二十餘年一、服二食其實一、忽有二五色蛾一、集二香草上一、客薦レ之以レ布、生二華蠶一焉、至二蠶時一有二一女一、自來助養レ蠶、以二香草一食レ之、得レ繭一百二十枚、繭大如レ甕、如二一繭一繅六七日、絲方盡繅訖、此女與レ客俱神仙去、」）翰曰、錯、雜也、言雜以二象牙犀角一、布以二翠綠之色一、園客濟陰人也、養二蠶百頭一、繭皆大如レ甕、繅二繭之絲一、六十日乃盡、言取二此絲一爲レ紘、以レ玉爲レ徽、鍾山出レ玉處、爰有二龍鳳之象、古人之形一、善曰、西京雜記曰、趙后有二寶琴一、曰二鳳皇一、皆以二金玉一隱起、爲二龍螭鸞鳳、古賢列女之象一、

『説苑』脩文、に、黄帝が伶倫に詔して、音律を定めさせた話があり、伶倫は自ら嶰谷の竹を取り、鳳鳴に合はせて十二律を定めたとあるやうに、鳳聲は多く管樂器によつてなされるものと考へられる。この詩の鳳琴も、琴の音色を鳳聲と考へるより、鳳飾の琴の音色と考へるのが自然であらう。

「龍笛」

『全唐詩』巻二十五、章碣、癸卯歲、毘陵登高會中貽二同志一、

流落常嗟二勝會稀一、故人相遇菊花時、鳳笙龍笛數巡酒、紅樹碧山無限詩、

『文選』巻第十八、馬季長（融）、長笛賦、

近世雙笛、從レ羌起、羌人伐レ竹未レ及レ已、龍鳴二水中一不レ見レ已、截レ竹吹レ之聲相似、

尚ほ、『樂府詩集』巻第五十、に龍笛曲が見える。それに『古今樂錄』を引いて、「蓋因三聲如二龍鳴一而名曲」と注してゐる。

「風月」

『杜工部集』巻十五、吹笛、

江吏部集 上（2(1)）

吹笛秋山風月清、誰家巧作二断腸聲一、風飄律呂相和切、月傍二關山一幾處明、

『朝野群載』巻第二、文筆中、獻物、

右天満自在天神、或鹽二梅於天下一、輔二導一人一、或日三月於天上一、照二臨万民一、就レ中文道之大祖、風月之本主也、（下略）

寛弘九年六月廿五日　　正四位下行式部大輔兼文章博士丹波守大江朝臣匡衡

「假二風月之名一」

かりそめに、文人の名を得て居る。

「風骨」

文章の風體、風は文の主題で、骨は表現。

『文心雕龍』風骨、

詩揔二六義一、風冠二其首一、（注、毛詩の大序に、風・賦・比・興・雅・頌の六義を説くに據る。）斯乃化感之本源、志氣之符契也、是以怊悵述レ情、必始二乎風一、沉吟鋪レ辭、莫レ先二於骨一、故辭之待レ骨、如二體之樹一レ骸、情之含レ風、猶二形之包一レ氣、結言端直、則文骨成焉、意氣駿爽、則文風生焉、若豐藻克瞻《ヨクユタカナル》、風骨不レ飛、則振《フルフ》レ采失レ鮮、負レ聲無レ力、

「鮫」

鮫はさめで、さめの皮の様に風骨が粗く、緻密でないのに譬へる。

「月將」

將はすゝむ。月毎に進歩する意。

『詩經』周頌、敬之、

維予小子、不㆓聽敬㆒止、日就月將、學有㆑緝㆓熙于光明㆒、佛時仔肩、示㆓我顯德行㆒、小子、嗣王也、將、行也、光、廣也、佛、大也、仔肩、克也、箋云、緝熙、
光明也、佛、輔也、時、是也、仔肩、任也、群臣戒㆓成王㆒、以㆓敬㆑之敬㆑之、故承㆑之以㆑謙云、我小子耳、不㆑聽㆓達於敬㆑之敬㆑之之
意㆒、日就月行、言㆑當㆓習㆑之以積浸㆒也、且欲㆑學㆘於有㆓光明㆒之光明者㆖、謂㆓賢中之賢者㆒也、輔佛是任、示㆓道我㆒、以㆓顯明之德行㆒、
是時自知未㆑能㆑成㆓文武之
好㆒、周公始有㆓居㆑攝之志㆒、

「駑」

駑はにぶいと讀む。

「翰林主人」

『職原鈔』上、大學寮、

文章博士二人、相當從五位下、
唐名翰林學士、又云㆓翰林主人㆒、

『文選』卷第九、揚子雲（雄）、長楊賦、

雄從至㆓射《セキ》熊館㆒、還《トキニ》上㆓長楊賦㆒、聊因㆓筆墨之成㆓文章㆒、故藉《カリテ》㆓翰林㆒以爲㆓主人㆒、子墨爲㆓客卿㆒、以諷、善曰、韋昭曰、翰、筆

也、翰林、文翰之多若㆑林也、詩大雅曰、有㆑壬《ヲヽヒナル》有㆑林是也、此云林卽文翰林、猶㆓儒林之義㆒也、胡廣云、博
士爲㆓儒雅之林㆒、是也、（中略）翰曰、言㆑林比㆓其茂㆒也、子者男子之通稱、借以爲㆓主客㆒而諷焉、藉、借也、

「文場」

『文心雕龍』總術、贊、

文場筆苑、有㆑術有㆑門、務先㆓大體㆒、鑑必窮㆑源、乘㆑一摠㆑萬、擧㆑要治㆑繁、思無㆓定契㆒、理有㆓恆存㆒、（注、文卽ち韻を持つた作の場でも、韻をふまない筆の作の場でも。）

文場は詩宴の席。

「醉鄉先生」

『唐書』巻一百九十六、隠逸列傳第一百二十一、王績傳、

王績字無功、絳州龍門人、（中略）游二北山東皐一、著レ書自號二東皐子一、乘レ牛經二酒肆一、留或數日、高祖武德初、以二前官一待二詔門下省一、故事、官給レ酒日三升、或問、待詔何樂邪、答曰、良醞可レ戀耳、侍中陳叔達聞レ之、日給二一斗一、時稱二斗酒學士一、貞觀初以レ疾罷、復調《メサル》二有司一、時太樂署史焦革家善釀、績求レ爲レ丞、吏部以二非流一不レ許、績固請曰、有二深意一、竟除レ之、革死、妻送レ酒不レ絕、歲餘又死、績曰、天不レ使三我酣二美酒一邪、棄レ官去、自レ是太樂丞爲二清職一、追二述革酒法一爲レ經、又采二杜康儀狄以來善レ酒者一爲レ譜、李淳風曰、君酒家南董也、所居東南有二盤石一、立二杜康祠一祭レ之尊爲レ師、以レ革配、著二醉鄉記一、以次二劉伶酒德頌一、其飲至二五斗一不レ亂、人有二以レ酒邀《ムカヘル》者一、無二貴賤一輒往、著二五斗先生傳一、

「鷹揚」

『詩經』大雅、大明、

維師尚父、時維鷹揚、涼二彼武王一、師、大師也、尚父、可レ尚可レ父、鷹揚、如二鷹之飛揚一也、涼、佐也、箋云、尚父、呂望也、尊稱焉、鷹、鷙鳥也、佐二武王一者、爲二之上將一、

『文選』巻第四十二、曹子建（植）、與二楊德祖一書、

昔仲宣獨二步於漢南一、孔璋鷹二揚於河朔一、善曰、仲宣在二荊州一、故曰二漢南一、孔璋廣陵人、在二冀州一、袁紹記室、故曰二河朔一、仲長子昌言曰、清如二冰碧一、潔如二霜露一、輕二賤世俗一、高立獨步、此士之次也、毛詩曰、惟師尚父、時惟鷹揚、翰曰、漢南、荊州也、鷹揚、謂文體抑揚如二鷹之飛揚一也、朔、北也、

鷹が空高く飛揚する樣に、ずばぬけてゐる事。

「酒城」

『吳地記』

魚城之西有二故城一、長老云、築以二醴酒一、今俗人呼レ之爲二苦酒城一、皮日休、有二酒城詩一、

『全唐詩』巻二十三、皮日休四、酒中十詠中、

酒城

萬仞峻爲レ城、沈酣浸二其俗一、香侵井幹過、味染濠波渌、朝傾踰二百榼一、暮壓幾千斛、吾將隷二此中一、但爲二閽者一足、

この詩では、酒城は酒場又は詩酒の場の意。

○**大　意**

去年八月十五夜、國司の吏務の爲め、尾張の國に居た。今年八月十五夜は、療養を目的として江州に居る。從つて禁中の観月の宴にも預らず、又親王家の観月の宴にも召されない。鳳琴の音を聞く事もなく、龍笛の聲も聞かず、花やかな宴に洩れて寂漠の極みである。自分はかりそめに文人の名を得てゐるが、文人達の詩宴の席に與かる事は未だ多くない。これは我が詩文の風骨が粗雜な爲めであり、又日進月歩と云ふ努力がにぶい爲めである。おそらく、文章博士は今都で、文場に花々しく活躍し、醉郷先生達は、詩酒の席に思ふ存分にはゞたいてゐよう。

2 (2) 於レ是[1]、性[2]慵病侵、官冷齡仄、姓[3]江翁望二江樓一亦有レ便、員外郎遊二外土一亦無レ妨、所二貫[4]持一者、祖父養生方[5]三卷、坐臥巻舒、[6]相[7]隨者、愚息起居郎一人、晨昏左右、纒二宿霧一而獨居、遙隔二青雲之路一、向二明月一而閑詠、自爲二白雪之歌一、嗟乎、[8]才智不二玄々一、[9]鬢髪爲二白々一、[10]身無二餘潤一、不レ恥二子貢之問一レ病、志在二閑居一、欲レ學二陶潛之歸一レ田、聊題二翫月之篇句一、暫慰二淩[11]風之心情一云爾、

○校　異

①「於是」＝『本朝文粋』「方今」に作る。　②「性」＝『本朝文粋』「情」に作る。　③「姓」＝『本朝文粋』「性」に作る。　④「所賁」＝底本「賁」に作り、所なし。『本朝文粋』に據り改む。　⑤「方」＝『本朝文粋』「抄」に作る。　⑥『本朝文粋』「所」あり。　⑦「隨」＝『本朝文粋』「從」に作る。　⑧「乎」＝『本朝文粋』「呼」に作る。　⑨「才智不玄々」＝『本朝文粋』「心事日日衰」に作る。　⑩「爲白々」＝『本朝文粋』「星星薄」に作る。　⑪「淩」＝『本朝文粋』「緩」に作る。

○考　説

「慵」

ものういと讀む。

『白氏長慶集』巻十六、香爐峯下新卜二山居草堂一初成、偶題二東壁一、五首の中、
日高睡足猶慵レ起、小閣重レ衾不レ怕レ寒、遺愛寺鐘欹レ枕聽、香爐峯雪撥レ簾看、

「仄」

かたむく、又はくれると讀む。

『文選』巻第三十七、孔文擧（融）、薦二禰衡一表、
勞二謙日仄《クレタルニ》一、翰曰、日仄、日晩也、

『藝文類聚』巻二十九、人部十三、別上、梁簡文帝、餞二廬陵內史王脩一應令詩、
餞レ行臨二上節一、開レ筵命二羽觴一、廻池瀉二飛棟一、濃雲垂二畫堂一、疎槐未レ合レ影、仄《カタムケル》日暫流レ光、

「江樓」

『杜工部詩集』巻十五、秋興八首の中、

千家山郭静二朝暉一、日日江樓坐二翠微一、信宿漁人還汎汎、清秋燕子故飛々、匡衡抗䟽功名薄、劉向傳經心事違、

大江匡衡は、或は杜甫の此の詩を意識したか。「姓江翁望江樓亦有便」は、大江と江樓と字の關はりを擧げた卽意の遊びか。

「員外郎」

権官の意。

「賫」

音はセイ。もたらす。齎と同じ。

『史記』巻之八十七、李斯列傳第二十七、

陰遣二謀士一、齎二持金玉一、以游二説諸侯一、

「養生方三巻」

『日本國見在書目録』卌七、醫方家、

養性方一、許先生撰、

『本朝書籍目録』

養生抄　七巻　輔仁撰、

「巻舒」

『文選』巻第五十七、顔延年（延之）、陶徴士誄、

哲人巻舒、布《シイテ》在二前載一、取レ鑒《カヽミ》不レ遠、吾規《ノリ》子佩《ヲヒタリ》、善曰、西征賦曰、蘧與レ國而舒巻、西征賦曰、多識二前世之載一、毛詩曰、殷監不レ遠、翰曰、哲人巻舒、謂蘧伯玉邦有レ道則仕、邦無レ道則巻而懐レ之、此事布在二於前代載籍一、取レ鑒不レ遠、故凡所二規諫一、子皆佩服也、

巻舒は國に道あれば、才をのべ、國に道なければ、才をかくすこと。才をかくすと示すと云ふ事であるが、この序では、養生方を披いたり、とぢたりと云ふ事、養生方を繙く事。

「愚息」

不詳。大江擧周ではなかろうか。

「起居郎」

『職原鈔』上、中務省、

内記局、唐名云二内史局一、又云二柱下一、

大一人、相當正六位上、近代五位、唐名柱下起居郎、

「宿霧」

『文選』巻第三十、陶淵明（潜）、詠二貧士一、

朝霞開二宿霧一、衆鳥相與飛、銑曰、早朝夜氣已開、衆鳥皆飛、喩下衆人各有上所二營爲一也、朝霞、謂二早時一、宿霧、謂二夜氣一也、

この序では宿痾の意。

「青雲」

『文選』巻第四十五、揚子雲（雄）、解レ嘲、

當レ途者、升二青雲一、失レ路者、委二溝渠一、旦握レ權、則爲二卿相一、夕失レ勢、則爲二匹夫一、

『文選』卷第二十一、顏延年(延之)、五君詠の中、阮始平(始平太守、阮咸、字仲容)、

仲容青雲器、實稟二生民秀一、善曰、青雲、高遠也、史記太史公曰、(伯夷列傳)夫閭巷之人、欲レ砥レ行立レ名者、非レ附二青雲之士一、惡能施二於後代一哉、禮記曰、人者五行之秀、廣雅曰、秀、美也、翰曰、青雲器、高大者也、

「白雪之歌」

『文選』卷第四十、陳孔璋(琳)、答二東阿王(曹植)一牋、

夫聽二白雪之音一、觀二綠水之節一、然後、東野巴人蚩鄙益著、善曰、宋玉諷賦曰、臣援レ琴而鼓レ之、爲二幽蘭白雪之曲一、淮南子曰、手會二綠水之趣一、高誘曰、綠水、古詩也、東野、下里之音也、宋玉對問曰、客有下歌二於郢中一者上、其始曰二下里巴人一也、濟曰、白雪綠水、楚之上曲也、比二植文一也、東野巴人、楚之下曲、琳自比二其文一、見二植文之美一、而覺二已文之惡一矣、

『文選』卷第四十五、宋玉、對二楚王問一、

客有下歌二於郢中一者上、其始曰二下里巴人一、國中屬《ツイテ》而和者、數千人、其爲二陽阿薤露一、國中屬而和者、數百人、其爲二陽春白雪一、國中屬而和者、不レ過二數十人一、引レ商刻レ羽、雜以二流徵一、國中屬而和者、不レ過二數人一而已、翰曰、下里巴人、下曲名也、陽春白雪、高曲名也、

『樂府詩集』卷第五十七、琴曲歌辭、白雪歌、徐孝嗣、

謝希逸琴論曰、劉涓子善鼓レ琴、制二陽春白雪曲一、琴集曰、白雪、師曠所レ作、商調曲也、唐書樂志曰、白雪、周曲也、張華博物志曰、白雪者、太帝(常カ)使三素女鼓二五十弦瑟一曲名也、高宗顯慶二年、太常言、白雪琴曲、本宜レ合レ歌、今依二琴中舊曲一、以二御製雪詩一、爲二白雪歌辭一、又古今樂府、奏二正曲一之後、皆別有二送聲一、乃取二侍臣許敬宗等和詩一、以爲二送聲一、各十六節、六年二月、呂才造二琴歌白雪等曲一、帝亦製二歌辭十六章一、皆著二於樂府一、

「玄々」

玄は深遠の意で、玄々は極めて深遠の事。

『文選』卷第四十三、孔德璋（稚珪）、北山移文、
談二空空於釋部一、覈《アキラム》二玄玄於道流一、善曰、蕭子顯齊書曰、顒（注、周顒、字彦倫、顒ハ、ギヨウ）汎渉二百家一、長二於佛理一、著二
三宗論一、兼善二老易一、釋部、內典也、漢書曰、道家流者、出二於史官曆記成敗存亡禍福古今之
道一也、翰曰、空空、以レ空明レ空也、釋部、謂二佛經一也、
覈、考也、玄玄、謂二玄之又玄一也、道流、謂二老子一也、

『老子』第一、體道、
玄之又玄、衆妙之門、

「餘潤」

『世說新語』排調第二十五、
范啓與二郗嘉賓一書曰、子敬（王獻子）擧體無二饒縱一、掇《トル》レ皮無二餘潤一、郗答曰、擧體無二餘潤一、何二如擧體非レ眞者一、范性矜假《キョウカ》
多煩、故嘲レ之、（注、范啓が尊大で虛飾の多いのを嘲ける。）

身に餘潤が無いとは、體が潤ひがなく、ひからびた事を云ひ、匡衡の體に健全なる張りがなくなつた事。

「不レ恥二子貢之問レ病一」

『本朝文粹註釋』卷第八、大江匡衡の序の注に、柿村氏は『莊子』を引いてゐる。

『南華眞經注疏解經』讓王第二十八、
原憲居二魯環堵之室一、茨《フクニ》以二生草一、蓬戸不レ完、桑以爲レ樞、而甕牖二室、褐以爲レ塞、上漏下濕、匡《タヽシク》坐而絃、疏
原憲孔子弟子、姓原名忠、字憲也、周環各一堵、謂二之環堵一、猶二方丈之室一也、以レ草蓋レ室、謂二之茨一也、褐、粗衣也、匡、正也、
原憲家貧、室唯環堵、仍以レ草覆レ舍、桑條爲レ樞、蓬作二門扉一、破甕爲レ牖、夫妻二人各居二一室一、逢二雨濕一、而絃歌自娯、知レ命安レ貧、
所二以
然一也、子貢乘二大馬一、中レ紺而表レ素、軒車不レ容レ巷、往見二原憲一、疏子貢孔子弟子、名賜、能二言語一、好二榮華一、其軒蓋
是白素、裏爲二紺色一、車馬高大、故巷道不レ容也、原
憲華冠、縰《フミ》レ履杖レ藜而應レ門、疏縰、躡也、以二華皮一爲レ冠、用二藜藿一
爲レ杖、貧無二僕使一、故自應レ門也、子貢曰、嘻先生何病、原憲應レ之曰、憲聞レ之、

無レ財謂二之貧一、學而不レ能レ行、謂二之病一、今憲貧也、非レ病也、子貢逡巡而有二愧色一、踈嘻、嘆聲也、逡巡、却退貌也、以レ儉繫レ奢、故懷二慙愧之色一、

愿憲笑曰、夫希レ世而行、比周而友、學以爲レ人、教以爲レ己、仁義之慝輿馬之飾、憲不レ忍レ爲也、踈慝、姦惡也、飾、莊嚴也、

夫趨レ世候レ時、希二望富貴一、周旋親比、以結二朋黨一、自來二名譽一、學以爲レ人、多覔二矜束脩一、教以爲レ己、託二仁義一以爲二姦慝一、飾二車馬一以爲二衒矯矜夸一、君子耻レ之不レ忍レ爲レ之也、

「陶潛之歸田」

『晉書』列傳第六十四、隱逸、陶潛傳、

郡遣二督郵至レ縣、(注、陶潛時に彭澤縣令であつた。)吏白、應二束帯見レ之、潛歎曰、吾不レ能下爲二五斗米一折レ腰、拳拳事中鄉里小人上邪、義熈二年、解レ印去レ縣、乃賦二歸去來一、

『歸去來』の中に次の様な句がある。(『文選』による。)

僮僕歡迎、稚子候レ門、三徑就レ荒、松菊猶存、攜レ幼入レ室、有レ酒盈レ罇、引二壺觴一以自酌、眄二庭柯一以怡レ顏、倚二南窓一以寄傲、審二容膝之易安一、園日涉以成レ趣、門雖レ設而常關、策扶レ老以流憩、時矯レ首而遐觀、

「淩風」

『文選』巻第二十四、陸士衡(機)、贈二馮文羆一、

苟無二淩レ風翮一、徘徊守二故林一、

『文選』巻第二十九、古詩十九首の中、

亮《マコトニ》無二晨風翼一、焉能淩レ風飛、善曰、爾雅曰、晨風、鸇也、莊子曰、鵲淩レ風而起、良曰、亮、信也、晨風、鳥名、飛、疾也、信無此鳥疾翼一、何能陵レ風而飛、以隨レ夫去、

○大　意

今や自分は、性情が慵惰である上、病に侵され、官職も低く、年齢も老にせまつた。姓が大江であるから、杜甫

の様に江樓に對座して山景を望むも緣があり、又官は權官であるから、京洛を離れても妨がない。隨身した物は、祖父傳來の養生方三卷で、絕えず繙いてゐる。我に伴はれ來た者は、愚息內記が一人。朝な夕なに、身邊に侍してゐる。宿痾にとりつかれ、この地に獨居し、全く青雲に昇る道から遠ざかつた。一人明月に向つて、閑かに詠じ、自ら白雪の歌と自負してゐる。嗟乎、我は才智も乏しく、又頭髮も眞白となり、體はうるほひを缺いてひからびて來た。子貢が原憲に病かと尋ね、憲に病の本質を教へられた故事とは異り、正に病羸そのものである。我志は閑居にある。陶潛の樣に官職を全く離れ田園に歸りたい。ともあれ翫月の一篇を詠じて、一まづ本來なら風にのつて官界にはゞたき心情をなぐさめる。

2(3)賓客不レ來僮僕去、獨看二山月一不レ堪レ秋、村童邑老莫レ輕レ我、天祿帝師宰二此州一、

○**考　說**

「天祿帝師」

　天祿は圓融天皇の年號。

『尊卑分脈』に據れば、大江齊光を「冷泉《花山イ》・圓融・一条」の三代の侍讀としてゐる。又『公卿補任』天元四年（九八一）、に據れば、天祿四年（九七三）正月廿八日に、大江齊光は近江守に任じられてゐる。齊光は匡衡の叔父に當る。

○**大　意**

　來客もなく、又しもべも去つた。たゞ獨り山月をながめて、又秋愁に堪へがたい。我が叔父の圓融帝の侍讀たりし齊光が、此近江國の國守であるから、村童も村老も、皆我を輕んずる事がないけれども。

3
暮秋、左相府東三條亭[1]、守二庚申一、同賦三池水浮二明月一詩、以レ澄[2]爲レ韻、
詩情緣レ底大蒸[3]仍、蓮府秋池浮月澄、碧浪金波應レ合レ體、綠蘋紅桂是親朋、洲晴舞鶴疑レ廻レ雪、底徹遊魚似レ上レ氷、多[4]歳追從文墨客、明時愧三獨事二無能一、一本、多歳追從文墨事、向明自愧[5]獨無能、

○校　異

①「亭」＝『日本詩紀』「第」に作る。②「以澄」＝『日本詩紀』「澄字」に作る。③「大蒸」＝『日本詩紀』「太承」に作る。④『日本詩紀』④以下は一本の本文を用う。⑤「愧」＝『日本詩紀』「媿」に作る。

○考　説

「東三條亭」

『拾芥抄』諸名所部、
　東三條（一カ）、四條院誕生所、或重明親王家云々、二條南ノ町西、南北二町、忠仁公家、貞（信カ）仁公、大入道殿傳領、長久四四卅燒失、

「暮秋云々、守庚申」

『御堂關白記』寛弘二年九月條、
　十五日、庚寅（申）、從レ朝天晴、參內、卽退出、上達部七八人許・殿上人會合、守二庚申一、有二作文事一、題二池水後（浮カ）明月一、韻澄、（下略）

「以レ澄爲レ韻」

　澄は下平聲十蒸韻。

「緣底」
『色葉字類抄』奈、疊字、
　緣底ナニ、ヨテカ、
緣底は、なに、よりてかと讀む。
『玉葉』文治元年十二月廿七日條、
　於二此事一者、依二無レ理又無レ例、緣底忘二當時後代之禍亂一、可レ被レ行二古今無レ例之新儀一哉、

「大蒸仍」
『周禮』卷三十、夏官、司馬政官之職、司勳、
　凡有レ功者、銘二書于王之大常一、（注、大常は日・月・交龍を畫いた天子の旗。）祭二于大烝一、司勳詔之、
　銘之言名也、生則書二于王旌一、以識三其人與二其功一也、死則於レ烝二先王一祭レ之、詔、謂下告二其神一以ょ辭也、盤庚告二其卿大夫一曰、玆予大享二于先王一、爾祖其從與享レ之是也、今漢祭二功臣於廟庭一、
「仍」は『漢書』武帝紀、元朔六年、に、「今大將軍仍《シキリニ》復克獲、師古曰、仍、頻也、」とあるやうに、しきると讀む。
「大蒸仍」の意は不詳であるが、大蒸を頻繁に行ふ意、家臣への賜宴を頻りに開く意と考へる。

「蓮府」
蓮幕と同じく大臣亭を意味し、又大臣をも指す。
『南史』列傳第三十九、庾杲之傳、
　安陸侯蕭緬、與レ儉書曰、（注、王儉は尙書左僕射、齊武帝永明三年、王儉の宅に學士館を開き、四部書を悉く置き、儉の家を府と爲した。）盛府元僚、寔難二其選一、庾景行汎二淥水一、依二芙蓉一、何其麗也、時人以レ入二儉府一、爲二蓮花池一、故緬書美レ之、

『全唐詩』巻二十二、李頻二、初離二黔中一泊二江上一、

去去把二青桂一、平生心不レ違、更蒙二蓮府辟一、兼脱二布衣一歸、霽岳明二殘雪一、清波漾二落暉一、無窮幽鳥戲、時向二棹前一飛、

「緑蘋」

『白氏長慶集』巻二十九、池上清晨、候二皇甫郎中一、

曉景麗未レ熱、晨飈鮮且涼、池幽緑蘋合、霜潔白蓮香、

緑蘋は緑の浮草。

「紅桂」

『全唐文』巻七百八、李德裕、平泉山居草木記、

木之奇者、有天台之金松琪樹、稽山之海棠榧檜、剡溪之紅桂厚樸、

『全唐詩』巻十八、李德裕、

紅桂樹、此樹、白花、紅心、因以爲レ號、

『佩文韻府』

石桂、山海經注、沈括筆談補曰、莽草、花紅色、如二杏花一、六出反卷、向レ上、中心有二新紅蘂一、倒垂下、漢間漁人採以搗レ飯飼レ魚、皆翻上、乃撈二取之一、南人謂二之石桂一、唐人謂二之紅桂一、

「廻雪」

風に翻る雪。又舞姿。

『白氏長慶集』巻三、新樂府、胡旋女、

胡旋女胡旋女、心應レ絃手應レ鼓、絃鼓一聲雙袖擧、廻雪飄颻轉蓬舞、

「遊漁似レ上レ氷」

『禮記』第六、月令、

東風解レ凍、蟄蟲始振、魚上レ冰、正義曰、（中略）魚上レ冰者、魚當二盛寒之時一、伏二於水下一、逐二其溫暖一、至二正月陽氣既上一、魚游二於水上一、近二於冰一、故云二魚上レ冰也、

「文墨」

『文選』巻第二十九、劉公幹（楨）、雜詩、

職事煩塡委、文墨紛消散、善曰、漢書、功臣皆曰、蕭何徒恃二文墨一、顧居二臣上一、銑曰、言事煩塡二積於目前一也、文墨、謂二案牘一、紛亂而多、或見二消散一、謂二疏理一也、

この文墨は文書の意。

『文選』巻第三十一、江文通（淹）、雜體詩三十首の中、劉文學感遇楨、

謬蒙二聖主私一、託二身文墨職一、善曰、洞簫賦曰、蒙二聖主之渥恩一、鄭玄禮記注曰、私レ之、猶レ言レ恩也、劉楨雜詩曰、職事相（マヽ）塡委、文墨紛消散、翰曰、謬、誤也、聖主謂二文帝一也、言誤蒙二聖恩一、私及二於己一、得レ爲二文墨之職一、謂爲二平原侯庶子一、

文墨はこの詩では文筆・文學を意味し、匡衡の詩も亦、文筆諸家を意味する。

○大　意

左大臣道長公は詩情が深く、その爲めか頻繁に詩宴を催される。東三條亭の秋池は澄み、明月が浮いた樣に映じてゐる。池表では碧浪の金波とが、融け合つてゐる樣に觀じられ、又綠色の水草が、岸邊の紅桂と實によく調和してゐる。よく晴れた洲の鶴は、風に舞ふ雪かと思はれる程に、白鶴が舞ひ、池の水は澄徹して、群遊の魚が氷の上

に游ぐ様に思はれる。自分は多年文筆諸家の後に從つて、文學に努めて來たが、この聖明の世に、自負に足る能のない事を恥ぢる。

4(1) 七言、歳暮於二藤少侯書齋一守二庚申一、同賦三明月照二積雪一、各分二一字一應レ教一首、探二得庭字一、并序、

夫去二三尸一學二九轉一者、彼大聖之玄風也、賞二花下一讌二月前一者、我少侯之素意也、是故惜二景物於流年一、命二觴詠於良夜一、鳳閣鸞臺之客、刷二羽翮一以影從、打鉢刻燭之家、蓄二聲華一以響應、彼伯禽之居レ周也、纔得二商子一而問レ禮、霍禹之在レ漢也、未レ知下守二庚申一而言上レ詩、今之掩レ古、不レ教而成者也、

○考　說

「庭」

庭は下平聲九青韻、又去聲二十五徑韻にも用う。

「藤少侯」

不明。

「庚申」

『新儀式』第四、臨時、

御庚申事、

若有二御庚申事一、藏人奉レ仰、裝二束東孫廂南五間東頭一、立二御屛風一、其內鋪レ疊爲二王卿侍臣之座一、內藏寮弁二備酒饌一、賜二之侍臣一、又進二碁手一、先獻二御料物一、分二男女房一、王卿依レ召候二御前一、御厨子所供二菓子干物御酒一、終夜之間、有二打摴之事一、或有二賦詩獻歌之事一、及二于曉一、更令三侍臣奏二絃管一、遲明給レ祿有レ差、

『琅邪代醉編』巻之五、姓名隱僻、

人身中有二三尸一、上尸淸姑、中尸白姑、下尸血姑、每月庚申甲子日、言二人過于上帝一、一曰、三尸謂二之三彭一、上尸彭踞、中尸彭躓、下尸彭蹻、

『塵袋』一、

一、庚申ニハ夜ルネブラズト云フ、何ノ心ゾ、　人ノムマル、ヨリ、三尸ト云フ物アリテ、身ヲハナレズ、人ヲ害セントス、庚申ノ夜、人ノ罪過ヲ天ニ告グ、上尸ハ人ノ頭ニ居シ、眼ヲクラクシ、面ノシハヲタ、ミ、髮ノイロヲ白クナサシム、中尸ハ腸中ニ居テ、五臟ヲ損シ、惡夢ヲナシ、飮食ヲコノマシム、下尸ハ足ニヰテ命ヲウバヒ、精ヲナヤマス、庚申ノ夜、ネブラズシテ、三尸ノ名ヲヨベバ、禍ヲノゾキ、福ヲキタス、老子三尸經ニ見エタリ、夜半ノ後チ、南ニ向テ再拜シテ曰、上尸又彭俗青色、中尸白色、下尸又彭矯赤色、彭侯子、彭常子、命兒子、悉入二窈冥之中一、去二離我身一、ト三反トナフベシ、古語云、三守二庚申一三尸伏、七守二庚申一三尸滅云々、是ニヨリテ七庚申ヲマホルトナル歟、

尚ほ、『醫心方』二十六、去二三尸一方第八、には、「大淸經曰、三尸其形頗似レ人、長三寸許、」とある。

「九轉」

『抱朴子』金丹巻、

神丹

一轉之丹、服レ之三年得レ僊、（二轉より八轉迄略す。）九轉之丹、服レ之三日得レ僊、

若取二九轉之丹一、內二神鼎中一、夏至之後、爆レ之、鼎熱翕然煇煌俱起、神光五色、卽化爲二還丹一、取而服レ之一刀圭、卽白日昇レ天、又九轉之丹者、封二塗之於土釜中一、糠火、先文後武、其一轉《ヨリ》至二九轉一、遲速各有二日數多少一、以レ此知レ之耳、其轉數少則用レ日多、其藥力不レ足、故服レ之用レ日多、得レ僊遲也、其轉數多、藥力盛、故服レ之用レ日少、而得レ僊速也、（注、九轉は九度煉る事。）

「大聖之玄風」

深遠なる老荘の道。大聖は老子荘子を指す。

『文選』巻第五十、沈休文（約）、宋書謝靈運傳論、

在二晉中興一、玄風獨扇、爲レ學、窮二於柱下一、博物、止二乎七篇一、馳二騁文辭一、義殫二於此一、善曰、續晉陽秋曰、正始中、王弼何晏好二莊子玄勝之談一、而俗遂貴焉、銑曰、玄、道、扇、盛也、柱下、謂二老子一、爲二周柱下史一、制二道德經五千言一、博、大也、七篇、謂莊周著レ書、內篇有レ七也、言中興之後人承二王弼何晏之風一、學者義理盡二於莊老一、殫、盡也、

「景物」

『全唐詩』巻三、杜審言、望春亭侍レ遊應詔、

堯樽隨二步輦一、舜樂遶二行麾一、萬壽禎祥獻、三春景物滋、

「流年」

過ぎゆく年月。

『杜工部詩集』巻十八、雨、

兵戈浩未レ息、蛇虺反相顧、悠々邊月破、鬱々流年度、

「惜二景物於流年一」

年が過ぎ行くにつれて、景物が移り變るのを惜しむ。

「鳳閣」

『唐書』巻四十七、百官志第三十七、中書省、

光宅元年、改二中書一曰二鳳閣一、

『職原鈔』上、

中務省、當二唐中書省一、又號二鳳閣一、

『文選』巻第三十、謝靈運、擬二魏太子鄴中集詩一八首の中、平原侯植、

朝遊登二鳳閣一、日暮集二華沼一、向曰、鳳閣、內省也、華沼、謂二宴樂之處一、沼、池也、

「鸞臺」

『唐書』巻四十七、百官志第三十七、門下省、

垂拱元年、改二門下省一、曰二鸞臺一、

「鳳閣鸞臺之客」

顯官貴紳の事。

「刷二羽翮一」

翮は羽の莖。羽翮で羽の事。刷はかいつくろふと讀み、理める意である。

『文選』巻第三十、沈休文(約)、和二謝宣城一、

將隨二渤澥一去、刷《カイツクロイテ》レ羽汎二清源一、

『文選』巻第三十、沈休文(約)、詠二湖中鴈一、

刷レ羽同二搖漾一、善曰、搖漾、飛皃也、濟曰、刷、理也、

貴紳達が衣服を整へて參集する意。

「影從」

影從は景從に同じ。

『文選』巻第五十一、賈誼、過秦論、

天下雲會而響應、贏《ニナツテ》レ糧而景從、善曰、莊子曰、今使四民曰三某所有二賢者一、贏レ糧而趣レ之、方言曰、贏、擔也、音盈、銑曰、如二雲之會一、如二響之應一、贏レ糧、擔二軍糧一也、景從、如二影之隨一レ形也、

貴紳達が陸續として集まるを云ふ。

「打鉢刻燭之家」

『南史』列傳第四十九、王僧孺、

蕭文琰蘭陵人、丘令揩吳興人、江洪濟陽人、竟陵王子良、嘗夜集二學士一、刻レ燭爲二詩四韻一者、則刻一寸、以レ此爲レ率、文琰曰、頓燒二一寸燭一、而成二四韻詩一、何難之有、乃與二令揩江洪等一、共打二銅鉢一立レ韻、響滅則詩成、皆可二觀覽一、

『南史』列傳第十二、王泰傳、

每レ預二朝宴一、刻レ燭賦二詩文一、不レ加レ點、帝深賞歎、

打鉢刻燭之家とは、詩文作成に練達した人々の意。

「聲華」

『文選』卷第三十六、任彦升（昉）、宣德皇后令、

客二游梁朝一、則聲華籍甚、善曰、（中略）漢書曰、梁孝王來朝、從二游說之士一、相如見而說レ之、客二游梁朝一、（中略）漢書曰、陸賈游二漢庭公卿間一、名聲藉甚、音義或曰、狼藉甚盛也、銑曰、客二游梁朝一、謂比下漢朝司馬相如枚乘之徒、游二於梁孝王門一、聲名籍中甚於天下上、（下略）

「響應」

『文選』卷第四十四、陳孔璋（琳）、檄二吳將校部曲一文、

故每レ破二滅疆敵一、未四嘗不三務在二先レ降後一レ誅、拔レ將取レ才、各盡二其用一、是以立レ功之士、莫レ不二翹《ツマタテ》レ足引レ領《クビヲ》望レ風響應一、善曰、（中略）孔安國曰、若二影之隨一レ形響之應一レ聲、向曰、言我以レ降爲レ先、以二誅戮一爲レ後也、拔レ將取レ才、謂有二文武才一、皆濟二用之一也、翹、擧也、言立レ功之士、擧レ足引望二我皇風化一、如二響之應一レ聲而來一也、

「彼伯禽之居レ周云々」

伯禽は周公旦の子。周文王の子に武王あり、武王の弟が周公旦である。

『史記』卷之三十三、魯世家、

（周公の曰く、）武王蚤終、成王少、（中略）於レ是卒相二成王一、而使三其子伯禽代就二封於魯一、

『說苑』卷之三、建本、

伯禽與二康叔封一、朝二于成王一、見二周公一、三見而三笞、康叔封、周武王同母少弟、衞康叔也、康叔有二駭色一、謂二伯禽一曰、有二商子者一、賢人也、尚書大傳註、商子卽商容、與レ子見レ之、康叔封與二伯禽一、見二商子一曰、某某也、日吾二子者、朝二乎成王一見二周公一、三見而三笞、其說何也、商子曰、二子盍三相與觀二乎南山之陽一、山南謂レ陽、有レ木焉、名曰レ橋、二子者往觀二乎南山之陽一、見

レ橋、竦焉實而仰、竦焉、恭也、反以告二乎商子一、商子曰、橋者父道也、商子曰、二子盍三相與觀二乎南山之陰一、山北謂レ陰、有レ木焉、名曰レ梓、二子者往觀二乎南山之陰一、見レ梓、勃焉實而俯、反以告二商子一、商子曰、梓者子之道也、尚書大傳註、橋梓、喩二父子尊卑一也、二子者、明日見二乎周公一、入レ門而趨、登レ堂而跪、周公拂二其首一、勞而食レ之曰、安見二君子一、二子對曰、見二商子一、周公曰、君子哉商子也、

「商子」

傳未詳。商容の事で、『史記』巻之三、殷本紀、に、

周武王遂斬二紂頭一、縣二之白旗一、殺二妲己一、釋二箕子之囚一、封二比干之墓一、表二商容之閭一、索隱曰、皇甫謐云、商容與二殷人一、觀二周軍之入一、則以爲二人名一、鄭玄云、商家樂官知二禮容一、所三以禮署稱二容臺一、

「霍禹」

霍禹は霍光の子、漢の昭帝の時代の博陸侯、後謀反に據り要斬せらる。霍禹には詩文に關はる記述が見えぬ。

○大　意

彼の三尸をさけて庚申の夜を徹するとか、九轉の丹を錬る事を學ぶとか云ふ事は、中國の老莊の深遠な道である。花を賞で月をながめて宴遊すると云ふ事は、我が少侯の本々の好みである。されば過ぎ行く年月と共に、移り變る景物を惜しみ、月の爽やかな夜、人々を集めて詩酒の宴を張られるわけである。顯官貴紳が、夫々に威儀を正して、陸續として集まり、詩文の道に錬達して、各々その道の名聲を帶びた人々が、聲に應ずる様に招きこたへた。彼の周公の息子伯禽は、商容に據つて父子の禮を示され、武勇の譽れたかき霍去病の弟霍光の子霍禹は、漢に在つて豪奢を極めたが、何れも庚申を守つて詩宴を張行する事は知らなかつた。現今にして古へを求めたづねれば、別して

教へを受けなくとも、古實を踐み行ふものである。

4(2)于レ時、積雪凝レ色、月照添レ光、蒼々兮易レ迷、疑レ襲二齊紈於楚練之冷一、皎々兮難レ辨、誤レ對二鸞鏡於鶴髮之寒一、至二夫雪時乘レ月以遠往、月夜遇レ雪以閑遊一、輕棹容與、王子猷之舟移レ影、繁絃咽レ流、阮嗣宗之琴照レ聲者也、既而、坐客興久、梁雞唱頻、醉後入レ鄕、追二笑右軍之會一、詞皆遇レ境、快二飛左賢之文一、匡衡腐木之螢、經レ歲適扇二累葉於儒風一、愚谷之鶯、待レ春唯望二歡華於惠露一、云爾、

○**考　說**

「蒼々」

蒼白い月光。

『全唐詩』卷十八、李紳二、晏安寺、

寺深二松桂一無二塵事一、地接二荒郊一帶二夕陽一、啼鳥歇時山寂寂、野花殘處月蒼蒼、

「襲二齊紈於楚練之冷一」

『文選』卷第二十七、班婕妤、怨歌行、

新裂二齊紈素一、鮮絜如二霜雪一、善曰、（中略）李斐曰、紈素、爲二冬服一、范子曰、紈素、出レ齊、荀悅曰、齊國獻二紈素絹一、天子爲二三官服一也、翰曰、紈素、細絹出二於齊國一、

『全唐詩』卷三、劉希夷、擣衣篇、

燕山遊子衣裳薄、秦地佳人閨閤寒、欲下向二樓中一縈中楚練上、還來二機上一裂二齊紈一、

あくまでも白い積雪に、さえた月光があたり、霜雪の様な齊の紈素と、白く冷い感じのする楚の練絹との様な思ひがする。

「皎々」

『文選』巻第二十九、古詩十九首の第七首、

明月皎《テラシ》二夜光一、促織鳴二東壁一、善曰、春秋考異郵曰、立秋趣織鳴、宋均曰、趣織、蟋蟀也、立秋女功急、故趣レ之、禮記曰、季夏蟋蟀居レ壁、

『文選』巻第二十九、古詩十九首の第十九首、

明月何皎皎、

「鸞鏡」

『異苑』

罽賓王一鸞（注、番を割かれた一方の鸞。）三年不レ鳴、夫人曰、聞二見レ影則鳴一、懸レ鏡照レ之、鸞覩レ影悲鳴、中宵一奮而絶、（注、鸞鏡の語源である。）

『全唐詩』巻三、駱賓王一、代二女道士王靈妃一贈二道士李榮一、

龍飈去去無二消息一、鸞鏡朝朝減二容色一、君心不レ記下山人、妾欲空期二上林翼一、

この詩では、單に鏡の意。

「鶴髮」

『庾子山集注』巻一、賦、竹杖賦、

噫子老矣、鶴髮雞皮、蓬頭歷齒、鶴髮、白髮也、雞皮、言二其縐一也、莊子曰、蓬頭、突鬢、登徒子好色賦曰、蓬頭攣耳、齞脣歷齒、說文曰、歷猶レ疎也、

「夫雪時乘レ月以遠徃、云々」

『晉書』列傳五十、王徽之傳、（注、王徽之は王羲之の子。）

徽之字子猷、性卓犖不羈、（中略）嘗居二山陰一、夜雪初霽、月色清朗、四望皓然、獨酌レ酒、詠二左思招隱詩一、忽憶二戴逵一、逵時在レ剡、便夜乘二小船一詣レ之、經レ宿方至、造レ門不レ前而反、人問二其故一、徽之曰、本乘レ興而來、興盡而反、何必見二安道一邪、雅性放誕好二聲色一、

「容與」

『文選』卷第三十三、屈平（原）、九章、

船容與而不レ進兮、淹《トヾマッテ》二回水一而疑滯、逸曰、疑、惑也、滯、留也、言士衆雖三同レ力引二櫂船一、猶不レ進、隨二水流一使二已疑惑一、有レ意レ還之者也、銑曰、容與、徐動皃、淹、留也、回水、回流也、疑滯者、戀二楚國一也、

「阮嗣宗」

『晉書』列傳第十九、阮籍傳、

阮籍字嗣宗、陳留尉氏人也、（中略）籍容貌瓌傑、志氣宏放、傲然獨得、任性不羈、而喜怒不レ形二於色一、或閉レ戸視レ書、累月不レ出、或登二臨山水一、經レ日忘レ歸、博覽二群籍一、尤好二莊老一、嗜レ酒能嘯、善彈レ琴、當二其得意一、忽忘二形骸一、時人多謂二之癡一、（注、阮籍は禮俗之士を見るには白眼、氣に入つた人は青眼で迎へた。）

「梁雞」

典據不詳。

『南齊書』列傳第二十二、張融傳、張融（張思光）の海賦、

沙嶼相接、洲島相連、東西蕩濶、如レ滿二于天一、梁禽楚獸、胡木漢草之所レ生、

「醉後入レ郷」

醉鄕氏の國に入る。

「右軍之會」

『晉書』列傳卷第五十、王羲之傳、（注、王羲之は字逸少、隷書に秀でた。右軍將軍會稽内史となり、王右軍と稱す。東晉永和の頃の人、五十九歲で卒す。）

羲之雅好二服食養性一、不レ樂レ在二京師一、初渡二浙江一便有二終焉之志一、會稽有二佳山水一、名士多居レ之、謝安未レ仕時亦居焉、孫綽李充許詢支遁等、皆以二文義一冠レ世、並築二室東土一、與二羲之一同レ好、嘗與二同志一宴二集於會稽山陰之蘭亭一、羲之自爲二之序一、以申二其志一曰、永和九年、歲在二癸丑一、暮春之初、會二于會稽山陰之蘭亭一、脩二禊事一也、群賢畢至、少長咸集、此地有二崇山峻嶺、茂林脩竹一、又有二淸流激湍一、映二帶左右一、引以爲二流觴曲水一、列二坐其次一、雖レ無二絲竹管絃之盛一、一觴一詠、亦足三以暢二敍幽情一、是日也天朗氣晴、惠風和暢、仰觀二宇宙之大一、俯察二品類之盛一、所三以游レ目騁レ懷、足三以極二視聽之娛一、信可レ樂也、（中略）或以二潘岳金谷詩序一、方二其文一、羲之比二於石崇一、聞而甚喜、（中略）又嘗在二蕺山一、見下一老姥持二六角竹扇一賣上レ之、羲之書二其扇一、各爲二五字一、姥初有二慍色一、因謂レ姥曰、但言二是王右軍書一、以求二百錢一邪、姥如二其言一、人競買レ之、他日姥又持レ扇來、羲之笑而不レ答、其書爲レ世所レ重、皆此類也、

「遇レ境」

『白氏長慶集』卷十九、新昌新居書レ事四十韻、因二寄元郎中張博士一、

等間栽二樹木一、隨レ分占二風煙一、逸致因レ心得、幽期遇レ境牽、

境界に遇ふ。詠詩の場に臨む。

「左賢之文」

典據不明。

左賢の左は、或は三都賦を作った左思(太沖)か。『晉書』晉傳六十二、にその經歷が見える。

『莊子』

鳳鳥之文、戴聖嬰仁、右智左賢、

「腐木之螢」

『禮記』第六、月令、

腐草爲レ螢、

『全唐文』卷一百九十七、駱賓王、螢火賦、

化二腐木一而含レ彩、集二枯草一而藏レ烟、不レ貪レ熱而苟進、毎和レ光而曲全、

「愚谷」

不明。

「歡華」

『韓愈』

歡華不レ滿レ眼、咎責塞二兩儀一、

『白樂天』

天上歡華春有眼、世間漂泊海無邊、

「惠露」

『文選』卷第五十九、沈休文(約)、齊故安陸昭王碑文、

惠露霑レ吳、仁風扇レ越、善曰、陸機謝二成都王一牋曰、慶雲惠露止二於落葉一、良曰、恩惠仁德如二露之霑潤、風之扇動一也、吳越、二國名、緬爲二吳郡會稽二太守一故也、（注、蕭緬、字景業、）

○大　意

時に積雪は眞白で、その上を月が照らして、月光と雪色とが青白く融け合つて見え、恰も霜雪の樣な齊の紈素と、白い冷い感じのする楚の練絹とが對應してゐる思ひがする。あくまでも白一色で、雪と月光との分岐が見取りにくゝ、鏡に映つた白髮の樣な感がある。昔晉の王徽之が、雪晴れて冴えた明月に誘はれて、小船に乘つて棹も輕く、剡に住む戴逵の所へ、ゆら〳〵とゆられて、會ひに行つた話を想ひ起す。又琴の名手阮籍の琴の音色にも似た絃聲が、月光をあびたやり水の流れに協和してゐる。既に一坐の客も宴の興に永い時間ひたり、曉を告げる雞の時の聲が頻り、人々も醉つて醉鄉氏の國に居る樣だ。人々は今夜の詩宴は王羲之の蘭亭の會にまさるものと斷じ、夫々に境にふさはしい左思を思はせる名文を綴つた。自分は腐木から生まれる螢の如く、永年にわたつて、たま〳〵我家代々の儒業に從つて來たが、全く愚谷の鶯で、詩文の名聲も揚げず、徒に春を待ち、惠露のめぐみで歡ばしい華を咲かせたいと期するばかりである。

5

(1)　八月十五夜、陪二員外藤納言書閣一、同賦三月照二牕前竹一、應レ敎、以レ探之、幷序、

公孫弘曰、虎豹馬牛者、禽獸之不レ可レ制者也、及二敎訓一服二習之一、到下可二牽持駕服一、唯人之從上、彼

毛群猶如レ此、何況於二人倫一乎、是故我納言、歎二學之不一レ講、惜二道之欲一レ衰、開二玉府一以集二縑緗一、臨二瑤池一以擬二洙泗一、遂使下道德仁義之囿、歌二湛露兮子來一、禮學儒雅之林、慕中清風兮親附上、昔鄭玄之觀レ書八千卷、漢史以爲二美談一、張華之載レ書三十車、晉朝推二其好學一、彼皆爲二獨善一一也、曾無二兼濟汎愛之意一、是卽爲レ澄二清天下一也、既作二化レ民成一レ俗之源一、凡厥長二育人才一、使三詩人無二素飡之譏一、不二亦悅一乎、

○考　説

「探」

探は下平聲十三覃韻。

「員外藤納言」

不明であるが、藤原頼通かと考へられる。

「公孫弘曰云々」

『漢書』卷之五十八、公孫弘傳、

公孫弘、菑川薛人也、少時爲二獄吏一、有レ罪免、家貧牧二豕海上一、年四十餘、乃學二春秋雜說一、（中略）弘對曰、愚臣淺薄、安敢比二材於周公一、雖レ然、愚心曉然見三治道之可二以然一也、夫虎豹馬牛、禽獸之不レ可レ制者也、及二其教馴一、服二習之一、至レ可三牽持駕服一、唯人之從、

「服習」

『文選』巻第四十、呉季重(質)、在二元城一與二魏太子一牋、

都人士女、服二習禮教一、

聽從して習熟する意。

「牽持」

『漢書』巻之七十八、蕭望之傳第四十八、

光(霍光)既誅二桀(上官桀)等一、後出入自備、吏民當レ見者、露索《アラハニサクリ》去二刀兵一、兩吏挾持、(注、見参に入らんとする人あれば、服を脱しさせ、武器を持つを許さず、二人の吏員に兩挾を持たせる。)望之(蕭)獨不二肯聽一、自引出レ閤曰、不レ願レ見《マミヘンコヲ》、吏牽持匈匈、(注、吏員は望之を引連れたまゝ、何とも仕様がなく、唯がや〳〵さわいでゐる。)光聞レ之

告レ吏、勿レ持、

「駕服」

『詩經』小雅、采薇、

戎車既駕、四牡業業、業業壯也、

駕は車に馬をつける事。駕服はおとなしく車につく事。

「玉府」

『周禮』巻六、天官、冢宰治官之職、

玉府、掌二王之金玉玩好兵器、凡良貨賄之藏一、共二王之服玉佩玉珠玉一、

玉府は周の官名。

『文選』巻第十四、顔延年(延之)、赭白馬賦、

祕寶盈二於玉府一、

右は禁中の府庫、又は庫の美稱。

「縑緗」

縑は生絹、緗は、『釋名』釋采帛、に、「緗、桑也、如二桑葉初生之色一也、」とあり、淺黃色・淺黃色の絹。縑緗は黃蘗を以て淺黃に染めた絹で、蟲害をさけ、書物の表裝に用ゐる。それに據り書物を意味する。

『全唐詩』卷二十、鄭薰、贈二鞏疇一

楊靜几硯潔、帙散縑緗明、

『全唐文』卷一百九十八、駱賓王二、上二兗州刺史一啓、

頗遊二簡素一、少閲二縑緗一、毎蟋蟀凄吟、映二素雪於書帳一、

「瑤池」

『文選』卷第十四、鮑明遠(照)、舞鶴賦

朝戲二於芝田一、夕飲二乎瑤池一也、善曰、十洲記曰、鍾山、在二北海之中一、地仙家數千萬、耕レ田種二芝草一、課二計頃畝一穆天子傳曰、天子觴二王母于瑤池之上一、向曰、言鶴朝夕遊戲、飲二啄於中一也、

「洙泗」

『文選』卷第五十三、李蕭遠(康)、運命論

雖下仲尼至聖、顔冉大賢、善曰、家語、冉有曰、孔子者大聖、兼二該文武一並通、又曰、顔回字子淵、以二徳行一著レ名、孔子稱二其賢一、又曰、冉求字子有、以二政事一著レ名、性多二謙退一、揖二讓於規矩之內一、闇中闇於洙泗之上上、不レ能レ遏《タツ》二其端一、善曰、論語曰、孔子朝與二上大夫一言、闇闇如也、孔安國曰、闇闇、中正之皃、禮記、曾子謂二子夏一曰、吾與レ汝事二夫子於洙泗之間一、鄭玄曰、洙泗、魯水名也、史記曰、甚哉魯之衰也、洙泗之間、闇闇如也、桓子新論曰、遏二絶其端一、其命在レ天也、良曰、道之不レ行、雖二至賢一、揖讓規矩、亦不レ能レ遏二絶澆浮之端一也、闇闇、和樂皃、洙泗、二水名、孔子講レ道之所也、

擬二洙泗一は、孔子が洙泗の間に在つて、道を講じたのに學ばんとする事。

「囿」

『太平御覽』卷第一百九十六、居處部二十四、苑囿、

風俗通曰、苑、蘊也、言薪蒸所二蘊積一也、

又曰、囿者、畜二魚鱉一之處也、囿猶レ有也、

『詩經』大雅、靈臺、

王在二靈囿一、麀鹿攸伏、囿、所三以域二養禽獸一也、天子百里、諸侯四十里、靈囿、言二靈道行二於囿一也、麀、鹿牝也、

『文選』卷第四十八、揚子雲(雄)、劇秦美新、

是以、發《ヒラキ》二祕府一、覽二書林一、遙集二乎文雅之《ソノ》囿一、翱二翔乎禮樂之場《ニハ》一、

「湛露」

『詩經』小雅、湛露、

湛露、天子燕二諸侯一也、燕、謂二與レ之燕飮一レ酒也、諸侯朝覲會同、天子與レ之燕、所三以示二慈惠一、湛湛露斯、匪レ陽不レ晞、興也、湛湛、露茂盛貌、陽、日也、晞、乾也、露雖二湛湛然一、見レ陽則乾、

箋云、興者、露之在レ物湛湛然、使二物柯葉低垂一、喩下諸侯受二燕爵一、其威儀有中似レ醉之貌上、諸侯旅二酬之一、則猶然、唯天子賜レ爵則貌變、肅敬承レ命、有レ似二露見レ日而晞一、

『文選』卷第三十一、江文通(淹)、雜體詩、張司空離情華、

願垂二湛露惠一、信二我皎日期一、濟曰、湛露、能潤二澤於物一、喩二天之恩惠一、皎日、謂二言誓一也、願垂二恩惠一、信二我此心一、

「子來」

『詩經』大雅、靈臺、（注、靈臺について、天子有二靈臺一者、所下以觀二祲象一、察中氣之妖祥上也、）

經始（注、靈臺を造營する事。）勿レ亟、庶民子來、箋云、亟、急也、度二始靈臺之基止一、非レ有二急成レ之意一、衆民各以三子成二父事一、而來攻レ之、（注、攻は作。）

『文選』卷第四十四、鍾士季（會）、檄レ蜀文、

比年已來、曾無二寧歲一、征夫勤瘁、難三以當二子來之民一、此皆諸賢、所レ共二親見一也、銑曰、比、近也、無二寧歲一、謂レ不レ安也、勤、勞、瘁、病也、子來、謂レ如二父有レ事而子自來助レ之也、言以二勞病之卒一、不レ可レ敵二我子來之兵一也、諸賢、蜀將吏也、親見、見二事宜一也、

「儒雅」

立派な儒學。立派な儒學者。

『文選』卷第五十二、韋弘嗣（曜）、博弈論、

勇略之士則受二熊虎之任一、儒雅之徒則處二龍鳳之署一、善曰、熊虎、猛捷故以譬レ武、龍鳳、五彩故以喩レ文、（中略）蘇武答二李陵一書曰、其於二學人一、皆如レ鳳如レ龍、向曰、熊虎喩レ猛也、龍鳳喩二文章一也、署、謂二文學之司一也、

「親附」

心服する。したしみなつく。

『漢書』卷之六十四上、嚴助傳、

淮南王安、上書諫曰、陛下臨二天下一、布レ德施レ惠、緩二刑罰一薄二賦斂一、哀二鰥寡一恤二孤獨一、養二耆老一振二匱乏一、盛德上隆、和澤下洽、近者親附、遠者懷レ德、天下攝然、孟康曰、攝、安也、人安二其生一、自以沒レ身不レ見二兵革一、

「鄭玄之云々」

觀書八千卷の典據は不明。

『後漢書』卷第三十五、列傳二十五、鄭玄傳、

鄭玄字康成、北海高密人也、（中略）玄少爲二鄕嗇夫一、（前書曰、鄕有二嗇夫一、掌三聽レ訟收二賦稅一也、）得二休歸一常詣二學官一、不レ樂レ爲レ吏、父數怒レ之不レ能レ禁、遂造二太學一受レ業、師二事京兆第五元先一、始通二京氏易公羊春秋三統歷九章筭術一、（三統歷、劉歆所レ撰也、九章筭術、周公作也、（中略））又從二東郡張恭祖一、受二周官禮記左氏春秋、韓詩古文尙書一、以三山東無二足レ問者一、乃西入レ關、因二涿郡盧植一、事二扶風馬融一、融門徒四百餘人、升レ堂進者五十餘生、融素驕貴、玄在二門下一三年、不レ得レ見、乃使下高業弟子傳中授於玄上、玄日夜尋誦、未二嘗怠倦一、會下融集二諸生一考中論圖緯上、聞二玄善レ筭、乃召見二於樓上一、玄因從質二諸疑義一、問畢辭歸、融喟然謂二門人一曰、鄭生今去、吾道東矣、（前書曰、田何受（授）二易於丁寬一、學成寬東歸、何謂二門人一曰、易東矣、）

鄭玄は、「身長八尺、飮レ酒一斛、秀眉明目、容儀溫偉、」で、詩經・周禮・儀禮・禮記以下の注を著し、建安六年（二〇一）六月、七十四歲で卒した。

「張華之載書三十車」

『晉書』列傳第六、張華傳、

張華字茂先、范陽方城人也、（中略）華學業優博、辭藻溫麗、朗瞻多通、圖緯方伎之書、莫レ不二詳覽一、少自脩謹、造次必以二禮度一、勇二於赴レ義、篤二於周レ急、器識弘曠、時人罕二能測レ之、（中略、注、華、吳を討つの功あり、廣武縣侯に封ぜられる。後荀勗の讒により、外鎭に出され、護鳥桓校尉安北將軍に移され、邊境を治めて功あり。後壯武郡公に封ぜられる。後倫秀と隙あり、讒を以て勅により害せられる。時に六十九歲。晉の武帝・惠帝の時代の人。）雅愛二書籍一、身死之日、家無二餘財一、惟有二文史一、溢二于机篋一、嘗徙レ居、載二書三十乘一、（注、華の鷦鷯賦は阮籍を嘆ぜしめ、これにより華は名を知られた。又『博物志』十篇等の著がある。）

「獨善」

『孟子』盡心章句上、

古之人、得レ志澤加二於民一、不レ得レ志修レ身見二於世一、窮則獨善二其身一、達則兼善二天下一、（古之人得二志君國一、則德澤加二於民人一、不レ得レ志、謂三賢者不二遭遇一也、見、立也、獨治二其身一以立二於世間一、不レ失二其操一也、是故獨善二其身一、達、謂レ得レ行二其道一、故能兼善二天下一也、

「一二」

『淮南子』卷十一、齊俗訓、

夫一者、至貴、無レ適二於天下一、

並ぶもの無く秀れてゐる事。

「兼濟」

『文選』卷第三十八、任彥昇(昉)、爲二范始興一、作求レ立二太宰碑一表、

道非二兼濟事一、止《タヾ》樂レ善、亦無二得而稱一焉、善曰、周易曰、智周二萬物一、而道濟二天下一、（中略）向曰、言小才能之人非二大道兼濟之事一、且獨樂二一善一者、亦不二得可一レ稱、而況大者乎、

『周易』繫辭上、韓康伯註、

知周二乎萬物一、而道濟二天下一、故不レ過、知周二萬物一、則能以レ道濟二天下一也、

「汎愛」

『論語』學而、

子曰、弟子入則孝、出則弟、謹而信、汎愛レ衆而親レ仁、行有二餘力一、則以學レ文、

「化レ民成レ俗」

『禮記』第十八、學記、

君子如《モシ》欲二化レ民成一レ俗、其必由レ學乎、

民を善化して、良い風俗を作りあげる。

「長育」

『左傳』昭公二十五年、

爲二溫慈惠和一、以效《ナラフ》二天之生殖長育一、

「素飡」

飡は飱の俗字。

『文選』巻第四十一、楊子幼（惲）、報二孫會宗一書、

已負二竊位素飱之責一久矣、善曰、論語曰、臧文仲其竊レ位者歟、知二柳下惠之賢一、而不二與立一、毛詩曰、彼君子兮不二素飡一兮、銑曰、竊、偸也、素、猶レ空也、言不レ能二宣レ化輔レ遺、是偸二安官位一、食二天子之祿一也、已負二此責一久矣、

『詩經』魏風、伐檀、

彼君子兮、不二素粲一兮、素、空也、箋云、彼君子者、斥《サス》二伐レ檀之人一、仕有レ功、乃肯受レ祿、

○大　意

公孫弘が言つた。虎豹馬牛は、何れも制禦し難い獸である。併し、よく教へ込み、よく言ふ事を聞く様にしつけ、おとなしく車に着く様に順せば、唯もう人に從ふものであると。あの毛だものでさへ、かうしたものである。況して人間は尙更である。それ故に、我が納言は、學を講ずる事がすたれ、道が衰へかけたのを歎き、御庫を開放して典籍を集められ、御庭の池に臨んで、恰も孔子が洙水・泗水の邊で、三千の徒に經を解いたのに倣はれた。かくて道德仁義の重んぜられる場に、湛露の惠を謳歌して人士が集まり、禮學儒學が講ぜられる場に、淸風を慕つて諸人が親しみつどふ様になつた。昔鄭玄が八千卷の書を繙いた話は、漢史に美談として稱へ傳へられ、張華が三十車に充ちる藏書があつた事は、晉書に好學の範として推賞されてゐる。彼等は夫々に、學の道に於いて、獨善を極めた

逸物であるが、曾て、人民を兼濟博愛する事には、必ずしも意を用ゐなかつた。我が納言が、この様に書閣を開放せられるのは、天下をして清澄ならしめんが爲めである。人民を善導し、良風を築きあげる基をなされた。この様に人才を育て、詩人達を素飡の譏を受けぬ様にして下された事は、誠に悦ばしい事である。

5(2)方今秋天瑟々、夕漏沈々、昔年八月十五夜、曲江池畔杏園邊、今年八月十五夜、横街巷南竹牕前、感二清景之難一レ逢、賞二孤蕀之可一レ翫、至下夫映二紅紗一而蒙籠、抽二碧玉一而照耀上、烟色變以雪鬢暗催、加二此君於三友之外一、雨聲晴而風襟不レ靜、望二常娥於蓄妓之中一者也、于レ時門下獨有二不遇者一、歩二邯鄲一而遺レ恨、交二紈綺一而多レ慙、霜臺者吾昔所レ歴也、忝仰二廻顧於驄馬之跡一、水閣者君今所レ樂也、自得二羽翼於鸞鶴之群一、用與二不用一也、冀莫レ厭二一毛遂一、云レ爾、

○考　說

「瑟々」

瑟々は、風のさびしい聲。

『文選』巻第二十三、劉公幹（楨）、贈二従弟一、

亭亭山上松、瑟瑟谷中風、向曰、亭亭、高皃、瑟瑟、風聲、風聲一何盛、松枝一何勁《ツヨキ》、向曰、勁、堅也、

「夕漏」

『全唐詩』巻二一、張文恭、七夕、

含レ情向二華幄一、流態入二重闈一、歡情夕漏盡、怨結曉驂歸、誰念分二河漢一、還憶兩心違、

夕漏は、夕方の時間。

「沈々」

『全唐詩』巻四、張若虛、春江花月夜、

江水流春去欲レ盡、江潭落月復西斜、斜月沈沈藏二海霧一、碣石瀟湘無レ限路、

『文選』巻第三十一、江文通（淹）、雜體詩、謝光祿郊遊莊、

翠山方藹藹、青浦正沈沈、濟曰、藹藹、盛貌、沈沈、深靜貌、

「曲江池畔」

『白氏長慶集』巻十七、八月十五日夜湓亭望レ月、

昔年八月十五夜、曲江池畔杏園邊、今年八月十五夜、湓浦沙頭水館前、

「曲江池」

『讀史方輿紀要』巻五十三、陝西二、西安府、長安縣、咸寧縣、

曲江池、

在二今府城東南一、漢武帝時鑿、其水曲折似二嘉陵江一、因名、唐志、朱雀街東第五街、皇城東第三街、其南有二曲江池一、周六七里、亦名芙蓉池、本秦隑州、司馬相如賦、臨二曲江之隑州一、顏師古云、曲岸之洲、謂二曲江一也、漢武帝因二秦宜春苑故址一、鑿而廣レ之、爲二曲江池一、宣帝時、起二樂遊苑一、以爲二校文之所一、唐開元中、更疏二鑿之一、南有二紫雲樓、芙蓉苑一、西爲二杏園、慈恩寺一、江側菰蒲葱翠、柳陰四合、都人遊賞、中和節三月三日最盛、元宗嘗錫二臣僚宴飲於此一、後秀士登第者、亦賜二宴焉一、本二漢時校文之義一也、

昔年八月十五夜云々は、『江吏部集』の2の詩に、「八月十五夜江州野亭對レ月言レ志」を指す。

「横街」

『全唐詩』巻四、張説三、奉レ和ニ聖製観ニ抜河俗戯一、應レ制、

今歳好ニ拖鉤一、横街敞ニ御樓一、長縄繫レ日住、貫索挽ニ河流一、（注、抜河も拖鉤も、綱引きの遊。）

「清景」

『全唐詩』巻七、韋應物八、秋夜、

憂人半夜起、明月在ニ林端一、一與ニ清景一遇、毎憶平生歡、

「孤藂」

一むらの竹の意か。

「紅紗」

『漢書』巻之四十五、江充傳、

充衣ニ紗縠襌衣一、師古曰、紗縠、紡レ絲而織レ之也、輕者爲レ紗、縐者爲レ縠、（注、縐は、ちゞむ。）

紅紗は、紅の薄絹。

『藝文類聚』巻十八、人部二、美婦人、梁簡文帝、詠ニ内人晝眠一詩、

簟文生ニ玉腕一、香汗浸ニ紅紗一、夫壻恆相伴、莫レ誤是倡家、

「蒙籠」

『文選』巻第四、左太沖（思）、蜀都賦、

蹴ニ蹈蒙籠一、渉ニ躪寥廓一、鷹犬倏眒《シュクシン》、罻羅絡幕、劉曰、倏眒、疾速也、罻羅、鳥獸網也、絡幕、施張之貌也、善曰、孫子兵法曰、草樹蒙籠、桓譚新論曰、道路皆蒿草、寥廓狼藉、子虛賦曰、倏眒倩

浰、向曰、蹈、沓也、蒙籠、草樹茂盛貌、渉獵、經過也、寥廓、山谷幽遠貌、

『白氏長慶集』巻第二十四、眼病二首、

散亂空中千片雲、蒙籠物上一重紗、縱逢二晴景一如レ看レ霧、不二是春天一亦見レ花、已上四句、皆病眼中所レ見者、

この序に於いては、白樂天の用例の意味である。

「碧玉」

『文選』巻第四、左太沖(思)、蜀都賦、

或藏二蛟螭一、或隱二碧玉一、劉曰、有レ鱗曰二蛟螭一、蛟螭水神也、一曰、雌龍也、一曰、龍子也、相如上林賦曰、蛟龍赤螭、碧玉、謂二水玉一也、

『全唐詩』巻十五、元稹五、清都夜境、

夜久連觀靜、斜月何晶熒、寥天如二碧玉一、歴歴綴二華星一、

この序では、蒼天、月晴れた夜空を形容。

「此君」

『晉書』列傳五十、王徽之傳、

嘗寄二居空宅中一、便令レ種レ竹、或問二其故一、徽之但嘯詠指レ竹曰、何可三一日無二此君一邪、

『白氏長慶集』巻十一、東樓竹、

空城絶二賓客一、向レ夕彌幽獨、樓上夜不レ歸、此君留レ我宿、

「三友」

『白氏長慶集』巻二十九、北窓三友、

今日北窓下、自問何所レ爲、欣然得二三友一、三友者爲レ誰、琴罷輒擧レ酒、酒罷輒吟レ詩、三友遞相引、循還無二已時一、

「風襟」

『杜工部詩集』巻十六、月、

爽合二風襟一靜、當レ空淚臉懸、南飛有二烏鵲一、夜久落二江邊一、

『白氏長慶集』巻二十二、池上夜境、

晴空星月落二池塘一、澄鮮淨綠表裏光、露簟淸瑩迎レ夜滑、風襟瀟洒先レ秋涼、

襟もとを吹く風。

「常娥」

常娥は姮娥に同じ。月の事。

『淮南子』巻第六、覽冥訓、

羿請二不死之藥於西王母一、恆娥竊以奔レ月、恆娥羿妻、羿請二不死之藥於西王母一、未レ及レ服レ之、恆娥盜食レ之、得レ仙奔入二月中一、爲二月精一、

『全唐詩』巻十四、盧仝二、有レ所レ思、

今日美人棄レ我去、靑樓珠箔天之涯、天涯娟娟姮娥月、三五二八盈又缺、

「蓄妓」

蓄妓は常娥を美人とするに對し、群妓、群妾の意か。常娥卽ち月をめぐる衆星か。尙ほ存疑。

「步二邯鄲一而遺レ恨」

『書言故事』巻之二、古今喩類、

邯鄲之歩、學無レ成曰、未レ得二邯鄲之歩一、

『莊子』秋水第十七、

且子獨不レ聞三夫壽陵餘子之學二行於邯鄲一與、未レ得二國能一、又失二其故行一矣、直匍匐而歸耳、以レ此効レ彼兩失也、踈、壽陵、燕之、

邯鄲、趙之都、弱齢未レ壯、謂二之餘子一、趙都之地、其俗能行、故燕國少年、遠來學レ歩、既乖二本性一未レ得二趙國之能一、捨レ已効レ人、更失二趙陵之故一、是以用レ手踞レ地匍匐而還レ之、

匡衡が詩文の學を學び、未だ達せざるを恨みとするを言ふ。

「紈綺」

『文選』巻第十三、潘安仁(岳)、秋興賦、(注、時に岳、太尉掾兼虎賁中郎將、)

高閣連レ雲、陽景罕《マレナリ》レ曜、珥二蟬冕一而襲《キタル》二紈綺一之士、此焉遊處、善曰、言閣之高而且深、故曰レ罕レ曜二其中一、珥、猶レ插也、蔡邕獨斷曰、侍中中常侍、加レ貂附レ蟬、鄭玄禮記注曰、襲、重レ衣也、漢書曰、班伯與二王許子弟一爲レ群、在二於綺襦紈袴之間一、鸚鵡賦曰、感二平生之遊處一、銑曰、閣高、故稱二連雲一、深故、曰レ罕レ曜、蟬、以レ金爲レ之、象レ蟬也、皆侍中散騎之冠冕也、綺紈、貴戚子弟之服也、言此並貴人之遊處也、

「霜臺」

『職原鈔』下、

彈正臺、唐名御史臺、又云二憲臺一、又霜臺、

掌二糺彈事一、近代其職掌移二撿非違使廳一、至二中古一於二洛中巡撿一猶勤レ之、當時已絶、

匡衡は永観二年十月卅日、任二彈正少弼一、(『中古歌仙三十六人傳』)

「仰二廻顧於驄馬之跡一」

眷顧を受けて、忝くも、桓典の後を追ひ、彈正臺の一吏として糺彈の事につとめた。

『後漢書』第三十七、列傳第二十七、桓典傳、

典字公雅、（中略）拜二侍御史一、是時宦官秉レ權、典執レ政無レ所二回避一、劉攽曰、案、典爲二御史一、非二執政者一、政當レ作レ正、常乘二驄馬一、京師畏憚、爲レ之語曰、行行且止、避二驄馬御史一、

總馬は、あをうま。

「羽翼」

『史記』卷之五十五、留侯世家第二十五、

彼四人輔レ之、羽翼已成、難レ動矣、

高祖が太子を易んと思ひ、太子の母后呂后が、張良の言を用ゐ、東園公・角里先生・綺里季・夏黄公の四皓を太子の賓客とした。高祖はかねて自らこの四皓を迎へんとして得ずに居たので、四皓が太子を輔けるのを目のあたりにして、太子更迭をやめた。

「鸞鶴」

『文選』卷第二十二、江文通（淹）、從二冠軍建平王一、登二廬山香爐峰一、

此山具二鸞鶴一、往來盡仙靈、善曰、張僧鑒豫州記曰、洪井西有二鸞崗一、舊說云、洪崖先生、乘レ鸞所レ憩處也、鸞崗西有二鶴嶺一、云王子喬控レ鶴所レ經處也、東方朔十洲記曰、崑崙山正東、曰二天墉城一、其北戸出二承淵山一、西王母之所レ治、眞官仙靈之所レ宗也、

この序では、鸞鶴は俊秀な貴顯を言ふ。

「用與二不用一」

言はんとする意は、不詳であるが、今役に立つ人と、役に立たぬ者とで、不用は自身を云ふと考へる。

「一毛遂」

一介の毛遂の意。匡衡が自身を一介の毛遂になぞらへたもの。

『史記』巻之七十六、平原君虞卿列傳第十六、

秦之圍二邯鄲一、正義曰、趙惠文王九年、秦昭王五年、趙使三平原君求レ救、合二從於レ楚、約乙與下食客門下、有二勇力文武備具一者二十人上偕甲、平原君曰、使二文能取レ勝則善矣、文不レ能レ勝則歃《スヽル》二血於華屋之下一、必得二定レ從而還一、士不二外索一、取二於食客門下一足矣、得二十九人一、餘無二可レ取者一、無三以滿二二十人一、門下有二毛遂者一、前自二贊於平原君一曰、遂聞下君將上レ合二從於楚一、約下與二食客門下二十人一偕上、不二外索一、今少二一人一、願君卽以レ遂備レ員而行矣、平原君曰、先生處二勝之門下一幾二年於此一矣、毛遂曰、三二年於此一矣、平原君曰、夫賢士之處レ世也、譬若三錐之處二囊中一、其末立見、今先生處二勝之門下一、三二年於此一矣、左右未レ有レ所二稱誦一、勝未レ有レ所レ聞、是先生無レ所レ有也、先生不レ能、先生留、毛遂曰、臣乃今日請處二囊中一耳、使下遂蚤得上レ處二囊中一、乃穎脫而出、非二特其末見而已一、平原君竟與二毛遂一偕、十九人相與目二笑之一、而未レ發也、索隱曰、發一作レ廢、鄭玄云、皆目視而輕二笑之一、未レ能三卽廢二弃之一也、毛遂比レ至レ楚、與二十九人一論議、十九人皆服、平原君與レ楚合從、言二其利害一、日出而言レ之、日中不レ決、十九人謂二毛遂一曰、先生上、毛遂按レ劒歷階而上、謂二平原君一曰、從之利害、兩言而決耳、今日出而言レ從、日中不レ決何也、楚王謂二平原君一曰、客何爲者也、平原君曰、是勝之舍人也、楚王叱曰、胡不レ下、吾乃與二而君一言、汝何爲者也、毛遂按レ劍而前曰、王之所二以叱レ遂者、以二楚國之衆一也、今十步之內、王不レ得レ恃二楚國之衆一也、王之命懸二於遂手一、吾君在レ前、叱者何也、且遂聞、湯以二七十里之地一、王二天下一、文王以二百里之壤一而臣二諸侯一、豈其士卒衆多哉、誠能據二其勢一而奮二其威一、今楚地方五千里、持戟百萬、此霸王之資也、以二楚之彊一、天下弗レ能レ當、白起小豎子耳、率二數萬之衆一、興レ師以與レ楚戰、一戰而擧二鄢郢一、再戰而燒二夷陵一、三戰而辱二王之先人一、此百世之怨、而趙之所レ羞、而王弗レ知レ惡焉、

合從者爲レ楚非レ爲レ趙也、吾君在レ前、叱者何也、楚王曰、唯唯、誠若二先生之言一、謹奉二社稷一而以從、毛遂曰、從定乎、楚王曰、定矣、毛遂謂二楚王之左右一曰、取二雞狗馬之血一來、索隱曰、盟之所レ用牲、貴賤不レ同、天子用二牛及馬一、諸侯以二犬及猳一、大夫已下用レ雞、今此總言二盟之用レ血、故云下取二雞狗馬之血一來上耳、毛遂奉二銅盤一而跪、進二之楚王一曰、王當二歃レ血而定一レ從、次者吾君、次者遂、遂定二從於殿上一、毛遂左手持二槃血一、而右手招二十九人一曰、公相與歃二此血於堂下一、公等錄錄、索隱曰、音六、王劭云、錄、借字耳、又說文云、錄錄、隨從之貌也、所レ謂因レ人成レ事者也、平原君已定レ從而歸、歸至二於趙一曰、勝不二敢復相一レ士、勝相レ士多者千人、寡者百數、自以爲レ不レ失二天下之士一、今乃於二毛先生一而失レ之也、毛先生一至レ楚、而使三趙重二於九鼎大呂一、索隱曰、九鼎大呂、國之寶器、言毛遂至レ楚、使三趙重二於九鼎大呂一、謂レ爲二天子所一レ重也、正義曰、大呂、周廟大鍾、毛先生以二三寸之舌一、彊二於百萬之師一、勝不二敢復相一レ士、遂以爲二上客一、

○大　意

今や秋風は戰ぎ、夕は靜かに更けて行く。白樂天が湓亭で詠じた樣に、自分は以前十五夜の月を近江の湖畔でながめた。今年の八月十五夜の月は、京洛の南の、藤納言亭の竹葉が窓うつ所でながめてゐる。この樣な潔らかな晴月は珍しく、一むらの竹藂が實に雅がある。月光は紅紗を透し蒙籠としてゐるが、澄徹した夜空の月は、周邊を照耀してゐる。立ちこめてゐた秋霧が晴れ、雙鬢の白髮を現じ、庭の趣は三友の外に更に竹叢の風雅を添へた。雨もすつかりあがり、襟元を絶えず秋の風が吹いてゐる。誠に今夜の名月は群妓の中に、常娥を望むが如く冴えてゐる。時に一座の客の中で、自分は獨り時に遇はぬ者である。家業の詩文の道を學んだが未だ達せず、貴紳の中に交じつて、獨り身のひける思ひがする。私は以前眷顧を受け、忝くも、桓典の後を追ひ、彈正臺の一吏として、糺彈を事とした。この水閣では今納言殿が樂宴を開き、俊秀な貴顯を左右に侍せしめてゐられる。全く能のある者と無能者との差である。何卒納言殿、毛遂をお厭ひなく、目だたない私をお引立て下さい。

第5と第6との間に、「樹滋月過レ庭以光之」と云ふ佚文があるが、すべて不明。

6

七言、秋夜陪二右親衛員外亞相亭子一、守二庚申一、同賦二秋情月露深一、詩一首、并序、

右親衛藤亞相幕下、禮義爲二爪牙一、德行爲二羽翼一、退レ佞進レ賢、致二君於堯舜一、輕レ財重レ士、比二跡於伊周一、花朝雪夜、命二露酌一以動二風吟一、素論玄談、味二聖道一以通二時政一、于レ時秋加二餘閏一、夜當二庚申一、惜二節物一而遣レ懷、課二陪侍一而遊レ志、不レ期以自會、左顧右顧、莫レ非二賢能一、如二響之應レ聲、文云武云、皆俟二採用一、觀夫月清露白、氣爽漏深、催二秋情之索々一、望二天色之蒼々一、賓鴻數行、影映二于五湖之浪一、仙鶴一警、聲遮二于半天之雲一、至下夫居二邊涯一兮戀二故郷一、屬二幽獨一兮思中往事上、關山隔以路仍迥《ナホハルカナリ》、暗驚二王明君之夢一、蕙蘭踈以珮未レ乾、自添二楚屈原之淚一者也、方今朝士大夫陪二此座一者、僉《ミナ》相語曰、公孫弘之開二東閣一、嫌レ不レ爲二累葉補佐之臣一、謝安石之譏二西池一、譏三只從二容華妖態之妓一、今之掩《オホフ》レ古、誰敢間然、匡衡雖下霜臺秋冷留二薄命一以慭仕上レ朝、而風樹曉驚歎二微祿之未レ報レ母、恍忽如レ忘曲垂二恩私一云レ爾、

秋天蕭瑟一傷レ心、月冷露濃鐘漏深、沙塞笳愁遙照レ曲、蘆洲舟礙半霑レ襟、練鋪砧上風空擣、珠亂二藂端一鶴獨尋、相對自慙身未レ去、桂嚴雲底欲レ抽レ簪、

○考　說

この詩の作られた時は、序文に依つて知られる次の二點から、寛和元年（九八五）閏八月十九日と考へる。

①　匡衡が彈正臺の官人である時、匡衡は永觀二年（九八四）十月卅日任彈正少弼。（『中古歌仙三十六人傳』）

②　秋月で閏で庚申は、永觀二年以后、匡衡の沒年長和元年（一〇一二）に至る間、寛和元年（九八五）閏八月十九日と、寛弘元年（一〇〇四）閏九月九日とのみである。寛弘元年の頃には、匡衡は四位で式部權大輔で、彈正臺の官人からは既に去つてゐた。

「右親衞員外亞相」

右親衞は右近衞府。亞相は大納言の唐名。

寛和元年の、右大將權大納言は藤原濟時である。

「幕下」

『職原鈔』下、諸衞、

左右近衞府、當㆓唐羽林㆒、又云㆓親衞㆒、

大將、相當從三位、唐名羽林大將軍、常云㆓幕府㆒、又幕下、又云㆓大樹㆒、又柳營、

「爪牙」

『文選』卷第五十、班孟堅（固）、史述贊、述㆓高紀㆒第一、

爪㆓牙信布㆒、腹㆓心良平㆒、善曰、毛詩曰、予王之爪牙、又曰、赳赳武夫公侯腹心、銑曰、韓信英布、皆武臣也、高祖有㆓韓英㆒、如㆔獸之有㆓爪牙㆒矣、張良陳平、爲㆓高祖腹心之用㆒、

「伊周」

『文選』巻第三十五、潘元茂（勗）、冊二魏公九錫一文、

功高二乎伊周一、而賞卑《ヒクシ》二乎齊晉一、朕甚恧《ハツ》焉、翰曰、伊、伊尹、周、周公、言曹公之功、高二於伊尹周公一、賞尚卑二於齊晉二國一、我甚慙也、恧、慙也、

伊尹は殷の湯王の相として、王を助け湯をして天下に王たらしめた。周公は周公旦で、周文王の子、武王の弟、武王を助けて紂を征し、武王の崩ずるや、成王の政を助け、禮樂を定め、諸儀を制定す。

「露酌」

『菅家文草』巻第一、九日侍レ宴、同賦二天錫一レ難レ老、應製、幷序、

霓裳一曲、釣天夢裏之音、露酌數行、仙窟掌中之飲、

道眞の言ふ露酌は、菊花に降りた露を混じて酌む酒の意であるが、匡衡の用法はこれとは異る。或は單に私宴の意であらうか。

『詩經』小雅、湛露、

湛露、天子燕二諸侯一也、燕、謂二與レ之燕飲一レ酒也、諸侯朝觀會同、天子與レ之燕、所三以示二慈惠一、 湛湛露斯、匪レ陽不レ晞、興也、湛湛、露茂盛貌、陽、日也、晞、乾也、露雖二湛湛然一、見レ陽則乾、箋云、興者、露之在レ物湛湛然、使二物柯葉低垂一、喩下諸侯受二燕爵一、其威儀有中似レ醉之貌上、諸侯旅二酬之一、則猶然、唯天子賜レ爵則貌變、肅敬承レ命、有レ似二露見レ日而晞一、 厭厭夜飲、不レ醉無レ歸、厭厭、安也、夜飲、私燕也、宗子將レ有レ事、則族人皆侍、不レ醉而出、是不レ親也、醉而不レ出、是渫レ宗也、箋云、天子燕二諸侯一之禮亡、此假下宗子與二族人一燕上爲レ說レ爾、族人、猶二群臣一也、其醉不レ出、不レ醉出、猶諸侯之儀也、飲レ酒至レ夜、猶云三不醉無二レ歸、此天子於二諸侯一之儀、燕飲之禮、宵則兩階及庭門、皆設二大燭一焉、

「風吟」

吟詠の意。『論衡』明雩、に、「風二乎舞雩一、風、歌也、」とあり、風は歌ふ意である。

『全唐文』巻一百八十一、王勃、晚秋遊二武擔山寺一序、

美人虹影下綴二虬幡一、少女風吟遙喧二鳳鐸一、

「素論」

欲心のない純粋の論。

『文選』巻第四十、任彦升（昉）、百辟勧二進今上一牋、

道風素論、坐《キナカラ》鎮二雅俗一、

『宋書』列傳第十七、蔡廓傳論、

史臣曰、世重二清談一、士推二素論一、

「玄談」

玄遠な論。

『分類補註李太白詩』巻之十九、訓答、贈二李十二左司郎中崔宗之一、

李侯忽來儀、把レ袂苦レ不レ早、清論既抵レ掌、玄談又絶倒、分明楚漢事、歴歴王霸道、

「時政」

時に應じた政治。

『後漢書』志第十、天文上、

掌二天文一之官、仰占俯視、以佐二時政一、

『後漢書』列傳第三十七、班超傳論、

論曰、時政平則、文德用而武略之士無レ所レ奮二其力能一、

「節物」

四季をり〳〵の風物。

『文選』巻第三十、陸士衡（機）、擬古詩十二首の中、擬二明月何皎皎一、

涼風繞二曲房一、寒蟬鳴二高柳一、踟蹰感二節物一、我行永已久、良曰、涼風寒蟬、七月時候也、踟蹰志感二此節物一、而夫壻行久不レ歸、悲レ之深矣、

「左顧右顧」

左右を見わたす。

『分類補註李太白詩集』巻之九、走レ筆贈二獨孤駙馬一、

銀鞍紫鞚照二雲日一、左顧右眄生二光輝一、

「響之應レ聲」

『尚書』大禹謨、

禹曰、惠《シタガヘバ》レ迪吉、從レ逆凶、惟影響、迪、道也、順レ道吉、從レ逆凶、吉凶之報、若二影之隨レ形、響之應レ聲、言レ不レ虚、

「觀夫」

『作文大體』

發句、施レ頭、又有レ施レ中、頗如二傍句一、

方今、觀夫、如レ此類言、皆名二發句一、或一字二字、或三字四字、無レ對云々、

「索々」

『藝文類聚』巻六、地部、峽、賦、

隋江總貞女峡賦曰、（中略）山蒼蒼以墜レ葉、樹索索而搖レ枝、

索々は風や落葉の擬聲。「催二秋情之索索一」は、秋風に木の葉が散り初め、爽やかで物淋しい思ひがする意。

「望二天色之蒼々一」

『莊子』逍遙遊第一、

天之蒼蒼、其正色邪、

天が澄みて濃く蒼い様を見る意。

「賓鴻」

『禮記』第六、月令、

鴻鴈來賓、來賓、言二其客止未一レ去也、

「五湖」

『水經注』巻二十九、沔水、

南江東注二于具區一、謂二之五湖口一、五湖謂二長蕩湖、太湖、射湖、貴湖、滆湖也、

『文選』巻第十二、郭景純（璞）、江賦、

注二五湖一以漫漭、善曰、（中略）張勃呉錄曰、五湖者太湖之別名也、周行五百餘里、

『書言故事』巻十、地理類、

五湖、鄱陽、在二饒州一、青草、在二岳州一、洞庭、在二鄂州一、丹陽、在二潤州一、大湖、在二蘇州一、

「仙鶴一聲」

『本草綱目』巻四十七、禽部、

鶴、

釋名、仙禽、綱目、胎禽、時珍曰、八公相鶴經云、鶴乃羽族之宗、仙人之驥、千六百年乃胎産、則胎仙之稱以レ此、

『太平御覽』巻九一六、羽族部三、鶴、

風土記曰、鳴鶴戒レ露、此鳥性警、至下八月白露降、流二於草上一、滴滴有聲上、因卽高鳴相警、移二徙所レ宿處一、

「聲遮二于半天之雲一」

『詩經』小雅、鶴鳴、

鶴鳴二于九皐一、（注、皐は澤。）聲聞二于天一、

「半天」

なかぞらの意。

『藝文類聚』巻七、山部上、廬山、宋鮑昭、登二廬山一望二石門一詩、

高峯隔二半天一、長崖斷二千里一、雞鳴青澗中、猨嘯白雲裏、

「邊涯」

邊際と同じで、はての地。

「屬《ゾク》」

つぐと讀む。

『史記』巻之七、項羽本紀第七、

黥布蒲將軍亦以レ兵屬焉、如淳曰、言三當陽君蒲將軍皆屬二項羽一、

「幽獨」

『文選』巻第三十三、屈平（原）、九章一首、

幽獨處二乎山中一、逸曰、遠二離親戚一而斥逐也、

幽獨は、ひとりで隱棲する意。

「關山」

鄕里の四方をめぐる山の意から轉じて、故鄕を云ふ。

『文選』巻第十六、江文通（淹）、恨賦、

若夫、明妃去時、仰レ天太息、翰曰、王昭君、齊國王襄女也、年十七、獻二漢元帝一、會匈奴遣レ使、請二一女子一、帝謂、後宮欲下至二單于一者起上、昭君喟然而歎、越レ席而起、乃賜二單于一、後爲レ觸二晉文帝諱一、改爲二明妃一、紫臺稍遠、關山無レ極、濟曰、紫臺、宮也、天子所レ居處、明妃適二單于一、故云二稍遠一、極、窮也、

「迥」

迥《ケイ》は逈の俗字。はるかと讀む。

『爾雅』巻上、釋詁第一、

永悠迥遠遐也、

「王明君」

『後漢書』南匈奴列傳第七十九、

昭君字嬙、南郡人也、前書曰、南郡秭歸人、初元帝時、以二良家子一選入二掖庭一、時呼韓邪來朝、帝勅以二宮女五人一賜レ之、昭

君入レ宮數歳、不レ得二見御一、積二悲怨一乃請二掖庭令一求レ行、

『西京雜記』巻第二、

元帝後宮既多、不レ得二常見一、乃使二畫工圖一レ形、案レ圖召二幸之一、諸宮人皆賂二畫工一、多者十萬、少者亦不レ減二五萬一、獨王嬙不レ肯、遂不レ得レ見、匈奴入朝、求二美人一爲二閼氏一、於レ是上案レ圖、以二昭君一行、及レ去召見、貌爲二後宮第一一、善二應對一、擧止閑雅、帝悔レ之、而名籍已定、帝重二信於外國一、故不二復更一レ人、乃窮二案其事一、畫工皆棄市、籍二其家一、資皆巨萬、（下略）

『集千家註杜工部詩集』巻十五、詠懷古跡五首中、

群山萬壑赴二荊門一、生二長明妃一尚有レ村、一去二紫臺一連二朔漠一、獨留二青塚一向二黄昏一、畫圖省識春風面、環佩空歸月夜魂、千歳琵琶作二胡語一、分明怨恨曲中論、洙曰、歸州有二昭君村一、蒼舒曰、漢元帝時、宮中披レ圖召幸、王嬙字昭君、姿容甚麗、畫工乃毀二其狀一、會單于來求二美人一、帝以二昭君一當レ行、昭君在レ路、馬上彈二琵琶一以寄二其恨一、後昭君死葬二之胡中一、多二白草一昭君塚獨青、洙曰、江淹恨賦、若夫明妃去時、仰レ天太息、紫臺稍遠、關山無レ極、夢弼曰、石季倫明君詞、王明君本爲二昭君一、觸二晉文帝諱一改焉、

「蕙蘭」

香草で蘭の一種。

『文選』巻三十四、曹子建(植)、七啓八首、

佩《オビテ》二蘭蕙一兮爲レ誰脩《カザラン》、善曰、楚辭曰、紉二秋蘭一兮爲レ佩、王逸注曰、脩、飾也、良曰、蘭蕙、香草也、脩、謂二脩飾一、

「蕙蘭踈以佩未レ乾」

不詳。但し、今、蕙蘭を以て佩とし、その大帯が涙にぬれて乾かぬ意と採る。

「屈原」

『史記』巻之八十四、屈原列傳第二十四、

屈原者名平、楚之同姓也、爲二楚懷王左徒一、博聞彊志、明二於治亂一、嫺《ナラフ》二於辭令一、入則與レ王圖二議國事一以出二號令一、出則接二遇賓客一、應二對諸侯一、

同列の上官大夫に讒せられ、楚王よりしりぞけられ、後上官大夫、令尹子蘭が頃襄王に申して放逐せられ、汨羅に身を投じて沒した。

「朝士」

朝廷に仕へる官吏。

『文選』巻第三十八、庾元規（亮）、讓二中書令一表、

朝士百寮、銑曰、寮、官也、

「公孫弘之開二東閤一」

『漢書』巻之五十八、公孫弘傳第二十八、

時上方《サカンニ》興二功業一、婁擧二賢良一、師古曰、婁古屢字、弘自見爲二擧首一、起二徒歩一、數年至二宰相一封レ侯、於レ是起二客館一開二東閤一、以延二賢人一、師古曰、閤者小門也、東向開レ之、避下當二庭門一而引中賓客上、以別二於掾史官屬一也、與二參謀議一、

「公孫弘之云々」

公孫弘が東閤を開いて、賢人を招いたと云ふが、それは當代の賢人を招いたのであつて、何れも累代の補佐の臣ではない事が殘念である。

「謝安石之讌二西池一」

『晉書』列傳卷第四十九、謝安傳、

謝安字安石、尚從弟也、父褒太常卿、安年四歲時、譙郡桓彝見而歎曰、此兒風神秀徹、後當レ不レ減二王東海一、及二總角一、神識沈敏、風宇條暢、善二行書一、弱冠詣二王濛一、淸言良久、既去、濛子脩曰、向《サキノ》客何二如大人一、濛曰、此客亹亹《ビビ》、爲二來逼一レ人、王導亦深器レ之、由レ是少有二重名一、（中略）與二王羲之及高陽許詢桑門支遁一游處、出則漁二弋山水一、入則言詠屬レ文、無三處二世意一、（中略）安雖レ放二情丘壑一、然每二游賞一、必以二妓女一從、（中略）又於二土山一營レ墅、樓館林竹甚盛、每攜二中外子姪一往來游集、肴饌亦屢費二百金一、世頗以レ此譏焉、而安殊不三以屑《カケ》レ意、常疑下劉牢之既不上レ可二獨任一、又知二王味之不上レ宜レ專レ城、牢之既以レ亂終、而味之亦以レ貪敗、由レ是識者服二其知一レ人、時會稽王道子、專レ權而姦諂頗有二相扇構一、安出鎭二廣陵之步丘一、築レ壘曰二新城一、以避レ之、帝出祖二于西池一、獻レ觴賦レ詩焉、（中略）薨、時六十六、（中略）諡曰二文靖一、

「容華」

容色の美麗の事。

『全唐詩』卷三、崔湜、婕妤怨、

不レ分二君恩斷一、新妝視二鏡中一、容華尚春日、嬌愛已秋風、

「妖態」

『後漢書』列傳第二十四、梁冀傳、

弘農人宰宣、素性佞邪、欲レ取二媚於冀一、乃上言、大將軍有二周公之功一、今既封二諸子一、則其妻宜レ爲二邑君一、詔遂封二冀妻孫壽一爲二襄城君一、兼食二陽翟一、租歲《ゴトニ》入二五千萬一、加二賜赤紱一、比二長公主一、長公主、儀服同二藩王一、壽色美而善爲二妖

態一、作二愁眉啼《テイ》粧墮馬髻折腰步齲齒笑一、風俗通曰、愁眉者細而曲析也、啼粧者薄拭目下若二啼處一、墮馬髻者側在二一邊一、折腰步者足下不レ在レ體、齲齒笑者若三齒痛不二忻忻一、始レ自二冀家所一レ爲、京師翕然皆放二傚之一、齲音丘禹反、以爲レ媚二惑冀一、

「間然」

缺點をもとめ非難する。

『論語』泰伯、

子曰、禹吾無二間然一矣、〔註〕孔安國曰、言已不レ能三復間二厠其間一、

「愁」

愁は憖《ギン》である。なまじひにと讀む。

『詩經』小雅、十月之交、（注、之交は日月の交會の事。）

不下憖遺二一老一、俾上レ守我王一、箋云、憖者心不レ欲自强之辭也、

「風樹」

『韓詩外傳』九、（孔子が哭聲の甚だ悲しきを聞き、行きて皐魚の哭するに會ひ、問答、皐魚の曰く。）

樹欲レ靜而風不レ止、子欲レ養而親不レ待也、

『白氏長慶集』卷二、贈レ友五首の中、

三十男有レ室、二十女有レ歸《トック》、近代多二離亂一、婚姻多過レ期、嫁娶卽不レ早、生育常苦遲、兒女未レ成レ人、父母已衰羸、凡人貴達日、多在二長大時一、欲レ報親不レ待、孝心無レ所レ施、哀哉三牲養、少レ得レ及二庭闈一、惜哉萬鍾粟、多三用飽二妻兒一、誰能正二婚禮一、待レ君張二國維一、庶使下孝子心、皆無中風樹悲上、

「恩私」

恩私は私恩の事で、私的な恩情を意味し、或は私的なつながりを持つ人をも意味する。

『文選』巻第四十九、范蔚宗（曄）、後漢書皇后紀論、

其以㆓恩私㆒追尊、非㆘當世所㆑奉者㆖、則隨㆓他事㆒附出、

『後漢書』第七、桓帝紀、延熹二年、

於㆑是舊故思私、多受㆓封爵㆒、

「蕭瑟」

秋風の吹く様、もの寂しい様。

『文選』巻第二十七、魏文帝、燕歌行、

秋風蕭瑟天氣涼、草木搖落露爲㆑霜、善曰、楚辭曰、悲哉秋之爲㆑氣也蕭瑟兮、草木搖落而變衰、毛詩曰、蒹葭蒼蒼白露爲㆑霜、

「鐘漏」

時刻を報ずる鐘音。

『藝文類聚』巻三十九、禮部中、籍田、陳張正見從㆓籍田㆒應㆓衡陽王教㆒作詩、五首の中其二、

洛城鐘漏息、靈臺雲霧卷、森森虎戟前、藹藹鑾旂轉、

「沙塞」

沙は沙漠、塞はとりで。北方の沙漠に在るとりで。更に北狄の意。

『後漢書』南匈奴列傳第七十九、論、

世祖以下用二事諸華一、未《ダ》遑二沙塞之外一、忍レ愧思レ難、徒《タヽニ》報謝而已、

「笳愁」

笳はあしぶえで、葦の葉を巻いて作る。胡人の笛。あし笛が愁を含んでひゞく事。

『全唐詩』巻二十五、崔塗、湖外送二友人遊一レ邊、

我泛瀟湘浦、君行指二塞雲一、兩鄉天外隔、一徑渡頭分、兩暗江花老、笳愁隴月曛、不堪來去鴈、迢遞思離レ群、

「曲」

邊隅の意。かたほとり。

『淮南子』巻第十三、氾論訓、

今世之爲レ武者、則非レ文也、爲レ文者、則非レ武也、文武更相非、而不レ知二時世之用一也、此見二隅曲之一指一、而不レ知二八極之廣大一也、隅曲、室中之區隅、言二狹小一、八極、八方之極、言二廣大一也、

「蘆洲」

あしの茂つた洲。

『全唐詩』巻三、張九齡二、餞二王司馬入一レ計、同用二洲字一、

別筵鋪二柳岸一、征棹倚二蘆洲一、獨歎湘江水、朝宗向レ北流、

「礙《ガイ》」

礙滯の意。とゞめる意。

「練鋪」

『白氏長慶集』巻二十三、雪中卽事、答二微之一、

舞レ鶴庭前毛稍定、擣レ衣碪上練新鋪、

練はねりぎぬ。「練鋪砧上」は、ねりぎぬをしいた砧《チン》（きぬた）の上の意。

「桂嚴」

桂嚴は不詳。『日本詩紀』は桂巖に作る。『日本詩紀』に據つて解釋する。

巖は巖窟で、世捨人の住、桂巖は巖窟を美稱したものと考へる。

「雲底」

雲につゝまれた山の中。

『全唐詩』巻二十三、陸龜蒙九、奉三和襲美懷二華陽潤卿博士一、三首の中、

火景應レ難レ到二洞宮一、蕭閑堂冷任二天風一、談レ玄塵尾拋二雲底一、服レ散龍胎在二酒中一、

「抽レ簪」

『文選』巻第二十一、張景陽（協）、詠レ史詩、

達人知二止足一、遺《ステ、》レ榮忽如レ無、抽レ簪解二朝衣一、散レ髪歸二海隅一、善曰、鍾會遺榮賦曰、散レ髪抽レ簪、永絕二一丘一、蒼頡篇曰、簪、笄也、所三以持二冠也、孟子曰、如下以二朝衣朝冠一、坐中於塗炭上、尚書曰、至二于海隅蒼生一、銑曰、簪、冠簪也、凡束髮爲二從官一、散髮爲二罷官一、

○大　意

右近衞大將權大納言藤原濟時公は、禮儀を爪牙とし、德行を羽翼となし、（禮儀を守つて身を裝ひ、德行厚くして人々を信伏させ、）便佞を退け、賢才を推薦し、聖皇をして堯舜の樣な聖天子の治績をあげさせ、財を輕んじ、志士

を重用して、その業跡は伊尹・周公旦にも比す可きものがある。且つ花朝雪夜には、酒宴を催し、参集した人々に詠詩をさせ、欲得を離れた清談や、玄遠の論談を促し、聖道を嗜み、時世に應じた政治に通曉してゐる。扨て、時は正に秋の閏月であり、たま〳〵庚申の夜である。秋節の景を愛惜して、披懐し、側に侍する人々に、各の心をたのしませる。格別にいざなはれなくとも、自然に會合した人々は、右を見ても左を見ても、悉くが賢能の士ばかりで、何れも打てばひゞく才子の群であり、文に於いても武の面でも、皆何時でも採用に應じ得る志である。今夜は月も清く、夜露は白く照つて居り、秋氣は正に爽やかで、時刻も既に更けて來た。閑寂の秋情がひし〳〵と迫り、秋天は蒼黑く澄んで居る。渡りの雁が數行影を落して行き、露を警める鶴の一聲が、高く半天にひゞく。あの邊際の地に居て故郷を思ひなつかしみ、唯一人隱棲して過去を想起するが如きは、王昭君が邊塞を歩んで京洛を戀ふると同じく、故郷は幾山河を隔てゝ遠く、又蕙蘭を紉んで帶とする樣に、自身獨り身を潔くしても、楚の屈原の樣に認められる事なく、放逐の涙にぬれる樣なものである。群賢と共に居て、始めて生き甲斐のあるものである。皆が語るには、公孫弘が東門を開いて賢人を招いたと云ふが、それは當代の賢人を招いたのであり、その何れも累代補佐の功臣でない事が心ゆかぬ事である。又謝安石が西池に宴を張つたと云ふが、その席には見目麗しい妓女を侍らせたのであり、今夕の様に賢能譜代の臣が多く侍したのとは異るのであつて、今宵の詩宴とは比較にならないものだ。今の視點で古へを考へ、何人が古への事蹟を批判しよう。仕方のない事である。扨て私は彈正臺の卑官に沈淪しながら、朝廷にお仕へしてゐるが、微祿の爲め母の恩に十分に報ずる事も出來ず、風樹の歎に堪へ得ない。恰も父母の恩を忘却してゐる樣である。どうか閣下、私に恩賜をおたれ下され、御推輓をお願ひします。

秋はもの寂しく、心腸にしみわたる。月光は冷え冷えと輝き、夜も更けて夜露がしげく降りた。沙漠の塞で吹くあし笛の音は愁を含んでひゞき、寒い色の月は邊隅を照らす中、王昭君が夷狄の國に獨り在るが如き感であり、蘆の茂つた洲に舟をとゞめ流謫の身をかこつ屈原の様な想ひがする。月光はあくまでも白く、新しいねり絹を鋪いた砧の様に見える庭を、風が渡つてゐる。夜露の玉は草々の葉先に光り、夜鶴が獨り佇んでゐる。藤原濟時公の庭のかゝる夜景に臨み、荏苒として卑官を去り得ずに居る我身を恥ぢ、官を辭して山中に籠らうと思ふ。

7　月露夜方長、以レ閑爲レ韻、

月露夜長意徃還、此時憑レ檻自開レ顏、鏡瑩《カヾヤキ》北斗漸廻後、珠點東方難レ曙間、宮漏雞遲羗笛怨、商飈鶴警寗歌閑、惜《ムラクハ》秋本自無ニ容假[1]一、不レ覺蹉跎兩鬢斑、

○校　異

①「假」＝底本「暇」に作る。『日本詩紀』により改む。

○考　説

「閑」

閑は上平聲十五刪韻。

「月露」

月光を浴びた露。

『文選』巻第二十五、謝宣遠（瞻）、答ニ靈運一、

夕霽《ハレテ》風氣涼、閑房有二餘清《ノスヽシキ》一、開レ軒《マトヲ》滅二華燭一、月露皓已盈《ミテリ》、銑曰、霽、晴也、軒、門扇也、盈、滿也、言月露之色太盛、盈二滿內外一也、

「開顏」

顏をやはらげ笑ふ。

『分類補註李太白詩』巻之十九、訓答、訓下岑勛見レ尋就二元丹丘一對レ酒相待以レ詩見上レ招、

開レ顏酌二美酒一、樂極忽成レ醉、我情既不レ淺、君意方《マサニ》亦深、

「北斗漸廻」

『文選』巻第二十九、傅休奕（玄）、雜詩、

良時無レ停レ景、北斗忽低昂、向曰、時之不レ停夜忽已久、故北斗廻轉而低昂、

「宮漏」

宮中に在る水時計。

『白氏長慶集』巻三十六、和下思黯居守獨飮偶醉見上レ示二六韻一、時夢得和篇先成、頗爲二麗絕一、因添二兩韻一、繼而美レ之、

宮漏滴漸闌、城烏啼復歇《ヤム》、此時若不レ醉、爭二奈千門月一、

「羌笛」

『風俗通義』聲音第二、笛、

謹按二樂記一、武帝時丘仲之所レ作也、笛者滌《テキ》也、所三以蕩二滌邪穢一、納二之於雅正一也、長二尺四寸、七孔、其後又有二羌笛一、馬融笛賦曰、（下略、略した部分を『文選』の馬融の長笛賦により次に掲げる。）

『文選』巻第十八、馬季長（融）、長笛賦、

近世雙笛、従レ羌起、羌人伐レ竹未レ及レ已《モチユルニ》《ヤムニ》、龍鳴ニ水中一不レ見レ己《ヲノレヲ》、截レ竹吹レ之、聲相似、銑曰、羌、西戎也、起、謂ニ首作一也、其人伐レ竹未レ畢之間、有レ龍鳴ニ水中一、不レ見ニ其身一、羌人旋卽截レ竹吹レ之、聲與レ龍相似也、剡《カイソイテ》ニ其上孔一通《カヨワシトヲスニ》ニ洞之一、裁以當レ簻《ムケニ》、使レ易レ持、良曰、剡、削也、上孔、吹處也、羌人裁ニ截之一以當ニ馬簻一、使三其易ニ執持一、而復吹レ之也、簻、鞭也、易京君明識ニ音律一、故本四孔加以レ一、君明所レ加孔後出、是謂ニ商聲一、五音畢《ソナハル》、善曰、漢書曰、京房字君明、武帝時人、修レ易尤好ニ鐘律一、知ニ五聲一、言京房修レ易、故曰ニ易京一、笛本四孔、房加ニ一孔於下一爲レ商、沈約宋書曰、京房備ニ其五音一、翰曰、笛本四孔少ニ商聲一、君明復加ニ一孔於下一爲ニ商音一、故云ニ後出一、兼レ舊則五音畢備也、

『文選』巻第二十一、虞子陽（羲）、詠ニ霍將軍北伐一詩、

胡笳關下思、羌笛隴頭鳴、濟曰、笳、簫也、起ニ於胡一、笛起ニ於羌一、思者其聲悲思、隴、山名、

「商飈」

商飈は商飆《ヘウ》で秋風の事。

『文選』巻第五十五、陸士衡（機）、演連珠五十首、

是以商飈漂《フケトモ》レ山、不レ興《オコサ》ニ盈尺之雲一、谷風乘《ノボレハ》レ條《エタニ》、必降ニ彌天之潤一、善曰、毛萇詩傳曰、乘、升也、良曰、商飈、秋風也、谷風、東風也、彌猶レ徧也、夫秋飈吹レ山不レ能レ興レ雲、疾《ノ》不レ應也《トモ》、東風動レ條則必降レ雨、微而順也、

「寗歌」

寗《ネイ》は甯の俗字で寧と同じである。寧歌は安寧を稱へる歌。

『全唐詩』巻二十、許渾四、送ニ李文明下第鄜州覲一レ兄、

征夫天一涯、醉贈レ別君詩、鴈回參差遠、龍多次第遲、甯歌還夜苦、宋賦更秋悲、的的遙相待、淸風白露時、

「本自」

『文選』巻第二十五、劉越石（琨）、重贈ニ盧諶一、

握中有二懸璧一、五臣作二玄璧一、本自《モトヨリ》荊山璆《タマ》、善曰、懸璧、縣黎以爲レ璧、以喩レ譏也、琴操卞和歌曰、攸攸沂水經二荊山一兮、穴山采レ玉、玉難レ爲レ功兮、孔安國尚書傳曰、璆、玉也、向曰、玄璧、瑞玉也、荊山出レ玉之山、璆、美玉也、以喩レ譏也、

「容假」

人をゆるす事。

『唐書』巻一百一十七、列傳第四十二、吉項傳、

項嚴レ語侵レ之、無レ所二容假一、

「蹉跎」

つまづく意。志を得ず不幸の意。

『文選』巻第二、張平子（衡）、西京賦、

鯨魚失レ流而蹉跎、善曰、楚辭曰、驥垂二兩耳一中坂蹉跎、廣雅曰、蹉跎、失レ足也、

『白氏長慶集』巻第七、間適三、答二故人一、

故人對レ酒歎、歎三我在二天涯一、見二我昔榮遇一、念二我今蹉跎一、

○**大　意**

秋夜は長く、とつおいつ物思ひが繁き事である。此の時手すりに倚つて、自づと顏がほころびる。月は鏡の様にかゞやき、夜は次第に更け、北斗星もめぐり、滿天の星はまばたき、東方の空も未だ白まぬ頃、宮漏は滴り盡きんとするも、雞鳴は未だ聞えず、羌笛の音が怨むかの如くわびしく響いて來、秋風にうながされて鶴が露を戒めて鳴き、太平を謳ふ歌がのどかに聞える。秋はもと〳〵容赦なく人を老いさせるもので、官位も思ふまゝならぬ中に、

何時しか兩鬢に白髪が増した。

8　夏日陪二左相府東閣一、同賦二松風小暑寒一、應教、題中爲レ韻、
暑氣尚微衣更冷、應レ因三松下有二淸風一、豈唯台閣風標秀、枝葉又期十八公、金吾納言春秋十八、匡衡昔執レ卷勸レ學、故獻二此句一、

○考　説

「小暑」

『呂覽』第五、仲夏紀、

小暑至、螳蜋生、小暑、夏至後六月節也、螳蜋於レ是生、螳蜋一曰天馬、一曰齕疣、兗州謂二之拒斧一也、

小暑は二十四氣の一、太陽の黃經が一〇五度に達する時、夏至より約十五日程で、太陽暦で七月の七、八日頃、暑さが漸く酷しくなる頃。

「松風小暑寒」

『大日本史料』第二編之六、には、『權記』に、「五月十九日癸酉、詣二左府一、有二作文一」とあるのに據つて、匡衡のこの詩をこの時の作としてゐるが、小暑は夏至後の節であつて、寛弘六年（一〇〇九）の夏至は五月二十二日であり、小暑は六月八日である。「金吾納言春秋十八」と詩註にある所から、この詩が寛弘六年の作である事は論を俟たないが、多分寛弘六年六月八日作であらう。『權記』の記述とは關係がない。

「標秀」

群を抜いて優秀の事、その人。

『晉書』載記第九、陽裕、

陽裕字士倫、右北平無終人也、（中略）叔父耽幼而奇㆑之曰、此兒非㆓惟吾門之標秀㆒、乃佐㆑時之良器也、

『全唐詩』巻二十八、徐鉉四、送㆓劉司直出宰㆒、

之子有㆓雄文㆒、風標秀不㆑群、低飛從㆓墨綬㆒、逸志在㆓青雲㆒、

「十八公」

『三國志』呉書、孫皓傳、

（寶鼎）三年春二月、以㆓左右御史太夫丁固孟仁㆒、爲㆓司徒司空㆒、

呉書曰、初固爲㆓尚書㆒、夢松樹生㆓其腹上㆒、謂㆑人曰、松字十八公也、後十八歳、吾爲㆑公乎、卒如㆑夢焉、

匡衡は頼通が十八歳であるのにかけて、この丁固傳の夽傳をあはせ、頼通がやがて三公の位につかん事を期すと云ふのである。

「金吾納言春秋十八」

『職原鈔』下、

左右衞門府、唐名金吾、又云㆓監門㆒、　先者云㆓衞士府㆒、嵯峨天皇御宇弘仁二年十一月、改云㆓衞門府㆒、

『公卿補任』寛弘六年、

權中納言從二位藤頼通十八、三月四日任、權大夫如㆑元、同日左衞門督、

○大　意

暑さもはげしくなく、着衣も冷え冷えしてゐる。多分松樹の下で、清風が吹いてゐるのに據るのであらう。唯この亭の風が特に秀れて清涼であるばかりでなく、又今年十八歳の若君も、やがて松の枝葉の茂るやうに、出世されて、三公の位につかれる事を期待するものである。

9　仲春庚申夜、陪員外藤納言文亭、同賦夜坐聽松風、一首、并序、

左相府裏、有松于前、歳ノ寒キニ彌鮮、日新其德、志節勁直、枝葉繁昌、所謂君子之樹卽是也、爰有一仙寉、遙來栖息其上、契千年而警露、送五夜而來風、于時藤納言守庚申兮待蓮漏、坐亭子兮聽松風、翠葉颯爾、移麈榻於暗闥之前、烟枝淒其、凭玉几於曉枕之外、至如彼同聲相應、異類自感、嵇中散之居燈、深調絲桐以秋鬢冷、夏后氏之社月、暗以女蘿以夜醉醒者也、方今四坐或相語曰、我納言居龍官以諳政途、於天下亦不賤、揮鳳毫以入詩境、於地上其得仙、重士好文、誰不歸服、道之中興於焉知矣、匡衡居烏臺之任五年、未附鳳翼、聽松風之曲、一夜暫慰蓬衡、詞短魂迷、不遑覼縷云爾、

詩朋引誘接佳遊、松下聽風夜自留、暗漏三更烟葉動、孤燈一點綠枝幽、月前琴曲驚知曉、雲外蓋陰冷知[1]秋、觸感心疎唯落淚、一生不幾若浮休、

○校　異

①「知」＝『日本詩紀』「和」に作る。

○考　説

「歳寒」

『論語』子罕、

子曰、歳寒、然後知二松栢之後レ彫也、

『文選』巻第十、潘安仁(岳)、西征賦、

勁松彰《アラハレ》二於歳寒一、貞臣見二於國危一、

「勁直」

『韓非子』孤憤、

能法之士、必强毅而勁直、不二勁直一不レ能レ矯レ姦、

「君子之樹」

『本朝文粋』巻第一、賦、居處、源順、河原院賦、

玄冬素雪之寒朝、松彰二君子之徳一、

『廣志』（『佩文韻府』に據る。）

君子樹似レ松曹爽、樹二之于庭一、

「仙雀」

『白孔六帖』第九十四、鶴、

仙鶴、鳴鶴、野鶴、胎化、仙禽、舞鶴賦曰、胎化之仙禽一、偉《アヤシビ》二陽鳥、金衣、

『全唐文』巻一百八十二、王勃、還二冀州一別二洛下知己一序、

賓鴻逐レ暖、孤飛萬里之中、仙鶴隨レ雲、直去千年之後、

「契二千年一」

『文選』巻第十四、鮑明遠(照)、舞鶴賦、

散《ヒライテ》二幽經一以驗《カンカフルニ》レ物、偉《アヤシヒ》二胎化之仙禽一、善曰、相鶴經者出レ自二浮丘公一、公以自授二王子晉一、崔文子者學二仙於子晉一、得二其文一藏二嵩高山石室一、及二淮南八公採レ藥得一レ之、遂傳二於世一、鶴經曰、鶴陽鳥也、因二金氣一依二火精一、火數七金數九、故十六年小變、六十年大變、千六百年形定而色白、又云、二年落二子毛一、易二黑點一、三年頭赤、七年飛二薄雲漢一、又七年學レ舞、復七年應レ節、晝夜十二鳴、六十年大毛落、茸毛生、色雪白、泥水不レ能レ汚、百六十年雄雌相見、目精不レ轉孕、千六百年飲而不レ食、食二於水一故啄長、軒二於前一故後短、栖二於陸一故足高而尾凋、翔二於雲一故毛豐而肉疎、行必依二洲嶼一、止必集二林木一、盖羽族之宗長、仙人之騏驥也、隆鼻短口則少レ眠、露眼赤精則視レ遠、頭鋭身短則喜鳴、四翮亞レ膺則體輕、鳳翼雀毛則善飛、龜背鼈腹則能產、軒レ前垂レ後則善舞、洪髀纖趾則能行、

「五夜」

甲夜（今の午後八時）、乙夜（午後十時）、丙夜（午後十二時）、丁夜（午前二時）、戊夜（午前四時）と、一夜を五つに分けて呼ぶ。五更に同じ。

「蓮漏」

蓮華漏の事。

『梁高僧傳』第六巻、義解三、釋道祖、

遠（慧遠）有二弟子慧要一、亦解二經律一、而尤長二巧思一、山中無二漏刻一、乃於二泉水中一立二十二葉芙蓉一、因二流波轉一以定二十二時一、晷景無レ差焉、

『宋史』列傳第五十七、燕肅傳、

又上ニ蓮花漏法一、詔ニ司天臺一、考ニ於鐘鼓樓下一、云レ不下與ニ崇天暦一合上、然肅所レ至、皆刻レ石以記ニ其法一、州郡用レ之以候ニ昏曉一、世推ニ其精密一、

「亭子」

子は助字で、亭子は亭で、あづまや・ちんの意。

『杜工部詩集』巻四、題ニ鄭縣亭子一、

鄭縣亭子澗之濱、戸牖憑レ高發レ興新、

『蘇軾文集』巻十一、記、喜雨亭記、

余至ニ扶風一之明年、始治ニ官舍一、爲ニ亭於堂之北一、而鑿ニ池其南一、引レ流種レ樹、以爲ニ休息之所一、

「颯爾」

風がさつと吹く形容。

『分類補註李太白詩』巻六、秋思、

蕪然蕙草暮、颯爾涼風吹、天秋木葉下、月冷莎雞悲、古今注曰、莎雞、一名促織、一名絡緯、一名蟋蟀、謂ニ其鳴如レ紡レ緯、

「塵榻《ヂンタフ》」

塵をかぶつた腰かけ。

『藝文類聚』巻三十一、人部十五、贈答、梁沈約、詶ニ謝宣城眺一詩、

晨趨ニ朝建禮一、晩沐ニ臥郊園一、賓至下ニ塵榻一、憂來命ニ綠樽一、

「暗闔」

閨《ケイ》は『正字通』に、「閨、女稱二閨秀一、所レ居亦曰レ閨、」とあり、婦人の居所を云ふ。暗閨は單に居室を指す。

「凄其《セイキ》」

其は助字で、淋しい事。

『詩經』邶風、綠衣、

絺《チ》兮綌《ゲキ》兮、凄其以風、凄、寒風也、箋云、絺綌、所二以當一レ暑、今以待レ寒、喩二其失一レ所也、（注、絺は葛布の精密のもの。綌は葛布の麤なるもの。共に夏の衣。）

「凭二玉几一」

凭《ヒョウ》は憑と同じで、よると讀む。玉几は玉で飾った机。

『西京雜記』巻第一、

漢制、天子玉几、冬則加二綈錦其上一、謂二之綈几一、

『漢書』巻之九十六下、西域傳贊、

天子負二黼《フ》依一、襲《カサネ》二翠被一、馮二玉几一而處二其中一、師古曰、依、讀曰レ扆、扆、如二小屛風一、而畫爲二黼文一也、白與レ黑謂二之黼一、又爲二斧形一、襲、重衣也、

「曉枕」

『王安石詩』（『佩文韻府』）

曉枕不レ容春夢到、夜燈唯許月華侵、

「同聲相應」

『易經』乾、文言、

九五曰、飛龍在レ天、利《ヨロシ》レ見二大人一、何謂也、子曰、同聲相應、同氣相求、水流レ濕、火就レ燥、雲從レ龍、風從レ虎、

聖人作《オコリテ》而萬物覩、本二乎天一者親レ上、本二乎地一者親レ下、則各從二其類一也、

「異類」

この序に於いては、志趣を異にする人の意。

『列子』黄帝第二、

太古神聖之人、備《ミナ》知二萬物情態一、悉解二異類音聲一、會而聚レ之、訓而受レ之、同二於人民一、故先會二鬼神魑魅一、次達二八方人民一、末聚二禽獸蟲蛾一、

「嵇中散」

中散大夫嵇康の事。竹林七賢の一人。

『晉書』列傳第十九、嵇康傳、

嵇康字叔夜、譙國銍《チツ》人也、（中略）銍有二嵇山一、家二于其側一、因而命レ氏、（中略）康早孤有二奇才一、遠邁不レ群、身長七尺八寸、美二詞氣一有二風儀一、而土二木形骸一、不二自藻飾一、人以爲二龍章鳳姿一、天質自然、恬靜寡慾、含レ垢匿レ瑕、寬簡有二大量一、學不二師受一、博覽無レ不二該通一、長好二老莊一、與二魏宗室一婚、拜二中散大夫一、常脩二養性服食之事一、彈レ琴詠レ詩、自足二於懷一、以爲神仙稟二之自然一、非二積學所一レ得、

「嵇中散之居レ燈云々」

『晉書』列傳第十九、嵇康傳、

初康嘗游二乎洛西一、暮宿二華陽亭一、引レ琴而彈、夜分忽有レ客詣レ之、稱二是古人一、與レ康共談二音律一、辭致淸辯、因索レ琴彈レ之、而爲二廣陵散一、聲調絶倫、遂以授レ康、仍誓レ不レ傳レ人、亦不レ言二其姓字一、

「絲桐」

『文選』卷第二十三、王仲宣（粲）、七哀詩、

絲桐感㆓人情㆒、爲㆑我發㆓悲音㆒、善曰、史記曰、鄒忌以㆑鼓㆑琴見㆓齊威王㆒、王曰、夫治㆓國家㆒可㆑爲㆓絲桐之間㆒也、向曰、絲、絃也、琴、以㆓桐木㆒爲㆑之、

「夏后氏」

『史記』卷之二、夏本紀、

帝舜崩、三年喪畢、禹辭辟㆓舜之子商均於陽城㆒、天下諸侯皆去㆓商均㆒而朝㆑禹、禹於㆑是遂卽㆓天子位㆒、南面朝㆓天下㆒、國號曰㆓夏后㆒、姓姒氏、

「夏后氏之社月云々」

典據不明。又意も不明。

「方今」

『作文大體』

發句、施㆑頭、又有㆑施㆑中、頗如㆓傍句㆒、

方今、

『文選』卷第二、張平子（衡）、西京賦、

方今聖上、同㆓天號于帝皇㆒、綜曰、天稱㆓皇天帝㆒、今漢天子號㆓皇帝㆒、兼㆓同之㆒、善曰、方今、猶㆓正今㆒也、

「四坐（座）」

満座の人。

『文選』巻第十三、禰正平（衡）、鸚鵡賦、
竊以《ヒソカニオモンミレハ》、此鳥自レ遠而至、明恵聰善、羽族之可レ貴、願先生爲二之賦一、使二四座咸《コトコトク》共榮觀一、向曰、使下四坐之人觀二衡之文詞一以爲上レ榮也、

「龍官」
君側の高官。
『漢書』巻之十九、百官公卿表第七上、
易敍、宓《フク》羲神農黄帝、作レ教化レ民、應劭曰、宓羲氏始作二八卦一、神農氏爲二耒耜一、黄帝氏作二衣裳一、神而化レ之、使二民宜一レ之、師古曰、見二易下繫一、宓音伏字、本作レ虙、轉寫訛謬耳、而傳二述其官一、師古曰、春秋左氏傳載、郯子所レ說也、以爲、宓羲龍師名レ官、應劭曰、師者長也、以レ龍紀二其官長一、故爲二龍師一、春官爲二青龍一、夏官爲二赤龍一、秋官爲二白龍一、冬官爲二黑龍一、中官爲二黄龍一、張晏曰、庖羲將レ興、神龍負レ圖而至、因以名二師一與レ官也、
『春秋左氏傳』昭公十七年、
郯子曰、（中略）昔者黄帝氏以レ雲紀、故爲二雲師一而雲名、炎帝氏以レ火紀、故爲二火師一而火名、共工氏以レ水紀、故爲二水師一而水名、大皡氏以レ龍紀、故爲二龍師一而龍名、我高祖少皡摯之立也、鳳鳥適至、故紀二於鳥一、爲二鳥師一而鳥名、（注、大皡氏即ち伏犧氏が龍瑞によって龍を以て百事を治める制度とした。）

「諳《ソランジ》」

『玉篇』に「暗、知也、」とあり、熟知する意。


「鳳毫」

毫は筆、鳳毫は鳳筆と同じで、他の人の筆蹟を云ふ。

『全唐詩』巻三、李嶠一、扈從還レ洛呈二侍從群官一、

竝輯二蛟龍書一、同簪二鳳皇筆一、

「烏臺」

『白孔六帖』巻第七十四、御史大夫、

秦官也、應劭云、御史之率故曰二大夫一、（中略）亞相、憲臺、霜臺、栢臺、烏臺、烏府、

『漢書』巻之八十三、朱博傳、

是時、御史府吏舍百餘區井水皆竭、又其府中列栢樹、常有二野烏數千一棲二宿其上一、晨去暮來、號曰二朝夕烏一、烏去不レ來者數月、長老異レ之、

烏臺は御史臺、卽ち彈正臺。

「匡衡居二烏臺任一五年」

匡衡が彈正少弼に任じられたのは、永観二年（九八四）十月卅日（『中古歌仙三十六人傳』）である。永観二年からの五年目は、數へで永延二年（九八八）、滿で永祚元年（九八九）になる。永延二年中春には庚申がなく、永祚元年二月九日が庚申に當る。但し、この序の左相府は藤原道長亭を指し、又第5の員外藤納言も恐らく藤原賴通を指すと思はれ、この序の員外藤納言も藤原賴通を指すと考へられる。然るに永祚元年の左大臣は源雅信である。從つてこの序を永祚元年作と見る事は出來難い。この序の「匡衡居二烏臺任一五年」は、第5に、「霜臺者吾昔所レ歷、」と記した樣に、昔五年間彈正臺の吏であつた事を述べ、烏の對で鳳を記したものであらうかと考へる。

「鳳翼」

『後漢書』光武帝紀第一、建武元年、

耿純進曰、天下士大夫、捐二親戚一棄二土壤一、従二大王於矢石之間一者、其計固望下其攀二龍鱗一附二鳳翼一以成中其所上
レ志耳、

「蓬衡」

衡はかぶき門の意。蓬衡は蓬庵と同じく、そまつな家居。この序では、うらぶれた匡衡の意。

「覼《ラ》縷《ル》」

委曲を盡して述べる事。覼縷。

『全唐文』巻五百七十三、柳宗元五、寄二許京兆孟容一書、

雖レ欲二秉レ筆覼縷一、神志荒耗、前後遺忘、終不レ能レ成レ章、

「暗漏三更」

暗漏は夜漏と同じで、夜の水時計の意。又夜の時間の意。

『周禮』巻二十、春官、雞人、

大祭祀夜嘑《ヨビ》《コ》レ旦以嘂《サケビ》《ケウ》二百官一、ニ夜、夜漏未レ盡、雞鳴時也、呼レ旦以警二起百官一、使二夙興一、

『全唐詩』巻二十七、李中四、旅夜聞レ笛、

長笛起二誰家一、秋涼夜漏賒、一聲來二枕上一、孤客在二天涯一、

「三更」

甲夜、初更、五ツ、戌刻、午後八時、　黄昏、
乙夜、二更、四ツ、亥刻、午後十時、　人定、

丙夜、三更、九ツ、子刻、午後十二時、夜半、
丁夜、四更、八ツ、丑刻、午前二時、雞鳴、
戊夜、五更、七ツ、寅刻、午前四時、平旦、

「烟葉」

かすかに見える葉。霞の中の葉。

『白氏長慶集』巻二十六、和下令狐相公新於二郡内一栽二竹百竿一、折レ壁開レ軒、旦夕對翫、偶題中七言五韻上、

梁園修竹舊傳レ名、久廢年深竹不レ生、千畝荒涼尋未レ得、百竿青翠種新成、墻開乍見重添レ興、牕靜時聞別有レ情、
煙葉蒙籠侵二夜色一、風枝蕭颯欲レ秋聲、更登レ樓望尤堪レ重、千萬人家無二一莖一、汴州人家並無レ竹、

「陰冷」

『全唐詩』巻十九、雍陶、和二劉補闕秋園寓興一六首の中、

水木夕陰冷、池塘秋意多、庭風吹二故葉一、階露淨二寒莎一、

「浮休」

生死の事。

『莊子』刻意第十五、

其生若レ浮、其死若レ休、汎然無レ所レ惜也、疏、夫聖人動靜無心、死生一貫、故其生也如二浮漚之蹔起一、變化俄然、其死也若二疲勞休息一、曾無二係戀一也、

『白氏長慶集』巻五、永崇里觀居、

年光忽冉冉、世事本悠悠、何必待二衰老一、然後悟二浮休一、

○大意

左大臣亭の庭に松がある。寒さ酷い時なのに一段と緑色濃い。松は日毎に寒に堪へるその本來の性を發揮し、剛直で枝葉が繁つてゐる。正に君子の樹と呼ばれる由縁である。靈鳥と謂はれる鶴が、その君子の樹の上に栖んで、毎夜降露をいましめて鳴き、夜を通して風を送つて居る。扨て今宵藤納言は例によつて庚申を守り、夜漏の過るのを待たれる。藤納言は居室の前のあづま屋に席を設けられ、榻を移されて、いねもせず玉几によつて松の翠葉を渡る風を聽き、寒く淸らかな枝をながめて居られる。志を同じうする者が集まり、趣を異にする者も自ら感慨深く、一夜の景趣にひたる頃、中散大夫嵆康の故事の如く、琴の調べがひゞき、酒宴もたけなはになつた。

當今滿座の者が、藤納言を評して次の樣に云つてゐる。我納言は君側の高官で、政途を熟知し、又その出自も高貴であり、一方麗筆をふるつて詩文の境に達して居られ、恰も地上の仙の如くであり、かつ士を重んじ、文を好まれ、萬人が歸服してゐる。學問の道が勃興したのも著しい。私匡衡は嘗て烏臺の官吏として五年を閲してゐるが、鳳翼をつける事も出來ず卑官に沈淪してゐる。今夕松風の曲を聽き、僅に貧粗な生活の身を慰めた次第である。蕪辭であり、氣もそゞろで、今夕の狀を委しく述べ難い。

詩友に誘はれて、今夕の樂しい宴遊に接し、松下に夜風を聞いて心足りた。いつしか夜は更けて、夜霧の中、松の葉が搖れ動いて居り、燈火を受けて綠の枝が幽寂な趣を呈してゐる。月光の下でかなでられる琴曲に聞き入つて居る中に、氣がつけば早くも曉である。雲の樣に廣がりかぶさつてゐる松は、冷え冷えとした感を與へ、秋の樣な氣持がする。この景物に觸れて心にはむなしさを覺え、涙が流れてやまぬ。昔の人が、「生若」浮、死若」休」と云つたが、人生は誠に一時の間で、はかないものである。

10　七言、五月五日陪二内相府池亭一、同賦三雲峯入二夏池一、應教詩一首、勒二新鱗臻辰一、幷序、

夫朝市之人徇《シタガヒ》レ祿、山林之士逃レ名、故蕭曹長忙、仕而不レ隱、巢由長閑、隱而不レ仕、雖二彼古賢一、得レ中者少、於レ是內相府、東山之脚置二一池亭一、蓋安和左僕射、開二七叟會一之地也、傳レ之爲レ主誠有レ以矣、進營二啓沃於廊廟一、鸞臺踏レ雲、退翫二風流於郊扉一、鶴帳友レ月、兼濟之美、誰敢間然、方今、屬二此端午之佳期一、味以二曹子之文藻一、猗《アヽ》矣當二文武二府之任一、縱二山林四望之樂一、觀二其雲峯迎レ夏、池水瀉レ陰、臨二麥風之緩吹一、喜二梅雨之已霽一、鶴翥二紫霄一、自伴二立沙之翅一、魚依二碧岸一、還類二登漢之鱗一、遂使下競渡之舟棹輕、空壓二馬鞍嶄巖之黛一、通波之閣簾卷、忽對中峨眉重疊之膚上者歟、既而烏轡難レ繫、鸚盃頻飛、憶二曲水於春風一、桃源已遠、期二重陽於秋露一、菊潭未レ芳、今之勝事、不二亦悅一乎、匡衡榮謝二伯春一、未レ作二詩家之宗匠一、步亞二餘子一、徒瘦（一作疲）二學路之嶮難一、遣レ恨終レ篇不レ能二詳錄一、云レ爾、

雲峰渺々已爲レ鄰、影入二夏池一氣色新、更使三苔痕通二鳥路一、空教三松嶠混二魚鱗一、羅浮曉樣隨レ波織、紫蓋晴光覆レ水臻、爲向二林園風物道一、莫レ忘今日賞二名辰一、

○**考　說**

「新・鱗・臻・辰」

いづれも上平聲十一眞韻。

「朝市之人」

朝は朝廷に仕官する人、市は市井に在つて利を求める人。

『史記』巻之七十、張儀列傳第十、

臣聞、爭ㇾ名者於ㇾ朝、爭ㇾ利者於ㇾ市、今三川周室天下之朝市也、

「山林之士」

隱棲してゐる人。

『漢書』巻之七十二、傳贊、

山林之士往而不ㇾ能ㇾ反、朝廷之士入而不ㇾ能ㇾ出、

『韓詩外傳』巻五、

朝廷之士、爲ㇾ祿故入而不ㇾ出、山林之士、爲ㇾ名故往而不ㇾ返、入而亦能出、往而亦能返、通移有ㇾ常聖也、詩曰、

不ㇾ競不ㇾ絿《キビシカラ》、不ㇾ剛不ㇾ柔、言ㇾ得ㇾ中也、（注、詩の商頌、長發、）

「逃名」

名聲を避ける事。

『後漢書』逸民列傳第七十三、法眞傳、

帝（順帝）虛ㇾ心欲ㇾ致、前後四徵、眞曰、吾既不ㇾ能㆓遯《ノガレ》ㇾ形遠ㇾ世、豈飮㆓洗ㇾ耳之水㆒哉、遂深自隱絕、終不㆓降屈㆒、友人郭正稱之曰、法眞名可ㇾ得ㇾ聞、身難㆓得而見㆒、逃ㇾ名而名我隨、避ㇾ名而名我追、可ㇾ謂㆓百世之師㆒者矣、

「蕭曹」

蕭何と曹參を云ふ。共に漢の高祖の股肱の臣。

『揚子法言』淵騫、

仲尼之後、迄《イタル》二于漢道一、德行顏閔、股肱蕭曹、

又、

或問二蕭曹一、曰蕭也規《ハカル》、曹也隨、李軌曰、蕭何規二摫於前一如レ一、曹參奉二隨於後一不レ失、司馬光曰、非レ蕭不レ能レ規、非レ曹不レ能レ隨、二人協レ心共成二漢道一、其賢等耳、

『文選』卷第五十九、沈休文（約）、齊故安陸昭王碑文、

蕭曹扶二翼漢祖一、滅二秦項一、以寧レ亂、

『漢書』卷之三十九、蕭何曹參傳、

蕭何沛人也、（中略）及三高祖起爲二沛公一、何嘗爲レ丞督レ事、沛公至二咸陽一、諸將皆爭走二金帛財物之府一分レ之、何獨先入收二秦丞相御史律令圖書一藏レ之、沛公具知下天下阸《アイ》塞戶口多少彊弱處、民所二疾苦一者上、以三何得二秦圖書一也、（下略）

曹參沛人也、（中略）高祖爲二沛公一也、參以二中涓一從、如淳曰、中涓如二中謁者一也、師古曰、涓、潔也、言其在レ內主二知潔清灑掃之事一、盍親二近左右一也、擊二胡陵方與一、攻二秦監公軍一大破レ之、（下略）

贊曰、蕭何曹參皆起二秦刀筆吏一、師古曰、刀、所二以削レ書也、古者用二簡牒一、故吏皆以二刀筆一自隨也、當時錄錄未レ有二奇節一、師古曰、錄錄猶二鹿鹿一、言レ在二凡庶之中一也、漢興依二日月之末光一、師古曰、易文言云、聖人作而万物覩、又曰、見龍在レ田天下文明、贊言、何參値二漢初興一、故以二日月一爲レ喩耳、何以二信謹一守二管籥一、參與二韓信一俱征伐、師古曰、高祖出征、何每居守、故言レ守二管籥一、天下既定、因三民之疾二秦法一、順レ流與レ之更始、二人同レ心遂安二海內一、淮陰黥布等已滅、唯何參擅二功名一、位冠二群臣一、聲施二後世一、爲二一代宗臣一、慶流二苗裔一盛矣哉、

「巣由」

巣父と許由。

『漢書』卷之七十二、鮑宣傳、

及下莽（王莽）以二安車一迎上方（薛方）、方因二使者一辭謝曰、堯舜在レ上下有二巣由一、今明主方隆二唐虞之德一、小臣欲レ守二箕山之節一也、

『高士傳』

巣父、

巣父者堯時隱人也、山居不レ營二世利一、年老以レ樹爲レ巣而寢二其上一、故時人號曰二巣父一、堯之讓二許由一也、由以告二巣父一、巣父曰、汝何不下隱二汝形一、藏中汝光上、若非二吾友一也、擊其レ膺《ムネ》而下レ之、由悵然不二自得一、乃過二清冷之水一洗二其耳一、拭二其目一、曰、向聞二貪言一負二吾之友一矣、遂去、終身不二相見一、

許由、

許由字武仲、陽城槐里人也、爲レ人據レ義履レ方、邪席不坐、邪饍不レ食、後隱二於沛澤之中一、堯讓二天下於許由一曰、日月出矣、而爝火不レ息、其於レ光也不二亦難一乎、時雨降矣、而猶浸灌、其餘澤也不二亦勞一乎、夫子立而天下治、而我猶尸《ツカサドル》レ之、吾自視缺然、請致二天下一、許由曰、子治二天下一、天下既已治矣、而我猶代レ子、吾將レ爲レ名乎、名者實之賓也、吾將レ爲レ賓乎、鷦鷯巣二於深林一、不レ過二一枝一、偃鼠飮レ河、不レ過二滿腹一、歸休乎君、予無レ所下用二天下一爲上、庖人雖レ不レ治レ庖、尸祝不下越二樽俎一而代上之矣、不レ受而逃去、齧缺遇二許由一曰、子將奚之、曰將逃レ堯、曰奚謂邪、曰夫堯知三賢人之利二天下一也、而不レ知三其賊二天下一也、夫唯外乎、賢者知レ之矣、由於レ是遁二

耤於中岳潁水之陽箕山之下一、終身無下經二天下一色上、堯又召爲二九州長一、由不レ欲レ聞レ之、洗二耳於潁水濱一、時其友巣父、牽レ犢欲レ飲レ之、見二由洗レ耳問二其故一、對曰、堯欲三召レ我爲二九州長一、惡レ聞二其聲一是故洗レ耳、巣父曰、子若處二高岸深谷一、人道不通一、誰能見レ子、子故浮游欲レ聞求二其名譽一、汚二吾犢口一、牽レ犢上流飲レ之、許由沒、葬箕山之巓、亦名二許由山一、在二陽城之南十餘里一、堯因就二其墓一號曰二箕山公神一、以配二食五岳一、世世奉祀、至レ今不レ絶也、

「安和左僕射云々」

『日本紀略』安和二年三月條、

十三日庚寅、大納言在衡卿於二粟田山庄一有二尚歯會一、七叟各脱二朝衣一、著二直衣指貫一、希代之勝事也、

『本朝文粋』巻第九、序乙、詩序二、人事、暮春藤亞相（在衡）山庄尚歯會詩、　菅三品（文時）

尚歯之會、時義遠哉、源起二唐室會昌白氏水石之居一、塵及二皇朝貞観南相（南淵年名）山林之窟一、傳來數百萬里、絶後九十三年、藤亞相者、儒雅宗匠、國家耆德、憶二舊遊於七叟一、訪二芳躅於二方一、

「左僕射」

『職原鈔』上、

左大臣一人、相當正從二位、唐名大傅、左丞相、左僕射、

藤原在衡が左大臣に轉じたのは、安和三年（九七〇）正月廿七日である。

「七叟會」

『全唐詩』巻十七、白居易三十七、

胡・吉・鄭・劉・盧・張等六賢、皆多二年壽一、予亦次焉、偶於二弊居一合二成尙齒之會一、七老相顧、既醉且歡、靜而思レ之、此會稀レ有、因成二七言六韻一、以紀レ之、傳二好事者一、
（詩略す）後序に、
已上七人合五百七十歲、會昌五年三月二十一日、於二白家履道宅一同宴、宴罷賦レ詩、時祕書監狄兼謩、河南尹盧貞、以三年未二七十一、雖レ與レ會而不レ及レ列、

『扶桑略記』貞觀十九年四月九日南淵年名薨記、
元慶元年三月、於二小野山莊一置レ宴、招二參議左衞門督大江朝臣音人、參議民部卿藤原朝臣冬緒、參議刑部卿兼勘解由長官菅原朝臣是善、相摸權守文室朝臣有眞、因幡權守菅原朝臣秋緒、前安藝介大中臣朝臣是直六人一、命レ酒詩レ賦、名爲二尙齒會一、

『古今著聞集』四、文學五、
尙齒會は、唐の會昌五年三月廿一日、白樂天履道坊にして、はじめておこなひ給ひける、我朝には、貞觀十九年三月十八日、大納言年名卿、小野山庄にして、はじめておこなはれけり、又安和二年三月十三日、大納言在衡卿、粟田口山庄にておこなはれける、其後天承元年三月廿二日、大納言宗忠卿白河の山庄にして被レ行けり、

『山城名勝志』十三上、愛宕郡部、
粟田山庄、拾芥抄云、東明寺、神樂岡北、左大臣在衡別業、有二尙齒會一、號二粟田殿一、

「啓沃」

心を開き隱す事なく君に申し導く事。

『書經』説命上、（蔡沉集傳）

啓二乃心一、沃《イレヨ》二朕心一、啓、開也、沃、灌漑也、啓二乃心一者、開二其心一而無レ隱、沃二朕心一者、漑二我心一而厭飫也、

「廊廟」

廟堂と同じ。政事をとる所。

『文選』巻第二十四、潘安仁（岳）、爲二賈謐一作贈二陸機一、

廊廟惟清、俊乂是延《スヽム》、善曰、史記曰、賢人深謀二於廊廟一、爾雅曰、室有二東西廂一曰レ廟、捷爲舍人曰、殿有二東西小堂一也、然廊廟君之居、臣朝覲之所、故曰二俊乂是延一也、尚書曰、俊乂在レ官、鄭玄周禮注曰、延、進也、向曰、乂、理也、廊廟之官、惟擇二其清俊能理之材一是進用也、

「鸞臺」

『職原鈔』上、

太政官、當二唐尚書省一、又號二鸞臺、蘭省一、

當官統二八省及諸國一、天下事悉決二此官一也、故云二都省一、本名二乾政官一、

「郊扉」

『文選』巻第二十六、顏延年（延之）、贈二王太常一、

側《イヤシキコト》同二幽人居一、郊扉常晝閉、濟曰、側、不二敢正一、謙詞也、邑外曰レ郊、扉、門扉也、言我同二僧(王)達一、幽二居於邑外一、門常晝閉、言無レ事也、

「鶴帳」

鶴の圖柄の帳か。

『佩文韻府』丁鶴年、楮帳詩、

江吏部集　上（10）

誰搗二霜藤一萬杵勻、製二成鶴帳一隔二塵氛一、

「兼濟」

あはせすくふ義。

『文選』巻第五十八、王仲寶(儉)、褚淵碑文、

仁洽《アマネク》二兼濟一、愛深二善誘《ス丶ムルニ》一、善曰、莊子、仲尼謂二老聃一曰、兼レ愛無レ私、此仁之情也、論語、顏淵曰、夫子循循然善誘レ人也、向曰、誘、進也、

「間然」

缺點を指して拾つてそしる。

『論語』泰伯、

子曰、禹吾無二間然一矣、〔註〕孔安國曰、孔子推二禹功德之盛一、言己不レ能三復間二厠其間一也、〔疏〕間、猶二非覸一也、

「端午」

端は始め、陰曆五月五日の節。

『續齊諧記』

屈原五月五日投二汨羅水一、楚人哀レ之、至二此日一以二竹筒子一貯レ米、投レ水以祭レ之、漢建武中長沙區曲、忽見二一士人一、自云二三閭大夫一、謂レ曲曰、聞君當レ見レ祭、甚善、常年爲二蛟龍所一レ竊、今若有レ惠、當下以二楝葉一塞二其上一、以二綵絲一纏上レ之、此二物蛟龍所レ憚、曲依二其言一、今五月五日作レ粽、幷帶二楝葉五花絲一、遺風也、

『荊楚歲時記』

五月五日、四民竝蹋二百草一、又有下鬪二百草一之戲上、採レ艾以爲レ人、懸二門戶上一、以禳二毒氣一、

按、宗測字文度、嘗以二五月五日雞未レ鳴時一採レ艾、見二似レ人處一、攬《マトメテ》而取レ之、用レ灸有レ驗、師曠占曰、歳多レ病則艾先生《ズ》、

以二五綵絲一繫レ臂、名曰レ辟レ兵、令二人不一レ病レ瘟《ヲン》、又有二條達等、織組雜物一、以相贈遺、取二鴝鵒一教二之語一、

按、仲夏繭始出、婦人染練、咸有レ作レ務、日月星辰、鳥獸之狀文繡金縷、貢二獻所一レ尊、一名長命縷、一名續名鏤、一名辟兵繒、一名五色絲、一名朱索、名擬甚多、青赤白黑以爲二四方一、黃爲二中央一、襞《タヽミ》レ方綴二於胸前一、以示二婦人計功一也、此月鴝鵒子、毛羽新成、俗好登レ巣、取養レ之、以教二其語一也、

我國では、平安朝の始め頃迄、五月五日には、天皇が武德殿に行幸、騎射・走馬を觀覽になり、練武の儀が行はれ、群官が菖蒲鬘《アヤメノカツラ》を著けて供奉したが、匡衡の時代にはこの練武の儀は停止された模樣で、御殿の屋根を始めとして、菖蒲蓬で飾り、粽等で祝はれた。（詳しくは拙著『年中行事御障子文注解』に見える。）

「曹子」

曹子は、曹植字子建を指す。

『本朝文粹』巻第九、詩序二、論文、春日侍三前鎭西都督大王讀二史記一、應レ教、 後江相公、

業只好レ文、則是曹子建之再誕、

『三國志』魏書、巻第十九、陳思王植、

陳思王植、字子建、年十歳餘、誦二讀詩論及辭賦數十萬言一、善屬レ文、太祖嘗視二其文一、謂レ植曰、汝倩《ヤトフ》レ人邪、植跪曰、言出爲レ論、下レ筆成レ章、顧當二面試一、柰何倩レ人、時鄴銅爵臺新成、太祖悉將二諸子一登レ臺、使二各爲一レ賦、植援レ筆立成、可レ觀、太祖甚異レ之、

「文藻」

立派な文章。

『文選』卷第五十五、劉孝標(峻)、廣絶交論、

遒文麗藻、方二駕曹王(曹植)(王粲)一、善曰、孫綽集序曰、綽文藻遒麗、鄭玄儀禮注曰、方、併也、曹王、子建仲宣也、銑曰、遒、美也、麗藻、喩二文章之美一也、方、並也、曹、曹植、王、王粲、

『漢書』卷六、武帝紀、元光元年の詔、

今朕獲レ奉二宗廟一、夙興以求、夜寐以思、若渉二淵水一、未レ知レ所レ濟、猗與偉與、師古曰、猗、美也、偉、大也、與、辭也、言美而且大也、與、讀曰レ歟、

『文選』卷第二十、顏延年(延之)、皇太子釋奠會作、

倫《ナラビ》レ周伍《ナランデ》レ漢、超哉、邈猗《ハルカニウルハシ》、向曰、倫、比、伍、參也、言比二周漢之德一、超然遠美、

「雲峰」

夏の天の山峯の如き雲。

『杜工部詩集』卷一、對レ雨書レ懷走二邀許主簿一、

東嶽雲峯起、溶々滿二太虛一、震雷翻二幕燕一、驟雨落二河魚一、

「翥《アガル》」

『方言』十、

翥《ショ》、擧《アガル》也、謂二軒翥一也、楚謂二之翥一、

『文選』卷第五、左太沖(思)、吳都賦、

鷓《シャ》鴣南翥《ニトビ》而中留、劉曰、鷓鴣如レ雞黑色、其鳴自呼、或言此鳥常南飛不レ北、

「紫霄」
碧霄、あをぞら。
『全唐詩』卷三、李嶠二、侍二宴長寧公主東莊一應制、
別業臨二青甸一、鳴鑾降二紫霄一、長筵鵷鷺集、仙管鳳皇調、
『藝文類聚』卷二十七、人部十一、行旅、鮑昭、與レ妹書、
西則廻江永指、長波呑合、滔滔何窮、漫漫安竭、左右青藹、表裏紫霄、
あを空より轉じて君主の宮殿を云ふ。
『梁書』列傳第三十二、朱异傳、
皇太子又製二圍城賦一、其末章云、彼高冠及厚履、竝鼎食而乘レ肥、升二紫霄之丹地一、排二玉殿之金扉一、
「魚依二碧岸一還類二登漢之鱗一」
登漢は天漢に登る意。登漢之鱗は龍である。
『初學記』卷三十、鱗介部、龍、
說文曰、龍鱗蟲之長、能幽、能明、能小、能大、能長、能短、春分而登レ天、秋分而入レ川、
『藝文類聚』卷九十六、鱗介部上、龍、
公孫弘答二東方朔一書曰、譬猶二龍之未レ升、與二魚鼈一爲レ伍、及二其升レ天、鱗不レ可レ覩、
紺碧に澄んだ池中に游ぶ魚は、恰もやがて昇天する龍の様である。
「競渡之舟」

『荊楚歳時記』是日競渡、採二雜藥一、

按、五月五日競渡、俗爲下屈原投二汨羅一日、傷二其死一故竝命二舟檝一以拯上之、舸舟取二其輕利一、謂二之飛鳧一、一自以爲二水軍一、一自以爲二水馬一、州將及土人、悉臨レ水而觀レ之、邯鄲淳曹娥碑云、五月五日、時迎二伍君一、逆レ濤而上、爲二水所一レ淹、斯又東吳之俗、事在二子胥一、不レ關二屈平一也、越地傳云、起二於越王勾踐一、不レ可レ詳矣、是日競採二雜藥一、夏小正、此月蓄レ藥以蠲二除毒氣一、

「馬鞍」

山名。中國には馬鞍を名とする山は多い。

『太平御覽』巻四九、地部一四、

馬鞍山、南越志云、始皇朝、望氣者云、南海有二五色氣一、遂發二卒千人一、鑿レ之以斷二山之岡阜一、謂二之鑿龍一、今所レ鑿之處、形如二馬鞍一、故名焉、

「嶃巖」

『文選』巻第一、班孟堅（固）、西都賦、

蹶《フム》二嶃巖一、善曰、毛萇詩傳曰、嶃巖、石高峻之貌也、

「通波」

『文選』巻第二十八、陸士衡（機）、樂府詩、吳趨行、

昌門何峨峨、飛閣跨二通波一、善曰、吳地記曰、昌門者、吳王闔閭所レ作也、名爲二閶闔門一、高樓閣道、西都賦曰、脩二除飛閣一、又曰、與レ海通レ波、翰曰、峨峨、高貌、飛閣、高閣也、跨、猶レ帶也、帶二通波一、謂レ連二江海一也、

右の如く、通波は、海と連なつて海水の來往するを云ふ。倂し、次の如く海と連なる事なく、從つて海水の來往

を意味せず、單に流水を云ふ例もあり。この序に於いては、單に流水を意味する。

『文選』巻第二十四、陸士衡、答二張士然一、

廻渠繞《メクリ》二曲陌一、通波扶二直阡一、善曰、風俗通曰、南北曰レ阡、東西曰レ陌、銑曰、廻渠、曲渠也、扶者、言水在二阡上一、若二從レ下扶持而上一也、

「通波之閣」

流水の上に構へた閣。

「峩眉」

『文選』巻第四、左太沖（思）、蜀都賦、

抗《ムカヘリ》二峨眉之重阻一、劉曰、峨眉、山名也、在二成都南犍爲界一、面レ之故曰レ抗也、

「重疊」

『文選』巻第二十二、沈休文（約）、游二沈道士館一、

山嶂遠重疊、竹樹近蒙籠、

「烏轡《ウヒ》」

烏は太陽の中に在る三足烏、轡はたづな。日の運行を云ふ。

『本朝文粋』巻第三、對册、鳥獸言語、菅原淳茂對、（延喜八年八月十四日）

每レ望三烏轡之不二詭遇一、徒抽二羊柱一而無二雍容一而已、

『藝文類聚』巻一、天部上、日、

五經通義曰、日中有二三足烏一、

廣雅曰、日名朱明、一名耀靈、一名東君、一名大明、亦名陽烏、

『淮南子』巻第七、精神訓、

日中有二踆烏一、踆、猶レ蹲也、謂二三足烏一、而月中有二蟾蜍一、

『文選』巻第四十二、曹子建（植）、與二呉季重一書、

抑《オサヘ》二六龍之首一、頓《クタス》二羲和之轡一、翰曰、抑、止、頓、下也、六龍、月車也、羲和、日御也、言惜二光景之速一、思下抑二止六龍一、頓二下其轡一、使中月留而不上レ去、

「鸚盃」

鸚鵡盃の事。

『本朝文粋』巻第十一、序丁、詩序四、鳥、後江相公、重陽日、侍レ宴同賦三寒鴈識二秋天一、應レ製、

鸚盞數巡、所レ傾者來樂之藥、

『藝文類聚』巻七十三、雑器物部、杯、

南州異物志曰、鸚鵡螺、狀似二覆杯一、形如レ鳥、頭向二其腹一、視似二鸚鵡一、故以爲レ名、

「曲水」

曲水の宴を云ふ。

『風俗通義』巻八祀典、禊、

禊、

謹按、周禮男巫掌二望祀一、望衍旁招以レ茅、女巫掌二歳時一、以祓除釁浴、禊者潔也、春者蠢也、蠢蠢搖動也、尚書以殷二仲春一厥民祈、言人解レ療二生レ疾之時一、故於二水上一釁潔之也、巳者祉也、邪疾已去、祈二介祉一也、

蘭亭脩レ禊、卽其遺也、

『藝文類聚』卷四、歳時中、三月三日、

韓詩曰、三月桃花水之時、鄭國之俗、三月上巳、於二溱洧兩水之上一、執レ蘭招レ魂續レ魄、拂二除不祥一、

『續齊諧記』

晉武帝問二尚書郞摯虞仲治一、三月三日曲水、其義何旨、答曰、漢章帝時、平原徐肇、以二三月初一生二三女一、至二三日一俱亡、一村以爲レ怪、乃相與至二水濱一盥洗、因レ流以濫レ觴、曲水之義、蓋自レ此矣、帝曰、若如レ所レ談、便非二嘉事一也、尚書郞束晳進曰、仲治小生不レ足二以知一レ此、臣請說二其始一、昔周公成二洛邑一、因二流水一泛レ酒、故逸詩云、羽觴隨レ波流、又秦昭王、三月上巳置二酒河曲一、見金人自レ河而出、奉二水心劍一曰、令三君制二有西夏一、及三秦霸二諸侯一、乃因二此處一、立爲二曲水一（注、『藝文類聚』「詞」あり。）二漢相緣、皆爲二盛事一、帝曰、善、賜二金五十斤一、左二遷仲治一爲二城陽令一、

『宋書』十五、志第五、禮一、

舊說、後漢有二郭虞者一、有二三女一、以二三月上辰一產二二女一、上巳產二一女一、二日之中而三女並亡、俗以爲二大忌一、至二此月此日一、不二敢止レ家、皆於二東流水上一、爲祈禳自潔濯、謂二之禊祠一、分レ流行レ觴、遂成二曲水一、史臣案、周禮、女巫掌二歳時一祓除釁浴、如今三月上巳如二水上一之類也、釁浴謂下以二香薫草藥一沐浴上也、韓詩曰、鄭國之俗、三月上巳、之二秦洧兩水之上一、招レ魂續レ魄、秉二蘭草一拂二不祥一、此則其來甚久、非レ起二郭虞之遺風一、今世之度水也、月令、暮春天子始乘レ舟、蔡邕章句曰、陽氣和暖、鮪魚時至、將三取以薦二寢廟一、故因レ是乘レ舟、禊二於名川一也、論語、暮春浴二於沂一、自レ上及レ下、古有二此禮一、今三月上巳、祓二於水濱一、蓋出レ此也、邕之言然、張衡南都

賦、祓二於陽濱一、又是也、或用レ秋、漢書、八月祓二於霸上一、劉楨魯都賦、素秋二七、天漢指レ隅、人胥祓除、國子水嬉、又是用二七月十四日一也、自レ魏以後、但用二三日一、不レ以レ巳也、

我國に於いては、『類聚國史』が顯宗天皇元年三月上巳の曲水宴を初掲し、平城天皇大同三年（八〇八）三月から停廢になつたと記してゐる。『菅家文草』巻五、の、「三月三日、同賦二花時天似一レ醉、」と云ふ曲水宴詩序に、「我君一日之澤、万機之餘、曲水雖レ遙、遺塵雖レ絶、書二巳字一而知二地勢一、思二魏文一以翫二風流一、」と記して、曲水宴の久方振りの復活を述べてゐる。

曲水の宴が過ぎてから、既に日が經つてゐる意。

「桃源已遠」

『捜神後記』巻上、（漢魏叢書）

晉太元中、（『藝文類聚』巻八十六、は「晉太康中」とする。）武陵人、捕レ魚爲レ業、緣レ溪行忘二路遠近一、忽逢二桃花夾一レ岸、數百步中無二雜樹一、芳華鮮美、落英繽紛、漁人甚異レ之、漁人姓黄名道眞、復前行欲レ窮二其林一、林盡二水源一、便得二一山一、山有二小口一、彷彿若レ有レ光、便捨レ舟從レ口入、初極狹纔通レ人、復行數十步、豁然開朗、土地曠空、屋舍儼然、有二良田美池桑竹之屬一、阡陌交通、雞犬相聞、男女衣著悉如二外人一、黄髮垂髫、並怡然自樂、見二漁人一大驚問レ所二從來一、具答レ之、便要還レ家、爲設レ酒殺レ雞作レ食、村中人聞レ有二此人一、咸來問訊、自云先世避二秦難一、率二妻子邑人一至二此絶境一、不二復出一焉、遂與レ外隔、問今是何世、乃不レ知レ有レ漢、無レ論二魏晉一、此人一一具言レ所レ聞、皆爲二歎惋一、餘人各復延至二其家一、皆出二酒食一、停數日辭去、此中人語云、不レ足下爲二外人一道上也、既出得二其船一、便扶向レ路、處處誌レ之、及レ郡乃詣二太守一説如レ此、太守劉歆卽遣レ人隨レ之、往尋二向所一レ誌、不二復得一焉、

「重陽」

『藝文類聚』巻四、歳時中、九月九日、

風土記曰、九月九日、律中二無射一而數九、俗尚二此月一、折二茱萸房一以挿レ頭、言辟二除惡氣一而禦二初寒一、

續齊諧記曰、汝南桓景、隨二費長房一遊學累年、長房謂レ之曰、九月九日、汝家當レ有二災厄一、急宜レ去、令下家人各作二絳囊一、盛二茱萸一、以繫レ臂、登レ高飮中菊酒上、此禍可レ消、景如レ言、擧レ家登レ山、夕還レ家、見鷄狗牛羊一時暴死、長房聞レ之曰、代レ之矣、今世人每レ至二九日一、登レ山飮二菊酒一婦人帶二茱萸囊一是也、

魏文帝與二鍾繇一書曰、歳往月來、忽復二九月九日一、九爲二陽數一、而日月並應、俗嘉二其名一、以爲レ宜二於長久一、故以享宴高會、（注、『政事要略』巻廿四、に引く『月舊記』に、『續齊諧記』・魏文帝の書を共に引載してゐる。）

我國の重陽宴の初見は、『類聚國史』巻第七十四、歳時部五、に、天武天皇十四年（六八五）九月壬子《九日》の賜宴を掲げてゐる。その後、醍醐天皇が延長八年（九三〇）九月に崩御になり、御忌月を避けて承平元年（九三一）以後重陽宴が停止になり、天暦四年（九五〇）に至つて十月五日を定日として、殘菊宴が催されるに至つた。

「菊潭未レ芳」

重陽宴には未だ間が遠いの意。

『讀史方輿紀要』巻五十一、河南六、南陽府、鄧州、内鄕縣、

菊潭、在二縣北一、源出二縣西北之石澗山一、亦曰二析谷一、亦名二石馬峯一、滙而爲レ潭、傍生二甘菊一、其水甘香、特重二于諸水一、居人飮レ之多壽、隋因レ此名レ縣、漢志、淅縣有二黃水一、出二黃谷一、鞠水出二析谷一、師古曰、鞠水卽菊潭也、

「榮謝二伯春一」

伯春は召馴の字。

『後漢書』儒林列傳第六十九下、

召馴字伯春、九江壽春人也、（中略）馴少習㆓韓詩㆒、博通㆓書傳㆒、以㆓志義㆒聞、鄕里號㆑之曰、德行恂恂召伯春、（中略）侍㆓講肅宗（章帝）㆒、拜㆓左中郎將㆒、入授㆓諸王㆒、帝嘉㆓其義學㆒、恩寵甚崇《タカシ》、

光榮にも伯春の如く侍讀を務めた。

「餘子」

餘人と同じ。

『後漢書』文苑列傳第七十下、禰衡傳、

（禰衡字正平）唯善㆓魯國孔融及弘農楊脩㆒、常稱曰、大兒孔文擧、小兒楊德祖、餘子碌碌、莫㆑足㆑數也、（注、大兒は年長者、小兒は年少者。）

「渺々」

はるかに遠い様。

『管子』巻第十六、內業、

渺渺乎如㆑窮無㆑極、渺渺、微遠貌、言心之微遠如㆔欲㆑窮㆑之則無㆓其極㆒、

「苔痕」

『全唐文』巻六百八、劉禹錫十、陋室銘、

斯是陋室、惟吾德馨、苔痕上㆑階綠、草色入㆑簾靑、談笑有㆓鴻儒㆒、往來無㆓白丁㆒、

「使㆔苔痕通㆓鳥路㆒」

『文選』巻第二十六、謝玄暉（朓）、暫使㆓下都㆒、夜發㆓新林㆒、至㆓京邑㆒、贈㆓西府同僚㆒、

風雲有㆓鳥路㆒、江漢限㆑無㆑梁、濟曰、風煙之中有㆓飛鳥來往㆒、江漢之水限閡無㆓橋梁㆒也、

『全漢三國晉南北朝詩』全陳巻二、張正見、賦㆔得雪映㆓夜舟㆒、

黃雲迷㆓鳥路㆒、白雪下㆓鳧舟㆒、

鳥路は鳥の飛ぶみち。高い空を指す。

水邊の苔が空に連なつて見える。

「松嶠」

松嶠は松喬の誤りであらう。

松喬は、赤松子と王子喬で、共に仙人である。

『文選』巻第一、班孟堅（固）、西都賦、

庶松喬之群類、時遊㆓從乎斯庭㆒、實列仙之攸㆑館、非㆓吾人之所㆒㆑寧、銑曰、庶使㆓赤松子王喬遊㆒㆑焉、此實列仙所㆑舘之處、非㆓我常人之所㆒㆑安、

『列仙傳』巻之一、

赤松子、神農時雨師、服㆓氷玉㆒、教㆓神農能入㆑火不㆑燒、至㆓崑崙山㆒、常止㆓西王母石室中㆒、隨㆓風雨㆒上下、

王子喬、周靈王太子晉也、吹㆑笙作㆓鳳鳴㆒、遊㆓伊洛之間㆒、道人浮丘公、接㆑晉上㆓嵩高山㆒、三十餘年、後見㆓栢良㆒

謂曰、可㆑告㆓我家㆒、七月七日、待㆓我於緱山頭㆒、至㆑期果乘㆓白鶴㆒駐㆓山頭㆒、可㆑望不㆑可㆑到、俯㆑首謝㆓時人㆒、數

日方去、後立㆓祠緱氏山下㆒、

「空教三松嶠混二魚鱗一」

空では仙人松喬が、天に連なつた水の魚と群遊する。

「羅浮」

羅浮は山名。

『文選』巻第二十六、謝靈運、初發二石首城一、

游當二羅浮行《ニ》一、息必廬霍期《ヲ》、善曰、羅浮山記曰、（中略、後掲の『太平御覽』に在り。）廬霍、二山名也、釋慧遠廬山記曰、山在二江州潯陽之南一、爾雅曰、霍山爲二南岳一、郭璞曰、今在二廬江西一、濟曰、言游息期二於此一也、

『太平御覽』巻四一、地部六、

羅浮山記曰、羅、羅山也、浮、浮山也、二山合體、謂二之羅浮一、在二層城博羅二縣之境一、有二羅水一南流注二于海一、舊說、羅浮高三千丈、長八百里、有二七十二石室、七十二長溪、神湖、神禽、玉樹、朱草一、相傳云、浮山從二會稽一來、今浮山上猶有二東方草木一、

又曰、鮑靜字子玄、上黨人、博二究仙道一、爲二南海太守一、晝臨二民政一、夜來二羅浮山一、騰レ空往還、

『讀史方輿紀要』巻一百、廣東一、其名山、

羅浮山在二廣州府增城縣東北三十里、惠州府博羅縣西北五十里一、其山袤直五百里、高三千六百丈、峯巒四百三十有二、嶺十五、洞壑七十有二、谿澗瀑布之屬、九百八十有九、蓋宇內之名山、東粤之重鎭也、五代周顯德六年、南漢主劉鋹建二天華宮於山中一、在二山之西一、卽朱沙洞也、宋開寶初、鋹又鑿二增江水口一、欲下通二舟道一入上レ山、不レ果、蘇軾曰、鋹於二無レ事時一、以二羅浮一爲二宴遊之所一、有レ急則爲二逋逃藪一也、嶺南志、羅山之脈、來レ自二大庾一、浮山乃蓬萊之一島、來レ自二海中一、與二羅山一合、故曰二羅浮一、

「羅浮曉樣隨レ波織一」

意味不明。假りに次の様に解す。

恰も羅浮山影が池水に映り、波にゆれてその姿が漾ふ様である。

「紫蓋」

紫蓋は山名。

『全唐詩』巻十二、韓愈三、謁二衡嶽廟一遂宿二嶽寺一題二門樓一、

我來正逢二秋雨節一、陰氣晦昧無二清風一、（中略）須臾靜掃衆峰出、仰見突兀撐《サヽフ》二青空一、紫蓋連延接二天柱一、石廩騰擲堆《ウヅタカシ》二祝融一、衡山有二五峯一、紫蓋、天柱、石廩、祝融、芙蓉、

『太平御覽』巻三九、地部四、衡山、

盛弘之荊州記曰、衡山有二三峯一、其一名二紫蓋一、毎見下有二雙白鶴一、徊中翔其上上、一峯名二石囷一、下有二石室一、尋二山徑一聞三室中有二諷誦聲一、一曰二芙蓉一、上有レ泉、水飛流如レ舒二一幅白練一、

『本朝文粹』巻第八、序甲、詩序一、山水、藤惟成、秋日於二河原院一同賦二山晴秋望多一、

觀夫窓開以對二秋山一、目極以多二晩望一、紫蓋之嶺嵐疎、

「林園」

『文選』巻第二十六、陶淵明、辛丑歳七月、赴レ假還二江陵一、夜行二塗口一作、

閑居三十載、遂與二塵事一冥《ハルカナリ》、詩書敦《アツフス》二宿好一、林園無二世情一、銑曰、閑居、靜居也、塵事、塵俗之事也、冥、遠、敦、厚也、宿好、謂二舊所一レ好也、幽隱之事而無二俗塵一也、

○大意

朝に仕官する人も、市井に在つて利を求める人も、何れも祿の爲めに務めるのであり、山林に隱棲した人は、名

聲の傳はるのを避ける。されば漢の高祖を扶翼した蕭何・曹參は、終生忙しく國事に參じ、隱棲の暇なく、巣父・許由は共に隱遁したまゝで遂に仕官しなかつた。古への聖賢と云へど中庸を得る人は少ない。扨て我内相府は、東山の麓に池亭を設けられたが、東山の麓は安和年間（九六八〜九七〇）に、左大臣在衡公が、七叟會を開かれたゆかりの地である。それを繼承して今日の會の主となられた。誠に自然の事である。内相府は、太政官の高官として、廟堂に於いて心肝を披いて主上を扶翼し奉り、退いては風流をかゝる山避の地で樂しまれ、鶴帳の前で月を賞でられると云つた、公私共に兼ねとゝのつた御態度は、全く他から批判する餘地のない事である。今や端午節の日に當り、詩儒が集まつて曹子建の如き文藻を成すのを味はふ事になつた。あゝ我内相府は文・武二府の官を兼任され、叡山下の池亭で四望の樂をほしいまゝにして居られる。見れば夏に向つて次々と湧き登る雲峯が池水に映え、あたりには麥秋の風が緩かに吹いてゐる。嬉しい事に梅雨もすつかりあがり、鶴は青空に向けて舞ひ上り、砂上でかいつくろつた翅が陽光にかゞやいてゐる。碧岸に群れる魚は、恰もやがて昇天せんとする龍の樣である。池には競渡の舟が棹足輕く漕ぎ渡り、空には高く突兀とした馬鞍山にも比す可き叡山の嶺が、あたりを壓する樣に連なり、流水に臨んだ閣は簾が卷き上げられて居り、そこからの眺めは、まるで重疊たる峩眉山に對する樣な觀である。既に日足は止め難く時がうつり、頻りに酒盃はかはされてゐる。花の盛りの曲水の宴は既に遠く過ぎ去り、菊に降りた露を翫ぶ重陽の宴は、未だ先長いこの時、此の五月五日の端午の宴は、誠に喜ばしい行事である。さて私匡衡は彼の伯春の如く、侍讀の榮を受けては居るが、未だ詩文の道では宗匠の域に遠く、一般の餘人と同じで、たゞ學の道の嶮難さにつかれて居る。殘念ながら詳らかに意中を敍述出來ず、一文を終へる次第だ。

山峯の如き夏の雲が遙かなる空に次々と湧き上り、池面にその姿をうつしてゐる。庭の苔むしたみちは次第に上りに昇つて行き、空では仙人が魚と群游してゐる様な觀があり、池面では羅浮山影が波にゆれ動いてゐる感がする。紫蓋山の如き雲影が池面一杯にひろがつてゐる。この景を眺め如何にも林園に遊んだ思ひがする。今日のこの吉辰の宴遊を決して忘れまい。

11　今年四月一日陰雨、八日大雨、信㆓東方朔之前言㆒、心怨㆓大旱㆒、入㆓五月㆒以來、久不㆑雨、十一日、公家班㆓幣諸社㆒祈㆑雨、又是月、相府依㆑例被㆑修㆓法華三十講㆒、於㆑是皇澤雲霑、忽救㆓稼穡之艱難㆒、法音雨洒、自致㆓陰陽之燮理㆒、於戲君臣合體、朝野歡心、僕以㆑紙爲㆓良田㆒、以㆑筆爲㆓耒耜㆒、不㆘獨弄㆓風月㆒誇㆗翰林主人之名㆖、亦欲㆘慕㆓循良㆒顯㆗丹州刺史之志㆖、以㆓絶句二首㆒、題㆓東閣之壁㆒、

荷㆑挿染㆑毫歌㆓德政㆒、爲㆑儒爲㆑吏遇㆓明時㆒、豫期吾土如㆑雲稼、高詠樂天賀雨詩、

一千載后祈㆓神社㆒、三十講時知㆓佛恩㆒、應是旱天霖雨用、君臣合德感㆓乾坤㆒、

○**校　異**

①「志」＝『日本詩紀』「忠」に作る。②「閣」＝『日本詩紀』「閤」に作る。③「挿」＝『日本詩紀』「鍤」に作る。④「后」＝『日本詩紀』「後」に作る。⑤「十」＝底本「千」に作る。『日本詩紀』に據り改む。

○**考　説**

「今年四月一日」

『江吏部集』巻中、人倫部、の匡衡の序に、「寛弘七年三月卅日、遷㆓丹州刺史㆒」とある。そして匡衡の卒は長和元

年（一〇一二）七月十六日である。『小右記』長和元年七月十七日條、に據れば、丹波守の現任に卒去してゐる。從つて、こゝに云ふ「今年」は、寛弘七年（一〇一〇）・八年・長和元年の何れかである。この三ケ年の五月に、祈雨奉幣の記錄は見られない。一方、道長第の法華講は、寛弘七年五月と、寛弘八年五月に修せられてゐる。又『御堂關白記』の寛弘七年四月一日記には、「從二夜部一雨終日、」とある。

「東方朔之前言」

典據不明。

東方朔は漢の武帝の時の人。

『漢書』巻之六十五、東方朔傳、

東方朔字曼倩、平原厭《ヨウ》次人也、

贊曰、劉向言、少時數問下長老賢人通二於事一及二朔時一者上、皆曰、朔口諧倡辯、不レ能二持論一、喜爲二庸人誦說一、故令三後世多二傳聞一者、而揚雄亦以爲、朔言不レ純レ師、行不レ純レ德、其流風遺書蔑如也、師古曰、言辭義淺薄不レ足レ稱也、然朔名過レ實者、以下其詼達多端、不上名《アラ》二一行《ニ》一、應レ諧似レ優、不レ窮似レ智、正諫似レ直、穢徳《ワイトク》似レ隱、非二夷齊一而是二柳下惠一、戒二其子一以レ上レ容、應劭曰、容レ身避レ害也、首陽爲レ拙、應劭曰、伯夷叔齊不レ食二周粟一餓二死首陽山一爲レ拙、柱下爲レ工、應劭曰、老子爲二周柱下史一、朝隱、故終レ身無レ患、是爲レ工也、飽食安步、以レ仕易レ農、依隱玩レ世、詭レ時不レ逢、如淳曰、依違朝隱、樂二玩其身於一世一也、反レ時直言正諫、則與二富貴一不二相逢一矣、臣瓚曰、行與レ時詭而不レ逢二禍害一也、師古曰、瓚說是也、詭、違也、其滑稽之雄乎、

「公家班二幣諸社一祈レ雨」

『新儀式』第四、祈雨祈霽事、

若四月以後、八月以前、久不レ降レ雨、必有二請雨之事一、或令三神祇官卜二其祟一、又遣二使諸社一、奉幣禱請、就中丹生貴布禰二社、別令二祈禱一或令レ奉二黒毛馬一、或非二神祇官一差二進大中臣使一、更差二殿上侍臣一、於二其山上一祈之、又於二大極殿一請二百口僧一、晝則令レ轉二讀般若王經一、夜又令レ禮二拜龍樹寶號一、又於二神泉苑一、令レ修二請雨經之法一、若其限内甘澤不レ降、更且延二其日一矣、又遣二使左右近衛少將、東大寺一、於二大佛前一率二衆僧一令二祈誓一、又仰二下諸大寺幷五畿七道諸國一、遍令下祈二佛法一請中神明上、又引二神泉苑池水一、灌二京南之田畝一、炎旱尤甚、農業多損、或降二詔命一、減二除服御常膳之物一、又免二調庸租稅之未納一、又仰二左右撿非違使一、令レ捜二問寃獄者一、隨二其勘一原二免未斷之囚人一、又八九月間、淫雨不レ霽、必有二祈霽之事一、令レ卜二其祟一、幷奉二幣諸社丹生貴布禰一令二祈禱一、奉二赤毛馬一、（『延喜神祇式』臨時祭、祈雨、に、「其霖雨不レ止祭料亦同、但馬用二白毛一」とある。）皆同二祈雨之例一、又依二卜筮一令レ實二撿神社邊一、若有二穢物一、令二解除掃除一、若河邊人民多下被二傷害一者上、別有レ給レ物、大風失火之民烟又准レ之、

「法華三十講」

『望月佛教大辭典』

法華經一部二十八品の前後に、其の開經たる無量義經一卷と結經たる普賢觀經一卷とを加へ、一會に一品一卷づゝを講じたるものなり。

法華及び開結二經の三部を三十日に亘り、一日一品づゝを講ずるを法華三十講、又は三十講とも稱す。或は時に一日に二品を講じ、十五日の間に修することあり。

「皇澤」

天子のめぐみ。

『文選』巻第五十一、王子淵(褒)、四子講レ徳論、
於レ是皇澤豊沛主恩満溢、銑曰、皇澤、天子惠澤也、

「雲霑」
霑《テン》はあまねくうるほふ意。

『文選』巻第九、揚子雲(雄)、長楊賦、
蓋聞、聖主之養レ民也、仁霑《ウルホウ》而恩洽《アマネシ》、

「稼穡」
『文選』巻第十一、何平叔(晏)、景福殿賦、
覩二農人之耘耔一、亮《アキラカニス》二稼穡之艱難一、銑曰、耘、除レ草、耔、養レ苗也、亮、信也、種曰レ稼、收曰レ穡、言復見二農夫之作レ勞、信知二種收之艱難一、

『尚書』巻第九、無逸、
周公曰、嗚呼君子、所其無レ逸、歎二美君子之道一、所レ在念レ徳、其無二逸豫一、君子且猶然、況王者乎、先知二稼穡之艱難一乃逸、則知二小人之依一、稼穡、農夫之艱難事、先知レ之乃謀二逸豫一、則知二小人之所一レ依怙、

「爕理」
燮《セフ》(爕)は、『爾雅』釋詁下、に、「勰燮和也、」とあり、燮理はやはらげ治る意。

『尚書』巻十一、周官、
立二太師太傅太保一、茲惟三公、論レ道經レ邦、爕二理陰陽一、師、天子所二師法一、傅、傅二相天子一、保、保二安天子於徳義一者、此惟三公之任、佐レ王論レ道、以經二緯國事一、和二理陰陽一、言有レ徳乃堪レ之、

「耒耜」

『後漢書』第三、章帝紀、元和元年二月詔、

二月甲戌、詔曰、王者八政、以レ食爲レ本、尚書洪範、八政一曰、食是爲二政本一、故古者急二耤稼之業一、致二耒耜《ライシ》之勤一、耒耜、農器也、耒、其柄、耜、其刃、

「循良」

よく法規を循守し、善良な事。

『全唐文』巻二百五十二、蘇頲、授二沈全期太子少詹事等一制、

久聞二忠義之風一、克樹二循良之績一、

「丹州刺史」

『江吏部集』中、人倫部、

寛弘七年三月卅日、遷二丹州刺史一、歸二舊國尾州一有レ感、以レ詩題二廳壁一、

「荷レ挿」

挿《サフ》と鍤は同じく、すきである。

『文選』巻第一、班孟堅(固)、西都賦、

決《サラツテ》レ渠《ミゾヲ》降レ雨、荷《ニナツテ》レ挿《スキヲ》成レ雲、銑曰、渠以灌レ苗、故比レ雨、挿、可レ致レ水、故比レ雲、挿、鍬也、

『晉書』列傳第十九、劉伶傳、

劉伶字伯倫、沛國人也、身長六尺、容貌甚陋、放情肆志、(中略)初不下以二家產有無一介上レ意、常乘二鹿車一、攜二一壺酒一、使下人荷レ鍤而隨上レ之、謂曰、死便埋レ我、其遺二形骸一如レ此、

「賀雨詩」

『白氏長慶集』巻第一、諷諭一、賀レ雨、

皇帝嗣二寶曆一、元和三年冬、自レ冬及二春暮一、不レ雨旱爞爞、上心念二下民一、懼三歳成二災凶一、遂下二罪レ己詔一、殷勤制二萬邦一、

○大　意

今年四月一日、雨、八日に大雨、東方朔の言を信じ、心中やがて大旱のあらん事を危懼する。果して五月に入つて以來、永い事雨が降らず、公家に於かれては、祈雨の爲め諸社に奉幣された。又この月、左相府道長公は、例によつて法華三十講を修せられた。主上の御惠により、あまねく降雨があり、忽ち危機に瀕した農を救つた。又左相府の營まれた三十講により雨が灑いだ。誠に陰と陽とをやはらげ治め、甘雨を降らせたものである。あゝ君臣が心を一つにし、朝野が歡び勇んでゐる。僕匡衡は紙を良田になし、筆をすきの代りとして、文筆を以て奉公してゐるが、單に風月を弄んで、文章博士の名を誇るのみならず、又循良の臣として、丹州刺史の誠忠を示さんと思ひ、絶句二首を東閣の壁に記す次第である。すきを擔ふ代りに筆をとり、徳政の讚歌を唱ふ。儒者となり官の吏として、この平明の時代に遭ひ、まさに雲の如き大豐作が見込まれる。僕は今高らかに白樂天の賀雨の詩を詠じ、聖皇の慈惠を讚へる次第である。

一千年の皇統を繼がれた大君が、神社に稼穡の爲めの甘雨を祈られ、臣下の雄が三十講を修して祈り、佛恩のあらたかな惠雨に遇つた。祈雨奉幣と云ひ、修善と云ひ、共に旱天に霖雨をもたらす必須の行事で、君と臣が徳を合はせて神明を感動させたものである。

12　冬夜守二庚申一、同賦三看レ山有二小雪一、以レ踈爲レ韻、

排レ戸巻レ簾送レ眼居、山頭小雪曉[1]來踈、銜レ峯殘月孤輪半、觸レ石寒雲一臥[2]餘、貞女峽裡[3]施二粉黛一、大夫松冷著二銀魚一、昔堆二牕裏一今遙點[4]、尼嶺迷レ途莫レ弃レ予、

○校　異

①「曉」＝『日本詩紀』「晩」に作る。②「臥」＝『日本詩紀』「段」に作る。③「裡」＝『日本詩紀』「裒」に作る。④「點」＝『日本詩紀』「照」に作る。

○考　説

「踈」

踈は上平聲六魚韻。

「銜レ峯」

『全漢三國晉南北朝詩』全陳巻一、後主、諱叔寶、字元秀、關山月、

秋月上二中天一、迥《ハルカニ》照二關城前一、暈缺隨レ灰減、光滿應二珠圓一、帶レ樹還添レ桂、銜レ峯乍似レ弦、復教三征戍客、長怨二久連翩一、

「孤輪」

『佩文韻府』

王禹偁詩、

隨レ船曉月孤輪白、入レ座青山數點青、

范純仁詩、

月吐孤輪迴、

孤輪は月の運行の事。

「貞女峽」

『讀史方輿紀要』巻一百一、廣東二、廣州府、連州、

楞伽峽、州東十五里、雙崖壁立、垂石飛瀑、下注二深潭一、卽湟水所レ經也、（中略）下有二貞女石一、相傳貞女化レ石處、亦名貞女峽、

『水經注』巻三十九、洭水、

溪水下流歷二峽南一出、是峽謂二之貞女峽一、峽西岸高巖、名二貞女山一、山下際有レ石、如二人形一、高七尺狀如二女子一、故名二貞女峽一、

古來相傳、有二數女一取二螺于此一、遇二風雨一晝晦、忽化爲レ石、

亦『藝文類聚』巻六、地部、峽、に、隋江總の「貞女峽賦」あり。

「粉黛」

おしろいとまゆずみ。

『杜工部詩集』巻三、玉華宮、

美人爲二黃土一、況乃粉黛假、當時侍二金輿一、故物獨石馬、憂來藉レ草坐、浩歌淚盈レ把、

「大夫松」

『史記』巻之六、秦始皇本紀第六、

乃遂上二泰山一、立レ石封祠祀下、風雨暴至、休二於樹下一、因封二其樹一爲二五大夫一、

『太平御覽』巻九五三、木部二、木下、松、

應劭漢官儀曰、秦始皇上封二泰山一、逢二疾風暴雨一、賴得二抱樹一、因封二其樹一爲二五大夫松一、

「昔堆二牕裏一」

『蒙求』巻之上、

孫康映雪、

孫氏世錄曰、孫康晉人、康家貧無レ油、常映レ雪讀レ書、少小淸介、堅確不レ抜曰レ介、交遊不レ雜、後至二御史大夫一、

「尼嶺」

『孔子家語』巻第九、本姓解、第三十九、

徵在（注、孔子の母、顔氏の三女。）既往廟見、以二夫之年大一、懼レ不二時有一レ男、而私禱二尼丘之山一、以祈焉生二孔子一、故名丘、字仲尼、

『水經注』巻二十五、沂水、

沂水出二魯城東南、尼邱山西北一、山即顔母所二祈而生二孔子一也、山東十里有二顔母廟一、山南數里、孔子父葬處レ禮、所謂防墓崩者也、

○**大　意**

戸を開き簾を巻き上げて眺めれば、山頭のそちこちに、曉以來の小雪が見える。峯を照らす殘月は既に西に傾いてゐる。山巖のあたりに寒雲が伏臥する様に横たはつてゐる。この眺めは、恰も貞女峽巖に化粧を施した様であり、

又松の樹膚には銀鱗をつけた様である。雪は昔孫康の窓邊に堆積され、夜の讀書を助けたと云ふが、今眼前では僅かに遠山に點在するのみである。經典の學に苦しみ迷ふ我を、雪よ見すてる事なかれ。

13　雪是先レ春花、

乘レ興廻看白雪朝、恰欺二花色一先レ春嬌、東風未レ報梅脣咲、朔漠猶陰柳絮飄、拾欲レ薰レ衣非二暖氣一、

折難レ挿[1]レ首是寒霄、追嘲二宋日豐年瑞一、詠レ德歌レ功事二帝堯一、

○校　異

①「挿」＝『日本詩紀』「挑」に作る。

○考　說

「朔漠」

北方の沙漠の地。

『文選』卷第十三、謝惠連、雪賦、

於レ是河海生レ雲、朔漠飛レ沙、善曰、公羊傳曰、河海潤二千里一、何休曰、河海興レ雲雨及二千里一、說文曰、北方流沙、漢書李陵歌曰、徑二萬里一兮度二沙漠一、范曄後漢書、袁安議曰、今朔漠既定、向曰、朔漠、北方也、

「柳絮」

柳の實が熟し、春に綿の如く飛ぶもの。柳の花。

『玉臺新詠』卷七、湘東王繹、（注、梁武帝の第七子、蕭繹、後に元帝。）和二劉上黃一、

新鶯隱レ葉囀、新燕向レ窗飛、柳絮時依レ酒、梅花乍入レ衣、

又雪を形容して云ふ。轉じて雪の異名とする。

『世說新語』言語第二、

謝太傅（注、謝安石。）寒雪日內集、與二兒女一講二論文義一、俄而雪驟、公欣然曰、白雪紛紛何所レ似、兄子胡兒曰、撒二鹽空中一差可レ擬、兄女曰、未レ若二柳絮因レ風起一、公大笑樂、卽公大兄無奕女、左將軍王凝之妻也、

この詩では、柳絮を雪の意に用ゐてゐる。

「寒霄」

霄《セウ》はみぞれ。

『爾雅』釋天第八、

雨レ霓《セン》爲二霄雪一、水雪雜下者、謂二之消雪一、（注、霓は霰に同じ。）

『全唐詩』卷二十一、馬戴二、送二武陵王將軍一、

河外今無事、將軍有二戰名一、艱難長劍缺、功業少年成、曉仗親二雲陛一、寒霄突二禁營一、

「宋日豐年瑞」

『文選』卷第十三、謝惠連、（注、宋の文帝の元嘉十年、時に年三十七で沒す。）雪賦、

盈レ尺則呈《アラハシ》二瑞於豐年一、袤《アガルトキ》レ丈則表二沴《ワサハヒ》於陰德一、善曰、左氏傳曰、凡平地尺爲二大雪一、毛萇詩傳曰、豐年之冬、必有二積雪一、向曰、隱公之時大雪、平地一尺、是歲大熟爲二豐年一也、桓公之時、平地廣一丈、以爲二陽傷陰盛之徵一、沴、不和之氣、

○大　意

輿に乗じて白雪の朝、そちこちを歩き眺めた。白雪は恰も白花の色を奪ひ、春に先だつてまづあでやかな粧を示した。春の東風は、まだ梅のほころびた事を知らせてゐず、北方は尙ほ陰寒として、柳絮の如き雪が舞つてゐる。梅花を拾つて衣に香をしみこませようとしても、暖氣は未だ遠く、柳の枝を折つてかざさうとしても、全く寒々としたみぞれであつて、柳絮ではない。謝惠連は雪は豐年の瑞だと歌つてゐるが、そうばかりは云つて居れない寒さである。兎も角も豐年の瑞の積雪を見て、堯にも比すべき帝德を讃歌しよう。

四時部

14　春日陪㆓左相府東閣㆒、[1]同賦㆓逢㆑春唯喜氣㆒、

王春喜氣感㆓光陰㆒、溫煦就中在㆓翰林㆒、四品新袍應㆓道貴㆒、三官猶帶是恩深、寒江漸暖潛魚躍、枯木半榮好鳥吟、爭㆘遇㆓君臣合體日㆒、萬心抃㆗悅聖賢心㆖、

○校　異

①「閣」＝『日本詩紀』「閤」に作る。

「王春」

『書言故事』巻十、正月、

王春、稱㆓正月㆒曰㆓王春之月㆒、春秋書㆓元年春王正月㆒、前（注、『前漢書』）律歷志、春秋正次㆑王、王次㆑春、春者天所㆑爲也、

『春秋』隱公、元年、

元年、春、王正月、

王の正月とは、周王の正月、周の暦法に従つて記述する事を、春秋の首頭に示したもの。

「光陰」

光は日、陰は月、月日の事、時間の事。

『全唐文』巻三百四十九、李白三、春夜宴二従弟桃花園一序、

夫天地者萬物之逆旅、光陰者百代之過客、而浮生如レ夢、爲レ歡幾何、

「溫煦」

あたたかでなごやかな事。

『全唐文』巻七百三十、鄭亞、太尉衞公會昌一品制集序、

夫全功難レ恃、大名難レ兼、日赫二於晝一而乏二清媚一、月皎二于夜一而無二溫煦一、冬之爲レ候也、則雪霜飄暴、凍入二肌髮一、夏之爲レ用也、則金流石爍、火走二膚脉一、如二陽春高秋一者希焉、

「在二翰林一」

匡衡が文章博士に任じられたのは、永祚元年（九八九）十一月廿八日（『中古歌仙三十六人傳』）である。

「四品」

匡衡が四品に敍されたのは、長徳四年（九九八）正月七日、敍從四位下（『中古歌仙三十六人傳』）である。

「新袍」

『衣服令』の「諸臣禮服」に、「四位深緋色」とある。五位の淺緋色より、改めて深緋色を許された事。

「三官」

匡衡の帶びた三官は、文章博士・國の權守・式部權大輔の三官で、長徳四年正月七日敍從四位下、同廿五日轉式部權大輔（『中古歌仙三十六人傳』）である。

「潛魚躍」「好鳥吟」

『文選』巻第二十、曹子建（植）、公讌詩、
　潛魚躍二清波一、好鳥鳴二高枝一、

「抃悦」

『全唐詩』巻二十一、盧肇、漢隄詩、（注、漢水が大溢し、襄隄がくづれた。それが修復なつたのを喜ぶ詩。）

　來覩二襄人一、嗅咏提挈、不レ日不レ月、咍乎抃悦、

○**大　意**

年もあらたまり、喜氣溢水、時の流れを覺える。陽春のあたゝかな喜びは、取りわけて我身にある。始めて四品に敍され、新しい許しの色の袍を著け、一段と榮えを覺ゆる。今三官を兼帶する事は、誠に深い皇恩である。今迄寒く氷つてゐた河水も、漸く暖氣に向ひ、潛魚も踊躍し、葉を振つて枯れた樣になつてゐた木々も芽ぐみ、美しい鳥のさへづりも聞かれる。正に君臣が一體となり國政に勵む今日、萬民が聖賢の心を喜び勇んでゐる。

15　七言、三月三日、侍二左相府曲水宴一、同賦二因レ流汎レ酒一、應教詩一首、以レ迴爲レ韻、幷序、

夫曲水本源其來尚矣、昔成王之叔父周公旦、卜二洛陽一而濫觴、今聖主之親舅左丞相、亦宅二洛陽一而宴飲、蓋乘二輔佐之餘暇一、惜二物色之可一レ賞也、於レ是[1]卿[2]士大夫、仙郎儒吏之工レ詩、天下一物以上、連二賓榻於林邊一[3]、盡整二詞華之冠一、汎二羽觴於水上一、頻酌二文草[4]之酒一、至下彼獻酬之淺深任二波心一、

巡行[5]之遲速經中岸脚上、醉鄕氏[6]之俗、伴二鄭泉一而得二水路一、酒德頌之文、因二巴字一而添二風情一者也、於ア戲ア何處不レ賞[7]二今日之花水一、而居二槐庭一遊二桃源一者猶稀、誰人不レ感二此地[8]之風流一、而列二鵷群一振二鳳藻一者有レ限、今日之事盛矣優哉、我相府薦レ賢之樂調妙、以二政[9]典一爲二琴箏一、養レ身[10]之菓味濃[11]、以二道德一爲二梨棗一、何唯妙舞淸歌之悅二耳目一、綺肴玉饌之堆二盃盤一而已、但有[12]下遇レ花少二榮耀一、對[13]レ水耻二沈淪一者[14]上、位纔正議大夫、隔二青紫一而命薄、職只太子賓客、亞二黃綺一而齡傾、誤爲二唱首一、謂二時人何一、云爾、

時人得レ處坐二青苔一、汎[15]二酒淸流一取二次廻一、水瀉[16]右軍三日會、花薰東閤萬年盃、巡行波月應二明府一、斟酌沙風是後來、扶[17]レ醉初知二春可レ樂、魯儒猶耻洛陽才、

○校異

①「於是」＝底本「方今」に作る。『本朝文粹』に據り訂す。②「卿」＝底本「仰」に作る。『本朝文粹』に據り訂す。③「邊」＝『本朝文粹』「頭」に作る。④「草」＝底本「草（一作章）」に作る。⑤「巡行」＝『本朝文粹』「來處」に作る。⑥「氏」＝『本朝文粹』「國」に作る。⑦「賞」＝『本朝文粹』「玩」に作る。⑧『本朝文粹』「水」あり。⑨「政」＝『本朝文粹』「故」に作る。⑩「身」＝底本、オか身か不詳。『本朝文粹』「身」に作る。⑪「濃」＝『本朝文粹』「珍」に作る。⑫「有」＝底本無し。『本朝文粹』に據り補ふ。⑬「對」＝『本朝文粹』「臨」に作る。⑭『本朝文粹』「之」あり。⑮「汎」＝『日本詩紀』「沈」に作る。⑯「瀉」＝『日本詩紀』「寫」に作る。⑰「扶」＝『日本詩紀』「扙」に作る。

○考説

「廻」

廻は上平聲十灰韻。

「左相府曲水宴」

『御堂關白記』寛弘四年三月、

三日、庚子、有二曲水會一、東渡(マヽ)所板院(流マヽ)東西立二草墪・硯臺等一、東對南唐廂上達部・殿上人座、南於下廊(廊下)文人座、辰時許大雨下、水邊撤レ座、其後風雨烈、廊下座雨入、仍對內儲レ座間、上達部被レ來、就レ座、新中納言(藤原忠輔)・式部(輔正)大輔兩人出二○題レ詩一、式部大輔出二因レ流泛レ酒一、用レ之、申時許天氣晴、水邊立レ座、下二上居(土カ)一、羽觴頻流、移二唐家儀一、衆感懷、入レ夜昇レ上、右衞門督(齊信)・左衞門督(公任)・源中納言(俊賢)・新中納言・勘解由長官(有國)・左大弁(行成)・式部大輔・源(則忠)三位、殿上地下文人廿二人、

四日、辛巳(丑ヤ)、文成、就二流邊一淸書、立二流下一、立二廻草墪一、講レ詩、池南廊樂所數曲有レ聲、昨日舞人着二重衣一、今朝位袍、講書了間被物、納言直(衣脫)・指貫、宰相直(衣脫)、殿上人或絹褂、或白褂、五位單重、殿上六位袴、自餘疋絹、序匡衡(大江)朝臣、講師以言(大江)、

『權記』寛弘四年三月、

三日、庚子、雨詣二左府一、曲水宴也、

四日、辛丑、宴了有二纏頭之事一、歸レ家、參レ內、

「成王之叔父周公旦」

成王は周の武王の子で、名は誦。武王が崩じて幼にして位につき、叔父周公旦の輔政により善政を行ひ、禮樂を

興し、制度を定めた。
周公旦は武王の弟。兄武王を輔けて紂を討伐し、曲阜に封ぜられ、魯公となつた。武王が崩ずるや、幼少の成王の攝政として國家を治め、成王の善政を生んだ。

「卜㆓洛陽㆒而濫觴」

『史記』巻四、周本紀、

周公行㆑政七年、成王長、周公反㆓政成王㆒、北面就㆓群臣之位㆒、成王在㆑豐、使㆔召公復營㆓洛邑㆒、如㆓武王之意㆒、周公復卜、申視、卒營築居㆓九鼎㆒焉、

『續齊諧記』尚書郎束晳說、

昔周公成㆓洛邑㆒、因㆓流水㆒泛㆑酒、故逸詩云、羽觴隨㆑波流、

「濫觴」

『孔子家語』巻第二、三恕、第九、

子路盛服見㆓於孔子㆒、子曰、由是倨々者何也、夫江始出㆓於岷山㆒、其源可㆓以濫《ウカフ》㆑觴、觴、可㆓以盛㆑酒、言㆓其微㆒、及㆔其至㆓于江津㆒、不㆓舫舟㆒、不㆑避㆑風、則不㆑可㆓以涉㆒、非㆓唯下流水多㆒邪、

「聖主之親舅」

舅は『釋名』釋親屬、に、「母之兄弟曰㆑舅、」とある。

『帝王編年記』

一條院諱懷仁、

圓融院第一皇子、母東三條院、藤詮子、法興院二條北、京極東、本號二東二條一、入道攝政兼家公、第二女也、

道長は兼家の四男で、東三條院詮子の兄弟である。

「洛陽」

『拾芥抄』京程部、京都坊名、

東京號二洛陽城一、西京號二長安城一、

「輔佐」

『文選』巻第四十九、范蔚宗（曄）、後漢書皇后紀論、

進二賢才一以輔二佐君子一、哀《オモツテ》二窈窕一而不レ淫二其色一、翰曰、后妃之德、當下輔二佐君子一、求レ賢審ㇾ官、哀思也、思下得二淑女一以配中君子上、使レ不レ淫二其色一也、

「物色」

風物と景色。

『文選』巻第二十一、顏延年（延之）、秋胡詩、

日暮行采歸、物色桑楡時、善曰、物色桑楡、言日晩也、東觀漢記、光武曰、日出二之東隅一、收二之桑楡一、翰曰、妻自采レ桑而歸也、桑楡時、言二日暮一也、

「仙郎」

『拾芥抄』官位唐名部、唐名大略、

藏人、貫首（頭）、仙籍、仙郎、夕拜、夕郎、紺蟬、含雞、侍中、

「天下一物」

『續本朝往生傳』一條天皇の條、

江吏部集上（15）

親王・上宰・九卿・雲客以下、管絃・文士・和歌・畫工・舞人・異能・近衞・陰陽・有驗之僧・眞言・能説之師・學德・醫方・明法・明經・武士に至る、一條天皇の御代の偉物を列擧して、「皆是天下之一物也、」と述べてゐる。一物は逸物で、特にすぐれた物の事。

『周禮』巻三十三、司馬政官之職、

　校人掌二王馬之政一、

辨二六馬之屬一、種馬一物、戎馬一物、齊馬一物、道馬一物、田馬一物、駑馬一物、

「賓榻」

　榻は腰掛、賓榻は客用の腰掛。

『釋名』釋牀帳第十八、

　人所二坐臥一曰レ牀、牀、裝也、所二以自裝載一也、長狹而卑曰レ榻、言二其鶣榻然近一レ地也、

『全唐詩』巻二十四、曹唐一、長安客舍、懷二邵陵舊宴一、寄二永州蕭使君一、

　三年身逐漢諸侯、賓榻容レ居二最上頭一、飽二聽笙歌一陪二痛飲一、熟二尋雲水一縱二閑遊一、

「詞華」

　文藻の意。すぐれた詩文。

『杜工部詩集』巻一、贈二比部蕭郎中十兄一、

　蘊藉爲レ郎久、魁梧秉哲尊、詞華傾二後輩一、風雅藹二孤騫一、

「羽觴」

羽爵・羽杯とも云ふ。

『文選』巻第二、張平子(衡)、西京賦、

羽觴行《メクリテ》而無レ算、祕舞更奏、妙材騁レ伎、善曰、漢書音義曰、羽觴、作二生爵形一、良曰、羽觴、杯上綴レ羽、以速飲也、

「鄭泉」

『三國志』呉二、呉主(孫權)傳第二、

呉書曰、鄭泉字文淵、陳郡人、博學有二奇志一、而性嗜レ酒、其閑居毎日、願得二美酒一滿二五百斛船一、以二四時甘脆《ゼイ》一置二兩頭一、反覆沒二飲之一、憊《ツカレテハ》即住《ヤメ》而啖二肴膳一、酒有二斗升減一、隨即益レ之、不二亦快一乎、權以爲二郎中一、嘗與レ之言、卿好於二衆中一面諫、或失二禮敬一、寧畏二龍鱗一乎、對曰、臣聞、君明臣直、今値二朝廷上下無レ諱、實恃二洪恩一、不レ畏二龍鱗一、(中略)泉臨レ卒謂二同類一曰、必葬二我陶家之側一、庶百歳之後、化而成レ土、幸見レ取爲二酒壺一、實獲二我心一矣、

「醉鄕氏之俗伴二鄭泉一而得二水路一」

醉鄕氏の國人が、鄭泉に連れだつて舟行し、鄭泉の五百斛の酒船に心行くばかり醉ひしれる様に、我々も存分に酒量を過すことである。

「酒德頌」

酒德頌は劉伶の文。『文選』に見える。

『晉書』列傳第十九、劉伶傳、

劉伶字伯倫、沛國人也、身長六尺、容貌甚陋、放レ情肆レ志、常以下細二宇宙一齊中萬物上爲レ心、澹默少レ言、不二妄

交游㆒、與㆓阮籍嵇康㆒相遇、欣然神解、攜㆑手入㆑林、初不㆘以㆓家產有無㆒介㆖意、常乘㆓鹿車㆒、攜㆓一壺酒㆒、使㆓人荷㆑鍤而隨㆑之、謂曰、死便埋㆑我、其遺《ワスル》㆓形骸㆒如㆑此、（中略）伶雖㆓陶兀昏放㆒、而機應不㆑差、未㆔嘗厝㆓意於文翰㆒、惟著㆓酒德頌一篇㆒、

『文選』卷第四十七、劉伯倫（伶）、酒德頌、

幕㆑天席㆑地、縱㆓意所㆒如《ユク》、止則操㆑卮執㆑觚、動則挈㆑榼提㆑壺、唯酒是務、焉知㆓其餘㆒、

「巴字」

流水の曲折した様。

『全唐詩』卷二十一、李群玉二、雲安、

灘惡黃牛吼、城孤白帝秋、水寒巴字急、歌迴竹枝愁、樹暗荊王館、雲昏蜀客舟、瑤姬不㆑可㆑見、行雨在㆓高丘㆒、

「酒德頌之文因㆓巴字㆒而添㆓風情㆒者也」

彼の劉伯倫の酒德頌の文も、曲水に臨み酒杯を傾けつゝ聞けば、一段と風情を増して覺えるものだ。

「花水」

桃花水の事。

『杜工部集』卷十八、南征、

春岸桃花水、雲帆楓樹林、

『藝文類聚』卷四、歲時中、三月三日、

韓詩曰、三月桃花水之時、鄭國之俗、三月上巳、於㆓溱洧《キ》兩水之上㆒、執㆑蘭招㆑魂續㆑魄、拂㆓除不祥㆒、

「槐庭」

『文選』巻第五十八、王仲寶（儉）、褚淵碑文、

出參《マシハル》二太宰軍事一、入爲二太子洗馬一、俄遷二祕書丞一、贊《タスク》二道槐庭一、司二文天閣一、善曰、周禮曰、面二三槐一三公位レ焉、晉令曰、祕書郎、掌二三閣經書一、三輔故事曰、天祿閣在二大殿北一、以藏二祕書一、銑曰、贊、佐也、槐庭、三公位也、謂爲二太宰參軍一、是爲レ佐レ道也、司、主也、言主二文史之任於二天祿之閣一也、天祿、書閣名、謂二祕書丞一也、

『周禮』巻三十五、秋官、朝士、

朝士掌レ建二邦外朝之法一、左九棘、孤卿大夫位レ焉、群士在二其後一、右九棘、公侯伯子男位レ焉、群吏在二其後一、面二三槐一、三公位レ焉、州長衆庶在二其後一、左嘉石、平二罷民一焉、右肺石、達二窮民一焉、

樹レ棘以爲レ位者、取二其赤心而外刺一、象レ以二赤心三刺一也、槐之言懷也、懷二來人於此一、欲二與レ之謀一、

『職原鈔』上、三公（太政大臣・左・右大臣）の注、

三公者象二天之三台星一也、三槐者、周世外朝植二三槐一、三公班二列其下一、槐者懷也、懷二遠人一之義也、

「桃源」

10條に既述。

『述異記』下、

武陵源、在二吳中一、山無二他木一、盡生二桃李一、俗呼爲桃李源一、源上有二石洞一、洞中有二乳水一、世傳、秦末喪亂、吳中人於レ此避レ難、食二桃李實一者、皆得レ仙、

「鵷群」

鵷《エン》は鵷雛である。

『莊子』秋水第十七、

南方有レ鳥、其名爲二鵷鶵一、子知レ之乎、夫鵷鶵發二南海一而飛到二於北海一、非二梧桐一不レ止、非二練實一不レ食、非二醴泉一不レ飮、鵷鶵、鸞鳳之屬、亦言二鳳子一也、練實、竹實也、醴泉、泉水味如レ醴也、

『文選』卷第五、左太沖(思)、吳都賦、

鸑鷟《ガクサク》食二其實一、鵷鶵擾《ミタル》二其間一、劉曰、鸑鷟鵷鶵、皆鳳類也、非二竹實一不レ食、翰曰、擾、亂也、言亂處二竹間一也、

「鳳藻」

麗しい文章。

『全唐文』卷三百四十九、李白三、夏日諸從弟登二汝州龍興閣一序、

當下揮二爾鳳藻一、把中予霞觴上、

『文選』卷第十七、陸士衡(機)、文賦、

故作二文賦一、以述二先士之盛藻一、善曰、孔安國尚書傳曰、藻、水草之有レ文者、故以喩レ文焉、

「政典」

政治をなす根本とすべき典籍。

『尚書』卷第三、胤征、

政典曰、先レ時者殺無レ赦、政典、夏后爲レ政之典籍、若二周官六卿之治典一、

『周禮』卷二、天官、大宰、

大宰之職、掌下建二邦之六典一、以佐レ王治中邦國上、一曰治典、以經二邦國一、以治二官府一、以紀二萬民一、

「琴箏」

『抱朴子』外篇、安貧、

夫士以二三墳一爲二金玉一、五典爲二琴箏一、

「梨棗」

なしとなつめ。

『杜工部詩集』巻八、百憂集行、

憶年十五、心尚孩健如二黄犢一、走復來二庭前一、八月梨棗熟、一日上レ樹能千廻、卽今倏忽已五十、坐臥只多少二行立一、

「綺肴」

種々様々の酒肴。

『文選』巻第三十、鮑明遠(照)、數詩、

八珍盈二彫俎一、綺肴紛錯重、翰曰、周官、食醫掌レ和二八珍之齊一、盈、滿也、彫俎、器也、肴、膳也、謂其品色多名、如二綺文一、紛飾重多言也、

「玉饌」

珍美な食物。

『文選』巻第五、左太沖(思)、吳都賦、

矜二其宴居一、則珠服玉饌、翰曰、珠服、以レ珠爲レ飾、玉饌、言珍美而比二於玉一、

「盃盤」

杯と皿。

『史記』巻之一百二十六、滑稽列傳、淳于髡の話、

日暮酒闌合レ尊促レ坐、男女同レ席、履舄交錯、杯盤狼藉、堂上燭滅、

「正議大夫」

『通典』職官、文散官、

正議大夫・通議大夫、皆隋置、散官、蓋取下秦大夫掌二論議一之義上、

『通典』から見れば、正議大夫も通議大夫も同位の様に考へられる。

『拾芥抄』中、官位唐名部、

正四位上正議大夫、正四位下通議大夫、

匡衡は長保五年（一〇〇三）正月七日に従四位上に叙された。『拾芥抄』の説の準據が不明であるが、或は正議大夫は、四位の名ではなからうか。

「青紫」

高官の服、又高官そのものを意味する。

『文選』巻第四十五、揚子雲(雄)、解嘲、

紆《マツハシ》レ青拖《ヒイテ》レ紫、朱二丹其轂《コシキヲ》一、善曰、東觀漢記曰、印綬漢制公侯紫綬、九卿青綬、漢書曰、吏二千石朱二兩轓一、良曰、紆、帶也、拖、服也、轂、車轂也、青紫、並貴者服飾也、朱丹、以二朱色一飾二其車轂一也、

「太子賓客」

『職原鈔』下、

東宮、唐名龍樓、又云二鶴禁一、又云二銀榜一、
學士二人、相當從五位下、唐名太子賓客、

匡衡は長德三年（九九七）三月九日兼東宮學士、時に正五位下。

「黃綺」

商山の四皓の中の夏黃公と綺里季の二人。秦の亂を避けて、長安の南商洛の山中にかくれてゐた高士。

『梁書』列傳第四十五、序、

自レ古、帝王莫レ不レ崇二尚其道一、雖二唐堯一不レ屈二巢許一、周武不レ降二夷齊一、以二漢高肆慢一、而長二揖黃綺一、光武按レ法、而折二意嚴周一、

『史記』巻之五十五、留侯世家、（漢高祖が戚夫人の子を愛し、既に太子たる呂后の子を廢せんとした。その時、張良の獻策により、太子の客として四皓を迎へ、高祖の意をおさへた。）

顧上有二不レ能レ致者一、天下有二四人一、四人者年老矣、皆以爲三上慢二侮人一、故逃二匿山中一、義不レ爲二漢臣一、然上高二此四人一、今公（建成侯呂澤）誠能無レ愛二金玉璧帛一、令二太子爲レ書、卑辭安車、因使二辯士固請一宜レ來、來以爲レ客、時時從入朝、令二上見一レ之、則必異而問レ之、問レ之上知二此四人賢一、則一助也、（中略）及二燕置酒一、太子侍、四人從二太子一、年皆八十有餘、鬚眉皓白、衣冠甚偉、上怪レ之問曰、彼何爲者、四人前對各言二名姓一、曰、東園公、角里先生、綺里季、夏黃公、上乃大驚曰、吾求レ公數歲、公辟二逃我一、今公何自從二吾兒一游乎、四人皆曰、陛下輕レ士善罵、臣等義不レ受レ辱、故恐而亡匿、竊聞、太子爲レ人、仁孝恭敬愛レ士、天下莫乙不下延レ頸欲中爲二太子一死上者甲、故臣等來耳、上曰、煩レ公、幸卒調二護太子一、四人爲レ壽已畢、趨去、上目二送之一、召二戚夫人一、指二示四人者一曰、我欲レ易レ之、彼四人輔レ之、羽翼已成、難レ動矣、呂后眞而主矣、

「唱首」
唱首は唱始と同じ。先導者の事。匡衡が序者となつた事を云ふ。
『本朝文粋』巻第八、詩序一、天象、藤篤茂、冬ノ日陪二藤相公亭子一、同賦二消レ酒雪中天一、（詩序、）
聊抽二短懐一、敢爲二唱首一云レ爾、

「取次」
次第にの意。順次と同じ。
『蘇軾文集』第二十五巻、奏議、上二神宗皇帝一書、
若陛下多方包容、則人材取次可レ用、必欲三廣置二耳目一、務求二瑕疵一、則人不二自安一、

「右軍三日會」
右軍は晉の王羲之である。王羲之は右軍將軍會稽內史に任じられた。永和（三四六）の頃の人。五十九歳で沒。
『晉書』列傳巻第五十、王羲之傳、
王羲之字逸少、司徒導之從子也、（中略）羲之幼訥二於言一、（中略）及レ長辯贍、以二骨鯁一稱、尤善二隸書一、爲二古今之冠一、論者稱二其筆勢一、以爲飄若二浮雲一、矯若二驚龍一、（中略）羲之雅好二服食養性一、不レ樂レ在二京師一、初渡二浙江一、便有二終焉之志一、會稽有二佳山水一、名士多居レ之、謝安未レ仕時亦居焉、孫綽、李充、許詢、支遁等、皆以二文義一冠レ世、並築二室東土一、與二羲之一同レ好、嘗與二同志一宴二集於會稽山陰之蘭亭一、羲之自爲二之序一以申二其志一曰、永和九年、歳在二癸丑一、暮春之初、會二于會稽山陰之蘭亭一、脩二禊事一也、群賢畢至、少長咸集、此地有二崇山峻嶺、茂林脩竹一、又有二清流激湍一、映二帶左右一、引以爲二流觴曲水一、列二坐其次一、雖レ無二絲竹管絃之盛一、一觴一詠亦足三以

暢二敍幽情一、是日也天朗氣淸、惠風和暢、仰觀二宇宙之大一、俯察二品類之盛一、所三以游レ目騁レ懷、足三以極二視聽之娯一、信可レ樂也、（中略）嘗在二蕺山一、見下一老姥持二六角竹扇一賣上レ之、羲之書二其扇一各爲二五字一、姥初有二慍色一、因謂レ姥曰、但言二是王右軍書一、以求二百錢一邪、姥如二其言一、人競賣レ之、他日姥又持レ扇來、羲之笑而不レ答、其書爲レ世所レ重皆此類也、

「明府」

『管子』君臣上、

君發二其明府之法瑞一以稽レ之、府謂二百吏所レ居官曹一也、立レ府必有二明法一、故曰明府之法瑞、君所二與レ臣爲レ信者、珪璧之屬也、又必合二其瑞一以考レ之也、

『管子』の注に見られる様に、百吏の居る官曹の意。

『世說新語』言語第二、

邊文禮（譲）見二袁奉高（閎）一、失二次序一、奉高曰、昔堯聘二許由一、面無二怍《ハツル》色一、先生何爲顚二倒衣裳一、文禮答曰、明府初臨、堯德未レ彰、是以賤民顚二倒衣裳一耳、

明府は太守を尊稱したもの。

この詩では左相道長を指す。

「斟酌」

酒をくみかはす意。

『文選』卷第二十九、蘇子卿（武）、詩、

我有二一罇酒一、欲三以贈二遠人一、翰曰、遠人卽此行人、願子留斟酌、敍二此平生親一、濟曰、願行子少留與斟酌、以敍二離意一也、

事の意をくみはかる意。

『文選』巻第五十、沈休文（約）、恩倖傳論、

都正俗士、斟二酌時宜一、品目少多、隨レ事俯仰、善曰、言法壞之漸也、都正既皆俗士、不レ能レ校二其材藝一、乃隨レ時斟酌定二其品差一、濟曰、言州都郡正皆俗士、不レ能レ甄二別好惡一、但斟二酌門族時宜一、品二錄聲望多少一、隨二聲望之事一、而高下也、

「魯儒」

『全唐詩』巻九、皇甫冉一、送二孔黨赴一レ擧、

入レ貢列二諸生一、詩書業早成、家承二孔聖後一、身有二魯儒名一、

『分類補註李太白詩』巻之二十五、嘲二魯儒一、

魯叟談二五經一、白髮死二章句一、問以二經濟策一、茫如レ墜二煙霧一、

四書五經を學んだ儒者。

「洛陽才」

『梁書』列傳第三十五、劉孺傳、

侍二宴壽光殿一、詔二群臣一賦レ詩、時孺與二張率一並醉、未レ及レ成、高祖取二孺手板一、題レ戲之曰、張率東南美、劉孺雒陽才、攬レ筆便應レ就、何事久遲回、其見二親愛一如レ此、

『文選』巻第十、潘安仁（岳）、西征賦、

終童山東之英妙、賈生洛陽之才子、善曰、漢書曰、終軍字子雲、濟南人也、年十八、選爲二博士弟子一、上書言レ事、武帝異二其文一、拜爲二謁者一、死時年二十餘、故世謂二之終童一、又曰、賈誼雒陽人也、年十八、以二能誦レ詩屬一レ書稱二於郡中一、文帝召以爲二博士一、時年二十餘、

洛陽才は詩賦の才子を云ふ。

○大　意

曲水の宴の由來は甚だ古い。昔成王の叔父周公旦は、都を洛陽に定め、始めて流水に杯を泛べて宴し、今は聖皇の親舅の左大臣が、洛陽に比される東京に第宅を構へられて、曲水の宴を催された。思ふに、左大臣は主君を輔佐し奉るの餘暇に、春の風物をめでられるのである。かくて卿士・大夫・藏人・儒吏の詩にたくみにして、特に天下の逸人達が、左丞相第の林邊に施き連ねられた接客の椅子に、詩文の客として衣冠を正して臨席し、杯を流水に泛べ、頻りに酒を酌みつゝ文草をこらしてゐる。流れよる酒杯に任せて酒量は進み、流杯の遲速は、一に流の岸の曲折によるに至つては、恰も醉鄕氏の國人が、鄭泉に連れだつて舟行し、鄭泉の五百斛の酒船で、心ゆくばかり醉ひしれる樣であり、「止則操レ卮執レ觚、動則挈レ榼提レ壺、唯酒是務、」と述べた劉伶の酒德頌の文も、曲水に巴行する酒杯をくんで、一段と風情を益すものである。嗚呼何の地も、今日の此の上巳の桃花水を玩ばぬ所はないであらう。けれども、大臣の地位にゐて、桃源の仙境の意にひたり、曲水宴を催す者は稀である。如何なる人もこの曲水の風流を思はぬ者はない。然るに身分高い朝臣であり且つ麗文をものする人は限りがある。誠に今日の宴は盛かつ優である。我左相府は、賢人を推薦する事に於いては、まるで妙なる音樂を調べる如く見事で、又政を治むる上の典籍を、琴箏の如く手もとに置いて親昵され、修身については全く菓味が濃い樣に熱心であり、常に道を堅護する事については、梨棗を嗜む樣に意を配られる。今日の曲水の宴は、單に妙舞淸歌が、耳や目を悅ばせ、樣々の酒肴や珍美の食物が、盃盤にうづたかく盛りだされたのみではない。但し、今日のこの宴の花に對して、榮耀が乏しく、曲水に對して沈淪の身を恥ぢる者がある。それは私で、官位は僅かに四位に過ぎず、高官に對して、實に薄運であり、官職は東宮學士に過ぎず、而も商山の四皓の夏黃公・綺里季の樣に老齡に及ばんとしてゐる。それにも拘はらず、今日は誤つて序者となつた。人々は何と云ふであらうか。

召しに預つた人々は、夫々に曲水の上の青苔に位置どつてゐる。淸流に泛んだ酒杯の流れ至るにつれて、順次に杯を採りあげる。王右軍の蘭亭の宴の如く、曲水は流れてゐる。左相府の東閤では、桃花が何時の世までも變りない酒杯に映えてゐる。月光を帶びた曲水に巡行する酒杯は、左相府の趣意に應ずるが如く、沙風におくられてくる次々と來る杯酌をくみ、遂に醉を覺えて正に春の遊びの樂しさを知る。この喜びを賦す可きも、たゞ我身は儒者であつて、詩賦の才の乏しきを恥ぢる次第だ。

16　暮春應製、勒二毫高皐桃毛叨刀陶一、

四十六年人未レ識、埋二淪[1]墨沼一嬾レ抽レ毫、幸逢二北闕仁心厚一、遂使二春卿禮秩高一、匡衡四十七初聽二昇殿一、兼二侍讀一、去年再預二加階一、稽古力也、白雪清歌鶯出レ谷、青雲棨路鶴歸レ皐、獻レ君魯水壁中簡、今春以二尚書十三卷一、十餘日御讀了、投[2]レ我綏山盤上桃、重レ士輕レ財恩市《カフ》レ骨、好レ文偃レ武德如レ毛、烟霞得レ境若[3]レ應レ惜、花月有レ時誰不レ叨《ムサボラ》、吏部侍郎卽思二八座一、式部大輔爲二侍讀一者、必早昇二八座一、尾州刺史夢二三刀一、儒官兼二刺史一、殊常之恩也、寄レ言天下懷レ才者、自愛彈レ冠莫二鬱陶一、

○校　異

①「淪」＝『日本詩紀』「倫」に作る。　②「投」＝『日本詩紀』「招」に作る。　③「若」＝『日本詩紀』「苦」に作る。

○考　説

「毫・高・皐・桃・毛・叨・刀・陶」

いづれも下平聲四豪韻。

匡衡は『日本紀略』長和元年七月十六日條、に、「今日、式部大輔大江朝臣匡衡卒、年六十一、」とある。逆算すると天暦六年（九五二）の生誕である（但し、『中古歌仙三十六人傳』は卒、六十、とする。）。『中古歌仙三十六人傳』は、長徳四年（九九八）十月廿三日昇殿とし、長徳四年は匡衡四十七歳であつて、本詩の註文と一致する。又本詩の註文に、「去年再預二加階一」とあるのは、長保五年（一〇〇三）正月七日敍從四位上と、同年十一月五日敍正四位下とを指すと思はれ、從つて本詩の製作は寛弘元年（一〇〇四）の春と推定される。

「四十六年人未レ識」

四十七歳にして昇殿を聽され、侍讀を兼ねて、始めて、世間に自の才學を認められた事に關はる感懷である。

「堙淪」

『周語』下、に、「堙《イン》二替隷圉一、堙、沒也、替、廢也、隷、役也、圉、養馬也、」とあり、うもれる意。

『尚書』卷第五、微子、に、「今殷其淪喪、若下渉二大水一其無中津涯上、淪、沒也、言殷將二沒亡一、如下渉二大水一、無二涯際一、無上レ所二依就一、」とあり、淪《リン》は沈む意。

堙淪はうもれ沈む事。

「墨沼」

文墨の世界。經學の世界。

『全唐詩』卷二十三、陸龜蒙十、和三襲美寄二毗陵魏處士朴一、

經苑初成墨沼開、何人林下肯尋來、

「抽レ毫」

毫は筆。『文選』巻十七、陸士衡（機）、文賦、に、「唯毫素之所レ擬、」とあり、向注に「毫、筆也、素、帛也、」とある。

『白氏長慶集』巻四、紫毫筆、

願賜二東西府御史一、願頒二左右臺起居一、握《トリテ》レ管趨二入黃金闕一、抽レ毫立二在白玉除一、臣有二奸邪一正レ衙奏、君有二動言一直レ筆書、

「北闕」

『文選』巻第四十一、李少卿（陵）、答二蘇武一書、

能屈レ身稽顙、還向二北闕一、翰曰、稽顙、拜也、北闕、天子所居也、

闕は宮城の門。この詩では主上の意。

「春卿」

『隋書』巻二十六、百官志第二十一、

諸卿、梁初猶依二宋齊一、皆無二卿名一、天監七年、以二太常一爲二太常卿一、加二置宗正卿一、以二大司農一爲二司農卿一、三卿是爲二春卿一、（夏卿・秋卿・冬卿を署す。）而太常視二金紫光祿大夫一、統二明堂二廟太史太祝廩犧太樂鼓吹乘黃北館典客館等令丞一及陵監國學等一、

春卿の太常の職掌を見ると、我國の式部・治部の兩省の職掌を兼ねる様に考へられる。『拾芥抄』中、官位唐名部、では式部卿・治部卿の唐名に大常卿を掲げてゐる。而し輔を大常少卿としてゐる。匡衡は時に式部權大輔であつた

故に、自らを春卿と呼んだものであらう。

「禮秩」

待遇の意。禮儀上、俸祿上のあつかひの度合。

『左傳』莊公八年、

僖公之母弟曰二夷仲年一、（僖公之同母弟、襄公之叔父也、）生二公孫無知一、（夷仲年之子、襄公之從弟、）有レ寵二於僖公一、（僖公寵愛二無知一、）衣服禮秩如レ適、（衣服禮數品秩、一如二適子一、適、襄公也、）

『文選』巻第五十三、陸士衡（機）、辨レ亡論下、

初都二建業一、群臣請レ備二禮秩一、天子辭而不レ許、（銑曰、建業、郡名、天子謂レ權也、初都二建業一、群臣請レ備レ禮、卽二天子位一而權不レ許也、）

「稽古」

『尚書』巻第一、堯典、

曰若《フテ》稽《フルハ》レ古帝堯、（若、順、稽、考也、能順考二古道一而行レ之者帝堯、）

『後漢書』列傳第二十七、桓榮傳、

以レ榮爲二少傅一、賜以二輜車乘馬一、榮大會二諸生一、陳二其車馬印授一曰、今日所レ蒙稽古之力也、可レ不レ勉哉、

「白雪」

『樂府詩集』巻第五十七、琴曲歌辭、

白雪歌　徐孝嗣

謝希逸琴論曰、劉涓子善鼓レ琴、製二陽春白雪曲一、琴集曰、白雪師曠所レ作、商調曲也、唐書樂志曰、白雪周曲

也、張華博物志曰、白雪者、太帝《(常カ)》使三素女鼓二五十弦瑟一曲名也、高宗顯慶二年、太常言、白雪琴曲、本宜レ合レ歌、今依二琴中舊曲一、以二御製雪詩一、爲二白雪歌辭一、又古今樂府、奏二正曲一之後、皆別有二送聲一、乃取二侍臣許敬宗等和詩一、以爲二送聲一、各十六節、六年二月、呂才造二琴歌白雪等曲一、帝亦製二歌辭十六章一、皆著二於樂府一、

風閨晩綵レ靄、月殿夜凝レ明、願君早留レ眄、無レ令二春草生一、

『文選』卷第四十五、宋玉、對二楚王問一、

客有下歌二於郢中一者上、其始曰二下里巴人一、國中屬《ツイテ》而和者、數千人、其爲二陽阿薤露一、國中屬而和者、數百人、其爲二陽春白雪一、國中屬而和者、不レ過二數十人一、引レ商刻レ羽雜以二流徵一、國中屬而和者、不レ過二數人一而已、翰曰、下里巴人下曲名也、陽春白雪高曲名也、

「淸歌」

すが〳〵しく歌ふ。

『全漢三國晉南北朝詩』全晉第六、陶淵明、諸人共遊二周家墓柏下一、

今日天氣佳、淸吹與二鳴蟬一、感二彼柏下人一、安得レ不レ爲レ歡、淸歌發二新聲一、綠酒開二芳顏一、未レ知二明日事一、余襟良已殫、

「鶯出レ谷」

春になつて谷を出て鳴く鶯。谷を出るとは日の目を見る、出世する意にもなる。

『白氏長慶集』卷第二十五、和下楊郎中賀二楊僕射致仕一後、楊侍郎門生合宴席上作上、（注、楊郎中は楊汝士、楊僕射は楊於陵、楊侍郎は於陵の子嗣復、新昌里の於陵の私第での賀宴で、元稹・白居易も同席す。）

祥鱣《セン》降伴二趨レ庭鯉一、賀燕飛和二出レ谷鶯一、（注、趨庭鯉は孔子の子鯉、祥鱣は瑞鯉。於陵の子出世を祝し、數多くの門弟が夫々に世に出るを賀す。）

「鶴歸レ皐」

『詩經』小雅、鶴鳴、

鶴鳴二于九皐一、聲聞二于野一、興也、皐、澤也、言二身隱而名著一也、箋云、皐、澤中水溢出所レ爲レ坎、自レ外數至レ九、喩二深遠一也、鶴在二澤中一而野聞二其鳴聲一、興者、喩下賢者雖二隱居一、人咸知上レ之、

「魯水壁中簡」

『漢書』卷之三十、藝文志、

秦燔レ書禁レ學、濟南伏生、獨壁藏レ之、漢興、亡失求得二十九篇、以教二齊魯之間一、訖二孝宣世一、有二歐陽大小夏侯氏一、立二於學官一、古文尚書者、出二孔子壁中一、師古曰、家語云、孔騰字子襄、畏二秦法峻急一、藏二尚書孝經論語於夫子舊堂壁中一、而漢記尹敏傳云、孔鮒所レ藏、二說不レ同、未レ知二孰是一、武帝末、魯共王、壞二孔子宅一欲三以廣二其宮一、而得二古文尚書及禮記論語孝經凡數十篇一、皆古字也、共王往入二其宅一、聞二鼓琴瑟鐘磬之音一、於レ是懼乃止不レ壞、

「綏山盤上桃」

『列仙傳』卷之一、

葛由者羌人也、周成王時、好刻二木羊一賣レ之、一日騎レ羊入レ蜀、蜀中王侯貴人、追レ之上二綏《タイ》山一、綏山在二峨嵋山西南一、最高無レ極、隨レ之者不二復還一、皆得二仙道一、山上有レ桃、（注、「山上有桃」四字、『藝文類聚』九十四、獸部中、羊、に據り補ふ。）故諺曰、若得二綏山一桃一、雖レ不レ得レ仙亦豪、

『讀史方輿紀要』卷六十六、四川一、其名山、

峨嵋山在二嘉定州峨嵋縣西百里、眉州南二百里一、（中略）一爲二大峨山一、一爲二中峨山一、一爲二小峨山一、（中略）中峨山在二峨嵋縣南二十里一、一名覆蓬山、一名綏山、

「市レ骨」

『南史』列傳卷二十三、鄭鮮之傳、

鮮之曰、昔葉公好レ龍、而眞龍見、燕昭市レ骨、而駿足至、明公以二肝食一待レ士、豈患二海內無一レ人、

『文選』卷第四十一、孔文擧(融)、論二盛孝章一書、

燕君市《カフ》二駿馬之骨一、非レ欲三以骾二道理一、乃當三以招二絶足一也、善曰、戰國策、郭隗謂二燕昭王一曰、臣聞、古之人君、有下市千里馬一者上、三年而不レ得、於レ是遣三使者齎二千金之貨一、將レ市二於他國一、未レ至而千里之馬已死、使者乃以二五百金一、買二死馬之骨一以歸、其君大怒曰、所レ求者本不レ市二死馬一、何故損レ金市二死馬一乎、將レ誅レ之、使者對曰、死馬尚市レ之、况生者乎、天下必知二君之好一也、馬將レ至矣、於レ是期年而千里馬至者三焉、良曰、此則非レ欲レ骾二道理一、蓋欲三以招二遠近之駿足一也、

「好レ文偃レ武」

『尚書』卷第六、周書、武成、

王來レ自レ商至二于豐一、（豐は文王の都。）乃偃《フセ》レ武修レ文、倒《サマニ》載二干戈一、包以二虎皮一、示レ不レ用、行二禮射一、設二庠序一、修二文德一、歸二馬于華山之陽一、放二牛于桃林之野一、示二天下弗一レ服、山南曰レ陽、桃林在二華山東一、皆非下長二養牛馬一之地上、欲レ使二自生自死一、示三天下不二復乘用一、

「德如レ毛」

德を行ふは毛を擧げるが如く輕い。

『詩經』大雅、烝民、（注、「烝民、尹吉甫美二宣王一也、任レ賢使レ能、周室中興焉、」）

人亦有レ言、德輶《カルキコト》如レ毛、民鮮二克擧一レ之、我儀圖レ之、儀、宜也、箋云、輶、輕、儀、匹也、人之言云、德甚輕、然衆人寡二能獨擧レ之以行者一、言二政事易一耳、而人不レ能レ行者、無二其志一也、我與二倫匹一圖レ之、而未レ能レ爲也、我、吉甫自我也、

「叨」

叨《タウ》はムサボルと讀む。

『文選』巻第三十八、任彥升(昉)、爲二范尚書一讓二吏部封侯一第一表、

敢叨二天功一、向曰、叨、貪也、天功、天子之功也、

「吏部侍郎」

『職原鈔』上、式部省、

大輔一人、權一人、相當正五位下、唐名吏部大卿、又云二吏部侍郎一歟、

「八座」

『職原鈔』上、

參議八人、唐名諫議大夫、相公、八座、

參議者、諸官之中四位以上有二其才一之人、奉レ勅參二議官中政一之意也、故非二正官一、然而除目任レ之又例也、四位任レ之者、猶稱二某朝臣一、三位以上稱二姓朝臣一也、八座者、異朝八座其職各別也、本朝聖武《四十五》天皇天平三年置二參議一、大同《平城》御宇、罷二參議一置二五畿七道觀察使一、合八人、弘仁御宇、罷二觀察使一皆爲二參議一云々、八人自レ此而始、依レ之有二八座之號一、任二參議一有二數道一、左右大辨幷近衞中將有二其才一者、藏人頭及勘二七箇國公文一受領等是也、

「尾州刺史」

正曆三年(九九二)正月廿日、兼尾張權守、

長保三年(一〇〇一)正月廿四日、兼尾張權守、

右の兩度、匡衡は尾張權守に任じられてゐる。

「夢二三刀一」

刕は州の俗字。夢刀と同じで刺史として栄進を望むこと。栄進する事。

『晉書』列傳第十二、王濬傳、

濬夜夢懸三三刀於臥屋梁上一、須臾又益二一刀一、濬驚覺意甚惡レ之、主簿李毅再拜賀曰、三刀爲二州字一、又益レ一者、明府其臨二益州一乎、及三賊張弘殺二益州刺史皇甫安一、果遷レ濬爲二益州刺史一、

「彈冠」

①冠をはじいて塵を拂ふ。

『文選』卷第三十三、屈平（原）、漁父、

屈原曰、吾聞レ之、新沐者必彈レ冠、逸曰、拂二土芥一也、新浴者必振レ衣、逸曰、去二塵穢一也、濟曰、彈振二去其塵一也、安能以二身之察察一、逸曰、己清潔也、受二物之汶汶一、逸曰、蒙二垢塵一也、向曰、察察、絜白也、汶汶、塵垢也、寧赴二湘流一、逸曰、自沈レ淵也、葬二於江魚腹中一、逸曰、身消爛也、安能以二皓皓之白一、逸曰、皓皓、猶二皎皎一也、蒙二世俗之塵埃一乎、逸曰、被二汙點一也、翰曰、皓白、喩二貞絜一、塵埃、喩二點汚一也、

②冠の塵を拂つて任用を俟つ。知己の推擧をあてにする。

『漢書』卷之七十二、王吉傳、

吉與二貢禹一爲レ友、世稱、王陽（注、王吉字子陽。）在レ位、貢公彈レ冠、師古曰、彈レ冠者且二入仕一也、言其取舍同也、

『漢書』卷之七十八、蕭育傳、

（育）少與二陳咸朱博一爲レ友、著二聞當世一、往者有二王陽貢禹一、故長安語曰、蕭朱結レ綬、王貢彈レ冠、言其相薦達也、

『文選』卷第二十四、曹子建（植）、贈二徐幹一、

彈レ冠俟二知己一、銑曰、彈レ冠者、待二知己一入仕也、

「鬱陶」

氣がふさぎ思ひなやむ事。

『文選』巻第二十五、謝靈運、酬二從弟惠連一、

幽居猶鬱陶、善曰、孔安國曰、鬱陶、哀思也、

○大　意

四十六歳迄は、世間に認められず、いたづらに明經の道にうづもれて、筆をとつて詩文を畫くも、ものうかつた。今や幸に主上の御仁心に逢ひ、遂に式部權大夫に任じられ、高秩を賜はつてゐる。匡衡は四十七歳で、始めて昇殿をゆるされ、又侍讀を仰せつかり、去年は再度の加階に預つた。何れも稽古につとめたおかげである。今こそ私は白雪の高曲をすが〱しく歌つて、鶯が長い冬を越え陽春にはゞたく様である。青雲の榮路に飛翔した鶴が、その棲地の澤に雄姿をやすめてゐる様である。又魯の孔子宅から發見された尚書を以て、主上に御進講した。今年春、尚書十三巻を御進講、十餘日で御讀了。我は禁中の賜饌に預つた。誠に主上は士を重んじ給ひ、その爲めの費を物ともなされず、賢才を招ずる爲めに、私の如き者をも厚遇せられる。學を好まれ、兵事を避けられ、政徳を擧げる事を實にた易い事として努められる。時恰も春のもやがたちこめ、誠に春景を愛惜す可く、花月風物を何人か心ゆくまで賞でない者があらうか。式部權大輔たる私は、何時か參議の一員に任じられんことを念ずる。式部大輔で侍讀をつとめた者は、必ず早く參議に昇進する事が例である。尾張權守たる自分は、一段の榮進を夢みて居る。儒官が國守を兼ねるのは格別の天恩である。どうか天下の才を懷いてゐる賢良に申す。自愛して身を潔くし、決して落膽悲愁する事なく、知己の推輓を待て。

17

七言、夏夜守二庚申一侍二清涼殿一、同賦三避レ暑對二水石一、應製一首、并序、以レ清爲レ韻、

夫人情者聖王[1]之田也、世治則學稼自茂、樂曲者明時之玩也、政調則德音[2]遍聞、我后蒞《ノゾミ》レ民以來、學官逢レ時、樂署得レ所、日愼二一日一、盡傳二延喜之舊儀一、風罷二三風一、已開二長保之寶曆一、於レ是守二庚申一而不レ廢《ステ》二延レ齡之術一、賞二佳辰一而不レ忘二樂レ善之心一、繞レ日夢レ月之家、冠二青雲一以從レ事、左龍右貂之輩、履二丹霞一以[3]承レ恩、方今避二林鐘之炎暑一、對二殿庭之水石一、班婕好團雪之扇、代二岸風一兮[4]長忘、燕昭王[5]招涼之珠、當二沙月一兮[6]自得、至二夫池蓮張レ蓋、砌苔展レ茵、誰問月燈閣之亭々、昇降目眩、亦嫌二風穴山之遠々一、往反[7]蹤慵者也、于レ時夜燭頻報、晨光欲レ開[8]、酌二黃軒之酒泉一、獻二千歲於我后一、開二紫庭之詩席一、快二一日於群臣一、昔鄧禹若不レ謁二光武一、徒爲二南陽之[9]掾吏一、今匡衡若不レ逢二好文一、豈爲二北闕侍臣一、謬記二勝事一、謂二時人何一云爾、謹序、

幸入二蓬萊一近二聖明一、逐[10]レ涼避レ暑石泉清、五更眠覺巖[11]風冷、三伏汗收岸雨晴、展レ簟空欹[12]二孫楚枕一、開レ襟自濯二子陵纓一、千秋溪體今移得、長備二天臨一頌二太平一、

○校　異

①「王」＝『本朝文粹』巻第八、序甲、詩序一、時節、「主」に作る。　②「音」＝『本朝文粹』「意」に作る。　③「以」＝『本朝文粹』「而」に作る。　④「兮」＝『本朝文粹』「以」に作る。　⑤『本朝文粹』「之」あり。　⑥「兮」＝『本朝文粹』「而」に作る。　⑦「反」＝『本朝文粹』「返」に作る。　⑧「開」＝『本朝文粹』「明」に作る。　⑨「之」底本なし。『本朝文粹』に據り補ふ。　⑩「逐」＝『日本詩紀』「追」に作る。　⑪「巖」＝『日本詩紀』「岩」に作る。　⑫「欹」＝『日本詩紀』「歌」に作る。

○考説

「清」

清は下平聲八庚韻。

この序中に、「已開二長保之暦一」とある事から、長保元年（九九九）と知られ、又、「避二林鐘之炎暑一」とある事から六月と知られ、長保元年六月の庚申は、六月九日である。

『日本紀略』長保元年六月條、

九日庚申、有下守二三尸一之御遊上、

『本朝世紀』長保元年六月條、

九日庚申、午後、左大臣（道長）、參議藤原忠輔朝臣、同齊信朝臣參入、有二御庚申事一、仍候二終夜一、

『御堂關白記』長保元年六月條、

九日、庚申、內有二御庚申一、有二作文管絃一、女方（倫子）入二菓子紙等一、

「人情者聖王之田」

『禮記』第九、禮運、

故聖王脩二義之柄《カヒ》禮之序一、以治二人情一、故人情者聖王之田也、脩レ禮以耕レ之、陳レ義以種レ之、講レ學以耨レ之、本レ仁以聚レ之、播レ樂以安レ之、故禮也者義之實也、故聖王脩二義之柄一者、柄、操也、謂二執持而用者一、謂脩二理義之要柄一、脩二理禮之次序一、以治二正人情一、使下去二其瑕穢之惡一、養中其菁華之善上也、故人情者聖王之田也者、土地是農夫之田、人情者亦是聖王之田也、脩レ禮以耕レ之者、農夫之田、用二耒耜一以耕レ之、和二其剛柔一、聖人以レ禮耕二人情一、正二其上下一、陳レ義以種レ之者、農夫耕レ田既畢、以二美善種子一而種レ之、聖王以レ禮正二人情一既畢、用二此善道一而教レ之、講レ學以耨レ之者、農夫種苗既畢、勤二力耘鋤一去レ草養レ苗、則苗善矣、聖王以二善道一教レ民既畢、又須二講説學習一、以勸二課之一、存レ是去レ非則善也、本レ仁以聚レ之者、農夫既勤二耘耨一、苗稼成孰、當下本二此仁恩愛惜之心一、以聚集所收上、勿レ令三浪爲二費散一、聖王勸課行

善既畢、本二此仁恩和親一、聚二集善道一、使レ不二廢棄一也、播レ樂以安レ之者、播、布也、農夫收穫既畢、布二其歡樂之心一、共二相飲食一、以安二美之一、聖王既勸二民善道一備足、又説樂感動、使下其勤二行善道一保寧堅固上也、

「學稼」

『論語』子路、

樊遲請レ學レ稼、子曰、吾不レ如二老農一、請レ學レ爲レ圃、子曰、吾不レ如二老圃一、〔註〕馬融曰、樹二五穀一曰レ稼、樹二菜蔬一曰レ圃、

この詩に於いては、學問の意に用ゐる。

「明時」

よく治まつてゐる時。平明の時。

『文選』巻第三十七、曹子建（植）、求二自試一表、

欲下自效《アラハレ》二於明時一、立中功於聖世上、

「徳音」

爲政者の徳を讚へ、太平を喜ぶ音。

『禮記』第十九、樂記、

天下大定、然後正二六律一、和二五聲一、弦二歌詩頌一、此之謂二徳音一、徳音之謂レ樂、此有徳之音、所謂樂也、

「蒞」

蒞《リ》は莅《リ》・涖《リ》と同じ。ノゾムと讀む。

『文選』巻第二十七、沈休文（約）、早發二定山一、

夙齡愛二遠壑一、晩涖《ユフヘニノゾンテ》見二奇山一、善曰、毛萇詩傳曰、莅、臨也、銑曰、夙齡、謂少年時也、晩涖、謂二暮年臨レ職、

「得レ所」

『漢書』卷之十、成帝紀、建始三年冬十二月の詔、

蓋聞、天生二衆民一不レ能二相治一、爲レ之立レ君以統二理之一、君道得則草木昆蟲咸得二其所一、人君不德謫見二天地一、

「日愼二一日一」

『淮南子』主術訓、

戰戰慄慄、日愼二一日一、由《ヨリモ》レ此觀レ之、則聖人之心小矣、詩云（大雅・大明）、惟此文王、小《セメテ》レ心翼翼、昭事二上帝一、聿懷二多福一、其斯之謂歟、

『後漢書』光武帝紀第一上、建武二年の詔、

惟諸將業遠功大、誠欲レ傳二於無窮一、宜下如レ臨二深淵一、如レ履二薄冰一、戰戰慄慄、日愼中一日《ヨリモ》上、木公金匱曰、黄帝居二人上一、惴惴若レ臨二深淵一、舜居二人上一、矜矜如レ履二薄冰一、禹居二人上一、慄慄如レ不レ滿レ日、敬勝レ怠則吉、義勝レ欲則昌、日愼二一日一、壽終無レ殃、

「三風」

巫・淫・亂の三の惡習。

『尚書』卷第四、伊訓、

敢有下恒舞二于宮一、酣中歌于室上、時《コレヲ》謂二巫風一、常舞則荒淫、樂レ酒曰レ酣、酣歌則廢レ德、事二鬼神一曰レ巫、言レ無レ政、敢有下殉二于貨色一、恒中于遊畋上、時謂二淫風一、殉、求也、昧二求財貨美色一、常遊戲畋獵、是淫過之風俗、敢有下侮二聖言一、逆二忠直一、遠二耆德一、比中頑童上、時謂二亂風一、狎二侮聖人之言一、而不レ行、拒二逆忠直之規一、而不レ納、耆年有德疏二遠之一、童稚頑嚚親二比之一、是謂二荒亂之風俗一、惟茲三風十愆、卿士有レ一二于身一家必喪、有二一過一則德義廢、失レ位亡レ家之道、邦君有レ一二于身一國必亡、諸侯犯レ此、國亡之道、

十愆《ケン》は、巫風が二、舞・酣歌、淫風が四、貨・色・遊・畋、亂風が四、侮聖言・逆忠直・遠耆德・比頑童、の十條の過である。

「寶曆」

『藝文類聚』巻五、歳時下、曆、

梁簡文帝、謝レ賜二新曆一表、

五司告レ肇、萬壽載レ光、琯叶二璧輪一、慶休二寶曆一、

天子よりの頒曆。又曆の尊稱。

「延齡之術」（庚申、）

『抱朴子』内篇、微旨、

又言、身中有二三尸一、三尸之爲レ物、雖レ無レ形而實魂靈鬼神之屬也、欲レ使二人早死一、此尸當三得レ作レ鬼自放縱遊行、饗二人祭酎《シュウ》一、是以每レ到二庚申之日一、輒上レ天白二司命一、道二人所レ爲過失一、又月晦之夜、竈神亦上レ天白二人罪狀一、大者奪レ紀、紀者三百日也、小者奪レ算、算者三日也、

『口遊』

數侯子、彭常子、命兒子、悉入二穿寘之中一、去二離我身一、謂之庚申夜誦、

今案、每二庚申一勿レ寢、而呼二其名一、三尸永去、萬福自來、

「繞日」

日を繞ると夢みて公卿に至る事。

『拾遺記』巻第二、殷湯、

傳說賃爲二赭衣者一、舂二於深巖一以自給、夢三乘レ雲繞レ日而行一、筮得二利レ建レ侯之卦一、歲餘、湯以二玉帛一聘爲二阿衡一也、

「夢月」

月が懐に入ると夢見て子を孕む。又生まれた子が貴人となる徵。

『捜神記』巻十、

孫堅夫人吳氏、孕而夢月入レ懷、已而生レ策、及二權在一レ孕、又夢日入レ懷、以告レ堅、日妾昔懷レ策夢二月入一レ懷、今又夢レ日何也、堅曰、日月者陰陽之精、極貴之象、吾子孫其興乎、

『北史』列傳巻一、孝文昭皇后高氏、

初后幼曾夢在二堂內一立、而日光自二窻中一照レ之、灼灼而熱、后東西避レ之、光猶斜照不レ已、如レ是數夕、怪レ之以白二其父颺一、颺以問二遼東人閔宗一、宗曰、此奇徵也、昔有下夢二月入一レ懷猶生中天子上、況日照之徵、此女將被二帝命一、誕二育人君一之象也、後生二宣武及廣平王懷、樂安公主一、

「繞日夢月之家」

公卿の位についたり、君主の外戚となる家。

「冠二青雲一」

高位に在る事。

『文選』巻第二十一、顏延年（延之）、五君詠の中、阮始平（始平太子、阮咸、字仲容）、

仲容青雲器、賓稟二生民秀一、善曰、青雲、高遠也、史記太史公曰、（伯夷列傳、）夫閭巷之人、欲二砥レ行立一レ名者、非レ附二青雲之士一、惡能施二於後代一哉、禮記曰、人者五行之秀、廣雅曰、秀、美也、翰曰、青雲器、高大者也、

「左龍」

『春秋繁露』服制像、

劒之在レ左、青龍之象也、刀之在レ右、白虎之象也、

劒の左に青龍の象をつけて飾りとする。

「右貂」

『後漢書』列傳第三十三、朱穆傳、

穆既深疾二宦官一、及レ在二臺閣一、旦夕共レ事、志欲レ除レ之、乃上疏曰、案二漢故事一、中常侍參二選士人一、建武以後、乃悉用二宦者一、自二延平一以來、浸《ヤヽ》益《ゝ》貴盛、假二貂璫之飾一、處二常伯之任一、璫（耳飾りのたま、）以レ金爲レ之、當二冠前一附以二金蟬一也、漢官儀曰、中常侍、秦官也、漢興或用二士人一、銀璫左貂、光武以後專任二宦者一、右貂金璫、常伯、侍中、

貂は獸のテンである。貂の尾を冠の右につけて飾りとする。文官の飾り。

左龍右貂は、文武の顯官を言ふ。

「丹霞」

丹霞は赤雲。

『文選』卷第三十一、江文通（淹）、雜體詩、張黃門苦雨、

丹霞蔽二陽景一、良曰、陽景日也、丹霞赤雲也、

『別國洞冥記』卷一、

漢武帝未レ誕之時、景帝夢下一赤彘從二雲中一直下、入中崇蘭閣上、帝覺而坐二于閣上一、果見下赤氣如二烟霧一來、蔽中戶牖上、望レ上有二丹霞一、蓊鬱而起、乃改二崇蘭閣一爲二猗蘭殿一、後王夫人誕二武帝于此殿一、有二青雀一群二飛于霸城門一、乃改爲二青雀門一、乃更修飾、刻レ木爲二綺榱一、雀去、因名二青綺門一、

『文選』巻第二十二、魏文帝、芙蓉池作、（注、文帝が鄴都の西園に遊んだ時の詩、）

丹霞夾二明月一、華星出二雲間一、

武帝生誕傳說、及び文帝の詩から、丹霞を禁園の上にたなびく赤雲と考へ、「履丹霞」は禁中に奉侍する意と採る。

「林鐘」

『漢書』律歷志第一、上、に據れば、黃帝が伶倫をして嶰谷の竹を切り、黃鐘を定め、それを音の上下に區分して十二の音律を定めたと傳へる。十二律は、陽の音六を律と云ひ、陰の音六を呂と云ふ。呂は陽の各の間に配分されるから間とも云ふ。この十二の音律を一年十二ケ月に配す。

『白虎通』二巻、五行、

林鐘、林、君也、言陰氣受レ任助二蕤賓一（五月）、君二主種物一、使二長大楙盛一、師古曰、種物、種生之物、楙、古茂字、位二於未一、在二六月一、

六月謂二之林鐘一何、林者衆也、萬物成熟、種類衆多、

『國語』周語下、

四間林鐘、（注、元間は大呂、十二月。二間は夾鐘、二月。三間は中呂、四月。五間は南呂、八月。六間は應鐘、十月。）和二展《アキラカニシテ》百事一、俾二莫《ノ》レ不レ任 肅《スミヤカニ》 純《オホイニ》 恪《ツヽシマ》一也、六月曰二林鐘一、林、衆也、言萬物衆盛也、鐘、聚也、於二正聲一爲レ徵、（注、宮商角徵羽の五聲の中徵に相當する。）展、審也、俾、使也、肅、速也、純、大也、恪、敬也、言時務和審、百事無レ有二僞詐一、使下之莫上レ不レ任二其職一、事速二其功一、大敬二其職一也、

「班婕妤團雪之扇」

『文選』巻第二十七、班婕妤、怨歌行、

怨歌行、五言、善曰、歌録曰、怨歌行古辭、然言レ古者、有二此曲一而班婕妤擬レ之、

班婕妤、向曰、漢書云、孝成帝班婕妤、帝初卽レ位選入二後宮一、始爲二小使一、俄而大幸爲二婕妤一、後趙飛鷰寵盛、婕妤失レ寵、故有二是篇一也、婕妤、后妃之位名也、左曹越騎校尉況之女、彪之姑、少有二才學一、

新裂《サケリ》二齊紈素一、鮮絜如二霜雪一、翰曰、紈素、細絹、出二於齊國一、裁成二合歡扇一、團團似二明月一、善曰、古詩曰、文綵雙鴛鴦、裁爲二合歡被一、良曰、皆喩三成美加二之刻飾一、出二入君懷袖一、動搖微風發、善曰、蒼頡篇曰、懷、抱也、此謂下蒙二恩幸一之時上也、常恐秋節至、涼飇奪二炎熱一、善曰、古長歌行曰、常恐秋節至、焜黃華葉衰、炎、熱氣也、銑曰、懼二寵之移一、弃二捐篋笥中一、恩情中道絶、向曰、果見二遺擲一矣、篋笥、盛レ扇之箱、

この詩序では、班婕妤の霜雪の如く鮮絜で、明月の如く丸い扇の涼しさも必要としないの意。

「團雪」

『白氏長慶集』巻三十三、惜レ春贈二李尹一、

春色有レ時盡、公門終日忙、兩衙但不レ闕、一醉亦何妨、芳樹花團レ雪、衰翁鬢撲レ霜、知君倚二年少一、未三苦惜二風光一、

「岸風」

水際を吹く風。

『杜工部詩集』巻十九、泊二岳陽城下一、

江國踰二千里一、山城僅百層、岸風翻二夕浪一、舟雪灑二寒燈一、

「燕昭王招涼之珠」

燕の昭王は、郭隗の「王必欲レ致レ士、先從レ隗始、況賢二於隗一者、豈遠二千里一哉、」と云ふ言を用ゐ、隗に新宮を

與へ、師事し、樂毅・鄒衍・劇辛等の士を招き、父王の時齊に敗れた燕を建て直した。

『拾遺記』巻第四、燕昭王、

至㆓燕昭王時㆒、有㆑國獻㆓於昭王㆒、王取㆓瑤漳之水㆒、洗㆓其沙泥㆒、乃嗟歎曰、自㆑懸㆓日月㆒以來、見㆓黑蚌生珠已八九十㆒、遇㆓此蚌千歳一生珠㆒、珠漸輕細、昭王常懷㆓此珠㆒、當㆓隆暑之月㆒、體自輕涼、號曰㆓銷暑招涼之珠㆒也、

「沙月」

『分類補註李太白詩』巻十三、秋夜宿㆓龍門香山寺㆒、奉㆑寄㆓王方城十七丈奉國瑩上人従弟幼成令問㆒、

望㆑極九霄迥、賞㆑幽萬壑通、目皓沙上月、心清松下風、

沙に輝り映えてゐる月光。

「月燈閣」

月燈閣は慈恩寺域の一閣である。

『摭言』巻三、に、「進士題名、自㆓神龍㆒之後、過㆓關宴㆒後、率皆朝㆓集於慈恩寺塔下㆒、題名、」とあり、及第者が慈恩寺塔下に名を記すとある。題名の後祝宴があり、『摭言』にその宴の種類を擧げて、「大相識・次相識・小相識・聞喜・櫻桃・月燈・打毬・牡丹・看佛牙、」と記してゐる。又、「乾符四年、諸先輩、月燈閣打毬之會時、同年悉集、」「咸通十三年三月、新進士、集㆓於月燈閣㆒、爲㆓蹙鞠之會㆒、擊拂既罷、痛㆓飲於佛閣之上㆒、」とある。

「亭々」

『文選』巻第二、張平子（衡）、西京賦、

干㆓雲霧㆒而上達、狀亭亭以岧岧、五臣作㆓迢迢㆒、綜曰、亭亭、迢迢、高貌、干、犯也、

「風穴山」

風穴山は不詳。

『太平御覽』巻九、天部九、風、

盛弘之荊州記曰、宜都佷山縣山有二風穴一、張口大數尺、名曰二風井一、夏則風出、冬則風入、風出之時、吹二拂左右一、常淨如レ掃、暑月經レ之、凜然有二衣裘想一、

『水經注』巻四、河水、

河水南逕二北屈縣故城西一、西四十里有二風山一、上有レ穴如レ輪、風氣蕭瑟、習常不レ止、當二其衝飄一也、略無二生草一、蓋常不レ定、衆風之門故也、

「遠々」

甚だ遠い意。

『全唐詩』巻二十、李商隱二、離席、

依依向二餘照一、遠遠隔二芳塵一、

「黃軒」

『史記』巻之一、五帝本紀、

黃帝者少典之子、姓公孫、名曰二軒轅一、索隱曰、按皇甫謐云、黃帝生二於壽丘一、長二於姫水一、因以爲レ姓、居二軒轅之丘一、因以爲レ名、又以爲レ號、是本姓公孫、長居二姫水一因改二姓姫一、

「酒泉」

『藝文類聚』巻七十二、食物部、酒、

神異經曰、西北荒中有二酒泉一、人飮二此酒一、酒美如レ肉、淸如レ鏡、其上有二玉樽一、取二一樽一、復一樽出、與二天地一同休、無二乾時一、飮二此酒一人、不死長生、

『漢書』卷之二十八、地理志下、

酒泉郡、武帝太初元年開、莽曰二輔平一、應劭曰、其水若レ酒、故曰二酒水一也、（注、水は泉の誤か。）

「紫庭」

宮廷の事。又禁中を意味す。

『宋書』志第十七、符瑞志上、

成王少、周公旦攝レ政七年、制レ禮作レ樂、神鳥鳳皇見、蓂莢生、（中略）麒麟遊レ苑、鳳皇翔レ庭、成王援レ琴而歌曰、

鳳皇翔二兮紫庭一、余何德兮以感レ靈、賴二先王兮恩澤臻一、于胥樂兮民以寧、

『藝文類聚』卷二十、人部四、忠、表、

梁元帝上二忠臣傳一表曰、（中略）三握再吐、夙奉二紫庭之慈一、春詩秋禮、早蒙二丹扆之訓一、

「昔鄧禹若不レ謁二光武一」

『後漢書』列傳第六、鄧禹傳、

鄧禹字仲華、南陽新野人也、年十三能誦レ詩、受二業長安一、時光武亦游二學京師一、禹年雖レ幼、而見二光武一知二非常人一、遂相親附、數年歸レ家、及二漢兵起、更始立一、豪傑多薦二擧禹一、禹不レ肯レ從、及レ聞三光武安二集河北一、卽杖レ策北渡追二及於鄴一、光武見レ之甚歡曰、我得レ專二封拜一、生遠來、寧欲レ仕乎、禹曰、不レ願也、光武曰、卽《モシ》如レ是何欲レ爲、禹曰、但願明公威德加二於四海一、禹得下効《イタシ》二其尺寸一垂中功名於竹帛上耳、光武笑、因留宿間語、（中略、禹が光武に策を進言。）

光武大悦、因令下左右號レ禹曰中鄧將軍上、（中略、幾多の戰功を以て、建武十三年、高密侯に封ぜられ、高密・昌安・夷安・淳于の四縣の封を受く。顯宗卽位して太傅となる。）永平元年年五十七薨、謚曰二元侯一、

『後漢書』光武帝紀、第一上、

世祖光武皇帝、諱秀字文叔、禮ニ、祖ハ有レ功、而宗ハ有レ德、光武中葉興、故廟稱二世祖一、謚法、能紹二前業一曰レ光、克二定禍亂一曰レ武、伏侯古今註曰、秀之字曰レ茂、伯仲叔季、兄弟之次、長兄伯升、次仲、故字二文叔一焉、南陽蔡陽人、（中略）光武年九歲而孤、養二於叔父良一、身長七尺三寸、美二須眉一、大口隆準日角、隆、高也、許負云、鼻頭爲レ準、鄭玄尚書中候注云、日角謂二庭中骨起狀如レ日、性勤二於稼穡一、種曰レ稼、斂曰レ穡、而兄伯升好レ俠養レ士、常非三笑光武事二田業一、比二之高祖兄仲一、仲、部陽侯喜也、能爲二產業一、見二前書一、王莽天鳳中、乃之二長安一受二尚書一、略通二大義一、

光武帝は王莽を破り、後漢を興し洛陽に都して、學を尊び、士を重んじた。

『藝文類聚』巻四十七、職官部三、司空、表、

齊孔稚珪爲二王敬則一讓二司空一表曰、（中略）鄧禹若不レ遭二漢光一、則南陽之掾吏、微臣若不レ逢二明聖一、則孤城之式客、

「蓬萊」

『列子』湯問第五、

湯又問、物有二巨細一乎、有二脩短一乎、有二同異一乎、革曰、渤海之東、不レ知二幾億萬里一、有二大壑一焉、實惟無レ底之谷、其下無レ底、名曰二歸墟一、八紘九野之水、天漢之流、莫レ不レ注レ之、而無レ增無レ減焉、其中有二五山一焉、一曰岱輿、二曰員嶠、三曰方壺、四曰瀛洲、五曰蓬萊、其山、高下周旋三萬里、其頂、平處九千里、山之中間、

相去七萬里、以爲二鄰居一焉、其上臺観皆金玉、其上禽獸皆純縞、珠玕之樹皆叢生、華實皆有二滋味一、食レ之、皆不レ老不レ死、所レ居之人、皆仙聖之種、一日一夕、飛相往來者、不レ可レ數焉、而五山之根、無レ所二連著一、常隨二潮波一、上下往還、不レ得二蹔峙一焉、仙聖毒《ヤミ》レ之、訴二之於帝一、帝恐下流二於西極一、失中群聖之居上、乃命二禺彊一、使下巨鼇十五、擧レ首而載レ之、迭爲二三番一、六萬歲一交上焉、五山始峙而不レ動、

「五更」

『文選』巻第二、張平子（衡）、西京賦、

虎威章溝、嚴更之署、綜曰、虎威章溝、未レ聞二其意一、嚴更、督二行夜一鼓、署、位也、濟曰、武威章溝、皆更署名、

更は鼓により、夜警者の更代する義。

『顏氏家訓』巻下、書證、

或問、一夜何故五更、更何所レ訓、答曰、漢魏以來、謂爲二甲夜乙夜丙夜丁夜戊夜一、又云レ鼓、一鼓二鼓三鼓四鼓五鼓、亦云二一更二更三更四更五更一、皆以レ五爲レ節、西都賦亦云、衞以二嚴更之署一、所二以爾一者、假令正月建レ寅、斗柄夕則指レ寅、曉則指レ午矣、自レ寅至レ午凡歷二五辰一、冬夏之月、雖二復長短參差一、然辰間遼闊、盈不レ至レ六、縮不レ至レ四、進退常在二五者之間一、更、歷也、經也、故曰二五更一爾、

五更は五夜・戊夜、即ち今の午前四時である。初更は午後八時に始まり、二時間毎に更が改まり、午前四時の五更に至る。

「巖風」

岩穴より吹く風。

『全唐詩』巻十九、杜牧七、宿㆓東横山瀬㆒、

孤舟路漸賖、時見碧桃花、溪雨灘聲急、巖風樹勢斜、

「三伏」

『初學記』巻第四、歳時部、伏日、

曆忌釋曰、四時代謝、皆以相生、立春木代㆑水、水生㆑木、立夏火代㆑木、木生㆑火、立冬水代㆑金、金生㆑水、至㆓於立秋㆒、以㆑金代㆑火、金畏㆑火、故至㆓庚日㆒必伏、庚者金也、陰陽書曰、從㆓夏至㆒後第三庚爲㆓初伏㆒、第四庚爲㆓中伏㆒、立秋後初庚爲㆓後伏㆒、謂㆓之三伏㆒、曹植謂㆓之三旬㆒、

「欹㆓孫楚枕㆒」

欹は『文選』巻第十一、王文考（延壽）、魯靈光殿賦、に殿が高大峻嶮の姿を賦して、「跪踵傍欹傾兮」と述べてゐる。欹はソバダツと讀む。

『晉書』列傳巻第二十六、孫楚傳、

孫楚字子荊、大原中都人也、（中略）楚才藻卓絶、爽邁不㆑群、多㆑所㆓陵傲㆒、（中略）惠帝初、爲㆓馮翊太守㆒、太康三年卒、（中略）楚少時欲㆓隱居㆒、謂㆑濟（王濟）曰、當欲㆓枕㆑石漱㆒㆑流、誤云㆓漱㆑石枕㆒㆑流、濟曰、流非㆑可㆑枕、石非㆑可㆑漱、楚曰、所㆓以枕㆒㆑流、欲㆑洗㆓其耳㆒、所㆓以漱㆒㆑石、欲㆑厲《トカント》㆓其齒㆒、

詩意は、孫楚の様に、流れに枕する必要のない程に涼しい。

「濯㆓子陵纓㆒」

『後漢書』逸民列傳第七十三、嚴光傳、

嚴光字子陵、一名遵、會稽餘姚人也、少有㆓高名㆒、與㆓光武㆒同遊學、及㆓光武卽㆒㆑位、光乃變㆓名姓㆒隱㆑身不㆑見、

帝思二其賢一、乃令下以二物色一訪上之、以二其形貌一求レ之、後齊國上言、有二一男子一、披二羊裘一釣二澤中一、帝疑二其光一、乃備二安車玄纁一、遣レ使聘レ之三反、而後至、（中略、光を留めて仕へん事を求めたが應ぜず。光武帝に對へて曰く。）昔唐堯著《アラハシ》レ德巢父洗レ耳、（中略、結局、光は光武帝の求めに應じなかつた。）後人名二其釣處一、爲二嚴陵瀨一焉、顧野王輿地志曰、七里瀨在二東陽江下一、與二嚴陵瀨一相接、有二嚴山一、桐廬縣南、有二嚴子陵漁釣處一、今山邊有レ石、上平可レ坐二十人一、臨レ水、名爲二嚴陵釣壇一也、建武十七年、復特徵不レ至、年八十終二於家一、

『楚辭』七、漁父、

（漁父）歌曰、滄浪之水淸兮、可三以濯二吾纓一、滄浪水濁兮、可三以濯二吾足一、

子陵が子陵瀨の淸湍に魚釣して生を了へた事をふまへて、滄浪の水の澄んだのと考へ併せて、更に此の詩に於いては、淸冷を主題としてこの詩句を作つてゐる。

○大　意

禮記に、「人情者聖王之田也、」と述べる。これは聖王が、人情を正しく治め、その穢惡を去り、美善を養ふ爲めに、禮と理とを以つて、萬民を導き治める事を言ふ。斯くて世が治まれば、自然に學問も盛んになる。音樂は治の屆いた平明の世にめでたのしまれるものである。政が正しきを得れば、爲政者の德を讚へる歌が徧く聞える。我が大君が卽位されて以來、學官は惠まれ、樂曲の官署も滿ち足りて日々を愼みはげんでゐる。世は正に悉く延喜聖代の舊風にしたがひ、巫・淫・亂の三の惡習なく平靜である。今や時は寶曆と云ふ新元號に改まつた。この時一夜庚申を守つて、傳習した延齡の術を慣行され、このめでたい日を賞し、善を樂しむ心を忘れ給はぬ。貴顯になつたり、聖皇の外戚たる人々は、高位に在つて責務を果し、文武の顯官は、禁中に奉侍して君恩をいたゞいてゐる。さて今、季夏六月の猛暑を避け、殿庭の水石にむかへば、水涯を吹く涼風に、班婕妤の雪をまろめた樣な白扇もすつかり忘

れてしまひ、池の沙を照らす冷しい月光に、恰も燕の昭王の招涼之珠を懐いた思ひがする。又池の蓮が傘をひろげた様に葉を繁らせ、緑の茵を展べた如く、砌一面に生ひふさいでゐる苔を見ては、誠に清涼の感がみなぎり、昇降に目がくらむ程高い月燈閣に登つて涼を求めたり、僻遠の地に在つて、往來にものうい風穴山を、わざ〳〵訪れる様な事は必要がない。時に夜も次第に更け、晨の光がさし初めんとしてゐる。黄帝の酒泉と云はれる不死長生の酒を酌んで、聖天子に千歳の壽を捧ずる。主上は禁中に詩宴を設けられ、群臣に樂しい一日を與へられた。昔後漢の鄧禹は、若し光武帝に逢はなかつたならば、一生單に南陽の一介の掾吏で了つたであらう。今匡衡も文を好み給ふ聖天子にお逢ひ出來なかつたならば、どうして宮中にお仕へする事が出來ようか。今日謬つてこのすばらしい御宴の様を記した次第であるが、時の人達は何と評するであらうか。幸にも禁中にお仕へして聖皇に身近に侍した。今夕は禁庭の池水のほとりに、暑を避けて涼を求めた。夜も明方近く、眼もさえ〳〵とし、池岸の積石の間を吹く風は冷く、酷暑の候であるのに、汗も収り、雨も晴れ上つた。竹むしろを莚いてはゐるが、孫楚の様に流れに枕したい程の暑さはなく、襟元をゆるめて誠に清冷な氣にひたつてゐる。全く永遠に心よい池邊の姿を目のあたりにしてゐる。この景觀をいつまでも天臨に備へ、國家の太平を謳歌したい。

18　七夕守二庚申一、同賦三織女理二容色一、應製、以レ嬌爲レ韻、

寄レ言織女意搖々、容色理來結レ契遙、頻憖二玉簪一霞袂擧、閑臨二粧鏡一月眉嬌、燕蘭湯沐非二同日一、漢李聲華件二九霄一、乞巧慇懃天可レ許、徘徊自耻馬卿橋、

○考　説

「嬌」

嬌は下平聲二蕭の韻。

『日本紀略』寛弘六年七月條、

七日庚申、於二御殿一守二三尸一、有二御遊一、

『御堂關白記』寛弘六年七月條、

七日、庚申、藏人頼國(源)來、月奏請判、云、仰、可レ有二御庚申事一、可レ參者、參入程、陣方舞裝束可レ候者、有二作文一、題織女理二容色一、爲時(藤原)作レ序、夜半許、從二齋院(選子内親王)中宮(彰子)一琵琶・琴等被レ奉、是其、

八日、辛酉、從レ内罷出、

「理二容色一」

『藝文類聚』巻四、歳時中、七月七日、

北齊邢子才七夕詩曰、盈盈河水側、朝朝長歎息、不レ怯二漸衰苦一、波流詎可レ測、秋期忽云至、停レ梭理二容色一、

「搖々」

心の落ちつかぬ樣。たよる所なく不安な樣。

『詩經』王風、黍離、

行邁靡靡、中心搖搖、邁、行也、靡靡猶二遲遲一也、搖搖、深憂無レ所レ愬、

『文選』巻第二十七、謝玄暉(朓)、之二宣城一出二新林浦一向二版橋一、

旅思倦二搖搖一、（翰曰、搖搖、不定皃、）

「憨」

憨《チヨク》は『集韻』に「從也」とある。シタガヘと讀む。或は整の誤りか。

「玉簪」

玉飾りのかんざし。

『西京雜記』卷二、

武帝過二李夫人一、就取二玉簪搔頭一、自レ此後宮人、搔頭皆用レ玉、玉價倍貴焉、

「霞袂」

『全唐文』卷七百六十、陳嘏、霓裳羽衣曲賦、

初聞二六律之和一、搖曳動容、宛似二群仙之態一、爾其絳節廻互、霞袂飄颻、或眄盼以不レ動、或輕盈而欲レ翔、

仙人の衣の袂。

「粧鏡」

『藝文類聚』卷四、歲時中、七月七日、詩、

隋王眘七夕詩曰、天河橫欲レ曉、鳳駕儼應レ飛、落月移二粧鏡一、浮雲動二別衣一、

「月眉」

『白氏長慶集』卷十四、「答二馬侍御見一レ贈」の詩に、「苑花似レ雪同隨レ輦、宮月如レ眉伴二直廬一」と見えるが、この白居易の詩では、眉の如き月と云ふのであり、匡衡の詩では言ふ迄もなく、新月の樣な眉と云つてゐる。

「燕蘭湯沐」

燕蘭湯沐の典據は不詳である。今假りに漢の成帝の皇后趙飛燕とその妹昭儀の合德の事と解する。

『飛燕外傳』

宜主《(後の趙皇后)》幼聰悟、家有㆓彭祖分脈之書㆒、善行㆓氣術㆒、長而纖便輕細、擧止翩然、人謂㆓之飛燕㆒、合德膏滑、出㆑浴不㆑濡、善㆓音辭㆒、輕緩可㆑聽、二人皆出世色、

又『飛燕外傳』に、成帝が昭儀合德の爲めに、浴蘭室を造り、「昭儀夜入㆓浴蘭室㆒、膚體光發占㆓燈燭㆒」とある。

『西京雜記』第一、

趙后體輕腰弱、善行步進退、女弟昭儀不㆑能㆑及也、但昭儀弱骨豐肌、尤工㆓笑語㆒、二人並色如㆓紅玉㆒、爲㆓當時第一㆒、皆擅㆓寵後宮㆒、

『文選』卷第二、張平子(衡)、西京賦、

飛燕寵㆓於體輕㆒、善曰、荀悦漢紀曰、趙氏善舞、號曰㆓飛燕㆒、上說㆑之、而由㆓體輕㆒而封㆓皇后㆒也、

湯沐は、湯は身體を洗ひ、沐は頭髮を洗ふ。

舞上手の飛燕も蘭湯にゆあみした昭儀も、到底比べものにならないの意か。

「漢李」

漢李は漢の武帝の李夫人である。李夫人は樂人李延年の妹で、延年が「北方有㆓佳人㆒、絕《スグレテ》㆑世而獨立、一顧傾㆓人城㆒、再顧傾㆓人國㆒、寧不㆑知㆓傾㆑城與㆑傾㆑國、佳人難㆓再得㆒」(『漢書』卷九十七上、外戚傳、)と歌ふや、武帝がその佳人を求め、延年の妹が召見された。召見した所「妙麗善舞」の爲め、武帝の幸を得、一男子昌邑王を產んだが、間もなく

蚤卒した。武帝は追懐して哀切を極めた。白居易の「李夫人」（『白氏長慶集』巻四、）に據れば、甘泉殿に李夫人の肖像を掲げたり、方士に反魂香を焚かせて招魂したりしたが、遂に武帝の心は充たされなかつた。『拾遺記』巻第五、には李少君の教へに從ひ、暗海に在る潛英之石を求め、夫人の形を彫み、宛ら夫人の生時の姿をながめ、最後に此石を舂き丸めて服し、以て夫人の夢を見なくなつたと說かれてゐる。

「聲華」

よい評判。

『白氏長慶集』巻十五、晏坐閒吟、

昔爲二京洛聲華客一、今作二江湖潦倒翁一、

「九霄」

九霄は九野・九天と同じ。天の九つの分野。天を意味する。『群書拾唾』に、九霄を、「神霄・青霄・碧霄・丹霄・景霄・玉霄・琅霄・紫霄・太霄」とする。

『藝文類聚』巻一、天部上、天、

呂氏春秋曰、天有二九野一、何謂二九野一、中央曰二鈞天一、東方曰二蒼天一、東北曰二變天一、北方曰二玄天一、西北曰二幽天一、西方曰二皓天一、（顥、『呂氏春秋』による。）西南曰二朱天一、南方曰二炎天一、東南曰二陽天一、

『文選』巻第二十二、沈休文（約）、游二沈道士館一、

銳《トクシテ》二意三山上一、託《ツグ》二慕《ネガヒヲ》九霄中一、善曰、漢書曰、武帝征二討四夷一、銳レ志武功、西征賦曰、竊託二慕於闕庭一、潘岳書曰、長自絕二於埃塵一、超二遊身乎九霄一、銑曰、銳、盡也、三山、蓬萊、方丈、瀛洲也、九霄、九天、仙人所居處也、

「馬卿橋」

馬卿橋は所據不詳。馬卿は司馬相如、字は長卿と考へる。

相如は蜀郡成都の人で、初め景帝の武騎常侍となつたが、帝が辭賦を好まぬ事を知り、恰も梁の孝王が鄒陽・枚乘等を從へて來朝したのを見、病と稱して官を辭し、梁に客遊した。その後武帝が相如の子虚賦を見て相如を召見、武帝に仕へた。子虚・上林・大人等の賦がある。

武帝の中郎將として西征に功あり。「司馬長卿便略ニ定西夷一、邛筰冉駹斯楡之君、皆請爲ニ內臣一、除ニ邊關一關益斥《ヒロマル》、西至ニ沫若一、南至ニ牂牁一爲レ徼、索隱曰、張揖云、徼、塞也、以レ木柵レ水爲ニ蠻夷界一、通ニ零關道一、橋ニ孫水一、韋昭曰、爲ニ孫水一作レ橋、以通ニ邛都一、」（『史記』巻一百一十七、司馬相如列傳、）

「恥馬卿橋」は、文人相如が、武人としても著しい功績を擧げ、孫水に橋を架して蜀を中央に結びつけた事を掲げて、匡衡自身、儒者としても、文人としても、名聲乏しく、況んや治政の功のない事を恥ぢると云ふ意と解する。

○大　意

述べれば、織女は牽牛との逢ふ瀬を待つて、心が落ちつかない。すつかり化粧をすませ、遠くの牽牛に心をはせる。頻りにかんざしを整へいそ〳〵として待つてゐる。なんと云ふ事なく鏡を見れば、新月の樣な眉がなまめかしい。その阿那たる姿は、飛燕姉妹も比べものにならず、天上に在りて李夫人の名聲と並ぶものである。今巧を乞ふて七夕の神星に祈つたが、多分驗應があらう。併し思へば自分は司馬長卿に比し、詩賦に於いても、施政に於いても、遙に及ばぬ事が恥づかしい。

19　秋夜閑談、

翰林學士非二忩劇一、吏部員外猶後群、言レ志閑談東閤月、徇レ名遙愧二北山雲一、偶逢二鮑叔能知一レ我、將下就二龍媒一試事上レ君、目想心[1]看何所レ待[2]、不レ如萬一志[3]二斯文一、

○校　異

①「心」＝『日本詩紀』なし。　②「待」＝底本「待《侍イ》」に作る。　③「志」＝『日本詩紀』「着」に作る。

○考　説

「後群」

『藝文類聚』巻九十二、鳥部下、烏、詩、

梁元帝、晩栖烏詩曰、日暮連二翩翼一、倶向二上林一栖、風多前鳥駛、雲暗後群迷、

「言レ志」

『尚書』巻第一、舜典、

詩言レ志、歌永レ言、詩言レ志以導レ之、歌詠二其義一以長二其言一、

「徇レ名」

『文選』巻第五十六、曹子建（植）、王仲宣誄、

人誰不レ没、達士徇《モトム》レ名、善曰、莊子、小人徇レ時、君子徇レ名、天下皆然、不二獨一人一也、向曰、徇、求也、言人皆死、而達士死二於求一レ名也、

「愧二北山雲一」

『詩經』小雅、杕杜、

陟二彼北山一、言采二其杞一、箋云、言、我也、登二北山一而采レ杞、非二可レ食之物一、喩下已行レ役不上レ得二其事一、偕偕士子、朝夕従レ事、偕偕、强壮貌、士子、有二王事一者也、箋云、朝夕従レ事、言レ不レ得二休止一、王事靡レ盬、憂二我父母一、箋云、靡、無也、盬、不二堅固一也、王事無レ不二堅固一、故我當三盡レ力勤二勞於役一、久不レ得レ歸、父母思レ己而憂、溥天之下、莫レ非二王土一、率土之濱、莫レ非二王臣一、溥、大、率、循、濱、涯也、箋云、此言王之土地廣大矣、王之臣又衆矣、何求而不レ得、何使而不レ行、大夫不レ均、我従レ事獨賢、賢、勞也、箋云、王不レ均二大夫之使一、而專以三我有二賢才一之故、獨使三我従二事於役一、自苦之辭、四牡彭彭、王事傍傍、彭彭然不レ得レ息、傍傍然不レ得レ已、嘉二我未一レ老、鮮《ヨミスルカ》二我方將《サカンナルヲ》一、將、壯也、箋云、嘉鮮、皆善也、王善二我年未一レ老乎、善二我方壯一乎、何獨久使レ我也、旅力方剛《トスルカ》、經二營四方一、旅、衆也、箋云、王謂二此士衆之氣力方盛一乎、何乃勞苦、使三之經二營四方一乎、或燕燕居息、燕燕、安息貌、或盡瘁事レ國、盡レ力勞病、以従二國事一、或息偃在レ牀、或不レ已二于行一、箋云、不レ已、猶レ不レ止也、或不レ知二叫號一、或慘慘劬勞、叫、呼、號、召也、或棲遲偃仰、或王事鞅掌、鞅掌、失レ容也、箋云、鞅猶レ何也、掌謂レ捧二持之一也、負何捧持、以趨走促遽也、或湛樂飲レ酒、或慘慘畏レ咎、箋云、咎猶二罪過一也、或出入風議、或靡二事不一レ爲、箋云、風猶レ放也、

『詩經』の云ふ所は、君主に仕へる者が皆平等に勞苦するのでなく、一心に勞苦してゐる者がある反面、ほどよく淫佚の者のある事を歌つてゐるが、匡衡の詩に於いては、王事に專念勞苦して治績ある事なく碌碌たる我身を恥ぢるものであるととる。

「鮑叔能知レ我」

鮑叔は鮑叔牙で、春秋時代齊の桓公に仕へた人。管仲との交はりに厚く、世に管鮑交と云はれる。

『列子』力命第六、

管夷吾・鮑叔牙、二人相友甚戚《シタシ》、同處二於齊一、管夷吾事二公子糾一、鮑叔牙事二公子小白一（後の桓公）、（中略、齊の内亂で、小白が子糾を殺し、管夷吾は囚へられた。鮑叔は管夷吾の爲めに桓公に説き、免さしめ、桓公に仕へて共に桓公の霸業を援けた。）管仲嘗歎曰、（注、仲は夷吾の字。）吾少《ワカクシテ》窮困時、嘗與二鮑叔一賈、分レ財多自與、鮑叔不二以レ我爲一レ貪、知二我貧一也、吾嘗爲二鮑叔一謀レ事、而大窮困、鮑叔不二以レ我爲一レ愚、知三時有二利不利一也、吾嘗三仕、三見レ逐二於君一、鮑叔不三以レ我爲二不肖一、知三我不レ遭レ時也、吾嘗三戰三北、鮑叔不二以レ我爲一レ怯、

知三我有二老母一也、公子糾敗、召忽死レ之、吾幽囚受レ辱、鮑叔不二以レ我爲一レ無レ恥、知下我不レ羞二小節一、而恥中名不上レ顯二於天下一也、生レ我者父母、知レ我者鮑叔也、

「龍媒」

龍馬とも言ふ。西域に産する駿馬が、はる〴〵都に來たのは、やがて龍が來るしるしであると云ふ、『漢書』禮樂志の天馬の歌に基づく言葉で、龍を招くなかだちと云ふ意から駿馬その物を指して云ふ意になる。

『漢書』卷之二十二、禮樂志、

元狩三年、馬生二渥洼水中一作、

天馬徠、從二西極一、涉二流沙一、九夷服、師古曰、言九夷皆服、故此馬遠來也、徠、古往來字也、天馬徠、出二泉水一、虎脊兩化若レ鬼、應劭曰、馬毛色如二虎脊一者有レ兩也、師古曰、言其變化若二鬼神一也、天馬徠歷二無草一、徑二千里一、遁二東道一、張晏曰、馬從レ西而東來也、師古曰、言馬從レ西來、經二行磧鹵之地無レ草者一、凡千里而至二東道一、天馬徠執徐時、應劭曰、太歲在レ辰曰二執徐一、言得二天馬一時歲在レ辰也、孟康曰、東方震爲レ龍、又青龍宿、言以二其方一來也、師古曰、應說是也、將二搖擧一、誰與期、師古曰、言當二舊搖高擧一、不レ可二與期一也、天馬徠開二遠門一、竦二予身一、逝二昆侖一、應劭曰、言天馬雖二去レ人遠一、當二豫開レ門以待一レ之也、文穎曰、言武帝好レ仙、常庶幾天馬來當三乘レ之往二登昆侖一也、師古曰、文說是也、天馬徠龍之媒、應劭曰、言天馬者乃神龍之類、今天馬已來、此龍必至之效也、游二閶闔一、觀二玉臺一、應劭曰、閶闔、天門、玉臺、上帝之所レ居、

「斯文」

儒學の意、又文章の意。

『論語』子罕、

子畏二於匡一、曰、文王既沒、文不レ在レ茲乎、天之將レ喪二斯文一也、後死者不レ得レ與二於斯文一也、天之未レ喪二斯文一也、匡人其如レ予何、

『文選』序、

式《モツテ》觀二元始一、眇《ハルカニ》覿二玄風一、銑曰、式、用也、眇、遠也、覿、見也、言用視二太初一、遠見二玄風一、冬穴夏巣之時、茹《シキ》レ毛飮レ血之世、世質《スナホニ》民淳、斯文未レ作、

濟曰、茹、蘊也、言上古巣居穴處、飮二食血肉一、蘊二藉毛羽一、時人質樸、文章未レ作、

○大　意

文章博士の職は劇職ではない。式部權大輔は諸職の中で、閑職である。東門の月にしづかに語りかける次第である。名聲を欲すれば、我身をかへりみて、國事に功なく碌碌としてゐるのが恥づかしい。偶々我を能く知つてゐる高貴の人の誘引を得て、位官の昇進を果さんとするが、つらつらと考へれば、これとて必ずしもあてにはならない。せめて學問の道にひたすら沈潛しよう。

20　暮秋、陪二中書大王書齋一、同賦二風景一家秋一、應教、以レ深爲レ韻、

天爲二大王一似レ有レ心、秋敎二景趣一家深一、蘭臺置レ酒露濃色、竹苑撫レ絃風冷音、看レ月周墻中自得、出[1]レ雲越レ國外誰尋、四隣莫レ妬此間事、才客於レ茲成二市林一、

○校　異

①「出」＝『日本詩紀』「公」に作る。

○考　說

「深」

深は下平聲の十二侵の韻。

「中書大王」

『職原鈔』上、

中務省、當㆓唐中書省㆒、又號㆓鳳閣㆒、
卿一人、相當正四位上、親王任㆑之、四品以上、臣下不㆑任㆑之、

この中書王は不明。

「蘭臺」

『漢書』巻之十九、百官公卿表、

御史大夫秦官、位㆓上卿㆒、（中略）掌㆑副㆓丞相㆒有㆓兩丞㆒、（中略）一曰㆓中丞㆒、在㆓殿中蘭臺㆒、掌㆓圖籍祕書㆒、

漢代の禁中の藏書の處。この詩では中書王の書齋を、宮中の藏書の處に比して、蘭臺と呼んだものである。

「才客」

『全唐文』巻一百六十六、盧照鄰、秋霖賦、

東國儒生、西都才客、屋滿㆓鉛槧㆒、家虛㆓儋石㆒、

○大　意

天は中書大王の爲めに、特別の好意を持つてゐるやうだ。秋の景趣は殊に大王の一家の中に深い。大王は書齋に酒宴を催され、秋露は色濃く庭の木草を染めてゐる。竹村は恰も絃を奏するやうに、冷やゝかな風音をたてゝ居る。大王第の周墻中に在つて、月を眺め實に心往く物がある。わざ〳〵遠く迄出向いて、月の眺めを求める要はない。

人々よ今夕の勝事をうらやむ事なかれ。席には才客が市中の如く群座してゐる。

21　九月盡日、惜レ秋言レ志、

少年猶亦惜レ秋苦《ネンゴロナリ》、何况閑人潦[1]倒時、身老二五花風月席一、家經二十葉帝王師一、紅顔如レ昨西頽早、白髮爲レ霜子達遲、心慕二相公一群息感、侍郎不レ耐解嘲詞、此事見二文選一、

○校　異

①「潦」＝『日本詩紀』「僚」に作る。

○考　説

「潦倒」

老羸の様。世事にうとく何もなし得ぬ様。

『文選』巻第四十三、嵇叔夜(康)、與二山巨源一絶レ交書、

足下舊知下吾潦倒麤踈不上レ切二事情一、

「五花風月席」

『白孔六帖』賓館、

五花館、荆南舊有二五花館一、待レ賓之上地、故蔣鉉上二成汭一詩云、不三是上台憐二姓字一、五花賓館敢從容、南都新書、

『本朝文粋』巻第三、對册、菅原淳茂對、

淳茂才慙二意聖一、詞謝二筆精一、雖レ襲二餘風於三葉之家一、未レ發二麗事於五花之席一、

「西頽」

『文選』巻第十六、潘安仁（岳）、寡婦賦、

四節流兮忽代序、歳云《コヽニ》暮兮日西頽《クヅル》、善曰、楚辭曰、日月忽其不レ淹（ヒサシ）春與レ秋兮代序、古詩曰、凜凜歳云暮、説文曰、頽、墜也、

「子達遲」

子の榮達は遲々としてゐる意。

「相公」

大江氏の相公は、江相公音人と後江相公朝綱である。

「解嘲詞」

『文選』巻第四十五、に見られる揚子雲の解嘲を指す。

「揚子雲」

『漢書』巻之八十七、揚雄傳、

揚雄字子雲、蜀郡成都人也、（中略）雄少而好レ學、不レ爲二章句一、訓詁通而已、博覽無レ所レ不レ見、爲二人簡易佚蕩、口吃不レ能二劇談一、默而好二深湛之思一、清靜亡爲、少二耆欲一、不レ汲二汲於富貴一、不レ戚二戚於貧賤一、不レ修二廉隅一、以徼二名當世一、（漢の成帝の時、未央宮に待召し、甘泉・河東・長楊等の賦を奏す。後王莽に仕ふ。）

贊曰、雄之自序云、初雄年四十餘、自レ蜀來至游二京師一、大司馬車騎將軍王音、奇二其文雅一召以爲二門下史一、薦レ雄待レ詔、歳餘、奏二羽獵賦一、除爲レ郎給二事黃門一、與二王莽劉歆一並、哀帝之初、又與二董賢一同レ官、當二成哀平間一、

莽賢皆爲二三公一、權傾二人主一、所レ薦莫レ不二拔擢一、而雄三世不レ徙レ官、及二莽簒レ位、談説之士、用二符命一稱二功德一、獲二封爵一者甚衆、雄復不レ侯、以二耆老久次一、轉爲二大夫一、恬二於勢利一迺如レ是、實好レ古而樂レ道、其意欲下求二文章一成中名於後世上、以爲經莫レ大二於易一、故作二太玄一、（又、法言、訓纂、州箴、反離騷、その他四賦あり。天鳳五年、七十一で卒す。）

「不レ耐解嘲詞」

揚雄が官位を求める事なく、淡白無爲を説くのに對し、匡衡自らが榮進を望み、子孫の榮達を願ふ事を恥ぢたものである。

○大　意

年若い者も、秋の寂寞を愛惜する心は、甚深なものである。況んや閑職に在つて、老羸の身にとつては一入である。我身は詩歌の宴席を巡る中に老い、我家は十代、帝王の侍讀をつとめた家柄である。紅顏であつたのはつい昨日の様に思ふが、今や日はやくも西に傾き、衰老の身となり、頭髮も霜を帶びた様に白く、一方子息の榮進は遲々としてはかどらぬ。父祖の江相公を慕ふ子孫の思ひは深い。吏部侍郎たる自分は、揚雄の解嘲の詞の前に忸怩たるものがある。

22　九月盡、於二祕芸閣[1]一、同賦三秋唯殘二一日一詩一首、以レ光爲レ韻、

洞中合宴忘二家鄕一、秋杪唯携一日光、今夕階蓂雖二落盡一、明朝籬菊有二餘芳一、爛柯不レ識殘陽景、後葉空逢七袠[2]霜、已到二詩仙一心事定、侍郎佳興過二潘郎一、

○校　異

①「芸」＝『日本詩紀』「書」に作る。　②「衺」＝『日本詩紀』「葉」に作る。

○考　説

「光」

光は下平聲七陽の韻である。

「祕芸閣」

『拾芥抄』中、官位唐名部、

御書所、祕書殿、芸閣、

『大内裏圖考證』卷第十二之上、

祕書閣、未詳、○式部大輔菅原在良朝臣集曰、夏夜於二祕書閣一、同詠二雨中早苗和歌一、かくはかりをやみたにせぬ五月雨に、いかてかたこの早苗とるらん、○同奥書、在良朝臣傳曰、御書所別當、按據二此文一、則祕書閣、謂二內御書所一歟、

芸閣、日本紀略曰、寛弘二年七月十七日、於二弓場殿一試二學生九人一、是則御書所衆二人有二其闕一、仍試二競望之輩一所レ被レ試也、題云、秋叢露作レ佩、七言八韻、其中レ奉レ試、藤原公政、中原長國、藤原雅任、被レ直二芸閣一、

これに據り內御書所を芸閣と呼ぶと考へ、祕書閣・芸閣は何れも內御書所と見る。その所在は承香殿の東廊である。

「洞中」

聖仙の居處。禁中を意味す。同時に、後述の王質の傳說をふまへてゐる。

「秋杪」

『禮記』第五、王制、

冢宰制二國用一、必於二歲之杪《スヱ》一、五穀皆入、然後制二國用一、杪、末也、

『文選』卷第二十五、謝靈運、登二臨海嶠一、初發二疆中一、作與二從弟惠連一、可下見二羊何一共和上之、

杪《スヱ》秋尋二遠山一、山遠行不レ近、善曰、楚辭曰、覩二杪秋之遙夜一、

「階蓂」

『宋書』志第十七、符瑞上、帝堯、

又有二草夾レ階而生一、月朔始生二一莢一、月半而生二十五莢一、十六日以後、日落二一莢一、及レ晦而盡、月小則一莢焦而不レ落、名曰二蓂莢一、一曰二曆莢一、

『文選』卷第三、張平子(衡)、東京賦、

蓋蓂莢爲レ難レ蒔也、綜曰、蓂莢瑞應之草、王者賢聖、太平和氣之所レ生、生二於階下一、始一日生二一莢一、至二月半一生二十五莢一、十六日落二一莢一、至二晦日一而盡、小月則一莢厭不レ落、王者以證知二月之小大一、堯時夾レ階生之、謂不二世見一、故云レ難レ蒔也、

「爛柯」

柯は斧の柄。斧の柄がくさる。

『水經注』卷四十、漸江水、

東陽記云、信安縣有二懸室坂一、晉中朝時、有二民王質一、伐レ木至二石室中一、見二童子四人彈琴而歌一、質因留倚レ柯聽レ之、童子以二一物如二棗核一與レ質、質含レ之、便不二復饑一、俄頃童子曰、其歸、承レ聲而去、斧柯灌然爛盡、既歸

質去レ家已數十年、親情凋落、無二復向時比一矣、

『述異記』巻上、

信安郡有二石室山一、晉時王質伐レ木至、見二童子數人棊而歌一、質因聽レ之、童子以二一物一與レ質、如二棗核一、質含レ之不レ覺レ饑、俄頃童子謂曰、何不レ去、質起視二斧柯一爛盡、既歸無二復時人一、

「七袠」

袠《チツ》は秩に同じで、十年を一秩と云ふ。

「潘郎」

潘郎は潘岳を云ふ。『本朝文粋』巻第十一、紀納言の、「九月盡日、惜二殘菊一應製、」に、「嗟呼潘郎寓直、」とある。

『晉書』五十五、列傳第二十五、潘岳傳、

潘岳字安仁、滎陽中牟人也、（中略）岳少以二才潁一見レ稱、鄉邑號爲二奇童一、謂二終賈之儔一也、（終軍・賈誼）（中略、籍田賦を作り、名聲を得、西征賦を作り、給事黃門侍郎となる。）岳性輕躁、趨二世利一、與二石崇等一、諂二事賈謐一、（中略）謐二十四友、岳爲二其首一、（中略）其母數誚《セメテ》レ之曰、爾當レ知レ足、而乾沒不レ已乎、而岳終不レ能レ改、既仕官不レ達、乃作二閑居賦一、（中略）秀（孫秀岳が琅邪內史たりし時の下僚、後中書令となる。）遂誣下岳及二石崇歐陽建一、謀中奉二淮南王允齊王冏一爲上レ亂、誅レ之、夷《コロス》二三族一、（中略）岳美二姿儀一、辭藻絕麗、尤善爲二哀誅之文一、少時常挾レ彈出二洛陽道一、婦人遇レ之者、皆連レ手縈繞、投レ之以レ果、遂滿レ車而歸、

「侍郎佳興過二潘郎一」

匡衡のこの詩には、潘岳の秋興賦が意識されてゐる。秋興賦の首は、「晉十有四年、余春秋三十有二、始見二二毛一、以二太尉掾一、兼二虎賁中郎將一、寓二直于散騎之省一、」とあり、賦には秋景の雅には殆んど觸れず、専ら秋氣の蕭瑟とし

て、草木搖落而變衰し、憀慄たる感を述べてゐる。匡衡が謂はんとする處は、秋興賦は官にもまゝならぬ潘岳が、「逍二遙乎山川之阿一、放二曠乎人間之世一、優哉游哉、聊以卒レ歳、」と結んでゐるが、自分は分を知つて今日の宴にも心得たり、潘岳より遙に風雅に滿ちた境涯であると言ふ事。

○大　意

禁中での九月盡を送る詩宴で、彼の傳説の王質の樣に、すつかり滿ち醉つて家鄕を忘れた。折りしも晩秋で、秋も唯今日一日を殘すのみである。今夕にあの蓂莢もすつかり落ち盡すわけであるが、明朝には殘菊が猶ほ餘香をただよはせてゐよう。宴に心を奪はれて、爛柯の人の樣になつた自分は、殘陽の景にも氣づかずに居たが、思へば時勢に後れた自分は何時しか七十の白髮の翁になん〲としてゐる。既に世欲を離れ詩文に沒頭する事に心定めて居り、潘岳の秋興より遙に雅やかな佳境である。

23

七言、九月盡日、同賦レ送二秋筆硯中一、應製一首、以レ心爲レ韻幷序、

夫本朝者詩國也、文章昌則主壽、禮樂興則世治、是以聖上亦萬機餘閑、九月盡日、送二殘輝於筆硯之中一、縱二勝賞於旒扆《リウイ》之下一、承レ恩者月卿、其人瑩二清才一而高步、應レ喚者風客、不レ幾蓄二逸韻一而近陪、方今謝二金飇一兮耳驚、惜二玉霜一兮目送、不レ欲レ登レ山、只案二轡策于文峯之雲一、不レ要レ臨レ水、只任二舟檝於詞江之浪一、遂使下紅葉頻散、染二雞距一而追隨、玄英欲レ來、當二龜首一而交替上者也、昔晉十有四年、潘岳兼二虎賁一以作二秋興賦一、今寶曆十有四年、匡衡近二龍顏一以獻二秋興詩一云レ爾、謹序、

感レ秋何處快沈吟、相送只資筆硯心、遮レ路紫毫羇旅遠、解二攜墨沼一悵望深、霜花餞席文章錦、風葉離歌朗詠音、好去今年商律候、事レ君萬歲幾光陰、

○考　說

「心」

心は下平聲十二侵韻。

「送二秋筆硯中一」

『日本紀略』長保元年九月條、

卅日己酉、禁闈命二詩宴一、題云、送二秋筆硯中一、

『權記』長保元年九月條、

卅日、候レ內、有二作文事一、式部權大輔（匡衡）獻レ題云、送二秋筆硯中一、心韻、卽題者獻レ序、

「文章」

『文選』卷第五十二、魏文帝、典論論文、

蓋文章經國之大業、不朽之盛事、年壽有二時而盡一、榮樂止二乎其身一、二者必至之常期、未レ若二文章之無一レ窮、

「萬機」

『書經』卷之一、虞書、皐陶謨、

無レ教二逸欲一有レ邦、兢兢業業、一日二日萬幾、無レ曠二庶官一、言天子當下以二勤儉一率中諸侯上、不レ可下以二逸欲一導上レ之也、兢兢、戒謹也、業業、危懼也、幾、微也、易曰、惟幾也、故能成二天下務一、蓋禍患之幾藏二於細微一、而非三常人之所二豫見一、及二其著一也、則雖二智者一不レ能レ善二其後一、故聖人於レ幾、則兢業以圖レ之、所レ謂圖二難於其易一、爲二大於其細一者此也、一日二日者、言二其日之至淺一、萬幾者、言二其幾事之至多一也、蓋一日二日之間、事幾之來、

且至レ萬焉、是可ニ
一日而縦レ欲乎、

『文選』巻第三、張平子（衡）、東京賦、

訪《トフラヒ》ニ萬機一詢《ハカル》ニ朝政一、綜曰、（中略）言機微之事、日有ニ萬種一、詢、謀也、

「勝賞」

すばらしい歡遊。

『陳書』二十五、列傳第十九、孫瑒（字德璉）傳、

及ニ出鎮ニ郢州一、乃合ニ十餘船一爲ニ大舫一、於レ中立レ亭、池植ニ荷芰一、毎ニ良辰美景一、賓僚並集、泛ニ長江一而置酒、亦一時之勝賞焉、

「旒扆」

旒は『禮記』第十三、玉藻、に、「冕之旒以ニ藻紃《シユン》一貫レ玉爲レ飾、」とあり、又、「天子玉藻十有二旒、祭ニ先王一之服也、雑采曰レ藻、天子以ニ五采藻一爲レ旒、」とある。冕の前後に垂れる紐に玉を貫いた飾。

扆は、

『文選』巻第四十、沈休文（約）、奏ニ彈王源一、

陛下所ニ以負レ扆、興《オキテワレ》言思レ清ニ敝俗一者也、善曰、禮記、天子負ニ斧依一南向而立、鄭玄曰、負之言背也、斧依、爲ニ斧文屏風一、扆與レ依同、詩曰、興言出宿、尚書曰、弊俗奢麗萬世同流、翰曰、扆、屏風也、天子所居後有ニ屏風一、故言レ負レ扆、敝俗、謂レ雑ニ爲婚姻一也、

とある。この序に於いては、陛下の御臨席の下にと云ふ意。

「月卿」

『書經集傳』周書、洪範、

曰王省惟歳、卿士惟月、師尹惟日、歳月日、以二尊卑一爲レ徵也、王者失得、其徵以レ歳、卿士之失得、其徵以レ月、師尹之失得、其徵以レ日、蓋雨暘燠寒風、五者之休咎、有レ係二一歳之利害一、有レ係二一月之利害一、有レ係二一日之利害一、各以二其大小一言也、

三位以上の公卿。

「清才」

秀れた才能。

『文選』卷第五十六、潘安仁（岳）、楊忠武誄、

若乃、清才儁茂、盛德日新、

「高步」

①世俗からはなれて步む。

『文選』卷第二十一、左太沖（思）、詠史詩、

被レ褐出二閶闔一、高步追二許由一、銑曰、褐、短敝之衣、閶闔、國門也、許由堯時隱居之士、思惡三世人趨二競勢利一、將下被レ褐出二國門一、追二許由之迹一、而復上之也、

②身分高く、花やかに闊步する。この序の用法。

『文選』卷第二十四、陸士衡（機）、荅二賈長淵一詩、（賈謐字長淵）

思二媚皇儲一、高二步承華一、翰曰、媚、愛也、言謐思二愛太子一、高二步於承華門一也、皇儲、太子也、

「風客」

風雅な人士、詩文に堪へた人士。

「不レ幾」

無理に希求しない。

『漢書』巻之五十一、鄒陽傳、

此皆國家之不レ幾者也、應劭曰、言不レ可二庶幾一也、

この序では、自然に逸韻を體得した人士の意。

「逸韻」

『論語』微子、に、「逸民、伯夷・叔齊（下略）、（註）逸民者、節行超逸者也、」とあつて、逸はすぐれる意。

逸韻は、この序では、すぐれた詩才を意味して用ゐる。

『分類補註李太白詩』巻之二十、與二南陵常贊府一遊二五松山一、

安石（謝安石）泛二溟渤一（溟海・渤海）、獨嘯二長風一還、逸韻動二海上一、高情出二人間一、

「金飇」

飇《ヘウ》は飆に同じ。強風。金は『春秋繁露』五行順逆、に、「金者秋、殺氣之始也、」とあつて、金飇は秋風の事。

『全唐詩』巻十八、鮑溶一、白露、

清蟬暫休レ響、豐露還移レ色、金飇爽二晨華一、玉壺増二夜刻一、

「玉霜」

『淮南子』巻第三、天文訓、

至二秋三月一、季秋之月、地氣不レ藏乃收二其殺一、百蟲蟄伏靜居閉レ戸、殺氣也、青女乃出以降二霜雪一、青女天神、青霄玉女主二霜雪一也、

「案二轡策一」

案はとめる意。おさへる意。『史記』巻之五十七、周亞夫傳、に、「天子乃按レ轡徐行」とある。馬のたづなをひかへて徐行する意である。轡《ヒ》はたづな。『釋名』釋車、に、「轡、拂也、牽引拂戻、以制レ馬也、」とある。策はむち、むち打つ意。『論語』雍也、に、「策二其馬一」とある。

「雞距」

雞距はにには鳥のけづめ。こゝでは雞距筆を云ふ。筆のほさきが固つてかたいもの。

『全唐文』巻六百五十六、白居易一、雞距筆賦、

不レ得二兎毫一無三以成二起草之用一、不レ名二雞距一無三以表二入木之功一、

「玄英」

『初學記』歳時部、冬、

梁元帝纂要曰、冬曰二玄英一、氣黑而青英、亦云二安寧一、亦曰二玄冬三冬九冬一、

「當二龜首一」

不詳。『詩經』大雅、緜、に、「爰契《ヤク》二我龜一」とあり、龜は龜卜の事である。『禮記』第六、月令、孟冬、に、「是月也、命二太史一釁《チヌリ》二龜筴一、占レ兆審二卦吉凶一」とある。十月に天子は龜卜によつて吉凶を占ふ事で、或は龜首はこの事により孟冬を意味するか。

「昔晉十有四年云々」

前條に既述。

「今寶暦十有四年」

一條天皇は寛和二年（九八六）即位、今年長保元年（九九九）迄十四年を經てゐる。

「龍顏」

『史記』卷之八、高祖本紀、

高祖爲レ人、隆準而龍顏、應劭曰、隆、高也、準、頰權準也、顏、額顙也、齊人謂二之顙一、汝南淮泗之間曰レ顏、文穎曰、準、鼻也、索隱曰、始皇蜂目長準、蓋鼻高起、文穎說是、高祖感レ龍而生、故其顏貌似レ龍、長頸而高鼻、

又、天顏と同じく天子の顏貌を云ふ。

『全唐詩』卷二十四、羅鄴、老將、

年年宿衞天顏近、曾把二功勳一奏二建昌一、

「遮レ路」

『全唐詩』卷二十、趙嘏一、今年新先輩以二遏密之際一、每有二讌集一必資二淸談一、書レ此奉レ賀、

滿懷春色向レ人動、遮レ路亂花迎レ馬紅、

「紫毫」

兔の毛の深紫のもので筆に用ゐる。この詩では筆の意。

『白氏長慶集』卷四、諷諭四、紫毫筆、譏二失職一也、

紫毫筆、尖如レ錐兮利如レ刀、江南石上有二老兔一、喫レ竹飮レ泉生二紫毫一、宣城之人采爲レ筆、千萬毛中選二一毫一、毫雖レ輕功甚重、管勒二工名一充二歲貢一、君兮臣兮勿二輕用一、勿二輕用一將二何如一、願賜二東西府御史一、願頒二左右臺起居一、握レ管趨二入黃金闕一、抽レ毫立在二白玉除一、臣有二奸邪一正レ衙奏、君有二動言一直レ筆書、起居郎侍御史、爾知二紫毫

不ㇾ易ㇾ致、毎ㇾ歳宣城進ㇾ筆時、紫毫之價如二金貴一、愼勿三空將彈二失儀一、愼勿三空將錄二制詞一、

「解」

よくと讀む。能と同じ。

『白氏長慶集』巻第三十二、感興二首の中、

魚能深入寧憂ㇾ釣、鳥解高飛豈觸ㇾ羅、

「墨沼」

墨沼は墨池と同じ意味で用ゐたものであらう。墨池はすみつぼである。

『分類補註李太白詩』巻八、草書歌行、

少年上人號二懷素一、草書天下稱二獨步一、墨池飛出北溟魚、筆鋒殺盡中山兔、

『全唐文』巻一百九十、楊炯、臥二讀書架一賦、

萬卷可ㇾ披墨沼之前、謂江帆之乍至書林之下、

「商律」

『呂氏春秋』孟秋、に、「其音商、商、金也、其位在二西方一、」とあり、秋の音律は商である。

『藝文類聚』巻二、天部下、雨、賦、

梁張纘秋雨賦曰、（中略）商律戒二於玆辰一、涼雨感而已作、甘泉集而溟溟、油雲興而漠漠、

○大　意

そも〳〵我國は詩國である。從つて文章が盛んになれば聖代も長く榮え、禮樂が盛んになれば世の中も治まる。

故に主上は政務の餘暇に、九月晦日、秋の殘りの輝きを文筆に述べて送らうとされ、陛下御臨席の下、すばらしい歡遊を催された。思召しにあづかつた公卿は、何れも秀れた才能をみがいて、身分たかくはれやかに闊歩し、陪席を許された詩賦の人は、自然に逸韻を體得した人達である。近頃已に秋風は耳を驚かせ、降霜を見る樣になつた。殊更に遊山して秋の趣を追はんとも思はず、たゞ文筆の思案の內に行く秋を惜しみ、殊更に水邊に晩秋の澄水を求めず、只詞藻の中に秋を惜しんでゐる中に、遂に秋も杪となつて、紅葉も頻りに落ち、今こゝに雞距筆を染めて九月盡を詠じ、いよ〳〵孟冬に替らんとしてゐる。昔晉の十四年に潘岳は虎賁中郎將を兼ねた身で、秋興賦を作つた。自分は今、今上陛下が寶祚をつがれて十四年目に、天顏近くに陪して秋興詩を奉る次第である。以て序とする。

　行く秋を惜しんで、快く吟詩に耽る。秋を送つて文筆の中に情を述べる。筆を携へての遠遊は、定めし散落する黃葉にさへぎられるであらう。墨斗《スミツボ》を携へて逐ふ晩秋の景趣は深いものがあらう。自分等は今、去る秋を惜しんでの宴席で、文章の錦を繰り展べてゐる。散る黃葉の音と、人々の朗詠の聲とが入り混じつてゐる。今年の秋よさらば、そして主君に仕へて、萬歲までも君の壽をことほいでほしい。

24

初冬感興、於二內府一作、

秋過物色變二林藂一、興味自催在二此中一、酒熟始携東閤月、詩成高詠北牕風[1]、于レ時宴二北窓一、故云、樽前不レ患身閑素、

醉後應レ誇面暫紅、侍[2]講二年心獨感[3]、韋賢昔學二大江公一、

○校　異

①「詠」＝底本「談」に作る。『日本詩紀』に據り改む。　②「侍」＝『日本詩紀』「詩」に作る。　③「感」＝『日本詩紀』「盛」に作る。

○考　說

「物色」

景物、15條に既述。

「林藂」

藂は『集韻』に、「藂、草稚也、」とあり、若草である。「變二林藂一」は木々も草もすつかり變衰するを云ふ。

「閑素」

『藝文類聚』卷九十二、鳥部下、反舌、

梁沈約反舌賦曰、（中略）對二芳辰於此月一、屬二今餘之遒暮一、倦二城守之誼疲一、愛二田郊之閑素一、

はでさが無く質素な意。

「韋賢」

『蒙求』中、韋賢滿籯、

前漢韋賢字長孺、魯國鄒人、爲レ人質朴少レ欲、篤二志於學一、兼通二禮尚書一、以レ詩教授、號二稱鄒魯大儒一、宣帝時爲二丞相一、（『漢書』韋賢傳、本始三年（前七一年）、時に賢七十餘歲。）以二老病一乞二骸骨一、賜二黃金百斤一加二第一區一、（『漢書』地節三年（前六七年）、）丞相致仕自レ賢始、（『漢書』年八十二薨、）少子玄成字少翁、好レ學修二父業一、尤謙遜下レ士、復以二明經一歷レ位至二丞相一、故鄒魯諺曰、遺二子黃金滿籯一、不レ如二一經一、玄成相二元帝一十年、守レ正持レ重不レ及レ父、而文采過レ之、

○大　意

秋も過ぎ木草一切の景色が變つた。この衰殘の風光の中に、自ら又一興が起る。恰度新熟の酒を携へて內府亭の東門を訪れ、同亭の宴に列し、新成の詩を北窓にむかひ高らかに吟詠した。酒樽を前にして我身が榮なく老耆の姿であることも殊更に患へないが、一たび醉ひがまはれば顏面も紅潮して、往年の少年の色がたちかへる。自分は天子に侍講する事二年、心中に誇りを感ずる。韋賢にも比す可き內府公は、昔我祖父維時公について學ばれた。

25　冬夜與二諸君一談話、

初冬十月幽閑夜、風客五人談話時、相議今宵題二一絕一、亦期明日守二三尸一、羽林馮翊鵷鸞侶、吏部肥州錦繡詞、中有翰林踈嬾叟、鬢霜冷落思風遲、

○考　說

「一絕」

絕句一首の意であるが、こゝでは單に詩一首の意。

「羽林」

『職原鈔』下、諸衞、

左右近衞府、當二唐羽林一、又云二親衞一、

「馮翊《ヒョウヨク》」

『職原鈔』下、

（25）

左京職、唐名京兆、又云二馮翊一、（注、右京職も同。）

「鵷鸞侶」

鵷も鸞も共に鳳凰の一種。

『藝文類聚』巻九十、鳥部上、鸞、

決録注曰、（中略）太史令蔡衡對曰、凡象鳳者有レ五、多二赤色一者鳳、多二青色一者鸞、多二黄色一者鵷鶵、多二紫色一者鸑鷟、多二白色一者鵠、（下略）

朝官として秀れたともがら。

『白氏長慶集』

好去鵷鸞侶、沖レ天便不レ還、

「錦繡」

『文選』巻第二十九、張平子（衡）、四愁詩四首の中、

美人贈二我錦繡段一、善曰、錦繡、有二五采一成二文章一、

「踈嬾」

『文選』巻第四十三、嵆叔夜（康）、與二山巨源一絶レ交書、

性復䟽五臣作レ踈、嬾、筋駑肉緩、銑曰、踈、慢、懶、惰也、筋駑、謂三寛緩若二駑馬一也、

ものぐさな意。

「思風」

『文選』巻第十七、陸士衡(機)、文賦、
思風發二於胸臆一、向曰、思之發也、如レ風起、激二於胸臆一、

○**大　意**

初冬十月ものさびた夜、詩賦を解する五人が談話の時、今夜夫々に詩一編を作り、又明日の庚申を一緒に守らうと議した。一人は近衛の官人、一人は京職の長官で、何れも朝官として顯貴であり、一人は式部省の官人、一人は肥州の受領として、共に錦の様に麗しい詩詞をつらねる友である。それ等の中に在つて文章博士の自分は、誠にものぐさな老人で、鬢髪も白く抜け落ち、うらぶれて、詩思の發想もとゞこほり勝ちである。

26　除夜作、

大儺舊典久相傳、萬戸千門塹禁レ眠、想像擧周陪二殿上一、對レ燈愚叟感二流年一、

○**考　説**

「大儺」

拙著『年中行事御障子文注解』の「追儺事」参照。

おにやらひの儀で、十二月晦日、年中の疫氣を追拂ふ。『續日本紀』文武天皇慶雲三年（七〇六）に、「是年、天下諸國疫疾、百姓多死、始作二土牛一大儺、」とあるのが我國での初見。

○**大　意**

追儺の儀は古くからの典禮として相傳してゐて、この夜は總ての家が眠らない。思ふに我子擧周も殿上に陪して諸儀を供奉してゐやう。我は家で燈火にむかひ、つく〴〵と過ぎ行く年月を思つてゐる。

地部

27　秋日遊二般若寺一、同賦三秋山似二畫圖一、以レ晴爲レ韻、應二左相府教一、

秋山自似二畫圖成一、軒騎登臨幾喜レ晴、霧畫覩レ青非二筆力一、雲生後素豈人情、翠屛只任嵩煙色、錦障更添峽水聲、今日最宜レ呼二萬歲一、前賢所レ相地多レ榮、此寺先祖所二相傳一之善地也、

○考　說

「晴」

晴は下平聲八庚韻。

「般若寺」

『山城名勝志』八下、葛野郡部、

般若寺、在二鳴瀧村泉谷西北一、觀賢開基、所持文珠像見在、或云、法嗣聖澄所レ闢也、

『望月佛教大辭典』

京都市右京區嵯峨町に五臺山般若寺あり。大江玉淵の本願にして、觀賢の創立に係り、本尊文珠、左右に空海、觀賢の像を安置す。

「軒騎」

のりものの意。

『全唐詩』巻四、孫逖、和下上巳連二寒食一有上懐二京洛一、

天津御柳碧遙遙、軒騎相従半下朝、行樂光輝寒食借、太平歌舞晩春饒、

「幾」

『集韻』に、「幾、且數、」とあり、しば〳〵と讀む。

「後素」

素は胡粉。繪を畫く時、最后に胡粉で仕上げる事、ひいては後素で繪畫を意味する。

『論語』八佾、

子夏問曰、巧笑倩兮、美目盼兮、素以爲レ絢兮、何謂也、子曰、繪事後レ素、鄭玄曰、繪、畫文也、凡畫レ繪、先布二衆采一、然後以レ素分二其間一以成二其文一、喩下美女雖レ有二倩盼美質一、亦須レ禮成上也、

「翠屛」

『全唐詩』巻一、明皇帝、幸二蜀西一至二劔門一、

劔閣横雲峻、鑾輿出狩囘、翠屛千仞合、丹嶂五丁開、

草むした石の屛風の様にきり立つた様。

「嵩煙」

高くたちのぼるもや。

『白氏長慶集』

嵩煙半捲二青綪幕一、伊浪平鋪綠綺衾、

「錦障」

錦の障。この詩では黄葉した山景を云ふ。

『全唐詩』巻二十四、李咸用三、金谷園、

石家舊地聊登望、寵辱從レ茲信可レ驚、鳥度二野花一迷二錦障一、蟬吟二古樹一想二歌聲一、

「呼二萬歳一」

『漢書』巻六、武帝紀、

翌日親登二嵩高一、御史乘屬在二廟旁一、吏卒咸聞下呼二萬歳一者三上、荀悦曰、萬歳山神稱レ之也、

○大　意

秋山の景は恰も繪畫の様に美しい。乘物を馳せて登臨し、晴に逢つてうれしい。霧にけぶつた様は到底筆力の描き及ぶものでない。雲が生じて恰も繪畫に於いて、胡粉によつて仕上げる様な趣を感ずるのは、人の心と云ふものか。苔むした岩がもやの中、屛障の様に眞直に立ち上がり、黄葉が錦の様にもえて居り、峽水のせゝらぎが一段と興を添へてゐる。今日は誠に山が君の萬歳を祝してゐる様だ。前賢が殊更に選地して伽藍を設けたゞけの事があり、今もつて榮えてゐる。此寺は我先祖が本朝で、代々傳承の聖地である。

28　七言、冬日登二天台一即事、應二員外藤納言教言一、八韻幷序、

天台奇秀、甲二天下山一、名花異草、非二佛種一不レ生、香象白牛、唯法輪所レ轉、衆山屬二其足一、巖扃有レ道、大湖在二其前一、水鏡無レ私、開レ霧則見二青顏一、類三周文之遇二師父一、涉レ海則聞二浪迹一、譏三漢武之求二神仙一、至二如下夫近二白日一而人難レ及、倚二青天一而鳥纔通上、觸レ石雲興、早天作二霖雨之用一、含レ玉木潤、任二土貢廊廟之材一者也、若以二此山一比二君子德一、員外藤納言近レ之矣、是以同類相求登二善根山一、一心不退尋二功德院一、所レ率者虎牙蟬冕、策逐レ日而景從、所レ談者鶴勒馬鳴、叩二疑氷一而響應、數往二來于此場一、誠有レ以矣、時也十月餘閏、景物幽奇、納言尊閣命二一儒生一、吾有二法門師友一、已以レ道通二交情一、汝爲二翰林主人一、宜以レ詩作二佛事一、匡衡避レ席垂レ涙曰、多年不レ遇二知己一、徒老二尼山之雪一、今日被レ引二善縁一、幸攀二台嶽之雲一、不二敢辭一レ死、况於レ詩乎、若不二記錄一、謂二洛無レ人云爾、

相二尋台嶺一與レ雲參、來レ此有レ時遇二指南一、進退谷深魂易レ惑、升降山峻力難レ堪、世途善惡經レ年見、隱士寒溫近レ日諳、常欲レ掛レ冠緣レ母滯、未レ能レ晦レ迹向レ人慙、心爲二止水一唯觀レ月、身是微塵不レ怕レ嵐、偶遇レ攀レ雲龍管駕、幸聞レ披レ霧鷲臺談、言レ詩讃[1]レ佛風流冷、感レ法禮レ僧露味甘、恩煦豈圖兼二二世一、安知珠繫醉猶酣、

○校　異

①「讃」＝『日本詩紀』「謹」に作る。

○**考　説**

この序に「時也十月餘閏」とあり、匡衡が文章博士に任じられて以後である事が見える。匡衡が文章博士に任じられたのは、永祚元年（九八九）十一月二十八日で、それ以後長和元年（一〇一二）七月に卒する迄の間、十月閏は正暦四年（九九三）のみである。従つてこの序・詩は正暦四年閏十月の作と知られる。正暦四年の權大納言は藤原道長・藤原伊周の二人である。

「奇秀」

『文選』巻第三十一、江文通（淹）、雜體詩、謝臨川遊山靈雲、
　嵒崿轉奇秀、善曰、説文曰、嵒、山巖也、文字集略曰、崿、崖也、

山の姿が聳えすぐれてゐる意。

「甲」

　まさる意。第一の意。

『文選』巻第二、張平子（衡）、西京賦、
　北闕甲第、綜曰、第、館也、甲、言㆓第一㆒也、

「佛種」

　成佛の種子。

『舊華嚴經』三十二、
　下㆓佛種子於衆生田㆒、生㆓正覺芽㆒、

「香象」

『望月佛教大辭典』（要約する。）

香象は交尾期の象なり。此の期間に於て、象は其の顳顬より一種の香氣ある漿を出すを以て此の名あり。注維摩經第一に、香象菩薩を釋する下に、「什曰はく、青香象なり。身より香風を出す。菩薩の身の香風も亦此の如きなり。」と云ふ。又此の期間には象の力特に強く、性甚だ狂暴にして殆んど制すべからず。

『藝文類聚』卷六十四、居處部四、道路、碑、

陳徐陵丹陽上庸路碑曰、（中略）雪山羅漢、爭造二論門一、鷲嶺名僧、倶傳二經藏一、香象之力、特所レ未レ勝、秋兔之毫、書而莫レ盡、

「白牛」

『法華經』譬喩品、

佛が舍利弗に語つた譬喩。大長者の家が火事になり、その家の中には、火事を知らず嬉戲してゐる多くの子を救はんとして、子供等に、おまへ等が本等に遊戲すべき樣々な玩好物が門外に有る。早く門外に出よ。欲する儘に與へやうと呼び、始めて子供等が門外に脱出し、父にその約した品々を求め、父は求めに應じて諸子に平等に大車を與へた。

舍利弗、爾時長者、各賜二諸子、等一大車一、其車高廣、衆寶莊校、周帀欄楯、四面懸レ鈴、又於二其上一、張二設幰蓋一、亦以二珍奇雜寶一、而嚴二飾之一、寶繩絞絡、垂二諸華瓔一、重二敷綩綖一、安二置丹枕一、駕以二白牛一、膚色充潔、形體姝好、大有二筋力一、行歩平正、其疾如レ風、（中略）

舍利弗、如二彼長者一、雖下復身手有上レ力、而不レ用レ之、但以二慇懃方便一、勉二濟諸子、火宅之難一、然後各與二珍寶大車一、如來亦復如レ是、雖レ有二力無所畏一、而不レ用レ之、但以二智慧方便一、於二三界火宅一、拔二濟衆生一、爲説二三乘、聲聞、辟支佛、佛乘一、而作二是言一、

『楞嚴經』

白牛食二雪山肥草一、飲二雪山清水一、其糞微細可レ合二旃檀一、

「法輪」

轉二法輪一は、佛が正法を説き、衆生を得道させる事。

『釋氏要覽』中、

法輪

大毗婆沙論云、何名二法輪一、答是法所成故、法爲二自性一故、名二法輪一、如《シ》三世間呼二金輪等輪一、（注、世間の輪が金等で出來て居るから、金等輪と呼ぶのと同じである。）（輪とは）是動轉不住義、捨レ此離《ツク》レ彼義、能伏二怨敵一義、又圓滿義、謂、轂輻輞《ノ》三事具足故、輪體法、卽八聖道支也、初明二小乘《ノ》法輪一者、以レ戒爲レ先故、用二正語正業正命一爲レ轂、轂《ハ》根本也、依レ戒生レ定故、用二正定正勤正念一爲レ輞、輞能攝錄、依レ定發レ慧故、用二正見正思惟一爲レ輻、次大乘法輪者、以レ智爲レ先、用二正見正思惟一爲レ轂、智惠皆名二根本智一故、次用二正語正業正命一爲レ輻、輻依レ轂立、戒因レ智淨故、後用二正定正念正勤一爲レ輞、定因レ戒得、戒爲二定《ノ》攝一故、

「巖扃」

巖壁にそつた戸。

『杜工部詩集』巻二、橋陵詩、

瑞芝產二廟柱一、好鳥鳴二巖扃一、高嶽前嵂崒、洪河左瀅瀠、

「周文之遇二師父一」

周文は周の文王。

『史記』巻之四、周本紀、

公季卒、子昌立、是爲二西伯一、西伯曰二文王一、正義曰、帝王世紀云、文王龍顔虎眉、身長十尺、有二匹乳一、雒書靈聽云、蒼帝姫昌、日角鳥鼻、高長八尺二寸、聖智慈理也、遵二后稷公劉之業一、則二古公公季之法一、篤レ仁敬レ老慈レ少、禮二下賢者一、日中不レ暇レ食、以待レ士、士以レ此多歸レ之、

「師父」

『史記』巻之三十二、齊太公世家第二、

太公望呂尚者、東海上人、（中略）以二漁釣一奸二周西伯一、正義曰、括地志云、茲泉水、源出二岐州岐山縣西南凡谷一、呂氏春秋云、太公釣二於茲泉一、遇二文王一、酈元云、磻磎中有レ泉、謂二之茲泉一、積水爲レ陣、即太公釣處、今謂二之凡谷一、有二石壁一、深高幽邃、人跡罕レ及、東南隅有二石室一、蓋太公所レ居、水次磐石釣處、即太公垂レ釣之所、其投レ竿跪餌、兩膝遺跡猶存、是磻磎之稱也、其水清冷神異、北流十二里注二于渭一、説苑云、呂望年七十釣二于渭渚一、三日三夜、魚無二食者一、望即忿、脱二其衣冠一、上有二農人者一、古之異人、謂レ望曰、子姑復釣、必細二其綸一芳二其餌一、徐徐而投、無二魚駭一、望如二其言一、初下得レ鮒、次得レ鯉、刺二魚腹一得レ書、文曰、呂望封二於齊一、望知二其異一、西伯將二出獵一卜レ之、曰所レ獲非レ龍非レ彨非レ虎非レ羆、所レ獲霸王之輔、於レ是西伯獵、果遇二太公於渭之陽一、與語大説曰、自二吾先君太公一、曰當下有二聖人一適上周、周以興、子眞是邪、吾太公望レ子久矣、故號レ之曰二太公望一、載與俱歸、立爲レ師、

「類三周文之遇二師父一」

霧がはれ、青々とした山脈が顯はれ、豁然として目路が遙に開いた樣は、恰も周の文王が太公望呂尙に逢つて、與に談じて長年の迷霧が拂はれた樣な想ひがしたのと同樣であると云ふ意。

「漢武之求二神仙一」

『史記』巻之十二、孝武本紀第十二、

孝武皇帝者、孝景中子也、（中略）孝景十六年崩、太子卽レ位、爲二孝武皇帝一、孝武皇帝初卽レ位、尤敬二鬼神之祀一、

『漢武帝內傳』

漢武帝は様々な奇瑞があつて生誕した。

（景帝が）他日復抱二之几前一、試問兒悅二習何書一、爲レ朕言レ之、乃誦二伏羲以來、群聖所レ錄、陰陽診候、及龍圖龜策數萬言一、無二一字遺落一、至二七歲一聖徹過レ人、景帝令レ改二名徹一、及レ卽レ位、好二神仙之道一、常禱二祈名山大川五嶽一、以求二神仙一、

「讖三漢武之求二神仙一」

漢の武帝が殊更に神仙を求め、名山大川を祀るが、到底この天台山の奇峰の靈驗に及ばない。

「土貢」

各地の土宜に應じたみつぎ物。

『尚書』巻第三、夏書、

禹別二九州一、隨レ山濬レ川、刊二其木一、深二其流一、任レ土作レ貢、任二其土地所一レ有、定二其貢賦之差一、此堯時事、而在二夏書之首一、禹之王以二是功一、禹貢、禹制二九州貢法一、

『文選』巻第四、左太沖（思）、三都賦序、

且夫任レ土作レ貢、虞書所レ著、劉曰、虞書曰、禹別二九州一、任レ土作レ貢、定二其肥饒之所一レ生、而著二九州貢賦之法一也、

「善根山」

善根は、能く根となり、他の善を生ずる意。

『法華經』如來壽量品、

欲レ令レ生二諸善根一、以二若干因緣、譬喩言辭一、種種說レ法、

『舊唐書』高祖紀、武德九年、

夏五月辛巳、以三京師寺觀不二甚清淨一、詔曰、

釋迦闡レ教、清淨爲レ先、遠二離塵垢一、斷二除貪慾一、所三以弘二宣勝業一、修二植善根一、開二導愚迷一、津二梁品庶一、是以

敷二演經教一、

善根山とは、天台山を指し、天台山に登禮する事が善根なるを以て云ふ。

「功德院」

功德は功能福德の義である。佛事を修め、作善の功能。

『法華經』藥草喩品、

善說二如來、眞實功德一、

「尋二功德院一」は、一心に功德を積まんとする意。

「虎牙」

將軍のこと。

『唐書』卷二百一十二、朱滔傳、

左右將軍曰二虎牙豹略一、

「蟬冕」

金で作つた蟬の羽で飾つた冠。蟬冕は貴紳の冠。

『文選』巻第十三、潘安仁(岳)、秋興賦序、

珥《サシハサンデ》二蟬冕而襲二紈綺一之士、此焉《コヽニ》遊處、善曰、珥、猶レ挿也、蔡邕獨斷曰、侍中中常侍、加レ貂附レ蟬、鄭玄禮記注曰、襲、重レ衣也、銑曰、蟬、以レ金爲レ之象レ蟬也、皆侍中散騎之冠冕也、

「鶴勒」

『望月佛教大辭典』(摘意)

カクロクナヤシャ、梵名で、鶴勒那・鶴勒とも云ふ。月氏國の人、三十餘歳で摩奴羅尊者から大法の付囑を受け、中印度に行化する。中印度の國王無畏海の敬信を受け、種々の奇瑞を現はし、又この國で教化する。

『本朝文粹』巻第十三、江納言、朱雀院被レ修二御八講一願文、

鶴勒有一之才、傳二義寶於長秋之聽一

「馬鳴」

『望月佛教大辭典』(摘意)

メミョウ、梵語阿濕縛窶沙の譯、又功勝とも名づける。中印度舍衞國娑枳多城の人。初め外道の法を習ひ、後脇尊者に從ひ弟子となり具足戒を受け、博く三藏を學び、衆の恭敬を受ける。更に北天竺で佛教を廣宣し、群生を導利し、能く方便して人の功德を成ぜしめ、四輩敬重して悉く功德日と稱したと云ふ。佛所行讃五巻、大莊嚴論經十五巻、その他の著がある。

「疑氷」

①疑、又は疑問。この序ではこの意味。

『本朝文粋』巻第三、對册、紀淑信の田口齊名に對する策問、陳二德行一、

莫レ遺二疑冰於懸河之口一、

②夏蟲が氷を知らず、小智で大局を私斷する事。

『文選』巻第十一、孫興公（綽）、遊二天台山一賦、

哂二夏蟲之疑一冰、善曰、莊子、北海若謂二河伯一曰、夏蟲不レ可三以語二於氷一者、銑曰、夏蟲不レ知三冬有二寒氷一、亦猶下小智不上識二高道一、

「尼山之雪」

12條の尼嶺に述ぶ。孔子の教へを學ぶ中に老いた意。

「世途」

世渡りの道。

『分類補註李太白詩』巻之二、古風五十九首の第五十九、

世途多二翻覆一、交道方嶮巇、陸機詩曰、休咎相乘躡、翻覆若二波瀾一、劉孝標書曰、世路嶮巇、太行孟門豈云二嶃絶一、詩云、人亦有レ言、交道實難、

「掛冠」

『後漢書』逸民列傳第七十三、逢萌傳、

逢萌字子慶、北海都昌人也、家貧給二事縣一、爲二亭長一、時尉行過レ亭、萌候迎拜謁、既而擲レ楯歎曰、亭長主レ捕二盜賊一、故執レ楯也、大丈夫安能爲レ人役哉、遂去之二長安一學、通二春秋經一、時王莽殺二其子宇一、萌謂二友人一曰、三綱絶矣、謂二君臣夫婦父子一、不レ去禍將レ及レ人、卽解レ冠挂二東都城門一歸、將二家屬一浮レ海、客二於遼東一、

「止水」

とゞまつた水。心が動搖する事なく、淸く寂な樣。

『淮南子』卷二、俶眞訓、

人莫レ鑑ニ於流沫一、而鑑ニ於止水一者、以ニ其靜一也、

「微塵」

極めて細いちり。

『法華經』如來壽量品、

然善男子、我實成佛已來、無量無邊、百千万億、那由他劫、譬如下五百千万億、那由他、阿僧祇、三千大千世界、假使有レ人、抹爲ニ微塵一、過ニ於東方、五百千万億、那由他、阿僧祇國一、乃下ニ一塵一、如レ是東行、盡中是微塵上、諸善男子、於レ意云何、

「龍管駕」

不詳。今龍管は龍官の誤りと考へ、龍官駕は、師長たる大納言の騎列と解する。

『春秋左氏傳』昭公十七年、

大皥氏以レ龍紀、大皥氏、伏羲氏也、風姓之祖也、受レ命時有ニ龍瑞一、故以レ龍紀レ事、故爲ニ龍師一而龍名、百官師長皆以レ龍爲ニ名號一、

『漢書』卷之十九、百官公卿表上、

宓羲龍師名レ官、應劭曰、師者長也、以レ龍紀ニ其官長一、故爲ニ龍師一、春官爲ニ青龍一、夏官爲ニ赤龍一、秋官爲ニ白龍一、冬官ニ黑龍一、中官爲ニ黃龍一、張晏曰、庖羲將レ興、神龍負レ圖而至、因以名ニ師與一レ官也、

「鷲臺談」

鷲臺は鷲峰・鷲嶺と同じ。鷲臺談は法話の事。

『翻譯名義集』衆山、

耆闍崛、

大論云、耆闍名レ鷲、崛名レ頭、是山頂似レ鷲、增一、佛告二諸比丘一、此山久遠同名二靈鷲一、觀經疏云、諸聖仙靈依レ之而住、西域記云、宮城東北行三四里、至二姞渠乙栗陁羅矩吒一、此云二鷲峯一、亦云二鷲臺一、舊云二耆闍崛一訛也、既棲二鷲鳥一、又類二高臺一、應法師云、案二梵本一無二靈義一、此鳥有レ靈、知二人死活一、故號二靈鷲婆沙一、云其山三峯、如レ仰二鶏足一、似二狼之迹一、亦名二狼迹一、又名二普賢山白墡山仙人山負重山一、

「露味甘」

『全唐詩』卷十八、李德裕、奉レ和下韋侍御陪二相公一遊中開義上、

念レ法珍禽集、聞レ經醉象調、偶分二甘露味一、偏覺二衆香饒一、便食二僧飯一故云、

甘露をなめた様な思ひがする。

「恩煦」

めぐみ豊かで温かい意。

『全唐文』卷八百十五、顧雲、上二池州衞郎中一啓、

大垂二恩煦一、下蔭二宗親一、兒童知二激勵之風一、骨肉感二饘餬之賜一、

『本朝文粹』卷第六、奏狀中、申官爵、三善道統が辨官右衞門權佐の闕に擧げられん事を請ふ狀、

寒鶯出レ谷、戴二恩煦於春風一、

「兼二二世一」

現世と來世の二世にわたつて慈恩をたれる。

「珠繋醉猶酣」

意味不詳。今假りに、佛緣に醉つて居る意とする。

○大　意

天台山は姿うるはしく聳え、天下第一の秀峰である。山には名花あり異草もあるが、何れも佛緣のあるものである。天台山では不斷に正法が說かれ、香象白牛の靈獸もその恩敎に浴してゐる。圍繞する衆山は、何れも天台山のすそに屬し、山を巡つた道には所々に寺舍がある。眼下には琵琶の大湖があり、鏡の樣に水は靜まつてゐる。霧が晴れると靑々とした山貌が現はれ、豁然として迷夢からさめた樣な氣がする。湖水を涉れば幽邃な浪音に、神仙になつた樣な思ひがして、漢の武帝が殊更に神仙を求め、名山大川を祈祀したのが無意味に思はれる。天台山は白日に近い程峻秀で、人跡が及び難く、靑天の中高く竦えて、鳥も通ひ難い程である爲め、山氣が石に觸れて雲をおこし、霖雨となつて旱天を濕し、玉露が樹々を潤して、廊廟をたてる巨才を育てるのである。若し此の山を君子の德にたとへるならば、その人は藤大納言が近い。かくて同類がいざなひ合つて、善根をつまんとて天台山に登り、一心をこめて功德を求めた。文武の貴顯が、馬をむちうつて登攀した。鶴勒や馬鳴にも比すべき能辯の高僧の說法を聽き、平常の疑夢が氷解した。此の道場に人々がしば〳〵來詣するのも誠に由緣がある。時はと云ふと閏十月で、初冬の風景は實にものめづらしい。大納言殿は、一儒生たる我に次の樣に命じられた。自分には佛法世界の師友があり、已に佛道を通じて交情をもつてゐる。汝は文章博士であり、詩中に佛事を詠じよと。我はしりぞいて感激の涙の中に申し上げた。多年にわたつて知己にめぐまれず、徒に儒學の勉勵の中に年老いてしまつたが、今日善緣に引導されて、幸に天台山に登るを得た。この結縁に感じて死も辭さない。況して詩賦して今日を謳歌する事はたやすい。若し今日の盛事を記録しないならば、京洛に詞人なしと笑はれるであらうと。

雲を押し分けて台嶽に登り、佛道の指南に遇つた。台嶺は進むにも退くにも、谷が深く目もくらむ様であり、昇降共に山はけはしくて骨が折れて堪へ難い。世間に在つて世渡りが上手であつたか、下手であつたかと云ふ事は、年が經つてふり返つて見て始めて分る。埋もれた人は實力者に遇ふ事によつて見出される。自分は常に官職を去つて隱れたいと思つても、母の事を考へてその度に踏みとゞまつてしまひ、未だに韜晦出來ず、世人に向つて慙を覺える。今は唯心を止水として風月を觀ずるのみである。我は微塵の様なもので、あながち風を意識しない。たま〳〵貴顯に伴はれて台嶽に登り、幸に高僧の法話を聽聞出來た。詩賦によつて讚佛し、佛法に感激し、僧に頂禮して心滿ち甘露をなめた様な思ひがする。溫かい佛の慈悲が、現未二世を照らす事を觀じ、ひたすら佛縁に陶醉してゐる。

29　春遊㆓原上㆒、栗田障子作、十五首中其四、

相㆓尋勝境㆒賞㆓風流㆒、寄㆓意韶光㆒原上遊、白鹿舊名傳得遠、黃鸝新語聽來幽、行留草色煙侵㆑跡、醉倚㆓花枝㆒雪點㆑頭、莫道歡娛春有㆑限、從㆑茲計會契㆓千秋㆒、

○考　說

「原上」

陸游、城南矚目詩、

原上老翁眠二犢背一、籬根小婦牧二羊群一、

原上は白鹿原を意識してゐる。

『讀史方輿紀要』巻五十三、陝西二、西安府、藍田縣、

白鹿原、縣西五里、相傳周平王時有二白鹿一遊レ此、因名、（中略）雍勝錄、白鹿原者、南山之麓坡、陁爲レ原也、東西十五里、南北二十里、霸水行二於原上一、至二於霸陵一、皆此原云、

尚ほ、『白氏長慶集』巻六、に、「秋遊二原上一」の詩がある。又巻十に、「西原晩望」がある。

「粟田障子」

拙著『校本江談抄とその研究』中巻、四六～五〇頁、を參照。

粟田山莊は、『山城名勝志』十三上、愛宕郡部、に、「東明寺神樂岡ノ北、」とある。大納言藤原道兼が構へ、「御障子の繪には名ある所々を書かせ給ひて、さべき人々に歌よませ給ふ。」と『榮花物語』様々の悦、に述べられてゐる。『榮花物語』によれば、道兼の山莊造營は、內大臣道隆女定子の入內をうらやみ、氣晴らしにきらびやかな山莊の造營をした事としてゐる。粟田山莊の障子には、名所に題された惠慶法師や匡衡等の歌色紙や、菅原輔正が撰んだ、匡衡・藤原爲時・紀齊名・高丘相如等の詩色紙が張られてゐたものであらう。『江吏部集』には十五の名所題の中、十四が見られる。それ等は、其一、春日野行、其二、妹妋山下卜居、其三、橋上歇レ馬、其四、春遊二原上一、其五、早夏觀二曝布泉一、其六、過二海浦一、其七、泛レ河到二古橋邊一、其八、海濱神祠、其九、嵯峨野秋望、其十、缺、其十一、林下晩眺、其十二、田家秋音（意カ）、其十三、初冬野獵、其十四、題二玉井山居一、其十五、歳暮旅行、である。この山莊の

構築は、道兼が權大納言であつた期間と思はれ、それは永延元年（九八七）二月二十三日の任から、正暦二年（九九一）九月七日任内大臣迄の間で、又一方、『榮花物語』が、「かやうの事につけても、大納言殿はいとうらやましう、女君のおはせぬ事をおぼさるべし。」と述べる所の、內大臣道隆女定子の入內が、正暦元年正月である事から、正暦元年から二年にかけての間の事かと考へられる。『小右記』正暦元年十一月條、に、「十五日丙戌、右將軍（道兼）被レ留二車於門外一、（同脫カ）車詣二粟田山庄一」と見えるが、これは造作の途中か、完功後であらうか。

「韶光」

春ののどかな景色。韶景と同じ。

『全唐詩』巻一、太宗皇帝、春日玄武門宴二群臣一、

　韶光開二令序一、淑氣動二芳年一、駐レ輦華林側、高宴柏梁前、

「黃鸝」

クワウリはうぐひすの事。『本草綱目』巻四十九、禽部、に、「黃鳥・黃鸝・鵹黃・倉庚・靑鳥・黃伯勞」と記してゐる。

『杜工部詩集』巻七、蜀相、

　丞相祠堂何處尋、錦官城外柏森森、映レ堦碧草自春色、隔レ葉黃鸝空好音、

「計會」

はかり合はせる事。

『白氏長慶集』巻二十八、府西池、

今日不レ知誰計會、春風春水一時來、

○**大　意**

景勝の地を訪ね、風流を樂しんだ。新春ののどかな景色を慕ひ、原上の遊行をほしいまゝにした。名勝地白鹿原の名は古くから語り繼がれてゐる。折りから幽谷より出たばかりの鶯の囀りが聞かれる。新萌の草色に眼を奪はれ遲々としてゐれば、あたりに春の霞がたちこめてくる。酔然として花の枝に倚りかゝれば、頭上に雪の様な白い花びらが散つてくる。春の喜びは花が盡きて終るなど云ふ可きでない。年々歳々千秋迄の春の歡娯はつゞくものである。

30

春日野行、同作中其一、

郊外雪鎖春採レ菜、行人顧望日將レ曛、此時想得和羹事、誰問當初傳[1]野雲、

○**校　異**

①「傳」＝『日本詩紀』「傳」に作る。

○**考　説**

「郊外」

『詩經』魯頌、駉、

駉駉牡馬、在二坰之野一云、駉駉、良馬腹幹肥張也、坰、遠野也、邑外曰レ郊、郊外曰レ野、野外曰レ林、林外曰レ坰、箋必牧二於坰野一者、避三民與二良田一也、周禮曰、以二官田牛田賞田牧田一、任二遠郊之地一、

「和羹」

『詩經』商頌、烈祖、

亦有二和羹一、既戒既平、鬷假無レ言、時靡レ有レ爭、戒、至、鬷、總、假、大也、總大無レ言、無レ爭也、箋云、和羹者、五味和調、腥熟得レ節、食レ之於二人性一安和、喩三諸侯有二和順之德一也、

『菅家文草』卷第五、早春、觀レ賜二宴宮人一、同賦二催粧一、應レ製、（寛平五年正月）

聖主命二小臣一、分二類舊史一之次、見レ有下上月子日賜二菜羹一之宴上、臣伏惟、自レ觴二王公於正朝一、至レ喚二文士於內宴一、首尾二十餘日、洽歡言レ志者、諸不レ及二婦人一、此唯丈夫而已、夫陰者助レ陽之道、柔者成レ剛之義也、況亦野中芼《エラブ》レ菜、世事推二之蕙心一矣、爐下和レ羹、俗人屬二之荑指一、宜哉、我君特分二斯宴一、獨樂二宮人一矣、

「傅野」

『尚書』卷第五、說命上、

高宗夢得レ說、盤庚弟、小乙子、名武丁、德高可レ尊、故號二高宗一、夢得二賢相一、其名曰レ說、使三百工營二求諸野一、得二諸傅巖一、使下百官以二所レ夢之形象一、經營求中之於外野上、得二之於傅巖之谿一、作二說命三篇一、命レ說爲レ相、使二攝政一、（中略）夢帝賚二予良弼一、其代レ予言、夢天與二我輔弼良佐一、將代レ我言二政教一、乃審二厥象一、俾三以レ形旁求二于天下一、審二所レ夢之人一、刻二其形象一、以四方旁求二之於民間一、說築二傅巖之野一、惟肖、傅氏之巖、在二虞虢之界一、通道所レ經有二澗水一壞レ道、常使三胥靡刑人築二護此道一、說賢而隱、代二胥靡一築レ之、以供レ食、肖、似、似二所レ夢之形一、爰立作レ相、王置二諸其左右一、

『杜工部詩集』卷十八、秋日荊南述懷三十韻、

賢非レ夢二傅野一、隱類レ鑿二顏坏一、自レ古江湖客、冥心若二死灰一、夢弼曰、淮南子、魯君欲レ相二顏闔一、使二人以レ幣先一レ焉、顏闔鑿レ坯而遁、揚雄解嘲云、士或鑿レ坯以遁、（注、坏は家の裏の垣。）

○大　意

京洛の郊外も雪が消え、春の菜を摘む頃となつた。遊行の人は顧望をほしいまゝにして、日もくれやうとしてゐる。此時自分は、摘み菜でつくる羹から、詩經に説く和羹へと連想した。始めから傅野の事を思ふ者はない。和羹から、武丁の相となり、治世を果した傳説へと、自然に想ひが展びたのである。

31　嵯峨野秋望、同作中其九、

何處秋情不レ可レ涯、嵯峨曠野[1]近二京華一、影踈堤畔蕭條柳、香亂叢間爛熳花、遙漢風高聞二鴈櫓一、遠村[2]雲斷見二人家一、興餘軒騎忘二歸路一、不レ奈山西日已斜、

○**校　異**

①「曠野」＝底本傍注に、「一作野曠」とし、『日本詩紀』亦「野曠」に作る。　②「村」＝底本「樹」に作る。『日本詩紀』に據り改む。

○**考　説**

「京華」

『文選』卷第三十、謝靈運、齋中讀レ書、

昔余游二京華一、善曰、郭璞遊仙詩曰、京華遊俠窟、向曰、京華帝都也、

「蕭條」

ものさびしい貌。

『文選』卷第一、班孟堅（固）、西都賦、

原野蕭條、目極㆓四裔㆒、
草や木の葉の枯れしぼむ貌。
『全唐詩』巻五、王維一、休假還㆓舊業㆒便使、一作㆓盧象詩㆒、
田園轉蕪沒、但有寒泉水、衰柳日蕭條、秋光淸㆓邑里㆒、
「鴈櫓」
『白氏長慶集』巻二十四、河亭晴望、九月八日、
風轉雲頭斂、煙銷水面開、晴虹橋影出、秋鴈櫓聲來、
「軒騎」
27條に既述。

○**大　意**

秋の情趣は何處も同じ様に深いが、嵯峨野は、就中京洛に近く、行樂に便である。人影もまばらな堤に、秋風に衰へた柳がものさびしくなびいて居り、一方秋草の花が香り高く咲き亂れてゐる。遙かな天河のあたりには、鴈が櫓聲をたてゝ鳴き渡つて居る。霧も晴れて、遠村の人家がそちこちに見える。深い興趣にひたつて、歸路につく事も忘れてゐる。併し日かげも既に西山に沈まんとしてゐるのを如何ともし難い。

32　林下晩望、同作中其十一、
趁㆑幽訪㆑勝意依々、晩望興深惜㆓落輝㆒、林下由來風月地、同遊過㆑此欲㆓何歸㆒、

○考　説

「依々」

『文選』巻第二十九、蘇子卿（武）、

胡馬失㆓其群㆒、思心常依依、善曰、古詩曰、胡馬依㆓北風㆒、依依、思戀之貌也、

「落輝」

落暉と同じ。落日。

『文選』巻第三十、陸士衡（機）、擬古詩十二首の中、擬㆓東城一何高㆒、

大耋嗟㆓落暉㆒、良曰、耋、老也、言大老之人嗟㆓嘆日暮㆒、而惜㆓其時㆒、

○大　意

幽趣をおひ求め、心は戀々としてゐる。夕暮の眺望は一段の興味が深く、ひたすら落日を惜しむ。林野は元來風趣に富んだ所である。この地に共に遊行した同友が歸路を促すのは何故であらうか。

33

過㆓海浦㆒、同作中其六、

經㆓過海浦㆒水漫々、幽趣風烟極㆑目看、聘使家留臨㆓古岸㆒、漁夫舟泛任㆓輕瀾㆒、鄕心遠樹孤雲隔、客路邊山落日殘、自感去來潮有㆑信、不㆑知早晩歇㆓歸鞍㆒、

○考　説

「海浦」

灣になつた海べり。

『文選』巻第二、張平子(衡)、西京賦、

光炎燭二天庭一、囂聲震二海浦一、綜曰、燭、照也、海浦、四瀆之口、銑曰、燭、照也、囂、叫聲也、天庭海浦、謂レ照二震高遠一也、

「幽趣」

『全唐詩』巻二十一、賈島一、易州登二龍興寺樓一、望二郡北高峰一、

郡北最高峰、巉巖絶雲路、朝來上レ樓望、稍覺得二幽趣一、

「風烟」

『全唐詩』巻二、盧照鄰二、初夏日幽莊、

聞有二高蹤客一、耿介坐二幽莊一、林壑人事少、風煙鳥路長、瀑水含二秋氣一、垂藤引二夏涼一、

「聘使」

聘使は聘問使の事。又使聘と云ふ。

この詩に云ふ聘使は、朝鮮よりの聘問使であらう。もとより、畫かれた畫題を詠詩したものである。

『禮記』第二、曲禮下、

諸侯使三大夫問二於諸侯一曰レ聘、諸侯使三大夫問二於諸侯一曰レ聘者、聘、問也、謂下遣二大夫一往相存問上、

『後漢書』東夷列傳第七十五、

遼東太守祭肜、威讋《オドシ》二北方一、聲行二海表一、於レ是濊貊倭韓、萬里朝獻、故章和已後、使聘流通、

「潮有レ信」

『全唐詩』巻十一、崔峒、登二潤州芙蓉樓一、

上古人何在、東流水不レ歸、往來潮有レ信、朝暮事成非、

「歇二歸鞍一」

歇は歇息、やすむ意。歸鞍をやすめる。歸鞍は家に歸る馬の事。

『全唐詩』巻四、張説三、東都酺宴四首の中、

遇二聖人一知レ幸、承レ恩物自歡、洛橋將レ擧レ燭、醉舞拂二歸鞍一、

○大意

灣のあたりには海水が漫々としてゐる。かすみを透して目路の限りを見渡せば、幽寂の趣がつきない。遠路よりの聘問使が、家の中で岸壁を眺望して居り、海では漁夫がさゞ浪のまに〳〵舟をあやつつてゐる。聘使は隔遠の異境に在つて、鄕心を味はつてゐやう。旅客の身を今や落日がてらしてゐる。潮は約をたがへず、朝夕に必ず干滿がある。聘使自身もきつと歸國の期が來るであらうが、一體何時になつたら歸鞍をやすめて鄕里に落居できようか。

34　長江瞻望多、以レ賒爲レ韻、

日暮登レ高瞻望多、長江渺々往來賒、尋陽九道唯沙月、楚水千程幾浪花、心與二過流歸鳥一去、眼隨二遠岸遠帆一遮、忽抛東海浴二恩澤一、文士輝榮在二我家一、

○考　説

「賖」

賖は下平聲六麻の韻。

『王勃詩集』始平晩息、

観闕長安近、江山蜀路賖、客行朝復夕、無㆓處是郷家㆒、

賖《シャ》は、はるか・とほいの意。

「瞻望」

望みみる事。遠く見やる。

『詩經』邶風、燕燕、

之子于《コヽニ》歸、遠送㆓于野㆒、之子、去者也、歸、歸㆑宗也、遠送過㆑禮、于、於也、郊外曰㆑野、箋云、婦人之禮、送迎不㆑出㆑門、今我送㆓是子㆒、乃至㆓于野㆒者、舒㆓己憤㆒、盡㆓己情㆒、瞻望弗㆑及、泣涕如㆑雨、瞻、視也、

「長江」

長江は揚子江を云ふ。

『文選』巻第二十三、阮嗣宗（籍）、詠懐詩十七首の中、

湛湛長江水、上有㆓楓樹林㆒、

「渺々」

遠くはるかな貌。

『全唐詩』卷五、劉長卿二、平蕃曲、

渺渺戍煙孤、茫茫塞草枯、隴頭那用レ閉、萬里不レ防レ胡、

「尋陽」

郡の名。

『讀史方輿紀要』卷八十五、江西三、九江府、

德化縣、附郭、漢廬江郡尋陽縣地、後漢及晉因レ之、（その後改變があつた。）唐武德四年、復曰二尋陽一、

『漢書』卷二十八上、地理志第八上、

廬江郡、故淮南、文帝十六年、別爲レ國、金蘭西北有二東陵鄉一、淮水出、屬二陽州一、廬江出二陵陽東南一、北入レ江、（中略）縣十二、（中略）尋陽、禹貢九江在レ南、皆東合爲二九江一、

『白氏長慶集』卷一、潯陽三題の中、湓浦竹、

潯陽十月天、天氣仍溫燠、有レ霜不レ殺レ草、有レ風不レ落レ木、

「九道」

『春秋左氏傳』魯襄公四年、

昔周辛甲之爲二大史一也、昔周辛甲、爲二周武王大史一、命二百官一、官箴《コトニ》二王闕一、使下百官各以二其官一爲二箴辭一、以戒中王之闕失上、於二虞人之箴一、虞人、掌二田獵一者、其虞人獻レ箴曰、曰、芒芒禹迹、芒芒、遠貌、言夏禹之迹、芒芒然、畫爲二九州一、分二畫天下一、而爲二九州一、禹貢有二九州一、經二啓九道一、開二啓九州之道路一、民有二寢廟一、民人之屬、則有レ寢以安二其生一、有レ廟以祀二其死一、獸有二茂草一、禽獸之屬、則有二茂草一以棲二其形一、各有レ攸レ處、民人禽獸、各有レ所レ安、

『史記』卷之二、夏本紀、

左二準繩一、右二規矩一、載二四時一、王肅曰、所二以行一、不レ違二四時之宜一也、以開二九州一、通二九道一、陂二九澤一、度二九山一、

「楚水」

『讀史方輿紀要』卷五十四、陝西三、商州、

楚水、在二州東南一、源出二商洛山一、北流會二於丹水一、志云、楚水有二兩源一、其東源出二商山一、西源出二良餘山一、卽乳水矣、

○**大　意**

日暮れに高所に登つて見渡せば、遠く迄眺望出來る。揚子江ははるか彼方迄、往來の船がにぎはつてゐる。尋陽のあたり、四通八達の街路は、夕月に光つてゐる。淼淼たる楚水には、月光をあびて彼方まで浪立つてゐる。心は流れにそつて歸巢する鳥を追ひ、眼は遠い舟帆を見はるかす。中國の名勝の暮景を想像して見た。ふと我に立ちかへり、この日の本で恩澤の限りを浴してゐる我身を思へば、誠に文士としての光榮は、我家に滿ちてゐる。

35

七言、夏夜陪二左相府池亭一守二庚申一、同賦三池淸知二雨晴一、應レ敎一首、并序、以レ深爲レ韻、

左相府尊閤[1]者、希代榮貴之器也、居二戚里一爲二王者之親舅一、入二法門一爲二如來之弟子一、遊二文場一爲二花月之主一、在二朝廷一爲二社稷之臣一、外孫則鳳、作二皇子一聖日照二帝梧之枝一、長男則龍、作二納言一家風期二台槐之葉一、以レ薦レ賢爲二已任一、以レ弘レ經爲二身謀一、夫釋尊之出レ世焉、爲二一佛乘一也、相府之仕レ朝焉、亦爲二一佛乘一也、是以每年展二三十講之梵席一、歷日叩二八萬歲之疑關一、以二珍貨一供養、以二詩篇一讚揚、今夜之庚申、盖在レ斯而已、觀夫、見二池水之一淸一、知二天雨之已霽一、對二昆明一而張二帷

幕一、不レ論二離畢之月一、鑒二積翠一而促二軒車一、誰問二連漢之星一、至二彼攬レ之不レ竭、挹而難レ測、魏徵之鏡懸レ臺、盡披二天下之雲霧一、傅說之舟鼓レ棹、自安二海內之波瀾一者歟、于レ時龍象談論、鵷鸞遊樂、昔大唐左僕射、迎二經像於長安萬年之地一、今本朝左相府、弘二佛法於洛陽五月之天一、蹔染二禿毫一、猥記二感事一云爾、

前池清冷動二風吟一、知是雨晴水正深、底徹先暗山月色、雲收誰聽浪花音、鑒レ流雖レ慕レ隨二車跡一、臨岸猶忘二假蓋心一、多歳幸陪二池上飲一、浮二沈恩澤一送二光陰一、

○校　異

①「閤」＝底本傍注「閣ィ」あり。

○考　說

「深」

深は下平聲十二侵の韻。

「尊閤」

閤は宮中の小門。

『爾雅』釋宮、

宮中之門謂二之闈一、其小者謂二之閨一、小閨謂二之閤一、

尊閤は人名の後に附ける敬稱。

「戚里」

天子の外戚の居る地、又天子の外戚。

『漢書』巻之四十六、萬石君傳、

萬石君石奮、（中略）奮年十五爲二小吏一侍二高祖一、高祖與語愛二其恭敬一、問曰、若何有、師古曰、若、汝也、有二何戚屬一、對曰、有レ母不幸失レ明、家貧、有レ姉能鼓レ瑟、高祖曰、若能從レ我乎、曰願盡レ力、於レ是高祖召二其姉一爲二美人一、以レ奮爲二中涓一受二書謁一、師古曰、中涓、官名、主二居中一而涓潔者也、外有二書謁令一、奮受レ之也、徙二其家長安中戚里一、師古曰、於下上有二姻戚一者上、則皆居レ之、故名二其里一爲二戚里一、以三姉爲二美人一故也、

（注、美人は漢宮の女官。）

『文選』巻第六、左太沖（思）、魏都賦、

其閭閻則長壽吉陽永平思忠、亦有二戚里一寘二宮之東一、劉曰、長壽、吉陽、永平、思忠四里名、（中略）濟曰、戚里、外戚所レ居里、而置二在帝宮東一、寘、置、

「王者之親舅」

一條天皇中宮彰子は、藤原道長女である。

「文場」

文人が集まり詩文の作られる席。

『文心雕龍』總術、

贊曰、文場筆苑、有レ術有レ門、務先二大體一、鑑必窮レ源、乘レ一摠レ萬、擧レ要治レ繁、思無二定契一、理有二恆存一、

「社稷之臣」

社は土地の神、稷は五穀の神。『周禮』宗伯禮官之職、に、「小宗伯之職、掌二建國之神位一、右社稷、左宗廟、一」とある

様に、君主が宮闕を構へる時、社神・稷神を王宮の右に、宗廟を左に祀る。君主は社稷神と宗廟とを祭る主である事から、社稷を國家の意とする。

『尚書』巻第八、召誥、

越翼日戊午、乃社二于新邑一、牛一、羊一、豕一、告レ立二社稷之位一、用二大牢一也、共工氏子曰二勾龍一、能平二水土一、祀以爲レ社、周祖后稷、能殖二百穀一、祀以爲レ稷、社稷共レ牢、

『荀子』臣道、

君有乙過謀過事、將下危二國家一殞中社稷上之懼甲也、大臣父子兄弟有下能進二言於君一、用則可、不レ用則去上、謂二之諫一、有下能進二言於君一、用則可、不レ用則死上、謂二之爭一、有下能比レ知同レ力、率二群臣百吏一、而相與彊レ君橋レ君、君雖レ不レ安不レ能レ不レ聽、遂以解二國之大患一、除二國之大害一、成中於尊レ君安上レ國、謂二之輔一、有丁能抗二君之命一、竊二君之重一、反二君之事一、以安二國之危一、除二君之辱一、功伐足丙以成乙國之大利甲、謂二之拂一、故諫爭輔拂之人、社稷之臣也、國君之寶也、明君所二尊厚一也、

「帝梧」

黄帝の東園の梧桐。

『韓詩外傳』巻第八、

黄帝卽レ位、施レ惠承レ天、一レ道脩レ德、惟仁是行、宇內和平、未レ見二鳳凰一、惟二思其象一、夙寐晨興、乃召二天老一而問レ之曰、鳳象何如、天老對曰、（中略、鳳の形象を答ふ。）惟鳳爲下能通二天祉一應二地靈一、律二五音一覽中九德上、天下有レ道、得二鳳象之一一則鳳過レ之、得二鳳象之二一則鳳翔レ之、得二鳳象之三一則鳳集レ之、得二鳳象之四一則鳳春秋下レ之、得二鳳象之五一則鳳沒レ身居レ之、黄帝曰、於戲允哉、朕何敢與焉、於レ是黄帝乃服二黄衣一、戴二黄冕一、致二齋于宮一、鳳乃蔽

レ日而至、黄帝降二于東階一、西面再拝稽首曰、皇天降レ祉、不二敢不レ承レ命、鳳乃止二帝東園一、集二帝梧桐一、食二帝竹實一、沒レ身不レ去、詩曰、鳳凰于飛、翽《クワイ》翽其羽、亦集爰止、

『藝文類聚』卷九十、鳥部上、鳳、

張正見賦得威鳳栖梧詩曰、丹山下威鳳、來二集帝梧中一、欲レ舞春花落、將レ飛秋葉空、影照二龍門水一、聲入二洞庭風一、別有二將鶵曲一、翻更合二絲桐一、

「台槐」

15條の「槐庭」參照。

台は三台星を意味し、台槐は三公の位を言ふ。

『晉書』四十四、列傳第十四、論讚、

史臣曰、晉氏中朝、承二累世之資一、建二兼弁之業一、衣冠斯《コヽニ》盛、英彦如レ林、此數公者、或以二雅望一處二台槐一、或以二高名一居二保傅一、自レ非二一時之秀一、亦曷能至二于斯一、

「一佛乘」

一佛乘は一乘と同じ。乘は運載の事で、如來の教へたる唯一の車にのせて生死を超脱せしめる教へ。

『法華經』方便品、

舍利弗、汝等當一心信解、受二持佛語一、諸佛如來、言無二虛妄一、無レ有二餘乘一、唯一佛乘、

「三十講」

法華三十講の事。法華經二十八品に、開經たる無量義經一卷と、結經たる普賢觀經を加へ、一會に一品づゝ講ずる。

「梵席」

佛會の席。

『全唐文』巻一百八十五、王勃、梓州通泉縣惠普寺碑、

都人野彦希二梵席一而投レ裾、趙美燕姝望二齋庭一而繼レ履、

「歴日」

幾日も經過する事。

『漢書』巻四、文帝紀、十四年、

春詔曰、朕獲下執二犧牲珪幣一以事中上帝宗廟上、十二四年于今一、歴レ日彌長、以二不敏不明一、而久撫二臨天下一、朕甚自媿、

「疑闕」

闕はかんぬきの意で、疑闕は難解の疑問。

『藝文類聚』巻五十五、雜文部一、談講、

梁簡文帝、請下右將軍朱异奉上述二制旨易義一表曰、臣聞仰觀俯察、定二八卦之宗一、河圖洛書、符二三易之敎一、譬彼影圭、居二四方之中極一、猶下彼黃鐘、總二六律之殊氣一、疑闕永闢、踰二弘農之洞啓一、辭河既吐、邁中龍門之已鑿上、

「讚揚」

『文選』巻第四十二、魏文帝、與二鍾大理一書、

謹奉二賦一篇一、以讚二揚麗質一、

「昆明」

『漢書』巻六、武帝紀、元狩三年、

發二謫吏一穿二昆明池一、臣瓚曰、西南夷傳、有二越嶲昆明國一、有二滇池一、方三百里、漢使求二身毒國一、而爲二昆明所一レ閉、今欲レ伐レ之、故作二昆明池一象レ之、以習二水戰一、在二長安西南一、周回四十里、食貨志、又曰、時越欲三與レ漢用二船戰一、遂乃大修二昆明池一也、師古曰、謫吏、吏有レ罪者罰而役レ之、

『讀史方輿紀要』巻五十三、陝西二、西安府、咸寧縣、

昆明池、在二府西南三十里一、地名鸛鵲莊、（中略）雍勝錄云、池在二長安故城西十八里一、池中有三豫章臺及刻レ石爲二鯨魚一、旁有二二石人一、象二牽牛織女一、立二於河東西一、池中養レ魚、以給二諸陵祭祀一、（中略）舊志云、上林苑中有二波郎二水一、武帝因鑿爲二昆明池一、

「離畢之月」

『書經』洪範、（『集注』に據る。）

庶民惟星、星有レ好レ風、星有レ好レ雨、民之麗《ツク》二乎土一、猶三星之麗二乎天一、好レ風者箕星、好レ雨者畢星、

頭注に、

朱子語錄云、問二箕星好一レ風、畢星好レ雨、曰、箕、是簸箕、以二其簸揚而鼓一レ風、故月宿レ之則風、故語云、月宿レ箕風揚レ沙、畢是叉網、漉レ魚底叉子、亦謂二之畢一、漉レ魚則其汁水淋漓而下、若レ雨然、畢星名義蓋取レ之、

『文選』巻第三十五、張景陽（協）、七命、

南箕之風、不レ能レ暢二其化一、離畢之雲、無三以豐二其澤一、善曰、尚書曰、星有レ好レ風、星有レ好レ雨、春秋緯曰、月失二其行一、離二於箕一者風、離二於畢一者雨、翰曰、南箕、星名主レ風、風所二以養一レ物暢通レ也、畢星、主レ雨、離、著也、月行著レ畢則雨也、雨可二以潤一レ物、雲所二以致一レ雨、言晉德如二風之養一レ物、雨之潤レ物、故通二其政化一、豐二其惠澤一、

「積翠」

積翠は池名。

『唐書』巻九十七、魏徴傳、

帝（太宗）宴㆓群臣積翠池㆒、酣樂賦㆑詩、徴賦㆓西漢㆒、其卒章曰、終藉㆓叔孫禮㆒、方知㆓皇帝尊㆒、帝曰、徴言未㆔嘗不㆓約㆑我以㆑禮、

「軒車」

①おほひの有る車で、大夫以上の乗用車。

『説苑』臣術、

翟黄乘㆓軒車㆒、載㆓華蓋㆒、黄金之勒、約鎭簟席、楚辭九歌、白玉兮以爲㆑鎭、註、以㆓白玉㆒鎭㆓坐席㆒也、然則鎭㆑席之玉、約㆑之以爲㆑飾也、

②單にのりもの。

『文選』巻第二十九、古詩十九首の中第八首、

思㆑君令㆓人老㆒、軒車來何遲、銑曰、夫之車馬來歸何遲也、

「連漢」

『藝文類聚』巻三十三、人部十七、遊俠、

陳陰鏗、西遊咸陽中詩曰、上林春色滿、咸陽遊俠多、城斗疑㆓連漢㆒、橋星像㆑跨㆑河、

『全唐詩』巻三、駱賓王二、遊㆓靈公觀㆒、

靈峰標㆓勝境㆒、神府枕㆓通川㆒、玉殿斜連㆑漢、金堂迥架㆑煙、

漢は天の川、連漢は天の川につゞく意。

「攬レ之不レ竭」

『文選』巻第三十、陸士衡（機）、擬古詩、擬二明月何皎皎一、

安《シツカニ》寝北堂上、明月入二我牖一、照レ之有二餘暉一、攬レ之不レ盈レ手、濟曰、寢、臥也、安臥之時、明月入二於我牕牖之中一、照則光暉有レ餘、攬而取レ之、不レ盈二於手一、

「魏徴」

『唐書』巻九十七、魏徴傳、

魏徴字玄成、魏州曲城人、少孤、落魄、棄二貲產一不レ營、有二大志一通二貫書術一、

太宗に仕へ、屢太宗の治について箴言を納れ、深く太宗の信任を得た。太宗は群臣を招いての宴席で、「貞観以前、從レ我定二天下一、間二關草昧一、玄齡功也、貞觀之後、納二忠諫一、正二朕違一、爲二國家長利一徴而已、雖二古名臣一亦何以加、」と云ひ、佩刀を解いて二人に賜はつた。

「魏徴之鏡」

徴の言、

夫監二形之美惡一、必就二止水一、監二政之安危一、必取二亡國一、詩曰、殷鑒不レ遠在二夏后之世一、臣願、當今之動靜、以レ隋爲レ鑒、則存亡治亂、可二得而知一、思レ所二以危一則安矣、思レ所二以亂一則治矣、思レ所二以亡一則存矣、存亡之所レ在、在下節二嗜欲一、省二游畋一、息二靡麗一、罷二不急一、愼二偏聽一、近二忠厚一、遠中便佞上而已、夫守レ之則易、得レ之實難、今既得二其所一レ難、豈不レ能レ保二其所一レ易、保レ之不レ固、驕奢淫泆有二以動一レ之也、

太宗の言、（徴の沒後、）

帝後臨レ朝歎曰、以レ銅爲レ鑑、可レ正二衣冠一、以レ古爲レ鑑、可レ知二興替一、以レ人爲レ鑑、可レ明二得失一、朕嘗保二此三

鑑㆒、內防㆓己過㆒、今魏徵逝、一鑑亡矣、

「傅說之舟」

30條「傅野」を參照。

『尙書』卷第五、說命上、

說築㆓傅巖之野㆒、惟肖、（注、武丁が夢に見た良弼の姿に似てゐる。）爰立作レ相、王置㆓諸其左右㆒、於レ是禮命、立以爲レ相、使レ在㆓左右㆒、命レ之曰、朝夕納レ誨以輔㆓台德㆒、言當㆘納㆓諫誨直辭㆒以輔㆗我德㆖、若金用レ汝作レ礪、鐵須レ礪以成㆓利器㆒、若濟㆓巨川㆒、用レ汝作㆓舟楫㆒、若歲大旱、用レ汝作㆓霖雨㆒、啓㆓乃心㆒沃㆓朕心㆒、

「皷棹」

『文選』卷第五十八、王仲寶（儉）、褚淵碑文、

皷《ウゴカセハ》レ棹則滄波振蕩、善曰、湛方生詩曰、皷レ棹行遊矚、銑曰、鼓レ棹、謂㆓行舟㆒也、

「龍象」

僧侶の事。

『隋煬帝賜㆓釋慧覺㆒書』（『佩文韻府』に據る。）

弟子欽レ風籍甚、味レ道尤深、今于㆓城內㆒、建㆓慧日道場㆒、延㆓屈龍象㆒、大弘㆓佛事㆒、盛轉㆓法輪㆒、

『全唐詩』卷六、孟浩然二一、遊㆓景空寺蘭若㆒、

龍象經行處、山腰度㆓石關㆒、屢迷㆓青嶂合㆒、時愛㆓綠蘿閑㆒、

『書言故事』卷之四、卯集、釋敎類、

「象教」

象教、言ニ奉佛皈心象敎一、杜詩、方知象敎力、象教者謂如來既化、如來、佛也、既化、佛已化レ身也、諸大弟子想慕不レ已、遂刻レ木爲レ佛、瞻ニ敬之一、以ニ形象一教レ人也、

「鵷鸞」

25條に既述。

「昔大唐左僕射云々」

『佛祖統紀』（『國譯一切經』）卷第二十九、玄奘法師、

（貞觀）十九年正月に長安に歸る。留守の房元齡は幢旛鼓吹釋部の威儀を備へ、道俗數萬衆は寶輦を以て師を迎ふ。二月洛陽に至り、上みに儀鸞殿に見ゆ。

『舊唐書』列傳第一百四十一、僧玄奘、

僧玄奘、姓陳氏、洛州偃師人、大業末出家、博ニ涉經論一、嘗謂ニ翻譯者多有ニ訛謬一、故就ニ西域一、廣求ニ異本一以參ニ驗之一、貞觀初、隨ニ商人一往ニ遊西域一、玄奘既辯博出レ群、所在必爲ニ講釋論難一、蕃人遠近咸尊ニ伏之一、在ニ西域一十七年、經ニ百餘國一、悉解ニ其國之語一、仍採下其山川謠俗、土地所上レ有、撰ニ西域記十二卷一、貞觀十九年、歸ニ至京師一、太宗見レ之、大悅、與レ之談論、於レ是詔將梵本六百五十七部於ニ弘福寺一翻譯、仍勅ニ右（左ノ誤）僕射房玄齡、太子左庶子許敬宗一、廣召ニ碩學沙門五十餘人一、相助整比、

「禿筆」

『杜工部詩集』卷七、題ニ壁上韋偃畫一馬歌、

戯拈二秃筆一掃二驊騮一、欻見騏驎出二東壁一、一匹齕レ草一匹嘶、坐看千里當二霜蹄一、

秃筆は穗先の切れた筆。又自分の文字・文章の謙稱。

「風吟」

6條に既述。

「隨二車跡一」

『佩文韻府』

謝承後漢書、百里嵩爲二徐州刺史一、境遭レ旱、嵩出巡處、雨隨レ車而下、

『太平御覽』卷二五六、職官部五四、良刺史上、

謝承後漢書曰、陳留百里嵩、字景山、爲二徐州刺史一、境遭レ旱、嵩行レ部傳車所レ經輙霔、東海金鄉祝其兩縣、僻在二山間一、嵩傳駟不レ往、二縣不レ得レ雨、父老干請、嵩曲レ路到二二縣一入レ界卽雨、

『中國人名大辭典』の百里嵩では、世に「刺史雨」と呼ぶ。

『後漢書』三十三、列傳第二十三、鄭弘傳、

（鄭弘）政有二仁惠一、民稱二蘇息一、遷二淮陰太守一、謝承書曰、弘消二息繇賦一、政不二煩苛一、行レ春大旱、隨レ車致レ雨、白鹿方レ道俠レ轂而行、弘怪問二主簿黃國一、曰、鹿爲レ吉爲レ凶、國拜賀曰、聞三公車幡畫作レ鹿、明府必爲二宰相一、

「假蓋」

『文選』卷第四十三、嵆叔夜（康）、與二山巨源一絕レ交書、

仲尼不レ假二蓋於子夏一、護《タスケテ》二其短一也、善曰、家語曰、孔子將レ行、雨無レ蓋、門人曰、商也有焉、孔子曰、商之爲レ人也、嗇《ハナハダ》短《ヲシム》二於財一、吾聞與レ人交者、推二其長者一、違二其短者一、故能久也、王肅曰、短、忞、嗇、甚也、（注、『家語』致思には、「甚恡二於財一」とあり、王肅注には、「恡、嗇甚也、」とある。）銑曰、孔子將レ出而天雨、門人曰、商有レ蓋、請レ假焉、孔子曰、商爲レ人短二於財一、吾聞、與レ人交者、推レ長而違レ短故久、吾非レ不レ知二商有一レ蓋、恐三不レ備而彰二其過一也、護、助也、

○大　意

左大臣殿下は世に希な貴い方である。天子の外戚であり、天子の親舅に當てられる。佛法に歸依して如來の弟子となり、詩文の席では風月の主として秀詩を賦され、朝廷に在つては國家の安危を擔つて社稷の臣であられる。外孫は鳳凰に比す可く、親王として聖日が照らすが如く宮中に輝いて居られる。長男の賴通卿は納言に榮進され、將に三公の位につき代々の家風を宣揚せんとしてゐられる。釋迦如來が世に生誕されたのは、一乘の法を說いて衆生を濟度する爲である。左大臣殿下は、賢良の推擧につとめ、經學の弘布に專念して居られる。左大臣殿下が朝廷にお仕へするのも、亦慈惠の心を以て朝政を匡救する爲めである。かくて每年法華三十講の佛筵を敷かれ、連日佛敎の永年の疑問を解講し、珍貨を佛供し、或は賦詩を以て佛德の讚揚に勤めて居られる。今夜庚申を守られるのも、かゝる旨趣に基づくものである。見れば眼前の池水も靜まり澄んで、雨があがつた事が知られる。併し昆明池に比す可き、左相府第の池水に臨んでは既に帷幕が周らされて居り、今更に雨は問題ではなく、招かれた客は、積翠池の宴に赴く樣な喜びで車をいそがせ、晴雨を問ふ者はゐない。何時しか天には皎々たる月が出て、恰も魏徵の鏡を懸けた樣であり、すつかり雲霧が晴れ上がつた。これは忠臣たる左相府の言を、主上が鑑として世を治められ、治政に曇りのないのにも似て居り、又武丁の良佐傅說が、君主武丁の良い舟揖として、天下の波瀾を鎭めた樣なものである。扨て坐席では、延かれた僧侶の談論がはづみ、招かれた朝臣等は夫々に樂しみを極めてゐる。思へば昔大唐の左僕射房玄齡は、經像をたづさへて歸國した玄奘を長安の都で迎へたが、今我國の左相府は、この京洛の地で佛法の弘布に勤めて居られる。因緣を感ずる次第だ。蕪文を敍して、今日感じた儘を記したが、慙づかしい次第である。第前の池は澄んで見るからに冷涼の感があり、雨があがつて池水は深々としづまつてゐる。池の向ふ岸の樹々が仄暗い上に、月が輝いて居り、雲もすつかりをさまつて、池面の浪も消えた。中國の古事に、爲政の吏が、その善治の爲めに、その善吏の通る跡から旱天に慈雨が降つたと云はれて居り、我が左相府も、仁慈の政を施され、心からお慕ひしてゐるが、一方孔子家語に、雨の中を行かんとした孔子が、笠がなくとも、弟子商に笠の無心をしなかつたと云ふ教へがあるやうに、左相府の慈惠にあまへる事を謹む。さは云へ、永年にわたつて幸にも左相府の宴席に列し、その恩澤の中で暮して來た譯である。

36　晩冬同賦二池氷如一レ對レ鏡、以レ清爲レ韻、

詩家任レ性不二營々一、靜對二池氷一若レ鏡、淸風是金鑪波上鑄、雪爲二瓊粉一岸間瑩、凝看蓮府千年影、結借楊州百練名、鶴望未レ諧《カナハ》宜レ照レ膽、自慙霜鬢半頭生、

○校　異

①「性」＝『日本詩紀』「情」に作る。

○考　説

『權記』長德三年十二月條、

十二日、夕詣二左府(藤原道長)一、依二作文事一有レ召也、題池氷如レ對レ鏡、以レ淸爲レ韻、序者慶滋爲政、

この匡衡の詩想の基底には、白居易の「百錬鏡」の詩がある。「百錬鏡」の詩中の諸語句を用ゐて、一詩の形容としてゐる。今詩の解説に入る前に、「百錬鏡」の詩を掲げる。

『白氏長慶集』巻第四、諷諭四、百鍊鏡、美二皇王鑒一也、
百鍊鏡、鎔範非二常規一、日辰處所靈且祇、江心波上舟中鑄、五月五日日午時、瓊粉金膏磨瑩已、化爲二一片秋潭水一、鏡成將レ獻二蓬萊宮一、揚州長吏手自封、（注、『異聞集』に、「天宝中、揚州進二水心鏡一、背有二盤龍一、言鑄レ鏡時、有二老人一、自稱姓龍名護、以二五月五日一、於二揚子江心一鑄レ之、」とある。）人間臣妾不レ合レ照、背有二九五飛天龍一、人人呼爲二天子鏡一、我有二一言聞二太宗一、太宗常以レ人爲レ鏡、鑒レ古鑒レ今不レ鑒レ容、四海安危居二掌內一、百王治亂懸二心中一、乃知天子別有レ鏡、不二是揚州百鍊銅一、

「營々」

①忙しく往來する様。

『文選』巻第八、揚子雲（雄）、羽獵賦、
羽騎營營、盻分殊レ事、善曰、韋昭曰、騎負レ羽也、蘇林曰、盻、明也、毛萇詩傳曰、營營、往來貌也、盻分、謂三羽騎分別、各殊二其事一也、銑曰、羽騎、羽林之騎、謂三明白分別各殊二其事一也、

②忙しく利を求め走る様。

『文選』巻第二十二、鮑明遠（照）、行藥至二城東橋一、
擾擾遊宦子、營營市井人、善曰、莊子仲尼曰、商賈且於二市井一、以求二其贏一、濟曰、言遊宦子同二於市井之人一、擾擾營營、皆馳逐貌、

「瓊粉」

『詩經』衞風、木瓜、
投レ我以二木瓜一、報レ之以二瓊琚一、木瓜、楙木也、可レ食之木、瓊、玉之美者、琚、佩玉名、

瓊粉は玉の粉。

「楊州百練」

前掲の白居易の詩に見える。

『初學記』巻第二十五、器物部、鏡、

夏侯湛抵疑曰、百錬之鑒、別ニ鬚眉之數一、

「鶴望」

鶴の様に首をのばして待つこと。

『蜀志』張飛傳、

今寇虜作レ害、民被ニ荼毒一、思レ漢之士、延レ頸鶴望、

「照膽」

『西京雜記』巻三、

高祖初入ニ咸陽宮一、（中略）有ニ方鏡一、廣四尺、高五尺九寸、表裏有レ明、人直來照レ之、影則倒見、以レ手捫レ心而來、則見ニ腸胃五臟一歴然無レ硋、人有ニ疾病在レ內、則掩レ心而照レ之、則知ニ病之所レ在、又女子有ニ邪心一、則膽張心動、秦始皇帝以照ニ宮人一、膽張心動者則殺レ之、

○大　意

詩賦の人士は、本來優游の性で、決してせか〱しない。心靜かに池の氷に對すれば恰も鏡の様である。白樂天の百錬鏡と云ふ詩に、「江心波上舟中鑄」とあるが、恰も淸風が金鑪で、波上に鏡を鑄た様である。時々降る雪は、玉をくだいて粉にした様に、岸間に輝いてゐる。眼をこらせば左相府の萬壽の影が映つて居り、揚州の長吏によつて獻ぜられた百錬鏡の様である。扨て自分は多年榮進を望み待つてゐるが、まだ望みはかなはない。秦の始皇帝の

方鏡の様なのがあつて、我が誠心を映し出してほしい。自分は既に頭髪の半ばが白くなつてしまつてゐる。

37

早夏観二曝布泉一、（粟田障子作十五首中其五、）

閑望一條瀑布泉、眼塵暗盡坐二巖邊一、穿レ雲倒瀉寒聲竪、疑是銀河落レ自レ天、

○**大　意**

一筋の瀑を閑かに眺めれば、曇つてゐた眼の塵が洗ひ流された様で、岸邊の岩に坐したまゝ眺め入つてゐる。遙か高い雲邊からそゝぎ落ち、夏なほ寒い瀑聲がひゞく、まるで空から銀河が落ちてゐるかと疑はれる。

38

七言、夏日陪二藤亞相城北山莊一、同賦二淡交唯對一レ水、詩一首、（以レ清爲レ韻、幷序、）

永延三年五月二十日、左親衞藤中郎將、右親衞藤中郎將、右駕部藤郎中、左親衞亞相、左武衞藤禆將、及朝士大夫、夕拜侍中、都慮十有餘人、會二合于藤亞相別業一矣、于時、登二臨山水一、左二右琴書一、其地之得二土宜一、華云實云、莫レ不二苞容一、其主之得二人聖一、乃文乃武、皆已欽慕、觀夫、遇レ境擇レ友、對レ水定レ交、性淡不レ變、更沈二思於在藻之鱗一、心虚自親、兼結二契於棲沙之鶴一、彼金谷之春花、其芬芳恨下當二狂風一以早落上、庾樓之秋月、縦清朗嫌下其遇二浮雲一以更昏上、未レ若下茲水渉二炎涼一而不レ能レ渝《カヘル》、觸二沙石一而不レ能レ汚焉、呼嗟昔漢匡衡之起レ微也、染二儒業一而早登二三旌之崇一、

今江匡衡之倦レ學也、味二聖道一而獨泣二四壁之暗一、幸接二衆賓之末一、强記二山水之遊一云爾、

一趍二山家一出二洛城一、淡交對レ水許[1]レ交程、偶逢下如二舊知一潭面上、相見未三曾變二浪聲一、貢禹彈冠臨レ鏡思、王弘送レ酒把レ盃情、挹レ流何事獨危涙、水菽未レ酬恥二所生一、

○校　異

①「許」＝底本「評」に作る。『日本詩紀』に據り訂す。

○考　説

「清」

清は下平聲八庚の韻。

「藤亞相」

『職原鈔』上、

大納言、令四人、相當正從三位、唐名亞相、

「淡交」

『莊子』山木第二十、

君子之交淡若レ水、小人之交甘如レ醴、君子淡以親、無レ利故淡、道合故親、小人甘以絶、飾レ利故甘、利不レ可レ常、故有二時而絶一也、

「淡交唯對レ水」

『白氏長慶集』卷二十二、問二秋光一、

淡交唯對レ水、老伴無レ如レ鶴、

「左親衞亞相」

『職原鈔』下、

諸衞、

左右近衞府、當二唐羽林一、又云二親衞一、

とあり、『公卿補任』永延三年、「大納言藤朝光左大將」とある事より、左親衞亞相は藤原朝光と分る。

「親衞郎中將」

『職原鈔』下、

左右近衞府、

中將、權中將、相當從四位下、唐名羽林中郎將、又親衞中郎將、或云二虎賁中郎將一、

「右駕部郎中」

『職原鈔』下、

左右馬寮、唐名典廐、

頭一人、相當從五位上、唐名典廐令、駕部郎中、

「左武衞裨將」

『職原鈔』下、

左右兵衞府、唐名武衞、

裨將は副將の意で、左武衞裨將は左兵衞佐である。

「朝士」

①周の官の名。

『周禮』巻三十五、秋官、司寇刑官之職、

朝士、掌二建邦外朝之法一、

②朝に仕へる官吏。

『魏志』巻第十二、崔琰傳、

琰聲姿高暢、眉目疏朗、鬚長四尺、甚有二威重一、朝士瞻望、而太祖亦敬憚焉、

尚ほ6條參照。

「夕拜侍中」

『拾芥抄』中、官位唐名部、唐名大略、

藏人、貫首、頭、仙籍、仙郎、夕拜、夕郎、紺蟬、含雞、侍中、或前疑、貫首名、後承、或侍中、常伯、中涓、夕拜郎、

「都慮」

都慮は都盧の誤り。

①すべて・合計の意。

『白氏長慶集』巻二十八、贈二鄰里往還一、

問レ予何故獨安然、免レ被二飢寒婚嫁牽一、骨肉都盧無二十口一、糧儲依約有二三年一、

『本朝文粹』巻第十二、記、慶保胤、池亭記、

上擇二蕭相國窮僻之地一、下慕二仲長統淸曠之居一、地方都盧十有餘畝、就レ隆爲二小山一、遇レ窪穿二小池一、

②都盧は國名。その國人が身が輕く、高竿に登る事より輕業師をも云ふ。

『文選』卷第二、張平子（衡）、西京賦、

將二乍《シハラク》往一而未レ半、怵悼慄而聳兢、非二都盧之輕趫一、孰能超而究升、綜曰、怵、恐也、悼、傷也、悚、憂戚也、言恐レ墮也、善曰、廣雅曰、乍、暫也、方言曰、聳、慄也、
漢書曰、自二合浦一南、有二都盧國一、太康地志曰、都盧國其人善緣レ高、說文曰、趫善緣レ木之士也、良曰、將二往升一樓、未レ至二於半一、已恐懼矣、非二都盧輕捷一、誰能超騰究盡而升也、都盧、山名、其山人善緣レ高、

『藝文類聚』卷六十一、居處部一、總載居處、

晉傅玄正都賦曰、撫二琴瑟一、陳二鍾虡一、吹二鳴簫一、擊二靈鼓一奏二新聲一、理二祕舞一、乃有二材童妙妓一、都盧迅足、緣二脩竿一而上下、

「琴書」

『文選』卷第四十五、陶淵明（潛）、歸去來、

悅二親戚之情話一、樂二琴書一以消レ憂、

「土宜」

『周禮』卷三十三、夏官、司馬政官之職、土方氏、

以辨二土宜土化之法一、而授二任地一者、
土宜、謂二九穀値稺所レ宜也、土化、地之輕重、糞種所レ宜用也、任地者、載師之屬、（補注、載師は、『周禮』卷十三、地官司徒敎官之職に、「載師、掌二任土之法一、以物二地事一、授二地職一而待二其政令一、」とあり、注に、「任土者、任三其力勢所二能生育一、且以制二貢賦一也、物、物色之以知二其所レ宜之事一、而授二農牧一衡虞使職レ之、」と見える。）

「苞容」

よく許容する意。

『全唐文』巻五百五十二、韓愈六、答二李秀才一書、

元賓行峻潔清、其中狹隘、不レ能二包容一、於二尋常人一、不三肯苟有二論說一、

「欽慕」

よろこびしたふ義。

『宋書』列傳巻二十七、謝靈運傳、

每レ有二一詩至一、都邑貴賤、莫レ不二競寫一、宿昔之間、士庶皆徧、遠近欽慕、名動二京師一、

「擇友」

『大戴禮』主言、

孔子曰、上敬レ老則下益孝、上順レ齒則下益悌、上樂レ施則下益諒、上親レ賢則下擇レ友、

「定交」

まじはりを結ぶ。

『後漢書』列傳第五十六、王允傳、

王允字子師、太原祁人也、（中略）同郡郭林宗、嘗見レ允而奇レ之曰、王生一日千里王佐才也、遂與定レ交、

「在藻之鱗」

『杜工部詩集』巻十三、八哀詩、贈二太子太師汝陽郡王璡一、

袖中諫獵書、扣レ馬久上陳、竟無二銜橛虞一、聖聰矧多仁、官免二供給費一、水有二在藻鱗一、匪二唯帝老大一、皆是王忠勤、

『白氏長慶集』卷三十四、夢得相過、援レ琴命レ酒、因彈二秋思一、偶詠二所懷一、兼寄二繼之待價二相府一、

雙鳳棲レ梧魚在レ藻、飛沈隨レ分各逍遙、

「棲沙之鶴」

『白氏長慶集』卷二十五、池上、

獨立棲レ沙鶴、雙飛照レ水螢、若爲寥落境、仍値二酒初醒一、

「金谷」

『讀史方輿紀要』卷四十八、河南三、河南府、洛陽縣、

金谷澗、在二府東北七里一、水經注、金谷水出二太白原一、東南流、歷二金谷一、謂二之金谷澗一、東南流、經二晉石崇故居一、

『晉書』列傳第三、石崇傳、

崇有三別舘在二河陽之金谷一、一名梓澤、

『藝文類聚』卷九、水部下、澗、

石崇金谷序曰、余有二別廬一、在二河南界金谷澗中一、或高或下、有二淸泉茂樹、衆果竹木、草藥之屬一、

「庾樓」

『晉書』列傳第四十三、庾亮傳、

亮在二武昌一、諸佐吏殷浩之徒、乘レ秋夜往、共登二南樓一、俄而不レ覺亮至、諸人將二起避一レ之、亮徐曰、諸君少住、老子於二此處一、興復不レ淺、便據二胡床一、與二浩等一談詠竟レ坐、其坦率行レ己多此類也、

『太平御覽』巻一七六、居處部四、樓、には、「九江錄曰」として『晉書』のこの文を掲げ、「至レ今名二庾公樓一」と記してゐる。

『白氏長慶集』巻十七、題二崔使君新樓一、

憂人何處可レ銷レ憂、碧甃紅欄溢水頭、從レ此潯陽風月夜、崔公樓替二庾公樓一、

「沙石」

『淮南子』巻第十一、齊俗訓、

日月欲レ明、浮雲蓋レ之、河水欲レ清、沙石濊《ニゴス》レ之、人性欲レ平、嗜欲害レ之、惟聖人、能遺レ物而反レ己、

「漢之匡衡起レ微」

『漢書』巻之八十一、匡衡傳、

匡衡字稚圭、東海承人也、父世農夫、至レ衡好レ學、家貧庸作以供二資用一、尤精力過二絶人一、諸儒爲レ之語曰、無レ説レ詩、匡鼎《マサニ》來、服虔曰、鼎、猶レ言レ當也、若レ言二匡且來一也、應劭曰、鼎、方也、

「三旌」

『莊子』譲王第二十八、

王(昭王)謂二司馬子綦一曰、屠羊説居處卑賤、而陳レ義甚高、子其爲レ我延レ之以二三旌之位一、疏、三旌、三公也、亦有下作二珪字一者上、謂三卿皆執レ珪、故謂二三卿一爲レ珪也、屠羊説曰、夫三旌之位、吾知三其貴二於屠羊之肆一也、萬鍾之祿、吾知三其富二於屠羊之利一也、然豈可丁以貪二爵祿一、而使丙吾君有乙妄施之名甲乎、説不二敢當一、願復反二吾屠羊之肆一、遂不レ受、（注、『莊子鬳齋口義』には、「大王反レ國、説反二屠羊一、言各得二其本分事一也、三旌、三公也、三公車服、各有二旌別一、故曰二三旌一」とある。）

旌は旗。

『本朝文粋』巻第五、表下、菅三品《（文時）》、爲二富小路右大臣《（顯忠）》一、辭レ職第一表、に、「莫レ闕二愚庸於三旌一」とある。

「登二三旌之崇一」

『史記』巻之九十六、丞相匡衡傳、

丞相匡衡者、東海人也、好レ讀レ書、從二博士一受レ詩、家貧、衡庸作以給二食飲一、（中略）孝元好レ詩、而遷爲二光祿勳一、居二殿中一爲レ師、授二教左右一、而縣官坐二其旁一聽、甚善レ之、日以尊貴、御史大夫鄭弘坐レ事免、而匡君爲二御史大夫一、歳餘韋丞相死、匡君代爲二丞相一、封二樂安侯一、以二十年之間一、不レ出二長安城門一而至二丞相一、豈非二遇レ時而命一也哉、

「四壁」

四圍の壁から轉じて、家具もなく四壁のみの貧家。

『史記』巻之一百一十七、司馬相如列傳、

文君夜亡奔二相如一、索隱曰、郭璞云、婚不二以レ禮爲一レ節也、相如乃與馳歸、家居徒四壁立、郭璞曰、言二貧窮一也、索隱曰、案孔文祥云、徒、空也、家空無二資儲一、但有二四壁一而已、言就二此中一以安立也、

「貢禹」

『漢書』巻之七十二、貢禹傳、

貢禹字少翁、琅邪人也、以レ明レ經絜レ行著聞、

貢禹は元帝に仕へて官御史大夫に至り三公に列す。しば〳〵昔の聖政を照らし上申して、帝政の奢侈を治めん事を乞ふ。

「貢禹弾冠」

16條に既述。

『蒙求』中巻、王貢彈冠、

前漢王吉字子陽、琅邪皐虞人、少好レ學明レ經、宣帝時、爲二諫大夫一、與二同郡貢禹一爲レ友、世稱王陽在レ位、貢公彈レ冠、師古云、彈レ冠者、且二入仕一也、言二其取舍同一也、師古云、取、進趣也、舍、止息也、禹字少翁、以二明經潔行一著聞、仕至二御史大夫一、

「王弘送レ酒」

『晉書』列傳第六十四、隱逸、陶潛傳、

刺史王弘、以二元熙中一臨レ州、甚欽遲《マツ》レ之、後自造焉、潛稱レ疾不レ見、既而語レ人云、我性不レ狎レ世、因レ疾守レ閑、幸非二潔レ志慕一レ聲、豈敢以二王公紆一レ軫爲レ榮邪、夫謬以二不賢一、此劉公幹所三以招二謗君子一、其罪不レ細也、弘毎令二人候一レ之、密知當レ往二廬山一、乃遣二其故人龐通之等一齎レ酒、先於二半道一要レ之、潛既遇レ酒、便引酌二野亭一、欣然亡レ進、弘乃出與相聞、遂歡宴窮レ日、

『宋書』列傳卷第五十三、隱逸、陶潛傳、

嘗九月九日無レ酒、出二宅邊菊叢中一坐、久値二弘送レ酒至一、即便就酌醉而後歸、

「危涙」

危涙は危涕に同じ。なみだを落す事。

『文選』卷第十六、江文通（淹）、恨賦、

或有二孤臣危《ヲトシ》レ涕《ナンタヲ》、孽子墜《ウシナフヿ》レ心、遷二客海上一、流二戍隴陰一、此人但聞二悲風汨起一、血《ナンタ》下霑レ衿、良曰、此皆易レ爲レ恨者也、孽子、庶子也、海

上隴陰、皆邊鄙也、汨起、風疾貌、血下、洫血也、

「水菽」

菽は豆。水と豆は粗末な飲食物。

『禮記』第四、檀弓下、

子路曰、傷哉貧也、生無ニ以爲一レ養、死無ニ以爲一レ禮也、孔子曰、啜《スヽラシメ》レ菽《マメヲ》飲レ水、盡ニ其歡一、斯之謂レ孝、

『後漢書』列傳第二十九、劉趙淳于江劉周趙列傳序、

言ニ能大養一、則周公之祀、致ニ四海之祭一、言ニ以レ義養一、則仲由之菽、甘ニ於東鄰之牲一、易曰、東鄰殺レ牛、不レ如ニ西鄰之禴祭一也、夫患ニ水菽之薄一、干レ祿以求レ養者、是以レ恥レ祿レ親也、干、求也、謂不ニ以レ道求一レ祿、故可レ恥也、存レ誠以盡レ行、孝積而祿厚者、此能以レ義養也、

○**大　意**

永延三年五月二十日、左近衞藤中將・右近衞藤中將・藤右馬頭・左近衞大將藤大納言・藤左兵衞佐、及び朝官・藏人等總べて十餘人が、藤大納言の別莊に會合した。その山莊は山水に臨んで居り、そこで琴書を傍にして樂しんだ。その土地は豐壤で、花・實共に兼ねてみのり、その山莊の主は、文武にわたつて傑出して居り、人皆が欽慕する所である。この佳境に逸材を集め、水に臨んで親交を深めたのである。水の如き淡い交はりで、ひたすら魚鱗を思ひ、鶴をうたひして、飛沈の分に隨つた遊を觀照した。彼の石崇の金谷園の春花も、春の狂風の爲めに一たまりもなくその芬芳を散らしてしまひ、庾公樓での秋月も、たとひ今は清朗でも、一度浮雲が湧き掩へば輝を失つてしまふが、この山莊の潭水は、夏の炎暑にもかはる事なく涼やかに音たてゝざわめき、沙石に觸れても決して濁らないのである。さて、昔漢の匡衡は微賤の中から身を起して、儒學に專念して程なく三公の高位についた。今自分は

儒學を修め、聖人の道を學んでゐるが、貧窮の中に沈んでゐる。幸に今日衆賓の末席に連なり、强ひて本日の山水の遊宴の次第を記すわけである。

本日山莊を訪れて洛城を出た。潭水に臨んで諸賓と君子の交はりを結んだ。水面はまるで舊知の如く落ちついて居り、波の音も昔さながらである。貢禹は官に仕へて、昔の聖天子の治政を鏡として君王に説いたと云ふが、貢禹の古の鏡の様にこの潭面もすんで居る。衆賓は陶潛が王弘によつて酒を贈られた様に、今日の酒宴に滿足してゐる。その樣な中で、流盃を承けながら、何故か獨り心屈して淚が流れる。それは未だ立身出世がならず、親に十分な孝養がつくせないからである。

39

七言、夏日陪二左相府書閣一、同賦三水樹多二佳趣一、應レ教一首、以レ深爲レ韻、幷序、

洛陽城中《ノ》有《リ》二一勝境一[1]、本是《レ》丞相之甲第《ニシテ》、重《ネテ》開《ケリ》二[2]東閣[3]之榮名《ヲ》一、或爲《ハリ》二母儀之仙居《ト》一、屢廻《ミス》二天輿之臨幸《ヲ》一、爰《ニ》我相府、感《ジ》二其形槩之靈奇《ニ》一、增《スニ》以《テス》二水樹之佳趣《ヲ》一、石瀨巖灣、風調《ベ》二彈箏峽之曲《ヲ》一、春花秋葉、雨染《ム》二錦繡谷之文《ヲ》一、至《リテハ》レ如《キニ》二彼《ノ》千秋之岸、鑒《ミテ》[4]以無《ク》レ私、萬年之枝、攀《チテ》[5]以有《ルガ》レ節、向《ヒテ》二蘋藻《ニ》一[6]兮觀《ル》レ魚《ヲ》、猶《ホ》垂《レ》二渭陽之釣《ヲ》一、栽《エテ》二梧桐《ヲ》一[7]兮待《ツ》レ鳳《ヲ》、載《スナハチ》轄《スル》二博陸之車《ニ》一者也、夫《レ》偏《ニ》事《トスル》二啓沃《ヲ》一者《ハ》、玄元養生之方難《ク》レ求《メ》、偏《ニ》賞《スル》二煙霞《ヲ》一者、綠綬補袞之道易《シ》レ闕《ケ》、懿《ヨイカナ》矣相府之居《ルヤ》二此《ノ》地《ニ》一、[8]朝《ニ》出《ヅレバ》則《チ》紫宮不《カラ》レ遠、暮《ニ》歸《レバ》亦青山在《リ》レ傍《ニ》、鑿《チテ》二翠池《ヲ》一而泛《ブ》レ舟《ヲ》、是《レ》象岳之不《ル》レ忘《レ》二濟川《ヲ》一也、締《ムスビテ》二金埒《ヲ》一而閑《ナラハス》レ馬《ヲ》、是《レ》文事之不《ル》レ捨《テ》二武備《ヲ》一也、氣韻之

美、不レ光《ラ》古乎《ニ》、于レ時蕤賓暇日《ノ》、艾人《ノ》後朝、卿相四五輩、風月數十人、酌《ミテ》ニ道德一《ヲ》而爲《ス》レ酒《ト》、豈只越王鳥之頻《ニ》飛《ブノミナランヤ》、味《ヒテ》ニ禮樂一《ヲ》而爲《ス》レ肴《ト》、豈只吳江《ノ》魚之細《ク》切《レルノミナランヤ》、匡衡蓬壺《ニ》蹈《ミ》レ雲《ヲ》、葵心向《フ》レ日《ニ》、雖《モ》下才非《ズ》ニ一驥一《ニ》、心《ニ》慙《ヅ》中賢相之廻顧上《ニ》、而《モ》官《ニ》有《リ》ニ三[9]龜一、首《ニ》戴《ケリ》[10]ニ聖代之重恩一《ヲ》、幸《ニ》屬《ス》ニ盛遊一《ニ》、何不《ント》ニ記錄《セ》一云《フコト》爾、園池《ノ》佳趣一《ビ》相《ヒ》尋《ヌレバ》、樹影重重水色深《シ》、照《ス》レ藻《ヲ》月瑩《ヒカリ》方《ニ》見《ル》レ鏡《ヲ》、入《ル》レ松《ニ》風撫《シテ》自《ラ》聽《ク》レ琴《ヲ》、削成《セル》曲洛城中《ノ》石、養《ヒ》得《タリ》翹材舘下《ノ》林、動靜飛沈皆計會《ス》、好《シ》憑《リ》ニ軒檻一《ニ》快《ク》[11]放吟《セン》、

○校　異

①「勝」＝『本朝文粋』「佳」に作る。②「開」＝底本「閏」に作る。『本朝文粋』に據り訂す。③「閤」＝『本朝文粋』「閣」に作る。④・⑤「以」＝『本朝文粋』「而」に作る。⑥・⑦「兮」＝『本朝文粋』「以」に作る。⑧『本朝文粋』「也」あり。⑨「三」＝底本「二(一作三)」に作る。『本朝文粋』に據る。⑩「戴」＝底本「載」に作る。『本朝文粋』に據り訂す。⑪「放」＝『日本詩紀』「謳」に作る。

○考　説

『御堂關白記』長保元年五月條、

六日、丁亥、於ニ東對一召ニ作文人々一、作文、中納言(藤原隆家)・右衞門督(公任)・宰相中將(齊信)等、可レ然殿上人等來、七日、戊子、早朝講レ文、題水樹多ニ佳趣一、齊名(紀)朝臣所レ出也、韻深字、以言(大江)朝臣、序匡衡(大江)朝臣、此後掩韻、

尚ほ、『本朝麗藻』巻上、夏部、に、當日の藤原公任・源道濟の詩が見える。

「深」

深は下平聲十二侵韻。

「書閣」

書物を藏する建物。又一般に、單に第宅の意にも用ゐ、必ずしも書院とは限らない。

『全唐詩』卷六、孟浩然二、宴二張記室宅一、

妓堂花映發、書閣柳逶迤、玉指調二箏柱一、金泥飾二舞羅一、

「丞相之甲第」

太政大臣藤原兼家、卽ち大入道殿の第宅。

『中外抄』

又仰云、李部王記汝見哉如何、申云、少々所々見候也、仰云、東三條ハ李部王家也、而彼王夢ニ、東三條乃南面ニ金鳳來舞、仍李部王雖レ被レ存下可二卽位一由上不二相叶一、而大入道殿傳領、其後一條院乘二鳳輦一、西廊の切間より令レ出給了、此事他時相叶如何、予申云、爲レ家吉夢也、非二爲レ人吉夢一歟、

『拾芥抄』中、諸名所部、

東三(一)條、四條院誕生所、或重明親王家云々、二條南ノ町西、南北二町、忠仁公(良房)家、貞仁(信)公、大入道殿傳領、長久四四卅燒失、

『文選』卷第四、左太沖(思)、蜀都賦、

亦有二甲第一、當レ衢向レ術《ミチ》、壇宇顯敞、高門納レ駟、庭扣二鐘磬一、堂撫二琴瑟一、匪レ葛匪レ姜、疇《タレカ》能是恤《ヲラン》、劉曰、術、道也、楚辭九章曰、燕雀烏(烏)鵲巢二堂壇一兮、王逸曰、壇、猶レ堂也、漢于公高二其門一、使レ容二駟馬高蓋一、此言甲第高門可二以納レ駟、疇、誰也、善曰、西京賦、北闕甲第當レ道直啓、李尤高安館銘曰、增臺顯敞、禁室靜幽、蜀志曰、諸葛亮爲二丞相一、又曰、姜維初爲二亭倉曹椽一、稍遷爲二大將軍一、濟曰、甲第、第一宅也、言第一宅皆向レ道爲レ之、當、向也、衢、道也、匪、非也、恤、居也、敞、高也、納レ駟、可レ納二駟馬車一也、諸葛亮、姜維、非二此二人一、誰能居レ此、

「爲二母儀之仙居一」

『帝王編年記』一條院、

一乗院、諱懐仁、

圓融院第一皇子、母東三條院、藤詮子、法興院二條北、京極東、本號東二條、入道攝政兼家公、第二女也、天元三年庚辰六月一日壬申寅時、誕二生於外祖父兼家公東三條第一、二條南、西洞院東、北二町、東西一町、

『日本紀略』寛和二年七月條、

五日辛未、詔以二皇太后宮昌子一、爲二太皇大后一、以二母儀女御藤原詮子一爲二皇太后一、

寛和元年（九八五）二月廿日、圓融上皇渡御、「院渡二御女御家一云々、東三條宅南家云々、」（『小右記』）

永延元年（九八七）正月二日、「きさいの宮（詮子）、東三條におはしませば、正月二日行幸あり、」（『榮花物語』さま〳〵のよろこひ、）

「屢迴二天輿之臨幸一」

永延元年十月十四日、「天皇行幸攝政東三條第、」（『日本紀略』）

正暦三年（九九二）四月廿七日、「天皇幸二東三條院一、（中略）于レ時母儀仙院、御二座大納言道長卿上東門第一、」（注、正暦二年七月廿七日、詮子は東三條院より內裏に遷御、同年十月三日、道長第に移御。）

〃　四年正月三日、「東三條院行幸、」（『日本紀略』）

〃　五年正月三日、　〃

長徳元年（九九五）正月二日、　〃　（朝覲）、

〃　二年正月五日、　〃

〃　三年正月二日、　〃

〃　三年六月廿二日、　〃　（院御悩）、

長保元年（九九九）三月十六日、　〃

長保元年五月、この詩宴が催される迄の間、東三条院への行幸を掲げる。

「形槩」

概は趣・やうすの意。『晉書』列傳第六十八、桓溫傳、に、「溫豪爽有二風槩一」とある。形槩は風景の意。

「石瀨」

『文選』卷第六、左太沖（思）、魏都賦、

蘭渚莓莓、石瀨湯湯、劉曰、石瀨、湍也、水激二石間一則怒成レ湍、良曰、曲池植レ蘭曰二蘭渚一、莓莓、盛貌、

『文選』卷第三十二、屈平（原）、九歌、湘君、

石瀨兮淺淺、濟曰、瀨、湍水也、淺淺、流貌、

「彈箏峽」

『水經注』卷十九、經水、

涇水逕二都盧山一、山路之內、常如レ有二彈箏之聲一、行者聞レ之鼓舞而去、一名絃歌之山、峽口水流風吹、滴崖響如二彈箏之韻一、因謂二之彈箏峽一、

『述異記』上、

安定西隴道、其谷中有二彈箏之聲一、行人過聞レ之、謂二之彈箏谷一、

『述異記』の云ふ所と『水經注』の云ふ所とは同じ所。

「錦繡谷」

『白氏長慶集』巻四十三、草堂記、

其四傍耳目杖屨可レ及者、春有二錦繡谷花一、夏有石門澗雲一、秋有二虎谿月一、冬有二鑪峰雪一、陰晴顯晦、昏旦含吐、千變萬狀、不レ可二殫《コト〳〵クニ》紀覼縷而言一、故云甲二廬山一者、

錦繡谷は江西省星子縣に在る。

『輿地紀勝』

在二廬山谷中一、奇花異草、紅紫匝《メグリ》レ地、如レ被二錦繡一、

「千秋之岸」

『華陽國志』蜀志、

成都縣、（中略）其築レ城、取二土去レ城十里一、因以養レ魚、今萬歲池是也、惠王二十七年也、城北又有二龍壩池一、城東有二千秋池一、城西有二柳池一、冬夏不レ竭、其園囿因レ之、平陽山亦有二池澤一、蜀之漁畋之地也、

『讀史方輿紀要』巻六十七、四川二、成都府、華陽縣、

萬歲池、志云、在二府治北十里一、張儀築レ城、取二土於此一因以成レ池、廣袤數十里、（中略）又千秋池在二華陽縣治東五里一、相傳亦張儀所レ鑿、諺曰、東千秋北萬歲謂レ此、

「萬年之枝」

『文選』巻第三十、謝玄暉（朓）、直二中書省一、

風動萬年枝、日華《ウルハシ》承露掌、善曰、晉宮闕名曰、華林園南、萬年樹十四株、漢書曰、日華曜宣明、又曰、武帝作柏梁銅柱承露盤僊人掌也、良曰、萬年、木名、承露掌、謂起高臺爲仙人形、以掌承盤、盤承甘露也、華謂日光照也、

「有節」

『全唐文』卷六百九十六、李德裕、欹器賦、

表人道之隆替、明百事有節、

「蘋藻」

『文選』卷第一、班孟堅(固)、東都賦、

發蘋藻以潛《カクシ》魚、豐圃草以毓《ヤシナフ》獸、善曰、毛詩曰、魚在藻、蘋亦水草、故連言之、說文曰、潛、藏也、韓詩曰、東有圃草、薛君曰、圃、博也、有博大茂草也、毓、與育音義同、

「渭陽之釣」

『史記』卷之三十二、齊太公世家第二、

呂尚蓋嘗窮困年老矣、索隱曰、譙周曰、呂望常屠牛於朝歌、賣飯於孟津、以漁釣奸周西伯、正義曰、奸音干、括地志云、茲泉水、源出岐州岐山縣西南凡谷、呂氏春秋云、太公釣於茲泉、遇文王、酈元云、磻磎中有泉、謂之茲泉、積水爲陣、卽太公釣處、今謂之凡谷、有石壁、深高幽邃、人跡罕及、東南隅有石室、蓋太公所居水次磐石釣處、卽太公垂釣之所、其投竿跪餌、兩膝遺跡猶存、是磻磎之稱也、其水清冷神異、北流十二里注于渭、說苑云、呂望年七十釣于渭渚、三日三夜、魚無食者、望卽忿、脫其衣冠、上有農人者、古之異人、謂望曰、子姑復釣、必細其綸、芳其餌、徐徐而投、無令魚駭、望如其言、初下得鮒、次得鯉、刺魚腹得書、書文曰、呂望封於齊、望知其異、以

漁釣、奸周西伯、西伯將出獵、卜之、曰、所獲非龍非彲、非虎非羆、所獲霸王之輔、於是周西伯獵、果遇太公於渭之陽、與語大說曰、自吾先君太公、曰、當有聖人適周、周以興、子眞是邪、吾太公望子久矣、故號之曰太公望、載與俱歸、立爲師、

「栽梧桐兮待鳳」

35條の「帝梧」に見える。

『詩經』大雅、生民、卷阿、

鳳凰鳴矣、于㆓彼高岡㆒、梧桐生矣、于㆓彼朝陽㆒、梧桐、柔木也、山東曰㆓朝陽㆒、梧桐不㆑生㆓山岡㆒、太平而後生㆓朝陽㆒、箋云、鳳凰鳴㆓于山脊之上㆒者、居㆑高視㆑下、觀㆑可㆓集止㆒、喩㆓賢者待㆑禮乃行、翔而後集㆒、梧桐生者、猶㆓明君出㆒也、生㆓於朝陽㆒者、被㆓溫仁之氣㆒、亦君德也、鳳凰之性、非㆓梧桐㆒不㆑棲、非㆓竹實㆒不㆑食、　菶菶萋萋、雝雝喈喈、梧桐盛也、鳳凰鳴也、臣竭㆓其力㆒、則地極㆓其化㆒、天下和合、則鳳凰樂㆑德、菶菶萋萋、喩㆓君德盛㆒也、雝雝喈喈、喩㆓民臣和協㆒、

「載轄㆓博陸之車㆒」

載はスナハチと讀む。『詩經』豳風、七月、に、「春日載陽」とあり、注に、「載之言、則也、陽、溫也、」とある。

轄は車軸にさして車のぬけるを防ぐくさび。

『詩經』邶風、泉水、

載脂載舝、還㆑車言《ワレ》邁、脂㆓舝其車㆒、以還我則行也、箋云、言㆑還㆑車者、嫁時乘來、今思㆓乘以歸㆒、（注、舝は轄の古字。）

『文選』卷第二十四、潘正叔（尼）、贈㆔陸機出爲㆓吳王郎中令㆒、

星陳《ツラナリ》夙駕、載脂《アブラサシ》載轄《クサビサス》、良曰、星陳夙駕、言㆓早發㆒也、脂、膏也、以滑㆑車也、轄、車鍵也、

『色葉字類抄』波、疊字、

博陸 同事關白名、ハクリク、

『漢書』卷之六十八、霍光傳、

武帝病封㆓璽書㆒曰、帝崩發㆑書以從㆑事、遺詔封㆓金日磾㆒爲㆓秺侯㆒、上官桀爲㆓安陽侯㆒、光爲㆓博陸侯㆒、文穎曰、博、大、陸、平、取㆓其嘉名㆒、無㆓此縣㆒也、食㆓邑北海河東城㆒、師古曰、蓋亦取㆓鄉聚之名㆒、以爲㆓國號㆒、非㆓必縣㆒也、公孫弘平津鄉則是矣、

『職原鈔』上、

攝政關白者大臣兼レ之、或去二大臣職一帶レ之、東三條入道攝政以來例也、凡此職者、異朝唐堯時、擧レ舜爲二攝政一、殷湯以二伊尹一爲二阿衡一、當二攝政一也、周成王幼而卽位、叔父周公旦攝レ政、是今攝政之義也、漢照（マヽ）帝幼而卽位、博陸侯霍光、奉二武帝遺詔一攝レ政如二周公故事一、然乃以二周公旦霍光一爲二濫觴一是也、關白者漢宣帝立霍光猶執レ政、非二幼主一之故霍光還レ政、宣帝猶重二其人一、令レ關二白萬機一、關白之號自レ此而始云々、

『拾芥抄』中、官位唐名部、唐名大略、

攝政關白、執政、執柄、攝籙、博陸、輔佐、

關白、博陸、殿下、博陸侯、總己百官、執柄、

「啓沃」

10條に既述。

「玄元養生之方」

『唐書』卷三、本紀第三、高宗紀、

（乾封元年）二月己未、如二亳州一祠二老子一、追二號太上玄元皇帝一、

『舊唐書』卷九、玄宗紀下、

（開元）二十九年春正月丁丑、制二兩京諸州一、各置二玄元皇帝廟幷崇玄學一、置二生徒一、令レ習二老子、莊子、列子、文子一、每年准二明經例一考試、

（天寶元年）二月丁亥、上加二尊號一爲二開元天寶聖文神武皇帝一、辛卯、親享二玄元皇帝于新廟一、

養生方は本書2條に「賚持者祖父養生方三巻」とあるが、それとは關はりがないであらう。老子の説く養生の方と云ふ意であらう。

「煙霞」

『全唐詩』巻十四、孟郊九、尋二裹處士一、

寒草不レ藏レ徑、靈峰知レ有レ人、悠哉鍊金客、獨與二煙霞一親、

「綠綬」

『文選』巻第六十、任彦升（昉）、齊竟陵文宣王行狀、

假二綠綟綬一、善曰、魏晉官品曰、相國丞相、綠綟綬、銑曰、綟、綵也、綬、丞相之服飾也、

『後漢書』列傳第五十五、張奐傳、

（奐）光和四年卒、年七十八、遺命曰、吾前後仕進十、要《コシニセリ》二銀艾一、銀印綠綬也、以二艾草一染之故曰レ艾、

「補袞」

『詩經』大雅、烝民、

袞職有レ闕、維仲山甫補レ之、有二袞冕一者、君之上服也、仲山甫補レ之、善補レ過也、箋云、袞職者、不二敢斥レ王之言也、（注、斥はさす。）王之職有レ闕、輒能補レ之者、仲山甫也、

「懿矣」

懿《イ》はヨイとよむ。ほめる辭。『文選』巻第十四、班孟堅（固）の幽通賦に、「懿二前烈之純淑一」とあり、「良曰、懿、美也、」と注してゐる。

『藝文類聚』巻三十七、人部二十一、隱逸下、

魏劉楨處士國文甫碑曰、（中略）懿矣先生、天授德度、外清內白、如二玉之素一、

「紫宮」

紫宮は紫殿と同じく天子の居である。

『文選』卷第三十、謝玄暉（朓）、直二中書省一、

紫殿肅陰陰、善曰、紫殿、紫宮也、向曰、紫殿、天子居也、

『文選』卷第二、張平子（衡）、西京賦、

正二紫宮於未央一、綜曰、天有二紫微宮一、王者象レ之、善曰、辛氏三秦記曰、未央宮、一名紫微宮、然未央爲二總稱一、紫宮、其中別名、向曰、言法二紫微一以造二未央一、

「象岳」

象はかたどる意で、岳にかたどるとは、三公が山岳の如く上に在つて帝佐たる事。

『全唐文』卷二百四十三、李嶠二、爲二王及善一讓二內史一第二表、

臣才疎、行缺、運偶レ時、來レ榮匪レ德、遷官由二恩達一、法河象岳、升レ臺歷レ府、

『後漢書』卷十一、劉玄劉盆子列傳第一、劉玄傳、

豫章李淑、上書諫曰、方今賊寇始誅、王化未レ行、百官有司宜レ愼二其任一、夫三公、上應二台宿一、九卿下括《ククル》二河海一、春秋漢含孳曰、三公在レ天爲二三台一、九卿爲二北斗一、故三公象二五嶽一、九卿法二河海一、二十七大夫法二山陵一、八十一元士法二谷阜一、合下爲二帝佐一、以匡中綱紀上、

『後漢書』卷三十九、列傳第二十九、劉愷傳、

尙書陳忠上疏薦レ愷曰、臣聞、三公上則二台階一、下象二山岳一、前書音義曰、泰階者天之三階也、上階爲二天子一、中階爲二諸侯公卿大夫一、下階爲二士庶人一、春秋漢含孳曰、三公象二五岳一、股二肱元首一、鼎足ノ如ニ居レ職、易曰、鼎折レ足覆二公餗一、鼎足三公之象、

「濟川」

35條「傅説之舟」に既述。

「金埒」

埒《ラツ》は、ませがき、馬場の周圍の垣。黄金のませがき。

『世説新語』汰侈、

王武子（注、王濟、）被レ責、移ニ第北芒下一、于レ時人多地貴、濟好ニ馬射一、買レ地作レ埒、編レ錢匝レ地竟レ埒、時人號曰ニ金溝一、（溝、一本埒に作る。）

『庾子山集』巻之一、賦、三月三日、華林園馬射賦、

於レ是選ニ朱汗之馬一、校ニ黄金埒一、

「閑レ馬」

閑はならふ意。『文選』巻第四十二、曹子建（植）、與ニ楊德祖一書、に、「不レ閑《ナラハ》ニ於辭賦一」とある。

『詩經』秦風、駟驖、

遊ニ于北園一、四馬既閑、閑、習也、

「文事之不レ捨ニ武備一」

『史記』巻之四十七、孔子世家第十七、

定公十年春、及レ齊平、索隱曰、及、與也、平、成也、謂與レ齊和好、故云レ平、夏齊大夫黎鉏言ニ於景公一曰、魯用ニ孔丘一、其勢危レ齊、乃使下使告レ魯爲ニ好會一、會中於夾谷上、徐廣曰、司馬彪云、今在ニ祝其縣一也、魯定公且下以ニ乘車一好往上、孔子攝ニ相事一曰、臣聞、有ニ文事一者、必有ニ

武備一、有二武事一者、必有二文備一、古者諸侯出レ疆、必具レ官以從、請具二左右司馬一、定公曰、諾、

「氣韻」

氣高い風趣。

『捫蝨新話』

文章以レ氣爲レ主、氣韻不レ足、雖レ有二辭藻一、要非二佳作一也、

「蕤賓」

『文選』巻第四十二、魏文帝、與二梁朝歌令呉質一書、

方今、蕤賓紀レ時、景風扇レ物、善曰、禮記曰、仲夏之月律中二蕤賓一、易通卦驗曰、夏至則景風至、

「艾人」

『荊楚歲時記』

五月五日、四民竝蹋二百草一、又有下鬪二百草一之戲上、採レ艾以爲レ人、懸二門戸上一、以禳二毒氣一、

「越王鳥」

『本草綱目』巻四十七、禽部、水禽、

鸏鷾、時珍曰、案二劉欣期交州志一云、鸏鷾卽越王鳥、水鳥也、出二九眞交趾一、大如二孔雀一、喙長尺餘、黄白黒色、光瑩如レ漆、南人以爲二飲器一、羅山疏云、越王鳥狀如二烏鳶一、而足長口勾、末如レ冠、可レ受二二升許一、以爲二酒器一、極堅緻、

「呉江魚」

呉江、卽ち呉淞江の魚。

『世說新語』識鑒第七、

張季鷹、（注、季鷹は翰の字名、翰は呉郡呉人。）辟《メサレ》二齊王《ノ》東曹掾一在レ洛、見二秋風起一、因思二呉中菰菜羹、鱸魚膾一、曰、人生貴レ得レ適レ意爾、何能羇二宦數千里一以要二名爵一、遂命レ駕便歸、俄而齊王敗、時人皆謂爲レ見レ機、

「蓬壺」

『拾遺記』卷一、高辛、

三壺則海中三山也、一曰方壺則方丈也、二曰蓬壺則蓬萊也、三曰瀛壺則瀛州也、形如二壺器一、此三山上廣中狹下方也、皆如二工制一、猶三華山之似二削成一、

『文選』卷第三十一、鮑明遠（照）、代二君子一有レ所レ思、

築レ山擬二蓬壺一、善曰、蓬壺、二山名、銑曰、蓬壺、仙山、

『拾芥抄』中、官位唐名部、唐名大略、

内裏、九重、鳳闕、禁中、鳳凰城、禁裏、北闕、紫禁、蓬萊宮、九禁、芸闕、雲霄（殿上也）、又云蓬壺、栢寢、鸞殿或紫闕、丹墀、宸居、象闕、鳳禁、龍圖、魏闕、兄日、紫庭、姉月、
鳳曆、金輪、瑤圖、蘿圖、龍闕、已上入二帝王部一、雖レ然禁裏名歟、

「葵心向レ日」

『文選』卷第三十七、曹子建（植）、求レ通二親親一表、

若二葵藿之傾一レ葉、太陽雖レ不二爲レ之廻一レ光、終向レ之者誠也、善曰、（注、『淮南子』により補ふ。）淮南子曰、聖人之於レ道、猶二葵之與一レ日、雖レ不レ能レ與《トモニスル》二終始一哉、其鄕レ之者誠也、良曰、葵藿、草也、傾二葉於日一、然日雖レ不二爲廻一レ光終是向レ日之誠心也、

「一驥」

驥は一日千里の馬。

『文選』卷第四十七、袁彦伯（宏）、三國名臣序贊、

夫未レ遇二伯樂一、則千載無二一驥一、向曰、伯樂、善相レ馬者、驥、良馬也、言不レ遇二相レ馬者一、千年不レ得二一良馬一、不レ遇二明主一而賢亦無二人知一也、

「三龜」

龜は官位ある者の佩びる印綬。

『書言故事』卷之八、仕進類、

解龜、任滿曰二解龜美替一、龜者印有二龜紐卽鼻一也、解篆美任解レ篆來歸、印之字乃篆紋、解レ印則曰レ解レ篆、

解紐、解紼、組紱皆授也、梁陸倕爲二太守一曰、（注、『藝文類聚』卷五十、職官部六、太守、に、「梁陸倕未レ至二潯陽郡一教曰、」とある。）謬二叨龜組一也、謬、誤也、叨、叨濫

此陸倕自謙、言下己不レ稱二太守之職一、而誤叨中濫於龜組上也、

『後漢書』八十八、列傳第七十八、西域傳、注の文に、

龜綬、龜謂二印文一也、漢舊儀曰、銀印皆龜紐、其文刻曰二某官之章一、

三龜とは三官で、匡衡は『中古歌仙三十六人傳』によれば、永祚元年（九八九）十一月廿八日任二文章博士一、長德元年（九九五）八月廿八日兼二式部權少輔一、同三年三月九日兼二東宮學士一、同四年正月廿五日轉二式部權大輔一、と內官三官を帶びてゐる。

「首戴」

『管子』第八卷、小匡、（農民の姿を述べて、）

首戴二苧蒲一、苧、蔣《マコモ》也、編二苧與レ蒲、以爲レ笠、身服二襏襫《ハッセツ》一、襏襫、調二麤堅之衣一、可下以二任苦一著上者也、（注、襏襫はあらぬの織りの衣。）

「曲洛城」

曲洛は曲りくねつた洛水の事。

『藝文類聚』巻六十三、居處部三、觀、賦、

後漢崔駰大將軍臨洛觀賦曰、濱㆓曲洛㆒而立㆑觀、營㆓高壤㆒而作㆑廬、處㆓崇顯㆒以間敞、超㆓絶鄰㆒而特居、

道長亭を曲洛城に比したもの。

「翹材舘」

『西京雜記』巻四、

平津公自以㆓布衣㆒爲㆓宰相㆒、乃開㆓東閣㆒、營㆓客館㆒、以招㆓天下之士㆒、其一曰㆓欽賢館㆒、以待㆓大賢㆒、次曰㆓翹材館㆒、以待㆓大才㆒、次曰㆓接士館㆒、以待㆓國士㆒、其有㆑德任㆑毗㆓贊佐理陰陽㆒者、處㆓欽賢之館㆒、其有㆑才堪㆓九烈將軍二千石㆒者、居㆓翹材之館㆒、其有㆓一介之善、一方之藝㆒、居㆓接士之館㆒、而躬自菲薄、所㆑得俸祿、以奉㆓待之㆒、

「飛沈」

飛沈は鱗羽と同じ、鳥魚の事。

『白氏長慶集』巻二、續古詩十首の中、第九、

攬㆑衣出㆑門行、遊觀遶㆓林渠㆒、澹澹春水暖、東風生㆓綠蒲㆒、上有㆓和鳴雁㆒、下有㆓掉㆑尾魚㆒、飛沈一何樂、鱗羽各有㆑徒、

「軒檻」

『文選』巻第十一、王仲宣(粲)、登樓賦、

憑㆓軒檻㆒以遙望兮、善曰、小雅曰、憑、依也、韋昭曰、軒檻、殿上欄軒上板也、濟曰、軒檻、樓之欄也、

○大　意

京洛の地に一の秀れた景勝の地がある。本これは太政大臣兼家公の亭宅で、更に復た道長公が東閤を開かれ、世の名聲を得たもので、或は皇母の御住處ともなり、屢主上も臨幸あそばされた。爰に吾が左相府道長公は、この地の形勢の靈妙絶佳なる事に感じ、流水種樹の風趣を添へられ、石間を縫つて流れる水、岩に激せられて起る風は、彈箏峽の如く常にさはやかな音をたて、春の花秋の紅葉に雨がそゝぎ、恰も錦繡谷の如く、色とり〴〵の美しい模様を成す。彼の千秋萬歳の池が私心なく澄み、萬年樹が節を亂すことなく、心静かに枝葉を繁らせてゐるが如きは、太公望が渭水の陽に釣糸を垂れ、萩藻の中に游ぐ魚を見つめ、或は黄帝が庭の梧桐に瑞鳳を待つた様に、正に博陸がこの亭より出んとする準備のそなはつたものである。そも〳〵一途に啓沃を任として勤める者には、老子の説く養生の方は遂げ難く、さればと云つて一途に煙霞を求め樂しむ者は、到底高官となつて君を輔翼する事は成し難い。そこを顧みれば、我左大臣が此の景勝の地に居を占められたのは、誠にすばらしい事である。朝に朝參される時は、皇居がすぐ近くに在り、暮に退朝すれば煙霞の絶勝が身近かにある。碧水を湛へた（池を）穿ち舟を浮べるのは、傳説が舟となつて君を渡し補佐すると云ふ故事にもとづき、三公の位に在つて主君を補佐する任を忘れない爲めであり、黄金のませを結ひ馬を訓練するのは、文に居て武をおろそかにせぬ爲めである。吾が相府のけだかい趣は、往古に過ぎたりと云ふべきである。時は今五月六日の、節あけの暇日である。卿相が四五人、試賦の詞人數十人が、左相府亭に會し、道徳を論じつゝ酒盃をとばし、禮樂を樂しみつゝ魚膾を味はつた。私匡衡は禁中にお仕へし、葵藿が日に向ふ様に、一心に聖皇に奉仕して居る。我が才能はとても秀れた驥に比すべくもなく、心中に賢相の御愛顧に對し、忸怩たるものがあるけれど、既に三官を兼ね帶び、聖代の重恩を蒙つてゐる。幸にも本日の盛宴に招かれ、この宴の盛事を記録せざるを得ない。

一たび左相府亭の園池の絶妙の趣をながむれば、庭樹は深く重なり合ひ、池水は湛として碧深々たるものがある。水草を照らす月は光り輝き、恰も鏡を見る様であり、松を吹きわたる風は箏琴をかなでる様な響がある。曲水のほとりの削りなせるが如き石のたゝずまひ、翹材舘にも比すべき左相府亭の書閣のあたりの林、實に動と靜が、そして鳥と魚が、一所に期し會してゐる樣である。欄檻によりかゝつて、心ゆく迄放吟しやう。

（居處部）

40　秋日岸院卽事、

遠《ク》尋《ネテ》二古院《ヲ》一被二秋《ニ》催《サ》一、岸上排《シテ》レ松《ヲ》牕戸開《ク》、灑《グ》レ砌《ニ》浪紅《ニシテ》鋪《キ》二落葉《ヲ》一、遶《ル》レ階《ヲ》嵐緑《ニシテ》掃《ク》二寒苔《ヲ》一、孤舟《ノ》棹影穿《ツテ》レ烟《ヲ》去《リ》、晩寺《ノ》鐘聲渡《ツテ》レ水《ヲ》來《ル》、此地卜《ス》レ鄰《ヲ》非《ズ》二俗境《ニ》一、龜山便《チ》是《レ》小蓬萊、

○考　説

「晩寺鐘聲渡レ水來」

『袋草紙』雑談、（七三）（摘意）

或る所の屛風の詩を、匡衡と以言とが奉る事になり、以言は侍者をして匡衡家の女房より、匡衡の作句を探り出さしめんとし、匡衡が破棄した草按を得て見るに、「晩寺鐘聲渡レ水來」と云ふ句があつた。以言はこれに「寒谿樹色經レ霜變一」と云ふ上句を作つて屛風詩に入つた。匡衡は「孤舟棹影穿レ煙去」と上句を作つて屛風詩となつた。「世以存二作合之由一、以言上句作勝由云々、」。

「卜鄰」

『白氏長慶集』卷第十五、欲下與二元八一卜上レ鄰先有二是贈一、

明月好同二三徑夜一、綠楊宜レ作二兩家春一、毎因二暫出一猶思レ伴、豈得二安レ居不一レ擇レ鄰、

「龜山」

『雍州府志』山川門、

龜山在二嵯峨一、天龍寺在二斯山下一、故號二靈龜山一、

『山城名勝志』三、葛野郡部、

龜山、又龜緒山、天龍寺上山也、

顯注密勘云、かめのお山ハ龜山也、龜の尾に似たれハかめのお山といふへきを略して龜山といふ也、

「蓬萊」

『列子』湯問第五、

革曰、渤海之東、不レ知二幾億萬里一、有二大壑一焉、實惟無レ底之谷、其下無レ底、名曰二歸墟一、八紘九野之水、天漢之流、莫レ不レ注レ之、而無レ增無レ減焉、其中有二五山一焉、一曰、岱輿、二曰、員嶠、三曰、方壺、四曰、瀛洲、五曰、蓬萊、其山、高下周旋三萬里、其頂、平處九千里、山之中間、相去七萬里、以爲二鄰居一焉、其上臺觀皆金玉、其上禽獸皆純縞、珠玕之樹皆叢生、華實皆有二滋味一、食レ之、皆不レ老不レ死、所レ居之人、皆仙聖之種、一日一夕、飛相往來者、不レ可レ數焉、而五山之根、無レ所二連著一、常隨二潮波一、上下往還、不レ得二蹔峙一焉、仙聖毒レ之、訴二之於帝一、帝恐下流二於西極一、失中群聖之居上、乃命二禺彊一、使下巨鼇十五、擧レ首而戴レ之、迭爲二三番一、六萬歲一交上焉、五山始峙而不レ動、

○大　意

はる〴〵古院を尋ね來て、古院の景觀に秋情を催された。水べのほとりには、立並ぶ松とすれ〳〵に寺院の窓が

開いてゐる。石だゝみによる浪は、紅葉におほはれて紅色に見え、階をめぐつて吹く風は、苔の上を掃く様に通つて綠の色を帶びてゐる。折りしも一さうの舟が、靄を貫いて過ぎて往き、夕暮れの寺の鐘が水面を渡つて響いて來る。此地に居を定めるのは、全く俗境を絶つたものである。龜山の地はとりもなほさず一仙境である。

41　夏夜同賦二池臺即事一、應教、

常《ニ》在《リ》二李門員外職一《ニ》、久《シク》陪《ス》二蓮府善《ノ》・1根場一《ニ》、孫弘《ノ》閤月集《メ》二賢士一《ヲ》、呂望《ノ》・2家風開《ク》二后房一《ヲ》、應《シ》二是《レ》法華薰入《ノ》力《ナル》一《ニ》、彌・3令《ム》二累葉照臨《シテ》光一《アラ》、誦《シ》レ詩《ヲ》譚《ジ》レ禮《ヲ》宛《ラ》昭《ニス》レ教《ヲ》、心足《リ》漸《ク》忘二鬢上《ノ》霜一《ヲ》、寬弘三年秋所レ言不レ誤、故獻二此句一、

○校　異

①「善」＝底本「姜」に作る。『日本詩紀』に據り訂す。　②「望」＝『日本詩紀』「蒙」に作る。　③「彌」＝底本「弘」に作る。『日本詩紀』に據り訂す。

○考　說

『御堂關白記』寬弘五年五月條、

一日、庚申、（中略）守二庚申一、有二作文一、夏夜池臺即事、

又『本朝麗藻』巻上、に、當日の藤原伊周の詩があり、道長亭の別室で不斷經の讀誦が行はれて居た事が知られる。

「李門員外職」

『拾芥抄』官位唐名部、

式部卿、式部省、李部省、吏部省、天官(周禮)、吏部尚書、大常卿、李部大尙卿、

李門は、式部省の官人たる事を云ふ。

匡衡は、長徳元年（九九五）八月廿八日兼式部權少輔、長德四年正月廿五日轉式部權大輔、寛弘三年（一〇〇六）正月、一旦權大輔を辭し、寛弘五年正月十一日、再び式部權大輔に任じられた。而して七年十二月大輔に轉じた。

「蓮府」

3條に既述。

「善根場」

28條に既述。

「孫弘閤」

『漢書』巻之五十八、公孫弘傳第二十八、

公孫弘菑川薛人也、少時爲㆓獄吏㆒、有㆑罪免、家貧牧㆓豕海上㆒、年四十餘乃學㆓春秋雜說㆒、武帝初卽位、招㆓賢良文學士㆒、是時弘年六十、以㆓賢良㆒徵爲㆓博士㆒、(中略、後に宰相となり、平津侯に封ぜられる。)於㆑是起㆓客館㆒、開㆓東閤㆒、以延㆓賢人㆒、師古曰、閤者小門也、東向開㆑之、避㆘當㆓庭門㆒而引㆗賓客㆖、以別㆓於掾史官屬㆒也、與㆓參謀議㆒、弘身食㆓一肉脫粟飯㆒、師古曰、才脫粟而已、不㆓精鑿㆒也、故人賓客、仰㆓衣食㆒、平生故交也、奉祿皆以給㆑之、家無㆑所㆑餘、

「呂望家風開㆓后房㆒」

典據並びに、句意不明。

后房は後房か。後房は奥むきの室、妻妾の室の意。

『晉書』三十三、列傳三、石崇傳、

財産豐積、室宇宏麗、後房百數、皆曳二紈繡一、珥二金翠一、

呂望は太公望であるが、此處では帝佐たる道長を意味するか。道長が後房を開放して、崛請した僧侶をして、不斷經を讀誦せしめた意であらうか。

「法華薫入」

薫入は薫習と同じ。

『望月佛教大辭典』

熏陶串習の意。又略して熏とも稱す。（中略）大乘起信論には、「熏習の義とは、世間の衣服に實に香なきも、若し人、香を以て熏習するが故に則ち香氣あるが如し」と云へり。是れ香を以て熏ずれば、物に香氣あるが如く、數ば串習することによりて、遂に其の性を成ずるを云ふなり。

「昭レ教」（『佩文韻府』に據る。）

蔡邕楊賜碑、昭二教於辟雍一、命レ公作二三老一、

教を明らかにする意。

○大　意

常に式部省の權官として、長い間左相府が善根を修せられる場に陪して來た。左相府は公孫弘の故事の如く、書閣に賢士を集め、後房を開放して法華不斷經を誦讀せしめて居られる。この樣に長年法華經を薫習して居られる力であらう。世を重ねるにつれ益々光輝が增して來られる。招かれた我々は詩を吟じ、禮教を談じ合つて、教を窮明

してゐる。自分は心が充ち足りて、年をとつて白髪に變じた事も忘れた。

42　秋日東閤林亭卽事、應敎、

春花《ノ》榮耀《ハ》去年序《ナリ》、東三條花宴獻レ序、講席之間、愚息擧周補二侍中一、父子拜舞、秋月《ニ》淸吟《ス》今夜詩、呉坂嘶《キ》レ風《ノ》増《ス》レ價《ヲ》馬、盧江抃《ツ》レ浪《ニ》浴《スル》レ恩《ニ》龜、
北堂累代《ノ》三餘學、東閤長男《ノ》一卷師、卽事寧《ゾ》非《ザラン》二稽古力《ニ》一、彌寬《クシテ》二老志《ヲ》一待《ツ》二殊私《ヲ》一、

○考　說

『御堂關白記』寬弘四年九月條、

　廿三日、丙戌、作文、題林亭卽事、

『權記』寬弘四年九月條、

　廿三日丙戌、參レ內、參二左府一、有二作文事一、

「去年序」

寬弘三年（一〇〇六）三月四日、一條天皇が一條院に遷御あらせられんとして、道長の東三條第で花宴を催された。序者匡衡で、その賞として男擧周が藏人に任じられた事は、『御堂關白記』の當日の記及び、本書65條に見え、匡衡の序は本書108條に見える。

「呉坂嘶レ風増レ價馬」

『文選』卷第二十五、劉越石（琨）、答二盧諶一、

昔騄驥倚二輈《ナカエ》於呉阪一、長鳴二於良樂一、知與レ不レ知也、善曰、戰國策、楚客謂二春申君一、昔騏驥駕二鹽車一上二呉阪一、遷延負レ轅而不レ能レ進、遭二伯樂一仰而鳴之、知二伯樂知一レ己也、今僕屈厄日久、君獨無レ意レ使二僕爲一レ君長鳴一乎、思玄賦曰、馬倚レ輈而徘徊、鄭玄考工記注曰、輈、轅也、古今地名曰、賓零坂在二呉城之北一、今謂二之呉坂一、良王良也、王良無レ遇レ驥之事一、因二伯樂一而連言レ之、孔融薦二禰衡一表曰、飛兎騕褭良樂之所レ急也、翰曰、騄驥、古之良馬也、良樂、孫陽也、昔人以二驥馬一駕二鹽車一、馬倚レ轅而不二肯行一、遇二孫陽一、以二己馬一易得、竟爲二天下下駿一、此喩二琨不レ能レ知レ諶而匹磾知一レ之也、

「盧江抃レ浪浴レ恩龜」

典據不明。

『初學記』巻三十、鱗介、龜、

南越志曰、神龜出二於江水中一、盧江郡常獻二生龜於大甘(官)一、其含二神知一爲レ効之大、

「北堂」

大學寮の都堂院の事。一に講堂とも云ふ。

『大内裏圖考證』巻第二十四之下、

都堂院、據二貞觀儀式一、卽北堂卽此院也、延喜春宮坊式、作二堂院一、本朝文粋作二文章院一、

(頭注)日本紀略曰、天慶四年三月廿七日、於二大學北堂一、有二文選竟宴一、賦レ詩獻二歌舞一、又曰、延喜五年十二月廿一日、己巳(其日)云々、大學寮北堂有二漢書竟宴之詩一、又曰、延長元年三月七日、辛巳、大學北堂有二漢書竟宴一、云々、

『本朝文粋』巻第六、奏狀中、申學問料、(大江匡衡が、長保四年(一〇〇二)五月廿七日に、男能公の穀倉院學問料を請ふ狀。)

右伏撿二故實一、菅原大江兩氏、建二立文章院一、分二別東西曹司一、爲二其門徒一、(「徒」は『朝野群載』に據る。)習二儒學一、著二氏姓一之者、濟濟于レ今不レ絶、因レ斯此兩家之傳二門業一、不レ論二才不才一、不レ拘二年齒一、

「三餘學」

『三國志』魏書、列傳第十三、王肅傳の注、

魏略曰、遇（注、董遇、）字季直、性質訥而好レ學、（中略）黃初中出爲二郡守一、明帝時入爲二侍中大司農一、教年病亡、初遇善治二老子一、爲二老子一作二訓注一、又善二左氏傳一、更爲作二朱墨一別異、人有二從學者一、遇不二肯教一、而云、必當二先讀百徧一、言讀レ書百徧、而義自見、從學者云、苦二渴無一レ日、遇言、當レ以二三餘一、或問二三餘之意一、遇言、冬者歲之餘、夜者日之餘、陰雨者時之餘也、由レ是諸生少二從レ遇學一、無下傳二其朱墨一者上、

「長男」

長男は擧周《タカチカ》である。能公の兄。

「一卷（之）師」

『文選』卷第三十六、任彥升（昉）、宣德皇后令、

讓二齒乎一卷之師一、銑曰、讓レ齒、謂レ推二尊之一也、

『揚子法言』卷之一學行第一、

務レ學不レ如レ務レ求レ師、師者人之模範也、模不レ模範不レ範爲レ不レ少矣、一閧之市不レ勝二異意一焉、一卷之書不レ勝二異說一焉、一閧之市必立二之平一、一卷之書必立二之師一、吳祕曰、一閧猶レ言二一巷一也、一巷市之小、人意各殊、必立二質人一以平レ之、一卷書之小、人說各異、必立二師氏一以正レ之、周禮質人中士二人、鄭云、質、平也、主レ平二定物價一者、師氏中大夫一人、鄭云、師、教レ人以レ道者之稱、

「卽事」

この事の意。卽事はその場の事を指す。卽は就。

『文選』巻第三十、謝靈運、南樓中望二所レ遲客一、
卽事怨二睽攜《ソムキハナル》一、「善曰、卽事、卽二此離別一之意也、良曰、卽事、謂二此事一也、睽攜、乖離也、

「稽古力」

『後漢書』三十七、列傳第二十七、桓榮傳、
拜レ佚爲二太子太傅一、而以レ榮爲二少傅一、賜以二輜車乘馬一、榮大會二諸生一、陳二其車馬印綬一曰、今日所レ蒙稽古之力
也、可レ不レ勉哉、

努めて勉學したおかげの意。

「殊私」

格別の恩寵。

『白氏長慶集』巻五十九、謝二恩賜衣服一狀、
右今日守謙奉二宣聖旨一、以二臣初入レ院特賜二衣服一者、臣自レ入二禁司一纔經二旬月一、未レ陳二薄效一累受二殊私一、

○大　意

春花の宴の序を獻じて、榮耀にあづかつたのは昨春の事である。今夜は秋月を觀賞しつゝ淸吟してゐる。吳坂で嘶きうつたへて身の才を伯樂に見出された駿馬の故事の如く、自分は幸にも左相府の恩顧をいたゞき、盧江の龜の樣に喜びに抃舞してゐる。大學寮の文章院に、代々勵んで來たが、今や長男の擧周は左相府の東閤に召しに預かる身となつた。この事は何うして硏鑽のおかげでなからうか。自分も益々志を大きくたて、相府の格別の恩眷を待つ次第だ。

43　妹妖山下卜居、粟田障子十五首中其二、

一《タビ》従《ヒ》二山脚《ニ》一卜[1]《ス》二林泉《ヲ》一、塵事無《ク》レ侵《スヿ》正[2]澹然、蘿帳[3]月前《ニ》開《キ》二鏡匣《ヲ》一、松窓風庭[4]《ニ》撫《ス》二琴絃《ヲ》一、陽臺《ノ》暁夢《ハ》雲相似《タリ》、

女几《ノ》春心《ハ》水自《ラ》傳《フ》、萬歳藤《ヲ》爲《シ》二隨《フノ》レ手《ニ》杖《ト》一、携《ヘ》持《チテ》乘《ジテ》レ興《ニ》弄《ブ》二潺湲《ヲ》一、

○校　異

①「卜」＝底本「下」に作る。『日本詩紀』に據り訂す。②「正」＝底本「止」に作る。『日本詩紀』に據り訂す。③「帳」＝底本「張」に作る。『日本詩紀』に據り訂す。④「庭」＝底本「庭《度》」に作る。『日本詩紀』「底」に作る。

○考　説

「妹妖山」

『大日本地名辭書』に據れば、歌吟の名所としての妹妖山には、大和の吉野郡と、紀伊の伊都郡との二ケ所あつた。吉野郡國樔《クズ》村の宮瀧の西、上市町の東、吉野川を挾み相對した丘陵には、

流れても妹背の山の中に落る吉野の川のよしや世の中、古今集、讀人不知、

流れてもうき瀬な見せそよし野なるいもせの山の中かはの水、續拾遺集、行家、

等の證歌があり、紀伊の妹背山には伊都郡の今笠田村のあたりを指すとし、

麻衣《アサゴロモ》著者《キレバ》夏樫木國之《ナツカシキノクニノ》妹背《イモセ》之《ノ》山二《ヤマニ》麻蒔吾妹《アサマクワギモ》、万葉集巻七、（一一九五）

吾妹《ワギモ》子《コ》爾《ニ》吾戀行者《ワガコヒユケバ》乏 雲《トモシクモ》並 居鴨《ナラビヲルカモ》妹《イモ》與《ト》勢《セ》能《ノ》山《ヤマ》、万葉集巻七、（一二一〇）

等の證歌を擧げ、更に『江吏部集』のこの詩を紀伊の妹背山を指すとして掲げてゐる。

「林泉」

樹林と流泉の意で、隠者の居所を意味する。「卜二林泉一」は、隠棲の地として選んだ意である。

『全唐詩』巻二十八、徐鉉六、奉レ和下子龍大監與二舎弟一贈答之什上、
鴛鷺分レ行皆接レ武、金蘭同レ好共忘レ年、懐レ恩未レ遂二林泉約一、竊レ位空慙二組綬懸一、

「澹然」

澹如、淡然と同じ。無欲で安らかな様。

『文選』巻第五十八、蔡伯喈（邕）、陳太丘碑文、
樂レ天知レ命、澹然自逸《ヤスシ》、善曰、周易曰、樂レ天知レ命、故不レ憂、莊子曰、澹然無レ極、衆美從レ之、此天地之道、聖人之德也、毛詩曰、我不二敢傚一、我友自逸、

「蘿帳」

蘿帳は蘿幌と同じ。ひかげかづらがとばりの様に繁つた様。

『王勃集』遊二梵宇三覺寺一、
葉齊山路狹、花積野壇深、蘿幌棲二禪影一、松門聽二梵音一、

「鏡匣」

鏡のはこ。

『庾子山集』巻四、詩、鏡、
玉匣聊開レ鏡、輕灰暫拭レ塵、光如二一片水一、影照兩邊人、

「風庭」

『全漢三國晉南北朝詩』全齊三、謝朓、阻雪連句、江秀才革、

風庭舞二流霰一、冰沼結二文澌一、飲レ春雖二以燠一、欽レ賢紛若レ馳、

「陽臺云々」

『文選』卷第十九、宋玉、高唐賦、

玉曰、昔者先王嘗游二高唐一、怠而晝寢、夢見二一婦人一、曰妾巫山之女也、善曰、襄陽耆舊傳曰、赤帝女桃姫、未レ行而卒、葬二於巫山之陽一、故曰二巫山之女一、楚懷王遊二於高唐一晝寢、夢見二與レ神遇一、自稱二是巫山之女一、王因幸レ之、遂爲置二觀於巫山之南一、號爲二朝雲一、後至二襄王時一、復遊二於高唐一、爲二高唐之客一、善曰、自言爲二高唐之客一、聞君游二高唐一、願薦二枕席一、善曰、薦、進也、欲下親進二於枕席一求中親昵上之意也、王因幸レ之、去而辭曰、妾在二巫山之陽高丘之岨一、善曰、山南曰レ陽、土高曰レ丘、漢書注曰、巫山南郡巫縣、阻、險也、旦爲二朝雲一、暮爲二行雨一、朝朝暮暮陽臺之下、善曰、朝雲行雨、神女之美也、良曰、朝行雲、暮行雨、皆神女自稱、陽臺神自言レ之、實無レ有也、

『全漢三國晉南北朝詩』卷三、江總、樂府、雜曲、

風前花管颺難レ留、舞處花鈿低不レ落、陽臺通レ夢大非レ眞、洛浦凌波復不レ新、

「女几春心水自傳」

典據不明。

「女几山」

『讀史方輿紀要』卷四十八、河南三、河南府、宜陽縣、

鹿蹄山、縣東南五十里、一名縱山、或謂二之非山一、唐龍翔元年、畋二于非山一是也、甘水出焉、又女几山在二縣西九十里一、晉張軌少隱二於宜陽女几山一即此、

『晉書』八十六、列傳第五十六、張軌傳、

張軌字士彦、安定烏氏人、（中略）軌少明敏、好レ學有二器望一、姿儀典則、與二同郡皇甫謐一善、隱二于宜陽女几山一、
『白氏長慶集』卷第三十、題二裴晉（度）公女几山刻レ石詩後一、幷序、
裴侍中晉公出討二淮西一時、過二女几山下一、刻レ石題レ詩、末句云、待下平二賊壘一報中天子一、莫下指二仙山一示中武夫上、果如レ所レ言、剋期平レ賊、由レ是淮蔡迄レ今底レ寧殆二十年、人安二生業一、
何處畫二功業一、何處題二詩篇一、麒麟高閣上、女几小山前、爾後多少時、四朝二十年、
『唐書』卷一百七十三、裴度列傳第九十八、
度不三復有二經濟意一、乃治二第東都集賢里一、沼石林叢、岑繚幽勝、午橋作二別墅一、具二燠館涼臺一、號二綠野堂一、激二波其下一、度野服蕭散、與二白居易劉禹錫一爲二文章一、把レ酒窮二晝夜一、相歡不レ問二人間事一、
「女几春心水自傳」の句は、白居易と裴度との交歡を下地とした句と考へておく。
「春心」
『文選』卷第三十四、枚叔（乘）、七發八首の中、
掩二青蘋一游二清風一、陶《ノヘ》二陽氣一蕩《ウコカス》二春心一、善曰、方言曰、奄、息也、呂氏春秋曰、崑崙之蘋也、張揖子虛賦注曰、青蘋、似レ莎而大、薛君韓詩章句曰、陶、暢也、陽氣春也、神農本草曰、春夏爲レ陽、楚辭曰、目極二千里一蕩二春心一、王逸曰、蕩、春心蕩滌也、銑曰、掩、蔽也、蘋、大萍也、遡、向也、（注、五臣は「游」を「遡」に作る。）恐二鳥獸聞一、故逆レ風行也、陶、暢也、蕩、動也、
「藤杖」
『白氏長慶集』卷十五、紅藤杖、
交親過レ滻別、車馬到レ江廻、唯有二紅藤杖一、相隨萬里來、
「潺湲」

さら〳〵水の流れる様、又その音。

『楚辭』二、九歌、湘夫人、

　荒忽兮遠望、觀ニ流水兮潺湲一、

『文選』巻二十六、謝靈運、入ニ華子崗一、是麻源第三谷、

　乘レ月弄ニ潺湲一、善曰、潺湲、水聲也、

○大意

一度山脚を逐ひ、隱棲の地を定めた。全く世俗を離れて、利害の關はりなく安穩である。かづらがとばりの様に繁り、そこを鏡の匣を開いてとり出した鏡の様な月が照らし、窓邊には松風が琴絃をかなでる様にざはめいてゐる。曉には陽臺の夢中の如く朝雲がかゝり、女几山にも比す可き妹妖山からの流水は、唐朝の裴度・白居易・劉禹錫等の淡交を思はせる。何時何世迄も藤杖を伴として、この流水を弄ばう。

44　題ニ玉井山居一、同作中其十四、

趁《キ》ニ得《テ》山莊《ニ》一望《ミ》ニ地形《ヲ》一、始《テ》知《ル》玉井在《ルヲ》ニ中庭《ニ》一、遙《ニ》分《ツ》峴嶺風流《ノ》美、暗《ニ》寫《ス》華林水氣《ノ》馨、數點《ノ》苔侵《シテ》藏《シ》ニ石甃《ヲ》一、孤

輪《ノ》月落《チテ》見《ハス》ニ銀瓶《ヲ》一、佳人凝《シテ》レ睇《ヲ》巻《キテ》レ簾《ヲ》坐《シ》、雲樹重々山色青《シ》、

○考説

「玉井」

『和名抄』國郡部、

甲斐國、山梨《ヤマナシノ》郡、於曾、能呂、林戸《ハヤシ》、波也之、井上《イノヘ》、井乃倍、玉井《タマノイ》、多萬乃井、已上五郷爲二山科東郡一、

「趂」

趂は趁の俗字、おもむく。

『全唐詩』卷十三、柳宗元三、柳州峒氓、

郡城南下接二通津一、異服殊音不レ可レ親、青箬裹レ鹽歸レ峒客、綠荷包レ飯趂レ虚人、嶺南人呼レ市爲レ虚、鵝毛禦レ臘縫二山罽一、雞骨占レ年拜二水神一、

「崐嶺」

崑崙山。

『藝文類聚』卷七十八、靈異部上、仙道、

晉郭璞遊仙詩曰、璇臺冠二崐嶺一、西海濱二招搖一、瓊林籠二藻映一、碧樹疏二英翹一、

「華林」

華林園の事である。華林園には、吳宮園、洛陽城內の舊名芳林園、河南省安陽縣の後に仙都園と改名された園等、諸園がある。今假りに洛陽城內の園を考へる。

『讀史方輿紀要』卷四十八、河南三、河南府、洛陽縣、

華林園、在二故洛城內東北隅一、與二宮城一相接、有二東西二門一、魏文帝所レ起、亦曰二芳林園一、水經注、大夏門內東際側レ城有二景陽山一、在二芳林苑西北一、魏明帝景初元年所レ起土山也、晉王芳卽位、始改二芳林一曰二華林一、

「石甃」

敷石の意。又石をたゝんで作つた井戸の壁も云ふ。この詩に於いては後者。

『分類補註李太白詩』巻二十二、懐古、桓公井、

桓公名已古、廢井曾未レ竭、石甃冷ニ蒼苔一、寒泉湛ニ孤月一、

「孤輪」

『王禹偁詩』（『佩文韻府』による。）

隨レ船曉月孤輪白、入レ座青山數點青、

「銀瓶」

『白氏長慶集』巻第四、諷諭四、井底引銀瓶、

井底引ニ銀瓶一、銀瓶欲レ上絲繩絶、

「凝睇」

注視する意。

『白氏長慶集』巻第十二、長恨歌、

玉容寂寞涙闌干、梨花一枝春帶レ雨、含レ情凝レ睇謝ニ君王一、一別音容雨渺茫、

○大　意

玉井山荘に行きその地の姿をながめ、始めて中庭に井のある事を知つた。この地の形勢は恰も崑崙の幽勝を分け移した様であり、又洛陽の華林苑の景氣を寫した様である。井をのぞけば、苔がたゝみあげた井の石壁をかくして

居り、井水に映る月はまるで銀瓶の様である。美人は簾を巻いて坐し、月光を浴びた景観をながめ、空を摩する亭亭たる樹木が幾重にも生ひしげつて、山は青黑く見られる。

○**補　説**

『大江匡衡朝臣集』

繪に玉の井といふ其名所かけるを、

望月のうつれるほとをみる人やいひはしめけむ玉の井の水

これは粟田山荘の障子繪の歌であらうか。

45

田家秋意、[1]同作中其十二、

田園閑逸有《リ》二年催一、地《ハ》富《ミ》二風煙《ニ》一税額堆《シ》、蘆葉聲寒《ク》隨《ヒテ》レ水《ニ》動《ク》、稻花景光與レ雲開《ク》、心兼《ネ》二朝野《ヲ》一嘲[2]《リ》二歸去《ヲ》一、
眼望《ミ》二秋山《ヲ》一任《ス》二往來《ニ》一、爲《ニ》向《フ》維《ナグ》レ舟《ヲ》沙岸《ノ》道、遇《ヒ》レ時《ニ》自《ラ》得《タリ》二濟川《ノ》才《ヲ》一、

○**校　異**

①「意」＝底本「音」に作る。『日本詩紀』に據り訂す。尚ほ考說參照。　②「嘲」＝底本「期」に作る。『日本詩紀』に據り訂す。

○**考　說**

「田家秋意」

『和漢朗詠集』巻下、雜、田家、に、紀齊名・高丘相如の田家秋意題の詩が見え、又『和漢兼作集』には藤原爲時の

田家秋意の詩が見える。何れも粟田山荘の障子詩と考へられ、この事は拙著『校本江談抄とその研究』中巻、四七頁、に於いて述べた所である。

「閑逸」

平穏な事。

『南史』列傳第六十一、張譏傳、

譏性恬靜、不レ求二榮利一、常慕二閑逸一、所レ居宅營二山池一、植二花果一、講二周易老莊一而教授焉、

「年催」

『全唐詩』巻三、張九齡二、戯題二春意一、

日守二朱絲直一、年催華髮新、淮陽秪有レ臥、持レ此度二芳辰一、

「風煙」

33條に既述。

「税額堆」

『漢書』巻之二十四、食貨志第四上、

有レ賦有レ税、税謂二公田什一及工商衡虞之入一也、師古曰、賦謂二計レ口發一レ財、税謂レ收二其田入一也、什一謂三十取二其一一也、工商衡虞、雖レ不二墾殖一、亦取二其税一者、工有二技巧之作一、商有二行販之利一、衡虞取二山澤之材灌一也、賦共二車馬甲兵士徒之役一、充二實府庫賜予之用一、税給二郊社宗廟百神之祀、天子奉養、百官祿食、庶事之費一、

税額は、『宋史』食貨志上、農田、に、「（建炎）六年、減二江東諸路逃田税額一」とある様に、税の高《タカ》を云ふもので、「税額堆」

は充分の租税が見込まれると云ふ意である。

「景光」

めでたい光。恩寵。

『後漢書』列傳第二十下、郎顗傳、（郎顗の上書の言、）

若還レ瓊（注、江夏黄瓊、）徵レ固（注、漢中李固、）任以二時政一、伊尹傳説不レ足レ爲レ比、則可下垂二景光一致中休祥上矣、

「歸去」

『文選』巻第四十五、陶淵明（潛）、歸去來、

歸去來兮、田園將レ蕪、胡不レ歸、

「嘲歸去」は、皇澤豐かにして豐作を見込まれる世に、官職を棄てゝ隱遁する事は、ある可らざる事として、朝野の人すべてが思ふの意。

「濟川才」

35條に既述。

○大　意

田園の景はのどかで、年ごとに秋收を催す。この地は風趣豐かで、又農收も多く、従つて税も多く見込まれる。蘆葉は吹き渡る寒い風にそよぎ、流水につれて搖れ動いてゐる。稻の花は豐穰を約して廣々と咲きわたつて居る。朝野を問はず、豐かで平安の世に、夫々の本業を守り、決して世を遁れ隱れやう等とは思はず、遙かにのどかな秋山を望み、おのがじしその運命に順じてゐる。自分は沙岸に舟をとゞめ、この太平の世に遇つて、自ら奉公の成る

のを喜ぶ。

46　橋上歇《ク》レ馬《ヲ》、同作中其三、

江山[1]渺々幾《ヘニモ》相重《ヒル》、暫《ク》駐《メ》二行鑣《ヲ》一岸草《ノ》濃《カナリ》、到《ツテ》レ此《ニ》踟躕《シ》先《ヅ》有《リ》レ意、題《シテ》レ橋《ニ》欲《ス》レ繼《ガント》馬卿《ノ》蹤、

○校　異

①「山」＝底本「上」に作る。『日本詩紀』に據り訂す。

○考　説

「江山」

山水の事。

『唐書』巻一百二十五、列傳五十、張説傳、

既謫二岳州一、而詩益悽婉、人謂レ得二江山助一、

「行鑣《ヘウ》」

『箋注倭名類聚抄』巻五、調度部、鞍馬具、

鑣、説文云、鑣、音飄、訓二久都波美一、一云二久々美一、○今俗省呼二久都波美一、按久都波美、久久美、口食口含之義、　馬銜也、○（中略）爾雅、鑣、郭注馬勒旁鐵、釋名、鑣、苞也、在レ旁、苞二斂其口一也、文選舞賦注、鑣、馬勒旁鐵也、毛詩碩人釋文、鑣、馬銜外鐵也、鑣、馬銜、横二貫口中一其兩端外出者、今俗所レ謂久都和乃加々美是也、其在二口中一謂二之銜一、説文、銜、馬勒二口中一也、从レ金从レ行、銜行レ馬者也、則久都波美久々美可三以訓二銜字一、不レ可レ訓二鑣字一也、説文以二馬銜一釋レ鑣者、泛二言之一耳、

「踟躕」

踟も躊も、ためらふ、たちもとほる意。チチユウには、多く踟躕と書く。

『文選』巻第二十四、曹子建（植）、贈白馬王彪、

欲還絶無蹊、攬轡止踟躕、踟躕亦何留、相思無終極、

「馬卿蹤」

18條參照。

○**大　意**

江山が遙か彼方迄幾重にも重疊してゐる。橋に來て馬をとめて一息つけば、川岸のあたりは綠草が繁つてゐる。此所迄來てたちもとほれば、萬感が去來する。橋柱に一詩を題して司馬相如の蹤につがうと思ふ。

47

泛《ンデ》河《ニ》到《ル》古橋《ノ》邊《ニ》、同作中其七、

河橋①《ニ》已壞《レテ》舊名傳《フ》、兩岸寂寥歲月遷《ル》、惆悵晴虹藏《レテ》不見《エ》、浪花空《シク》混《ル》水中《ノ》烟、

江吏部集巻上

○**校　異**

①「橋」＝底本「邊」に作る。『日本詩紀』に據り訂す。

○**考　説**

「惆悵」

うれへかなしむ事。

『白氏長慶集』巻十三、三月三十日題二慈恩寺一、

慈恩春色今朝盡、盡日徘徊倚二寺門一、惆悵春歸留不レ得、紫藤花下漸黃昏、

○大　意

古橋の邊迄來たが、橋は已にくづれて名のみである。兩岸は實に寂寥たるものがあり、歲月の變遷を覺える。昔日の虹の如き名橋もすつかり消えて跡かたなく、たゞ川浪だけが空しく浪立つてゐる。

江吏部集　巻中

神道部
　祠廟

釋教部
　佛　經　寺

　僧　願文

帝德部
帝德

人倫部

賢　王昭君　慶賀

贈答　述懷　餞別

行旅　獵

江吏部集　中

江吏部集　中

文部

尙書　　毛詩　　禮記

左傳　　孝經　　論語

教學　　詩

音樂部

琴酒

飲食部

酒

火部

燈

48　海濱《ノ》神祠、粟田障子十五首中其八、

海濱《ノ》祠宇枕《ニス》㆓烟波《ヲ》㆒、松岸蘆洲《ノ》古意多《シ》、日暮《レ》人歸《リ》風定《リテ》後、遙《ニ》聽《ク》沙月《ニ》唱《フヲ》㆓漁歌《ヲ》㆒、

○**考　説**

『本朝麗藻』巻下、の藤原爲時の同題の詩には「住吉祠」と云ふ副題がある。

「祠宇」

神社、神社の建物、廟の建物。

『文選』巻第四十七、夏侯孝若（湛）、東方朔畫贊、

民思㆓其軌《アトヲ》㆒、祠宇斯立、翰曰、下人思㆓其軌㆒、則立㆓祠廟於此㆒也、

「蘆洲」

6條に既述。

「漁歌」

漁夫の歌ふうた。

『全唐詩』巻六、孟浩然二、陪㆓張丞相㆒自㆓松滋江㆒東泊㆓渚宮㆒、

晩來風稍急、冬至日行遲、獵響驚二雲夢一、漁歌激二楚辭一、

○大　意

海濱の社殿は水打ぎはに在る。古松が立ちならぶ蘆の沙岸は、蒼然として歴史を感ずる。日は暮れ人足《ヒトアシ》もなく、風がしづまつた後、何處からともなく月光の下、漁歌がながれて來る。

49　九月盡日侍二北野廟一各分二一字一、探二淂烟字一、

昔携《シフ》白菊叢[1]邊《ノ》露、菅家文草有二九月三十日白菊叢邊小序一、今有レ所レ感、今宴《ス》青松野外《ノ》烟、同是《クレ》季秋《ノ》三十日、毎《ニ》レ思《フ》二神筆《ヲ》一涙潸[2]然《タリ》、

○校　異

①「叢」＝底本「藂」に作る。『日本詩紀』に據り訂す。　②「潸」＝底本「潛」に作る。今意に據り改む。

○考　説

「烟」

烟は下平聲一先の韻。

「九月盡日侍北野廟各分一字」

『本朝麗藻』巻下、に高積善の序、又藤爲時・源孝道の詩が見える。

「北野廟」

『北野緣起』

北野天満自在天神宮、創㆓建山城國葛野上林鄕㆒緣起、

右天神、最初以㆓去天慶五年歲次壬寅七月十二日、於㆓右京七條二坊十三町㆒、而相㆓託多治比奇子㆒給、御託宣云、我昔在世之時、屢遊㆓覽右近馬場㆒多年、城邊閑𣉢之地、何如㆓彼場㆒哉、因㆑玆遇㆓虛橫之過㆒、被㆑左㆓降鎭西㆒之後、遠雖㆑思㆓宿報㆒、中心結㆑恨之報、還作㆓焦肝之燼㆒、得㆓歸京㆒無㆑期、適潛㆓嚮彼馬場㆒之時、胸炎頗有㆑薄、既得㆓天神之號㆒、有㆓鎭國之思㆒、須㆘早進㆓發彼處㆒、聊結㆓構我禿倉㆒、令㆖得㆓潛寄㆒使者、爲㆑畏㆓託宣㆒、構㆓其禿倉㆒、安㆓置柴扉之邊㆒、五箇年之間、雖㆑有㆓崇營㆒、憚㆓賤妾之不㆒㆑重、能隨㆓天神御宣㆒、久蒙㆓託滋㆒、遂不㆑勝㆓堪思㆒、以㆓去天曆元年歲次丁未六月九日㆒、奉㆑移㆓件處㆒、（注、かな『北野緣起』に、天德三年、九條右大臣が房舍を作つた由見える。）

「菅家文草云々」

『菅家文草』巻第二、

同㆓諸才子㆒、九月卅日、白菊叢邊命㆑飲、同勒㆓虛餘魚㆒、各加㆓小序㆒、不㆑過五十字、

仲秋翫㆑月之遊、避㆓家忌㆒以長廢、九日吹㆑花之飲、就㆓公宴㆒而未㆑遑、蓋白菊孤叢、金風半夜、今之三字、近取㆓諸身㆒而已云爾、

○大　意

菅家が昔同學の諸子を携へて、白菊の咲き群れてゐるあたりで酒宴を催された事が、菅家文草に見える。今日北野廟邊で宴を開き、往昔を想ひ感が深い。今青松の立ち並ぶ北野廟の邊に詩宴を催すのも、昔菅家が宴を催されたのと同じ晩秋の三十日である。菅家の御作を思ふ毎に、追慕の涙が潸然と流れる事である。

50

冬日於二州廟一賦詩、付二小序一、

夫詩者群德之祖、萬福之宗也、動《シ》二天地《ヲ》一感《ゼシムルヿ》二鬼神《ヲ》一、莫《シ》レ先《ナルハ》二於詩《ヨリ》一焉、是以《テ》率《ヰ》二一兩門生《ヲ》一、於《イテ》二學校院《ノ》邊《ニ》一、聊命《ズ》二筆硯《ヲ》一、於戲、侍讀未《ダ》二必《ズシモ》遠吏《トナラ》一、我《ハ》再任《ゼラル》二蘆葦卑濕之地《ニ》一、分憂未《ダ》二必《ズシモ》翰林《ニ》一、我初《メテ》展《ブ》二風月宴遊之筵《ヲ》一、昔西曹《ノ》始祖菅京兆、行《キテ》二縣邑《ニ》一以《テ》注《ス》[1]二風土記《ヲ》一、今東曹末儒江侍郎、思《ヒテ》二鄉貢《ヲ》一以《テ》興《ス》二學校院《ヲ》一、其《ノ》詞《ニ》曰《ク》、

明時侍讀一愚儒、再得《タリ》二尾州竹使符《ヲ》一、長保《ノ》春風《ニ》初促《シ》レ駕《ヲ》、寛弘《ノ》冬雪《ニ》更《ニ》迷《フ》レ途《ニ》、割《イテ》レ雞《ヲ》唯愧《ヅ》蓘[2]《ノ》雲劍、拆[3]《キテ》レ蜂《ヲ》只慙《ヅ》合浦《ノ》珠、洛下《ノ》親朋莫《レ》レ抛《ツヿ》レ我《ヲ》、欲《ス》レ塡《メント》三月税《ヲ》與二花租一、

〇校　異

①「注」＝底本「注《作イ》」に作る。　②「蓘」＝『日本詩紀』「叢」に作る。　③「拆」＝底本「折」に作る。意に據り改む。

〇考　説

「詩者群德之祖、（中略）莫先於詩焉」

『藝文類聚』卷第五十六、雜文部二、詩、

詩緯含神霧曰、詩者、天地之心、君德之祖、百福之宗、萬物之戶也、

『本朝文粹』卷第七、書狀、大江匡衡、返二納貞觀政要十卷一、

文章者、天地之心、群德之祖、百福之宗、萬物之戶也、

『詩經』國風、關雎序論、

詩者、志之所レ之也、在レ心爲レ志、發レ言爲レ詩、情動二心中一、而形二於言一、言レ之不レ足、故嗟二歎之一、嗟二歎之一不レ足、故永二歌之一、永二歌之一不レ足、不レ知二手之舞レ之、足之蹈レ之也、情發二於聲一、聲成レ文、謂二之音一、治世之音、安以樂、其政和、亂世之音、怨以怒、其政乖、亡國之音、哀以思、其民困、故正二得失一、動二天地一、感二鬼神一、莫レ近二於詩一、先王以レ是經二夫婦一、成二孝敬一、厚二人倫一、美二教化一、移二風俗一、

「學校院」

不明。尾州の國府のあたりに、國學があつたものであらう。

「侍讀未二必遠吏一」

『續日本後紀』承和九年十月丁丑（十七）、菅原清公薨傳、

天長元年出爲二播磨權守一、不レ異二左貶一、時人憂レ之、二年八月公卿議奏、國之元老、不レ合二遠離一、更使レ入レ都、

兼二文章博士一、

「蘆葦卑濕之地」

蘆葦はあしの事、「蘆葦卑濕之地」は、都と離れた邊鄙な地の意。

「分憂」

『職原鈔』下、諸國、

凡國司之撰、和漢重レ之、此云二亰鮮之職一、又云二分憂之官一、

『晉書』帝紀第一、宣帝紀、

（黄初）五年天子南巡、觀二兵吳疆一、帝留鎭二許昌一、改封二向鄉侯一、轉二撫軍假節一、領二兵五千一、加二給事中一、錄二尚書事一、帝

固辭、天子曰、吾於二庶事一、以レ夜繼レ晝、無二須臾寧息一、此非二以爲一レ榮、乃分レ憂耳、

「翰林」

『職原鈔』上、式部省、大學寮、

文章博士二人、相當從五位下、唐名翰林學士、又云二翰林主人一、

『文選』卷第九、揚子雲（雄）、長楊賦、

故藉《カリテ》二翰林一以爲二主人一、善曰、韋昭曰、翰、筆也、翰林、文翰之多若レ林也、詩大雅曰、有レ壬《オホヒナル》有レ林是也、此云林、卽文翰林、猶二儒林之義一也、

「西曹始祖菅京兆」

京兆は左右京大夫の事。

『職原鈔』下、

左京職、唐名京兆、又云二馮翊一、

大夫一人、相當從四位下、唐名京兆尹、

菅京兆は菅原淸公を指す。

『尊卑分脈』菅原氏、

淸公卿《タヽ》、承和九年十月十七日薨、七十三歲、吉祥院八講是也、建二吉祥院一、又建二文章院一、西曹司始祖也、

『朝野群載』第九、功勞、康和二年七月廿三日の菅原是綱が大學頭及び式部大輔を申し請ふ狀、

前常陸介從四位上菅原朝臣是綱誠惶誠恐謹言、

請レ被下殊蒙二天恩一、因二淮先例一、依二儒學勞一、拜中任大學頭闕上、造二進文章院西曹司七間檜皮葺屋一宇一、兼又

依二獻策次第一、拜中除式部大輔闕上狀、

（上略）抑文章院者、始祖左京大夫清公卿、遣唐歸朝之後、申二請公家一、初立二東西之曹司一、各分二菅江之門徒一、而去康平年中、屋舍顚倒之後、二季釋奠、爲レ令レ住二學生一、纔立二五間假屋一、其後宴會之席已倚、禮儀之節長忘、仍件十七間內、以爲二要須一、先分二七間一、所二申請一也、

『續日本後紀』承和九年十月丁丑（十七日）、菅原清公薨傳、

丁丑《十七》、文章博士從三位菅原朝臣清公薨、清公、故遠江介從五位下古人之第四子也、（中略）清公年少、略涉二經史一、延曆三年詔令レ陪二東宮一、弱冠奉試、補二文章生一、學業優長、擧二秀才一、十七年對策登科、除二大學少允一、廿一年任二遣唐判官一、兼二近江權掾一、廿三年七月渡レ海到レ唐、与二大使一俱謁二天子一、得レ蒙二顧眄一、廿四年七月歸朝、敍二從五位下一、轉二大學助一、大同元年任二尾張介一、不レ用二刑罰一、施二刘寛之治一、（中略）三年（天長）三月、亦遷二彈正大弼一、兼二信濃守一、復轉二左京大夫一、文章博士如レ故、八年正月授二正四位下一、承和二年兼二但馬權守一、侍二讀後漢書一、六年正月敍二從三位一、老病羸弱、行步多レ艱、勅聽下乘二牛車一到中南大庭梨樹底上、斯乃稽古之力、非二徇求所一レ致、其後託レ病、漸絕二入內一、仁而愛レ物、不レ好二殺伐一、造像寫經、以レ此爲レ勤、恒服二名藥一、容顏不レ衰、薨時年七十三、

「行二縣邑一以注二風土記一」

清公が大同元年（八〇六）尾張介に任じられた事は傳に見える。風土記を注した事は不詳。

『塵袋』三、一藤ハ木歟草歟、（『古事類苑』に據る。）

昔尾張國春部郡國造川瀨連ト云ケル物、田ヲ作リタリケルニ、一夜ノ間ニ藤オヒタリ、（中略）此事ヲ菅清公卿尾州記ニ云ヘルニハ、其藤漸大ニシテ如レ樹、遂號二藤木（俗云波木）田一ト云ヘリ、

「郷貢」

唐代、地方の州縣の長官の擧選により士を採り京師に送つたので、その士を郷貢郎又は郷貢進士と呼んだ。

『唐書』巻四十四、選擧志第三十四、

唐制取レ士之科、多因ニ隋舊一、然其大要有レ三、由ニ學舘一者曰ニ生徒一、由ニ州縣一者、曰ニ郷貢一、皆升ニ于有司一而進ニ退之一、（中略）其天子自詔者、曰ニ制擧一、所三以待ニ非常之才一焉、

「竹使符」

漢代、郡守に與へられた信符。

『史記』巻之十、孝文本紀、

（二年）九月、初與《フル》ニ郡國守相一爲《ツクル》ニ銅虎符・竹使符一、應劭曰、銅虎符第一至ニ第五一、國家當レ發レ兵、遣ニ使者一至レ郡合レ符、符合乃聽ニ受之一、竹使符皆以ニ竹箭五枚一長五寸、鐫ニ刻篆書一、第一至ニ第五一、張晏曰、符以代ニ古之珪璋一、從ニ簡易一也、索隱曰、漢舊儀、銅虎符發レ兵、長六寸、竹使符出入徵發、説文云、分レ符而合レ之、小顔云、右留ニ京師一、左與レ之、古今註云、銅虎符銀錯書レ之、張晏云、銅取ニ其同レ心也、

「再得ニ尾州竹使符一」

『中古歌仙三十六人傳』

正暦三年正月廿日、兼ニ尾張權守一、（初度、）

長保三年正月廿四日、兼ニ尾張權守一、（再度、）

『本朝文粹』巻第七、書狀、大江匡衡、奉ニ行成一狀、

匡衡頓首再拜謹言、（長保三年二月）去月廿九日首途、今月二日入レ境著任、從レ洛莅レ州之間、曾無ニ風雨之難一、抑赴レ任之日、近召ニ御前一、賜以ニ溫諭之綸言一、示以ニ聖皁之駿駒一、人驚ニ耳目一、道施ニ光華一、榮ニ於桓榮一、尙ニ於呂尙一、彼西曹始祖

菅清公者、貞観侍讀也、聽ニ乘レ車出ニ入宮中一、此東曹末儒江匡衡者、長保師讀也、得ニ賜レ馬進ニ發城外一、君之崇レ師、古今如レ此、（下略）

長保三年三月三日　　尾張守大江朝臣匡衡

謹謹上ニ　頭辨殿一

「寛弘冬雪云々」

未だ歸洛せず任地に在る事を云ふ。

「割雞」

『論語』陽貨第十七、

子之ニ武城一、聞ニ絃歌之聲一、孔安國曰、子游爲ニ武城宰一、夫子莞爾而笑曰、割レ雞焉用ニ牛刀一、孔安國曰、言治レ小、何須レ用ニ大道一也、子游對曰、昔者偃也、聞ニ諸夫子一、曰、君子學レ道則愛レ人、小人學レ道則易レ使也、孔安國曰、道、謂ニ禮樂一也、樂以和レ人、人和則易レ使也、子曰、二三子、偃之言是也、前言戲レ之耳、

この詩に於いては、匡衡は自らを割雞の小刀に譬へ、微力にして州治に當る事を、叢雲の劍が神威を以て國家を治安する前に恥ぢた事を意味する。

「藂雲劍」

『日本書紀』卷一、神代上、

時素戔嗚尊乃拔ニ所帶十握劍《ハカセルトツカノツルギ》一、寸《ツタヽ》ニ斬其虵一、至レ尾劍刄少缺、故割ニ裂《サイテ》其尾一視《ミソナハスレバ》之、中有ニ一劍一、此所謂草薙劍《クサナギ》也、草薙劍、此云ニ倶娑那伎能都留伎《クサナキノツルキ》一、一書曰、本名天藂雲劍《アマノムラクモ》、蓋大虵所居之上、常有ニ雲氣一、故以名歟、至ニ日本武皇子一、改レ名曰ニ草薙劍一、素戔嗚尊曰、是神劍也、吾何敢私以安乎《ヲケランヤトノ玉ヒテ》乃上ニ

獻於天神一也、

『日本書紀』卷七、景行天皇紀、

是歲、日本武尊初至二駿河一、其處賊陽從之、欺曰、是野也麋鹿甚多《オホシカニヘサナリ》、氣如二朝霧一、足如二茂林《シシモトハラノ》一、臨而應レ狩、日本武尊信二其言一、入二野中一而覓レ獸《カリシタマフ》、賊有二殺レ王之情一、放二火《ヒ》燒《ツク》其野一、王知レ被レ欺、則以レ燧出レ火之、向燒而得レ免、一云、王所レ佩劔叢雲《ムラクモ》自抽之薙二攘王之傍草一、因レ是得免、故號二其劔一曰二草薙一也、叢雲、此云二茂羅玖毛《ムラクモ》一、

『釋日本紀』卷七、述義三、神代上、草薙劔、

尾張國風土記曰、熱田社者、昔日本武命巡二歷東國一還時、娶二尾張連等遠祖宮酢媛命一、宿二於其家一、夜頭向レ廁、以二隨身劔一掛二於桑木一、遺レ之入レ殿、乃驚更往取レ之、劔有レ光如レ神、不レ把二得之一、卽謂二宮酢姫一曰、此劔神氣、宜三奉レ齋レ之爲二吾形影一、因以立レ社、由レ鄕爲レ名也、

先師說云、熱田社者、日本武尊留二其形影天藂雲劔一、爲二此神躰一、可レ謂二日本武尊垂跡一者、

「拆レ蜯」

はまぐりをひらいてと讀む。

蜯は『玉篇』に「蜯蛤也」とある。

「合浦珠」

『後漢書』列傳第六十六、循吏傳、孟嘗傳、

（孟嘗）遷二合浦太守一、郡不レ產二穀實一、而海出二珠寶一、與二交阯一比レ境、常通二商販一貿二糴糧食一、貿、易也、（注、貿は貿の俗字。）先時宰守、並多貪穢、詭レ人採求不レ知二紀極一、詭、責也、珠遂漸徙二於交阯郡界一、於レ是行旅不レ至、人物無レ資、貧者死二

餓於道一、嘗到レ官革ニ易前敝一、求ニ民病利一、人所ニ病苦一及利益之甚也、曾未レ踰レ歳去珠復還、百姓皆反ニ其業一、商貨流通、稱爲ニ
神明一、

「塡三月稅與二花租一」

典據不明。今試みに次の樣に解す。

京洛の文場の詩友に對し、月に詠じ、花に吟ずる賦詩の責を果さうと思ふの意か。

○大　意

詩は諸德の根元であり、萬福を統べるものである。天地を感動させ、目に見えぬ神靈をも感銘させるには、詩が一番である。それ故二、三の門生を引きつれ、國學のあたりで聊か詩作を命じた。侍讀を務める者は必ずしも遠地の國司に任じられる事はない。然るに自分は再び僻遠の地の國司に任じられた。又國司は必ずしも儒林の士ではない。從つて國司が任地で文筵を開く事はあるまい。けれども自分は初めて任國で詩宴を開いた。昔西曹の始祖である菅清公卿は、外國に赴任して、尾張國風土記に注補した。今東曹の末儒大江匡衡は、鄕貢の任務を思ひ士を得る可く國學の院を興した。その詞に、

聖明の代の侍讀を務める一愚儒の自分は、再び尾州の國司に任じられ、長保三年（一〇〇一）の春に任に著き、年號は寛弘と改まつたが、尙ほ邊地の雪の中に停滯してゐる。自分は僅かに雞を割く程の小刀で、全く微力であつて、當地の熱田宮の御神體の叢雲劍が、靈異な力で國家を鎭護してゐられる前に、國司としての無力を恥ぢる次第である。又同時に孟嘗の樣な仁政の効をあげる事もない事を愧ぢる。京洛に在る親朋達よ、我を見棄てる事なかれ。我は邊境に在つても、著々と月花の風趣を歌ひあげるつもりである。

（釋教部）

51　暮春勸學會聽レ講二法華經一、探二得大通知勝如來一、

大通知勝在《リキ》二娑婆《ニ》一、入滅[1]以還歷《ル》レ劫《ヲ》遐《カナリ》、能使三衆生登二彼岸一、若干眷屬過二恒沙一、雲無二來跡一唯聞レ樂、

風有二芳心一更供レ花、我等當初何處住、不レ蒙二教化一幾咨嗟、

○校　異

①「滅」＝『日本詩紀』「城」に作る。

○考　説

「勸學會」

『本朝文粹』卷第十、法會、五言、暮秋勸學會、於二禪林寺一、聽レ講二法華經一、同賦三聚レ沙爲二佛塔一、　慶保胤、

台山禪侶二十口、翰林書生二十人、共作二佛事一、曰二勸學會一焉、

『本朝文粹』卷第十、法會、七言、暮秋勸學會、於二法興院一、聽レ講二法華經一、同賦二世尊大恩一、　高積善、

暮春暮秋十五日、緇衣白衣四十人、講二法華一弄二文藻一、名爲二勸學會一、

『扶桑略記』康保元年三月條、

十五日、大學寮北堂學生等、於二叡山西坂下一、始修二勸學會一、由二聞法歡喜讚之心一、講二法華經一、以二經中一句一爲二

其題一、作レ詩詠レ歌也、序曰、處無二定處一、新林月林之一兩寺、期有二定期一、三月九月之十五日、已上保胤、

この後、この兩寺の中に、觸穢故障があると、當日になつて急ぎ別の處を定める等の不便があるから、勸學會處を作らうと云ふ、保胤や橘倚平の骨折りがあり、恐らく結構が成つたと思はれる。（『本朝文粹』卷第十二、の保胤の牒狀・橘倚平の返牒による。）而して前掲の高積善の序によれば、荒廢に歸し勸學會も中斷してしまつたのを、藤原道長の許しを得て、會所に法興院を宛て、再開した事が見える。

「大通知勝如來」

『望月佛敎大辭典』

大通智勝佛、又大通衆慧、或は大通慧とも譯す。過去三千塵點劫以前に出現し、法華經を演說せし佛の名、法華經第三化城喩品に依るに、過去無量無邊不可思議阿僧祇劫に佛あり、大通智勝如來と名づく。其の佛未だ出家せざりし已前に十六王子あり。父王成道の後、彼の諸王子は之に從つて出家して沙彌となり、（中略）自ら各法座に昇りて此の經を廣說分別し、一一皆六百萬億那由他恒河沙等の衆生を度した。（釋迦はその王子の中の一人であると說く。）

「娑婆」

『翻譯名義集』三、世界篇、

索訶、西域記云、索訶世界三千大千國土、爲二一佛之化攝一也、舊曰二娑婆一、又曰二娑訶一、皆訛、楞伽、翻二能忍一、悲華云、何名二娑婆一、是諸衆生、忍二受三毒及諸煩惱一、能忍二斯惡一、故名二忍土一、如來獨證自誓三昧經云、沙訶漢言二忍界一、眞諦三藏云、劫初梵王名レ忍、梵王是世界主、故名二忍土一、一云二雜會世界一、長水云、大千界之都名、感通傳云、娑婆則大千摠號、孤山云、擧二其通名一、非レ指二大千一也、

釋尊の所化の此の世界の意。

「入滅以還歷レ劫遐」

『妙法蓮華經』化城喩品、

佛告㆓諸比丘㆒、無量無邊、不可思議、阿僧祇劫、爾時有㆑佛、名㆓大通智勝如來、應供、正遍知、明行足、善逝、世間解、無上士、調御大夫、天人師、佛、世尊㆒、其國名㆓好成㆒、劫名㆓大相㆒、諸比丘、彼佛滅度已來、甚大久遠、

「彼岸」

『望月佛教大辭典』彼岸會、

彼岸は梵語波羅蜜多の譯にして、正しくは到彼岸と稱し、卽ち生死輪廻の此岸を離れて、涅槃常樂の彼岸に到達するの義なり。

「若干眷屬過㆓恒沙㆒」

『法華經』化城喩品、

其佛未㆓出家㆒時、有㆓十六子㆒、其第一者、名曰㆓智積㆒、諸子各有㆓種種珍異、玩好之具㆒、聞㆘父得㆖成㆓阿耨多羅三藐三菩提㆒、皆捨㆓所珍㆒、往㆓詣佛所㆒、（中略）佛告㆓諸比丘㆒、是十六菩薩、常樂說㆓是妙法蓮華經㆒、一一菩薩、所㆑化六百万億、那由他、恒河沙等衆生、世世所㆑生、與㆓菩薩㆒倶、從㆑其聞㆑法、悉皆信解、（中略）彼佛弟子、十六沙彌、今皆得㆓阿耨多羅三藐三菩提㆒、於㆓十方國土㆒、現在說㆑法、有㆓無量百千万億、菩薩聲聞㆒、以爲㆓眷屬㆒、

「恒沙」

恒河の沙。恒河の沙の多き事を以て、數へきれない程の數を云ふに用ゐる。

「雲無㆓來跡㆒唯聞㆑樂、風有㆓芳心㆒更供㆑花、」

『法華經』化城喩品、

(佛)適《ハジメテ》坐二此座一(菩提樹下の師子座)、時諸梵天王、雨二衆天華一、面百由旬、香風時來、吹二去萎華一、更雨二新者一、如レ是不レ絶、滿二十小劫一、供二養於佛一、乃至滅度、常雨二此華一、四王諸天、爲レ供二養佛一、常擊二天鼓一、其餘諸天、作二天伎樂一、滿二十小劫一、至二于滅度一、亦復如レ是、

「杳嗟」

『文選』巻第四十七、袁彥伯(宏)、三國名臣序贊、

故有レ道無レ時、孟子所二以杳嗟一、有レ時無レ君、賈生所二以垂一レ泣、

杳嗟はなげく意。

○大 意

そのかみ、この世に生誕された大通智勝如來が、入滅せられて極めて長い時を經た。如來は衆生を濟度され、人人を彼岸に達せしめられた。如來は王子たる十六人の菩薩と共に、無限に數多い佛弟子を育てられた。如來が菩提樹下の師子座に坐された時、何處からともなく天の伎樂が聞え、香風が吹き來つて美しい花を供した。自分等は轉生の當初、何所に住んでゐたであらうか。如來の敎化に接する事なく、くりかへし悲を重ねた事である。

52 讚二石山寺觀音德一、

四面江湖弘誓《ノ》海、一攀《ツ》[1]盤石《ノ》大悲山、向《ヒテ》レ方《ニ》頂禮無《シ》二他念一、夢悟騰[2]々意往還、

○校 異

①「攀」＝底本「擧《攀イ》」に作る。『日本詩紀』「拳」に作る。　②「悟」＝『日本詩紀』「寤」に作る。

○考説

「石山寺観音」

『東大寺要録』巻第一、

伊勢大神宮禰宜延平日記云、天平十九年丁亥、九月廿九日、始而東大寺大佛盧舍那佛被レ奉ニ鑄鎔一、未ニ成畢給一、而依レ無下可レ塗ニ件大佛一之金上、天皇御心不レ靜歎念御之間、蒙ニ示現一御須告云、近江國栗太郡水海岸頭山脚有ニ勝地一、件地建ニ立伽藍一、而修ニ行如意輪法一者、必金寶者可ニ出來一也者、卽御夢覺之後、件栗太郡勢多村下一勝地、急建ニ立伽藍一、安ニ置如意輪觀世音幷執金剛神像各一體一、石山寺是也、修ニ行件如意輪法一給之程、以ニ同年十二月一、從ニ下野國一、奏ニ聞金出來之由一也云々、天平勝寶元年大神宮禰宜外從八位上神主首名被レ敍ニ外從五位下一、是依ニ黄金出來一也、已上記文、

『元亨釋書』巻第二十八、志二、寺像志、石山寺、

石山寺者、聖武帝創ニ東大寺一、鑄ニ一十有六丈遮那銅像一、多聚レ金爲レ薄、此時本朝未レ有ニ黄金一、帝語ニ良辨法師一曰、傳聞、和州金峰山其地皆黄金也、師祈ニ金剛藏王一、得レ金資ニ銅像薄一、不ニ亦宜一乎、辨入ニ金峰山一持念、夢、藏王告曰、此山黄金不ニ敢自恣一也、今示ニ汝別方一、近州湖西勢多縣有ニ一山一、如意輪觀自在靈應之地也、汝至レ彼持念、必得ニ黄金一、辨便赴ニ勢多一、時老翁坐ニ大石上一釣レ魚、辨問曰、汝何人、對曰、我是山主比良明神也、此地觀音之靈區、言已不レ見、辨就ニ其石一、縛レ盧安ニ如意輪像一持誦、不レ幾、奥州始貢ニ黄金一、爾後刻ニ丈六大悲像一藏ニ先像於中一、亦造ニ金剛藏王及執金剛神一安ニ左右一、其像各八尺、當レ夷ニ基趾一、地中得ニ五尺寶鐸一、益爲ニ靈地一、

「弘誓」

『妙法蓮華經』観世音菩薩普門品、

汝聽三觀音行、善應二諸方所一、弘誓深如レ海、歷レ劫不二思議一、

廣大なる誓願、衆生濟度の弘い誓。

「大悲」

『涅槃經』十一、

三世諸世尊、大悲爲二根本一、

『智度論』二十七、

大慈與二一切衆生樂一、大悲拔二一切衆生苦一、大慈以二喜樂因緣一與二衆生一、大悲以二離苦因緣一與二衆生一、

「向方」

『文選』卷第四十九、干令升(寶)、晉紀總論、

求二明察一以官レ之、篤二慈愛一以固レ之、故衆知レ向レ方、善曰、左氏傳叔向曰、猶求二聖哲之上、明察之官、忠信之長、慈惠之師一、禮記曰、樂レ行而人向レ方、翰曰、求二明察之人一以爲レ官、人君厚二慈愛之惠一、以堅二固其心一、然後人知レ向二正道一矣、方、道也、

「頂禮」

『圓覺經』疏、

以二己最勝之頂一、禮二佛最卑之足一、敬之至也、

「夢悟」

『白氏長慶集』巻三十六、夢上ㇾ山、時足疾未ㇾ平、

夢中足不ㇾ病、健似二少年日一、既悟神返ㇾ初、依然舊形質、始知形神內、形病神無ㇾ疾、形神兩是幻、夢悟倶非ㇾ實、

「騰々」

盛大な様子。

『白氏長慶集』巻十三、代ㇾ書詩一百韻寄二微之一、

度ㇾ日曾無ㇾ悶、通宵靡ㇾ不ㇾ爲、雙聲聯二律句一、八面對二宮棊一、雙聲聯句、八面宮棊、皆當時事、往往遊二三省一、騰騰出二九逵一、寒銷直城路、春到曲江池、

○大　意

四面の大湖は弘誓の海の様である。盤石を踏み分けて、大慈大悲の山に登る。一心に佛道に歸依し頂禮して他念がない。迷ひの夢から悟めて、心強く山中をそゞろ歩く事である。

53　暮春勸學會、於二親林寺一聽ㇾ講二法華經一、同賦三惠日破二諸暗一、各分二一字一一首、探二得澄字一、

惠日《ノ》功能《ハ》出《デ》二一乘《ニ》一、破《リ》二來《リ》諸《ノ》暗《ヲ》一誓《モ》尤《モ》弘《シ》、先《ヅ》銷《シ》二有漏《ヲ》一光高《ク》映《ジ》、更《ニ》斷《チ》二無明《ヲ》一影遠《ク》澄《ム》、雞足《ハ》如《ク》ㇾ風《ノ》排《キ》二苦霧《ヲ》一、鷲頭[1]《ハ》非《ルモ》ㇾ水《ニ》解《ク》二疑[2]氷《ヲ》一、今春合掌《シテ》初《テ》聞《キ》ㇾ偈《ヲ》、除二却《シテ》塵勞《ヲ》一不ㇾ愛二憎《セ》一、

○校　異

①「頭」＝『日本詩紀』「頂」に作る。　②「疑」＝『日本詩紀』「凝」に作る。

○**考　説**

「澄」

澄は下平聲十蒸の韻。

「親林寺」

51條參照。

親《イ新》林寺は『山城名勝志』愛宕郡部に見えるが、恐らく比叡山の何れかに在つたかと思ふ。

「惠日破二諸暗一」

『法華經』觀世音菩薩普門品、

無垢清淨光、慧日破二諸闇一、能伏二災風火一、普明照二世間一、

「一乘」

『法華經』方便品、

十方佛土中、唯有二一乘法一、無レ二亦無レ三、

『法華經』提婆達多品、

演二暢實相義一、開二闡一乘法一、廣導二諸群生一、令三速成二菩提一、

この句から、法華經を一乘經と云ふ。

『古今著聞集』卷二、釋敎、定昭大僧都の入滅、

永觀元年三月廿三日入滅、右の手に五鈷をもち、左の手に一乘經をもつ、初は密印を結び、のちには法花經を

誦す、薬王品にいたりて、於レ此命終、即往安樂世界、乃至恒河沙等、諸佛如來、の文を兩三返誦して、弟子に告て云、我白骨なを法花經を誦して、すべからく一切を渡すべしといひて、定印を結びて居ながらをはりにけり、

「有漏《ウロ》」

『法華經』隨喜功德品、

盡二諸有漏一、於二深禪定一、皆得二自在一、具二八解脫一、

煩惱の爲めに迷つて居る凡夫の境涯。

「無明《ムミヤウ》」

『翻譯名義集』煩惱惑業篇、阿梨耶、

無明、是根本惑、障二中道理一、當下修二中觀一破中此別惑上、

十二因緣の一で、癡とも云ふ。覺りの爲めの根本的な障で、凡夫の持つ迷ひ。

「雞足」

雞足は雞足山で、中印度摩揭陀國の山で、摩訶迦葉の入滅の所。

『大唐西域記』卷第九、

莫訶河東、入二大林野一、行百餘里、至屈屈吒播陁山、唐言二雞足一、亦謂二窶盧播陁山一、唐言二尊足一、高巒陗無レ極、深壑洞無レ涯、山麓溪澗、喬林羅レ谷、崗岑嶺嶂、繁草被レ巖、峻起三峯、傍挺絕崿、氣將二天接一、形與レ雲同、其後尊者大迦葉波、居レ中寂滅、不二敢指言一、故云二尊足一、摩訶迦葉波者、聲聞弟子也、

「鷲頭」

『翻譯名義集』衆山篇、

耆闍崛、大論云、耆闍名レ鷲、崛名レ頭、是山頂似レ鷲、増一、佛告二諸比丘一、此山久遠同名二靈鷲一、觀經疏云、諸聖仙靈依レ之而住、西域記云、（中略）既棲二鷲鳥一、又類二高臺一、應法師云、案二梵本一無二靈義一、此鳥有レ靈、知二人死活一、故號二靈鷲一、婆沙云、其山三峯、如レ仰二雞足一、似二狼之迹一、亦名二狼迹一、又名二普賢山、白墡山、仙人山、負重山一、

『大唐西域記』巻第九、

宮城東北、行十四五里、至二姞栗陁羅矩吒山一、唐言二鷲峯一、亦謂二鷲臺一、舊曰二耆闍崛山一訛也、接二北山之陽一、孤標特起、既棲二鷲鳥一、又類二高臺一、空翠相映、濃淡分レ色、如來御レ世、垂二五十年一、多居二此山一、廣說二妙法一、頻毘娑羅王爲二聞法一故、興二發人徒一、自二山麓一至二峰岑一、跨レ谷凌レ巖、編レ石爲レ階、廣十餘步、長五六里、中路有二二小窣堵波一、一謂二下乘一、卽王至レ此、徒行以進、一謂二退凡一、卽簡二凡人一、不レ令二同往一、其山頂、則東西長、南北狹、臨二崖西埵一、有二甎精舍一、高廣奇製、東闢二其戶一、如來在昔、多居說法、今作二說法之像一、量等二如來之身一、

「塵勞」

世俗の塵によごれ、身心が惱亂する意。

『維摩經義記』第六、

煩惱坌汙、名レ之爲レ塵、說二能勞亂一、以爲レ勞、

○大　意

法花一乘の敎へは、まるで太陽が暗を破るが如きものがあり、佛の衆生濟度の弘い誓は限りないものである。先づ煩惱を滅却し、更に凡夫の迷誤を斷切つて、照り輝いてゐる。雞足山の敎へは、風の樣に凡夫の苦惱を拂ひ、靈

鷲山の教へは水でもないのに春の水の如く、凡夫の迷疑を解く。今春勸學會に臨席して、初て佛偈を聞き、俗世間の惱亂を脫却し、爾後愛憎に苦しむ事をやめる。

54　奉レ和二前源遠州刺史水心寺詩一、

樂天昔宅《シ》二水心頭《ノニ》一、化《シテ》作《シ》二道場《ト》一景趣幽《ナリ》、詩酒《ノ》故窓花自散《リ》、慈悲《ノ》新室鳥閑《ニ》遊《ブ》、波《ハ》傳《ヘ》二白樣《ヲ》一風情老《イ》、潭《ハ》泛《ベ》二金容《ヲ》一月影秋《ナリ》、應《ニ》二是《レ》蓬萊山《ノ》聖寺《ナル》一、乘《ジテ》レ杯《ニ》結《ビ》レ契《ヲ》欲《ス》二相求《メント》一、

○**考　説**

「前源遠州刺史」

『本朝文粹』巻第六、奏狀中、申官爵、

請レ被下殊蒙二天恩一、依二遠江國所レ濟功、幷成業勞一、拜中任美濃加賀等國守闕上狀、

右爲憲、去正暦二年、拜二任遠江守一、長德元年、得レ替解任、去年正月、依二治國一加二一階一、（下略）

長和三年正月廿三日　散位從五位上源朝臣爲憲

「水心寺詩」

『本朝麗藻』巻下、佛事部、

見二大宋國錢塘湖水心寺詩一有レ感繼レ之、　源爲憲

水心寺不明。又白樂天の水心寺の詩も不明。

『讀史方輿紀要』巻九十、浙江二、杭州府、

西湖、在二城西一、周回三十里、三面環レ山、谿谷縷注、瀦而爲レ湖、漢時金牛見二湖中一、以爲二明聖之瑞一、曰二明聖湖一、一名二錢唐湖一、以レ介二于錢塘一也、一名二上湖一、以レ委二輸于下湖一也、然其地負レ郭而西、故其稱爲二西湖一、（中略）長慶初、刺史白居易復築レ堤捍レ湖、蓄二洩其水一、漑レ田千頃、（中略）湖中有二湖心寺一、（下略）

又、『白氏長慶集』巻二十三、「別二州民一」に、杭州刺史の秩滿ちての歸洛に際し、その治政をふりかへり、自分の殘した業蹟を記して、「今春增二築錢塘湖隄一貯レ水、以防二天旱一、」と註してゐる。

源爲憲が水心寺としたのは、湖心寺の事か。更に、樂天が自分の居宅を化して寺となした典據は不明。參考として白樂天の錢塘湖の詩を掲げる。

『白氏長慶集』巻二十、錢塘湖春行、

孤山寺北賈亭西、水面初平雲脚低、幾處早鶯爭二暖樹一、誰家新燕啄二春泥一、亂花漸欲レ迷二人眼一、淺草纔能没二馬蹄一、最愛二湖東一行不レ足、綠楊陰裡白沙堤、

西湖晚歸回二望孤山寺一贈二諸客一、

柳湖松島蓮花寺、晚動二歸橈一出二道場一、盧橘子低山雨重、棕櫚葉戰水風涼、煙波澹蕩搖二空碧一、樓殿參差倚二夕陽一、到レ岸請君回レ首望、蓬萊宮在二海中央一、

白樂天の詩には水心寺が見えず、孤山寺が見える。

「金容」

『藝文類聚』巻七十七、內典下、寺碑、銘、

梁簡文帝、維衞佛像銘曰、灼灼金容、巍巍滿月、永被二人天一、常留二花窟一、

佛像の金色に輝く姿。但しこの詩に於いては、佛像の像容ととらず、單に白様に對して、湖面に映る金色の月影と考へる。

○大　意

白樂天は昔錢塘湖のほとりに住し、自分の家を佛寺となし、幽邃な趣をたゝへて居た。詩酒にしたしんだもとの窓邊には、季節の花が咲き散り、新たに佛寺と化した室のまはりには、鳥がのどかにたはむれてゐる。湖水には白浪が漂ひ、奥深い趣があり、湖面には秋月が輝いてゐる。まさに是こそ蓬萊山の聖寺とも云ふ可きで、自分も杯酒を重ね、白氏と縁を結び、救濟《グサイ》を求めんと願ふ。

55　法音寺言志、

身未《ダ》レ出《デ》レ家《ヲ》志《シ》道場《ニアリ》、追《シテ》二隨佛事《ニ》一積《ム》二年光《ヲ》一、昨逢《ハヒ》二東洛《ノ》萬燈會《ニ》一、今宿《ハス》二北山《ノ》三昧堂《ニ》一、紅葉《ノ》嵐深《ノ》窓暗雨、
蒼華《ルモ》名髮、日暮《レテ》鬢寒《キ》霜、香花《ノ》紹介《ハリ》在二風月《ニ》一、此契他生不《ラ》レ可《ル》レ忘、

○考　説

「法音寺」

『山城名勝志』七、葛野郡部、

法音寺、舊跡在二大北山村東側、施無畏寺跡南一、今西側有草堂、號二法音寺一、

日本紀略云、寛弘五年二月十七日戊申、奉レ葬二花山法皇於紙屋川上法音寺北一、

無題詩、遊ニ法音寺一 藤周光、（詩略）

江吏部集、法音寺言レ志、（詩略）

本朝麗藻、冬日宿ニ法音寺一、各言レ志、江以言、（詩略）

この法音寺言志の詩は、恐らく『本朝麗藻』巻下、佛事部、の大江以言の詩と同時の作であらう。又匡衡のこの詩は『和漢兼作集』第九、冬部上、に、「冬夜宿法音寺」として引かれてゐる。

「萬燈會」

『塵添壒嚢鈔』巻十六、十一、

万燈本説事、付、貧女一燈事、惠達万燈事、万燈先例、

万燈會《マンドウエ》トテ多火ヲ焼ヲ、俗人常ニ由緒ヲ尋ヌト云共、未ダ其所由ヲ不レ知、其義如何、〇万灯會ノ事尤モ由緒アリ、一巻ノ菩薩藏經曰、燃ニ十千灯明一懺ニ悔衆罪一云云、十千ト云ハ是万也、又性靈集ニ高野山万灯會ノ願文アリ、其詞云、

於ニ金剛峯寺一聊設ニ万灯万華之會一、奉レ獻ニ兩部曼荼羅四種智印一、所レ期毎年一度奉レ設ニ斯事一、奉レ答ニ四恩一、虚空盡、衆生盡、涅槃盡、我願モ盡ント云云、

大師是程ニ誓願シ給、豈少功徳ナランヤ、サレバ世流布ノ詞ニモ、長者ノ万灯ヨリ、貧者ガ一灯共申メリ、譬ヘハ、阿闍世王、佛ヲ迎奉テ説法アリシニ、夜ニ入テ皈リ給ヒケレバ、王宮ヨリ祇洹《キヲン》精舍マテ、十万國土ノ油ヲ集テ、數万ノ火ヲ燃シ給ヒケルニ、貧女是ヲ隨喜メ、兎《ト》角《カウ》營《イトナミ》錢ヲ二文尋得テ、油ニ替火燃タリケル功徳ノ故ニ、卅一劫ヲ經テ、佛ニ成テ、須彌《シュミ》灯光如來ト云ヘシト、世尊告給ヘリ、是ヲ云ナルヘシ、凡テハ灯明ノ功

徳諸經ニ多ク明セリ、サレハ、南京藥師寺ノ万灯會ハ、惠達《エタツ》ト云者ノ始メタリシカバ、彼ノ會ノ日ハ必ス惠達カ廟ニ光明アリトイヘリ、（注、『今昔物語』十二の第八話に見える。）卅八ノ歳、寛平五年ヨリ始テ、天慶二年八月二日八十三ニメ入滅スルマテ、四十六年ノ間、遂ニ无二断絶一ト云々、又天武帝ハ、天平十八年十月ニ、金鐘寺ニ御幸アリテ、七万五千七百灯ヲ燃、數千人ノ沙門ヲシテ、詠唄讚頌メ、佛像令レ廻給ト云リ、聖武天皇ハ、天平勝寶四年正月ニ、東大寺ニ御幸有テ、二万灯ヲ燃シ給、白川院ハ、寛治二年二月廿二日、高野ニ御幸ノ時、奥院石壇ノ上ニ、三万灯ヲ被レ燃ケリナリ、其證據不二勝計一者也、

『續日本後紀』承和十年五月甲寅、（廿六）

勅、充二油一斛正税三百束於故京本元興寺、六月十五日万花會、十月十五日万燈會一、以二此兩日一、毎年修レ之立爲二恒例一、

尚ほ、『御堂關白記』には、寛弘元年（一〇〇四）三月十三日と、寛弘三年十月廿八日に、法興院で萬燈會が行はれた記録が見える。

「北山三昧堂」

法音寺の三昧堂であらう。

『望月佛教大辭典』

三昧堂、恒久に法華三昧又は念佛三昧等の法事を勤修する堂舍を云ふ。

「蒼華」

『白氏長慶集』巻二十二、和二微之一詩二十三首の中、

和レ祝《イノルニ》二蒼華一、蒼華、髪神名、
餘者能有レ幾《イクバクカ》、落者不レ可レ數、禿似二鵠塡一レ河、墮如二烏解一レ羽、蒼華何用祝、苦辭亦休レ吐、匹《アタカモ》如二剃頭僧一、豈要
巾冠主、

「他生」

他生は過現未の中、過去生と未來生を云ふが、此の詩では未來生を云ふ。

『白氏長慶集』卷三十一、香山寺二絶の中、

愛レ風巖上攀二松蓋一、戀レ月潭邊坐二石稜一、且供二雲泉一結二緣境一、他生當レ作二此山僧一、

○大　意

未だ出家はして居ないが、日頃佛道に入りたいと思ふて長年月を經た。昨日は東京の萬燈會に參じ、今は又法音寺の三昧堂に參籠してゐる。紅葉を吹き散らす嵐や、しづまつた庵室に降りそゝぐ雨に耳を傾けて居れば、何時しか齢も老ひ髪も薄くなり、おく霜に鬢邊の寒さを覺える。風月をたしなむ心にいざなはれて、度々山寺を訪ふ中に、佛緣も結ばれて來た。此の佛緣は來生でも忘れまい。

56　和二石山平上人述懷之絶句一、

師《ハ》披《テ》二雲衲《ヲ》一臥《シ》二巖戸《ニ》一、我《ハ》向《ヒテ》二雪牕《ニ》一在《リ》二翰林《ニ》一、莫《レ》レ歎《ク》・1窮陰寒素苦《シト》、待《チ》レ春《ヲ》祈念《スルハ》是《レ》同心、

○校　異

①「歎」＝『日本詩紀』「難」に作る。

○考　説

「石山」

石山寺の事既述。

「平上人」

不明。

「雲衲」

『全唐詩』巻二十六、杜荀鶴二、贈二休糧僧一、

雨中林鳥歸レ巣晩、霜後巴猿拾レ橡忙、爭似二吾師一無二一事一、穩披二雲衲一坐二藤牀一、

雲衲は僧衣。

「巖戶」

巖扃と同じ。巖にそつて作つた戶。

「雪牕」

『蒙求』巻之上、孫康映雪、

孫氏世錄曰、孫康晉人、康家貧無レ油、常映レ雪讀レ書、少小淸介、堅確不レ拔曰レ介、交遊不レ雜、後至二御史大夫一、

「窮陰」

『文選』巻第十四、鮑明遠（照）、舞鶴賦、

於レ是窮陰殺節、善曰、禮記曰、季冬之月日窮二于次一、神農本草經曰、秋冬爲レ陰、禮記曰、仲秋之月殺氣浸盛、

「寒素」
貧しくて甚だしく切りつめてゐる事。
『全唐詩』巻十四、李賀一、秋來、
桐風驚レ心壯士苦、衰燈絡緯啼二寒素一、

○**大　意**

平上人は粗末な僧衣に身をつゝみ、洞窟の様な僧坊に居られる。私は窓邊の雪で讀書を重ね、今翰林の職に在る。お互に貧窮儉素な生活は堪へ難いと歎く事は止めよう。春の來る事を信じ祈つてゐるのは、師も私も同じである。

57

昔延喜天曆ノ二代ノ聖主、各奉二爲ニ母后ノ一、手二書シ金字法華經ヲ一、我祖江納言以テ二侍讀ヲ一作ル二願文ヲ一、今聖上又奉二爲ニ東三條院ノ一、手二書シ金字法華經ヲ一、匡衡又以テ二侍讀ヲ一作ル二願文ヲ一、三代希有之事、宜クレ貽ス二來葉ニ一、不レ堪ヘ二情感ニ一、詠ジテ二絶句ヲ一題ス二坐偶ニ一、盖シ爲レ勵サンガ二子孫ヲ一也、
釋尊往昔說キ二經王ヲ一、靈鷲山風屬ス二聖皇ニ一、稽ヘレ古我君酬ユ二母德ニ一、應ニレ同ジカル三天曆與ニ二延長一、

○**考　說**

「延喜天曆二代聖主云々」
『日本紀略』醍醐帝、延喜三年八月條、
其日、天皇於二勸修寺一、啒二僧綱以下百七口一、供二養神筆法華經一、奉二爲贈皇后《胤子》御菩提一也、

『日本紀略』醍醐帝、延長三年八月條、

廿三日癸未、天皇修二贈皇太后宮《胤子》御法會於勸修寺一、繡二曼陀羅一、神二筆法華經一、

『扶桑略記』延長三年、

八月廿三日癸未、勅、於二勸修寺一奉二爲母后《胤子》一被レ修二御法事一、以二彼寺別當濟宗法師一爲二權律師一、法會請二僧百口一、以二東寺會理法師一爲二呪願一、以二僧正增命法師一爲二講師一、聽者流レ涙、無レ不二發心一、奉レ繡二胎藏界內院曼荼羅一、奉レ供二養御筆法華經一、文章博士菅原淳茂造二御願文一、令三右近權少將希世給二淳茂御衣幷袷衣一、令下少內記小野道風於二射庭殿一書中御願文上、賜レ祿矣、

『願文集』二、宸筆御經御八講筆略記、公家、（『大日本史料』に據る。）

天曆奉二爲母后穩子、照(昭)宣公基經女、

御記云、天曆八年〇中略十二月十九日己未、此日自書二寫金字妙法華經一部、無量義經、普賢觀經、阿彌陀經、般若心經各一卷一已畢、勤二仕其事一者、賜レ祿有レ差、（中略）又修理職始レ修二造弘徽殿所々屛等一、以二明年正月一可レ修二御八講一也、二十七日丁卯、參議維時卿、作二上御八講願文一、召レ前給レ祿、（下略）

尚ほ、『願文集』に大江維時作の願文と、同人作の呪願文がある。

『扶桑略記』

天曆九年乙卯正月四日、皇帝奉二爲母儀故太皇大后（穩子）一、供二養御筆法花經一、作者參議大江維時、

「今聖上又奉二爲東三條院一云々」

『本朝世紀』長保四年十月條、

廿二日癸未、天晴、此日奉二爲故東三條院(詮子)一、公家被レ修二八講一初日也、(中略)金泥法華經一部、開結阿彌陀心經之中、御筆二巻、一八、中務卿敦道親王(具平カ)二巻、左大臣二巻、參議藤原行成卿二巻、中宮亮源則忠朝臣二巻、開結具經等、呪願文式部大輔菅原輔正卿、願文權大輔大江匡衡朝臣、

『權記』長保四年九月條、

十五日丁未、(中略)參二御前一、御八講料御經、今日主上書始御坐、

廿九日辛酉、(中略)內豎來告二忠隆奉有レ召之由一、此後參二一宮御方一、忠隆傳仰、御八講經可二奉仕一之由、三六巻加レ泥二一兩給、歸宅、一八御、二五中務宮、三六下官、四七左大臣、 今日御八講僧被レ定云々、

「東三條院」

圓融院の女御、藤原兼家の女。天元三年(九八〇)兼家第で一條院を生誕。一條帝登祚により寛和二年(九八六)七月皇太后となる。正暦二年(九九一)落髪、東三條院と號す。長保三年(一〇〇一)閏十二月崩。

○大　意

昔、延喜天暦の二代の聖主が、各々母后の御爲めに、御手づから金字法華經を書寫供養せられた。我祖中納言大江維時は、村上帝の侍讀として、天暦九年の御供養の願文を作つた。匡衡は又今上陛下の侍讀として、東三條院御法要の願文を作つた。三代の聖主が、夫々に母后の御爲めに、手書金字法花經を供養せられる事は、誠に希有の事で、正に後世に語り繼ぐ可きであり、感激に堪へず、絶句を座右に記しおくが、是は我子孫を勵まさんが爲めである。

釋尊が昔、靈鷲山で法華經を說き、その教へを我が國の聖皇が踏襲され、今上陛下も古例を考へ、母后の德に酬いんとして法華經を書寫供養せられた。正に延長天暦の古儀にならはれた次第である。

帝徳部

58　長保寛弘之間、天下幸甚、老儒不レ堪《ヘ》二傾感《ニ》一、聊述《ブ》二所懐《ヲ》一、

長保初年開《キ》二后房《ヲ》一、寛弘頻歳誕二親王一、二之年號臣所レ献、年號江中納言所レ献、其子齊光頻歴二顯要一列二卿相一、長保寛弘之政擬二延喜天暦一、江家因レ斯所二馮居一多、仰《ギ》望《ム》江家父子昌《ノ》、謹撿二舊事一、延喜年號紀中納言所レ献、其子淑光頻歴二顯要一列二卿相一、天暦

○**考　說**

「長保初年開二后房一」

一條帝中宮藤原彰子、道長の女を指す。長保元年（九九九）十一月一日、入レ内、女御となる。同二年二月廿五日、中宮となる。

「寛弘頻歳誕二親王一」

寛弘五年（一〇〇八）九月十一日、敦成親王、後の後一條帝誕生。

寛弘六年十一月廿五日、敦良親王、後の後朱雀帝誕生。

兩皇子共、御生母は彰子である。

「二之年號臣所レ献、」

長保、

『改元部類記』自二承平一至二嘉保一〇岩崎文庫藏（『大日本史料』に據る。）

權
長德五年正月十三日、丁卯、自二左府（道長）一有レ召、即參二門外一、被レ示曰、改元事、今月可レ行之由、舊年所レ承也、此事雖レ非下必可レ擇二最吉一、猶可レ避二惡日一也、今日幷來月廿二日之外、忽可レ無二吉日一、而今日延引、若及二來月一、可レ無二便宜一、今日依レ有二所一レ愼、不レ能二申行一、早奏二案內一、召二仰他上卿一、可レ行二此事一、即參入奏二事由一、仰云、早可レ召二遣左大臣一、左大臣被レ參二殿上一、即奏二事由一、仰云、改元詔可レ令レ候、可レ用下匡衡朝臣所二擇申一長保之字上、（下略）

寬弘、

『元祕別錄』一、勘文事、改元事、（『大日本史料』に據る。）

長保六年七月廿日改元、寬弘、依二天變地震妖一也、

匡衡（大江）勘申、

權記七月廿日、壬寅、有二改元事一、寬弘云々、初以二寬仁一被レ定、而左大辨（藤原忠輔）申云、仁字爲二當時諱字一也、可レ避歟、

一條院懷仁、又記曰、唐朝皆所レ避也、仍改レ之、

「延喜年號云々」

『日本紀略』延喜元年七月條、

十五日、改二昌泰四年一爲二延喜元年一、

紀長谷雄が元號を勘申した由の所見なし。

「淑光」

『公卿補任』朱雀天皇、承平四年、

参議、従四位上、紀淑光、六十六、

中納言従三位長谷雄卿三男、母文室氏、

その後、天慶元年（九三八）正月七日、正四位上、天慶二年八月従三位兼宮内卿、九月十一日、七十一歳で薨ず。

「天暦年號云々」

天暦の元號は後述の如く、江中納言維時の勘申ではなく、江宰相朝綱の勘申である。但し、勘申した年號が聖意に叶はず、御所より下された由に見える。

『日本紀略』天暦元年四月條、

廿二日丁丑、詔改二天慶十年一、爲二天暦元年一、依二天祚改一也、

『改元部類』自二承平一至二寛治一、外記記、

天慶十年四月廿二日丁丑、（中略）在前、右大臣（師輔）仰二左中弁大江朝綱勘二申年號字一云々、（下略）

『三長記』建久十年四月條、

廿七日戊子、晴、參內、今日可レ有二改言（元）一、（中略）儒者之所二勘申一不レ叶二叡心一之時者、自二御所一被レ下二年號一有二先例一、延長、天暦、康保等是歟、

「齊光」

『公卿補任』圓融天皇、天元四年、

正四位下、大江齊光、四十八、正月廿九日任、元藏人頭、右大辨、式部權大輔、辨大輔等如レ元、十月十六日轉式部大輔、

故中納言維時卿二男、母從五位上藤原遠忠女、

その後、天元五年（九八二）十二月從三位、寛和二年（九八六）正月轉二左大辨一、十一月正三位、永延元年（九八七）

十一月六日薨《セイ》、五十四歳《三イ》。

○大　意

長保の初年に彰子中宮を定められ、寛弘年間中宮は相繼いで二親王を生誕された。長保と寛弘の二年號は私匡衡が勘申した所である。古への例から考へ、江家の父子が益々榮昌する事を望む。

舊事を考へるに、延喜の年號は中納言紀長谷雄卿の進めた所で、卿の子息淑光は顯要の位職を經て參議に列せられた。天曆の年號は大江維時中納言が獻ぜられたもので、其子齊光も參議に列せられた。長保寛弘の一條帝の御治政は、延喜天曆の聖代に比擬されてゐる。從つて大江家も舊例の樣に父子共に御取立てを仰望してゐる。

59

昔漢《ノ》明帝聚《メ》二諸儒《ヲ》於白虎觀《ニ》一、講二論《ス》五經疑義《ヲ》一、我《ガ》朝《ノ》承和《ノ》聖主、當二仲秋釋奠翌日一、召《シ》二明經《ノ》儒士幷弟子等《ヲ》於紫宸殿《ニ》一、解二釋《シ》滯疑《ヲ》一、以《テ》成《ル》二流例《ト》一、余列《シ》二侍臣《ニ》一傾《ケ》レ耳《ヲ》感《ズ》レ心《ニ》、白虎觀中談義《ノ》日、紫宸殿上解疑《ノ》時、永平《ノ》故事承和《ノ》例、累代相《ヒ》傳《ヘテ》不レ失《ハ》レ期《ヲ》、

○考　説

「漢明帝云々」

『後漢書』章帝紀第三、

（建初四年）十一月壬戌、詔曰、蓋三代導レ人、敎學爲レ本、前書曰、三代之道、鄕里有レ敎、夏曰レ敎、殷曰レ庠、周曰レ序、○劉攽曰、夏曰レ敎、敎當レ作レ校、漢承二暴秦一褒二顯儒術一、建二立五經一爲置二博士一、其後學者精進、雖レ曰レ承レ師亦別名レ家、言雖レ承二一師之業一、其後觸レ類而長、更爲二章句一則別爲二一家之學一、孝宣皇帝以、去

レ聖久遠、學不レ厭レ博、故遂立二大小夏侯尚書一、後又立二京氏易一、大小夏侯、謂二夏侯勝勝從兄子建一也、京氏、京房也、至二建武中一復置二顏氏嚴氏春秋大小戴禮博士一、嚴氏、謂二嚴彭祖一、顏氏、謂二顏安樂一、大小戴、戴德戴聖也、此皆所下以扶二進微學一尊中廣道藝上也、中元元年詔書、五經章句煩多議欲二減省一、至二永平元年一、長水校尉鯈樊鯈奏言、先帝大業當二以レ時施行一、欲丁使三諸儒共正二經義一、令丙學者得乙以自助甲、孔子曰、學之不レ講是吾憂也、又曰、博學而篤志、切問而近思、仁在二其中一矣、論語文也、講猶レ習也、篤、厚也、志、記也、言人能博涉レ學而後識レ之、切問二於己所レ未レ悟之事一、近思下己所二能及一之事上、好レ學亦仁之一分、故仁在二其中一矣、於戲其勉之哉、於是下二太常將大夫博士議郎郎官博士屬二太常一故云レ下、及諸生諸儒一、會二白虎觀一、講二義五經同異一、使二五官中郎將魏應、承レ制問一、續漢志曰、五官中郎將比二二千石一、侍中淳于恭奏、帝親稱レ制、臨レ決如二孝宣甘露石渠故事一、前書、甘露三年、詔二諸儒一講二五經異同一、蕭望之等、平二奏其議一、上親制臨決焉、又曰、施讎甘露中、論二五經於石渠閣一、三輔故事曰、石渠閣、在二未央殿北一、藏二祕書一之所、作二白虎議一奏、今白虎通、

『後漢書』儒林列傳第六十九下、魏應傳、

建初四年、拜二五官中郎將一、詔入授二千乘王伉一、應經明行修、弟子自二遠方一至、著錄數千人、肅宗甚重之、數進見論二難於前一、特受二賞賜一、時會二京師諸儒於白虎觀一、講二論五經同異一、使三應專掌二難問一、侍中淳于恭奏之、帝親臨稱レ制如二石渠故事一、

『後漢書』列傳第三十下、班固傳、

後遷二玄武司馬一、天子會二諸儒一、講二論五經一、作二白虎通德論一、令三固撰二集其事一、

『白虎通德論舊序』

白虎通之爲レ書、其來尚矣、群書中多見二其引用一、然不レ知レ止二於何代誰氏之手一、攷二之戴籍一、始下於漢建初中、淳于恭作中白虎奏議上、又班固傳、作二白虎通德論一、唐藝文志、亦戴二班固等白虎通義六卷一、此其所レ自歟、

「五經」

易・詩・書・禮・春秋。

「釋奠」

釋奠《シャクテン》は毎年二月・八月の上丁の日に、大學寮構内の正廳の北、廟倉院の北の廟堂に、釋奠十一座、卽ち二座、先聖文宣王、先師顏子、從祀九座、閔子騫、冉伯牛、仲弓、冉有、季路、宰我、子貢、子游、子夏、の畫像を懸けて祀り、祭祀了つて、都堂院で釋奠講論儀がある。講書は、孝經・禮記・毛詩・尙書・論語・周易・左傳の七經で、この順に每年春秋輪轉して行はれる。了つて文人詩賦がある。

釋奠は『續日本紀』の文武天皇大寶元年（七〇一）二月十四日儀が初見で、光仁天皇寶龜六年（七七五）十月二日、吉備眞備の薨記に、眞備が歸朝に際してもたらした儀によつて、釋奠祭の儀が具はつたとしてゐる。

釋奠の翌日は『大學寮式』に、「凡釋奠秋祭、座主博士引㆓問者等㆒、候㆓於內裏㆒、隨㆑召昇㆑殿一一論義、」とあり、所謂「內論義」が行はれる。『日本後紀』弘仁六年（八一五）二月六日條、に、「二月戊申、延㆓大學博士及學生等於殿上㆒立義、賜㆑祿有㆑差、」とあるのが內論義の初見であるが、仲秋釋奠の明日の內論義としては、『政事要略』『年中行事祕抄』は、「天長二年八月、召㆓大學博士學生等㆒、於㆓紫宸殿㆒令㆓論議㆒」を掲示してゐる。

「我朝承和聖主云々」

『恒貞親王傳』（注、『扶桑略記』の元慶八年二月四日の記事、及び元慶八年九月廿日の記事、殘闕恒貞親王傳を對比考へるに、『恒貞親王傳』は紀長谷雄の作。且つ、『後拾遺往生傳』の恒貞親王傳は、紀長谷雄の『恒貞親王傳』を引いたものであり、從つて『恒貞親王傳』の首闕の都分を『後拾遺往生傳』で或る程度補ふ事が出來る。）

亭子親王諱恒貞者、淳和天皇第二子也、天長二年誕生、齒及㆓髫齔㆒、性有㆓岐嶷㆒、能讀㆓經史㆒、頗屬㆓文章㆒、言語擧動、有二老成之量一矣、嵯峨天皇甚奇レ之、天長十年二月、天皇遜二位於仁明一、時親王九歳、仁明天皇殊册二親王一爲二皇太子一、卽撰二小野篁一、春澄善繩並爲二學士一、太子容貌端嚴、威儀閑雅、天皇甚悅、以爲二非常之器一矣、太子從容奏曰、皇太子當二釋奠一禮二大學一、是舊儀也、此禮久廢、未レ知二所以一也、天皇勅曰、（注、以上、『後拾遺往生傳』、）昔者天平末、大臣吉備眞吉備、勸二高野天皇一、幸二大學一行二此禮一、其後八十餘年、廢而不レ行、今太子心存二興復一、亦甚爲レ佳、卽勅二皇太子一、率二百官一修二奠禮一、博士講經既畢、遍命二群僚一賦レ詩、皇太子製二詩一篇一、當時詩伯菅原淸公、滋野貞主等、甚佳賞焉、各獻二長句一以勸二勵之一、

『續日本後紀』仁明天皇、承和二年八月條、

五
戊寅、是釋奠後朝也、天皇御二紫宸殿一、喚二明經碩儒鴻生一昇レ殿、遞令二論義一、畢賜レ祿有レ差、

尚ほ、詳しくは拙著『年中行事御障子文注解』參照。

「明經儒士」

明經道の儒士。

『唐書』卷四十四、選擧志第三十四、

唐制取レ士之科、多因二隋舊一、然其大要有レ三、由二學館一者曰二生徒一、由二州縣一者曰二鄕貢一、皆升二于有司一而進二退之一、其科之目、有二秀才一、有二明經一、有二俊士一、有二進士一、有二明法一、有二明字一、有二明筭一、有二一史一、有二三史一、有二開元禮一、有二道擧一、有二童子一、而明經之別有二五經一、有二三經一、有二二經一、有二學究一經一、有二三禮一、有二三傳一、有二史科一、此歲擧之常選也、其天子自詔者、曰二制擧一、所三以待二非常之才一焉、

『考課令』

凡明經、試、周禮、左傳、禮記、毛詩、各四條、餘經各三條、孝經、論語、共三條、皆擧二經文及注一爲レ問、

○大　意

昔後漢の明帝が、諸儒を白虎観に集めて、五經の疑義を講論した。我國では承和の聖天子仁明天皇が、仲秋釋奠の翌日、明經道の儒士や學生を紫宸殿に召し、經典の疑問點を解釋され、以後流例となつた。余は侍臣の一人として內論義の座に臨席し、耳を傾けて聽耳し、感銘した次第である。

白虎観で經書の談義が行はれた例や、仁明帝が釋奠の翌日紫宸殿に群儒を召されて、經書を講ぜしめられた例は、代々相傳へて期日を誤らない。

人倫部

60 七言、早夏陪《シ》レ宴《ニ》同《ジク》賦《ス》二所《ハ》レ貴是賢才《ヲ》一、各分《チ》二一字《ヲ》一應製《ノ》詩一首、探二得《タリ》辰字《ヲ》一、

我《ガ》君孟夏賞《シ》二賢人《ヲ》一、重《ジ》レ學《ヲ》貴《ブハ》レ才《ヲ》是《レ》此《ノ》辰、明代珠簪巖穴《ニ》月《サシ》、恩《ハ》期《ス》綠綬草萊《ニ》春《アリ》、中書王《ノ》硯《ニ》潛龍見《ハレ》、左相

國《ノ》毫綵《ハ》鳳馴《ル》、還《タ》似《タリ》二漢皇《ノ》連句《ノ》宴《ニ》一、竹園槐府率《ユ》二群臣《ヲ》一、

○**考　說**

「辰」

辰は上平聲十一眞韻。

「所貴是賢才」

『日本紀略』寛弘四年四月條、

廿五日辛卯、於二一條院皇居一命二詩宴一、題云、所レ貴是賢才、〔公卿以下屬レ文之輩多獻レ詩、題者權中納言忠輔卿、序者文章博士大江以言、講師東宮學士大江匡衡、又有二音樂一、今日、三品具平親王敍二一品一、四品敦道親王敍二三品一、各下レ殿拜舞、

『御堂關白記』寛弘四年四月條、

廿三日、己丑、雨停、參內、被レ仰二明後日密宴一、御前無二景物一、可レ然樣可レ爲云〔云脫カ〕、奏云、今何事奉仕、付二木草

無時㆒、構㆓流水㆒又有㆓方忌㆒、令㆑奉㆓仕音樂㆒如何、仰、吉事也、仰㆓實成朝臣㆒、令㆑召㆓樂人等㆒、罷出、家樂所樂器等調具、仰㆘可㆑然者等可㆓奉仕㆒由㆖、

廿五日、辛卯、御前御裝束、（中略）召人、酉時中務親王（具平親王）・前大宰帥親王（敦道親王）・余・右大臣（顯光）・內大臣（公季）・東宮傅（道綱）・右衛門督（齊信）・左衛門督（公任）・權中納言（隆家）・尹中納言（時光）・中宮權大夫（俊賢）・新中納言（忠輔）・勘解由長官（有國）・左大弁（行成）・左兵衛督（懷平）・式部大輔（輔正）・宰相中將（經房）・春宮權大夫（賴通）・三位中將（兼隆）・源三（則忠）位（憲定）・右兵衛（督脫）著座、

廿六日、壬辰、々時獻㆑序、（中略）可㆔奉㆓仕講師㆒匡衡朝臣（大江）講㆑文、（中略）仰云、兩人親王（具平・敦道）各可㆑敍㆓一品㆒者、（中略）文人爲憲（源）・孝道（源）・善言・弘道（藤原）・以言（大江）・業直（擧）（藤原）・輔尹（藤原）・爲時（藤原）・敦信（藤原）・通直（大江）・宣義（菅原）・積善（高階）・時棟（大江）・忠眞（貞）（菅原）・賴國（源）・義忠（藤原）・章信（藤原）等立㆑座退出、（下略）

「明代」

よく治つた聖明の代。

『全唐詩』卷四、張嘉貞、恩㆓勅尙書省寮㆒、宴㆓昆明池㆒應制、

昔人徒習㆑武、明代此聞㆑韶、地脈山川勝、天恩雨露饒、

「珠簪」

珠簪《シュシン》は珠のかんざし。

『藝文類聚』卷四十三、樂部三、舞、

後漢張衡舞賦曰、（中略）裾似㆓飛鷰㆒、袖如㆓廻雪㆒、於㆑是粉黛施兮玉質粲、珠簪挺兮緇髮亂、

「巖穴」

岩あな。世離れた所。

『文選』巻第四十一、司馬子長（遷）、報二任少卿一書、

拾レ遺補レ闕、招レ賢進レ能、顯二巖穴之士一、

「綠綬」

綠色の印綬。

39條に既述。

「草萊」

雜草の生ひ繁つた荒れた草むら、又その樣な地に住む野人。

『文選』巻第二十八、鮑明遠（照）、放歌行、

一言分二珪爵一、片善辭二草萊一、善曰、漢書張竦奏曰、一言之勞、皆蒙二丘山之賞一、解嘲曰、析二人之珪一、擔二人之爵一、（注、『文選』巻第四十五の解嘲の注に、「析、分也、珪、諸侯所レ執也、擔、荷也、言當下分二人君之珪一以爲二上列之諸侯一、荷中人君之重爵上、」）莊子曰、農夫無二草萊之事一則不レ比（ヨロコバズ）、翰曰、士有二一言合一レ理、片善應レ時、則必分レ珪與レ之、使レ辭二去草萊一、珪、公侯所レ執者、爵則五等爵也、

『文選』巻第四十六、王元長（融）、三月三日曲水詩序、

用能免二群生於湯火一、納二百姓於休和一、草萊樂レ業、守屛稱《カナフ》レ事、善曰、史記曰、文帝時、會天下新去二湯火一、人人樂レ業、左氏傳、君子曰、一人刑（ノットル）レ善、百姓休和、莊子曰、農夫無二草萊之事一則不レ比、禮記、諸侯曰二某土之守臣一、其在二邊邑一曰二某屛一、尸子曰、能レ官者必稱レ事、銑曰、湯火謂二禍亂一也、休和、謂禍亂已平、兵戈不レ用、故致レ之使二休息和平一也、草萊謂二山野採樵之人一也、守屛謂二州牧一也、

「潛龍」

『文選』巻第二十四、潘正叔（尼）、贈二河陽一、向曰、潘岳爲二河陽令一、是尼從父、故不レ言レ名、

逸驥騰二夷路一、潛龍躍二洪波一、善曰、驥龍喩レ岳也、濟曰、驥、良馬也、夷、平也、縱二良馬於平路一、躍二潛龍於大波一、喩レ得レ塗也、

水中にひそみ、未だ空に昇らざる龍。

「毫綵」

毫は『文選』巻第十七、陸士衡（機）の文賦に、「唯毫素之所レ擬、」とあり、向注に、「毫、筆也、素、帛也、」とある。

毫綵は綵毫と同じで美しい筆の意。

『全唐詩』巻十九、李遠、贈二寫御容李長史一、

玉座塵消硯水清、龍髯不レ動綵豪輕、

「漢皇連句宴」

『三輔黃圖』巻之五、臺榭、

柏梁臺、武帝元鼎二年春起、此臺在二長安城中北闕內一、三輔舊事云、以二香柏一爲レ梁也、帝嘗置二酒其上一、詔二群臣一和レ詩、能二七言詩一者乃得レ上、太初中臺災、

『藝文類聚』巻五十六、雜文部二、詩、

漢孝武皇帝元封三年、作二柏梁臺一、詔二群臣二千石一、有三能爲二七言一者（詩イ）、乃得レ上レ坐、皇帝曰、日月星辰和二四時一、梁王曰、驂駕駟馬從レ梁來、大司馬曰、郡國士馬羽林才、丞相（石慶）曰、總二領天下一誠難レ治、大將軍（衞青）曰、和二撫四夷一不レ易哉、御史大夫（倪寬）曰、刀筆之吏臣執レ之、太常（周建德）曰、撞レ鐘擊レ鼓聲中詩、宗正（劉安國）曰、宗室廣大日益滋、衞尉（路博德）曰、周衞交戟禁レ不レ時、光祿勳（徐自爲）曰、總領從官柏梁臺、廷尉（杜周）曰、平理二請讞一決二嫌疑一、太僕（公孫賀）曰、循飾輿馬待レ駕來、大鴻臚（壺充國）曰、郡國吏功差二次之一、少府（王溫舒）曰、乘輿御物主二治之一、大司農（張成）曰、陳粟萬碩（石イ）楊（揚イ）以レ箕、執金吾（中尉豹）曰、徼道宮下隨討治、左馮翊（盛宣）曰、三輔盜賊天下尤（危イ）、右扶風（李成信）曰、盜阻二南山一爲二民災一、京兆尹曰、外家公主不レ可レ治、詹事（陳掌）曰、椒房率更

領二其材一、典屬國曰、蠻夷朝駕常會レ期、大匠曰、柱枅薄櫨相枝持、太官令曰、枇杷橘栗桃李梅、上林令曰、走レ狗逐レ兔張二罝罘一、郭舍人曰、齧二妃女脣一甘如レ飴、東方朔曰、迫窘詰屈幾窮哉、

この連句を柏梁體と呼ぶ。

「竹園」

『史記』巻之五十八、梁孝王世家第二十八、

梁孝王武者、孝文皇帝子也、（中略）孝王、竇太后少子也、愛レ之、賞賜不レ可レ勝レ道、於レ是孝王築二東苑一、方三百餘里、正義曰、括地志云、苑、園、在二宋州宋城縣東南十里一、葛洪西京雜記云、梁孝王苑中、有二落猨巖棲龍岫鴈池鶴州鳬島一、諸宮觀相連、奇果佳樹、瑰禽異獸、靡レ不二畢備一、俗人言梁孝王竹園也、

竹園は竹園生で、中書王具平親王を指す。

「槐府」

槐は三公を意味し、府は官署で、左相府道長を指す。

○大　意

我君が初夏の一日、詩文の士を賞され詩宴を催され、此の日學問を重んじ、賢才の士を貴ばれた。おかげで徒に學にひたり世に榮えぬ者にも光がさし、卑官自身も褒賞に預り、低迷から浮上する期待が持たれた。具平親王の御作は正しく潛龍の思ひが感ぜられ、左相府の詩は鳳凰がたゝへる様である。本日の詩宴は、恰も漢皇の催された柏梁臺の詩宴に似たもので、皇子と左相府とが群臣を導引された。

61　王昭君、

可レ惜《シ》明妃在《リ》二遠營《ニ》一、本來《ノ》尤物感《ゼシム》二人《ヲシテ》情《ヲ》一、九重《ノ》恩薄《ク》羅裙去《リ》、萬里路遙《ニシテ》畫鼓迎《フ》、漢月《ハ》不レ知《ラ》懷《フノ》レ土《ヲ》涙、

邊雲《ハ》空《ク》媿《ヅ》惜《ム》レ金《ヲ》名、家園親黨無《ク》二相見《ルヿ》一、只聽《ク》琵琶怨《ム》レ別《ヲ》聲、

○考　說

「王昭君」

『文選』巻第二十七、石季倫（崇）、王明君辭、

王明君者、本是王昭君、以レ觸二文帝諱一改レ之、善曰、琴操曰、王昭君者、齊國王襄女也、年十七獻二元帝一、臧榮緒晉書曰、文帝諱昭、

『後漢書』巻八十九、列傳第七十九、南匈奴、

昭君字嬙、南郡人也、前書曰、南郡秭縣人、初元帝時、以二良家子一、選入二掖庭一、時呼韓邪來朝、帝勅以二宮女五人一賜レ之、昭君入レ宮數歲、不レ得二見御一、積二悲怨一、乃請二掖庭令一求レ行、

『西京雜記』巻第二、

元帝後宮既多、不レ得二常見一、乃使二畫工圖一レ形、案レ圖召二幸之一、諸宮人皆賂二畫工一、多者十萬、少者亦不レ減二五萬一、獨王嬙不レ肯、遂不レ得レ見、匈奴入朝、求二美人一爲二閼氏一、於レ是上案レ圖以二昭君一行、及レ去召見、貌爲二後宮第一一、善二應對一、擧止閑雅、帝悔レ之、而名籍已定、帝重二信於外國一、故不二復更一レ人、乃窮二案其事一、畫工皆棄市、籍二其家一、資皆巨萬、畫工有二杜陵毛延壽一、爲二人形一、醜好老少、必得二其眞一、安陵陳敞、新豐劉白、龔寬、並工爲二牛馬飛鳥、衆勢人形一、好醜不レ逮二延壽一、下杜陽望亦善レ畫、尤善布レ色、樊育亦善布レ色、同日棄市、京

師畫工、於レ是差稀、

『集千家註杜工部詩集』卷十五、詠懷古跡五首、

群山萬壑赴二荊門一、生二長明妃一尚有レ村、一去二紫臺一連二朔漠一、獨留二青塚一向二黃昏一、畫圖省識春風面、環佩空歸月夜魂、千歲琵琶作二胡語一、分明怨恨曲中論、洙曰、歸州有二昭君村一、蒼舒曰、漢元帝時、宮中披レ圖召幸、王嬙字昭君、姿容甚麗、畫工乃毀二其狀一、會單于來求二美人一、帝以二昭君一當レ行、昭君在レ路、馬上彈二琵琶一以寄二其恨一、後昭君死葬二之胡中一、多二白草一昭君塚獨青、洙曰、江淹恨賦、若夫明妃去時、仰レ天太息、紫臺稍遠、關山無レ窮、夢弼曰、石季倫明君詞、王明君本爲二昭君一、觸二晉文帝諱一改焉、

「尤物」

すぐれてよい物。

『白氏長慶集』卷四、八駿圖、戒二奇物一懲二佚遊一也、

由來尤物不レ在レ大、能蕩二君心一則爲レ害、

美人・美女の事。

『白氏長慶集』卷四、李夫人、鑒二嬖惑一也、

尤物惑レ人忘不レ得、人非二木石一皆有レ情、不レ如不レ遇二傾城色一、

『書言故事』卷之二、婦人類、

尤物、謂二美婦人一爲二尤物一、左傳昭公二十八年、晉叔向欲レ娶二申公巫臣氏一、巫臣聘二夏姬一生レ女而美、叔向欲レ娶レ之、其母曰、汝何以爲哉、其母、叔向母也、謂二叔向一曰、汝何用二此女一哉、吾聞甚美、必有二甚惡一、夏姬已殺二三夫一、其女雖レ美、種類不レ好、夫有二尤物一、夫有二尤異之物一、足二以移一レ人、足三以動二移人心一、苟非二德義一、苟不下以二德義一自制中其心上、則必禍及、則必爲二異日禍亂之階一、叔向懼不二敢娶一、平公强使レ娶レ之生二伯石一、

「羅裙」

うす絹の裳すそ、うす絹の肌着。

『文選』巻第十六、江文通（淹）、別賦、

攀二桃李一兮不レ忍レ別、送二愛子一兮霑二羅裙一、

「畫鼓」

『全唐詩』巻十九、張祜二、感二王將軍柘枝妓歿一、

寂寞春風舊柘枝、舞人《美イ》休二唱曲一休レ吹、鴛鴦鈿帶抛二何處一、孔雀羅衫付二阿誰一、畫鼓不レ聞招二節拍一、錦靴空想挫二腰肢一、今來座上徧惆悵、曾是堂前教レ徹レ時、

「空媿惜金名」

『和漢朗詠集』下、雜、王昭君、大江朝綱、

胡角一聲霜後夢、漢宮萬里月前腸、昭君若贈二黄金賂一、定是終レ身奉二帝王一、

「畫鼓迎」

『文選』巻第二十七、石季倫（崇）、王明君辭、

昔公主嫁二烏孫一、令下琵琶馬上作レ樂、以慰中其道路之思上、其送二明君一、亦必爾也、

○大　意

王明君の様な美人が、あたら邊疆の匈奴の營舍に在る。本來美女は人に愛情を懐かせるものである。折角召されて禁中に入つたが、帝の恩は薄く、宮中を去つて異國の途についた。匈奴の國は漢宮を去る事萬里、路程は遙かで途次畫鼓が鳴つた事であらう。夷國への途に在つて、故郷を戀慕して流す王昭君の涙を知らぬげに、漢月はかはり

なく故國を照らして居り、邊涯の空の雲は、昭君が金を惜しんで賂しなかつたと云ふ風聞をいやしんでゐる。祖國を去つた昭君は、家郷にも親縁にも二度とまみえる事なく、只送樂の琵琶の音が、心ならぬ別れを怨むやうに響くを聴くのみである。

62　早夏、諸客賀《ス》三予《ガ》再《ビ》兼《ヌルヲ》二翰林《ヲ》一、不レ堪《ヘ》二情感《ニ》一、聊賦《ス》二一絶《ヲ》一、付二小序一、

予今年正月、拜《サレ》二尾州刺史《ニ》一、三月兼《ヌ》二翰林主人《ヲ》一、盖聖上《ノ》好《ミ》レ文《ヲ》、賢相《ノ》重《ズル》レ士《ヲ》之所レ致《ス》也、於《テ》レ是《ニ》賀州《ノ》源刺史、青宮《ノ》菅學士枉《ゲ》・1二華軒《ヲ》一、與二門生四五輩一來《リ》賀《ス》、恩之深《キ》也、聊以《テ》盃酌《シ》、答二謝《ス》厚意《ニ》一、昔山陰曲水之會、右軍自《ラ》作《リテ》レ序《ヲ》自《ラ》書《ス》、今洛陽翰林之《ノ》亭主人、亦自《ラ》記《シ》レ事《ヲ》自《ラ》詠《ズ》、其詞《ニ》曰、

久《シク》陪《シタル》二蘭省《ニ》一東方朔、再《ビ》入《リタル》二翰林《ニ》一白樂天、不レ恥《ジ》二烹鮮《ノ》爲《ルヲ》二少吏《ニ》一、只歡《ビテ》勸《メ》レ醉《ヲ》繼《ガン》二前賢《ニ》一、

○校　異

①「枉」＝底本「狂」に作る。今意に據り改む。

○考　説

「今年正月云々」

『類聚符宣抄』第八、任符、

請下殊蒙二天恩一因二准傍例一不レ待二本任放還一給二任符一赴中任國上狀

右匡衡去寛弘六年正月任二尾張守一、十月廿八日着任、今年蒙二殊私之朝恩一、遷二任丹波守一、（注、寛弘七年六月八日付、）

「賀州源刺史」

不明。源爲憲か。

「青宮菅學士」

恐らく菅原宣義の事と思はれる。宣義は『尊卑分脈』に東宮學士とあり、『辨官補任』では寛弘七年（一〇一〇）二月十六日に右少辨に任じられ、「春宮學士如レ元」とある。

「枉華軒」

華軒には二つの意がある。

(1)貴人の用ゐる美しい車。

『全唐詩』巻十二、楊巨源、奉レ寄二通州元九侍御一、

大明宮殿鬱蒼蒼、紫禁龍樓直署香、九陌華軒爭二道路一、一枝寒玉任二煙霜一、

『文選』巻三十一、江文通（淹）、雜體詩三十首の中、左記室詠史思、

金張服二貂冕一、許史乘二華軒一、善曰、左思詠史詩曰、金張藉二舊業一、七葉珥二漢貂一、又曰、朝集二金張館一、暮宿二許中廬一、漢書、劉向曰、王氏乘二朱輪華轂一、翰曰、金日磾張安世、並累代仕レ漢、故云二貂冕一、許皇后史良娣之家、並盛爲二奢侈一、故云乘二華軒一、

(2)美しい文彩のある鉤欄。

『文選』巻第三十、王景玄（徽）、雜詩一首、

思婦臨二高臺一、長想憑二華軒一、善曰、陸機爲二顧彦先一贈レ婦詩曰、東南有二思婦一、舞賦曰、遠思長想、登樓賦曰、憑二軒檻一以遙望、潘岳爲二賈謐一贈二陸機一詩曰、珥二筆華軒一、韋昭漢書注曰、軒、檻上板也、濟曰、臨二高臺一憑二華軒一長想レ夫也、軒、樓上鉤欄也、華者有二華飾文彩一也、

「山陰曲水之會」

王羲之字は逸少の故事。王羲之は右軍將軍會稽內史に任じられ、王右軍と稱せられた。

『晉書』八十、列傳第五十、王羲之、

羲之雅好二服食養性一、不レ樂レ在二京師一、初渡二浙江一、便有二終焉之志一、會稽有二佳山水一、名士多居レ之、謝安未レ仕時亦居焉、孫綽、李充、許詢、支遁等、皆以二文義一冠レ世、並築二室東土一、與二羲之一同レ好、嘗與二同志一宴二集於會稽山陰之蘭亭一、羲之自爲二之序一以申二其志一曰、永和九年、歲在二癸丑一、暮春之初、會二于會稽山陰之蘭亭一、脩二禊事一也、群賢畢至、少長咸集、此地有二崇山峻嶺、茂林脩竹一、又有二清流激湍一、映二帶左右一、引以爲二流觴曲水一、列二坐其次一、雖レ無二絲竹管絃之盛一、一觴一詠、亦足三以暢二敍幽情一、（中略）又嘗在二蕺山一、見下一老姥持二六角竹扇一賣上レ之、羲之書二其扇一各爲二五字一、姥初有二慍色一、因謂レ姥曰、但言二是王右軍書一、以求二百錢一邪、姥如二其言一、人競買レ之、

「蘭省」

蘭省は唐代の尚書省。

『唐書』卷四十六、百官志第三十六、

尚書省、尚書令一人、正二品、掌レ典二領百官一、其屬有二六尚書一、一曰吏部、二曰戶部、三曰禮部、四曰兵部、五曰刑部、六曰工部、

『全唐詩』卷七、韋應物五、答二僩奴重陽二甥一、

飮レ酒任二眞性一、揮レ筆肆二狂言一、一朝忝二蘭省一、三載居二遠藩一、

「東方朔」

『漢書』巻之六十五、列傳第三十五、東方朔傳、

東方朔字曼倩、平原厭《ヨウ》次人也、

武帝の時、自薦して用ゐられ、しば〳〵上書して、官は常侍郎・太中大夫に至る。太中大夫は、『漢書』巻之十九、百官公卿表第七上、に、

大夫掌二論議一、有二太中大夫中大夫諫大夫一、皆無レ員、多至二數十人一、武帝元狩五年、初置二諫大夫一、秩比二八百石一、太初元年、更レ名中大夫爲二光祿大夫一、秩比二二千石一、大中大夫、秩比二千石一如レ故、

とある。『漢書』の東方朔の傳贊は次の様に述べる。

朔名過レ實者、以下其詼達多端不上レ名二一行一、應レ諧似レ優、不レ窮似レ智、正諫似レ直、穢德似レ隱、非二夷齊一而是二柳下惠一、戒二其子一以レ上《タットブ》レ容、應劭曰、容レ身避レ害也、首陽爲レ拙、應劭曰、伯夷叔齊不レ食二周粟一、餓二死首陽山一爲レ拙、柱下爲レ工、應劭曰、老子爲二周柱下史一、朝隱、故終レ身無レ患、是爲レ工也、飽食安歩、以レ仕易レ農、依隱玩レ世、詭レ時不レ逢、臣瓚曰、行與レ時詭而不レ逢二禍害一也、師古曰、瓚說是也、詭、違也、其滑稽之雄乎、

「再入二翰林一白樂天」

白樂天は三十六歳で翰林學士に任じられ、その後江州司馬に貶せられ、又忠州刺史を經、後京に徵されたが、又杭州に刺史として出で、再び京に歸り五十六歳にして祕書監に拜された事を云ふ。（佐久節氏『白樂天全詩集』に據る。）

「烹鮮」

『禮記』第十二、內則、

冬宜二鮮羽一、膳二膏羶一、鮮、生魚也、羽、鴈也、

鮮は生魚で、烹鮮は鮮魚をにる事。生魚を煮るのに手を加へ過ると、形をくづすから、形をくづさぬ爲め、できるだけ手を入れる事をはぶく。國政も煩瑣を極めると民をいためるのに喩へる。

『老子』第六十、居位、

治㆓大國㆒若㆑烹㆓小鮮㆒、以㆑道莅㆓天下㆒、其鬼不㆑神、

『職原鈔』下、諸國、

凡國司之撰、和漢重㆑之、此云㆓烹鮮之職㆒、又云㆓分憂之官㆒、漢宣帝常稱云、與㆑我共治者、唯良二千石乎云々、

○大　意

自分は今年正月、尾張權守に任じられ、又三月に文章博士に再任せられた。思ふに此は、主上が文を好まれ、賢相が文士を重用される所爲である。そこで源加賀守と東宮學士菅宣義とが、わざ〳〵來訪あり、又我門生四五輩も同時にお祝に來集した。誠に厚い御芳志である。聊か小宴を設けて御厚意に答へた次第である。昔王羲之は會稽山陰の蘭亭での曲水の宴で、自ら序を作つて自書した。今京洛での文章博士たる我が亭での宴でも、亦自ら事を記して一首の自詠をした。

永い間蘭省に仕侍した東方朔の様に、我も亦禁中に仕へて來た。そして翰林に再任された白樂天の様に我も亦文章博士に再任された。國司と云ふは決して榮官ではないが、只文章博士と刺史との兼官を喜び、宴酒に醉ひ、謹んで前賢に見ならはう。

63　兼翰林之後、與門生談話、

再《ビ》忝《フシ》文章博士《ノ》名《ヲ》、聊《カ》談《ジテ》舊事《ヲ》晤《ル》諸生《ト》、菅馮翊《ハ》已《ニ》爲三品、橘相公《ハ》寧《ンゾ》非《ル》九卿《ニ》、菅清公敍四位任博士、橘廣相初五位任博士、後四位再任博士、

○校　異

①「忝」＝『日本詩紀』「辱」に作る。　②「晤」＝底本「悟」に作る。『日本詩紀』に據り訂す。　③「任」＝『日本詩紀』なし。

○考　説

「菅馮翊」

50條參照。

『公卿補任』仁明天皇、承和六年、

非參議從三位菅原清公、七十、正月七日敍、左京大夫、文章博士如元、勅聽乘牛車到南大庭梨樹底、依老病羸弱行歩有艱也、

遠江介從五下古人四男、

尻付に、弘仁十正－正五下、－－兼文章博士、－－侍讀文選、

「九卿」

九人の大臣を云ひ、『禮記』第五、王制、に、「天子《ハ》三公九卿二十七大夫八十一元士《アリ》、」とある。

『漢書』卷之十九、百官公卿表第七上、

周官則備矣、天官冢宰、地官司徒、春官宗伯、夏官司馬、秋官司寇、冬官司空、是爲六卿、師古曰、冢宰掌邦治、司徒掌邦教、宗伯掌

邦禮、司馬掌二邦政一、司寇掌二邦禁一、司空掌二邦土一也、各有二徒屬職一分二用於百事一、太師、太傅、太保、是爲二三公一、應劭曰、師、訓也、傅、覆也、保、養也、師古曰、傅、相也、蓋參二天子一坐而議レ政、無レ不二總統一、故不下以二一職一爲中官名上、又立二三少一爲二之副一、少師、少傅、少保、是爲二孤卿一、與二六卿一爲レ九焉、記曰、三公無レ官、言有二其人一然後充レ之、師古曰、不二必備一レ員、有德者及處レ之、

この詩では公卿の意。

「橘相公」

『公卿補任』陽成天皇、元慶八年、

參議正四位下橘廣相、四十八、十二月五日任、元右大辨勘長官文章博士(已上如レ元)、本名博覽、贈太政大臣奈良麻呂五代孫、兵部大輔島田麻呂曾孫、伯耆守從五上眞材孫、若狹守從五位上峯範之二男也、母民部大丞藤原末永女、

尻付に、貞觀九正七從五下、二月十一文章博士、十月十一日改二博覽一爲二廣相一、元慶八二廿三從四上、五月廿六兼文章博士、

『日本紀略』貞觀十年十月條、

十一日辛未、文章博士橘博覽名爲二廣相一、依レ爲二舍利弗別號一也、

橘廣相の阿衡の論の難は、藤原基經が關白を辭する表を奉り、その勅答を廣相が作り、中に、「社稷之臣非二朕之臣一、宜下以二阿衡之任一爲中卿之任上」の句があり、阿衡の職制を論じて基經の不登朝が起つた。結末は菅原道眞が基經に書狀を送つて取りなして落着した。（『政事要略』卷卅に詳しい。）

（〇大意脫）

64　再除二吏部員外侍郎一、懐レ舊有レ感、

忝《クモ》・1傳《ヘ》二祖父《ノ》貽《ルノ》レ孫《ニ》跡《ヲ》一・2、爲《メニ》レ子《ノ》辭《シ》レ官《ヲ》任《ゼラル》二本官《ニ》一、天暦《ノ》餘風今在《リ》レ此《ニ》、少年莫《レ》レ咲《ヿ》雪窓寒《シ》、祖父納言爲二天暦侍讀一之時、辭二所レ帯式部大輔一、以二男藏人齊光一任二式部丞一、齊光敍二榮爵一之後、納言還任二式部大輔一・3、江家再有二此例一故云、

○校　異

①「忝」＝『日本詩紀』「辱」に作る。②「跡」＝『日本詩紀』「謀」に作る。③『日本詩紀』「權」あり。

○考　説

『公卿補任』村上天皇、天徳二年、

參議從三位江維時、七十一、伊與權守、正月卅日止二式部大輔一、男齊光申二任丞一也、

子齊光が從五位下に敍されたのは、天徳四年（九六〇）正月七日であるが、その後父維時が式部大輔に再任された事は不明である。

『公卿補任』圓融天皇、天元四年、

參議正四位下大江齊光、四十八、正月廿九日任、元藏人頭右大辨式部權大輔、辨大輔等如レ元、十月十六日轉式部大輔、

故中納言維時卿二男、母從五位上藤原遠忠女、

尻付に、天徳二正｜式部少丞、同三正｜轉大丞、同四正七從五位下、

『中古歌仙三十六人傳』大江匡衡、

寛弘三年正月日辭二式部權大輔一、以二男擧周一任二少丞一、（中略）五年正月十一日任二式部權大輔一、七年十二月轉二大

輔一、

「雪窓寒」

雪窓は雪を窓邊に積んだ故事をふまへる。

『蒙求』巻之上、孫康映雪、

孫氏世錄曰、孫康晉人、康家貧無レ油、常映レ雪讀レ書、少小清介、堅確不レ拔曰レ介、交遊不レ雜、後至二御史大夫一、

○大意

祖父維時卿が子の爲めに位を辭して、その子の登用を申請し、子齊光が六位の藏人から五位に敍された後、再び本官に復された事蹟を踏んで、我も亦子の爲めに官を辭し、再び本官に復した。祖父維時卿の天暦時代の姿が今ここに再現されたのである。若い人達よ決して雪を積んで迄學ぶのは堪へ難いなど丶、勵學を咲ってはならない。

65

寛弘三年三月四日、聖上於《テ》二左相府《ノ》東三條第《ニ》一、被レ行《ハ》二花宴《ノヲ》一、余爲《リ》二序者《ト》一兼講《テズ》レ詩《ヲ》、講レ詩之間、左丞相傳《ヘテ》二勅語《ヲ》一曰《ク》、以《テ》二式部《ノ》丞擧周《ヲ》一補《スト》二藏人《ニ》一者、風月以來未《ダ》三嘗《カ》聞二此例《ヲ》一、時人榮《トス》レ之《ヲ》、不レ堪《ヘ》二感躍《ニ》一、書《シテ》レ懷《ヲ》題《ス》二于相府《ノ》書閣《ノ》壁上《ニ》一、

今年兩度慰《ム》二心緒《ヲ》一、愚息遇《フ》レ恩《ニ》之至哉、正月《ノ》除書《ニ》爲《リ》二李部《ト》一、暮春《ノ》花《ノ》宴《ニ》上《ル》二蓬萊《ニ》一、誠《ニ》雖三漢主明《カナリト》二風教《ニ》一、

多《クハ》レ是周公《ノ》重《ズルガタメナリ》二露才《ヲ》一、桓郁《ノ》侍中《タルハ》榮不レ見、江家《ノ》眉目有《リテ》レ時開《ク》、

○考說

「寛弘三年三月四日云々」

『日本紀略』寛弘三年三月條、

四日丙午、天皇自二東三條一遷二御一條院一、中宮《彰子》同行啓、是日也、天皇先於二東三條殿一命二花宴一、題云、度レ水落花舞、

『御堂關白記』寛弘三年三月條、

四日、丙午、従レ夜雨下、（中略）召二諸卿御前一、依レ次仰、召二文人等一、雖二雨止一、西廊内賜レ座、以二勘解由長官(有國)一令レ召レ之、參着後、承レ仰權中納言《忠輔》獻レ題、渡レ水落花舞、奏聞後、聞人(同カ)付二韻字一、輕字、召二匡衡朝臣(大江)一賜レ題、仰二可レ獻レ序由一、未レ獻レ題前、實成・頼定等獻二御硯・紙等一、內藏權頭爲義(橘)、率二殿上五位一、硯賜二公卿召人一、次大納言以下獻二々物於庭中一、右大臣(藤顯光)問レ之、申二物名一、給二膳部一、次供二脇御膳一、是儲所如脇御膳、（マヽ）用二銀器一、次賜二公卿衝重一、兩三獻後、船樂發レ音、龍頭鷁首數曲遊二浪上一、當二御前一留レ船、奏レ舞各二曲、此間上下文人等獻レ文、中宮幷宮之御方獻二御膳一、中宮懸盤六、有二打敷一、銀土器、取二文臺一、講文講書、序宜作出、仍序者男擧周(大江)、被レ補二藏人一了、（下略）

「東三條第」

『帝王編年記』一條院、

天元三年庚辰、六月一日壬申寅時、誕二生於外祖父兼家公東三條第一、二條南、西洞院東、北(南脱カ)二町、東西一町、

「露才」

才をあらはす事、又あらはれた才能。賢才の士。

『陳書』二十七、列傳第二十一、江總傳、

豈降レ志而辱レ身、不二露レ才而揚一レ已、鍾二風雨之如一レ晦、倦二雞鳴之聒一レ耳、

『本朝文粋』巻第十一、詩序、大江匡衡、暮秋陪二左相府書閣一、同賦二寒花爲レ客栽一、應教、（本書、127條に見える。）

訪二四方一而擧二露才一、開二漢公孫丞相之東閣一、

「桓郁侍中榮不レ見」

『後漢書』巻三十七、列傳第二十七、桓郁傳、

郁字仲恩、少以二父任一爲レ郎、敦厚篤學、傳二父業一、以二尙書一教授、門徒常數百人、榮《(父)》卒郁當レ襲レ爵、上書讓二於兄子汎一、顯宗不レ許、不レ得レ已受レ封、悉以二租入一與レ之、帝以三郁先師子有二禮讓一、甚見二親厚一、常居レ中論二經書一、問以二政事一、稍遷二侍中一、東観記曰、永平十四年、爲二議郎一遷二侍中一也、（中略）永元四年代二丁鴻一爲二太常一、明年病卒、郁教二授二帝一、（下略）

桓郁が侍中に任じられたのは、父桓榮の歿後である。

○大　意

（序の譯略す。）

今年二度心を喜ばせる事があつた。愚息擧周にとつて最高の恩遇を受けた事になる。彼は本年正月式部丞に任じられ、三月の花宴には藏人に補されて、殿上に侍する身となつた。漢王の如く風教に達せられ聖主があられての事ではあるが、又多くは周公にも比すべき左大臣が、賢才を重んじられた事に依る。桓郁が侍中に任じられたのは、父桓榮が歿後で、榮は知らない。然るに我が場合は我が目のあたりに子息の榮進を見る。大江家の面目は實に適時に花咲いた。

66　喜《ビ》三愚息擧周《ガ》賜《ハリシヲ》二學問料《ヲ》一、聊寫《シテ》二所懷《ヲ》一、寄二呈《ス》廊下《ノ》諸賢《ニ》一、

聖主《ノ》殊私及《ブ》二幼齡《ニ》一、戴《キ》レ恩《ヲ》感《ジ》レ德《ニ》涙先《ヅ》零《ツ》、舜河添《フ》レ潤《ヲ》寒江《ノ》岸、堯燭分《ツ》レ[1]輝《ヲ》暗牖《ノ》扃、董仲舒《ハ》兒《ノ》無《ク》二射鵠《スル》一、車司徒《ノ》後《ハ》不レ收《メ》レ螢《ヲ》、君《ノ》家七代吾家《ハ》六、只拜《ス》東西二祖《ノ》靈《ヲ》、菅江兩家《ノ》始祖建二立《ス》文章院東西曹《ヲ》一、爾後二百年、箕裘之業于レ今不レ絕《エ》、有《テ》レ所レ感《ズル》有《リ》二此句[2]一、

○**校　異**

①「分」＝底本「今」に作る。『日本詩紀』に據り改む。　②「句」＝『日本詩紀』「云」に作る。

○**考　説**

「學問料」

學問料は燈燭料とも云ひ、これを受ける事を給料と呼ぶ。穀倉院から支出する爲め、穀倉院の給料とも云ふ。父祖の功により給せられる場合、試驗によつて給せられる場合がある。

『桂林遺芳抄』

一給學問料事、

號二給料一、給料後號二學生一也、位署等書二學生一也、

此事儒門繼塵之初道也、學黌之燈燭料申二賜宣旨一、自二穀倉院一配分也、故云二給料一也、今則雖レ爲二告朔餼羊一、必先申請也、此后當氏(菅原氏)幷江家學生等者、在二文章院一稽古積レ功也、藤氏人者、給料之后、在二勸學院一成二稽古一也、兩院各有二二人宣旨一、必獻上宣旨、每度之儀也、所望之欵狀云二之內擧一、或父或祖父擧申也、無二父祖一時自身申賜、云二之自解一云々、儒卿又擧奏古來之義也、

參考の爲め、長保四年（一〇〇二）に大江匡衡が子息能公の學問料を申請した申文を掲げる。

『朝野群載』卷第十三、紀傳上、申二學問料一、

請レ被下給二穀倉院學問析一令上レ繼二六代業男蔭孫無位能公一狀、

右伏撿二故實一、菅原大江兩氏、建二立文章院一、分二別東西曹司一、爲二其門徒一習二儒學一著二氏姓一者、濟々于レ今不レ絕、因レ斯此兩家之傳二門業一、不レ論二才不才一、不レ拘二年齒一、菅原爲紀以二七代一應レ擧、其時有二高岳相如、賀茂保胤者一、雖レ富レ才不レ爭、大江定基、以二五代一當レ仁、其時有二田口齊名、弓削以言者一、雖レ工レ文不レ競、然則累代者見レ重、起レ家者見レ輕明矣、方今能公聚二窓之螢一、漸照二螙簡一、過レ庭之鯉、志在二龍門一、若不二吹噓一、何期二成立一、望請、蒙二鴻恩一、因二准先例一、早賜二學問析一、令レ繼二箕裘之業一、不レ勝二懇欵之至一、匡衡誠惶誠惶謹言、

長保四年五月廿七日　　正四位下行式部權大輔兼文章博士大江朝臣匡衡誠惶誠恐謹言

尙ほ、50條參照。

「舜河添潤寒江岸」

『杜工部詩集』卷十八、舍弟觀赴二藍田一、取二妻子一到二江陵一、喜寄三首の中、

汝迎二妻子一達二荊州一、消息眞傳解二我憂一、鴻雁影來連峽內、鶺鴒飛急到二沙頭一、嶢關險路今虛遠、禹鑿寒江正穩流、

寒江は寒々とした河の意で、固有名ではあるまい。舜河と云ふは舜の命で禹が諸川を開鑿したので云ふ。寒江の岸とは、榮貴ではない大江家の意。舜にも比す可き聖皇の御惠が、末輩の大江家に及んだ意。

「堯燭分輝暗牖扃」

堯にも喩ふ可き聖天子が、我くら〴〵とした家に燈燭料を分け賜はつたと云ふ意。

「仲舒云々」

『漢書』卷之五十六、列傳第二十六、董仲舒傳、

董仲舒廣川人也、少治二春秋一、孝景時、爲二博士一、下レ帷講誦、弟子傳以二久次一相二授業一、或莫レ見二其面一、師古曰、言新學者但就二其舊弟子一受レ業、不三必親見二仲舒一、蓋三年不レ窺レ園、其精如レ此、進退容止非レ禮不レ行、學士皆師二尊之一、武帝卽レ位、擧二賢良文學之士一前後百數、而仲舒以二賢良一對レ策、（中略）及二去レ位歸居一、終不レ問二家產業一、以二修レ學著レ書爲レ事、（中略）年老以レ壽終二於家一、家徙二茂陵一、子及孫皆以レ學至二大官一、

董仲舒の子に對策の事は見られないと云ふ意。

「射鵠」

鵠はこふの鳥であるが、射鵠の鵠は弓の的である。

『周禮』卷七、冢宰治官之職、司裘、

王大射、則共二虎侯、熊侯、豹侯一、設二其鵠一、諸侯則共二熊侯、豹侯一、卿大夫則共二麋侯一、皆設二其鵠一、

大射者、爲二祭祀一射、王將レ有二郊廟之事一、以レ射擇下諸侯及群臣與二邦國所レ貢之士一、可二以與一レ祭者上、射者可三以觀二德行一、其容體比二於禮一、其節比二於樂一、而中多者得レ與二於祭一、（中略）鄭司農云、鵠、鵠毛也、（中略）謂二之鵠一者、取二名於鳱鵠一、鳱鵠小鳥而難レ中、是以中レ之爲レ儁、亦取二鵠之言較一、較者直也、射所三以直二己志一、用二虎熊豹麋之皮一、示三服レ猛討二迷惑一者、（下略）

射鵠は右の樣に大射の禮の的を射る事であるが、この詩では射策《セキサク》又は對策の意に用ゐてある。その用例は、『本朝文粹』卷第六、大江匡衡の長德二年（九九六）の中文に、「匡衡射レ鵠、與二實輔射一レ鵰、文武之藝、決二其雌雄一如何、」、

『本朝文粋』巻第九、紀在昌の「北堂漢書竟宴、詠レ史得二蘇武一」の文中に、「學士射鵠之業累レ跡、」等が見える。

『書言故事』巻之八、諸科類、

甲科、乙科、射策、對策、

音義、甲科、謂下作二簡策一難問上、列二置案上一、在レ試者、意投射而答レ之、謂二射策上者一爲レ甲、次者爲レ乙、若錄二政化得失一問レ之、謂二對策一、釋文云、射策者、爲二難問疑義一、書二之於策一、量二其大小一、署爲二甲乙之科一、列而置レ之、不レ使二彰顯一、有二射者一、隨三其所二取得一釋レ之、以知二優劣一、射之爲レ言投也、對策者、顯問以二政事經義一、令二各對一レ之、而觀二文辭一定二其高下一、

「車司徒」

『藝文類聚』巻五十五、雜文部一、讀書、

宋書曰、車胤字武子、少勤レ學、家貧無レ燈、夏月乃聚レ螢照レ書、冬曾聚レ雪、仕至二司徒一、

『蒙求』巻之上、車胤聚螢、

晉車胤字武子、南平人、恭勤不レ倦、博覽多通、家貧不二常得一レ油、夏月則練囊盛二數十螢火一、以照レ書、以レ夜繼レ日焉、桓溫在二荆州一、辟爲二從事一、以レ辯二識義理一深重レ之、稍遷二征西長史一、征西將軍長史、遂顯二於朝廷一、時武士與三吳隱之一、以二寒素博學一、知二名于世一、清儉質素曰二寒素一、又善二於賞會一、談論集飲曰二賞會一、當時每レ有二盛坐一、盛坐、盛筵也、而武士不レ在、皆云、無二車公一不レ樂、終二吏部尚書一、

「君家七代吾家六」

君家は菅原家で、菅家は始めて菅原姓を賜はつた古人から數へて七代と云ふ事で、匡衡の時代の輔昭・輔正等は七代に當る。『本朝文粋』巻第十、序丙、詩序三、の大江以言の「古廟春方暮」の詩序に、菅原輔正を「家業繼レ塵、及二

七代之後一、吏部大卿（菅原輔正）相公云々、」と述べてゐる。

吾家は勿論大江家で、本主が大枝姓を得てから、匡衡で五代、擧周・能公は六代に當る。『本朝文粋』巻第六、奏状、に、匡衡の申状が見え、「請下被レ給二穀倉院學問料一、令上繼二六代業男蔭孫無位能公一、」と見える。

「文章院」

在所不分明。但し、『大内裏圖考證』第二十四之下、に、『朝野群載』巻第九、の菅原是綱の申文を掲げ、（50條に引掲。）

今按、文章院東西曹司、始所二造作一、各十七間、其後顚倒、假立二五間屋一、今依二是綱朝臣申請一、爲二七間屋一也、而作二十七間屋一、則都堂之院中、無二可レ置之地一、然則後世稱二餘戸一者、如二或記説一、文章院舊地也、曹司顚倒之後、以二北堂東西舍一擬レ之可レ知也、然而其年月、未二勘得一、俟二後考一、

としてゐる。その圖の三條坊門以北二條大路に至る、朱雀大路以東壬生に至る大學寮の占地の中、都堂院の西の「餘戸」が文章院の跡としてゐる。

「箕裘」

箕は、穀物をふり揚げ、ごみを選り去る具で、みの事、裘はかはごろもの意。父祖の業を受け繼ぐ事を云ふ。

『禮記』第十八、學記、

良冶之子、必學レ爲レ裘、良弓之子、必學レ爲レ箕、疏、積世善冶之家、其子弟見下其父兄世業陶二鑄金鐵一、使二之柔合一、以補二治破器一、皆令中全好上、故子弟仍能學レ爲二袍裘一、補二續獸皮一、片片相合、以至二完全一也云々、善爲レ弓之家、使二幹角撓屈調合一、成二其弓一、故其子弟亦覩二其父兄世業一、仍學二取レ柳和輭、撓レ之成レ箕也、

○大　意

聖天子の格別の恩光が幼齢の擧周に及び、皇恩を戴き聖德に感じ入り、感涙の落ちる事である。舜にも比す可き聖天子の恩惠が、末輩の大江家に慶びを與へられ、堯にも喩ふ可き聖皇が、榮貴でなく沈滯した我が家の子息に燈燭料を賜はり、我が家に光明をもたらされた。漢の名儒董仲舒の子息に射策した者のある事を聞かず、晉儒車胤の子が父の樣に聚螢して學に勵んだ話は聞かない。何れも箕裘の業が絕えてゐる。然るに菅家は七代、江家は六代、一に先祖が夫々に東西曹を開かれた恩であり、謹んで祖靈に拜謝する次第である。

67　寬弘七年三月卅日、遷《リ》㆓丹州刺史《ニ》㆒、歸《リ》㆓舊國尾州《ヨリ》㆒、有《リ》㆑感、以《テ》㆑詩《ヲ》題《ス》㆓廳壁《ニ》㆒、

昨任《ゼラレタルハ》㆓邊州《ニ》㆒猶《シ》㆓鶂[1]退《ノ》㆒、今遷《リ》㆓近地《ニ》㆒始《メテ》鷹揚《ス》、投《ジテ》㆑竿《ヲ》呂望銜《ミ》㆓新詔《ヲ》㆒、衣《テ》㆑錦《ヲ》買臣到《ル》㆓故鄕《ニ》㆒、侍讀何居《ゾラン》㆓

東海外《ノニ》㆒、翰林宜《クシ》㆑在《ル》㆓子城傍《ノニ》㆒、州民莫《レ》㆑怪《シ》忩々《トシテ》去《ルヲ》、我《ハ》是《レ》毎朝事《フ》㆓帝王《ニ》㆒、

○校　異

①「鶂」＝『日本詩紀』「鷁」に作る。

○考　說

「寬弘七年三月卅日」

『御堂關白記』寬弘七年三月卅日條、裏書、

卅日、丹波守業遠（高階）依㆑病辭退、以㆓尾張守匡衡㆒遷任、件朝臣御博士、任㆓遠國㆒、難㆑候㆓朝夕㆒、又兼㆓式部大輔㆒、往㆓還遠國㆒、仍改任、

「鶂退」

鵙退・鷁退同じ。鵙も鷁も水鳥の名。

六位の藏人四人は年齡に拘はらず、補任の新舊によつて、極﨟、差次、氏藏人、新藏人と呼ぶ。そして在任六年の者は輪次に五位に敍す。之を巡爵と云ふ。五位の藏人は三人が定員の爲め巡爵で五位に敍されても、五位の藏人になれぬ時は、藏人を去つて殿上を辭する事になる。從つて藏人として昇殿を望むものは、極﨟から新藏人に下降して昇殿をつゞける。これを鷁退と云ふ。

鷁退は、本は飛んでゐる鷁が逆風で吹き戻される事。

『春秋』魯僖公、

十有六年丁丑、春、王正月戊申、朔、隕二石于宋一、五、是月、六鷁退飛、過二宋都一、

「鷹揚」

『詩經』大雅、大明、

維師尚父、時維鷹揚、涼二彼武王一、師、大師也、尚父、可レ尚可レ父、鷹揚、如二鷹之飛揚一也、涼、佐也、箋云、尚父、呂望也、尊稱焉、鷹、鷙鳥也、佐二武王一者、爲二之上將一、

「呂望」

39條の「渭陽之釣」に既述。

「買臣」

『蒙求』卷之中、買妻恥醮、

前漢朱買臣字翁子、吳人也、家貧好レ讀レ書、不レ治二產業一、常艾《カッテ》二薪樵一也、樵、柴賣以給レ食、擔二束薪一、行且誦レ書、其妻亦負戴相隨、羞レ之求レ去、買臣曰、我年五十當二富貴一、今已四十餘矣、女苦日久、師古云、女讀曰レ汝、待二我富貴一、報二女

功一、妻恚怒曰、如二公等一、終餓二死溝中一耳、何能富貴、買臣卽聽去、後數歲、隨二上計吏一爲レ卒、將二重車一師古云、買臣充レ卒將レ車、至二長安一、詣レ闕上書、待二詔公車一、會二邑子嚴助貴幸一、薦二買臣一、召見、說二春秋一言二楚詞一、武帝說レ之、拜二中大夫一、與二嚴助一倶侍中、久レ之拜二會稽太守一、上謂曰、富貴不レ歸二故鄉一、如二衣レ繡夜行一、今子何如、買臣頓首謝、入二吳界一、見二其故妻妻夫治レ道、買臣呼令三後車載二其夫妻一、到二太守舍一、置二園中一給二食之一、妻自經死、羞レ醮自縊、再嫁曰二再醮一、買臣乞《アタヘテ》二其夫錢一令レ葬、與亦曰レ乞、悉召二見故人一與飲食、諸嘗有レ恩者、皆報復焉、

「子城」

出城の事。

『資治通鑑』唐紀、

憲宗元和十四年二月、子城已洞開、謂二子城之門已大開一、惟牙城拒守、凡大城謂二之羅城一、小城謂二之子城一、又有二第三重城一、以衛二節度使居宅一、謂二之牙城一、

但し、出城の意味ではこの詩意に合はない。

『全唐詩』巻二十一、項斯、留二別張水部籍一、

已念此行遠、不レ應二相問疎一、子城西並レ宅、御水北同レ渠、

右の詩に於いて、子城を一に「禁城」としてゐる。匡衡のこの詩の用法も、禁城と同意である。

○大　意

前年僻遠の尾州の守に任じられたのは、いはゞ鷁退の様なものであつた。今京洛の近地に遷任され、始めて意氣揚がる思ひである。渭濱に釣をしてゐた呂尚は周の文王に徵され、朱買臣は武帝に用ゐられ、故鄉に榮を飾つた。侍讀の任に在る者が、どうして遠く東海の任に居る可きであらうか。文章博士たる者は當然禁城の近くに居る可き

である。尾州の州民よ、我が新たに丹州に任じられ、とりいそぎいそ〱として去るのを怪しむな。我は本來代々の帝王の侍臣であるものを。

68

左丞相尊閤《ノ》、賀《シテ》レ帶《ビタルヲ》二三官《ヲ》一恩賜《ノ》詩曰、侍讀《ノ》皇恩歳歳新《ナリ》、尾州再作《ル》二撫民人《ト》一、桓榮《ノ》昔者猶《モホ》應《ニ》レ劣《ル》、李部翰林《ノ》任又[1]頻《ナリ》、匡衡跪二讀《シテ》瓊篇《ヲ》一、不《ラ》レ知二手之舞足之蹈《ヲ》一、情感難《ク》レ抑《ヘ》敢《テ》抽《ク》二鄙懷《ヲ》一、本韻、三官如《ク》レ舊《ノ》賞心新《ナリ》、更賜《ル》二御衣《ヲ》一異《ル》二衆人《ト》一、賢相又投[2]《ズ》二金玉韻《ノヲ》一、老儒不レ耐《ヘ》二荷《フヿノ》レ恩《ヲ》頻《ナリニ》一、拜二尾州一赴レ任之日、天子賜二御衣一、兼二翰林一卽レ事之日、東閤賜二麗句一、[3]

○校　異

①②「又」‖底本「人」に作る。『日本詩紀』に據り改む。　③「閤」‖『日本詩紀』「閣」に作る。

○考　説

この詩は寛弘六年（一〇〇九）の春の詩と考へられる。62條參照。

「三官」

尾州刺史、式部權大輔、文章博士の三官兼帶を云ふ。

「桓榮」

『後漢書』三十七、列傳第二十七、桓榮傳、

桓榮字春卿、沛郡龍亢人也、少學二長安一習二歐陽尙書一、事二博士九江朱普一、貧窶無レ資、常客傭以自給、精力不レ倦、

十五年不レ闚二家園一、至二王莽纂レ位乃歸、會二朱普卒一、榮奔二喪九江一、負レ土成レ墳、因留教授、徒衆數百人、莽敗天下亂、榮抱二其經書一、與二弟子一逃二匿山谷一、雖二常飢困一、而講論不レ輟、後復客授二江淮間一、建武十九年、年六十餘始辟二大司徒府一、（中略、明帝が皇太子に立つや、議郎に任じられ、太子に經書を授く。後博士となり、又太子の少傳に任じられ、又建武三十年に太常に任じられた。）乘輿嘗幸二太常府一、令三榮坐二東面一、設二几杖一會二百官一、驃騎將軍東平王蒼以下、及榮門生數百人、天子親自執レ業、每レ言輒曰、大師在レ是、東観記曰、時執經生、避レ位發レ難、上謙曰、大師在レ是也、既罷、悉以二大官供具一賜二太常家一、其恩禮若レ此、永平二年三雍初成、拜レ榮爲二五更一、三雍、宮也、謂二明堂靈臺辟雍一、前書音義曰、皆叶二天人雍和之氣一爲レ之、故謂二三雍一、每二大射養老禮畢一、帝輙引二榮及弟子一、升レ堂執レ經、自爲下說、下說、謂三下語而講二說之一也、乃封レ榮爲二關內侯一、食邑五千戶、東観記曰、榮以二尚書一授レ朕十有餘年、詩云、日就月將、示二我顯德行一、乃封レ之、（中略）及レ篤上疏謝レ恩、讓二還爵土一、帝幸二其家一問二起居一、入レ街下レ車、擁レ經而前撫レ榮、垂レ涕賜以二牀茵帷帳刀劒衣被一、良久乃去、（中略）榮卒、帝親自變レ服臨レ喪送レ葬、賜二冢塋于首山之陽一、

「昔者」

者は助語。むかし。

『周易』說卦、

昔者聖人之作レ易也、幽二贊於神明一而生レ蓍、

「瓊篇」

瓊は美玉、瓊篇は美玉の樣に麗しい詩篇。

『詩經』衞風、木瓜、

投レ我以二木瓜一、報レ之以二瓊琚一、木瓜、楙木也、可レ食之木、瓊、玉之美者、琚、佩玉名、

「不知手之舞足之蹈」

『詩經』大序、

永二歌之一不レ足、不レ知二手之舞一レ之、足之蹈レ之、

「本韻」

道長の詩は、新・人・頻で、上平聲十一眞の韻で、この韻を本として匡衡の詩も、新・人・頻を蹈韻して居る。

詩の贈答に於いて、贈詩の韻を本韻と云ふ。

「三官如レ舊」

『本朝文粹』卷第七、書狀、大江匡衡、長保三年三月三日、奉二行成一狀、

東海爲二使君一、北闕爲二侍臣一、東宮爲二賓客一、北堂爲二主人一、李部爲二大卿一、芸閣爲二別當一、一身兼二六事一者、古今所レ未レ聞也、侍讀者、稽古之力也、懷レ玉獻二明王一、刺史者、當今之恩也、衣レ錦繼二買臣一、學者祿在二其中一、孔聖之微言、誠哉誠哉、匡衡異賞殊私、可レ喜可レ懼、榮耀恩澤、不レ能レ不レ陳、佇下以二此旨一、賜上達二聖聽一、

「賞心」

(1)景色をめでる心。

『文選』卷第三十一、江文通(淹)、雜體詩三十首の中、謝臨川遊山靈運、

靈境信淹留、賞心非二徒設一、翰曰、靈境卽會稽也、言我賞二心此山一、

(2)一般に廣く心が歡ぶ事。この詩の用法である。

『文選』卷第三十、謝靈運、田南樹園、激《ソヽイデ》レ流植レ援一首、

唯開㆓蔣生逕㆒、永懷㆓求羊蹤㆒、善曰、三輔決錄曰、蔣詡字元卿、隱㆓於杜陵㆒、舍中三逕唯羊仲求仲從㆑之遊、二仲皆挫《トリテ》㆑廉逃㆑名、賞心不㆑可㆑忘、妙善冀能同、翰曰、賞心之樂不㆑可㆑忘者、則妙善之道所㆑望同㆓於古人㆒也、

「國司赴任」

『新儀式』第五、

諸國受領官奏㆓赴㆑任由㆒事、付鎭守府將軍出羽城介、

諸國受領赴㆑任之由、付㆓藏人㆒奏㆓聞之㆒、隨㆑仰垂㆓御簾㆒、召㆓御前㆒、自㆓仙華門㆒參入、候㆓南廊壁下㆒、傳㆓宣仰旨㆒、兼賜㆑祿、或不㆑召㆓御前㆒、於㆓右近腋陣頭㆒賜㆑祿、但陸奧守加㆓給御衣㆒、或召㆓殿上㆒、自㆓右青瑣門㆒參上、其座同㆓大貳座㆒、奉㆑仰賜㆑祿、於㆓南廊壁下㆒拜舞、自㆓仙華門㆒退出、又鎭守府將軍、出羽介等、雖㆑非㆓受領官㆒、召㆓御前㆒矣、

○大　意

左大臣閣下が、私の三官を帯びたのを賀して賜はつた詩に、侍讀に對して下される皇恩は、歳と共に益す。君は再び尾州の守に任じられた。昔桓榮が受けた皇帝の恩遇も、君に比べれば及びもつかないものであらう。式部大輔・文章博士と、君は大任を重ねてゐると。自分は左大臣より賜はつた瓊篇を拜讀して、身の置き所のない程恐縮し、感激抑へ難く、粗末な感慨の詩をつらねる。

三官如㆑舊の恩命で、慶びが新たである。更に任國へ赴任を奏した際、御衣の恩賜に預り、恩寵の程は一般の人と異る。又賢相たる左府からは金玉の如きすぐれた詩篇を贈られた。老ひたる自分は芳恩を擔ふ事の頻りなるに、感激に耐へ得ない。

69　餘感不レ盡更加《フ》二一首《ヲ》一、

外孫《ノ》皇胤感《ジ》二周易《ニ》一、皇子懐孕誕生之時、周易勘文如《シ》レ指《スガ》レ掌《ヲ》、嫡子納言授《ニク》二孝經《ヲ》一、納言七歳從《フ》レ師《ニ》之日、匡衡始授《テク》二孝經《ヲ》一、昔大江公爲《リ》二丞相師《ノト》一、今大江儒爲《ル》二納言師《ノト》一、有《リテ》レ所レ感《ズル》獻《ズ》・1二此句《ノヲ》一、身及《ビテ》二子孫《ニ》一多《カラン》レ所レ博《ムル》、恩言耳《ニ》記《シ》也《タ》心《ニ》銘《ズ》、

○校　異

①「獻」＝底本なし。『日本詩紀』に據り補ふ。

○考　説

「外孫皇胤感周易」

外孫皇胤は、道長の女彰子腹の、一條帝第二皇子敦成親王、後の後一條院を云ふ。

『江談抄』第二、上東門院御帳内犬出來事、

上東門院爲二一條院女御一之時、帳中ニ犬子不慮之外ニ入天有遠見付給、大ニ奇恐被レ申二入道殿一、道長、入道殿召二匡衡一テ密々令レ語二此事一給ニ、匡衡申云、極御慶賀也ト申ニ、入道殿何故哉ト被レ仰ニ、匡衡申云、皇子可下令二出來一給上之徵也、犬ノ字ハ是點ヲ大ノ字ノ下ニ付ハ太ノ字也、上ニ付レハ天ノ字也、以レ之謂レ之皇子可下出來給サテ立二太子一、次ニ至二天子一給上歟、入道殿大令二感悅一給之間、有二御懷姙一、令レ奉レ產二後朱雀院天皇一也、此事秘事也、退席之後、匡衡私令レ勘二件字一天令レ傳レ家云々、

『江談抄』は後朱雀院御誕生の時の怪とするが、『十訓抄』第一、可施人惠事、には、後一條天皇の降誕の時の話としてゐる。恐らく『十訓抄』の説が正しからう。

「指掌」

たなごゝろを指す。知り易い。見易い。

『禮記』第二十八、仲尼燕居、

子曰、明二《ニスルトキハ》乎郊社之義、嘗禘之禮一、治レ國其如レ指二諸掌《ヲニ》一而已乎、治レ國指二諸掌一、言レ易レ知也、

『論語』八佾、

或問二禘之説一、子曰不レ知也、孔安國曰、答以二不知一者、爲二魯君一諱也、知二其説一者之於二天下一也、其如レ示《ミルガ》二諸斯《ヲニ》一乎、指二其掌一、苞氏曰、孔子謂二或人一言、知二禘禮之説一者、於二天下之事一、如三指二示以二掌中之物一、言二其易一レ了也、

「納言」

納言は藤原頼通を云ふ。頼通は正暦三年（九九二）生誕で、七歳の時は長徳四年（九九八）である。頼通入學の記録は見當らない。權中納言には寛弘六年（一〇〇九）三月四日に任じらる。

「孝經」

孝經は十三經の一で、今文孝經と古文孝經の二つあつたが、唐の玄宗皇帝が開元十年（七二二）に御注孝經を成して以後、世に行はれる孝經は御注孝經になつた。

『漢書』卷之三十、藝文志、

孝經者、孔子爲二曾子一陳二孝道一也、夫孝天之經、地之義、民之行也、擧二大者一言、故曰二孝經一、

『四庫提要』經部五、孝經類、

孝經正義三卷、內府藏本、

唐元宗明皇帝御註、宋邢昺疏、案二唐會要一、開元十年六月、上註二孝經一、頒二天下及國子學一、天寶二年五月、上重註、亦頒二天下一、舊唐書經籍志、孝經一卷元宗註、唐書藝文志、今上孝經制旨一卷、

「大江公爲二丞相師一」

『江吏部集』75條に、

昔高祖父江相公（大江音人）、爲二忠仁公（藤原良房）之門人一備二顧問一、祖父江中納言（維時）、爲二貞信公（藤原忠平）之門人一備二顧問一、

「也」

またと讀む。

『全唐詩』巻七、岑參四、赴二北庭一度二隴思一家、

西向二輪臺一萬里餘、也知鄕信日應レ疎、隴山鸚鵡能二言語一、爲報家人數寄レ書、

○大　意

左相府の外孫たる敦成親王の御降誕の時には、自分は易の勘文を捧じ、皇子御降誕を豫言した。左相府の嫡子權中納言賴通卿の入學には、自分が御注孝經をお授けした。我が高祖父の大江音人は、昔太政大臣良房公の師となり、今一介の儒者たる自分は、左相府の嫡子の入學の師となつて、その暗冥の中の契合に感じ、此の句をさしあげる次第である。我身は勿論、子孫に迄及んで名譽の事である。左相府の厚恩あるお言葉を耳に記し、また心に銘ずる次第である。

70

觀《テ》二右親衛藤亞相述懷詩《ノ》一、不レ改《メ》二本韻《ヲ》一依《リテ》レ次《ニ》奉《ル》レ和《シ》、

親衛《ハ》一名將、工《ミナルハ》レ詩《ニ》稟《ケタリ》レ自レ天《ノ》、花詞《ハ》裁《チテ》似レ錦《ニ》、風骨《ハ》軟《シ》二於綿《ヨリ》一、筆海《ニ》珠初《テ》出《デ》、學山《ノ》金《ニ》暗《モ》捐《スツ》、感《ジテ》レ君《ニ》先《ヅ》悵《ミ》矣、顧[1]《テ》レ我《ヲ》太《ダ》愴然《タリ》、薄宦沈《ミ》二流俗《ニ》一、虚名類《ス》レ夢《ミルニ》レ仙《ヲ》、青雲難《ク》レ得レ路《ヲ》、白屋不レ揚《ゲ》レ煙《ヲ》、病雀久《ク》留《リ》レ篋《ニ》、涸魚猶《ホ》在《リ》レ筌《ニ》、吹《キ》レ毛《ヲ》求《メ》二小疊（疊カ）《ヲ》一、泥《シテ》レ尾《ヲ》後《ル》二群賢《ニ》一、秋冷潘郎興、晝慵《ニシテ》宰我眠《ル》、結《ビ》レ茅《ヲ》占《メ》二野外《ヲ》一、洗《シテ》レ竹《ヲ》傍《フ》二籬邊《ニ》一、莫《レ》レ咲《フ》空《クシ》二簪筆《ヲ》一、唯《ダ》思《フヲ》レ緩《メン》二帶《ト》弦《トヲ》一、甕頭聊《カ》令《ジ》レ飲《ヲ》、琴上《ニ》豈勞《センヤ》レ絃《ヲ》、陋巷《ニ》草長閟《シ》、翰林花未《ダ》レ鮮《ナラ》、家貧《ニシテ》拘《ナヅミ》二苦節《ニ》一、母《ハ》老《イ》少《シ》二餘年一、麟閣《ハ》嫌《ヒ》二羊質《ヲ》一、席門《ハ》愧《ヅ》二酺筵《ニ》一、悲《イ》哉時《ニ》見《レ》レ弃《テ》、忠孝兩《ナガラ》無《シ》レ全《スヿ》、

○校　異

①「顧」＝底本「領」に作る。『日本詩紀』に據り訂す。

○考　説

「右親衛藤亞相」

この藤大納言は、長徳元年（九九五）六月廿日右大將に任じられ、長徳二年七月廿日に右大臣に任じられ、十二月廿七日大將を辭した藤原顯光であらう。顯光の前は道兼であり、顯光の後は道綱・實資である。何れも詩作が見られぬ。顯光は『御堂關白記』寛弘元年（一〇〇四）九月十二日の作文に、參會し、「水淸似晴漢」の題での詩は『類聚句題抄』に見える。

「風骨軟二於綿一」

2條に、「風骨之鮫之令然」とある。文章の風躰を云ふ。

「筆海」

文字の海の如く集まつてゐる様、文を意味する。

『全唐文』巻一百九十八、駱賓王、上二司刑太常伯一啓、

峰秀二學山一列二三墳一而仰止、瀾淸二筆海一委二四瀆一以朝宗、

『全唐文』巻四百四十七、竇泉、述書賦下、

開元應レ乾神武聰明、風骨巨麗碑版崢嶸、思如レ泉而吐レ鳳、筆爲レ海而呑レ鯨、

『文選』李善上二文選註一表、

昭明太子業膺レ守レ器、譽貞レ問レ寢、居二肅成一而講《カンカヘ》レ藝、開二博望一以招レ賢、搴《トツテ》二中葉之詞林一、酌二前脩之筆海一、

「學山」

『揚子法言』巻之一、學行、

百川學レ海而二于海一、丘陵學レ山而不レ至二于山一、是故惡二夫畫一也、吳祕曰、語曰、今女畫、畫、止也、○司馬光曰、惡、烏路切、百川亦海之類而小、故曰レ學レ海、百川動而不レ息、故至二於海一、丘陵止而不レ進、故不レ至二於山一、學者亦猶レ是矣、

「沈二流俗一」

『白氏長慶集』巻十三、春送下盧秀才下第遊二太原一謁中嚴尚書上、

未二將レ時會合一、且與レ俗浮沈、鴻養二靑冥翮一、蛟潛二雲雨心一、

「白屋」

『漢書』巻之七十八、列傳第四十八、蕭望之傳、

非下周公相二成王一、躬二吐握之禮一、致中白屋之意上、師古曰、周公攝レ政一沐三握レ髮、一飯三吐餔、以接二天下之士一、白屋謂二白蓋之屋一、以レ茅覆レ之、賤人所レ居、

『全唐詩』卷五、劉長卿一、逢レ雪宿二芙蓉山主人一、

日暮蒼山遠、天寒白屋貧、柴門聞二犬吠一、風雪夜歸人、

「病雀」

『白氏長慶集』卷十五、渭村退居、寄二禮部崔侍郎翰林錢舍人一詩一百韻、

尚念二遺簪折一、仍憐二病雀瘡一、卹レ寒分二賜帛一、救レ餒減二餘糧一、

「篋」

篋《ケフ》は『廣韻』に「箱篋也」とあり、竹製の箱。

「筌」

『文選』卷第十二、郭景純（璞）、江賦、

洊《シバツケ》レ澱《ヨドミニ》爲レ涔《フシト》、夾レ潨羅レ筌《ウヘヲ》、善曰、說文曰、栫、以二柴木一壅レ水也、劉淵林吳都賦注曰、淀、如レ淵而淺、澱、與レ淀古字通、爾雅曰、槮、謂二之涔一、郭璞曰、今作レ槮叢二木於水中一、魚得三寒入二其裏一、因以レ薄捕二取之一也、槮、蘇感切、涔、字廉切、說文曰、潨、小水入二大水一也、筌、捕レ魚之器、以レ竹爲レ之、蓋魚笱之屬、

「吹レ毛求二小亹一」

亹《ヒ》は釁《キン》を誤ったもので、釁はきず・缺點の意。

『漢書』卷之五十三、景十三王傳第二十三、中山靖王勝傳、

有司吹レ毛求レ疵、笞二服其臣一使レ證二其君一、

『本朝文粹』卷第七、奏狀下、省試詩論、大江匡衡、請下特蒙二天裁一、召二問諸儒一決中是非上、今月十七日文章生試判違例不穩雜事狀、（長德三年七月廿日）

吹毛之求、還爲二文道之蠹害一、

「泥尾」

『白氏長慶集』卷十五、渭村退居、寄二禮部崔侍郎翰林錢舍人一詩一百韻、

泥レ尾休二搖掉一、灰レ心罷二激昂一、漸間親二道友一、因レ病事二醫王一、

龜の様に泥中に尾を引いて歩む。

「秋冷潘郎興」

潘郎は秋興賦の作者潘岳である。

『晉書』五十五、列傳第二十五、潘岳傳、

潘岳字安仁、滎陽中牟人也、（中略）岳少以二才穎一見レ稱、鄕邑號爲二奇童一、謂二終賈之儔一、

籍田賦・西征賦・射雉賦・閑居賦・秋興賦・懷舊賦・寡婦賦・笙賦等が識られる。秀才に擧げられ郎となつた。後、石崇・歐陽建等と共に、謀反をたくらむと誣言されて、棄市せられた。

岳美二姿儀一、辭藻絶麗、尤善爲二哀誄之文一、少時常挾レ彈出二洛陽道一、婦人遇レ之者、皆連レ手縈繞、投レ之以レ果、遂滿レ車而歸、時張載甚醜、每レ行小兒以二瓦石一擲レ之、委頓而反、

「秋冷潘郎興」とは、秋興賦を述べて、時に會はず、卑官を愁へてゐるのを言ふ意。

『文選』卷第十三、潘安仁（岳）、秋興賦、

僕野人也、偃息不レ過二茅屋茂林之下一、談話不レ過二農夫田父之客一、攝レ官承レ乏、猥厠《マジハリ》二朝列一、夙興《オキ》晏寢匪レ遑レ底《イタスニ》レ寧、譬猶三池魚籠鳥有二江湖山藪之思一、於レ是染レ翰《フンデ》操レ紙、慨然而賦、于レ時秋也、故以二秋興一命レ篇、

「晝慵宰我眠」

『論語』公冶長、

宰予晝寢、苞子曰、宰予、弟子宰我也、子曰、朽木不レ可レ彫、苞子曰、朽、腐也、彫、彫琢刻畫也、糞土之牆不レ可レ圬也、王肅曰、圬、墁也、二者喩二雖レ施レ功猶不一レ成也、於レ予與何誅、孔安國曰、誅、責也、今我當何責二於汝一乎、深責之辭也、子曰、始吾於レ人也、聽二其言一而信二其行一、今吾於レ人也、聽二其言一而觀二其行一、於レ予與改レ是、

「結茅」

『白氏長慶集』巻十六、夜宿二江浦一、聞二元八改一レ官、因寄二此什一、

若報二生涯一應二笑殺一、結レ茅栽レ芋種二畬田一、

『宋史』巻三百九十、列傳第一百四十九、李衡傳、

衡後定二居崑山一、結二茅別墅一、杖履徜徉、左右惟二蒼頭、聚レ書踰二萬卷一、號曰二樂菴一、卒、年七十九、

「洗竹」

竹林のまびきをしてすかす事。

『佩文韻府』

埤雅、今人穿二沐叢竹一、芟二其繁亂一、不レ使レ分二其勢一、然後枝幹茂擢、俗謂二之洗一、洗二竹第一如二洗華例一、非レ用レ水也、

『白氏長慶集』巻三十六、洗竹、

布裘寒擁レ頸、氈履溫承レ足、獨立二氷池前一、久看洗二霜竹一、先除二老且病一、次去二纖而曲一、剪棄猶可レ憐、琅玕十餘

束、青青復籗籗、頗異二凡草木一、依然若レ有レ情、廻レ頭語二僮僕一、小者截二魚竿一、大者編二茅屋一、勿下作二箄與レ箕、
而令中糞土辱上、

「簪筆」

(1)冠の前に挿す毛製の簪。

『史記』巻之一百二十六、滑稽列傳第六十六、

西門豹簪筆磬折、正義曰、簪筆、謂三以レ毛裝二簪頭一、長五寸、挿在二冠前一爲レ華、言二挿レ筆備レ禮也、磬折、謂二曲レ體揖レ之、若二石磬之形一曲折也、磬一片黑石、凡十二片、樹在二虡上一擊レ之、其形皆中曲垂二兩頭一、言二人胥側傾一也、

(2)役人が筆を頭の髮に挿す。又下級官吏の事。

『漢書』巻之六十九、列傳第三十九、趙充國傳、

初破羌將軍武賢在二軍中一時、與二中郎將卬一宴語、師古曰、閑宴時共語也、卬道、車騎將軍張安世、始嘗不レ快レ上、如淳曰、所レ爲行不レ可二上意一、上欲レ誅レ之、卬家將軍以爲、安世本持レ橐簪レ筆、張晏曰、橐、契囊也、近臣負レ囊簪レ筆從二備顧問一、或有レ所レ紀也、師古曰、橐、所二以盛レ書也、有レ底曰レ囊、無レ底曰レ橐、簪レ筆者、挿二筆於首一、橐、音丁各反、又音託、事二孝武帝一數十年、見レ謂二忠謹一、宜レ全二度之一、師古曰、全安而免二度之一不レ令二喪敗一也、安世用レ是得レ免、

「緩帯弦」

緩帯弦は不詳。身も心も打解けゆるむ意か。

緩帯は『淮南子』巻第十三、氾論訓、に、「縣レ冠解レ劍緩レ帶而寢、」とあり、ゆつくり打解ける意。弦は『禮記』第十九、樂記、に、「昔者舜作二五弦之琴一、以歌二南風一」とあり、樂器の糸である。弦を緩めるは音樂を停める事である。

「緩帯弦」を帯と弦とを緩めると讀む。

「甕頭」

『白氏長慶集』巻二十八、嘗二黄醅新酎一憶二微之一、
元九計レ程殊未レ到、甕頭一盞共レ誰嘗、

「長閟」

草がのびて道をとざしてしまつた事。

『文選』巻第十六、江文通（淹）、別賦、
春宮閟二此青苔色一、善曰、毛萇詩傳曰、閟、閉也、

「麟閣」

『分類補註李太白詩』巻之五、樂府、塞下曲、
駿馬似二風飇一、鳴レ鞭出二渭橋一、彎レ弓辭二漢月一、插レ羽破二天驕一、陣解星芒盡、營空海霧消、功成畫二麟閣一、獨有二霍
嫖姚一、

『三輔黄圖』巻之六、閣、
麒麟閣、廟記云、麒麟閣、蕭何造、漢書宣帝思二股肱之美一、乃圖二霍光等十一人於麒麟閣一、

『漢書』巻之五十四、列傳第二十四、蘇武傳、
甘露（宣帝）三年、單于始入朝、上思二股肱之美一、廼圖二畫其人於麒麟閣一、張晏曰、武帝獲二麒麟一時、作二此閣一圖二畫其象於閣一、遂以爲レ名、師古曰、漢宮閣疏名云二蕭何造一、法二
其形貌一、署二其官爵姓名一、師古曰、署、表也、題也、唯霍光不レ名曰二大司馬大將軍博陸侯姓霍氏一、次曰二衞將軍富平侯張安世一、次
曰二車騎將軍龍頟侯韓增一、次曰二後將軍營平侯趙充國一、次曰二丞相高平侯魏相一、次曰二丞相博陽侯丙吉一、次曰二御
史大夫建平侯杜延年一、次曰二宗正陽城侯劉德一、次曰二少府梁丘賀一、次曰二太子太傅蕭望之一、次曰二典屬國蘇武一、皆

有二功徳一知二名當世一、是以表而揚レ之、明著二中興輔佐一、

「羊質」

『揚子法言』吾子第二、

或曰、有レ人焉、自姓レ孔而字二仲尼一、入二其門一升二其堂一、伏二其几一襲二其裳一、則可レ謂二仲尼一乎、曰其文是也、其質非也、敢問レ質、曰羊質而虎皮、見レ草而說、見レ豺而戰、忘二其皮之虎一也、

「席門」

『書言故事』巻之三、訪臨類、

長者車、（中略）漢陳平好讀レ書、家負郭窮巷、城外曰レ郭、負郭、切近二於城一也、陳平家住二城外深巷一也、以レ席爲レ門、席、睡臥之席也、家貧掛レ席爲レ門、門外多二長者車轍一、

『書言故事』巻之十一、第宅類、

席門、自稱レ貧曰、席門陋巷、

「酺筵」

『漢書』巻之四、文帝紀、

朕初卽レ位、其赦二天下一、賜二民爵一級一、女子百戸牛酒、蘇林曰、男賜レ爵、女子賜二牛酒一、師古曰、賜レ爵者、謂二一家之長得一レ之也、女子、謂二賜レ爵者之妻一也、率百戸、其得二牛若干頭、酒若干石一、無二定數一也、酺五日、服虔曰、酺、音蒲、文穎曰、音步、漢律三人以上無レ故群飲レ酒、罰金四兩、今詔橫賜得レ令二會聚飲食一五日也、師古曰、酺之爲レ言布也、王德布二於天下一、而合聚飲食爲レ酺、服音是也、字或作レ脯、音義同、

筵は『說文』に、「筵、竹席也、」とある。

酺筵はうたげのむしろの意。

「席門愧二酺筵一」

貧しい自分は常時酺筵に臨まれる貴下に恥ぢるの意。

○大　意

右大將藤大納言は、天下きつての名將であり、詠詩にたくみなのは天稟である。麗しい詞語はまるで錦を裁制したやうであり、詩の風躰はきどりがなくなめらかである。その文は眞珠の様に輝き、流麗な文の光はあたりの暗さを拂拭する。君の詩を見てそゞろ惆悵し、一方我身を顧みて頗る愴然たるものを感じた。官位も卑く、凡俗の中に浮沈して居り、たゞ徒に登仙を夢見て居る様なものである。靑雲にはゞたいて高官を得んとしてもその路がなく、貧屋に在つて炊烟も思ふ様に揚げ得ない。病雀の様に力ない身が箱の中にうごめき、水を失つた魚が、筌の中に自由がなくあへいでゐる様な身の上である。文の道に志し、纔かな差違をあげつらひ、泥中に尾をひきづつて這ふ龜の様に歩みは遲く、群賢から後れてしまつた。潘岳が秋興賦を詠じた様に、自分も亦秋冷が身にしみ、さればと云つて要務もなく閑寂な我は宰我の様に怠眠するしかない。郊外に茅屋を構へ、籬邊の竹をすかし切りしてゐる外はない。卑いながらも官職のある身が、職分を空ふしてひたすら自慰を思ふのを笑ふなかれ。聊か酒を酌んで心を安めやうと思ふが、別して管絃の興を必要としない。茅屋には草が思ひのまゝに延び訪ふ人もなく、翰林の職もすこしも花やかでない。家は貧しく苦難が多く、老母は既におひ先が短い。自分の様に中身がない者には、到底麒麟閣に表題される様な功は望めず、貧しい生活を送りながら、貴顯の宴席と程遠い身を恥ぢる。時世に見はなされて、忠もならず孝もとげ得ない事は、悲しいきはみである。

李部大卿述二沈滯懷一、忝・1賜二玉章一、同・2聲相應、敢押二本韻一、
詩情何事《ゾ》太《ダ》承《ルヿ》・3仍《リナル》、爲《ナリ》二是《レ》郎潛《シテ》不《ルガ》レ得レ昇《ルヿヲ》、周老《ハ》晩成《ス》君《レ》莫レ歎《クヿ》、宋生《ノ》秋思我先興《ヅル》、仙禽熨レ翩《シテヲ》期《シ》二千里《ヲ》一、
碩鼠藏レ身《シテヲ》謝《ス》二五能《ヲ》一、菅氏江家雖《ハ》・4二累代《ナリト》一、末孫職冷《ニシテ》謝《ス》二孫弘《ニ》一、

○校　異

①「忝」＝『日本詩紀』「辱」に作る。②「同」＝底本「問」に作る。『日本詩紀』に據り訂す。③「承」＝底本「丞」に作る。『日本詩紀』に據り訂す。④「雖」＝底本「除」に作る。『日本詩紀』に據り訂す。

○考　說

「李部大卿」

菅原輔正を云ふ。

『公卿補任』

正曆二年五月廿一日式部大輔、正曆三年二月十五日從三位、長德二年四月廿四日參議、七十二歲、長保五年十一月五日正三位、寬弘五年、去年辭二三木一、請下以二男爲理一任中因幡守上、今年正月｜三河守、二月七止二三木一、大輔如レ元、寬弘六年十二月廿四日薨、八十五歲、壽永三三｜贈正二位、現神北野宰相殿是也、

「同聲相應」

『周易』上經乾傳、文言、

九五曰、飛龍在レ天、利《ヨロシトハ》レ見《ルニ》二大人《ヲ》一何謂也、子曰、同聲相應、同氣相求、水流レ濕、火就レ燥、雲從レ龍、風從レ虎、聖人作《オコリ》而萬物覩、本二乎天一者親レ上、本二乎地一者親レ下、則各從二其類一也、

『莊子』漁父第三十一、

客曰、同類相從、同聲相應、固天之理也、

「仍」

仍《ジョウ》は、しきりと讀む。『國語』晉語四、に、「晉仍《シキリニ》無道、仍、重也、」とある。

「郎潛」

『文選』卷第十五、張平子(衡)、思玄賦、

尉尨眉而郎潛兮、逮《オヨンデ》㆓三葉㆒而遘《アヘリ》ㇾ武、衡曰、尉、官名也、尨、蒼也、善曰、漢武故事曰、顏駟不ㇾ知㆓何許人㆒、漢文帝時爲ㇾ郎、至㆓武帝㆒輦過㆓郎署㆒、見㆓駟厖眉皓髮㆒、上問曰、叟何時爲ㇾ郎何其老也、答曰、臣文帝時爲ㇾ郎、文帝好ㇾ文而臣好ㇾ武、至㆓景帝㆒好ㇾ美而臣貌醜、陛下卽位好ㇾ少而臣已老、是以三世不遇、故老㆓於郎署㆒、上遂感㆓其言㆒、擢拜㆓會稽都尉㆒、

「周老」

周老は老子を云ふ。

『史記』卷之六十三、老子韓非列傳第三、

老子者、正義曰、珠韜玉機及神仙傳云、老子、楚國苦縣瀨鄕曲仁里人、姓、李、名、耳、字、伯陽、一名重耳、外字聃、身長八尺八寸、黃色美眉、長耳大目、廣額踈齒、方口厚脣、額有㆓三五達理㆒、日角月懸、鼻有㆓雙柱㆒、耳有㆓三門㆒、足蹈㆓二五㆒、手把㆓十文㆒、周時人、楚苦縣厲鄕曲仁里人也、姓李氏、名耳、字伯陽、謚曰ㇾ聃、周守藏室之史也、（中略）(孔子)吾今日見㆓老子㆒、其猶ㇾ龍邪、老子脩㆓道德㆒、其學以㆓自隱無㆒ㇾ名爲ㇾ務、居ㇾ周久ㇾ之、見㆓周之衰㆒、廼遂去、至ㇾ關、正義曰、抱朴子云、老子西遊、遇㆓關令尹喜於散關㆒、爲ㇾ喜著㆓道德經一卷㆒、謂㆓之老子㆒、或以爲㆓函谷關㆒、關令尹喜曰、子將ㇾ隱矣、彊爲ㇾ我著ㇾ書、於ㇾ是老子廼著㆓書上下篇㆒、言㆓道德之意㆒、五千餘言而去、莫ㇾ知㆓其所㆒ㇾ終、

「宋生秋思」

宋生は宋玉である。

『本朝文粋』巻第三、對册、藤原廣業の對、

風舞二宋生之詞一、（注、『文選』巻第十三、の宋玉の『風賦』を意味する。）

「宋玉」

『文選』巻第十三、風賦の宋玉の傳に、

宋玉、善曰、史記曰、楚有二宋玉景差之徒一、皆好レ辭而以レ賦見レ稱、王逸楚辭序曰、宋玉、屈原弟子、向曰、史記云、宋玉郢人也、爲二楚大夫一、時襄王驕奢、故宋玉作二此賦一以諷レ之、

『文選』巻第三十三、宋玉、九辯、

悲哉秋之爲レ氣也、蕭瑟兮、草木搖落而變衰、憭慄兮、済曰、憭慄、猶二悽愴一也、若下在二遠行一登レ山臨レ水兮、送上將レ歸、泬《ケツ》寥兮、逸曰、泬寥、曠蕩而虛靜也、或曰、蕭條、蕭條、無レ雲皃也、天高而氣淸、寂漻兮、收レ潦《ラウ》而水淸、逸曰、溝無二溢潦一、百川靜也、憯悽增欷《スヽリナク》兮、薄寒之《コレ》中《アタル》レ人、愴怳懭悢兮、去レ故而就レ新、向曰、愴怳懭悢、皆悲傷也、去レ故就レ新、別離也、坎壈《カンラン》兮、貧士失レ職、而志不レ平、廓落兮、済曰、廓落、空寂也、羇旅而無二友生一、惆悵兮、而私《ヒソカニ》自憐、燕翩翩其辭歸兮、蟬寂寞而無レ聲、鴈廱廱而南游兮、鵾鷄啁哳《タウタツ》而悲鳴、獨申《カサネテ》レ旦不レ寐兮、哀二蟋蟀之宵征《ヨルユク》一、時亹亹《ビビ》而過レ中兮、逸曰、年已過レ半、日進往也、亹亹、進皃也、蹇《アヽ》淹留而無レ成、

「仙禽」

鶴を云ふ。

『文選』巻第十四、鮑明遠（照）、舞鶴賦、

散二幽經一以驗《カンガフルニ》レ物、偉《アヤシブ》二胎化之仙禽一、

「熨レ翮」

熨は『廣韻』に、「熨、火展レ帛也、」とあり、ひのしでのす事。翮は『爾雅』釋器、に、「羽本謂二之翮一、鳥羽根也、」とある。

鳥が羽をのばす。

「碩鼠」

大型の鼠。

『詩經』魏風、碩鼠、

碩鼠碩鼠、無レ食ニ我黍一、三歳貫レ女、莫ニ我肯顧一、貫、事也、箋云、碩、大也、大鼠大鼠者、斥ニ其君一也、言女無ニ復食ニ我黍一、疾ニ其稅斂之多一也、我事レ女三歳矣、曾無ニ教令恩德來顧ニ眷我一、又疾ニ其不レ脩レ政也、古者三年大比、民或於レ是徙、

「謝ニ五能一」

謝は去るの意。

『藝文類聚』巻九十五、獸部下、鼠、贊、晉郭璞、

鼫鼠贊曰、五能之鼠、伎無無レ所レ執、應レ氣而化、翻飛駕集、詩人歌レ之、無レ食ニ我粒一、

『文選』巻第九、潘安仁（岳）、射雉賦、

於レ是青陽告レ謝、朱明肇《ハジメテ》授、爰曰、時四月也、善曰、爾雅曰、春爲ニ青陽一、夏爲ニ朱明一、楚辭曰、青春爰謝、王逸曰、謝、去也、良曰、春爲ニ青陽一、告レ謝爲ニ春終一也、夏爲ニ朱明一、肇、始也、始授謂ニ夏初一也、

五能を去つてあらはさないの意。

「謝ニ孫弘一」

孫弘は公孫弘である。5條參照。

謝は恥ぢる。

『文選』巻第二十六、顏延年、贈ニ王太常一、

屬レ美謝二繁翰一、遙懐具《ツブサナリ》二短札一、善曰、屬、猶レ綴也、謝、猶レ慙也、說文曰、懷、念思也、又曰、札、牒也、向曰、愧我無繁辭之翰、綴二屬君之美事一、然遠寫二懷抱一、具二短札之中一、札、筆也、

『漢書』卷之五十八、列傳第二十八、公孫弘傳、

元始中、脩二功臣後一、下レ詔曰、漢興以來、股肱在レ位、身行儉約、輕レ財重レ義、未レ有下若二公孫弘一者上也、位在二宰相一封レ侯、而爲二布被脫粟之飯一、奉祿以給二故人賓客一、無レ有レ所レ餘、可レ謂、減二於制度一而率レ下篤レ俗者也、與下內富厚而外爲二詭服一、以釣二虛譽一者上殊レ科、夫表レ德章レ義所二以率レ世厲一レ俗、聖王之制也、其賜下弘後子孫之次見爲レ適者、爵關內侯上、食邑三百戶、

公孫弘の子孫が、榮貴であつたのに比し、菅江兩家末孫が沈滯してゐるのを愧ぢる。

○大　意

何故にこの樣に度々李部大卿の玉章をいたゞくかと云ふと、それは大卿が何時迄も卑い官に止まつたまゝ、昇進が捗らないからである。併し老子は卑官に止まつたが、晚年名著道德經を著はして大成したではありませんか。決して歎くに及びません。宋玉が賦した秋蕭索たる思ひは私こそ先づ感じてゐます。鶴は當に千里を翔ばんとして、つばさをのばし、碩鼠は身をかくしてその五能ををさめてゐる樣なもので、大卿もやがて飛翔すべく準備してゐられるのです。それにしても菅家も江家も累代偉忠の家柄でして、そのわりに末孫が榮達せず、公孫弘の子孫が漢家の特賞のもとに榮えたのと比し、なさけない事であります。

72(1)　頃年以《テ》二累代侍讀之苗胤《タルヲ》一、以《テ》二尙書一部十三卷、毛詩一部廿卷、文選一部六十卷、及禮記、文集《ヲ》一、

侍《ス》二聖主《ノ》御讀《ニ》一、皆《ナ》是《レ》莫《シ》レ不《ルハ》下潤《シ》二色鴻業《ヲ》一、吹二瑩《スル》王道《ヲ》一之典文《ナラ》上、又近《ク》侍《ス》二老子《ノ》道德經《ノ》御讀《ニ》一、國王理政之法度爰《ニ》顯《レ》、長生久視之道指《ス》レ掌《ヲ》、講竟之日有《リ》レ所二感悟《スル》一、老子者天地之魂精、神靈之總氣、變化自在何《レノ》代《カ》無《カラン》レ之《レ》、老子未生已前、化胡已來、變《ジテ》爲《ル》二代々《ノ》帝王師《ト》一、伏羲《ノ》時出《テ》爲《リ》レ師《ト》居《テ》二大野《ノ》中《ニ》一、號《シ》二鬱華子《ト》一、作《ル》二元陽經《ヲ》一、神農《ノ》時出《テ》爲《リ》レ師《ト》居《テ》二濟陰《ニ》一、號《シ》二太成子《ト》一、作《ル》二太遊精經《ヲ》一、

○考　説

「頃年」

近年の意。

『後漢書』巻第二、明帝紀、永平十三年、詔、

自二汴渠決敗一六十餘歲、王景傳曰、平帝時汴河決壞、加頃年以來、雨水不レ時、汴流東侵、日月益甚、

「苗胤」

苗裔と同じ、子孫。

『後漢書』巻第三十二、樊陰列傳第二十二、傳贊、

（樊宏）樊氏世篤、（陰識）陰亦戒レ侈、恂恂苗胤、傳レ龜襲レ紫、恂恂、恭順貌也、公侯皆紫綬金印龜鈕、

「尙書」

尙書は別に書經とも、單に書とも云ふ。尙には諸說あるも、今尙は上の意で上代以來の書と云ふ孔安國說に從ふ。周の末にその以前の史官等が記錄したものを孔子が編纂したと云ふ『史記』孔子世家の說があるが、篇著者不明。

漢の文帝の時、伏生が壁中より取り出した今文尙書は漢代通用の隷書で書かれたもので、編數は古文尙書より少ない。古文尙書は、景帝の時、魯の恭王が孔子の舊宅を壞し、壁中より得た蝌蚪文の尙書で、この蝌蚪文を古文と云ひ、これを孔安國が讀んだが、その後傳はらず、東晉の元帝の時、梅賾が孔安國傳の尙書だとして提出したものが今の古文尙書である。孔頴達の尙書正義はこれを用ゐた。その後玄宗の命により開元文字でしるされた尙書が現行の尙書である。

「毛詩」

往代采詩の官が、民情民風を知る事を目的として採集した詩が、周末には約三千あり、孔子がそれを刪定して詩三百をまとめたものが詩經であると云はれる。この詩經の傳來には四家がある。卽ち燕の韓嬰の韓詩、魯の申培の魯詩、齊の轅固生の齊詩と趙人毛公の傳へた毛詩とである。この四家の詩經の中、毛詩以外は亡び、僅かに韓詩外傳があるのみである。從つて詩經を云ふ時は毛詩を指すので、詩經を毛詩と呼ぶのである。毛公は『漢書』儒林傳、に、「毛公趙人也、治レ詩爲二河間獻王博士一」とある。

『史記』卷之四十七、孔子世家第十七、

古者詩三千餘篇、及レ至二孔子一、去二其重一、取レ可レ施二於禮義一、上采二契・后稷(弃)一、中述二殷(湯王)・周(文王・武王)之盛一、至二幽(周王)・厲(厲王)之缺一、始二於衽席一、

『漢書』卷之三十、藝文志第十、

書曰、詩言レ志、歌詠レ言、師古曰、虞書舜典之辭也、在レ心爲レ志、發レ言爲レ詩、詠者永也、永、長也、歌、所二以長言一レ之、故哀樂之心感、而歌詠之聲發、誦二其言一謂二之詩一、詠二其聲一謂二之歌一、故古有二采レ詩之官一、王者所下以觀二風俗一、知二得失一、自考正上也、孔子純取二周詩一、上采

レ殷、下取レ魯、凡三百五篇、遭レ秦而全者、以四其諷誦不三獨在二竹帛一故也、漢興魯申公爲二詩訓故一、而齊轅固、燕韓生、皆爲二之傳一、或取二春秋一采二雜說一、咸非二其本義一、與レ不レ得已、魯最爲レ近之、三家皆列二於學官一、又有二毛公之學一、自謂二子夏所一レ傳、而河間獻王好之、未レ得レ立、

「文選」

『文選序』　梁昭明太子蕭統述、

自二姫漢一以來、眇焉悠邈、時更二七代一、數逾二千祀一、詞人才子則名溢二於縹囊一、飛文染翰則卷盈二乎緗帙一、自レ非下略二其蕪穢一、集中其清英上、蓋欲レ兼二功太半一難矣、若夫姫公之籍、孔父之書、與二日月一倶懸、鬼神爭レ奧、向曰、奧、深也、言周孔之書、明並二日月一深如二鬼神一也、孝敬之准式、人倫之師友、豈可下重以二芟夷一加中之剪截上、老莊之作、管孟之流、蓋以レ立レ意爲レ宗、不下以レ能レ文爲上本、今之所レ撰又亦略レ諸、若二賢人之美辭、忠臣之抗直、謀夫之話、辯士之端一、冰釋泉涌、金相玉振、濟曰、言金質玉聲、（中略）蓋乃事美二一時一、語流二千載一、概見二墳籍一、旁出二子史一、若レ斯之流、又亦繁博、雖レ傳二之簡牘一、而事異二篇章一、今之所レ集、亦所レ不レ取、至二於記レ事之史、繫レ年之書一、所下以褒二貶是非一、紀中別異同上、方二之篇翰一、亦已不レ同、若下其讚論之綜二緝辭采一、序述之錯中比文華上、事出二於沈思一、義歸二乎翰藻一、故與二夫篇什一雜而集レ之、遠自二周室一迄二于聖代一、都爲二三十卷一、名曰二文選一、云爾、凡次レ文之體、各以レ彙《タグヒ》聚、詩賦體既不レ一、又以レ類分レ之、中各以二時代一相次、

『輿地紀勝』に據るに、蕭統は文選堂を創建し、劉孝威、庚肩吾等十人の學士と文選を選述した。文選は唐の李善が註を加へ六十卷とし、これが世に傳はつて文選六十卷と云はれる。

「禮記」

『四庫提要』經部二十一、禮類三、

禮記正義六十三卷、内府藏本、

漢鄭玄注、唐孔穎達疏、隋書經籍志曰、漢初河間獻王、得二仲尼弟子及後學者所レ記一百三十一篇一獻レ之、時無二傳レ之者一、至三劉向考二校經籍一、檢得二一百三十篇一、第而敍レ之、又得二明堂陰陽記三十三篇、孔子三朝記七篇、王史氏記二十一篇、樂記二十三篇、凡五種、合二百十四篇一、戴德刪二其煩重一、合而記レ之、爲二八十五篇一、謂二之大戴記一、而戴聖又刪二大戴之書一、爲二四十六篇一、謂二之小戴記一、漢末馬融遂傳二小戴之學一、融又益二月令一篇、明堂位一篇、樂記一篇一、合四十九篇、云云、其說不レ知レ所レ本、（中略、注、隋書説の誤りを考證。）疏又引二元（橋玄・橋元）六藝論一曰、戴德傳二記八十五篇一、則大戴禮是也、戴聖傳二禮四十九篇一、則此禮記是也、（中略）知二今四十九篇、實戴聖之原書、隋志誤レ也、

『禮記正義』卷第一、禮記の疏、

六藝論云、今禮行二於世一者、戴德戴聖之學也、又云、戴德傳二記八十五篇一、則大戴禮是也、戴聖傳二禮四十九篇一、則此禮記是也、

「文集」

白居易の詩文集、白氏文集とも白氏長慶集とも云ふ。両方の呼稱の差違について四庫提要を引く。

『四庫提要』集部、別集類四、

白氏長慶集七十一卷、通行本、

唐白居易撰、居易有二六帖一、已著錄、案錢曾讀書敏求記、稱下所レ見宋刻居易集兩本、皆題爲二白氏文集一、不上レ名二

長慶集一、汪立名校二刻香山詩集一、亦謂下寶歴以後之詩、不上レ應三概題曰二長慶一、今考、居易嘗自寫二其集一、分二置僧寺一、據レ所二自記一、大和九年、置二東林寺一者二千九百六十四首、勒成二六十卷一、開成元年、置二於聖善寺一者三千二百五十五首、勒成二六十五卷一、開成四年、置二於蘇州南禪院一者、凡三千四百八十七首、勒爲二六十七卷一、皆題曰二白氏文集一、開成五年、置二於香山寺一者、凡八百首、合爲二十卷一、則別題曰二洛中集一、惟長慶四年、元稹作二白氏長慶集序一、稱下盡徵二其文一、手自排纂、成中五十卷二千一百九十一首上、又稱下明年當二改元一、長慶訖二於是一、因號曰中白氏長慶集上、則長慶一集、特穆宗甲辰以前之作、曾及立名所レ辨不レ爲レ無レ據、然唐志載二白氏長慶集七十五卷一、宋志亦載二白氏長慶集七十一卷一、而白氏文集之名、轉不二著錄一、又高斯得恥堂存稾、有二白氏長慶集序一、宋人目錄傳二於今一者、晁公武讀書志、尤袤遂初堂書目、陳振孫書錄解題、亦均作二白氏長慶集一、則謂三宋刻必作二白氏文集一、亦未二盡然一、況元稹之序、本爲二長慶集一作、而聖善寺文集記中、載有二居易自註一、稱下元相公先作二集序幷目錄一卷一在上レ外、則長慶集序、已移弁二開成新作之目錄一、知下寶歴以後之詩文、均編爲二續集一、襲中其舊名上矣、未レ可下遽以三總題二長慶一爲上レ非也、其卷帙之數、晁公武謂三前集五十卷、後集二十卷、續集五卷、今亡二三卷一、則當レ有二七十二卷一、陳振孫謂三七十一卷之外、又有二外集一卷一、亦當レ有二七十二卷一、而所レ標總數、乃皆仍爲二七十一卷一、與二今本一合、則其故不レ可二得詳一、至二彭叔夏文苑英華辨證一、謂二集中進士策問第二道、俗本妄有レ所レ增、又馮班才調集評、亦稱三每卷首古調、律詩、格詩之目、爲二重刻改竄一、則今所レ行本、已迥非二當日之舊一矣、

「潤色」

『文選』卷第一、班孟堅(固)、兩都賦序、

以興レ廢繼レ絶、潤二色鴻業一、善曰、言能發二起遺文一、以光二讃大業一也、

「吹瑩」

『劉勰新論』因顯第二十、

夫火以二吹爇一生レ焰、鏡以二瑩拂一成レ鑑、火不レ吹則無二外耀之光一、鏡不レ瑩必闕二內影之照一、故吹成二火之光一、瑩爲二鏡之華一、人之寓レ代亦須二聲譽一以發二光華一、猶三凡火鏡假二吹瑩一也、

「老子者天地之魂精、神靈之總氣云々」

『神仙傳』卷一、老子、

老子先二天地一生、或云、天之精魄、蓋神靈之屬、（中略）葛稚川云、洪以爲、老子若是天之精神、當無二世不一レ出、俯レ尊就レ卑、委レ逸就レ勞、背二清澄一而入二臭濁一、棄二天官一而受二人爵一也、夫有二天地一則有二道術一、道術之士何時暫乏、是以伏羲以來至二於三代一、顯二名道術一世世有レ之、何必常是一老子也、

「化胡」

化胡は不詳。但し、化は造化、天地自然の意。胡は遠の意ととる。

『列子』周穆王第三、

昔老聃之徂レ西也、顧而告レ予曰、有生之氣、有形之狀、盡幻也、造化之所レ始、陰陽之所レ變者、謂二之生一、謂二之死一、窮レ數達レ變、因レ形移易者、謂二之化一、謂二之幻一、

『儀禮』士冠禮、

祝曰、令月吉日、始加二元服一、棄二爾幼志一、順二爾成德一、壽考惟祺、介二爾景福一、爾、女也、既冠爲二成德一、祺、祥也、介景、皆大也、因レ冠而戒且勸レ之、女如

レ是、則有二壽考之祥一、大二女之大福一也、再加曰、吉月令辰、乃申二爾服一、辰、子丑也、申、重也、敬二爾威儀一、淑愼二爾德一、眉壽萬年、永受二胡福一、胡、猶遐也、遠也、遠無窮、古文眉作レ麋、

「伏羲時出云々」

『神仙傳』卷一、老子、

或云、上三皇時、爲二元中法師一、下三皇時、爲二金闕帝君一、伏羲時爲二鬱華子一、神農時爲二九靈老子一、

『列仙傳』卷之一、

老子者、太上老君也、混沌圖云、初三皇時、化レ身號爲二萬法天師一、中三皇時、爲二盤古先生一、伏羲時、爲二欝華子一、女媧氏時、爲二欝密子一、神農時、爲二太成子一、

「元陽經・太遊精經」

何れも所見なし。

○大　意

近年、代々の侍讀の子孫である事の爲めに、尙書一部十三卷・毛詩一部廿卷・文選一部六十卷、及禮記・文集を以て、聖主の御讀に侍した。これ等の書は、何れも天子の治政の大業を讚嘆し、君王の道を益々みがき高める典文でない物はない。又最近、老子道德經の御讀に、侍讀の役をつとめた。この書には、國王が政治を攝る規範が記されて居り、又長生の術が明らかに示されてゐる。侍讀の講の竟つた日、深く感ずる所があつた。老子は天地の精魂の具現であり、言はゞ神靈の屬の宗本である。從つて變幻自在で何れの時代にも現在した。老子は周に生まれる前、遙か昔から、變身して代々の帝王の師となつて來た。伏羲の時は大野中に居て、欝華子と稱し、元陽經を作り、神

農の時には濟陰に居て、太成子と稱し、太遊精經を作った。

72(2) 祝融《ノ》時出《テ》爲《リ》レ師《ト》居《テ》二恒山《ニ》一、號《シ》二廣壽子《ト》一、說《キ》二案摩通精經《ヲ》一、教《フルニ》以《テシ》二安《ズル》レ神《ヲ》之道《ヲ》一、陶鑄爲《シ》レ器《ト》變《ジ》レ生《ヲ》冷《ス》レ毒《ヲ》、黃帝《ノ》時出《テ》爲《リ》レ師《ト》居《テ》二崆峒《ニ》一、號《シ》二廣成子《ト》一、說《キ》二道成經《ヲ》一、教《フルニ》以《テス》二理《ルノ》レ身《ヲ》之道《ヲ》一、帝行《ヒ》レ之《ヲ》垂《レ》二衣裳《ヲ》一立《テ》レ市《ヲ》利《ス》二天下《ヲ》一、時《ニ》景星曜《キ》萬人康《シ》、顓頊《ノ》時出《テ》爲《リ》レ師《ト》居《テ》二衡山《ニ》一、號《シ》二赤精子《ト》一、說《キ》二微言經《ヲ》一、教《フルニ》以《テス》二忠順之道《ヲ》一、帝行《ヒ》レ之《ヲ》制《シ》二禮樂《ヲ》一以《テ》和《ス》二天下《ヲ》一、帝嚳《ノ》時出《テ》爲《リ》レ師《ト》居《テ》二江濱《ニ》一、號《シ》二錄圖子《ト》一、說《キ》二黃帝經《ヲ》一、教《フルニ》以《テス》二淸和之道《ヲ》一、帝行《ヒ》レ之《ヲ》作《リ》二鐘皷管籥《ヲ》一暢《バシ》二風俗《ヲ》一天下睦《ム》、

○考　說

『神仙傳』

祝融時、爲二廣壽子一、黃帝時、爲二廣成子一、顓頊時、爲二赤精子一、帝嚳時、爲二祿圖子一、

『列仙傳』卷之一、

軒轅時爲二廣成子一、少皞時爲二隨應子一、顓帝時爲二赤精子一、帝嚳時爲二錄圖子一、

「伏羲・神農・祝融」

『補史記』の「三皇本紀」に見える。

「恒山」

『讀史方輿紀要』卷十、直隸一、名山、

恒山亦曰二常山一、亦曰二北嶽一、在二眞定府定州曲陽縣西北百四十里一、亘二保定府以西一、及二山西大同府東境一、

『爾雅』釋山第十一、

泰山爲二東嶽一、華山爲二西嶽一、霍山爲二南嶽一、（即天柱山、潛水所レ出、）恒山爲二北嶽一、（常山、）嵩高爲二中嶽一、（大室山也、）

「說二案摩通精經一云々」

他に所見なし。

「廣成子」

『神仙傳』

廣成子者、古之仙人也、居二崆峒之山石室之中一、黃帝聞而造焉、曰敢問二至道之要一、廣成子曰、爾治二天下一、禽不レ待レ候而飛、草木不レ待レ黃而落、何足三以語二至道一、（次掲『列仙傳』を參照）黃帝退而閑居三月、後往見レ之、膝行而前、再拜請レ問治レ身之道一、廣成子答曰、至道之精、杳杳冥冥、（『列仙傳』は、窈窈冥冥とする。）無レ視無レ聽、抱レ神以レ靜、形將自正、必靜必淸、（『列仙傳』は、心靜神淸とする。）無レ勞二爾形一、無レ搖二爾精一、乃可二長生一、愼レ內閉レ外、多知爲レ敗、我守二其一一、以處二其和一、故千二百歲而形未二嘗衰一、得二我道一者、上爲レ皇、失二吾道一者、下爲レ土、將去汝入二無窮之門一、游二無極之野一、與二日月一參レ光、與二天地一爲レ常、人其盡死而我獨存矣、

「垂二衣裳一立レ市利二天下一」

『周易』繫辭下傳、

黃帝堯舜垂二衣裳一而天下治、蓋取二諸乾坤一、（垂二衣裳一以辨二貴賤一、乾尊、坤卑之義也、）刳《クボメ》レ木爲レ舟、剡《ケツリ》レ木爲レ楫《カチ》、舟楫之利以濟二不通一、致レ遠以利二天下一、蓋取二諸渙一、（渙者、乘《ヨリ》レ理以散動也、）服《ツケ》レ牛乘レ馬、引レ重致レ遠、以利二天下一、蓋取二諸隨一、（隨、隨レ宜也、服レ牛乘レ馬、隨二物所一レ之、）

各得二其宜一也、

「立レ市」

『周易』繫辭下傳、

神農氏作、（中略）日中爲レ市、致二天下之民一、聚二天下之貨一、交易而退各得二其所一、蓋取二諸噬嗑一、噬嗑、合也、市人之所レ聚、異方之所レ合、設レ法以合レ物、噬嗑之義也、

「景星」

『史記』卷之二十七、天官書、

天精而見二景星一、孟康曰、精、明也、有下赤方氣與二青方氣一相連上、赤方中有二兩黃星一、青方中一黃星、凡三星合爲二景星一、索隱曰、韋昭云、精謂二清朗一、漢書作レ牲、亦作レ腥、郭璞註二三蒼一云、腥雨止無レ雲也、正義曰、景星狀如二半月一、生二於晦朔一、助レ月爲レ明、見則人君有レ德、明聖之慶也、景星者德星也、其狀無レ常、出二於有道之國一、

『宋書』志第十七、符瑞上、

黃帝軒轅氏、（中略）聖德光被、群瑞畢臻、有三屈軼之草生二於庭一、佞人入レ朝則草指レ之、是以佞人不二敢進一、有二景雲之瑞一、有下赤方氣與二青方氣一相連上、赤方中有二兩星一、青方中有二一星一、凡三星皆黃色、以二天清明時一、見二於攝提一、名曰二景星一、

「顓頊」

『史記』卷之一、五帝本紀、

帝顓頊高陽者、黃帝之孫、而昌意之子也、靜淵以有レ謀、疏通而知レ事、養レ材以任レ地、載レ時以象レ天、依二鬼神一以制レ義、治レ氣以教化、潔誠以祭祀、

「衡山」

『初學記』巻第五、地部上、衡山第四、

徐靈期南岳記、及盛弘之荊州記云、衡山者五岳之南岳也、其來尚矣、至㆓于軒轅㆒、乃以㆓灊霍之山㆒爲㆓其副㆒焉、故爾雅云、霍山爲㆓南岳㆒、蓋因㆓其副㆒焉、或云、衡山一名霍山、至㆓漢武㆒南巡、又以㆔衡山南遠道隔㆓江漢㆒、於㆑是乃徙㆓南岳之祭于廬江灊山㆒、此亦承㆓軒轅副義㆒也、干寶捜神記云、漢武徙㆓南岳之祭㆒著㆓廬江灊縣之霍山㆒、郭璞爾雅注云、霍山在㆓廬江郡潛縣㆒、別名天柱山、漢武以㆘衡山遼遠讖緯以㆓霍山㆒爲㆖岳故祭㆑之、

「微言經」

不詳。

「帝嚳」

『史記』巻之一、五帝本紀、

帝嚳高辛者、黃帝之曾孫也、高辛父曰㆓蟜極㆒、蟜極父曰㆓玄囂㆒、玄囂父曰㆓黃帝㆒、自㆔玄囂與㆓蟜極㆒、皆不㆑得㆑在㆑位、至㆓高辛㆒卽㆓帝位㆒、高辛於㆓顓頊㆒爲㆓族子㆒、高辛生而神靈、自言㆓其名㆒、普施利㆑物、不㆑於㆓其身㆒、聰以知㆑遠、明以察㆑微、順㆓天之義㆒、知㆓民之急㆒、仁而威、惠而信、修㆑身而天下服、取㆓地之財㆒而節㆓用之㆒、撫㆓教萬民㆒而利㆓誨之㆒、曆㆓日月㆒而迎㆓送之㆒、明㆓鬼神㆒而敬㆓事之㆒、其色郁郁、其德嶷嶷、其動也時、其服也士、帝嚳漑執㆑中而徧㆓天下㆒、日月所㆑照、風雨所㆑至、莫㆑不㆓從服㆒、帝嚳娶㆓陳鋒氏女㆒、生㆓放勛㆒、

「黃帝經」

不詳。

○大　意

祝融の時に現じて、帝師となり、恒山に住し廣壽子と名乘り、案摩通精經を說き、神心を安んずる道を教へ、陶や鑄金で器を作り、様々な害毒を消した。黃帝の時現じて帝師となり、崆峒山に住み、廣成子と號し、道成經を說き、修身の法を教へた。帝はその教へに従ひ、貴賤の別を明確にし、市を開いて天下に利便をもたらした。黃帝の世には瑞兆の景星が輝き、萬人が安康であつた。顓頊の時現じて帝師となり、衡山に居て赤精子と號し、微言經を說いて忠順の道を教へ、帝はこの教へに従つて禮樂を定め、天下を和平ならしめた。帝嚳の時現じて江のほとりに住み、錄國子と號し、黃帝經を說き、清和の道を教へ、帝はこの教へに従ひ、諸樂器を作り、民俗をのび〳〵させ、天下民心は睦び合つた。

72(3) 堯《ノ》時下《リテ》爲《リ》レ師《ト》、居《テ》二姑射山《ニ》一、號《ス》二務成子《ト》一、說《ク》二政事離合經《ヲ》一、教《フルニ》以《テシ》二謙謹之道《ヲ》一、景星見《ル》、舜《ノ》時下《リテ》爲《リ》レ師《ト》、居《テ》二河陽《ニ》一、號《ス》二尹壽子《ト》一、說《キ》二道德經《ヲ》一、教《フルニ》以《テス》二孝悌之道《ヲ》一、帝行《ヒ》レ之《ヲ》先《ニシ》レ人《ヲ》後《ニス》レ己《ヲ》、在《リ》二鰥獨《ニ》一、時《ニ》景星耀《キ》人懽《ブ》、夏禹《ノ》時、下《リテ》爲《リ》レ師《ト》、居《テ》二南山《ニ》一、號《ス》二眞行子《ト》一、說《キ》二德戒經《ヲ》一、教《フルニ》以《テス》二勤儉之道《ヲ》一、禹行《ヒ》レ之《ヲ》、浴《シ》二風雨《ニ》一決《ス》レ水《ヲ》、人安樂《ス》、

○考　說

「堯」

『史記』巻之一、五帝本紀、

帝堯者、索隱曰、堯、謚也、放勳、名、帝嚳之子、姓伊祁氏、放勳、徐廣曰、號二陶唐一、其仁如レ天、其知如レ神、就レ之如レ日、望レ之如レ雲、富而不レ驕、

貴而不レ舒、黄收純衣、彤車乘二白馬一、能明二馴德一、以親二九族一、九族既睦、便二章百姓一、

「姑射山」

姑射山は藐姑射で仙人の住む山。

『莊子』逍遙遊第一、

藐姑射之山有二神人一居焉、肌膚若二氷雪一淖約若二處子一、疏、藐、遠也、山海經云、姑射山在二寰海之外一、有二神聖之人一、

「務成子」

『風俗通義』卷二、東方朔、

俗言、東方朔太白星精、黄帝時爲二風后一、堯時爲二務成子一、周時爲二老聃一、

『神仙傳』老子、

堯時爲二務成子一、舜時爲二尹壽子一、夏禹時爲二眞行子一、

「舜」

『史記』卷之一、五帝本紀、

虞舜者、索隱曰、虞、國名、在二河東太陽縣一、舜、謚也、名曰二重華一、重華父曰二瞽叟一、瞽叟父曰二橋牛一、橋牛父曰二句望一、句望父曰二敬康一、敬康父曰二窮蟬一、窮蟬父曰二帝顓頊一、顓頊父曰二昌意一、以至レ舜七世矣、自二從窮蟬一以至二帝舜一、皆微爲二庶人一、舜父瞽叟盲而舜母死、瞽叟更娶レ妻而生レ象、象傲、瞽叟愛二後妻子一、常欲レ殺レ舜、舜避逃、及レ有二小過一則受レ罪、順二事父及後母與一レ弟、日以篤謹匪レ有レ懈、舜冀州之人也、舜耕二歷山一、漁二雷澤一、陶二河濱一、作二什器於壽丘一、（中略）舜年二十、以レ孝聞、三十而帝堯問二可レ用者一、四嶽咸薦二虞舜一曰可、於レ是堯乃以二二女一妻レ舜、（下略）

「孝悌」

『論語』學而、

有子曰、其爲レ人也孝悌、而好レ犯レ上者鮮矣、疏、善事二父母一曰孝、善事レ兄曰レ悌也、

「先レ人後レ己」

『易林』卷一、需之第五、

旅、因レ禍受レ福、喜盈二我室一、先レ人後レ己、所レ願必得、

「鰥獨」

『漢書』卷之六、武帝紀、元狩元年、詔、

哀二夫老眊孤寡鰥獨一、師古曰、眊、古耄字、八十曰レ耄、耄、老稱也、一曰二眊不明之貌一、或匱二於衣食一、甚憐愍焉、

鰥寡孤獨の略。

「夏禹」

『史記』卷之二、夏本紀、

夏禹、正義曰、夏者、帝禹封國號也、名曰二文命一、正義曰、帝王紀云、父鯀妻修巳、見二流星貫レ昴、夢接意感、又呑二神珠薏苡一、胷坼而生レ禹、名文命、字密、身九尺二寸長、本西夷人也、禹之父曰レ鯀、鯀之父曰二帝顓頊一、顓頊之父曰二昌意一、昌意之父曰二黄帝一、禹者黄帝之玄孫、而帝顓頊之孫也、禹之曾大父昌意、及父鯀、皆不レ得レ在二帝位一、爲二人臣一、（中略、帝堯の代洪水あり、治水者を求むるに、四嶽が鯀を推し、鯀が治水に失敗するや、舜を登用、舜は鯀の無能を罰し、子の禹を擧げて治水にあたらしめた。）禹傷二先人父鯀功之不レ成受レ誅、乃勞レ身焦レ思、居レ外十三年、過二家門一不二敢入一、薄二衣食一、致二孝于鬼神一、卑二宮室一、致二費於溝淢一、陸行乘レ車、水行乘レ船、泥行乘レ橇、山行乘レ檋、左二準繩一、右二規矩一、載二四時一、以開二九州一、通二

九道一、陂二九澤一、度二九山一、令下益予中衆庶稻、可上種二卑濕一、命二后稷一、予二衆庶難レ得之食一、食少調レ有レ餘相給、以

均二諸侯一、

「南山」

『文選』巻第三、張平子(衡)、東京賦、

結二雲閣一冠二南山一、綜曰、結、連也、雲閣、閣名也、高如レ雲、故言レ雲、三輔故事曰、秦二世胡亥、起二雲閣一欲レ與二山齊一、冠、覆也、南山終南在二長安南一、

『初學記』巻第五、地部上、終南山、

辛氏三秦記云、其山從二長安一向レ西可二二百里一、中有二石室靈芝一、常有二一道士一、不レ食二五穀一、自言二太一之精一、齋潔乃得レ見レ之、而所レ居地、名曰二地肺一、可レ避二洪水一、相傳云、上有レ水、神人乘レ船行、追レ之不レ及、猶見レ有二故漆舡一者、秦時、四皓亦隱二於此山一、

「政事離合經・道德經・德戒經」

不詳。

○大　意

堯の時現じて帝師となり、姑射山に住み務成子と號した。政事離合經を説いて、つゝしみいそしむ道を教へた。舜の時に瑞星の景星が現はれた。舜の時現じて河陽に住み、尹壽子と號し、道德經を説き、親に孝、兄に悌の道を教へ、帝はこの教へに隨ひ、己の事を後にし、人の爲めをはかり、鰥獨をあはれみ、景星が耀いて人々は治世を喜んだ。禹の時に現じて帝師となり、南山に住み眞行子と號し、德戒經を說き、勤儉の道を教へ、禹はこれに隨ふに、風雨時あり、又治水に成功し、人民は安樂した。

72 (4) 殷湯《ノ》時出《テ》爲《リ》レ師《ト》、居《リ》二潛山《ニ》一、號《シ》二錫則子《ト》一、說《キ》二長生經《ヲ》一、教《フルニ》以《テス》二恭愛之道《ヲ》一、湯行《ヒ》レ之《ヲ》、視《ルヿ》レ人《ヲ》如《シ》レ己《ノ》、恩及《ビ》二昆蟲《ニ》一、時《ニ》華戎服《ス》、周《ノ》文王《ノ》時出《テ》爲《リ》レ師《ト》、居《リ》二岐山《ニ》一、號《シ》二變邑子《ト》一、爲《リ》二守藏《ノ》史《ト》一、說《キ》二赤精經《ヲ》一、教《フルニ》以《テス》二仁信之道《ヲ》一、周行《ヒ》レ之《ヲ》、禮《シ》レ賢《ニ》好《ム》レ義《ヲ》、武王《ノ》時出《テ》爲《リ》レ師《ト》、居《リ》二樓觀《ニ》一、號《シ》二育成子《ト》一、爲《リ》二柱下《ノ》史《ト》一、作《ル》二璇璣經《ヲ》一、成王《ノ》時出《テ》爲《リ》レ師《ト》、號《ス》二經成子《ト》一、康王《ノ》時出《テ》爲《リ》レ師《ト》、號《ス》二郭叔子《ト》一、成康《ノ》時、刑措《クヿ》四十餘年、

○考　説

『神仙傳』巻一、老子、

殷湯時爲二錫則子一、文王時爲二文邑先生一、一云守藏史、

『列仙傳』巻之一、

湯時爲二錫則子一、（中略）周文王爲二西伯一、召爲二守藏史一、武王時、遷爲二柱下史一、成王時仍爲二柱下史一、乃遊二西極大秦竺乾等國一、號二古先生一、化二導其國一、康王時、還二歸于周一、復爲二柱下史一、昭王時、去レ官歸レ亳隱焉、

「殷湯」

『史記』巻之三、殷本紀、に、

殷契、索隱曰、契始封レ商、其後裔盤庚遷レ殷、殷在二鄴南一、遂爲二天下號一、契是殷家始祖、故言レ契、（中略）子天乙立、是爲二成湯一、張晏曰、禹湯皆字也、二王去二唐虞之文一、從二高陽之質一、故夏殷之王、皆以レ名爲レ號、謚法曰、除レ虐去レ殘曰レ湯、索隱曰、湯名履、書曰、予小子履、是也、又稱二天乙一者、譙周云、夏殷之禮、生稱レ王、死稱二廟主一、皆以二帝名一配レ之、天亦帝也、殷人尊レ湯、故曰二天乙一、從レ契至レ湯凡十四代、故國語曰、玄王勤レ商、十四代興、玄王、契也、

湯は名臣伊尹を相として、夏の桀を敗つて殷の善政を施した。野人が鳥羅を張り、「自二天下四方一皆入二吾網一」と

祝したのを見て、湯が三面を切り開き、「欲レ左左、欲レ右右、不レ用レ命、乃入二吾網一」と祝した爲め、諸侯が湯の德の厚いのに感じた話は有名である。

「潛山」

『讀史方輿紀要』巻二十六、江南八、安慶府、潛山縣、

灊山、

縣西北二十里、綿亙深遠、與二六安州霍山縣一接レ界、卽霍山矣、舊志、潛山與二皖公天柱一三峯鼎峙、層巒疊嶂、爲二長淮之扞蔽一、說者皆以二潛皖天柱一爲二三山一、其實非也、盖以レ形言レ之、則曰二潛山一、謂二遠近山勢皆潛伏一也、以レ地言レ之、則曰二皖山一、謂二皖伯所レ封之國一也、或謂二之皖公山一、亦曰二皖伯臺一、以レ峯言レ之、則曰二天柱一、其峯突二出衆山之上一、峭拔如レ柱也、名雖レ有レ三、實一山耳、或又謂、山南爲レ皖、山北爲レ潛、雪山盤二其東一、霍山屛二其西一、皆卽一山而强爲二之說一耳、

「周文王」

『史記』巻之四、周本紀、

公季卒、子昌立、是爲二西伯一、西伯曰二文王一、正義曰、帝王世紀云、文王龍顏虎眉、身長十尺、有二四乳一、遵二后稷公劉之業一、則二古公（祖父）公季（父）之法一、篤レ仁敬レ老、慈レ少、禮二下賢者一、日中不レ暇レ食、以待レ士、士以レ此多歸レ之、

殷の紂が譖を聞き、文王を羑里に囚へた時、閎夭等が紂に、有華氏の美女・驪戎の文馬・有熊の九駟、その他の珍奇の物を贈り、文王を囚から放たしめた。

「岐山」

『太平御覽』巻四〇、地部五、岐山、

河圖括地象云、岐山在二崑崙山東南一、爲二地乳一、上多二白金一、周之興也、鸑鷟鳴二於岐山一、時人亦謂二岐山一爲二鳳

皇堆㆒、

『文選』巻二、張平子（衡）、西京賦、

岐梁汧雍、綜曰、説文曰、岐山在㆓長安西美陽縣界㆒、有㆓兩岐㆒、因以名㆑焉、

「武王」

文王の子、「太公望爲㆑師、周公旦爲㆑輔、召公畢公之徒、左㆓右王師㆒、修㆓文王緒業㆒」（『史記』周本紀、）殷の紂を敗死させ、「縦㆓馬於華山之陽㆒、放㆓牛於桃林之虚㆒、偃㆓干戈㆒、振㆑兵釋㆑旅、示㆔天下不㆓復用㆒」（『史記』周本紀、）天下の太平を致す。

「樓觀」

樓観は固有名か、普通の語か不明。固有名ならば樓観谷を指すか。

『讀史方輿紀要』巻三十九、山西一、其名山、五臺、

五臺山在㆓太原府代州五臺縣東北百四十里㆒、（中略）東畔有㆓那羅延洞㆒、又東有㆓樓觀谷㆒、

「柱下史」

藏書室の役人。

『史記』巻之六十三、老子韓非列傳第三、

姓李氏、名耳、字伯陽、謚曰㆑聃、周守藏室之史也、索隠曰、按藏室史、乃周藏㆑書室之史也、又張湯傳、老子爲㆓柱下史㆒、即藏室之柱下、因以爲㆓官名㆒、

「成王」

周武王の太子。

「康王」

成王の太子。

「刑措四十餘年」

『史記』巻之四、周本紀、

成康（成王・康王）之際、天下安寧、刑錯四十餘年不ㇾ用、應劭曰、錯、置也、民不ㇾ犯ㇾ法、無ㇾ所ㇾ置ㇾ刑、

「長生經・赤精經・璇璣經」

不詳。

「變邑子・育成子・經成子・郭叔子」

不詳。

○大　意

殷の湯の時に現じて帝師となり、潛山に住み、錫則子と名乘り、長生經を說き、湯はその教へに隨ひ、他人を視るに、全く自分と同一にし、恩愛は昆蟲に迄及んだ。當時中華の民も夷戎の人も共に心服した。周の文王の時に現じて帝師となり、岐山に住み、變邑子と名乘り、守藏の史となり、赤精經を說き、仁信の道を以て教へ、文王はこの教へに隨ひ、賢士に禮厚く義を好んだ。武王の時現じて帝師となり、樓觀に居て育成子と名乘り、柱下の史となつて、璇璣經を作つた。成王の時現じて帝師となり、經成子と名乘り、康王の時現じて帝師となり、郭叔子と名乘つた。成王・康王の時世は世が治まり、刑罰の行はれない事が四十餘年であつた。

72(5) 於《テ》レ是《ニ》江氏之爲《ルヤ》レ體、一家相傳《ヘテ》歷二李部官之任《ヲ》一、十代次第爲《ル》二蘿圖帝王之師《ト》一、有《ル》レ以哉、就中祖父江納言《ハ》、以《テ》二老子經《ヲ》一奉《ル》レ授《ケ》二延喜天曆二代《ノ》明主《ニ》一、今以《テ》二不佞之身《ヲ》一、侍《ス》二至尊之讀《ニ》一、江家之才德可《シ》レ謂《フ》レ光《ルト》二古今《ニ》一、抑學之道《ハ》嚴師爲《モスト》レ難、師嚴《ニシテ》然《ル》後《チ》道尊《ク》、道尊《クシテ》然《ル》後《チ》民和《ス》二教學《ニ》一、彼《ノ》桓春卿之侍[1]《シ》二五更《ノ》問《ニ》一、其《ノ》家百官會《シ》、張子房之爲《リ》二一卷《ノ》師《ト》一、其位萬戶侯《タリ》、方今聖日徹《シ》二於九流《ニ》一、文風薰《ル》二於十方《ニ》一、我《ガ》后君招《カバ》二賢才《ヲ》一、請《フ》先《ヅ》從レ隗始《メヨ》、我后君興《サバ》二文道《ヲ》一、莫《レ》レ使《ル》二臣《ヲシテ》朝飢《セ》一、於戲不《ス》下獨衒《ヒ》二名譽《ヲ》一、徼《メ》二恩榮《ヲ》一忘《ル、ニ》中止足《ヲ》上、蓋《シ》一身猶是使《ムル》丁天下之好學、不好學、才子不才子、知《ラ》丙儒學之爲《リ》レ大、侍讀之異《ルハ》レ他《ニ》、實《ニ》典《スルナルヲ》乙 釋李老三教之大意《ヲ》甲也、不レ堪《ヘ》二情懇《ニ》一、詠《ジテ》二所懷《ヲ》一題《ス》二御書院之壁《ニ》一、安《ンゾ》知《ラン》二李耳不《ルヲ》レ聽《カ》レ之《ヲ》、

○校　異

①「侍」＝底本「待」に作る。意に據り改む。

○考　說

「一家相傳歷二李部官之任一」

『尊卑分脈』

大江音人（式部少甫・東宮學士、）―千古（式部權大輔、）―維時（式部大輔、）―重光（式部大輔、）―匡衡（式部大輔、）

「蘿圖」

『淮南子』卷第六、覽冥訓、

援二絕瑞一席二蘿圖一、殊絕之瑞應レ援而致レ之也、羅二列圖籍一、以爲二席蓐一、一說羅圖車上席也、

「祖父江納言」

『尊卑分脈』に、中納言大江維時、「三代侍讀、醍醐朱雀村上」と見える。

「不佞」

佞はかしこい意。不佞は不才に同じ。

『國語』晉語二、

夷吾不佞、其誰能恃乎、佞、才也、

「桓春卿」

桓榮の事、68條に既述。

「五更」（附二三老一）

『後漢書』第二卷、明帝紀、

（永平二年）冬十月壬子、幸二辟雍一、初行二養老禮一、詔曰、光武皇帝建二三朝之禮一、而未レ及二臨饗一、三朝之禮、謂二中元元年、初起二明堂、辟雍、靈臺一也、眇眇小子屬二當聖業一、尚書、康王曰、眇眇予、未小子、孔安國注云、眇眇、猶二微微一也、間《コノゴロ》暮春吉辰、初行二大射一、令月元日、東観記曰、十月元日、復踐二辟雍一尊二事三老一兄二事五更一、安車輭輪、供レ綏執授、侯王設レ醬、公卿饌レ珍、朕親袒割、執レ爵而酳《ソヽグ》、孝經援神契曰、尊二事三老一、父《ノ》象《ナレバ》也、宋均注曰、老人知二天地之事一者、安車、坐乘之車、輭輪、以レ蒲裹レ輪、輭音而兗反、三老就レ車、天子親執レ綏授レ之、説文、綏、車中把也、五更、老人知二五行更代事一者、漢官儀曰、三老五更、皆取下有二首妻男女全具一者上、續漢志曰、養二三老五更一、先吉日、司徒上二太傅若講師故三公人名一、用二其德行年耆高者一、三公一人爲二三老一、次卿一人爲二五更一、皆服二絺紵大袍單衣一、皁緣二領袖中衣一、冠二進賢一、扶二玉杖一、五更亦如レ之、不レ杖皆齋二于大學講堂一、其日乘レ輿先到二辟雍一、禮畢殿坐二于東廂一、遣二使者一安車迎二三老五更一、天子迎二于門屏一、交拜、導自二阼階一、三老自二賓階一升東面、三公設二几杖一九卿正レ履、天子親袒割レ俎、執レ醬而饋、執レ爵而酳、五更南面、三公進供禮亦如レ之、明日皆詣闕謝、以二其於レ己禮太隆一也、醬、醢也、珍、謂二肴羞之屬一、卽周禮八珍之類、鄭玄注二儀禮一云、酳、漱也、所二以潔一レ口、音胤、劉攽曰、注老人知二天地之事一、案本以レ知二天地人三才一故、謂二之三老一、則此之字當レ作レ人也、

『本朝文粋』巻第六、奏状中、（寛弘六年正月十五日）

請下特蒙二天恩一、依二尾張國所レ濟功、幷侍讀勞一、被上レ拜二美濃守闕一狀、

（上略）匡衡非二唯此而已一、侍讀之勞十二年、侍讀之書三百卷、春卿應二五更之問一、萬乘臨二幸其門一、子房爲二一卷之師一、萬戸豐二大其賞一、

「其家百官會」

『後漢書』巻三十七、列傳第二十七、桓榮傳、

榮每二疾病一、帝輒遣二使者存問一、太官太醫相二望於道一、及レ篤上疏謝レ恩、讓二還爵土一、帝幸二其家一問二起居一、入レ街下レ車、擁レ經而前撫レ榮、垂レ涕賜以二牀茵帷帳刀劒衣被一、

「張子房」

『漢書』巻之四十、張良傳、

張良字子房、其先韓人也、

秦に滅ぼされた韓の仇を報ぜんとして、秦皇帝を博狼沙に於て、鐵推を以て撃たんとして失敗、下邳にかくれた。下邳の圯上で黃石公より一編の兵書を授かり、後、漢の高祖に遭ひ用ゐられる。黃石公より授かつた一巻の兵書を以て、漢高祖の帷幄の中で、軍師として戰功をたてた。

漢六年封二功臣一、良未三嘗有二戰鬪功一、高帝曰、運二籌策帷幄中一、決二勝千里外一、子房功也、自擇二齊三萬戸一、良曰、始臣起二下邳一與レ上會レ留、此天以レ臣授二陛下一、陛下用二臣計一幸而時中、臣願封レ留足矣、不三敢當二三萬戸一、廼封レ良爲二留侯一、

後、高祖が戚夫人の子趙王如意を以て、呂后の子の太子を廢して更へんとした時、秦亂を避けて商山に遁れ匿れた四皓を迎へ太子の輔となし、高祖の太子廢立の意を變へさせた。

良從レ上擊レ代、出二奇計一、下二馬邑一、及レ立二蕭相國一、服虔曰、何時未レ爲二相國一、良勸二高祖一立レ之、所三與レ上從容言二天下事一甚衆、非三天下所二以存亡一、故不レ著、師古曰、著謂レ書二之於史一、良廼稱曰、家世相レ韓、及二韓滅一不レ愛二萬金之資一、爲レ韓報二仇彊秦一、天下震動、今以二三寸舌一爲二帝者師一、封二萬戸一、位列侯、此布衣之極、於レ良足矣、願弃二人間事一、欲下從二赤松子一游上耳、

「九流」

『文選』卷第三十六、任彥升(昉)、天監三年策二秀才一文、

九流七略頗嘗觀、善曰、漢書曰、九流、有二儒家流・道家流・陰陽家流・法家流・名家流・墨家流・從橫家流・雜家流・農家流、又曰、劉歆總二群書一而奏二其七略一、故有二輯略一、有二六藝略一、有二諸子略一、有二詩賦略一、有二兵書略一、有二數術略一、有二方技略一、廣雅曰、頗、少也、

『漢書』卷三十、藝文志、

儒家者流、道家者流、陰陽家者流、法家者流、名家者流、墨家者流、從橫家者流、雜家者流、農家者流、小說家者流、

諸子十家、其可レ觀者、九家而已、皆起二於王道既微、諸侯力政、時君世主好惡殊一レ方、是以九家之術蠭出並作、各引二一端一、崇二其所一レ善、以レ此馳說、取二合諸侯一、其言雖レ殊、辟猶二水火相滅、亦相生一也、(中略) 若能修二六藝之術一、而觀二此九家之言一、舍レ短取レ長、則可三以通二萬方之略一矣、

「十方」

東・西・南・北の四方と、乾・坤・艮・巽の四隅と、上・下の二方を併せて十方とする。

『全唐文』卷十、太宗、大唐三藏聖教序、

宏二濟萬品一、典二御十方一、

「從レ隗始」

『史記』卷之三十四、燕召公世家、

燕昭王於二破燕之後一、卽レ位卑レ身厚レ幣以招二賢者一、謂二郭隗一曰、齊因二孤之國亂一而襲破レ燕、孤極知下燕小力少、不上レ足二以報一、然誠得二賢士一以共レ國、以雪二先王之恥一孤之願也、先生視二可者一得二身事一レ之、郭隗曰、王必欲レ致レ士、先從レ隗始、況賢二於隗一者、豈遠二千里一哉、於レ是昭王爲レ隗改築レ宮而師二事之一、樂毅自レ魏往、鄒衍自レ齊往、劇辛自レ趙往、士爭趨レ燕、

「朝飢」

朝食の前の空腹。

『詩經』召南、汝墳、

未レ見二君子一、惄如二調飢一、惄、飢意也、調、朝也、箋云、惄、思也、未レ見二君子一之時、如二朝飢之思一レ食、

「止足」

『老子』立戒第四十四、

名與レ身孰親、身與レ貨孰多、得與レ亡孰病、甚愛必大費、多藏必厚亡、知レ足不レ辱、知レ止不レ殆、可二以長久一、

『漢書』卷之七十一、疏廣傳贊、

疏廣行二止足之計一、免二辱殆之窠一、

「典」
典は典學の意。常に學に勵む事。典は常にする意。
『尙書』說命下、
惟斆學半、念㆓終始㆒典㆓于學㆒、厥德修罔㆑覺、斆、教也、教然後知㆑所㆑困、是學之半、終始常念㆑學、則其德之修、無㆓能自覺㆒、

○大　意

扨て江氏の體は如何と謂へば、一家の者代々式部省の官に任じられ、音人卿が清和天皇の侍讀たりしより、十代の帝王の歴代の師となつたのは當然である。就中、祖父中納言維時卿は、延喜・天曆の二代の明主に、老子經を御講授申し上げた。今自分が不才の身でありながら、主上の御侍讀の役を務めるは、大江家の才德が古今を通じて輝くと云ふ可きである。抑學問の道は嚴師も難としてゐる。師がきびしくて始めて學問の道は尊く、學問の道が尊ければこそ、人民は教學にいそしむものである。彼の桓榮は五更に任じられ帝の諮問に侍し、病に伏するや其の家には、君侯を始め、百官の人々が參集した。張良は黃石公より得た一巻の兵書を以て漢の高祖の帝師となり、後に萬戶侯に封じられた。今や現代は九流諸派の學に通曉し、國中至る所文風がかぐはしい。我が主君が賢才を招かんとならば、郭隗の故事にならつて、先づ小臣から始めていたゞきたい。我が主君が文道を興隆せんと思はれるなら、微臣を重用あつて沈滯に泣く様な事のない様にしていたゞきたい。かく申すのは、決して名譽を望みてらひ、恩榮をもとめて止足の分を忘れてではありません。天下の好學と不好學、才子と不才子とを問はず、あらゆる人に儒學の優越と、侍讀が他に異る別格の榮であるのは、實に、佛教・道教・儒教の三教の大意を日夜研鑽するに據る事を知らしめんが爲めである。切なる思ひに堪へず、意中を詠じて御書院の壁に記した。必ず我が眞情は老子にも達するであらう。

72(6)家經《ハテ》二李部《ヲ》一在《リ》二江濱《ニ》一、謬《ツテ》課《シテ》二庸才《ニ》一更《ニ》說[1]《カシム》レ眞《ヲ》、白髮齡傾《キ》秋雪老《イ》、玄言德顯《レテ》古風新《タナリ》、田成子是《レ》羲皇《ノ》客、河上公非《ハ》二漢帝臣《ノニ》一、夙夜九年爲《リ》二侍讀《ト》一、枯株《モ》花葉[2]《ヲ》待《ツ》二來春《ニ》一、

○校　異

①「說」＝底本「□」とする。『日本詩紀』に據り訂す。　②「葉」＝『日本詩紀』「異」に作る。

○考　說

「田成子」

詳しくは不明。

『史記』卷之一百二十九、貨殖列傳第六十九、范蠡、

變レ名易レ姓、適レ齊爲二鴟夷子皮一、按韓子云、鴟夷子皮事二田成子一、成子去レ齊之レ燕、子皮及從レ之、蓋范蠡也、

「羲皇」

羲皇は伏羲の事。

『補史記』三皇本紀、

太皡庖犧氏風姓、代二燧人氏一、繼レ天而王、母曰二華胥一、履二大人迹於雷澤一、而生二庖犧於成紀一、蛇身人首、有二聖德一、仰則觀二象於天一、俯則觀二法於地一、旁觀二鳥獸之文與二地之宜一、近取二諸身一、遠取二諸物一、始畫二八卦一、以通二神明之德一、以類二萬物之情一、造二書契一、以代二結繩之政一、於レ是始制二嫁娶一、以二儷皮一爲レ禮、結二網罟一以教二佃漁一、故曰二宓犧氏一、養二犧牲一以庖厨、故曰二庖犧一、有二龍瑞一、以レ龍紀レ官、號曰二龍師一、作二三十五弦之瑟一、木德王、注二

春令一、故易稱三帝出二乎震一、月令孟春其帝太皞是也、都二於陳一、東封二太山一、立一十一年崩、

「河上公」

『神仙傳』巻三、河上公、

河上公者、莫レ知二其姓字一、漢文帝時、公結レ草爲二庵于河之濱一、帝讀二老子經一頗好レ之、勅二諸王及大臣一皆誦レ之、有二所レ不レ解數事一、時人莫二能道一レ之、聞四時皆稱三河上公解二老子經義旨一、乃使下齎二所レ不レ決之事一以問上、公曰、道尊德貴、非レ可二遙問一也、帝卽幸二其庵一躬問レ之、帝曰、普天之下莫レ非二王土一、率土之濱莫レ非二王臣一、域中四大、王居二其一一、子雖レ有レ道、猶朕民也、不レ能二自屈一、何乃高乎、公卽撫レ掌坐躍、冉冉在二虛空中一、去レ地數丈俛仰而答、曰余上不レ至レ天、中不レ累レ人、下不レ居レ地、何民臣之有、帝乃下レ車稽首、曰朕以二不德一、忝統二先業一、才小任大、憂二於不一レ堪、雖レ治二世事一、而心敬レ道、眞以二暗昧一、多レ所レ不レ了、唯願道君有二以教一レ之、公乃授二素書二卷一與レ帝、日熟研レ之、此經所レ疑皆了、不レ事二多言一也、余注二此經一以來一千七百餘年、凡傳二三人一、連二子四矣、勿下以示上レ非二其人一、言畢失二其所在一、須臾雲霧晦冥、天地泯合、帝甚貴レ之、論者以爲文帝好二老子之言一、世不レ能二盡通一、故神人特下教レ之、而恐漢文心未レ至レ信、故示二神變一、所謂聖人無二常心一、以二百姓心一爲レ心耶、

○大　意

我家は代々李部の官を經、大江の家名をなしてゐる。自分は大江の家の一員として、庸才であるにも拘はらず、謬つて老子經の眞を侍講し奉つた。我身は既に白髮の老齡であるが、老子經の教へは德深く益々新しい意義を持つてゐる。田成子は伏羲の客師であり、河上公は漢帝の臣下でなく師である。長年にわたり侍讀の任に在つて、身は枯木のやうに老いてはゐても、尙ほ年々に來春の花咲き枝の榮える事を期してゐる。

73　近日蒙二綸命一、點二文集七十卷一、夫江家之爲二江家一、白樂天之恩也、故何者、延喜聖代、千古維時父子、共爲二文集之侍讀一、天暦聖代、維時齊光父子、共爲二文集之侍讀一、天祿御寓、齊光定基父子、共爲二文集之侍讀一、爰當今盛興二延喜天暦之故事一、匡衡獨爲二文集之侍讀一、擧周未レ遇レ昇、欲レ罷不レ能、以レ詩慰レ意、

研レ朱仰レ鳳點二文集一、汗レ竹割レ雞居二武城一、若用二父功一應レ賞レ子、老榮欲レ擬昔桓榮、

○考　説

「綸命」

綸言に同じ。天子の御命令。

『禮記』第三十三、緇衣、

子曰、王言如レ絲、其出如レ綸、王言如レ綸、其出如レ綍、言二言出彌大一也、綸、今有秩嗇夫所レ佩也、綍、引レ棺索也、

王言は出でた時には糸の如く細いが、だん〳〵に天下にとゞく時は大綱の様に力あるものになる意。

「大江家の人々の傳」

『尊卑分脈』

千古——維時——重光——匡衡——擧周《タカチカ》

維時——齊光——爲基

齊光——定基法名寂照、圓通大師、

「千古」

『尊卑分脈』

音人――千古伊与権守、式部少輔、式部権大輔、従四上、延長二二卒、後撰新古今作者、

「維時」

『尊卑分脈』

千古――維時文、策、式、藏、大學頭、文章博士、東宮學士、式部大輔、左京大夫、中納言、従三位、贈従二位、

「齊光《トキミツ》」

『尊卑分脈』

維時――齊光文、策、式、藏、五藏、弁、頭、民部権大輔、式部大輔、東宮學士、參議、左大弁、正三位、大學頭、三代侍讀、冷泉・圓融・一条、永延元十一七薨、

「定基」

『尊卑分脈』

齊光――定基藏、參河守、徳明博士、圖書頭、従五下、後拾遺詞花新古今等作者、寛和二六出家、法名寂照、長保五八廿五入唐、號圓通大師、

「擧周」

『尊卑分脈』

匡衡――擧周文、策、藏、式部大輔、正四下、丹波三河和泉等守、後一条院侍讀、文章博士、木工頭、母赤染衛門、

「研レ朱」

朱墨をすりとゝのへる意。

「仰レ鳳」

大命を仰ぐ意。鳳は鳳詔の事。

鳳詔

『事物紀源』巻二、公式姓諱部、

鳳詔、後趙石季龍、置二戯馬観一、観上安二詔書一、用二五色紙一、噏二於木鳳口一而頒レ之、今大禮御レ樓肆赦亦用二其事一、自二石季龍一始也、

「汗竹」

油をとつた竹、竹簡。

『晉書』十四、志第四、地理志上、

黄帝則東レ海南レ江、登レ空躡レ岱、至二於崑峯振レ轡風山訪レ道、存二諸汗竹一、不レ可二厚誣一、

「割レ雞居二武城一」

『論語』陽貨、

子之二武城一、聞二絃歌之聲一、孔安國曰、子游爲二武城宰一也、夫子莞爾而笑曰、割レ雞焉用二牛刀一、孔安國曰、言治レ小、何須レ用二大道一也、子游對曰、昔者偃也、聞二諸夫子一、曰、君子學レ道則愛レ人、小人學レ道則易レ使也、子曰、二三子、偃之言是也、前言戯レ之耳、

「武城」

『清一統志』

魯有二二武城一、東武城卽今武城縣、南武城在二今費縣一、曾子居二武城一、子游爲二武城宰一、當レ在二今費縣一、

『讀史方輿紀要』卷三十三、山東四、袞州府、沂州、費縣、

南武城故城、在二縣西南九十里一、魯邑也、春秋襄十九年、城二武城一、懼レ齊也、（中略）論語、子游爲二武城宰一、又云、子之二武城一、孟子、曾子居二武城一、有二越寇一、皆此、後亦謂二之南城一、

「汗レ竹割レ雞居二武城一」

50條を參看。

今東曹末儒江侍郎、思二鄕貢一以興二學校院一、

割レ雞唯愧蔡雲劍、

牧宰となり、任國に在つて、地方の興學・政治につとめたと言ふ意。

「老榮欲レ擬昔桓榮」

65・68・71條を參看。

○大　意

近日天命を蒙り白氏文集七十卷に訓點を施した。そも〳〵江家が江家として世間から特別視される所以は、白樂天の恩である。何故かと言へば、延喜聖代（醍醐帝）には、大江千古・維時父子が、共に文集の侍讀となり、天曆聖代（村上帝）には、維時・齊光父子が、共に文集の侍讀となり、天祿の御宇（圓融帝）には、齊光・定基父子が、共に文集の侍讀となつた。扨て今上帝（一條帝）は盛んに延喜・天曆の故事を再興され、匡衡が一人で文集の侍讀をつとめる事になつた。擧周が未だ昇殿を許されてゐないからである。思ふまいとしても父子二人で侍讀となれない事が、

殘念でならない。詩を詠じて心緒を慰める次第だ。

大命を奉じて白氏文集に朱點を施す。且つは命を受けて國守として、民の教學治世に盡力した。これらの功を以て子を賞用せられるならば、桓榮の榮譽にも比すべき老後の光榮である。

74

昔《シ》祖父江中納言延喜《ノ》聖代奉《リ》レ付《ケ》二兩皇子之名《ヲ》一、（朱雀院天皇、天暦天皇、）天暦《ノ》聖代奉《リ》レ付《ケ》二兩皇子之名《ヲ》一、（冷泉院天皇、圓融院天皇、）叔父左大丞奉《ルハ》レ付《ケ》二當今之名《ヲ》一、江家代々文[1]之功大也、匡衡承《ケ》二家風《ヲ》一、寛弘五年十月奉《リ》レ付《ケ》二若宮之名《ヲ》一、寛弘六年十二月奉《ル》レ付《ケ》二今若[2]宮之名《ヲ》一、聊《カ》著《シ》二遺華《ヲ》一貽《ノコス》二來葉《ニ》一、夫[3]用《ヒ》二其言《ヲ》一不《レ》レ廢《ステ》二其人《ヲ》一、聖主賢臣之本意也、

延喜以來皇子《ノ》號、江家代々獻《ズ》二嘉名《ヲ》一、漢皇《ノ》中子風標秀《デ》、唐帝《ノ》三郎日角明《カナリ》、愚息前年爲《リ》二侍讀《ト》一、老儒今日祝《フ》二長生《ヲ》一、若依《シラバ》三延喜與《ト》二天曆《ニ》一、父子此春欲《ス》レ發《カント》レ榮《ヲ》、

○校　異

①「文」＝底本なし。『日本詩紀』に據り補ふ。②底本「今君《若イ》」に作る。『日本詩紀』に據り訂す。③「夫」＝『日本詩紀』「天」に作る。

考　説

「祖父中納言」

大江維時である。

『公卿補任』村上天皇、天徳四年、

中納言従三位江維時七十三、八月廿二日轉正、九月十六日昇殿、

「朱雀院天皇」

醍醐帝第十一皇子、諱寛明、母皇太后藤穏子、延長元年七月廿四日誕生。

「天暦天皇」

醍醐帝第十四皇子、諱成明、母同朱雀院、延長四年六月二日誕生。

「冷泉院天皇」

村上帝第二皇子、諱憲平、母皇后安子、天暦四年五月廿三日誕生。

「圓融院天皇」

村上帝第五皇子、諱守平、母同冷泉院、天徳三年三月二日誕生。

「叔父左大丞」

大江齊光《トキミツ》。

『公卿補任』圓融天皇、天元四年、

參議正四位下大江齊光四十八、正月廿九日任、元藏人頭右大辨式部權大輔、辨大輔等如」元、十月十六日轉式部大輔、

『公卿補任』花山天皇、寛和二年、

參議從三位江齊光　右大辨、式部大輔、正月十八日轉左大辨、大輔如」元、十一月十日正三位、

「當今」

一條天皇を云ふ。圓融帝第一皇子、諱懷仁、母東三條院藤詮子、天元三年（九八〇）六月一日誕生。

「寛弘五年十月云々」

後一條院の事。一條帝第二皇子、諱敦成、母上東門院藤彰子、寛弘五年（一〇〇八）九月十一日誕生。

「寛弘六年十二月云々」

後朱雀院の事。一條帝第三皇子、諱敦良、母同後一條院、寛弘六年十一月廿五日誕生。

「遺華」

過ぎ去つた昔の光榮。類似の語に、『文選』卷第一、兩都賦序、に、「先臣之舊式、國家遺美、」と見える。

「來葉」

『文選』卷第十七、論文、陸士衡（機）、文賦、

俯貽二則於來葉一、仰觀二象乎古人一、良曰、（中略）遺二法則於來世一、是見二古人之象一也、

「夫用二其言一不レ廢二其人一」

『文選』卷第五十八、王仲寶（儉）、褚淵碑文、

心明通亮、用二人言一必猶二於己一、濟曰、亮信也、用二人之言一、若レ用二己言一也、

『文選』卷第三十七、曹子建（植）、求二自試一表、

臣聞、明主使レ臣不レ廢二有罪一、

『論語』衛靈公、

子曰、君子不二以レ言擧一レ人、不二以レ人廢一レ言、

「漢皇中子」

『漢書』巻四、文帝紀第四、
孝文皇帝、荀悦曰、諱恒、之字曰レ常、應劭曰、謚法慈惠愛レ人曰レ文、高祖中子也、母曰二薄姫一、
『漢書』巻四、文帝紀贊、
專務以レ德化レ民、是以海内殷富、興二於禮義一、斷レ獄數百、幾レ致二刑措一、應劭曰、措置也、民不レ犯レ法無レ所レ刑也、師古曰、斷レ獄數百者、言普天之下、死罪人不レ過二數百一、幾近也、嗚呼仁哉、

「風標秀」
風采が秀れてゐる。
『文選』巻第五十九、沈休文(約)、齊故安陸昭王碑文、
惟公少而英明、長而弘潤、風標秀擧、清暉映レ世、

「唐帝三郎」
後漢の光武帝を云ふ。三男である。
『後漢書』第一巻上、光武帝紀第一上、
世祖光武皇帝諱秀、字文叔、禮、祖有レ功而宗有レ德、光武中葉興、故廟稱二世祖一、謚法能紹二前業一曰レ光、克二定禍亂一曰レ武、伏侯古今註曰、秀之字曰レ茂、伯仲叔季兄弟之次、長兄伯升、次仲、故字二文叔一焉、

「日角明」
『後漢書』第一巻上、光武帝紀第一上、
欽生二光武一、光武年九歳而孤、養二於叔父良一、身長七尺三寸、美二須眉一、大口隆準日角、隆高也、許負云、鼻頭爲レ準、鄭玄尚書中候注云、日角謂二庭中骨起狀如レ日、性勤二於稼穡一、種曰レ稼、歛曰レ穡、

「愚息前年爲二侍讀一」
息は大江擧周《タカチカ》であるが、此所に云ふ「前年」は、何時か不明。『尊卑分脈』大江氏、には、擧周が後一條院の侍讀であつたと記してゐる。

○**大　意**

昔祖父中納言大江維時が、延喜聖代の二皇子の御名をつけた。朱雀院の寛明親王と、村上帝の御諱成明とである。又天暦の聖代の二皇子の御名をつけた。冷泉天皇の御諱憲平と、圓融天皇の御諱守平とである。叔父左大辨大江齊光が、當今の御諱懷仁をおつけした。いづれも江家代々の文の功は大である。自分匡衡は家の傳統を繼ぎ、寛弘五年十月若宮の御諱敦成をつけ奉り、寛弘六年十二月更に今の若宮の御諱敦良をつけ奉つた。こゝに聊か過ぎし昔の榮光をしるし、子孫にのこす次第だ。一體臣下の言をとりあげ、いたづらに臣下を見棄てないと云ふ事は、聖主賢臣の本意である。

延喜以來、皇子の御諱に、江家の者が代々瑞名を奉つて來た。皇子達は漢の文帝の如く、誠に秀れた風采であり、後漢の光武帝の如く、日角が明らかで、實に天子の風貌を具へてゐられる。愚息の擧周は前年侍讀に擧げられ、老いた自分は今尚ほ長壽を享けてゐる。若し延喜天暦の嘉例によらば、我が父子も今春は御登用の榮をうけ、公卿の列につらなる事が出來やうか。

75　昔高祖父江相公《ハ》、爲《リ》二忠仁公之門人《ト》一、備《ヘ》二顧問《ニ》一、祖父江中納言《ハ》、爲《リ》二貞信公之門人《ト》一、備《フ》二顧問《ニ》一、皆蒙《リ》二不次之賞《ヲ》一列《シタリ》二卿相《ニ》一、今匡衡爲《ハリ》二相府之家臣《ト》一、時々備《ヘ》二下問《ニ》一、有《リ》レ所二發明《スル》一、沐二浴《シ》恩波《ニ》一戴《ク》二[1]徳音《ヲ》一、自《ラ》憑《ム》相府《ノ》好《ムヿ》レ文《ヲ》深《シ》、幸《ニ》當《リ》二下問《ニ》一不二停滯《セ》一、一字千金萬々金、

○**校　異**

①「戴」＝底本「載」に作る。『日本詩紀』に據り訂す。

○**考　説**

「高祖父江相公」

参議左大弁大江音人の事。

「忠仁公」

贈太政大臣冬嗣の二男、藤原良房の事。貞觀十四年（八七二）薨、謚して忠仁公と云ふ。

「祖父江中納言」

大江維時の事。

「貞信公」

藤原忠平の事。

「發明」

『文選』巻第十三、宋玉、風賦、

發二明耳目一寧《ヤスンジ》レ體便レ人、此所レ謂大王之雄風也、濟曰、發、開、寧、安、便、利也、開二耳目之明一、安二利人之身體一者、乃大王之雄風、謂雄駿之風也、

○**大　意**

昔高祖父の大江音人は良房公の下に出入りして、その下問に應じた。祖父大江維時は忠平公の膝下に侍して、その下問に答へた。その結果何れも思ひかけぬ賞を受けて卿相に列した。今自分は道長公の家臣として、時々その御下問に與かり、公の審問に應じてゐる。

自分は高恩を受け、相府の德を戴いて居る。常に相府が詩・文を深く愛好して居られる事を憑みとして居る。幸に相府の御下問の度、今日迄一度も停滯する事なくお答へ出來た。お答へして來た一字一言は、自分にとつて誠に千萬金に値するものである。

76(1)　述懷古調詩《ノ》一百韻、

優遊何所《ノゾ》レ詠《ズル》、身上《ノ》舊由縁《ナリ》、七歳初《メテ》讀《ミ》レ書《ヲ》、騎《シ》レ竹《ニ》擊《ツ》[1]ニ蒙泉《ヲ》一、九歳始《メテ》言《ヒ》レ詩《ヲ》、擧《ゲ》レ花《ヲ》戲《ムル》ニ霞阡《ニ》一、十三加《ヘ》ニ元服《ヲ》一、祖父在《リ》ニ其筵《ノニ》[2]一、提耳《シテ》殷勤《ニ》誡《ム》、努力《シテ》可《シ》レ攻《ヲサム》レ堅《ヲ》、我以《テ》ニ稽古《ノ》力《ヲ》一、早《ミ》備《ハリヌ》ニ公卿《ノ》員《ニ》一、汝有《リ》ニ帝師《ノ》體一、必《ズ》遇《ハン》ニ文王《ノ》田《ニ》一、少年信《ジ》ニ此語《ヲ》一、意氣獨《リ》超然《タリ》、下《シテ》レ帷《ヲ》不レ窺《ハ》レ園《ヲ》、閉《ヂテ》レ戸《ヲ》不レ趁《ハシラ》レ權《ニ》、圍碁厭《ヒ》ニ坐隱《ヲ》一、投壺罷《ム》ニ般還《センヲ》一、浮ニ沈《シ》泗水《ノ》底《ニ》一、昇ニ降《ス》尼山《ノ》巓《ニ》一、夜ニ宴《シ》文峯《ノ》疊《ニ》一、朝ニ宗《ス》學海《ノ》呑《ニ》一、嶮難無《ク》レ不《ル》レ嘗《メ》、寂寞《トシテ》於レ是饘《ス》、運《ビ》[3]ニ心《ヲ》西方《ノ》月《ニ》一、六齋學《ブ》ニ坐禪《ヲ》一、提《ゲ》三歩《ヲ》南山雲《ニ》一、五度斷《ツ》ニ腥羶《ヲ》一、口海《ニ》浮《ベ》ニ般[4]若《ヲ》一、敬ニ禮《ス》金剛拳《ヲ》一、心臺持《シ》ニ妙法《ヲ》一、歸ニ依《ス》大寶蓮《ニ》一、遂《ニ》使《ム》下江二號《ノ》與《ト》ニ菅三一比《セ》上レ肩《ヲ》、當初學中呼ニ菅三江二一、爲ニ一雙一、

○校　異

①「撃」＝底本「繫」に作る。『日本詩紀』に據り改む。　②「筵」＝底本「莚邊イ」に作る。　③「運」＝底本「蓮」に作る。『日本詩紀』に據り改む。　④「般」＝『日本詩紀』「殷」に作る。

○考　説

「古調詩」

古詩の事。

唐代に出來た字數・句數・平仄の嚴しい今體詩に對し、後漢末ごろに起り、六朝の頃以前にさかのぼつた形體の詩。

「優遊」

優游に同じ。ひまがありゆつたりした樣。

『詩經』大雅、巻阿、

伴奐爾游矣、優游爾休矣、伴奐、廣大有二文章一也、箋云、伴奐、自縱弛之意也、賢者既來、王以二才官一秩之、各任二其職一、女則得二伴奐而優游一、自休息也、

「騎レ竹」

竹馬に騎る。

『全唐詩』巻十五、元稹九、哭二女樊一四十韻、

騎竹癡猶レ子、牽レ車小外甥、

「蒙泉」

童蒙の泉。

『周易』蒙、

象曰、山下出泉蒙《ナリ》、山下出泉、未レ知レ所レ適、蒙之象也、

『本朝文粋』巻第九、序乙、詩序二、論文、菅三品、聽二第八皇子始讀二御注孝經一詩序、

幼智之水雖二暗澄一、童蒙之泉猶思レ決、是故始受二御注孝經於國子祭酒江大夫一、

『全唐詩』巻十五、元稹十二、獻二滎陽公一詩五十韻、

勤勤彫二朽木一、細細導二蒙泉一、

「撃二蒙泉一」

童蒙を啓く。童蒙を教へひらく。

『周易』蒙、

象曰、童蒙之吉、順以巽《ナレバ》也、委レ物以レ能、不レ先不レ爲、順以巽者也、上九撃レ蒙、不レ利《アラ》レ爲レ寇《アダ》、利レ禦レ寇、處二蒙之終一、以レ剛居レ上、能撃二去童蒙一、以發二其昧一者也、故曰レ撃レ蒙也、童蒙願レ發、而已能撃二去之一、合二上下之願一、故莫レ不レ順也、爲レ之扞禦則物咸附レ之、若欲レ取レ之、則物咸叛矣、故曰、不レ利レ爲レ寇、利レ禦レ寇也、

「霞阡」

阡は『增韻』に、「阡、路亦曰レ阡、」とあり道路の意。霞阡は霞のたなびいてゐる道。

『全唐文』巻一百七十八、王勃、九成宮頌、

飛甍月徑、列廡霞阡、

「擧レ花戲二霞阡一」

詩の中に花を賞し、霞をめでると云ふ意。

「提耳」

耳に口を近づけねんごろに教へる事。

『詩經』大雅、蕩之什、抑、

於乎小子、未レ知ニ臧否一、匪ニ手攜《ルノミニ》一レ之、言《ワレ》示ニ之事《ニヲ》一、匪レ面ニ命《スルノミニ》之《ニ》一、言提《レス》ニ其耳《ニ》一、箋云、臧、善也、於乎傷下王不上レ知ニ善否一、我非三但以レ手攜ニ製之一、親示以ニ其事是非一、我非ニ但對面語上レ之、親提ニ撕其耳一、此言下以教道之熟不上レ可ニ啓覺一、

『後漢書』循吏列傳第六十六、劉矩傳、

民有ニ爭訟一、矩常引ニ之於前一、提レ耳訓告、

「殷勤」

『文選』卷第十三、謝希逸(莊)、月賦、

沈ニ吟齊章一、殷ニ勤陳篇一、良曰、沈吟殷勤、習思之深也、齊章陳篇、謂ニ將作文章一也、

「攻《ヲサム》レ堅」

難しいものを治めまなぶ意。

『禮記』第十八、學記、

善問者如レ攻《ヲサムルガ》ニ堅木一、先ニ其易者一、後ニ其節目一、

『論語』爲政、

子曰、攻ニ乎異端一、斯害《アルノミ》也已矣、攻、治也、

「文王田」

文王は周の西伯、名は昌、周の武王の父。

『史記』巻之三十二、齊太公世家第二、

西伯將二出獵一卜レ之、曰、所レ獲非レ龍非レ彲、非レ虎非レ羆、所レ獲霸王之輔、於レ是周西伯獵、果遇二太公於渭之陽一、與語大説曰、自二吾先君太公一、曰當下有二聖人一適上レ周、周以興、子眞是邪、吾太公望レ子久矣、故號レ之曰二太公望一、載與倶歸、立爲レ師、

田は狩の事。『詩經』鄭風、叔于田、に、「叔于田、巷無二居人一、叔、大叔段也、田、取レ禽也、」とある。畋に同じ。

「下レ帷不レ窺レ園」

『漢書』巻之五十六、董仲舒傳第二十六、

董仲舒廣川人也、少治二春秋一、孝景時爲二博士一、下レ帷講誦、弟子傳以二久次一相二授業一、或莫レ見二其面一、師古曰、言新學者但就二其舊弟子一受レ業、不レ必親見二仲舒一、蓋三年不レ窺レ園、其精如レ此、

「閉レ戸不レ趁レ權」

『文選』巻第三十六、任彦升(昉)、天監三年策二秀才一文、

閉レ戸自精、開レ巻獨得、善曰、楚國先賢傳曰、孫敬入レ學、閉二戸牖一精力過レ人、大學謂曰、閉戸生入レ市、市人相語、閉戸生來、不レ忍レ欺也、(中略)濟曰、精二專於學一、開二書巻一而獨得二其趣一、

趁は趨の俗字で、はしると讀む。

權者を訪ひ位職を求める事を趁權と云ふ。

『本朝文粹』巻第十三、廻文、慶保胤、勸學院佛名廻文、

下レ帷之士、不レ窺二其園一、希レ張二鳥羅於煙郊一、閉レ戸之生、不レ出二其閫一、誰弄二魚竿於月浦一、

「圍碁《キキ》《キゴ》厭二坐隱一」

『倭名類聚鈔』卷第四、術藝部、雜藝類、

圍碁、博物志云、堯造二圍碁一、音期、字亦作レ棊、世間云レ五、一云、舜之所レ造也、中興書云、圍碁、堯舜以教二愚子一也、

『和漢三才圖會』卷第十七、嬉戲部、

棊《ゴ》、音奇、圍棋、碁同、坐隱、晋王中郎所レ名、手談、晋支公所レ名、棊局《ゴバン》、枰、音平、碁匳《ゴケ》、盛二碁石一之器、

廣博物志云、桀臣烏曹伝者作二賭博圍棋一《ヲ》、或云《ハ》、堯王造《テ》二圍棋一《ヲ》以教《フ》二子丹朱一《ノ》、或云、舜王以二子商均愚一《ノ》《ナルヲ》、作二圍棊一《ヲ》以教レ之、罫《ゴバンノメ》、音話、枰《コハンノ》線間方目《ノナル》、以レ漆《ヲ》畫《ク》レ之《ヲ》、縱横各十九道、棊子白黑共三百六十《アリ》、象《ニシテ》二朞《ルトシノ》日數一《ニ》、九《ツノ》星象《ハル》二九耀《ノ》星一《ニ》、

五雜組云、古今之《ノ》戲、流傳最久遠《ナル》者、莫レ如《ナルハ》二圍棊一《ノ》、其迷二惑人一《ヲ》亞《ツク》二酒色一《ニ》、以爲レ難《シト》、則村童俗士皆《モ》精《シク》造《イタル》二其玄妙一《ニ》、以爲レ易《シト》、則有二聽明才辯人、累《ネテ》レ世《ヲ》究《レモ》レ之而不レ能《ル》レ精《シクスルコト》者一、又邯鄲淳藝經《ノカ》《ニ》、棊局《コハン》縱横各十七道、合二百八十九道《ナリ》、其製《ナソフレハ》視レ今少《シ》二七十一道一、漢魏《ヨリ》以前《ハ》、想《ヲモフニ》皆如《ナル》レ是《ノ》矣、

坐隱は坐したまゝ隱遁の意で、圍棊《キゴ》の別名。

『世說新語』巧藝第二十、

王中郎（王坦之）以二圍棊一是坐隱、支公以二圍棊一爲二手談一、

「投壺罷二般還一」

『倭名類聚鈔』卷第四、術藝部、雜藝類第四十四、

投壺《ツボウチ》《トホナゲ》、內典云、豆保宇知、一云、都保奈介、古禮也、壺長一尺二寸二分、籌長一尺二寸、籌卽投壺矢名也、見二同經一、

『事物紀原』巻九、博奕嬉戯部第四十八、

禮記投壺曰、投壺之禮、主人奉レ矢、司射奉レ中、使人執レ壺、壺頸脩《ナガサ》七寸、腹脩五寸、口徑二寸半、容二一斗五升一、壺中實二小豆一焉、爲三其矢之躍而出二也、壺去レ席二矢半、矢以二柘若棘一、毋去二其皮一、而鼓節有二魯薛之異一、其禮蓋自二周人一始也、（注、擊鼓の節に魯・薛の異論があり、何れが是か不明。）春秋左氏傳、有下晉侯以二齊侯一宴、中行穆子相中投壺之禮上是矣、西京雜記云、漢武時、郭舍人善投壺、以レ竹爲レ矢、不レ用レ棘也、古之投壺取レ中不レ求レ還、郭則激レ矢令レ還、謂二之驍一、言レ如下博之立二碁於北車中一爲中驍傑上也、今投壺之用二竹矢一爲二激還一爲レ驍、自二郭舍人一始也、

『西京雜記』巻五、

武帝時、郭舍人善二投壺一、以レ竹爲レ矢、不レ用レ棘也、古之投壺、取レ中而不レ求レ還、故實二小豆一、惡二其矢躍而出一也、郭舍人則激レ矢令レ還、一矢百餘反、謂レ之爲レ驍、言如二博之堅棊一、於二輩中一爲二驍傑一也、每爲二武帝一投壺、輒賜二金帛一、

「驍《ゲウ》」

『正字通』

驍、箭自レ壺躍出、復以レ手接レ之、屢投屢躍、不レ墜レ地曰レ驍、

般還《ハンセン》は矢がめぐりかへる事。『禮記』投壺、に、「賓再拜受、主人般還曰レ辟、」の釋文に、「還、音旋、」とある。

「浮二沈泗水底一」

『禮記』第三、檀弓上、

曾子怒曰、商、（子夏）女何無レ罪也、吾與レ女事二夫子於洙泗之間一、洙泗魯水名、

『水經注』卷二十五、

泗水出㆓魯下縣北山㆒、（中略）西南過㆓魯縣北㆒、泗水又西南流、逕㆓魯縣㆒分爲㆓二流㆒、水側有㆓一城㆒、爲㆓二水之分會㆒也、北爲㆓洙瀆㆒、（中略）南則泗水、夫子教㆓于洙泗之間㆒、今于城北二水之中、即夫子領㆑徒之所也、從征記曰、洙泗二水、交㆓于魯城東北十七里㆒、（中略）史記冢記、王隱地道記咸言、葬㆓孔子于魯城北泗水上㆒、今泗水南有㆓夫子冢㆒、

浮沈泗水底は、孔孟の儒學に苦しみ勵む事。

「昇㆓降尼山巓㆒」

尼山は尼邱山と云ふ。

『水經注』卷二十五、

泗水自㆓城北㆒南、逕㆓魯城西南㆒合㆓沂水㆒、沂水出㆓魯城東南尼邱山西北㆒、山即顏母所㆔祈而生㆓孔子㆒也、山東十里、有㆓顏母廟㆒、山南數里、孔子父葬處禮、所謂防墓崩者㆒也、

『史記』卷之四十七、孔子世家第十七、

紇（叔梁紇、孔子ノ父）與㆓顏氏女㆒野合而生㆓孔子㆒、禱㆓於尼丘㆒得㆓孔子㆒、

昇降尼山巓は、專念して儒學を治める事。

「夜㆓宴文峯疊㆒」

典據不詳。文場に臨み詩作を學ぶ意か。

「朝㆓宗學海呑㆒」

『法言』學行第一、

百川學レ海而至二于海一、丘陵學レ山不レ至二于山一、是故惡二夫畫《トヾマルヲ》一也、呉祕曰、語曰、今女畫、畫、止也、○司馬光曰、惡、烏路切、百川亦海之類而小、故曰レ學レ海、百川動而不レ息、故至二於海一、丘陵止而不レ進、故不レ至二於山一、學者亦猶レ是矣、

『周禮』春官、大宗伯、

春見曰レ朝、夏見曰レ宗、秋見曰レ覲、冬見曰レ遇、時見曰レ會、殷見曰レ同、

此六禮者、以二諸侯見一レ王爲レ文、六服之內、四方以レ時分來、或朝レ春、或宗レ夏、或覲レ秋、或遇レ冬、名殊禮異、更遞而徧、朝、猶レ朝也、欲二其來之早一、宗、尊也、欲二其尊一レ王、覲之言覲也、欲二其覲レ王之事一、遇、偶也、欲三其若二不レ期而偶至一、時見者、言レ無二常期一、

朝宗はこれが本來の意義である。

『詩經』小雅、沔水、

沔彼流水、朝二宗于海一、興也、沔、水流滿也、水猶有レ所二朝宗一、箋云、興者、水流而入レ海、小就レ大也、喩下諸侯朝二天子一亦猶上レ是也、諸侯春見二天子一曰レ朝、夏見曰レ宗、

朝宗學海呑は、茫洋たる學問にひたすらいそしむ事。

「寂寞於レ是饘」

『文選』卷第十六、江文通(淹)、別賦、

寂寞而傷レ神、

孤獨で淋しく、佛道を想ふに至る意を述べる。

「饘《セン》」

あつがゆを食ふ。『禮記』第十二、內則、に、「饘《セン》酏《イ》、饘、厚粥、酏、薄粥、」とある。

「西方」

極樂淨土・西方淨土の事。

『阿彌陀經』

爾時佛告㆓長老㆒、舍利弗、從㆑是西方、過㆓十萬億土㆒有㆓世界㆒、名曰㆓極樂㆒、其土有㆑佛、號㆓阿彌陀㆒、今現在說法、

「六齋」

白月の八日・十四日・十五日、黑月の二十三日・二十九日・三十日の六日の日に持戒して淸淨に保つ事。

『聖德太子傳曆』

七年（敏達天皇）戊戌、百濟經論數百卷持來上奏、春二月、太子燒香披見、日別一二卷、至㆑冬㆓一遍了、奏曰、月八日、十四日、十五日、廿三日、廿九日、卅日、是爲㆓六齋㆒、此日梵王帝釋（天イ）降見㆓國政㆒、故禁㆓殺生㆒、是仁之基也、仁與㆑聖其心近矣、

「坐禪」

結跏趺坐して俗念を止め、ひたすら佛道の妙理に想をこらすこと。

「提㆓步南山雲㆒」

南山は高野山を指すか。佛道に歸依する意。

「腥羶」

なまぐさきもの。

『漢武帝內傳』

勤二齋戒一、節二飲食一、絶二五穀一、去二羶腥一、

「口海浮二般若一」

常に般若心經を口誦する事。

般若は梵語の Prajñā の譯で、智慧の意である。般若心經は、摩訶般若波羅蜜多心經の事で、唐の玄奘の譯であり、大般若經の精髓を萃めたものである。

『望月佛教大辭典』般若波羅蜜多心經、

般若皆空の心要（注、心の精要。）を略説せるもの。卽ち觀自在菩薩が舍利子の爲に先づ五蘊皆空の義を說き、諸法の空想は不生不滅不垢不淨不增不減なるが故に、空の中には色等の五蘊もなく、眼等の六根もなく、色等の六境もなく、眼界等の六識もなく、無明等の十二因緣もなく、亦無明盡等の十二因緣もなく、苦等の四諦もなく、智もなく亦得もなく、卽ち無所得なることを述ぶ。

「敬二禮金剛拳一」

金剛拳は、四種の拳印の一つ。卽一に蓮華拳、二に金剛拳、三に外縛拳、四に內縛拳と云ひ、金剛拳は栂指を內に握り、四指をその上に伏せた拳印である。金剛拳をうや〳〵しく結んで、佛に歸依する。

「心臺持二妙法一」

心に妙法蓮花經を守持する。

「歸二依大寶蓮一」

佛法を寶蓮華に比したもの。佛法に歸依する意。

『華嚴經』十地品六、
最後三昧、名二受一切智勝職位一、此三昧現在レ前時、有二大寶蓮華一、忽然出生、其華廣大、量等二百萬三千大千世界一、以二衆妙寶一、間錯莊嚴、超二過一切世間境界一、
『本朝文粹』卷第十四、願文下、追善、後江相公、村上天皇爲二母后一四十九日御願文、
蓋聞、大寶蓮蕚、貫二四時一而不レ凋、

「江二・菅三」

江二は贈從二位中納言大江維時、菅三は從三位式部大輔菅原文時か。

○大　意

優然として是に身の上の由來を述べる事にする。自分は七歳で書物を讀み、竹馬の戲に興じたり、啓蒙の教へを受けたりした。九歳で始めて詩を作り、花を詠じ霞を賞した。十三歳で元服したが、その宴席に祖父の維時が坐し、ねんごろに諭されて言ふには、努力して學問の難に立ちむかへよ。自分のよく艱苦勉勵したおかげで、早く公卿の一員に加へられた。お前は帝王の師たる風體を具へてゐる。必ず後日太公望の樣に、聖主の御引立てに與からうと。少年の自分は祖父の言を信じ、意氣さかんに學問に勵んだ。帷を下ろして外に出る事もなく、戶を閉ぢて權門をたたく事もなく、圍碁も投壺も共に斷ち、一途に儒學の道に勵精した。あらゆる艱難をなめ、孤獨の思ひから、佛道に思ひを寄せ、六齋を守り坐禪し、腥羶を斷つたりし、不斷に般若心經を誦し、又金剛拳を結び、心は常に妙法蓮華經を思ひ、一心に佛法に歸依した。そして遂に江二菅三の再來と呼ばれるに至つた。

76(2) 十有五《ニシテ》入《リ》㆑學《ニ》、久《シク》執《ル》㆓豆《ト》與《ヲ》㆑籩、十六奉《ジ》㆓寮試《ヲ》㆒、音訓無《シ》㆑所㆑愆《ツ》、栖遲《シテ》身未《ダ》㆑達《セ》、亡考早爲《クモル》㆑煙《ト》、
曾《テ》無《シ》㆓提獎《ノ》人㆒、心灰獨《リ》自《ラ》燃《ユ》[1]、請《フニ》㆑賜《ハラント》㆓學問料《ヲ》㆒、三代久《シク》崙邅《シ》、請《フニ》㆑補《セラレント》㆓文人職《ニ》㆒、兩儒多《ク》頗偏《ナリ》、比㆑及《ブ》㆓
二十四《ニ》㆒、纔《ニ》蒙《リ》㆓奉勅宣《ヲ》㆒、馮《リテ》㆑學《ニ》登《リ》㆓龍門《ヲ》㆒、泝《サカノボリ》㆑流《ヲ》出《ヅ》㆓重淵《ヲ》㆒、竊《ニ》見《レバ》㆓題目《ノ》下《ルヲ》㆒、題教學《ハ》爲《スナリ》㆑先《ト》、仲尼弟子名、
每句各用㆑旃《コレヲ》、五言八十字、瀝《シタテ》㆑思《ヲ》寫《ス》㆓華牋《ニ》㆒、及第十六人、曳《ヒ》㆑裾《ヲ》共《ニ》周旋《ス》、明年擧《ゲラル》㆓秀才《ニ》㆒、豫樟期《シ》㆓七年《ヲ》㆒、
二十八獻《ズ》㆑策《ヲ》徵事玄《ノ》又玄、所㆑對《スル》過《ギ》㆓半分《ヲ》㆒、射《テ》㆑鵠《ヲ》纔《ニ》貫穿《ス》、三十一給《ハリ》㆑官《ヲ》廷尉《トナリ》列《ル》㆓鷹鸇《ニ》㆒、三十三榮爵、
憲臺緩《クス》㆓刑鞭《ヲ》㆒、三十八翰林、蝸舍《ニ》引《ク》㆓群賢《ヲ》㆒、四十六學士、龍樓景氣姸《ウルハシ》、四十七四品、職主《ル》㆓衡與《トヲ》㆑銓、

○校　異

①「燃」＝底本「然」に作る。『日本詩紀』に據り訂す。

○考　説

「入學」

大學寮に入學するを云ふ。

『令義解』卷三、學令第十一、

凡大學生、取㆓五位以上謂、諸王諸臣皆是、唯親王者、不㆑在㆓此限㆒、別有㆓文學㆒故也、子孫、及東西史部謂、居在㆓皇城左右㆒、故曰㆓東西㆒也、前代以來、奕世繼㆑業、或爲㆓史官㆒、或爲㆓博士㆒、因以賜㆑姓、摠謂㆓之史㆒也、子㆒爲㆑之、若八位以上子情願者聽、謂、八位以上者、內外並同、子者、不㆑論㆓嫡庶㆒也、國學生、取㆓郡司子弟㆒爲㆑之、謂、子孫弟姪之屬也、大學生式部補、國學生國司補、並取㆓年十三以上、十六以下聽令者㆒爲㆑之、謂、聽者、明也、察也、令者、善也、

『延喜式』卷二十、大學寮、

凡遊學之徒、情願ニ入學一、不レ限ニ年多少一、惣加ニ簡試一、其有レ通ニ一經一、聽レ預ニ學生一、但諸王及五位已上子孫、不レ煩ニ簡試一、

「豆與籩」

豆は木製のたかつき、籩は竹製のたかつき。共に禮器である。

『爾雅』釋器、

木豆謂ニ之豆一、豆禮器也、豆者以レ木爲レ之、高一尺、口足徑一尺、其足名レ鐙、中央直豎者名レ校、校徑二寸、總而言レ之名レ豆、豆實ニ四升一、用レ薦ニ葅醢一、

竹豆謂ニ之籩一、籩亦禮器、籩以レ竹爲レ之、口有ニ籐緣一、形制如レ豆、亦受ニ四升一、盛ニ棗栗桃梅菱芡脯脩膴鮑糗餌之屬一是也、亦祭祀享燕所レ用、故云ニ亦禮器一、

『論語』泰伯、

籩豆之事、則有司存、籩豆、禮器也、竹曰レ籩、木曰レ豆、豆盛ニ葅醢一、籩盛ニ菓實一、並容ニ四升一、柄尺二寸、下有レ跗也、

「寮試」

擬文章生を任ずる試。

『延喜式』卷十八、式部上、

凡擬文章生者、春秋二仲月試レ之、試了喚ニ文章博士及儒士二三人一、省共判ニ定其等第一、奏聞即補レ之、

『延喜式』卷二十、大學寮、

凡擬文章生、以ニ廿人一爲レ限、補ニ其闕一者、待ニ博士擧一、卽寮博士共試ニ一史文五條一、以下通ニ三以上一者上補レ之、

其不レ仕ニ寮家一者不レ得ニ貢擧一、

『桂林遺芳抄』寮省之試事、に、「寮試者大學頭之試也、」「寮試者讀書、」とある。

『桂林遺芳抄』寮試上古之様、

寮頭以下各一員、博士以下各一員參㆓着試廳㆒、出㆓貢擧交名等㆒、（注、受驗に選ばれた人を貢人・擧人と云ひ、貢人に薦擧する事を貢擧と云ふ。）博士加署渡㆓寮頭㆒、寮頭見畢下㆓允以下㆒、以㆓箚匣三合㆒置㆓試衆座前㆒、又以㆓讀書等㆒置㆓頭博士秀才謂㆓之試博士㆒、幷試衆等前㆒、次第召㆓試衆㆒、試衆抱㆑卷進、出㆓幔門下㆒、允仰云、版爾、試衆揖立就㆑版、允又仰云、敷居、試衆揖於㆓敷居下㆒脱㆑沓着㆓就座㆒、置㆑帙竝、頭仰云、箚、衆唯而探㆑箚、三史之間今日讀箚也、膝行置㆓試博士前㆒、試博士對㆓寮頭㆒云、史記本紀乃帙乃三乃卷、世家乃上帙乃五乃卷、下帙乃一乃卷、傳乃中帙乃七乃卷、頭仰云、令㆑讀與、試衆各披㆑帙抱㆑卷引㆑音讀㆑之、頭仰云、古々末天、試博士對㆑頭云、文得多利、頭云、書注世、寮掌捧㆑簡稱㆓注由㆒畢、試衆退出、堂監於㆓幔門外㆒仰㆓登科酒肴事㆒、

「栖遲」

官に仕へず民間に在る事。

『晉書』列傳第二十五、潘岳、

岳才名冠㆑世、爲㆑衆所㆑疾、遂栖遲十年、出爲㆓河陽令㆒、

「亡考」

匡衡の父大江重光。

『爾雅』釋親、

父爲㆑考、考、成也、言㆑有㆓成德㆒、

『禮記』第二、曲禮下、

生曰レ父、曰レ母、曰レ妻、死曰レ考、曰レ妣、曰レ嬪、

「提奬」

推擧する事。

『北齊書』卷三十七、列傳第二十九、魏收、

提二奬後輩一、以二名行一爲レ先、浮華輕險之徒、雖レ有二才能一、弗レ重也、

『本朝文粋』卷第八、序甲、書序、紀納言、延喜以後詩序、

予十有五始志レ學、十八頗知レ屬レ文、時無二援助一、未レ遇二提奬一、

「心灰」

望みを失ひ冷えきつた心。

『白氏長慶集』卷十八、冬至夜、

老去襟懷常濩落、病來鬚鬢轉蒼浪、心灰不レ及二爐中火一、鬢雪多二於砌下霜一、

「心灰獨自燃」

心は望みを失ひ灰の様に冷えても、埋火の如く自ら焦燥を覺える。

「學問料」

學問料は燈燭料とも呼ばれ、學問料を給せられる事を單に給料とも呼ぶ。

『桂林遺芳抄』

一給二學問料一事、

號二給料一、給料後號二學生一也、位署等書二學生一也、
此事儒門繼塵之初道也、學饗之燈燭料申二賜宣旨一、自二穀倉院一配分也、故云二給料一也、今則雖レ爲二告朔餼羊一、必先申請也、此后當氏幷江家學生等者、在二文章院一稽古積レ功也、藤氏人者、給料之后、在二勸學院一成二稽古一也、兩院各有二一人宣旨一、必獻上宣旨、每度之儀也、所望之欵狀云二之內擧一、或父或祖父擧申也、無二父祖一時自身申賜、云二之自解一云々、儒卿又擧奏、古來之義也、欵狀文章四六也、書調時又別副二消息一付二職事一也、

「崙邅」

崙《ロン》は山のけはしい様。

『文選』巻第十一、王文考（延壽）、魯靈光殿賦、

連拳偃蹇、崙菌跜踡、傍欹傾兮、善曰、皆特起之貌、濟曰、皆屈曲高大、傾側峻險貌、

邅《テン》はゆきなやむ様。

『文選』巻第三十、謝靈運、擬二魏太子鄴中集一八首の中、陳琳、

皇漢逢二屯邅一、天下遭二氛慝一、善曰、西都賓曰、皇漢之初經營也、易曰、屯如邅如、翰曰、屯邅、難也、氛、不祥氣、慝、惡也、皆喩二亂賊一、

「頗偏」

『文選』巻第二十三、劉公幹（楨）、贈二徐幹一、

仰視二白日光一、皦皦高且懸、兼燭《テラス》二八紘內一、物類無二頗偏一、翰曰、言日光照二燭天下一、無レ所二偏頗一、

「蒙二奉勅宣一」

文章得業生の試を奉ず可き奉勅の宣を賜はつた事。

『桂林遺芳抄』

補二文章得業生一事、文章生者進士也、

此事學生賜二一官一之儀也、宣下後云二文章得業生一也、或號二秀才一、或稱二茂才一也、但位署只文章得業生、上古者通二一經一之時、被二登用一補二秀才一也、今者翰林學士以二簡試一分二欵狀一、文章博士之擧也、仍云二儒擧一也、獻上宣旨也、雖二儒擧一於二欵狀一者、學生書二調之一、送二翰林兩所之亭一、請二加署一也、位署悉書二連於名字二字一、兩人加レ之也、上首翰林必奥也、文章者四六也、

『中古歌仙三十六人傳』大江匡衡、

天延三年十月廿八日、爲二文章生一、補二秀才一、

天延三年（九七五）は匡衡二十四歳である。

「龍門」

『藝文類聚』卷九十六、鱗介部上、龍、

辛氏三秦記曰、河津一名龍門、大魚集二龍門下一數千、不レ得レ上、上者爲レ龍、不上者「點レ額暴レ腮、」（「」内、『佩文韻府』に據り補ふ。）故云曝二鰓龍門一、

『書言故事』卷之八、科第類、

龍門、禹門、唐人比二進士登科一、爲二登龍門一、淮南子、禹鑿二龍門一、昔堯之治二天下一、有二九年之洪水一、舜擧レ禹治レ之、於レ是開二九州之道一、陂二障九州之澤一、平二治九州之水一、浮レ舟自二積石一至二于龍門一而鑿レ之、龍門、龍門山也、地志在二馮翊夏陽縣一、今河中府龍門縣也、及第詩、禹門三級浪、三級、三層也、三秦記、龍門、魚登者化爲レ龍、水經、鱣音占、鯉出二鞏音拱、穴一、鱣

似レ龍色黃、三月上渡二龍門一、得レ渡爲レ龍、否則點レ額而還、魚不レ得レ渡、跳躍之間、點二傷其額一、若二士人不レ中レ擧而還一、

「出二重淵一」

『文選』卷第十七、陸士衡（機）、文賦、

若三游魚銜レ鉤、而出二重淵之深一、銑曰、（中略）若三游魚銜レ鉤而出二於重泉之深一也、

「教學爲レ先」

94條に詳述。

「旃」

旃《セン》はこれと讀む。

『詩經』唐風、采苓、

人之爲レ言、苟亦無レ信、舍レ旃舍レ旃、苟亦無レ然、苟、誠也、箋云、苟、且也、爲レ言、謂人爲二善言一、以稱二薦之一、欲レ使レ見二進用一也、旃、之也、舍レ之焉、舍レ之焉、謂下謗二訕人一欲上使レ見二貶退一也、

此二者、且無レ信二受之一、且無二答然一、

『文選』卷第二、張平子（衡）、西京賦、

魑魅魍魎、莫二能逢一レ旃、良曰、（中略）旃、之也、

「瀝レ思」

『色葉字類抄』

したつ、瀝、音歷、シタヽル、又シタツ、

しぼり、したゝらせる意。

『本朝文粋』巻第八、詩序一、天象、紀納言、八月十五夜、陪二菅師匠望月亭一、同賦三桂生二三五夕一、

莫レ不二登レ高望レ遠、含レ毫瀝レ思、

「華牋」

華牋は華箋と同じ、美しい料紙。

『白氏長慶集』巻二十一、霓裳羽衣歌、和二微之一、

四幅花牋碧間レ紅、霓裳實錄在二其中一、

「曳レ裾」

『文選』巻第四十、謝玄暉(朓)、拜二中軍記室一辭二隋王一牋、

長裾日曳、濟曰、鄒陽書曰、何王門不レ可レ曳二長裾一乎、裾、冠衣之裾也、日曳、謂三朝夕遊二王門一也、

「周旋」

とりもち奔走する意。

『文選』巻第十五、張平子(衡)、思玄賦、

庶斯奉レ信以周旋兮、要既死而後已、善曰、左氏傳、太史克曰、奉以周旋不二敢失墜一、論語、子曰、死而後已、不二亦遠一乎、向曰、言我奉二此信義一、以自周旋至レ死而後止、

「曳裾周旋」

曳裾周旋は、文章得業生に及第し、微官に就き、つとめはげんだ事。『中古歌仙三十六人傳』に、「天延四年正月廿八日、任(匡衡)二越前權大掾一」とある。

「豫樟期二七年一」

『史記』卷之一百一十七、司馬相如列傳第五十七、

其北則有二陰林巨樹、楩枏豫章一、郭璞曰、楩、杞也、似レ梓、枏、葉似レ桑、豫章、大木也、生七年乃可レ知也、正義曰、按溫活人云、豫、今之枕木也、章、今之樟木也、二木生至二七年一、枕樟乃可二分別一、

枕《チン》であるか樟であるかは、七年經過せねば分らぬ。自分が將來如何樣な材となるか、未だ分明でない。

「二十八獻レ策」

『中古歌仙三十六人傳』大江匡衡、

天元二年五月廿六日、册、

『桂林遺芳抄』遂二省試一者必申二方略宣旨一事、

秀才策者、補二文章得業生一之后、年紀凡本儀者七年、近代者三年之后對策及第、仍於二課試宣旨一者、年紀相當哉否有二覆問之奏一、後任二式部省續文一被二宣下一也、

對策は問頭博士の出した問の文について、試衆は論文を以て應へる。『本朝文粹』卷第三、對册、に、正四位下行式部大輔兼文章博士尾張權守菅原朝臣文時の、壽考と云ふ題での策問が見え、それに對する文章得業生正六位上行越前大掾大江朝臣匡衡の對册文が見える。尚ほ、『江談抄』第五、には、匡衡の獻策に關する話が見える。

『江談抄』第五、

又帥殿被レ命云、匡衡獻策之時、文時前一日被レ告レ題、匡衡參二文時亭一、期日今明也、題如何ト問之處、文時曰、足下爲被レ好二婚姻一、自所レ好二壽考一也云々、即歸了、當日早旦、被レ告二徵事一云々、太公望之逢二周文一、渭濱之波疊レ面、菅三品見レ之云、面疊二渭濱之波一、眉低商山之月ト可レ作ト被レ直云々、（下略）

「徵事」

『文心雕龍』書記、第二十五、

解者釋也、解二釋結滯一、徵レ事以對也、

事例を徵し以て解答する意であるが、こゝでは策問の意にとる。策問が何ヶ條かの問題點を列ね、一々に事例をあげて應へる事を求むる故に徵事と云ふか。

「玄又玄」

『老子道德經』體道第一、

此兩者《（天地萬物）》同出異レ名、同謂二之玄一、玄之又玄、衆妙之門、

「射鵠」

鵠は羽毛の白い水鳥で、こふのとりの事。また射禮に於ける的を意味する。

『周禮』天官、司裘、

王大射、則共二虎侯熊侯豹侯一設二其鵠一、諸侯則共二熊侯豹侯一、卿大夫則共二麋侯一、皆設二其鵠一、

大射者、爲二祭祀一射、王將レ有二郊廟之事一、以レ射擇下諸侯及群臣與二邦國所レ貢之士一、可二以與レ祭者上、射者可三以觀二德行一、其容體比二於禮一、其節比二於樂一、而中多者得レ與二於祭一、（中略）凡大射、各於二其射宮一、侯者、其所レ射也、以二虎熊豹麋之皮一飾二其側一、（中略）鄭司農云、鵠、鵠毛也、方十尺曰レ侯、四尺曰レ鵠、（中略）考工記曰、（中略）謂二之鵠一者、取二名於鳱鵠一、鳱鵠小鳥而難レ中、是以中レ之爲レ雋、亦取二鵠之言較一、較者直也、射所三以直二己志一、用二虎熊豹麋之皮一、示三服レ猛討二迷惑一者、

『本朝文粹』卷第六、奏狀中、申官爵、に、長德二年（九九六）正月十五日に、檢非違使の勞により、越前尾張等の國守の闕を兼任せしめられん事を請ふ奏狀があり、その中に次の樣な文言がある。

右匡衡歷二文章生、文章得業生一、對策及第、歷二撿非違使、彈正少弼一、拜二任當職一、（中略）抑申二撿非違使之分受

領一者、藤原實輔、同安隆等也、或稱二追捕之功一、或募二造作之賞一、各所レ申非レ無レ謂、然猶匡衡射レ鵠、與二實輔射レ鵰、文武之藝、決二其雌雄一如何、

匡衡は鵰と鵠とを相對せしめて用ゐて居るが、匡衡の言ふ射鵠は、明らかに對策の及第を指して居る。射鵠に類し、對策及第を意味する辭に射策がある。

『漢書』巻之七十八、蕭望之傳第四十八、

望之以二射《セキ》策甲科一爲レ郎、師古曰、射策者、謂下爲二難問疑義一、書二之於策一、量二其大小一、署爲二甲乙之科一、列而置レ之、不レ使二彰顯一、有二欲レ射者一、隨二其所レ取得一而釋レ之、以知中優劣上、射之言投射也、對策者、顯問以二政事經義一、令二各對レ之、而觀二其文辭一、定二高下一也、

「貫穿」

『漢書』巻之六十二、司馬遷傳第三十二、贊、

至二於采レ經摭《ヒロフ》レ傳、師古曰、摭、拾也、分二散數家之事一、甚多二疏略一、或有二牴梧一、如淳曰、梧、讀曰レ迕、相觸迕也、師古曰、牴、觸也、梧、相支拄不レ安也、亦其涉獵者廣博、貫二穿經傳一、馳二騁古今一、上二下數千載間一、

「三十一給レ官」

三十一歳は天元五年（九八二）である。『中古歌仙三十六人傳』に、「天元五年正月卅日、任二右衞門權尉一、二月八日、蒙二使宣旨一」とある。

「廷尉」

『拾芥抄』中、官位唐名部、唐名大略、

撿非違使、大理、別當、　廷尉　佐・尉、

廷尉は検非違使の佐と尉との稱名。

「鷹鸇」

たかとはやぶさ。

『左傳』襄公二十五年、

子產始知ニ然明一、問レ爲レ政焉、對曰、視レ民如レ子、見ニ不仁者一誅レ之、如ニ鷹鸇之逐ニ鳥雀一也、

罪人の追捕のきびしきを云ふ。

「三十三榮爵」

三十三歳は永観二年（九八四）である。『中古歌仙三十六人傳』に、「永観二年正月七日、敍ニ従五位下一」とある。

榮爵は五位の異稱。五位になる事を敍爵と云ひ、かうぶり給はるとも云ふ。

「憲臺」

『職原鈔』下、

彈正臺、唐名御史臺、又云ニ憲臺一、又霜臺、

『中古歌仙三十六人傳』に、「永観二年十月卅日、任ニ彈正少弼一」とある。

「刑鞭」

罪人をうつむち。

『和漢朗詠集』巻下、雑、帝王、

刑鞭蒲朽《ガマクチテ》螢空去、諫鼓苔深鳥不レ驚、無爲治、國風、（蒲朽は後漢の劉寛が罪人を打つむちを蒲にした事に據る。）

「三十八翰林」

三十八歳は永祚元年（九八九）。『中古歌仙三十六人傳』に、「永祚元年十一月廿八日、任二文章博士一」とある。

「蝸舍」

『本朝文粹』巻第十二、記、慶保胤、池亭記、

予行年漸垂《ナンナントシテ》二五旬一、適有二小宅一、蝸安二其舍一、虱樂二其縫一、

「四十六學士」

四十六歳は長德三年（九九七）。『中古歌仙三十六人傳』に、「長德三年三月九日、兼二東宮學士一」とある。

『職原鈔』下、東宮、

學士二人、相當從五位下、唐名太子賓客、譜第儒者有二才德一者應二其撰一、爲二儲君之侍讀一也、古今重レ之、

「龍樓」

龍樓門は漢の太子の宮殿の門で、そこから龍樓と云つて太子の客殿を意味する。

『漢書』巻之十、成帝紀、

上嘗急召二太子一、出二龍樓門一 張晏曰、門樓上有二銅龍一、若二白鶴飛廉之爲一レ名也、不三敢絕二馳道一、應劭曰、馳道、天子所レ行道也、若二今之中道一、師古曰、絕、橫度也、

『文選』巻第四十六、王元長（融）、三月三日曲水詩序、

出二龍樓一而問レ豎、入二虎闈一而齒《ヨハイス》レ冑、翰曰、龍樓、漢太子門名也、問レ豎、謂文王爲二太子一、至二寢門外一、朝二於王季一、問二於內豎一、又曰、今日安否如何、虎闈、教二國子一之學所也、公卿之子爲二冑子一、言太子入レ學、以二年大小一爲レ次、不下以二天子之子一爲上レ上、故云、齒レ冑、齒、年也、

「四十七四品」

四十七歲は長德四年（九九八）。『中古歌仙三十六人傳』に、「長德四年正月七日、敍二從四位下一、同廿五日、轉二式部權大輔一」とある。

「職主二衡與一レ銓」

『職原鈔』上、

式部省、當二唐吏部一、

周禮天官太宰之職也、國家典章皆是此官所レ統也、本朝文官除授考撰事、今猶掌レ之、

衡ははかる、銓はえらぶ。

『文選』卷第三十八、任彥升（昉）、爲二范尚書一讓二吏部封侯一第一表、

臣雲中謝夫銓衡之重、闕《アツカル》二諸隆替一、遠惟《オモンミルトキハ》則哲、在レ帝猶難、善曰、陸機顧譚誄曰、遷二吏部尚書一才長二於銓衡一、而綜二核人物一也、尚書、咎繇曰、在レ知レ人、禹曰、咸若レ時惟帝其難レ之、

銑曰、言吏部知レ人則哲能官レ人、之任難、遠思レ之、自知二不可一也、

○大　意

十五歲で大學寮に入學し、豆籩の禮を學び、十六歲で擬文章生の試を奉じ、音訓あやまたず合格。併しこれと云ふ官職もなく、我身も未だ立身しない中に、早くも父を失ひ、全く我が爲めに推擧してくれる人もなく、望みを失ひ冷えきつた心に、焦燥に燃えた。學問料を賜はらんと請ふにも、全く薦擧の人なく、文人の職に補せられんと請ふにも、兩博士は我にとつて公平でなく、漸く二十四に及ぶ頃、文章得業生の試を奉ずる宣旨を蒙り、稽古のおかげで登龍門を果し、やつと重淵より出た思ひで、課題を見れば「教學爲先」であつた。每句に孔子の弟子の名を用ゐ、五言八十字の詩編を想を凝らして殘箋に記した。同時の及第者は十六人で、いづれも微官に就き、共に勵精し

た。翌年秀才に擧げられ、本儀七年後の筈の課試を待つた。二十八歳で對策したが、徵事は誠に幽玄なもので、自己採點で五割でしかなく、纔かに的を射た程度であつた。三十一歳で檢非違使の尉を賜はり、鷹鸇の列に加はり、罪人追捕の任についた。三十三歳で五位を賜はり、彈正臺の吏員となつたが、劉寛の故事を學び刑は輕くした。三十八歳で文章博士に任じられ、拙屋に群賢の出入りがしげくなつた。四十六歳で東宮學士を賜はり、親しく太子の寢宮に出入りし、四十七歳で四位に敍され、式部權大輔に任じられ、諸吏の銓衡の職につとめた。

76(3)　其《ノ》年秋九月、盡日枕《ニシテ》レ帙《ヲ》眠《ル》、疎帷風《ニ》颯颯《タリ》、閑庭草《ニ》芊芊《タリ》、遙《ニ》聽《キ》二雁櫓《ノ》過《グル》一、空《ク》任《ス》二蛛網《ノ》懸《ルニ》一、忽有《リ》二叩《ク》レ門《ヲ》者一、青鳥翅聯翩《タリ》、云《フ》是有《リト》二勅喚《レ》一、驚《キテアワタダシク》遽　衣裳顚《ヲ》、促《シテ》レ車《ヲ》向《ヒテ》レ西行《ク》、縕[1]袍殆不レ全《カラ》、入《リ》レ自《リ》二待賢門一、禁掖《ニテ》尋《ヌ》二中涓《ニ》一、夕郎手《ヅカラ》持《チ》レ書《ヲ》、口《ヅカラ》以《テ》二勅語《ヲ》一傳《フ》、此《レ》孔子世家、家家《ノ》說不レ詮《ツマビラカナラ》、宜《ク》以《テ》二江家《ノ》說《ヲ》一、備《ヘヨト》二之叡覽《ニ》一焉、奉《ル》レ詔《ヲ》汗　浹《ウルホス》レ背《ヲ》、淺學恐《ル、モ》二自專《ヲ》一、抽《キテ》レ毫《ヲ》立《ニ》加《ヘ》レ點《ヲ》、指《シテ》レ掌《ヲ》應《ズ》二于乾《ニ》一、追《シ》二憶祖父《ノ》言《ヲ》一、濕《シテ》レ巾《ヲ》涙潺湲《タリ》、其《ノ》後未《ダ》二幾日《モ》一《ルニ》、昇殿接《シス》二神仙《ニ》一、近《ク》二左右《ノ》師子《ニ》一、攀《ル》二樓殿《ノ》環玭《ニ》一、執《リ》レ卷《ヲ》授《ク》二明主《ニ》一、縱容《トシテ》晃旒《ヲ》褰《カ、グ》、尚書十三卷、老子亦五千、文選六十卷、毛詩三百篇、加《ルニ》以《テシ》二孫羅《ノ》注《ヲ》一、加《ルニ》以《テス》二鄭氏箋《ヲ》一、搜《リ》二史記《ノ》滯義《ヲ》一、追《テ》謝《シ》二司馬遷《ニ》一、叩《キ》二文集《ノ》疑闕[2]《ヲ》一、仰《ギテ》慙《ヅ》二白樂天《ニ》一、

○校　異

①「縕」＝『日本詩紀』「温」に作る。　②「闕」＝底本「門」に作る。『日本詩紀』に據り改む。

○考説

「其年秋九月」

長徳四年（九九八）九月。

「枕レ帙眠」

帙は書物を包むおほい。ひいては書物。

『白氏長慶集』巻六、閒居、

看レ山盡日坐、枕レ帙移レ時睡、誰能從レ我遊、使君心無事、

「颯颯」

風がさつと吹く様。

『文選』巻第三十三、屈平、少司命、

風颯颯兮木蕭蕭、

「芊芊」

草の繁つた様。

『列子』力命第六、

齊景公游二於牛山一、北臨二其國城一、而流涕曰、美哉國乎、鬱鬱芊芊、廣雅云、芊芊茂盛之貌、

「雁櫓」

雁の鳴き聲が櫓を漕ぐ音に似てゐるから云ふ。

『白氏長慶集』巻二十四、河亭晴望、九月八日、

風轉雲頭斂、煙銷水面開、晴虹橋影出、秋雁櫓聲來、

「青鳥」

『藝文類聚』巻九十一、鳥部中、青鳥、

山海經曰、三危之山、有二青鳥一居レ之、青鳥主下爲二西王母一取上食者、引自栖二息於此山一也、

漢武故事曰、七月七日、上於二承華殿一齋、正中、忽有二一青鳥一從二青方一來、集二殿前一、上問二東方朔一、朔曰、此西王母欲レ來也、有レ頃、王母至、有二二青鳥一如レ烏、俠二侍王母旁一、

こゝでは天子の側に仕へる侍人で藏人を指すと思はれる。

『本朝文粹』巻第八、江以言、七夕陪二祕書閣一、同賦二織女雲爲レ衣、應製、に、「問二青鳥一而記レ事、」とあり、又『同書』巻第九、菅贈大相國、早春內宴、侍二仁壽殿一、同賦三春娃無二氣力一、應製、に、「登レ仙半日、問二青鳥一而知レ音、」とあるのも何れも藏人を意味してゐると見られる。

「聯翩」

羽をひら〳〵させて鳥が飛ぶ様。

『文選』巻第十七、陸士衡(機)、文賦、

浮藻聯翩、若三翰鳥纓《カヽリ》レ繳《アミニ》、而墜二曾雲之峻一、翰曰、藻、文也、聯翩、鳥飛皃、謂文思將レ來、聯翩然、若下翰鳥纓レ繳而、墜上自二高雲之峻一、言レ速也、纓、纏也、繳、射也、曾、高也、

「衣裳顚」

『詩經』齊風、東方未明、

東方未レ明、顛二倒衣裳一、上曰レ衣、下曰レ裳、箋云、挈壺氏失二漏刻之節一、東方未レ明而以爲レ明、故群臣促遽、顛二倒衣裳一、群臣之朝、別レ色始入、

「縕袍」

縕はくづ麻。縕袍は粗悪な衣。

『論語』子罕、

子曰、衣二弊縕袍一、與下衣二孤貉一者上立、而不レ恥者、其由也與、孔安國曰、縕、枲著也、（注、枲《シ》著は麻衣。）

『本朝文粋』巻第十二、落書、藤原衆海、秋夜書レ懐呈二諸文友兼南隣源處士一、

招二留潤屋一褰レ簾出、厭二却縕袍一閉レ戸籠、

「待賢門」

宮城の東門。

「禁掖」

掖は宮城の正門の左右のわき門の意から宮城をも意味する。

『全唐詩』巻七、李嘉祐二、江湖秋思、

趨二陪禁掖一雁行隨、遷二向江潭一鶴髪垂、

「中涓」

『漢書』巻之三十九、曹參傳、

曹參沛人也、秦時爲二獄掾一、（中略）高祖爲二沛公一也、參以二中涓一從、如淳曰、中涓、如二中謁者一也、師古曰、涓、潔也、言其在レ內主二知潔清灑埽之事一、蓋親二近左右一也、

『拾芥抄』中、官位唐名部、唐名大略、

藏人、貫首、頭、仙籍、仙郎、夕拜、夕郎、紺蟬(珥)、含雞、侍中、或前疑(貫首ノ名)、後承(同)、或侍中、常伯、中涓、夕拜郎、

「夕郎」

前條に見える。

「孔子世家」

『史記』の第四十七卷、孔子世家第十七、孔子の事蹟を述ぶ。

「自專」

自分かつてなこと。自分よがりの事。

『易林』卷二、

鳥鳴二東西一迎二其群侶一、似レ有レ所レ屬、不レ得二自專空返獨還一、

『後漢書』列傳第二十一、王堂傳、

王堂字敬伯、廣漢郪人也、(中略)遷二汝南太守一、搜レ才禮レ士、不二苟自專一、

「抽レ毫」

『文選』卷第十三、謝希逸(莊)、月賦、

抽レ毫進レ牘、善曰、毫、筆毫也、文賦曰、或含レ毫而藐然、說文曰、牘、書版也、

「加レ點」

讀點を入れる。

『文選』卷第十三、禰正平(衡)、鸚鵡賦、

衡因爲レ賦、筆不ニ停綴一、文不レ加レ點、

「指レ掌」

『禮記』第二十八、仲尼燕居、

子曰、明ニ乎郊社之義、嘗禘之禮一、治レ國其如レ指ニ諸掌一而已乎、治レ國指ニ諸掌一、言レ易レ知也、

「應ニ于乾一（應レ乾）」

『文選』巻第五十九、王簡栖（巾）、頭陀寺碑文、

應レ乾動寂、善曰、周易曰、湯武革レ命、應ニ乎天一順ニ乎人一、良曰、乾、天也、

聖天子の御下問に答へる。

「祖父言」

汝有ニ帝師體一、必遇ニ文王田一、

「潺湲《センクワン》」

『文選』巻第三十二、屈平（原）、九歌、湘君、

横流レ涕兮潺湲、逸曰、潺湲、流貌也、屈原感ニ女嬃之言一、亦欲レ變レ節、而意不レ能レ改、內自悲傷、涕泣横流、

「昇殿」

『中古歌仙三十六人傳』に、「長徳四年十月廿三日、昇殿、」とある。

『侍中群要』第九、昇殿人事、

式凡聽ニ昇殿一者、別當奉レ勅傳宣、藏人頭卽書ニ宣旨一而後令レ奏ニ慶賀一、拜舞昇殿、卽以附レ簡、

『新野問答』
一、殿上の御簡《ミフダ》とはいかゞ、
答、殿上の間に、其官職を記し置れ候、其書附を殿上の御簡と申候、おほくは勅筆にて有レ之候故、殿上の御簡と申候、殿上の御簡と訓申候、闕官をせられ候時は、其名を除かれ申候を、殿上の御簡をけづると申候、

『禁中方名目鈔』上、禁中所々名篇、
殿上、有二于清涼殿一、（中略）殿上人ノ侍所、清涼殿ノ南廂也、侍所トモ云、

「左右師子」

『禁秘抄考註』上巻、清涼殿、五間、
第五間、四季御屛風、母屋有二日記御厨子一、
帳、（中略）獅子狛犬、在二帳前南北一、左獅子、
按、狛犬不レ能レ無二不審一、今見二其形一麒麟也、江次第云、師子形二云々、山槐記又註二獅子形一、疑狛犬之字傳寫失歟、

『禁腋祕抄』清涼殿、
常ニワタラセ給殿ナリ、中殿トモ云、昔ハ仁壽殿ヲ御殿ニシツラハレタルトキモアリ、御帳ノ帷ヲカケタリ、四幅四條、五幅四帖也、三方ノ中ヲアケテ後、并ニ四ノ角ヲ垂タリ、四尺ノ木帳三本三方ノアキタル下ニ立、後ハ三尺ノ木帳ナリ、御帳ノ帷ヲ垂タルガ故ニ、木丁御帳ノ艮ノ方ニスヂカヘテ立、内ニ雲繝ノ御座三帖ヲシク、御帳ノ前ノ下ニ左右ニ師子狛犬有、

「左右師子」と云ふは、この御帳のおさへの師子狛犬であらう。『榮花物語』かゞやく藤壺、にも、中宮彰子の入内をのべ、藤壺の御しつらひを述べて、「大床子立て、御帳の前の狛犬なども、常の事ながら目とまりたり、」とある。二つを獅子・狛犬とする説と、二つ共に獅子とする説と兩方あると思はれる。何れにしても、「近二左右師子一」は、主上の御座の御帳前に近く侍る事である。

「環玭」

『文選』巻第十一、何平叔(晏)、景福殿賦、

流二羽毛之葳蕤一、垂二環玭《クワンベン》蒲眠之琳琅一、銑曰、室内飾二羽毛翡翠之類一、葳蕤、毛羽美貌、環玭琳琅、皆珠玉雜二垂於中一也、

「冕旒」

冕《ベン》はかんむり、旒《リウ》は冕の前後にたれ下げる玉。

『後漢書』列傳第十六、蔡茂傳、

顯宗巡狩到二南陽一、特見二嗟歎一、賜以二三公之服黼黻冕旒一、三公服二袞冕一、黼、若二斧形一、黻、若二兩巳相背一、冕、以レ木爲レ之、衣以レ帛、玄上纁下、廣八寸長尺六寸、旒、謂二冕前後所レ垂玉一也、天子十二旒、上公九旒、

『淮南子』巻第九、主術訓、

故古王者、冕而前レ旒、所二以蔽レ明也、冕、王者冠也、前レ旒、前後垂レ珠飾二邃延一也、下レ自レ目故曰レ蔽レ明也、天子玉懸二十二一、公侯挂二珠九一、卿點二珠六一、伯子各應レ隨二其命數一也、

「孫羅注」

不詳。

「鄭氏箋」

後漢の鄭玄の毛詩の注。

『後漢書』儒林列傳第六十九下、衛宏傳、

後馬融作二毛詩傳一、鄭玄作二毛詩箋一、箋、薦也、薦二成毛義一也、張華博物志曰、鄭注二毛詩一曰レ箋、不レ解二此意一或人云、毛公嘗爲二北海相一、玄是郡人、故以爲レ敬云、

『後漢書』列傳第二十五、鄭玄傳、

鄭玄字康成、北海高密人也、

玄は若くして郷の嗇《シヨク》夫（郷中にて、訟をきゝ、税のとりたてをする小吏。）であつたが、官を捨てて學を撰んだ。馬融に師事し、その許を去つた時、馬融は「吾道東矣、」と玄の去つたのを惜しんだ。孔融は玄の明德あり學に深いのを尊び、玄の居る郷を「鄭公郷」と名づけ、玄の爲め于公の故事にならひ、廣車の入れる通德門を辟かんとした。建安五年（二〇〇）六月、七十四歳で卒した。

凡玄所レ注、周易、尚書、毛詩、儀禮、禮記、論語、孝經、尚書大傳、中候、乾象曆、又著下天文七政論、魯禮禘祫義、六藝論、毛詩譜駮、許愼五經異義、荅二臨孝存周禮難一、凡百餘萬言上、（中略）

論曰、自三秦焚二六經一、聖文埃滅、漢興諸儒頗修二藝文一、及二東京學者一、亦各名レ家、而守文之徒滯二固所レ稟、異端紛紜互相詭激、遂令下經有二數家一、家有中數說上、章句多者或乃百餘萬言、學徒勞而少レ功、後生疑而莫レ正、鄭玄括二囊大典一、網二羅衆家一、刪二裁繁蕪一、刊二改漏失一、自レ是學者略知レ所レ歸、

「滯義」

『隋書』卷七十五、列傳第四十、儒林傳、元善、

善之通博在二何妥之下一、然以二風流醞籍、俯仰可レ觀、音韻淸朗、聽者忘レ倦、由レ是爲二後進所レ歸、妥《(何妥)》每懷二不平一、

心欲レ屈レ善、因下善講二春秋一初發上レ題、諸儒畢集、善私謂レ妥曰、名望已定、幸無二相苦一、妥然レ之、及レ就二講肆一、妥遂引二古今滯義一以難、善多不レ能レ對、善深銜レ之、二人由レ是有レ隙、

「司馬遷」

司馬遷字は子長、父は太史公司馬談、漢の景帝の中元五年（BC一四五）龍門で生まれた。父談が死に臨み遷に次の様に遺命した（『史記』一百三十卷、太史公自序、）。

幽厲之後、王道缺、禮樂衰、孔子修レ舊起レ廢、論二詩書一、作二春秋一、則學者至レ今則レ之、自二獲麟一以來四百餘歲、而諸侯相兼、史記放絕、今漢興海內一統、明主賢君、忠臣死レ義之士、余爲二太史一而弗二論載一、廢二天下之史文一、余甚懼焉、汝其念哉、

これが遷の史記著述の因である。父の卒後三年、遷は太史令となり、「紬二史記石室金匱之書一、索隱曰、如淳云、紬、徹二舊書故事一而次二述之一、小顏云、紬、謂二綴集之一也、案石室金匱皆國家藏書之處、五年而當二太初元年一、李奇曰、遷爲二太史一後五年、適當二於武帝太初元年一、此時述二史記一、正義曰、案遷年四十二歲、」（『史記』）諸書を綴集し、太初元年（BC一〇四）を以て『史記』を起筆したものである。途中李陵が匈奴に敗れ降った時、武帝が陵の母・妻を罪せんとした際、陵の忠を帝に説き、帝の意にさからひ腐刑に處された。『史記』は百三十卷である。

「疑關」

『藝文類聚』卷五十五、雜文部一、談講、表、

梁簡文帝請三右將軍朱異奉二述制旨易義一表曰、（中略）疑關永闢、踰二弘農之洞啓一、辭河既吐、邁二龍門之已鑿一、

〇**大　意**

疑關は疑問と同じで、不明の點を檢討するを疑關を叩くと述べてゐる。

長徳四年の秋九月、終日書物を枕にして眠れば、粗末な帳に風が颯々として吹き、閑寂な庭に草が生ひ繁つて居る。遠く雁の鳴き渡る聲がきこえ、あたりは蛛の網がはられる儘になつてゐる。訪れる人もなく、さびれた宅である。そこへ突然門を叩く人があつた。恰も西王母に仕へる青鳥が雙翼をひらめかす樣に、勅使がはでやかに來駕されたのである。勅喚であると云ふのである。急遽車を促して西の方皇居に向つた。粗末な着物で格式にかなつたものでない。待賢門から入り、禁中で藏人に參上を告げると、藏人は辭書をもたらし、口頭で勅旨を傳へた。その意は、史記の孔子世家について、各家流の諸説があり分明でない。江家の説を以て叡覽に備へよと云ふ事であつた。仰を承つて、ひや汗をかいた。淺學な自分で、自分よがりの説のある事を恐れたが、兎も角ただちに筆をとり讀點を入れ、掌を指す樣に分明に聖天子の御下問に應へた。その時昔元服の日、祖父の云つた言葉を想ひ起して、涙がながれてやまなかつた。その後幾日もたゝぬ中、昇殿を許され、目の當りに主上を仰ぎ、御前の御帳帷近く侍し、きらびやかな宮殿に昇り、卷を執つて聖天子に侍讀する身となつた。主上は縱容として冕旒をかゝげて親しく御進講を受けられた。御進講の書目は、尚書十三卷、老子經五千言、文選六十卷、毛詩三百篇で、何れも孫羅の注、鄭氏箋を以て御進講し、時には史記の難義を究め、司馬遷の學恩に感謝し、又白氏文集の疑問點を考究して、白樂天の文才に慙ぢたりした。

76(4) 我后携フ二五經ヲ一、似タリ三舜調ノ二五絃ヲ一、我后決ス二九流ヲ一、似タリ三禹導ノ二九川ヲ一、此ノ時兼ヌ二侍讀ヲ一、自フ哂才非ルヲレ儇ニ、春宵花月ノ宴、吟詠シテ對ス二綺牋ニ一、秋風山水ノ遊、扈從シテ侍ス二樓船ニ一、天酒觴ヲシ二西母ニ一、雲樂召ヲス二左驤ニ一、李家ノ歌逶《ヰ》迤《イタリ》、梨

園《ノ》舞《ヒ》便娟《タリ》、重陽仙菊《ノ》詩、腰句蒙《ムル》二天憐《ヲ》一、暮春花宴《ノ》序、愚息珥《サシハサム》二貂蟬《ヲ》一、皇帝元服表《ノ》、今上御元服賀表奉レ詔獻レ草[2]、文教
及《ブ》二八埏[3]《ニ》一、大宋求《メ》二法書《ヲ》一、報章獻《ズ》二一編《ヲ》一、倩見《ルニ》二當今《ノ》事《ヲ》一、天工任《シ》二陶甄《ニ》一、庶績熙《ヒロマリテ》亹亹《タリ》、王道通《ジテ》平平《ヘンペンタリ》、
崇《メ》レ文以鼓《テス》レ篋《ヲ》、偃《フセ》レ武以韜《テヲサム》レ弦《ヲ》、夏屋豐《ニシテ》渠渠《タリ》、秋稼平《ニシテ》畂畂《タリ》、吏務拉《ハヒシギ》二柳莊《ヲ》一、弓馬蔑《ナイガシロニス》二梅鋗《ヲ》一、虎
闈[4]復《ス》二舊規[5]《ヲ》一、材用何《ゾ》蹐跧《タル》、象岳聚《ム》二群書《ヲ》一、文儒豈《ニ》弃捐《セラレンヤ》、近會大星見《レ》、衆人《ノ》說諠闐《タリ》、愚儒《ノ》所《ニ》二管見《スル》一、邂
逅《ニ》辨《ワキマフ》二楡躧《ヲ》一、先奏《ヅシ》二人主壽《ト》、上命《ニヨリ》寶祚《ノ》延《ブルヲ》一、賡《ツイデ》言《フ》二皇子《ノ》誕《ヲ》一、中闈[6]《ニ》金環研《ヲミガク》、戴眼[7]《シテ》待《ツ》二殊私《ヲ》一、取《リテ》レ魚誰《カ》忘《レン》
レ筌《ヲ》、垂《レテ》レ耳《ヲ》望《ンデ》迴《ス》レ顏《ヲ》、相《スルヿニ》レ馬《ヲ》豈《ニ》拘攣《センヤ》、

○校　異

①「牋」＝『日本詩紀』「錢」に作る。　②「草」＝『日本詩紀』「章」に作る。　③「埏」＝『日本詩紀』「誕」に作る。　④「闈」＝底本「圍」、『日本詩紀』「圈」に作る。今意に據り改む。　⑤「規」＝『日本詩紀』「視」に作る。　⑥「闈」＝底本「圍」に作る。『日本詩紀』に據り改む。　⑦「眼」＝『日本詩紀』「服」に作る。

○考　說

「五經」

『拾芥抄』上、經史部、

毛詩　尚書　禮記　周易　左傳　已上謂二之五經一、

周禮　儀禮　公羊傳　穀梁傳　已上加レ之謂二九經一、

論語　孝經　老子　莊子　已上加レ之謂二十三經一、

此内以㆓孝・禮・詩・書・論・易・傳七經㆒、輪轉爲㆓釋奠講書㆒、

「舜調㆓五絃㆒」

『禮記』第十九、樂記、

昔者舜作㆓五絃之琴㆒、以歌㆓南風㆒、

『韓詩外傳』巻四、

傳曰、舜彈㆓五絃之琴㆒、以歌㆓南風㆒而天下治、

「決㆓九流㆒」

『文選』巻第三十六、任彦升（昉）、天監三年策㆓秀才㆒文、

九流七略頗嘗觀覽、善曰、漢書曰、九流、有㆓儒家流、道家流、陰陽家流、法家流、名家流、墨家流、從橫家流、雜家流、農家流㆒、又曰、劉歆總㆓群書㆒而奏㆓其七略㆒、故有㆓輯略㆒、有㆓六藝略㆒、有㆓諸子略㆒、有㆓詩賦略㆒、有㆓兵書略㆒、有㆓數術略㆒、有㆓方技略㆒、

「決九流」は、諸卿の紛紛たる諸説を決裁する事。

「禹導㆓九川㆒」

『史記』巻之二、夏本紀、

過㆓九江㆒至㆓于敷淺原㆒、徐廣曰、淺一作㆑滅、駰案、國語曰、敷淺原、一名㆓博陽山㆒、在㆓豫章㆒、 道㆓九川㆒、索隱曰、弱、黑、河、瀁、江、沇、淮、渭、洛、爲㆓九川㆒、

「儇」

儇《ケン》はかしこい、すばしこい意。

『文選』巻第四、張平子（衡）、南都賦、

儇才齊敏、受レ爵傳レ觴、獻酬既交、率《シタガヒ》レ禮無レ違、銑曰、儇、惠也、言惠才齊敏、授レ爵獻酬、無レ違二於禮一、

「春宵花月宴」

16條を參照（ママ、該當箇處ナシ）。

「綺牋」

綺は美しい意。綺麗の意。『文選』卷第二十、劉公幹（楨）、公讌詩、に、「投レ翰長嘆息、綺麗不レ可レ忘、」一とある。牋は紙の意。『事物紀原』卷八、什物器用部、に、

牋紙、

桓玄僞事曰、玄令三平准作二青赤縹、桃花牋一、又石季龍寫レ詔用二五色紙一、蓋牋紙之制也、此疑其起耳、

「樓船」

やぐらのある船。

『文選』卷第五、左太沖（思）、吳都賦、

樓船舉レ颿《ホ》帆而過レ肆《イチクラヲ》、劉曰、樓船、船有レ樓也、颿者船帳也、

「天酒觴二西母一」

觴はさかづきの意。動詞として酒を飲む意。

『文選』卷第十七、傅武仲（毅）、舞賦、

謂二宋玉一曰、寡人欲レ醻二五臣作レ觴、群臣一、何以娛之、向曰、觴、酒器也、娛、樂也、觴二群臣一、謂欲下與二群臣一飲酒上、問二宋玉一曰、何以樂也、

西母は西王母である。

『列仙傳』巻之一、

西王母卽龜臺金母也、以二西華至妙之氣一、化而生二於伊川一、姓緱、一作レ何、一作レ揚、諱回、字婉姈、一字太虛、（中略）居二崑崙之圃、閬風之苑一、玉樓玄臺九層、左帶二瑤池一、右環二翠水一、女五、華林、媚蘭、青娥、瑤姬、玉卮、周穆王八駿西巡、乃執二白圭玄璧一、謁二見西王母一、復觴二母于瑤池之上一、母爲レ王謠曰、白雲在レ天、山陵自出、道里悠遠、山川間レ之、將二子無一レ死、尚能復來、後漢元封元年、降二武帝殿一、母進二蟠桃七枚於帝一、自食二其二一、帝欲レ留レ核、母曰、此桃非二世間所一レ有、三千年一實耳、偶東方朔於二牖間一窺レ之、母指曰、此兒已三偸二吾桃一矣、是日命二侍女董雙成一、吹二雲和之笛一、王子登彈二八琅之璈一、許飛瓊鼓二靈虛之簧一、安法興歌二玄靈之曲一、爲二武帝一壽焉、

「雲樂」

『本朝文粹』巻第十、及び本書108條。大江匡衡、暮春侍二宴左丞相（兼家）東三條第一、同賦二渡レ水落花舞一應製に、

爰泉石增レ美、雲樂四陳、簾帷加レ華、庭實千品、

とある。雲樂は不明。

『周禮』春官、宗伯禮官之職、大司樂、

以二樂舞一敎二國子一、舞二雲門、大卷、大咸、大磬、大夏、大濩、大武一、

『晉書』志第十二、樂上、に、「昔黄帝作二雲門一、」とある。雲樂は雲門を指すか。或は天上の樂を云ひ漠然仙樂を云ふか。

「左顚《テン》」

『文選』巻第四十、繁休伯（欽）、與二魏文帝一牋、

自左驥《テン》年都、史妠《タン》紺奴、謇姐《ケンソ》名倡善曰、魏志曰、文帝令杜夔與左驥等、於賓客之中、吹笙鼓琴、然其史妠謇姐、蓋亦當時之樂人、向曰、左驥、史妠、謇姐皆樂人名、倡、樂也、能識以來、耳目所見、僉曰詭異、未之聞也、翰曰、詭、奇也、

『魏志』二十九、方伎傳、杜夔傳、

杜夔字公良、河南人也、以知音爲雅樂郎、中平五年疾去官、（中略）（文帝）嘗令夔與左願等、於賓客之中、吹笙鼓琴、

左驥と左願と同人か。傳寫の誤りか。

「李家歌」

『漢書』巻之九十三、佞幸傳第六十三、李延年、

李延年中山人、身及父母兄弟、皆故倡也、師古曰、樂人也、延年坐法腐刑、給事狗監中、師古曰、掌天子之狗、於其中供事也、（中略）延年善歌、爲新變聲、是時、上方興天地諸祠、欲造樂、令司馬相如等作詩頌、延年輒承意、弦歌所造詩、爲之新聲曲、

李家歌は李延年流の歌曲の意。

「逶《キ》迤《イ》」

長いさま。こゝでは歌聲の嫋々として長くつゞく様。

『文選』巻第二十九、古詩、

東城高且長、委迤自相屬、銑曰、高且長、喩君尊也、相屬、德寛遠也、逶迤、長遠也、

「梨園舞」

『唐書』巻二十二、禮樂志第十二、

玄宗既知二音律一、又酷愛二法曲一、選二坐部伎子弟三百一、教二於梨園一、聲有レ誤者、帝必覺而正レ之、號二皇帝梨園弟子一、宮女數百亦爲二梨園弟子一、居二宜春北院梨園一、

「便娟」

なまめかしく美しい様子。

『文選』巻第二十八、謝靈運、會吟行、

肆《イチグラハ》呈二窈窕容一、路曜《テラス》二便娟子一、善曰、周禮曰、立レ市爲二其肆一、鄭玄曰、陳レ物處也、王逸楚辭注曰、便娟、好皃也、

『文選』巻第四、張平子(衡)、南都賦、

致レ飾程レ蠱《コビ》、便紹便娟、善曰、廣雅曰、程、示也、便娟則嬋娟也、向曰、便紹便娟、多二容姿一也、

『全唐文』巻一百九十九、駱賓王三、揚州看二競渡一序、

㛹娟舞袖向二綠水一以頻低、飄颻歌聲得二清風一而更遠、

「重陽仙菊詩」

本書119條の、長德三年(九九七)九月九日の、「菊是爲二仙草一」の詩參照。

「腰句」

『作文大體』第四句名、

凡句者不レ論二五言七言一、其首一韻謂二之發句一、其次一韻謂二之胸句一、其次一韻謂二之腰句一、其尾一韻謂二之落句一、首尾胸腰謂二之四韻一、或謂二之長句一、若只有二首尾二韻一謂二之一絶一、或謂二之絶句一矣、

「暮春花宴序」

寛弘三年（一〇〇六）三月四日、道長の東三条第にて主上を始め、花宴を行はれた時の詩序。本書の65条・108条参照。

「愚息珥二貂蟬一」

『御堂關白記』寛弘三年三月四日條、

序宜作出、仍序者男擧周、被レ補二藏人一了、

『續本朝往生傳』大江擧周、

同擧周朝臣者、式部大輔匡衡朝臣第二子也、射鵠之後、東三條行幸之日、作文爲二序者一、深催二叡感一、五位藏人雅通、依二本家子孫賞一、敍二四位一之替、被レ補二侍中一、文道炳然之光華也、

「珥二貂蟬一」

『文選』卷五十六、曹子建(植)、王仲宣誄、(注、王粲字仲宣。)

君以レ顯擧、秉二機省闥一、戴レ蟬珥レ貂、朱衣皓帶、善曰、魏志曰、魏國建、拜二粲侍中一、蔡邕獨斷曰、侍中常侍、皆冠二惠文一、加レ貂附レ蟬也、向曰、秉、執、機、微也、省闥、宮門、謂粲爲二侍中一、執二機微之事於此一也、蟬貂朱衣、皆侍中服也、珥、插、皓、素也、

『事物紀原』卷三、冠冕首飾部第十四、

貂蟬、

一曰、武弁大冕、侍中冠レ之、金璫左貂、昔趙武靈王胡服也、秦始皇滅レ趙以賜二侍中一、故爲二侍中之服一、

『後漢書』志第三十、輿服下、武冠、

武冠、一曰二武弁大冠一、諸武官冠レ之、侍中中常侍加二黃金璫一、附レ蟬爲レ文、貂尾爲レ飾、謂二之趙惠文冠一、又名二鵕鸃冠一、

胡廣說曰、趙武靈王、效二胡服一以二金璫一飾レ首、前挿二貂尾一爲二貴職一、秦滅レ趙、以二其君冠一賜二近臣一、應劭漢官曰、說者以、金取二堅剛百鍊不レ耗、蟬居レ高飮レ潔、口在二腋下一、貂內勁捍而外溫潤、此因レ物生レ義也、徐廣曰、趙武靈王、胡服有レ此、秦卽漢而用レ之、說者蟬取三其淸高飮レ露而不レ食、貂紫蔚采潤而毛采不二彰灼一、故於レ義亦取、胡廣又曰、意謂、北方寒涼、本以二貂皮一暖レ額、附二施於冠一、因遂變成二首飾一、

「今上御元服」

『日本紀略』

（永祚元年十二月）廿五日壬申、奉二幣伊勢大神宮一、依二明年正月五日天皇御元服事一也、

（正曆元年正月）五日壬午、天皇元服、年十一、

『御遊抄』第三、御元服、

永祚二正五壬午、七日於二南殿一後宴、

賀表草、文章博士大江匡衡朝臣、

「文教」

文の教への意で、禮樂・法則を以て人民を教化するを云ふ。

『書經』卷之二、夏書、禹貢、

五百里綏服、三百里揆《タダシ》《ハカル》二文教一、二百里奮二武衞一、綏、安也、謂二之綏一者、漸遠二王畿一、而取二撫安之義一、侯服外四面又各五百里也、揆、度也、綏服內取二王城千里一、外取二荒服千里一、介《ハサマリ》二於內外之間一、故以二內三百里一揆二文教一、外二百里奮二武衞一、文以治レ內、武以治レ外、聖人所三以嚴二華(夷カ)夏之辨一者如レ此、此分二綏服五百里一、而爲二二等一也、

「八埏」

『文選』卷第四十八、司馬長卿（相如）、封禪文、

上暢《トホリ》二九垓一、下泝《ナカル》二八埏一、善曰、孟康曰、暢、達也、垓、重也、泝、流也、埏、若レ瓮、埏、地之八際也、言其徳上達二於九重之天一、流二於地之八際一、銑曰、八埏、謂二八方一也、言聖化上達二九重之天一、下流二八方之極一、

八埏《ハチエン》は地の八方の極限を云ふ。

「大宋求二法書一、報章獻二一編一」

『本朝文粋』巻第十二、牒、江匡衡、爲二僧正覺慶一答二大宋國奉先寺和尚一牒、

牒下大宋國杭州奉先寺、傳二天台智者教一、講經論和尚上

右至道元年（長徳元・九九五）四月日牒封、故座主權僧正暹賀領掌、未レ及二報陳一、溘《ニハカニ》以卽世矣、（『天台座主記』、長徳四年八月一日入滅、八十五。）覺慶偏以二年臈一、猥得レ領レ衆、（『天台座主記』、長徳四年十月廿九日宣命、年七十一。）繼二彼前好一、寫二我短懷一、（中略）爰見レ求二仁王般若經疏、彌勒成佛經疏、小阿彌陀經疏、幷決疑金光明經玄義、荊溪然禪師所レ撰華嚴骨目一、其有則繕寫、其無則闕如、目錄在レ別、不二更委注一、便附二廻信一、（下略）

「天工」

天の仕事、天下を治める仕事。

『書經』巻之一、虞書、皐陶謨、

無レ教《ナラフ》二逸欲一、有ツレ邦ヲ、兢兢業業、一日二日萬幾、無レ曠二庶官一、天工人其代レ之、無与レ母通、禁止之辭、教、非二必教令一、謂上行而下效也、言天子當下以二勤儉一率中諸侯上、不レ可下以二逸欲一導上之也、兢兢、戒謹也、業業、危懼也、幾、微也、易曰、惟幾也、故能成二天下之務一、蓋禍患之幾、藏二於細微一、而非三常人之所二豫見一、及二其著一也、則雖二智者一不レ能レ善二其後一、故聖人於レ幾、則兢業以圖レ之、所レ謂圖二難於其易一、爲二大於其細一者此也、一日二日者、言二其日之至淺一、萬幾者、言二其幾事之至多一也、蓋一日二日之間、事幾之來且至レ萬焉、是可二一日而縱レ欲乎、曠、廢也、言不レ可丁用二非才一而使丙庶官曠乙廢厥職甲也、天工、天之工也、人君代レ天理レ物、庶官所レ治無レ非二天事一、苟一職之或レ曠、則天工廢矣、可レ不二深戒一哉、

「陶甄」

陶甄《タウケン》は陶人が陶器を作る事、又陶器をも云ふ。

『文選』巻第五十六、箴、張茂先(華)、女史箴、

茫茫造化、二儀既分、散ㇾ氣流《シク》ㇾ形、既陶既甄《アラハス》、善曰、漢書、董仲舒曰、泥之在ㇾ鈞、唯甄者之所ㇾ爲、如淳曰、陶人作二瓦器一、
謂二之甄一也、翰曰、茫茫、廣大皃、二儀、天地也、陶甄、謂三陶人爲二瓦器一
也、言天地散氣流而爲ㇾ形、
有ㇾ似二陶人爲一ㇾ器也、

『文選』巻第十一、何平叔(晏)、景福殿賦、

疆二理宇宙一、甄二陶國風一、善曰、揚子法言曰、甄二陶天下一其在ㇾ和乎、李聃曰、埏ㇾ埴爲ㇾ器曰二甄陶一、
王者亦甄二陶其民一也、翰曰、定二封疆一以理二天下一、甄陶謂二燒ㇾ土爲一ㇾ器、

「庶績熈」

もろ〳〵の功績が廣まる。熈を興ると解する説もある。

『書經』巻之一、虞書、堯典、

允《マコトニ》釐《ヲサメ》二百工一、庶績咸熈《ミナヒロマル》、允、信、釐、治、工、官、庶、衆、績、功、咸、
皆、熈、廣也、信治二百官一、而衆功皆廣也、

「亹亹」

亹々《ビビ》には、『詩經』大雅、文王、に、「亹亹文王」とある如く、倦むことなく勉める意があり、又走る姿を形容した用法もあるが、こゝでは漸々として進む様の意である。

『文選』巻第五、左太沖(思)、呉都賦、

玄蔭眈眈、清流亹亹、向曰、眈眈、青槐蔭深之狀、
亹亹、淥水徐進之勢、

「王道通平平」

『書經』巻四、周書、洪範、

無レ偏無レ黨王道蕩蕩、無レ黨無レ偏、王道平平《ヘンペン》、偏陂好惡、已私之生二於心一也、偏黨反側、已私之見二於事一也、王之義、王之道、王之路、皇極之所二由行一也、蕩蕩、廣遠也、平平、平易也、

「崇レ文」

『文選』卷第四十六、王元長(融)、三月三日曲水詩序、

崇文成均之職、導レ德齊レ禮、善曰、魏志曰、明帝置二崇文觀一、徵二善レ文者一、以充レ之、周禮曰、大司樂、掌二成均之法一、以教レ建二國之學校一、而合二國之子弟一焉、論語、子曰、導レ之以レ德、齊レ之以レ禮、

「鼓レ篋」

『禮記』第十八、學記、

入レ學鼓レ篋孫《シタガフ》二其業一也、鼓篋、擊レ鼓警レ衆、乃發レ篋出二所レ治經業一也、孫猶二恭順一也、（注、以上、『正義』の注。）入レ學時、擊レ鼓以召二學大胥之官（注、周禮、春官、大胥に、「大胥、掌二學士之版一、以待二致諸子一」とある。）士一、學士至、則發レ篋以出二其書籍等物一、警レ之以二鼓聲一、使下以二遜順之心一進中其業上也、（注、以上『集註』の注。）

篋は箱であるが、此の場合書を納める箱。

「偃レ武」

偃は『呂覽』卷第十八、七、應言、に、「說二燕昭王一以偃レ兵、偃、止也、」とあり、やめる意。

『書經』卷四、周書、武成、

厥四月哉《ハジメテ》生明、王來レ自レ商至二于豐一、乃偃《フシ》レ武修レ文、歸二馬于華山之陽一、放二牛于桃林之野一、示二天下弗レ服一、哉、始也、始生明、月三日也、豐、文王舊都也、在二京兆鄠縣一、即今長安縣西北靈臺、豐水上、周先生廟在焉、山南曰レ陽、桃林、今華陰縣潼關也、樂記曰、武王勝レ商、渡レ河而西、馬散二之華山之陽一、而弗二復乘一、牛放二之桃林之野一、而弗二復服一、車甲衅而藏二之府庫一、倒二載干戈一、包以二虎皮一、天下知二武王之不二復用レ兵也、

「韜レ弦」

『文選』卷第三十五、張景陽(協)、七命、

論レ最犒レ勤、息レ馬韜レ弦、善曰、張晏漢書注曰、最、功第一也、西京賦曰、犒レ勤賞レ功、杜預左氏傳注曰、犒、勞也、又曰、韜、藏也、向注同、謂論二其第一之功一、以勞二其勞一、息レ馬而藏二其弓弦一也、

「夏屋」

『淮南子』巻第八、本經訓、

夏屋宮駕、縣聯房植、夏屋、大屋也、縣聯、ヒ二受雀頭一箸レ桷者、一曰二辟帶一也、房、室也、植、戸植也、

これは、夏屋を大屋の意に用ゐたもの。尚ほ、夏屋渠渠を見ること。

「渠渠」

つとめはげむ様。

「夏屋豐渠渠」

『詩經』國風、秦風、權輿、

於レ我乎、夏屋渠渠、夏、大也、箋云、屋、具也、渠渠、猶二勤勤一也、言下君始於レ我厚、設二禮食大具一、以食レ我、其意勤勤然上、

民衆が富み、大家に食饌が豊かで、禮節ある事。

「秋稼」

秋は夏屋の夏に對す。秋のみのりの意。

『後漢書』第五、安帝紀、元初四年、

今年秋稼茂好、垂レ可二收穫一、

「畋畋」

畋は『書經』第五、多方、に、「尚永力畋《タツクレ》二爾田一」とあり、田を作る意で、畋畋は田收の豊かな意。

「拉」

拉はひしぐ意。こえる意。

『文選』巻第四十三、孔德璋（稚珪）、北山移文、

將レ欲下排二巣父一、拉二許由一、傲二百氏一、蔑《ナイガシロニセント》中王侯上、

「柳莊」

『禮記』第四、檀弓下、

衞獻公出奔反二於衞一、及レ郊、將下班二邑於從者一、而后入上、柳莊曰、如《モシ》皆守二社稷一、則孰《タレカ》執二羈靮《テキ》一而從、如《モシ》皆從、則孰守二社稷一、君反二其國一而有レ私也、毋《ムシロ》乃不可乎、弗二果班一、獻公以二魯襄十四年一奔レ齊、二十六年歸レ衞、羈、所二以絡レ馬、靮、所二以鞚レ馬、莊之意、謂居者行者、均二之爲レ國、不當下獨賞二從者一以示中私恩上、

衞有二大史一、曰二柳莊一、寢《フセリ》疾《ニ》、公曰、若疾革《スミヤカナラバ》、雖レ當レ祭必告《マフセト》、公再拜稽首、請二於尸一曰、有二臣柳莊也者一、非二寡人之臣一、社稷之臣也、聞二之死一、請往、不レ釋レ服而往、遂以檖《スイス》之、與二之邑一、裘氏與二縣潘氏一、書而納二諸棺一曰、世世萬子孫毋レ變也、

「梅鋗」

『文選』巻第四十七、陸士衡（機）、漢高祖功臣頌、

吳芮之王《タル》、祚《サイハヒ》由二梅鋗一、善曰、漢書曰、天下之初叛レ秦、吳芮率二越人一擧レ兵、以應二諸侯一、沛公攻二南陽一、遇二芮之將梅鋗一、與偕攻二析酈一、上以二鋗有レ功入二武關一、故德レ芮、徙爲二長沙王一、高祖賢レ之詔二御史一、長沙王忠、其定著二甲令一、

「虎闈」

國子に學問を教へる所。虎闈は虎門で、國子に學を教へる所が、虎門の左側にあつた事に依る名。

『文選』巻第四十六、王元長（融）、三月三日曲水詩序、

出二龍樓一而問レ豎、入二虎闈一而齒《ヨハイス》レ冑《チウニ》、善曰、周禮曰、師氏以二三德一教二國子一、居二虎門之左一、蔡邕明堂月令論曰、周官有二闈門之學一、翰曰、龍樓、漢太子門名也、問レ豎、謂文王爲二太子一、至二寢門外一朝二於王季一、問二於內豎一、又曰、今日安否如何、虎闈、教二國子一之學所也、公卿之子爲二冑子一、言太子入レ學、以二年大小一爲レ次、不下以二天子之子一爲上上、故云レ齒レ冑、齒、年也、

「材用」

才があり用に足る。

『史記』巻之四、周本紀、

公劉雖レ在二戎狄之間一、復修二后稷之業一、務二耕種一、行二地宜一、自二漆沮一度レ渭、取二材用一、行者有レ資、居者有二畜積一、

「蹐跧《セキセン》」

おそれはゞかる様。蹐はぬき足さし足の意。跧はかゞみ伏す意。

『文選』巻第三、張平子（衡）、東京賦、

惵《テフ》惵黔首、豈徒跼《セクヾマリ》二高天一、蹐《ヌキアシスル》二厚地一而已哉、綜曰、史記曰、秦皇更名レ民曰二黔首一、謂黑頭無知也、跼蹐、恐懼之貌、毛詩曰、謂二天蓋高一、不三敢不二レ跼、跼、傴僂也、謂二地蓋厚一、不三敢不二レ蹐、蹐、累足也、銑曰、惵惵、衆懼貌、

『文選』巻第十一、王文考（逸）、魯靈光殿賦、

狡兎跧二伏於柎側一、翰曰、跧、縮レ足也、而柎、斗上横木、刻二狡兎形一、置二木於背一也、

「象岳」

象岳は三公の事。39條參照。

「弃捐」

弃《キ》捐《エン》は捨てる事。

『文選』巻第二十七、班婕妤、怨歌行、

弃二捐篋笥中一、恩情中道絶、

「近曾大星見」

『諸道勘文』

永延三年七月十三日、彗星見二東方一、經二數夜一、長五尺許、

長徳四年正月廿六日丙戌寅時、彗星見二東方一、長四尺許、

「諠闐」

諠《ケン》は、かまびすしい事。『文選』巻第十七、王子淵(褒)、洞簫賦、に、「宜二清靜而弗一レ諠、」とある。

闐《テン》は、みちる意。『文選』巻第一、班孟堅(固)、西都賦、に、「闐レ城溢レ郭、禮記注曰、塡、滿也、與レ闐同、」とあり、又とゞろく様をも云ふ。『文選』巻第四、左太沖(思)、蜀都賦、に、「車馬雷駭、轟轟闐闐、善曰、轟轟闐闐、車馬聲、」とある。

「管見」

『書言故事』巻之五、小兒類、

小見曰二管見一、

『莊子』秋水篇第十七、

是直用レ管闚レ天、用レ錐指レ地也、不二亦小一乎、

「邂逅」

『詩經』鄭風、野有蔓草、

野有二蔓草一、零露漙兮、興也、野四郊之外、蔓、延也、漙、漙然盛多也、箋云、零、落也、蔓草而有レ露、謂二仲春之時一、草始生、霜爲レ露也、周禮仲春之月、令レ會下男女之無二夫家一者上、有二美一人一、清揚婉

兮、邂逅相遇、適二我願一兮、清揚、眉目之間、婉然美也、邂逅、不レ期而會、適、得二其時願一、

「楡躔」

楡はにれの木。こゝでは天に在るにれの木、星楡の意。『全唐文』巻四百四十七、竇泉、述書賦上、に、「如レ益二星楡之衆象一、無二月桂之孤光一」とある。

躔は星のやどり。

『文選』巻第十九、東廣微(皙)、補亡詩、

纖阿案レ晷《カゲヲ》、星變二其躔《ヤドリヲ》一、善曰、淮南子曰、纖阿、月御也、音義曰、躔、舍也、翰曰、躔、星次也、言星月各案二其晷次一、不レ失レ常也、

「辨二楡躔一」

星宿の次第を知つてゐて、俗説に迷はぬ意。

「寶祚」

天子の御位。

『文選』巻第五十、沈休文(約)、恩倖傳論、

寶祚夙傾、實由二於此一、善曰、寶祚、猶二寶命一也、

「賡」

賡《コウ》はつぐ事。『書經』益稷、に、「乃賡載レ歌曰、賡、續、載、成也、」とある。

「中闈」

宮中の事。

『文選』巻第二十八、陸士衡(機)、挽歌詩、

殯宮何嘈嘈、哀響沸二中闈一、善曰、釋名曰、於二西壁下一塗レ之曰レ殯、良曰、嘈嘈、衆哭聲、闈、殯宮之門、

「金環」

金で造つた腕環。次の『詩經』の注に金環の用途とその意味が見られる。

『詩經』邶風、靜女、（注、靜、貞靜也、女徳貞靜而有二法度一、）

靜女其孌、貽二我彤管一、既有二靜徳一、又有二美色一、又能遺レ我以二古人之法一、可三以配二人君一也、古者、后夫人必有二女史彤管之法一、（注、彤管は赤いぢくの筆で、女史が宮中の后妃の事を記すに用ゐた。）女史不レ記レ過、其罪殺レ之、后妃群妾、以レ禮御二於君所一、女史書二其日月一、授レ之以レ環、以進二退之一、生レ子月辰、則以二金環一退レ之、當レ御者、以二銀環一進レ之、著二于左手一、既御著二于右手一、事無二大小一、記以成レ法、箋云、彤管、筆赤管也、

「金環研」

これは皇子の降誕を云ふ。長保元年（九九九）、皇后定子は敦康親王を生み奉る。

「戴眼」

『素問』診要經終論、（『大漢和辭典』に據る。）

太陽之脈、其終也、戴眼・反折・瘈瘲、〔注〕戴眼、目上視也、

眼をこらしてながめ待つ意か。

「殊私」

42條に既述。

「取レ魚誰忘レ筌」

『莊子』外物第二十六、

筌者所二以在一レ魚、得レ魚而忘レ筌、蹄者所二以在一レ兎、得レ兎而忘レ蹄、䟽、筌、魚笱也、以レ竹爲レ之、

「垂レ耳」

元氣のない様。不滿な様。

『文選』卷第四十一、陳孔璋（琳）、爲二曹洪一與二魏文帝一書、

夫騄驥垂二耳於坰牧一、鴻雀戢二翼於汙池一、善曰、弔屈原曰、驥垂二兩耳一服二塩車一、列子、楊朱謂二梁王一曰、鴻雁高飛不レ集二汙池一、良曰、騄驥良馬也、垂レ耳謂未レ效二用其力一、故耳垂也、坰牧、野外也、鴻雀、大鳥也、戢、斂也、汙池、小水也、

「相レ馬」

『列子』說符第八、

秦穆公謂二伯樂一曰、子之年長矣、子姓有二可レ使レ求レ馬者一乎、伯樂對曰、良馬可二形容筋骨相一也、天下之馬者、若レ滅若レ沒、若レ亡若レ失、若レ此者、絕レ塵弭《ヤム》レ蹤《アトヲ》（注、塵もたてず、足跡も殘さぬ。早い事の形容。）臣之子皆下才也、可三告以二良馬一、不レ可三告以二天下之馬一也、臣有下所三與共擔二纆薪菜一者九方皐上、此其於レ馬、非二臣之下一也、請見レ之、穆公見レ之、使二行求一レ馬、三月而反、報曰、已得レ之矣、在二沙丘一、穆公曰、何馬也、對曰、牝而黃、使二人往取一レ之、牡而驪《クロゴマ》、穆公不レ說、召二伯樂一而謂レ之曰、敗矣、子所レ使レ求レ馬者、色物牝牡、尙弗レ能レ知、又何馬之能知也、伯樂喟然太息曰、一至二於此一乎、是乃其所下以千二萬臣一而無上數者也、（注、私より數千倍も優れて居て、量り知れない。）若二皐之所一レ觀、天機也、得二其精一而忘二其麤一、在《ミテ》二其內一、而忘二其外一、見二其所一レ見、不レ見二其所一レ不レ見、視二其所一レ視、而遺二其所一レ不レ視、若二

皐之相ㇾ馬、乃有下貴二乎馬一者上也、馬至、果天下之馬也、

「拘攣《コウレン》」

かゝはりなづむ。こだはり心をひかれる意。

『文選』巻第十、潘安仁(岳)、西征賦、

陋《イヤシミ》二吾人之拘攣《カヽハリヒカルヽコヲ》一、　飄萍浮而蓬轉、善曰、言已闕二行藏之明一、而有二蔽繆之累一、故悟二山濳之爲ㇾ是、陋二拘攣之寔非一、銑曰、吾人、岳自謂、岳自陋二薄其身一、拘二攣於名位一、竟如下浮萍轉蓬無上ㇾ所二止託一也、

○大　意

我が君主は、恰も舜が五絃を調べた様に、常に五經を身に帯びられ、又禹が九川を導いて治水した様に、諸卿の紛議を決裁される。此の時世に侍讀の職を兼帯し、自ら才の秀れてゐない事を自嘲する。春の花月の宴に侍しては、詩を作り美しい紙牋に記し、秋の山水の御遊に扈從しては、やぐら船に侍乘した。西王母を迎へて漢の武帝が宴した様に賜酒が巡り、魏の文帝が左騏に命じた様に、仙樂が奏でられた。李延年流の歌聲が嫋々として續き、梨園の妓の舞の如き、なまめかしい舞が催された。重陽の宴で「菊是爲二仙草一」の題の詩を詠じては、その詩の腰句について特に天賞を受け、暮春花宴の序を奉つた時は、賞として愚息擧周が藏人に補された。今上陛下の御元服の賀表の草を獻じた事もある。陛下の文教の治は、八荒に及び、大宋から佛法の典籍を求めて來、その時の返書は自分が獻じた。

つら〳〵當今の御治世を見てみるに、御政事は夫々の専門の諸卿にゆだねられ、着々と御治績があがり、王道が國中に達して安穩に治まつてゐる。主上は文を尊ばれ、學業を鼓舞され、闘爭を止め、武器は武庫にをさめられ、その結果、人民は豐かに富み、秋の穰りも平安にして豐かである。諸吏は柳莊を越えた才能があり、武備では梅鋗

も及ばない程安定して居る。國學の制も舊規にもどり、材用ある者はちゞこまつて居る必要はない。三公の職に在る人は、諸々の典籍を集めて學に資し、かくては文儒が棄損せられる恐れは全くない。所が近頃天に大星が現はれ、それが何の徵であるかについて衆説が紛紛としてゐる。たま〳〵星楡のやどりについて、若干の心得のある自分の管見によつて、先づこれは主上の御長命と寶祚永いことの徵であると奏し、次いでこれは皇子御降誕の徵であると言上した。果して宮中では皇子の御降誕の慶があつた。この様な功があり、自分はじつと格別な恩命がありはしないかと期待してゐる。魚を取つて筌を忘れる事のない様に、自分は一心に研鑽をつゞけてゐるが、未だ殊私の恩命は下らず、心ならず、たゞ頭を廻して時流をながめてゐる。併し伯樂があつて、人材を見抜き自分をとりたてゝくれる事に、こだはりなづんでばかりはゐられない。

76(5) 嗟乎運命拙ク、性慵ニシテ患ヒ未ダレ鐲ノゾカル、再ビ爲リ二合浦ノ守一ト、去リシ珠耀キ又圓カナリ、更ニ作リ二武城ノ宰一ト、割イテレ雞ヲ名不レ悛マラ、樂ミテレ道ヲ仰ギ二鳳鳳ヲ一、疲レテハレ學ニ增ス二蠙蠙ヲ一、才地多ク二磽确一、詞林少シ二杪楨一、詩句年年積リ、藥銚日日煎ズ、侏儒飽キテ笑フレ我ヲ、文籍拙ニシテ猶ホ纏フ、白屋荒レテ慙ヂレ人ニ、傳癖老イテ未ダレ痊エ、閑居シテ閲ス二史書ヲ一、因循情意牽カル、承和ノ菅三位、乘リ二車ニ蘭省前ニ一、應和ノ江納言、前スヽム二席ヲ玉扆ノ邊ニ一、或ハ賜ハリ二卿相ノ封ヲ一、書窓衣食塡ム、或ハ賜ハリ二衣劔ノ餝ヲ一、翰林ノ榮華鮮ヤカナリ、德言ハ尊マレ二於唐ニ一、郭隗ハ貴シ二於燕ニ一、桓榮五更ノ問、萬乘臨幸聯ツラナリ、張良一巻ノ師、萬戸ノ功名鐫ヲウガツ、試ニ題スルモ二一千文ヲ一、心腹尚ホ便便タリ、

○**考　説**

「鐲」

蠲《ケン》はのぞくと讀む。

『文選』卷第五十三、嵇叔夜(康)、養生論、

合歡蠲レ忿、萱草忘レ憂、善曰、神農本草曰、合歡蠲レ忿、萱草忘レ憂、崔豹古今注曰、合歡樹似二梧桐一、枝葉繁互相交結、毎二一風來一、輒自相離了、不二相牽綴一、樹二之堦庭一、使二人不一レ忿也、毛詩曰、焉得二萱草一、言樹二之背一、毛萇詩傳曰、
萱草令二人亡一レ憂、
翰曰、蠲、除也、

「合浦守」

50條「合浦珠」參照。

「再爲二合浦守一」

再度國司となつた事。『中古歌仙三十六人傳』に、「長保三年正月廿四日、兼二尾張權守一」とある。

「武城宰」

50條參照。

「更作二武城宰一」

67條に、「寛弘七年三月卅日、遷二丹州刺史一、歸二舊國尾州一」とある。『中古歌仙三十六人傳』は、「三月廿日」とするが、『御堂關白記』も三月三十日とする。

丹波守となつた事を指す。

『論語』陽貨、

子之二武城一、聞二絃歌之聲一、夫子莞爾而笑曰、割レ雞焉用二牛刀一、子游對曰、昔者偃也、聞二諸夫子一、曰、君子學レ道則愛レ人、小人學レ道則易レ使也、子曰、二三子、偃之言是也、前言戲レ之耳、

『史記』卷六十七、仲尼弟子列傳第七、

言偃吳人、字子游、少二孔子一四十五歲、子游既已受レ業、爲二武城宰一、正義曰、括地志云、在二兗州一、即南城也、輿地志云、南武城縣、魯武邑城、子游爲レ宰者也、在二泰山郡一、

「割雞」

50條參照。

『分類補註李太白詩』卷之九、贈二清漳明府姪聿一、

天開青雲器、日爲二蒼生一憂、小邑且割レ雞、大刀佇《ヒサシク》烹レ牛、

割雞は牛をさばくのに比して、小事を云ふが、刺史として國事を鹽梅するに用ゐる。

「樂レ道」

『文選』卷第二十五、傅長虞(咸)、贈二何劭王濟一、

歸二身蓬華廬一、樂レ道以忘レ飢、向曰、蓬華廬、草菴也、言歸レ此以樂二先王之道一、將レ忘二其饑一也、

「增二蠙蠙一」

蠙は貝の一種、どふがひ。

「疲レ學增二蠙蠙一」

不詳。學につかれゆきづまつて、焦躁を感ずる事か。『莊子』至樂第十八、に、『列子』天瑞第一、の文言を引用して、

「種有レ幾、疏、陰陽造物轉變無レ窮、論二其種類一、不レ可二勝計一之也、若二鼃爲レ鶉、得レ水則爲レ㡭《ツクヲ》、疏、潤氣生レ物、從レ無生レ有、故更相繼續也、得二水土之際一、則爲二鼃《ア》蠙之衣一、疏、鼃蠙之衣、青苔也、在二水中一若レ張レ綿、俗謂二之蝦蟆之衣一也、生二於陵屯一則爲二陵舄一、疏、屯、阜也、陵舄、車前草也、既生二於陵阜高陸一、即變爲二車前一也、」とある。これに依つてか、『集韻』に、「蠙、一曰、水苔也、」とある。

「才地」

才地は一般に才能と家柄の意である。

『全唐詩』巻八、杜甫十八、奉レ贈二盧五丈參謀一、

丈人藉二才地一、門閥冠二雲霄一、

これに據れば、才地は單に才能を意味する場合がある。

「磽确」

磽《カウ》も确《カク》も、共に石が多くやせた土地の意。

『孟子』告子章句上、

地有二肥磽一、磽、薄也、

『文選』巻第五、左太沖(思)、呉都賦、

同レ年而議《ハカル》二豐确一、劉向曰、确、薄也、銑曰、豐、豐沃之地、确、磽确之地、

「詞林」

詞林は詩文などのあつまり。林は多くある樣。

『昭明太子集』巻第三、答二晉安王一書、

殽二核《カウカクトシ》墳史《ヲ》一、漁二獵詞林一、

「杪槇」

杪槇《ベウテン》は木ずゑ。

『方言』巻第十二、に、「疋杪、小也、樹細枝爲ㇾ杪也、」とある。槇は『説文』に、「槇、木頂也、」とあり、こずゑの意。

「少二杪槇一」

自分の詩文の成つたものが少ない意。

「藥銚」

藥を煎ずる銚子。

『白氏長慶集』巻十四、村居寄二張殷衡一、

藥銚夜傾二殘酒一暖、竹床寒取二舊氈一鋪、

「侏儒」

小びと。

『國語』晉語四、

籧篨不ㇾ可ㇾ使ㇾ俛、（はと胸の人は下むかせる事が不可。）

戚施不ㇾ可ㇾ使ㇾ仰、（せむしの人は仰がせる事が出來ぬ。）

僬僥不ㇾ可ㇾ使ㇾ擧、（長けが三尺位の人は重い物を擧げさせる事が出來ぬ。）

侏儒不ㇾ可ㇾ使ㇾ援、侏儒、短者、（小人には重い物をひきあげさせる事が出來ぬ。）

「文籍」

『文選』序、

逮二乎伏羲氏之王二天下一也、始畫二八卦一造二書契一、以代二結ㇾ繩之政一、由ㇾ是文籍生焉、濟曰、太古結ㇾ繩以理、逮、及也、由、從也、及二伏羲一畫二八卦一代二

結繩一、由レ是書籍生焉、

「白屋」

70條に既述。賤人の所居。自宅の謙稱。

「傳癖」

左傳癖の事。晉の杜預が左氏傳を好み讀んだ故事。こゝでは史書を耽讀する癖。

『晉書』列傳卷第四、杜預傳、

杜預字元凱、京兆杜陵人也、（中略）既立レ功之後、從容無事、乃耽ニ思經籍一、爲ニ春秋左氏經傳集解一、又參ニ攷衆家譜第一、謂ニ之釋例一、又作ニ盟會圖、春秋長歷一、備成ニ一家之學一、比レ老乃成、又撰ニ女記讚一、當時論者謂、預文義質直、世人未ニ之重一、唯祕書監摯虞賞レ之曰、左丘明本爲ニ春秋一作レ傳、而左傳遂自孤行、釋例本爲レ傳設、而所ニ發明一、何但左傳、故亦孤行、時王濟解レ相レ馬、又甚愛レ之、而和嶠頗聚斂、預常稱、濟有ニ馬癖一、嶠有ニ錢癖一、武帝聞レ之謂レ預曰、卿有ニ何癖一、對曰、臣有ニ左傳癖一、

「因循」

舊慣になれ從ふ。

『史記』卷之一百三十、太史公自序、

（道家）其術以ニ虛無一爲レ本、以ニ因循一爲レ用、正義曰、任ニ自然一也、

「承和菅三位」

嵯峨・仁明兩朝の侍讀であつた菅原淸公を云ふ。

「乘二車蘭省前一」

『續日本後紀』承和九年十月十七日條、菅原清公薨傳、

（承和）六年正月、敍二從三位一、老病羸弱、行歩多レ艱、勅聽下乘二牛車一到中南大庭梨樹底上、斯乃稽古之力、非二徇求所レ致、其後託レ病、漸絶二入內一、

「蘭省」

62條に既述。

「應和江納言」

贈從二位、中納言大江維時を云ふ。醍醐・朱雀・村上三代の帝の侍讀。

「前二席玉扆邊一」

主上の御前に侍して御進講した意。

「玉扆」

『文選』巻第三、張平子（衡）、東京賦、（天子の夏正三朝の威儀。）

負二斧扆一、次席紛純、左二右玉几一、穆穆而南面以聽矣、綜曰、扆、屛風、樹二之坐後一也、次席、竹席也、紛純、謂以レ組爲レ緣、周禮曰、天子左二右玉几一、鄭玄曰、左右有レ几、優二至尊一也、善曰、禮記曰、天子負二斧扆一南向而立、鄭玄曰、負之言背也、周禮曰、大朝覲、王設二黼依一、設二莞席一紛純、次席黼純、左右玉几、次席紛純、謂三席倶設互言レ之、良曰、扆、依也、施二斧文屛風於後一、

扆は天子が諸侯に對する時、背後に立てる屛風で、赤地に斧を畫いたもの。玉扆は玉を散りばめた扆、又は扆の美稱。

「或賜二卿相封一」

大江維時の事を云ふ。天暦四年（九五〇）に六十三歳で任参議、天徳四年（九六〇）に中納言に任じられる。時に従三位。

「徳言」

蕭徳言の事。

『唐書』巻一百九十八、儒學列傳第一百二十三、蕭徳言傳、

蕭徳言字文行、陳吏部郎引子也、系出二蘭陵一、明二左氏春秋一、（『舊唐書』雍州長安人、本蘭陵人。）（中略）太宗欲レ知二前世得失一、詔二魏徵虞世南褚亮及徳言一、裒下次經史百氏帝王所二以興一レ衰者上上レ之、帝愛二其書博而要一曰、使三我稽レ古臨レ事不二レ惑者、公等力也、賚賜尤渥、（中略）詔以レ經授二晉王（高宗）一、（中略）爲二太子一、徳言又兼二侍讀一、（中略）高宗立拜二銀青光祿大夫一、全二給其祿一、（中略）卒年九十七、贈二太常卿一、謚曰レ博、

「郭隗」

『史記』巻之三十四、燕世家、

燕昭王、於二破燕之後一、卽レ位卑レ身、厚レ幣以招二賢者一、謂二郭隗一曰、齊因二孤之國亂一而襲破レ燕、孤極知下燕小力、不上レ足二以報一、然誠得二賢士一以共レ國、以雪二先王之恥一、孤之願也、先王視二可者一、得二身事一レ之、郭隗曰、王必欲レ致レ士、先從レ隗始、況賢二於隗一者、豈遠二千里一哉、於レ是、昭王爲レ隗改築レ宮而師二事之一、樂毅自レ魏往、鄒衍自レ齊往、劇辛自レ趙往、士爭趨レ燕、

「桓榮五更問」

68・72條に既述。

「萬乘」

兵車萬乘を出す國の天子。

『文選』巻第二十三、張孟陽（載）、七哀詩、

昔爲二萬乘君一、今爲二丘山土一、善曰、漢書曰、天子畿方千里、兵車萬乘、故稱二萬乘之主一、方言曰、冢大者爲レ丘、淮南子曰、吾死也、有二一棺之土一、翰曰、萬乘君、天子也、

『漢書』巻之二十三、刑法志、

天子畿方千里、提封百萬井、定出二賦六十四萬井一、戎馬四萬匹、兵車萬乘一、故稱二萬乘之主一、

「聯」

聯《レン》はつらなると讀み、つゞく意。

『文選』巻第二、張平子（衡）、西京賦、

朝堂承レ東、溫調延《ツラナレリ》レ北、西有二玉臺一、聯以二昆德一、善曰、爾雅曰、延、陳也、說文曰、聯、連也、良曰、溫調、玉臺、昆德、皆臺殿之名、

「萬乘臨幸聯」

『後漢書』の桓榮傳によれば、榮が太常たる時、顯宗は太常府に臨幸になり、又衰老して家に在るや、帝はその家に臨幸になり起居を訪はれた。榮が卒するや帝は親自喪に臨まれた。

「張良一巻師」

『史記』巻之五十五、留侯世家第二十五、に據る。

留侯張良は其先韓人である。字は子房。博浪沙で秦の皇帝を鐵椎で撃ち殺さうとして失敗し、下邳にかくれ、そこで一老父黄石公に會ひ、老父が橋下に墮した履を拾つて渡し、老父から太公兵法一編を受ける。その後漢高祖の知遇を得て帝師となる。帝が嘗太子を更へんとした時、太子に商山の四皓を迎へ、それにより帝を思ひとゞまらせ

た話は有名である。

漢六年正月、封二功臣一、良未三嘗有二戰鬪功一、高帝曰、運二籌策帷帳中一、決二勝千里外一、子房功也、自擇二齊三萬戶一、良曰、始臣起二下邳一、與レ上會レ留、此天以レ臣授二陛下一、陛下用二臣計一、幸而時中、臣願封レ留足矣、不三敢當二三萬戶一、乃封二張良一爲二留侯一、（中略）留侯乃稱曰、家世相レ韓、及二韓滅一、不レ愛二萬金之資一、爲レ韓報二讎彊秦一、天下振動、今以二三寸舌一、爲二帝者師一、封二萬戶一、位二列侯一、此布衣之極、於レ良足矣、願弃二人間事一、欲下從二赤松子一游上耳、

張良一卷師は張良が黃石公より貰つた太公兵法一編を以て、漢の高祖の帝師となつた事を云ふ。

「萬戶功名鐫」

鐫《セン》はうがつと讀む。鐫刻の意。

『後漢書』列傳第五十下、蔡邕傳、

奏求レ正二定六經文字一、靈帝許レ之、邕乃自書二册於碑一、使二工鐫刻一、立二於太學門外一、

萬戶侯に封ぜられて、功名は永く碑にきざまれたと云ふ意。

「便便」

『後漢書』文苑列傳第七十上、邊韶傳、

邊韶字孝先、陳留浚儀人也、以二文學一知レ名、教授數百人、韶口辯、曾晝日假臥、弟子私嘲レ之曰、邊孝先腹便便、懶レ讀レ書但欲レ眠、（注、この便々は腹の大きくふくれ出て居る樣。）韶潛聞レ之、應レ時對曰、邊爲レ姓、孝爲レ字、腹便便五經笥、（注、この便々は、一ぱいつまつてゐる樣。）但欲レ眠思二經事一、寐與二周公一通レ夢、靜與二孔子一同レ意、師而可レ嘲出二何典記一、嘲者大慙、

「心腹尙便便」

述べんとする事が尙ほ許多で、腹が一ぱいつかへてゐる思ひであるの意。

○大　意

あゝ自分はめぐりあはせが惡く、性質も慵惰で、もろ〳〵の患が盡きない。その中に再び尾張權守となつて、いさゝか治績があり、更に丹州の刺史となつた。任國名は改まつたが、同じく刺史の吏たる事には變化がない。たゞ先聖の道を仰ぎたのしんだが、時には學に疲れゆきづまり、焦躁を感ずる事があつた。元來自分の才能は淺薄で、出來上つた詩文は多くない。一方詩句は年々積り、病氣勝ちで藥銚にしたしむ事が多く、嘲られながらも尙ほ書物から離れる事が出來ず、我が家は貧窮して荒れにまかせても、老いてなほ古典籍を捨てる事が出來ず、訪ふ人もない生活の中で、日々史書を繙いてゐる。舊慣になづんで心ひかれて居る。承和の御代の菅原淸公公は、牛車に乘つた儘、禁中に入るの勅許を得、應和の御代の大江維時卿は、玉座近くに進んで進講した。或はその功あつて卿相の封を賜はり、書窓豐かに衣食足り、或は衣劒のかざりを賜はり、文章博士としての榮譽をうけた。昔、唐朝の蕭德言は侍讀として學問の故に唐の朝廷の尊崇を受け、郭隗は賢者の故に燕の朝廷に貴まれた。後漢の桓榮は五更に任じられ帝の諮問に應へ、皇帝の再々の臨幸を受け、一卷の書を以て帝師となつた漢の張良は、功の爲め萬戶侯に封ぜられ、その名は永くきざまれた。(自分は同じ學徒として、研鑽やまぬのに、遂に公卿の列に加へられない。)試に一千文の詩を作つたが、心の中には云ひたい事が一杯つまつてゐて、腹ふくるゝ思ひである。

77　無題、

毎日念㆓持観自在㆒、多年服㆓仕仲孫尼㆒、此生已識少㆓榮耀㆒、只待㆓能仁引攝時㆒、

○考　説

「観自在」

観世音菩薩の事。光世音・観自在・観世自在・観世音自在・観世自在等様々に呼ぶ。

「仲孫尼」

仲孫尼は孔子の事と思はれるが、仲尼を仲孫尼とした典據は見られない。

「榮耀」

榮えかゞやく。榮華と同じ。

『文選』巻第二十九、曹子建(植)、雜詩、

俛仰歳將㆑暮、榮耀難㆓久恃㆒、

「能仁」

釋迦の譯名。

『翻譯名義集』通別三身第三、

釋迦牟尼、摭華云、此云㆓能仁寂默㆒、寂默故不㆑住㆓生死㆒、能仁故不㆑住㆓涅槃㆒、悲智兼運、立㆓此嘉稱㆒、發軫云、本起經翻㆓釋迦㆒爲㆓能仁㆒、本行經譯㆓牟尼㆒爲㆓寂默㆒、能仁是姓、寂默是字、姓從㆓慈悲利㆑物、字取㆓智慧冥㆑理、以㆑利㆑物故、不㆑住㆓涅槃㆒、以㆑冥㆑理故不㆑住㆓生死㆒、

「引攝」
引接《インジョウ》と同じ。迎接とも云ひ、臨終に佛が來迎して引導する意。
『往生要集』巻上本、
第一聖衆來迎樂者、凡惡業人命盡時、風火先去、故動熱多レ苦、善行人命盡時、地水先去、故緩緩無レ苦、何況念佛功積、運レ心年深之者、臨二命終時一大喜自生、所二以然一者、彌陀如來以二本願一故、與二諸菩薩百千比丘衆一、放二大光明一皓然在二目前一、時大悲觀世音、申《ノベテ》二百福莊嚴手一、擎《サヽゲテ》二寶蓮臺一至二行者前一、大勢至菩薩与二无量聖衆一、同時讚嘆授レ手引接、是時行者目自見レ之、心中歡喜、身心安樂如レ入二禪定一、

○大意

每日觀世音菩薩を念じて居り、永年仲尼にしたがひ儒學に勵んで來た。併し所詮我が生涯は榮華に乏しいものと悟り、ひたすら釋迦佛の引攝の時を待つ。

78

自愛、

我賞《ス》二我身《ガヲ》一人不レ識《ラ》、鑽《キリ》レ堅嘗《ヲムル》レ嶮《ヲ》幾寒溫、問頭《ノ》博士菅三位、提耳《ノ》祖宗江納言、東海《ニ》烹鮮《タリテ》遺《シ》二教化《ヲ》一、子《ノ》城[1]侍讀仰《グ》二殊恩《ヲ》一、一言猶《ホ》勝《ル》千金重《ク》、三百卷書《ノ》授《ク》二至尊《ニ》一、

○校異

①「城」＝『日本詩紀』「成」に作る。

○考　説

「問頭博士菅三位」

96條參照。『本朝文粋』巻第三、對策、に、菅原文時が壽考と云ふ題で問を發し、大江匡衡が對した時の、問と對策文が見える。

「提耳祖宗江納言」

96條に見える。

「烹鮮」

62條に既述。

「子城侍讀」

67條參照。「侍讀何居二東海外一、翰林宜レ在二子城傍一」

○大　意

我は人知れず我身を自負してゐる。永年鑽厲し、けはしい學問の道を嘗め經驗し、菅三位が問頭の博士となつての獻策に射鵠し、祖父大江維時卿の殷懃な教へを受け、尾州の刺史として教化をのこし、侍讀の任に在る者が、遠地に刺史たる事は不可と云ふので、近くの丹波の守に移る殊恩を蒙つた。我が一言は千金にも増して重く、三百巻の書を以て主上に御教授した。

暮秋泛《ビ》二大井河《ニ》一、各言《ヘル》二所懐《ヲ》一和歌《ノ》序、

寛弘之《ノ》歳秋九月、蓬壺《ノ》侍臣二十輩、合二宴《ス》于亀山之下、大井河之上《ニ》一、或《ハ》高談艶語《シ》、或《ハ》絲竹觴詠《ス》、沙鷗與二鵷鸞一狎近《シ》、紅葉與二純綺一紛糅《ス》、於戲今日之興今日之情、不三偏《ニ》好《ムノミニ》二遊泛《ヲ》一、誇《ル》二四海之無事《ヲ》一也、不三偏《ニ》好《ムノミニ》二眺望《ヲ》一、觀《ル》二三農之有《ルヲ》レ年也、艤《ク》レ船《ヲ》者《ハ》攝州刺史、盡《ス》二水陸之珍《ヲ》一、起《ス》レ令《ヲ》者《ハ》翰林主人、兼《ヌ》二花鳥之事《ヲ》一、于レ時山水秋深《ク》、若《キ》二雲夢《ノ》一者有《リ》二八九一、煙嵐日暮《レ》、記《スニ》二風物《ヲ》一以難《テシ》二一二一、愁詠《ニジ》二和歌《ヲ》一、聊慰《ム》二老思《ヲ》一、其詞《ノニ》曰《ク》、

河船仁乗天心乃行時ハ沈メル身止毛思ホエヌカナ、

○考　説

「暮秋」

序中に「寛弘之歳秋九月、」とある。寛弘何年か不明であるが、試みに『御堂關白記』『權記』を見れば、何れにも寛弘元年（一〇〇四）九月四日に、「殿上人野望云々」とある。或は此の時の事かと思はれる。この時の事とすれば、序中の攝州刺史は藤原説孝であらうか。（『御堂關白記』寛弘元年正月廿六日條、）

「大井河」

『山城名勝志』四、葛野郡部、

大堰河、

源出《レ》自《ニ》丹波國《一》、末流《ニ》入淀河《一》也、自《ニ》大井川櫟谷《一》至《ニ》丹波境龜頸《一》三十九町、此中間有《ニ》大瀬龍門瀧、猿飛、

清瀧川落合、鵜《ウ》河《カウ》水尾落合、等名一、

「蓬壺」

39條に既述。

「龜山」

『山城名勝志』三、葛野郡部、龜山、又龜緒山、天龍寺上山也、

「高談」

高尚な談話。

『文選』巻第四十二、魏文帝、與二梁朝歌令吳質一書、

高談娛レ心、哀箏順レ耳、銑曰、娛、樂也、哀箏謂二箏聲淸一也、

「艶語」

なまめかしい言葉・話。

『全漢三國晉南北朝詩』全隋巻二、盧思道、日出東南隅行、

樓中有二可憐妾一、如レ恨亦如レ羞、深情出二艶語一、密意滿二橫眸一、

「觴詠」

『晉書』列傳巻第五十、王羲之、

嘗與二同志一宴二集於會稽山陰之蘭亭一、羲之自爲二之序一以申二其志一曰、永和九年、歳在二癸丑一、暮春之初、會二于會

稽山陰之蘭亭一、脩二禊事一也、群賢畢至、少長咸集、此地有二崇山峻嶺、茂林脩竹一、又有二淸流激湍一、映二帯左右一、
引以爲二流觴曲水一、列二坐其次一、雖レ無二絲竹管絃之盛一、一觴一詠、亦足三以暢二敍幽情一、

「沙鷗」

砂洲に居るかもめ。

『杜工部詩集』巻十二、旅夜書懐、

飄飄何所レ似、天地一沙鷗、

「鵷鸞」

鵷《エン》も鸞《ラン》も共に鳳凰の一種。

『文選』巻第七、司馬長卿（相如）、子虚賦、

其上則有二鵷雛孔鸞一、

朝廷に仕へる朝臣の意味。

『白氏長慶集』巻三十一、微之敦詩晦叔相次長逝、巋然自傷、因成二二絶一、

併失鵷鸞侶、空留麋鹿身、

『全唐詩』巻二十二、李拯、退朝望二終南山一、

紫宸朝罷綴二鵷鸞一、丹鳳樓前駐レ馬看、

「狎近」

狎近《カフキン》はなれ親しむ意。狎れて近づく意。

『全唐詩』卷二十五、韓偓二、贈二湖南李思齊處士一、

三春日日黃梅雨、孤客年年青草湖、燕俠冰霜難二狎近一、楚狂鋒刀觸二凡愚一、

「沙鷗與二鵷鸞一狎近」

川の洲に遊ぶ鷗が朝臣等に狎れ近づいてゐる。

「純綺」

廷臣の着てゐる麗しい綾織物の意。

『漢書』卷之一下、高帝紀下、

賈人毋レ得レ衣二錦繡綺縠絺紵罽《ケイ》一、師古曰、賈人、坐販賣者也、綺、文繒也、卽今之細綾也、絺、細葛也、紵、織レ紵爲二布及疏一也、罽、織レ毛若今氈及氍毹之類一也、

「紛糅」

紛糅《フンジウ》は入りまじる樣。

『文選』卷第十三、謝惠連、雪賦、

雪紛糅而遂多、善曰、楚辭曰、雪紛糅其增加、
鄭玄禮記注曰、糅、雜也、

「紅葉與二純綺一紛糅」

兩岸の紅葉が朝臣の麗しい綾衣と入りまじつて見える。

「三農」

『周禮』冢宰治官之職、大宰、

以二九職一任二萬民一、一曰三農、生二九穀一、任、猶レ倳《タテル》也、鄭司農云、三農、平地・山・澤也、九穀、黍・稷・秫・稻・麻・大小豆・大小麥、玄謂、三農、原・隰及平地、

『文選』巻第三、張平子（衡）、東京賦、

三農之隙、曜二威中原一、善曰、三時務レ農、一時講レ武、韋昭曰、三時、春夏秋也、向曰、隙、暇也、冬卽農之暇也、

『白氏長慶集』巻一、賀雨、

乃命罷二進獻一、乃命賑二飢窮一、宥レ死降二五刑一、已レ責《サイ》寛二三農一、（注、責は夫役。）

「有レ年」

『文選』巻第九、揚子雲（雄）、長楊賦、

廼時以《コヽニ》レ有レ年、出レ兵整レ輿竦《スヽム》レ戎、善曰、時、言レ不レ常也、穀梁傳曰、有レ年、五穀皆熟爲レ有レ年、方言曰、西秦之間、相勸曰レ聳、竦與レ聳古字通、濟曰、竦、勸也、

「雲夢」

藪澤の名。

『爾雅』釋地、

楚有二雲夢一、今南郡華容縣東南巴丘湖是也、

『文選』巻第七、司馬長卿（相如）、子虛賦、に、楚王の使者子虛が、雲夢について語つて居る。「雲夢者方九百里、」と廣さを述べてゐる。

「若二雲夢一者有二八九一」

『文選』巻第七、司馬長卿（相如）、子虛賦、

呑下若二雲夢一者八九上、於二其胸中一、曾不二蔕芥一、（注、蔕芥は小さなとげ、ごみの意で、何のさしさはりのない事。）

「煙嵐」

もや、山もや。

『全唐詩』巻十八、李紳三、却望二無錫芙蓉湖一、

水寛山遠煙嵐迥、柳岸縈迴在二碧流一、

「河船仁乗天云々」

『大江匡衡朝臣集』『後拾遺集』に、「つかさめしにもりてのとし大井にて殿上人舟にのり侍りしに、河舟にのりて心のゆく時はしつめる身ともおもほえぬ哉」とある。

○大　意

寛弘の年の秋九月、宮中にお仕へする侍臣が二十人、龜山のふもと大井河の邊で宴を開いた。或者は高尚な話をし、或はまたなまめいた話をしたり、或は管絃の遊があり、或は酒觴がすゝみ吟詠がなされた。川洲に遊ぶ鷗が朝臣等を恐れず近づき、兩岸の紅葉は廷臣等の麗しい綾衣と入り雜つて見えた。あゝ今日の遊覽は單に川遊びを樂しむだけでなく、天下の平穩をほこるものであり、又單に眺望を樂しむだけでなく、本年の秋收の豐かな樣を見るものである。攝州刺史が船ごしらへをし、山海の珍味を盡し、司會をする者は文章博士たる自分で、風雅詠吟の事を司つた。時に秋深い山水の景には、恰も雲夢を想はせる風物がそこゝにあつた。山もやが起り日もくれて、風景も明らかにながめ難くなつた。なまじひに自分は和歌を詠じて、聊か老の思ひをなぐさめた。其歌詞は、

河船に乗つて心が滿ち足りた時は、官位停滯の事を忘れてしまふ。

80 餞《ス》二越州刺史《ノ》赴《クヲ》レ任《ニ》、

鏡水蘭亭君管領《ス》、翰林李部我艱辛《ス》、明時《ニ》衣《テ》レ錦《ヲ》晝行《ク》客、暗牖《ニ》彈《ジク》レ冠《ヲ》晩達《ノ》人、司馬遷《ノ》才雖《モ》二漸進《ムト》一、張車子《ノ》
富[1]未《ダ》二平均《ナラ》一、越州《ハ》便《チ》是《レ》本詩國《ナリ》、宜《ベナルカナ》矣使君先《ヅ》遇《フ》レ春《ニ》、

○校　異

①「富」＝『日本詩紀』「命」に作る。『江談抄』第六、も「張車子富」に作る。

○考　説

「鏡水」

浙江省の紹興縣に在る鑑湖。

『讀史方輿紀要』卷九十二、浙江四、紹興府、會稽縣、

鑑湖、城南三里、亦曰二鏡湖一、一名長湖、又爲二南湖一、

『白氏長慶集』卷二十三、酬三微之誇二鏡湖一、

一泓鏡水誰能羨、自有二胸中萬頃湖一、微之詩云、孫園虎寺隨宜レ看、不三必遙遙羨二鏡湖一、故以二此言一戲答レ之、

『全唐詩』卷二十四、方干六、越中逢孫百篇、

上才乘レ酒到二山陰一、日日成レ篇字字金、鏡水周廻千萬頃、波瀾倒瀉入二君心一、

「蘭亭」

『水經注』卷四十、漸江水、

漸江水出二三天子都一、山海經謂二之浙江一也、（中略）浙江又東與二蘭溪一合、湖南有二天柱山一、湖口有レ亭、號曰二蘭亭一、亦

曰二蘭上里一、太守王羲之謝安兄弟、數往造焉、吳郡太守謝勗封二蘭亭侯一、蓋取二此亭一以爲二封號一也、

『讀史方輿紀要』卷九十二、浙江四、

紹興府、禹貢揚州之域、春秋時爲二越國一、（中略）唐復爲二越州一、

この詩に、鏡水・蘭亭が出るのは、唐の越州と我國の越州とが同名に縁るものである。

「管領」

すべ治める意。ひとりじめする意。

『白氏長慶集』卷二十三、早春晩歸、

金谷風光依レ舊在、無三人管二領石家春一、（注、金谷園は洛陽の西、晉の石崇の園。）

「翰林李部」

匡衡は永祚元年（九八九）十一月廿八日任文章博士、長德元年（九九五）八月廿八日兼式部權少輔。而して同三年（九九七）正月兼越前權守。この詩は匡衡が越前權守に任じられる以前、式部權少輔に任じられて以後の作かと考へられ、その頃の越前守は藤原爲時で、爲時は長德二年（九九六）正月廿八日に越前守に任じられた（『日本紀略』）。こゝに云ふ越州刺史は藤原爲時か。

「艱辛」

艱難辛苦の意。

『分類補註李太白詩』卷之十二、陳レ情贈二友人一、

英豪未二豹變一、自レ古多艱辛、他人縱以疎、君意宜二獨親一、

「明時」

17條に既述。平治の時世。

「衣㆑錦晝行」

成功して富み、堂々として行くの意。

『漢書』卷之三十一、項籍傳、

韓生說㆑羽曰、關中阻㆑山帶㆑河、四塞之地、肥饒可㆓都以伯㆒、羽見㆓秦宮室皆已燒殘㆒、又懷㆓思東歸㆒、曰富貴不㆑歸㆓故鄕㆒、如㆓衣㆑錦夜行㆒、

『魏志』十五、張既傳、

出爲㆓雍州刺史㆒、太祖謂㆑既曰、還㆓君本州㆒、可㆑謂㆓衣㆑繡晝行㆒、

「暗牖」

くらいまど邊。

『全漢三國晉南北朝詩』全隋卷二、薛道衡、樂府、昔昔鹽、

飛魂同㆓夜鵲㆒、倦㆑寢憶㆓晨雞㆒、暗牖懸㆓蛛網㆒、空梁落㆓燕泥㆒、

「彈㆑冠」

君侯の召しに隨ひ、出仕の準備をする意。

『漢書』卷之七十二、王吉傳、

吉與㆓貢禹㆒爲㆑友、世稱、王陽（王吉、字子陽）在㆑位、貢公彈㆑冠、師古曰、彈㆑冠者、且㆓入仕㆒也、言其取舍同也、

他に、冠をはじいて塵を拂ふ意。

『史記』卷之八十四、屈原列傳、

屈原曰、吾聞レ之、新沐者必彈レ冠、新浴者必振レ衣、人又誰能以二身之察察一、王逸曰、己清潔、受二物之汶汶者一乎、王逸曰、蒙二垢塵一、索隱曰、汶汶、音門門、汶汶、猶二昏暗不明一也、寧赴二常流一而葬二乎江魚腹中一耳、索隱曰、常流、猶二長流一也、

「晩達」

榮達の遲い事。

『南史』列傳第十六、袁昂傳、

對曰、臣生四二十七年于茲一矣、四十以前、臣之自有、七年以後、陛下所レ養、七歲尙書、未レ爲二晩達一、

「司馬遷」

76條に既述。

「張車子」

『文選』卷第十五、張平子（衡）、思玄賦、

或輦《ハコビ》レ賄《タカラヲ》而違レ車兮、孕行レ産而爲レ對、衡曰、車、人名也、孕、懷レ子也、昔有二周犨者一、家貧夫婦夜田、天帝見而矜レ之、問二司命一曰、此可レ富乎、司命曰、命當レ貧、有二張車子財一、可二以假一レ之、乃借而與レ之、期曰、車子生急還レ之、田者稍富レ利、及レ期夫婦輦二其賄一以逃、同宿レ路逢下夫妻寄二車下一宿上、夜生レ子、問二名於夫一、夫曰、生二車間一名二車子一也、從レ是所レ向失レ利遂貧困、善曰、見二鬼神志及捜神記一、向曰、違、避也、路逢乙夫妻寄二在車下一宿甲、其夜産レ子、故曰孕行而爲レ對、

『捜神記』卷十、

周擥嘖者、貧而好レ道、夫婦夜耕困息臥、夢天公過而哀レ之、勅レ外有二以給一、與二司命一按二錄籍一云、此人相貧限

不レ過レ此、惟有二張車子應レ賜錢千萬一、車子未レ生、請以借レ之、天公曰、善、曙覺言レ之、於レ是夫婦戮レ力晝夜治レ生、所レ爲輒得貲至二千萬一、先時有二張嫗者一、嘗往二周家一傭賃、野合有レ身、月滿當レ孕、便遣二出外一、駐二車屋下一產二得兒一、主人往視、哀二其孤寒一、作二粥糜一食レ之、問、當下名二汝兒一作上レ何、嫗曰、今在二車屋下一而生、夢天告レ之、名爲二車子一、周乃悟曰、吾昔夢從レ天換レ錢、外白以二張車子錢一貸レ我、必是子也、財當レ歸レ之矣、自レ是居日衰減、車子長大富二於周家一、

『江談抄』第六、張車子富可レ見二文選思玄賦一事、

予問云、丹波殿御作詩中、司馬遷才雖二漸進一、張車子富未二平均一、張車子事、見二集注文選思玄賦之中一、第一有レ興事也、漢土有二無レ術貧人一、不レ注二其名一欤、清貧之中無比之者也、司命司祿之神、見レ之成レ憐之樣、此人之貧、前生之果報也、雖レ欲レ與無二其種子一、然者、只車子ト云人ハ未レ生者也、其福巨多也、先以二件車子福一、蹔借ト云テ、司命司祿以二夢想一令レ告テ云、汝無二福種子一、仍以二未レ生車子ト云人福一、蹔令二借與一也、過レ今何年、車子可レ生、其時必可レ返二與福一也ト云テ令レ與之間、俄不慮之外、一天之人令レ與二財物一、已成二富人一、過二件年限一之間、此カ思樣、此福主可レ生之年今年也、取モソ被レ返ルトテ、運二財物一偸去二其土一移二異國一、恐思之間、常只恐尓、從者之中一人姙者アリテ、於二旅行之共一生產、此者如レ此之物中ニヤ生タルトテ、件從者等之中、子產者ヤアルト問ニ、候ト云、問云、名何名ソト問ニ、昨日產テ候ヘハ、幾程ニ可レ名乎ト云、サテモイカテ名ハナカルヘキソト云ニ、母云、如レ此令二旅立一、然者無レ宅テ、令レ積二財物一給車ノ轅ノ中ニテ生也、仍欲レ名二車子一也ト云ニ、財主出來ト云、俄迯去畢云々、

「越州便是本詩國」

82　初冬野獵、同作中其十二、

寒風獵々《トシテ》草枯《ル》、辰、牽《キ》レ犬《ヲ》呼《ビ》レ鷹《ヲ》起《ス》二野塵《ヲ》一、多獲《クルヿ》豈唯今日《ノ》樂《ナランヤ》、文王《ハ》昔《ヒタリ》遇二渭陽《ノ》人《ニ》一、

○考　說

「獵々」

獵々《レフレフ》は風のふく聲。

『文選』卷第二十七、鮑明遠（照）、還レ都道中作、

鱗鱗夕雲起、獵獵晩風遒《スミヤカナリ》、善曰、廣雅曰、遒、急也、濟曰、鱗鱗、雲皃、獵獵、風聲、

「文王昔遇二渭陽人一」

『史記』卷之三十二、齊太公世家、

西伯將二出獵一、卜レ之、曰、所レ獲非レ龍非レ彲非レ虎非レ羆、所レ獲霸王之輔、於レ是周西伯獵、果遇二太公於渭之陽一、與語大說曰、自二吾先君太公一、曰、當下有二聖人一適上周、周以興、子眞是邪、吾太公望レ子久矣、故號レ之曰二太公望一、載與俱歸、立爲レ師、

○大　意

寒風が獵々として吹き、草枯れる冬節が來た。野獵の期である。獵犬をひき、鷹狩の鷹を呼び、野をかけまはる。獵獲の多い事のみが今日の樂しみではない。昔周の文王は、出獵して渭水の陽で師傅たる太公望にめぐり遇つたではないか。

文部

83　仲秋釋奠、聽レ講二古文尚書一、同賦二安民則惠一、

安民惠化方《ハマサニ》齊一《ナリ》、從《リ》レ此《レ》日《ニ》新《ニ》學《ブ》二古文《ヲ》一、連《ネ》レ榻《ヲ》閑眠《ス》郷飲《ノ》月、據《リテ》レ鞍《ニ》誰《カ》向《ハン》二遠征《ノ》雲《ニ》一、

○考　説

「安民則惠」

『古文尚書』皐陶謨、

知レ人則哲、能官レ人、安レ民則惠、黎民懷レ之、哲、智也、無レ所レ不レ知、故能官レ人、惠、愛也、愛則民歸レ之、

「惠化」

恩惠教化の事。

『隋書』巻六十六、列傳第三十一、房彦謙傳、

以二秩滿一遷二長葛令一、甚有二惠化一、百姓號爲二慈父一、仁壽中上令下持節使者巡二行州縣一、察中長吏能不上、以二彦謙一爲二

天下第一一、

「連榻」

こしかけを連ねたること。

『文選』巻第三十、謝靈運、擬二魏太子鄴中集詩一八首、魏太子、

澄觴滿二金罍一、連榻設二華茵一、銑曰、澄觴、淸酒也、金罍、罇也、榻、牀、茵、褥也、

「鄕飮月」

鄕飮は、鄕學で三年の學が終了し、鄕大夫がその德行・道藝を採考して、優秀者を侯に推擧する時、催される宴の事。

『儀禮』鄕飮酒禮第四、

鄕飮酒之禮、主人就二先生一、而謀二賓介一、主人、謂二諸侯之鄕大夫一也、先生、鄕中致仕者、賓介、處士賢者、周禮大司徒之職、以二鄕三物一敎二萬民一、而賓二興之一、（注、『周禮』の大司徒の注に、「物猶レ事也、興猶レ擧也、民三事敎成、鄕大夫擧二其賢者能者一、以二飮酒之禮一賓二客之一、既《ヲハレバ》則獻二其書於王一、」とある。）一曰六德、知仁聖義忠和、二曰六行、孝友睦婣任恤、三曰六藝、禮樂射御書數、（注、『周禮』の大司徒の注に、「知、明二於事一、仁、愛レ人以及レ物、聖通而先識、義、能斷二時宜一、忠、言以二中心一、和、不レ剛不レ柔、善二於父母一爲レ孝、善二於兄弟一爲レ友、睦、親二於九族一、婣、親二於外親一、任、信二於友道一、恤、振二憂貧者一、禮、五禮之義、樂、六樂之歌舞、射、五射之法、御、五御之節、書、六書之品、數、九數之計、」とある。）鄕大夫以二正月之吉一、受二法于司徒一、退而頒二之于其鄕吏一、使下各以敎二其所レ治、以考二其德行一、察中其道藝上、及二三年一、大比而興二賢者能者一、（注、大比は三年每に成績を考査する事。）鄕老及鄕大夫、帥二其吏與二衆寡一、以レ禮禮二賓之一、厥明獻二賢能之書於王一、是禮乃三年正月而一行也、諸侯之鄕大夫、貢二士於其君一、盖如レ此云、古者年七十而致仕、老二於鄕里一、大夫名曰二父師一、士名曰二少師一而敎レ學焉、恒知二鄕人之賢者一、是以大夫就而謀レ之、賢者爲レ賓、其次爲レ介、又其次爲二衆賓一、而與レ之飮レ酒、是亦將レ獻レ之、以レ禮禮二賓之一也、

「據鞍」

馬の鞍にまたがる事。

『後漢書』列傳第十四、馬援傳、

二十四年、武威將軍劉尚、擊二武陵五溪蠻夷一、深入軍沒、援因復請レ行、時年六十二、帝愍二其老一未レ許レ之、援自請曰、臣尚能被レ甲上レ馬、帝令レ試レ之、援據レ鞍顧眄、以示レ可レ用、帝笑曰、矍鑠哉是翁也、

○大　意

民を安んずるは、とりもなほさず民を惠化する事である。これより新たに古文尚書の意を學ばう。太平の世で、腰掛を連ね、心安らかに眠り、且つ學にいそしんで鄕飮を味はう。鞍にまたがり遠征に赴く樣な者は一人も居ない。

84　仲春釋奠、聽レ講二毛詩一、同賦三仁及二草木一一首、

臥柳自然隨《ニツテ》レ世起《ニキ》、幽蘭未《ダ》三必《ズシモ》被二人知《ニラ》一、偶逢《ヒ》三天愛無《ノキニ》二偏黨一、暖霧柔風不レ失《ハ》レ宜《キヲ》、

○考　說

「仁及レ草木二」

『詩經』大雅、行葦序、

行葦、忠厚也、周家忠厚、仁及二草木一、故能內睦二九族一、外尊二重黃耇一、養老乞言、以成二其福祿一焉、九族、自レ己上至二高祖一、下至二玄孫一之親也、黃、黃髮也、耇、凍黎也、乞言、從求下善言可二以爲レ政者上、敦史受レ之、

「臥柳」

倒れ伏した柳。

『藝文類聚』巻八十九、木部下、竹、梁、劉孝威、詠枯葉竹詩、

枯楊猶更緑、臥柳尚還生、勿レ嫌二鳳不一レ至、終當レ待二聖明一、

「幽蘭」

山深い谷に生ずる蘭。香り高い草である。

『文選』巻第十五、張平子（衡）、思玄賦、

纗《カク》二幽蘭之秋華一兮、向曰、幽蘭、香草也、

『文選』巻第二十八、陸士衡（機）、悲哉行、

幽蘭盈二通谷一、長秀被二高岑一、善曰、幽蘭生二乎通谷一、而長秀被二乎高岑一、翰曰、蘭生二於幽一、故云二幽蘭一、盈、満也、通谷、深谷也、長秀謂二草木長茂者一、被、覆也、岑、山也、

「偏黨」

偏頗の事。

『古文尚書』洪範、

無レ偏無レ黨、王道蕩蕩、無レ黨無レ偏、王道平平、

「暖霧」

『白氏長慶集』巻十七、十二年冬、江西温暖、喜下元八寄二金石稜一到上、因題二此詩一、

今冬臘後不二嚴凝一、暖霧温風氣上騰、

○大意

倒れ伏した柳も時勢に随つて起あがり、山谷ふかく咲く幽蘭は必ずしも人に認められない。けれども我々は幸に

偏頗なく人民を惠まれる御代に逢ひ、暖かい惠霧ややわらかい風が、程よく吹いて人民を慈育してゐる。

85　仲春釋奠、聽レ講ニ禮記一、同賦ニ君仁臣忠一、

仁自《ハリ》レ上施《シ》忠《ハ》自《リス》レ下、雲龍風虎自《ラ》相《ヒ》期《ス》、□時必《ズ》有《リ》ニ抽才《ノ》政一、不レ歎《カ》ニ不才《ニシテ》不《ルヲ》レ遇《ハ》レ時《ニ》、

○考説

「君仁臣忠」

『禮記』第九、禮運、

何謂ニ人義一、父慈子孝、兄良弟弟、夫義婦聽、長惠幼順、君仁臣忠、十者謂ニ之人義一、

「雲龍風虎」

『周易』乾、

文言曰、九五曰、飛龍在レ天、利レ見ニ大人一何謂也、子曰、同聲相應、同氣相求、水流レ濕、火就レ燥、雲從レ龍、風從レ虎、聖人作《ヲコツテ》而萬物覩、本ニ乎天一者親レ上、本ニ乎地一者親レ下、則各從ニ其類一也、

同氣が相應じ、同類相寄る。聖智の君の下に忠臣の出づるを云ふ。

『文選』卷第五十一、王子淵（褒）、四子講德論、

先生曰、非レ有ニ聖智之君一、惡有ニ甘棠之臣一、故虎嘯而風寥戾、龍起而致ニ雲氣一、

○大意

仁は上位者が下位者に施すもので、忠は下位の者が上位の者に奉ずるものである。龍が雲に應じ、虎が風に乗ずる様に、同氣相應じ、同じ氣運があれば、上下相呼應するものである。聖明の代には必ずすぐれた政が行はれるもので、自分が不才で不遇である事を歎かない。

86　仲春釋奠、聽レ講ニ左傳一、同賦ニ以德撫民一、一首、

明王德遍《ク》撫ニ黔首一、雨露不レ論ニ踈與レ親、獨有ニ翰林花未レ拆[1]、朝恩弃ニ忘晩成人一、

〇校　異

①「拆」＝『日本詩紀』「衍」に作る。

〇考　説

「左傳」

孔子が刪定した春秋に對して作られた傳には五つあつた。中鄒の傳・夾の傳・左丘明の傳・穀梁の傳・公羊の傳である。この中、中鄒・夾の二傳は傳はらず、左氏傳三十卷・穀梁傳十一卷・公羊傳十一卷が傳存した。左丘明はその傳が詳しくないが、皇侃の説では左丘明は春秋を孔子に受けた者としてゐる。

「以レ德撫レ民」

『左傳』隱公四年、

公問ニ於衆仲一曰、衞州吁其成乎、對曰、臣聞ニ以レ德和レ民、不レ聞レ以レ亂、以レ亂猶ニ治レ絲而棼レ之、

「黔首《ケンシュ》」

『史記』巻之六、秦始皇本紀第六、

分二天下一以爲二三十六郡一、郡置二守尉監一、更名レ民曰二黔首一、應劭曰、黔亦黎黑也、

『文選』巻第三、張平子（衡）、東京賦、

悿悿黔首、豈徒跼二高天一、綜曰、史記曰、秦皇更名レ民曰二黔首一、謂黑頭無知也、跼蹐、恐懼之貌、

○**大　意**

聖明の天子はあまねく人民を撫育される。雨露の様な恩は、親踈の別なく恵與される。併し文章博士の私は、雨露の恵を受けながら、未だ榮譽にめぐまれてゐない。朝恩は私の様な晩成人を見棄てゝゐる。

87　七言、仲春釋奠、聽レ講二左傳一、同賦二養民如子一、

嗜《ミ》レ文《ヲ》再作《ビル》二翰林主《ノト》一、横《ヘテ》レ劒《ヲ》更爲《ニル》二侍從臣《ノト》一、我后《ガ》養《フヿ》レ民《ヲ》如《シ》レ愛《スルガ》レ子《ヲ》、就中侍讀異《ハル》二他人《ニ》一、

○**考　説**

「養レ民如レ子」

『左傳』襄公十四年、

師曠侍二於晉侯一、晉侯曰、衞人出二其君（獻公）一不二亦甚一乎、對曰、或者其君實甚、良君將レ賞レ善而刑レ淫、養レ民如レ子、蓋レ之如レ天、容レ之如レ地、民奉二其君一、愛レ之如二父母一、仰レ之如二日月一、敬レ之如二神明一、畏レ之如二雷霆一、其可レ出

乎、

○大　意

文をたしなみ、再び文章博士に任じられ、更に侍従に任じられて劒を帯びた。我が主君は臣民を子の様にいつくしんで居られる。中でも侍読の臣に対しては格別恩恵が深い。

○補　説

匡衡が侍従に任じられたのは、寛弘七年（一〇一〇）十一月二十五日である。

88

仲春釋奠、聽《キ》レ講《ズルヲ》二古文孝經《ヲ》一、同賦《クス》二孝《ハ》德《ノ》本《ナルヲ》一、一首幷序、

夫《レ》釋奠者國家之洪規、闕里之榮觀也、漢飾《リ》二庠序《ヲ》一、割《キテ》二三牲《ヲ》一而致《シ》レ祠《ヲ》、晉立《テ》二議論《ヲ》一、仰《イデ》二六德《ヲ》一而設《ク》レ禮《ヲ》、是《ノ》故建卯《ニ》之月、率二由《シ》舊風《ニ》一、雲幌《ヲ》晴《ニ》卷《キ》、獻《ジ》二蘊藻《ヲ》於龍跃之居《ニ》一、霞軒《ヲ》曉《ニ》排《ヒ》、奏《ス》二絲竹《ヲ》於鳳德之跡《ニ》一、其《ノ》後洒《アラヒ》二杏壇之幽砌《ヲ》一、講《ズ》二苔壁之古文《ヲ》一、談《ズル》レ經《ヲ》之士、摳《カヽゲ》二衣《ヲ》於前《ニ》一、避《クル》レ席《ヲ》之生、執《リテ》レ卷《ヲ》在《リ》レ後《ニ》、觀《レバ》夫《レ》、孝之爲《ル》レ先、德之本也、謂《ハヾ》其《レ》德行之美、莫□□□孝盛之流、一角五采、影二從《シ》堯舜之朝《ニ》一、奇貨浮珍、雲二集《ス》曾閔之域《ニ》一、當《リ》二于此《ノ》時《ニ》一、明王在《リ》レ上《ニ》、孝德盛行《シ》、塞《ギ》二他《ノ》貪戾之源《ヲ》一、通《ズ》二此《ノ》聖賢之道《ヲ》一、遂使下三州五郊之同心、抱二朱紫一以父事、儋耳貫胸之異處、慕二風塵一以子來上者也、既而環林藹藹、壁水洋洋、酌二流霞一兮醉レ恩、霑二惠露一兮詠レ德、請記二遺華一貽二于來葉一云レ爾、

○考　說

「孝德本」

『孝經』開宗明誼章、

子曰、夫孝德之本也、教之所二繇《シタガッテ》生一也、孝道者、乃立レ德之本基也、教化所二從生一也、德者得也、天地之道得、則日月星辰、不レ失二其敍一、寒燠雷雨、不レ失二其節一、人主之化得、則群臣同二其誼一、百官守二其職一、萬姓說二其惠一、來世歌二其治一、父母之恩得、則子孫和順、長幼相承、親戚歡娛、姻族敦睦、道之美、莫レ精二於德一也、

「洪規」

大いなる規範。大計。

『文選』卷第五十三、陸士衡（機）、辨亡論下、

洪規遠略、固不レ厭二夫區區一者也、善曰、言其規略宏遠、不レ安二玆小國一也、良曰、權大規遠略、固不レ安二此區區小國一者、將欲レ一二統天下一故也、

「闕里」

孔子がそこで教へ、そこで歿した舊里の事。

『後漢書』第二卷、明帝紀、

（永平十五年三月）幸二孔子宅一、祠二仲尼及七十二弟子一、親御二講堂一、孔子宅在二今兗州曲阜縣一、故魯城中歸德門內、闕里之中、背レ洙面レ泗、矍相圃之東北也、七十二弟子、顏閔之徒、漢春秋曰、帝時升レ廟立、群臣中庭北面皆再拜、帝進レ爵而後坐、

闕は宮門の意あり、それより更に宮殿を指す。

『文選』卷第四十二、應休璉（璩）、與二廣川長岑文瑜一書、

土龍矯《アケ》二首於玄寺一、泥人鶴二立於闕里一也、善曰、（中略）高誘曰、土龍致レ雨、雨而成レ穀、故待二土龍之神一而得二穀食一、玄寺、道場也、風俗通曰、尚書、御史所レ止皆曰レ寺、故後代道場及祠宇、皆取二其稱一焉、濟曰、土

龍、泥人並祈レ雨之物也、矯、擧也、玄寺、謂祈レ雨、祈二鬼神一之事、故
玄寺寺、司也、鶴立者、言如二鶴之望一也、闕、天子闕也、里、閭里也、

「榮觀」

はえある見もの。

『文選』卷第十三、禰正平(衡)、鸚鵡賦、

願先生爲二之賦一、使三四座咸共榮觀一、不二亦可一乎、向曰、使下四座之人、觀二衡之文詞一、以爲上榮也、

「漢飾二庠序一」

『漢書』卷之十二、平帝紀、

(元始三年)立二官稷及學官一、郡國曰レ學、縣道邑侯國曰レ校、校學置二經師一人一、鄉曰レ庠、聚曰レ序、張晏曰、聚、邑落名也、師古曰、聚小二於鄉一、序庠置二孝經師一人一、

「庠序」

『文選』卷第六十、任彦升(昉)、齊竟陵文宣王行狀、

庠序肇興、向曰、庠序、國學也、

『孟子』梁惠王章句上、

謹二庠序之教一、申レ之以二孝悌之義一、頒白者、不レ負二戴於道路一矣、庠序者、教化之宮也、殷曰レ序、周曰レ庠、謹二脩教化一、申二重孝悌之義一、頒者班也、頭半白班班者也、壯者代レ老、心各安レ之、故頒白者不二負戴一也、

「三牲」

『延喜大學寮式』

三牲、大鹿、小鹿、豕各加二五臟一、莵、醢料、

右六衛府別大鹿、小鹿、豕各一頭、先レ祭一日進レ之、以充レ牲、其莵一頭、先レ祭三月致二大膳職一、乾曝造レ醢、祭日辨貢、其貢進之次、以二左近一爲二一番一、諸衛輪轉、終而更始、（注、『三代實錄』仁和元年十一月十日條に、釋奠祭牲について詳しい定めが見られる。）

「晉立二議論一云々」

『晉書』卷二十一、志第十一、禮下、

武帝泰始六年十二月、帝臨二辟雍一、行二鄉飮酒之禮一、詔曰、禮儀之廢久矣、乃今復講二肄舊典一、賜二太常絹百匹、丞博士及學生牛酒一、咸寧三年、惠帝元康九年、復行二其禮一、魏正始中、齊王每二講レ經遍一、輙使三太常釋二奠先聖先師於辟雍一、弗二躬親一、及下惠帝明帝之爲二太子一、及愍懷太子講レ經竟上、並親釋二奠於大學一、太子進二爵於先師一、中庶子進二爵於顏回一、成穆孝武三帝、亦皆親釋奠、孝武時、以下學在二水南一縣遠上、有司議、依下升平元年、於二中堂一權立中行太學上、于レ時無二復國子生一、有司奏、應須レ復二二學生百二十人一、太學生取二見人六十一、國子生權銓二大臣子孫六十人一、事訖罷奏可、釋奠禮畢會二百官六品以上一、

「六德」

『周禮』地官、大司徒、

以二鄉三物一教二萬民一、而賓二興之一、一曰六德、知、仁、聖、義、忠、和、二曰六行、孝、友、睦、婣、任、恤、三曰六藝、禮、樂、射、御、書、數、

物、猶レ事也、興、猶レ擧也、民三事教成、鄉大夫擧二其賢者能者一、以二飮酒之禮一、賓二客之一、既則獻二其書於王一矣、知、明二於事一、仁、愛レ人以及レ物、聖通而先識、義、能斷二時宜一、忠、言以二中心一、和、不レ剛不レ柔、善二於父母一爲レ孝、善二於兄弟一爲レ友、睦、

親二於九族一、姻、親二於外親一任、信二於友道一、恤、振二憂貧者一、禮、五禮之義、樂、六樂之歌舞、射、五射之法、御、五御之節、書、六書之品、數、九數之計、

「建卯之月」

『禮記』第六、月令、

仲春之月、日在レ奎《ケイ》、昏《ユウベニ》弧中、旦《アシタニ》建星中、仲、中也、仲春者日月會二於降婁一、而斗建二卯之辰一也、

建は、をざすと讀み、北斗星の斗柄が或る方向を指す事を云ふ。「建卯之月」は二月を云ふ。

『晉書』志第十二、樂上、

二月辰、名爲レ卯、卯者茂也、言二陽氣生而孳茂一也、

「率由《ソツイウ》」

したがひよる意。

『詩經』大雅、假樂、

不レ愆不レ忘、率二由舊章一、箋云、愆、過、率、循也、成王之令德不二過誤一、不二遺失一、循二用舊典之文章一、謂二周公之禮法一、

「雲幌」

『全唐詩』卷三、楊炯、和二騫右丞省中暮望一、

故事閒臺閣、仙門藹已深、舊章窺二複道一、雲幌肅二重陰一、

「薀藻」

薀《ウン》藻は蘊藻に同じ。水草。

『左傳』隱公三年、

苟有二明信一、澗谿沼沚之毛、蘋蘩蘊藻之菜、筐筥錡釜之器、潢汙行潦之水、可レ薦二於鬼神一、可レ羞二於王公一、疏、許愼說文云、薻、水草、從レ草從レ水、巢聲、或作レ藻、從レ藻、毛詩傳曰、藻、聚藻也、然則此草好二聚生一、薀、訓レ聚也、故云レ薀、藻、聚藻也、陸機䟽云、生二水底一有二二種一、其一種葉如二雞蘇一、莖大如レ箸、長四五尺、其一種、莖大如二釵股一、葉如レ蓬、謂二之聚藻一、

『文選』卷第四、左太沖（思）、蜀都賦、

雜以二蘊藻一、糅以二蘋蘩一、劉曰、薀藻蘋蘩皆水草也、蘊、叢也、翰曰、蘊藻蘋蘩水中草、糅、亦雜也、

「龍跋之居」

跋《バツ》は『文選』揚雄、羽獵賦、に、「跋二犀犛一」とあり、善注に「韋昭曰、跋、蹋也、」とある。又、馬融も長笛賦に、「跋二簑縷一、」として、跋をふむと讀ませてゐる。

龍は君主を意味し、龍跋之居は君主の踏みならした居の意であるが、この詩に於いては、孔子を龍に比して大學寮の廟堂を云ふと考へられる。

「鳳德」

『論語』微子、

楚狂接輿、歌而過二孔子一、曰、鳳兮鳳兮、何德之衰也、往者不レ可レ諫也、來者猶可レ追也、已而已而、今之從レ政者殆而、孔子下欲二與レ之言一、趨而避レ之、不レ得二與レ之言一也、

「杏壇」

『莊子』漁父第三十一、

孔子遊二乎緇帷《シイ》之林一、休二坐乎杏壇之上一、弟子讀レ書、孔子弦歌鼓レ琴、奏レ曲未レ半、疏、尼父游二行天下一、讀二講詩書一、時於二江濱一休二息林籟一、其林欝茂蔽レ日、陰沈布レ業垂レ條、又如二惟幕一、謂二之緇惟之林一也、壇、澤中之高處也、其處多レ杏、故謂二之杏壇一也、琴者和也、可二以和一レ心養レ性、故奏レ之也、

「幽砌」

幽砌《イウセイ》は幽邃な石だゝみ。ものさびた階。

『文選』巻第四十六、王元長(融)、三月三日曲水詩序、

浸二蘭泉於玉砌一、翰曰、渠中生レ蘭、水繞二於階一、故云レ浸二蘭泉於玉砌一、玉者美言レ之也、砌、階也、

『全唐詩』巻二十、李商隱二、過二伊僕射舊宅一、

回廊簷斷燕飛去、小閣塵凝人語空、幽砌欲レ乾殘菊露、餘香猶入敗荷風、

「苔壁之古文」

『漢書』巻之三十、藝文志、

武帝末、魯共王壞二孔子宅一、欲三以廣二其宮一、而得二古文尚書及禮記論語孝經凡數十篇一、皆古字也、

「談經之士」

經書を講ずる人。

『全唐詩』巻五、王維二、從二岐王一過二楊氏別業一應教、

楊子談レ經所、淮王載酒過、興闌啼鳥緩、坐久落花多、

「摳衣」

摳《コウ》衣は衣の裾をかゝげる事。

『書言故事』巻之七、謁見類、

摳衣、敍レ見レ人云、摳衣進謁、記曲禮上篇、毋レ踏レ席、不三以レ足踏二他人之席一者、摳レ衣趨レ隅、摳、提也、隅、席角也、摳衣、欲三其登レ席之便一、趁レ隅不三敢登二席之正一也、必愼二唯諾一、唯諾、皆應答之聲、愼者、謹而不レ妄也、

「避レ席之生」

席をはなれて立ち敬禮を示す生徒。

『孝經』開宗明誼章、

曾子辟レ席曰、參不レ敏、何足二以知一レ之乎、敏、疾也、曾子下レ席而跪、稱レ名答曰、參性遲鈍、見レ誼不レ疾、何足レ辱三以知二先王要道一乎、蓋謙辭也、凡弟子請レ業、及二師之問一、皆作而離レ席也、

「觀夫」

『作文大體』

發句、施レ頭、又有レ施レ中、頗如二傍句一、

方今、觀夫、如レ此類言、皆名二發句一、或一字、二字、或三字、四字、無レ對云々、

「一角」

『漢書』巻二十五上、郊祀志、

後二年郊（武帝）レ雍、獲二一角獸一、若レ麃然、師古曰、麃、鹿屬也、形似レ麞牛尾一角、有司曰、陛下肅祗郊祀、上帝報享、錫二一角獸一、蓋麟云、

『文選』巻第三十七、劉越石（琨）、勸進表、

一角之獸、連理之木、以爲二休徵一者、蓋有二百數一、善曰、春秋感精符曰、麟、一角、明二海內共一レ主一也、濟曰、一角獸謂二麒麟一也、連理木、異レ本同レ末、皆王者之美瑞、

「五采」

『書經』益稷、（注、『蔡沈集傳』の説と、『新釋漢文大系』の説とを折衷。）

帝曰、臣作《タリ》二朕股肱耳目一、予欲レ左二右《タスケタスケント》有民一、汝翼《タスケヨ》、予欲レ宣《ノベント》二力四方一、汝爲《タスケヨ》、予欲レ観下古人之象《カタドリ》二日月・星辰・山龍・華蟲一作レ會《エヲ》、宗彝・藻火・粉米・黼《ホ》黻《フツヲ》絺《チ》繡《シウシ》、以二五采一彰施二于五色一作《ツクリシヲ》上服、汝明《アキラカニセヨ》、君、元首也、君資レ臣以爲レ助、猶下元首須二股肱耳目一以爲上用也、左右者、輔翼也、宣レ力者、宣二布其力一也、言我欲レ左二右有民一、則資汝以爲レ助、欲レ宣二力四方一、則資レ女以有レ爲也、易曰、黄帝堯舜垂二衣裳一而天下治、蓋取二諸乾坤一、則上衣下裳之制、創レ自二黄帝一而成二於堯舜一也、日月星辰、取二其照臨一也、山、取二其鎭一也、龍、取二其變一也、華蟲、雉、取二其文一也、會、繪也、宗彝、虎蜼、取二其孝一也、藻、水草、取二其潔一也、火、取二其明一也、粉米、白米、取二其養一也、黼、若二斧形一、取二其斷一也、黻、爲二兩己相背一、取二其辨一也、絺、鄭氏讀爲レ黹《チ》、紩也、（注、紩チツ、ぬふ。）紩以爲レ繡也、日也、月也、星辰也、山也、龍也、華蟲也、六者繪二之於衣一、宗彝也、藻也、火也、粉米也、黼也、黻也、六者繡二之於裳一、所謂十二章也、衣之六章、其序自レ上而下、裳之六章、其序自レ下而上、采者、青黄赤白黑也、色者、言レ施二之於繪帛一也、繪二於衣一繡二於裳一、皆雜二施五采一、以爲二五色一也、汝明者、汝當レ明二其小大尊卑之差等一也、又按、周禮、以二日月星辰一、畫二於旂一、冕服九章、登二龍於山一、登二火於宗彝一、以二龍山華蟲火宗彝五者一繪二於衣一、以二藻粉黼黻四者一繡二於裳一、袞冕九章、以レ龍爲レ首、鷩冕七章、以二華蟲一爲レ首、毳冕五章、以二虎蜼一爲レ首、蓋亦增二損有虞之制一而爲レ之耳、

『文選』卷第十一、何平叔（晏）、景福殿賦、

命二共工一使レ作レ績、明二五采之彰施一、善曰、鄭玄曰、績、讀曰レ繪、銑曰、共工、舜《ノ》掌二工人一之官、故將命二此官一、使丁作二繪畫一明二五采之服一各有丙文章所乙施用甲、

「影從」

『宋書』列傳第十一、鮑照、河清頌の序、

影從レ表、瑞從レ德、

影と景と同じ。

『漢書』卷之三十一、陳勝項籍傳第一、贊、

天下雲合、嚮應、贏レ糧而景從、師古曰、贏、擔也、景從、言レ如二影之隨一レ形也、

「浮珍」

不詳。水に浮く藻の珍品か。祥瑞の一か。

『初學記』人部、孝、

孝經援神契曰、元氣混沌孝在二其中一、天子孝、天龍負レ圖、地龜出レ書、天孽消滅、景雲出游、庶人孝、則澤林茂、（注、『太平御覽』巻第四一一、人事部五二、孝感、には、澤林を木澤に作る。）浮珍舒、怪（注、『太平御覽』恡に作る。）草秀、水出二神魚一、（注、『太平御覽』にはこの後に次の注がある。「此庶人謂二有德不仕一、若二曾子之孝一、千里感母、能使二其域致一レ珍也。」）

奇貨浮珍は共に孝の德に感じて現はれる祥瑞であらう。

「曾閔」

『後漢書』第二巻、明帝紀、永平十二年の詔、

詔曰、昔曾閔奉レ親竭レ歡致レ養、曾參字子輿、閔損字子騫、並孔子弟子、皆有二孝行一也、

『孔子家語』巻第九、七十二弟子解、第三十八、

曾參、南武城人、字子輿、少二孔子一四十六歲、志存二孝道一、故孔子因レ之以作二孝經一、齊嘗聘欲二以爲一レ卿、而不レ就、曰吾父母老、食二人之祿一、則憂二人之事一、故吾不レ忍三遠レ親而爲二人役一、參後母遇レ之無レ恩、而供養不レ衰、及下其妻以二藜烝不一レ熟因出上レ之、人曰、非二七出一也、（注、『孔子家語』本命解、に、「七出者、不レ順二父母一者、無レ子者、淫僻者、嫉妒者、惡疾者、多二口舌一者、竊盜者、」とあり、妻女が婚家を出さる可き七つの條件。）參曰、藜烝小物耳、吾欲レ使レ熟、而不レ用二吾命一、況大事乎、遂出レ之、終身不レ娶レ妻、

閔損、魯人、字子騫、少二孔子一十五歲、以二德行一著レ名、夫子稱二其孝一焉、

『論語』先進、

子曰、孝哉、閔子騫、人不㆘間㆓於其父母昆弟㆒之言㆖、

「貪戻」

貪戻《タンレイ》は無道にむさぼる意。

『大學』

一人貪戻、一國作㆑亂、一人、謂㆑君也、

「三州五郊」

三州も五郊も特定の地をさしたものでなく、儋耳貫胸に對して、廣く國内と云ふ意である。

『小學紺珠』制度類、五郊、（『大漢和辭典』に據る。）

宋氏含文嘉注云、周禮王畿内千里、二十分、其一爲㆓近郊㆒、近郊五十里、倍㆑之爲㆓遠郊㆒、漢不㆑設㆓王畿㆒、以㆓其方數㆒爲㆓郊處㆒、東郊八里、南郊七里、西郊九里、北郊六里、中郊在㆓西南未地五里㆒、

「同心」

『周易』繫辭上、

二人同㆑心其利斷㆑金、同心之言其臭如㆑蘭、

『白氏長慶集』卷九、別㆓元九㆒後詠㆓所懷㆒、

相知豈在㆑多、但問同不㆑同、同心一人去、坐覺㆓長安空㆒、

「朱紫」

朱紫は云ふ迄もなく色の名であるが、唐の時代に五品以上の官人に衣や輿に、朱紫の色を用ゐる事を許してから、

朱紫が高官を意味する様になつた。

『白氏長慶集』巻二十一、有感三首の中、

鬢髮已班白、衣綬方朱紫、窮賤當二壯年一、富榮臨二暮齒一、

朱紫を對立する二者と見る場合もある。

『文選』巻第五十五、劉孝標（峻）、廣絶交論、

雌黄出二其脣吻一、朱紫由二其月旦一、善曰、晉陽秋曰、王衍字夷甫、能言、於レ意有二不レ安者一、輒更二易之一、時號二口中雌黄一、東觀漢記曰、汝南太守宗資等、任二用善士一、朱紫區別、范曄後漢書曰、許子將、與二從兄靖一俱有二高名一、好共覈二論鄉黨人物一、月旦輒更二品題一、故汝南俗有二月旦評一焉、向曰、雌黄、善惡也、吻、口也、朱紫、品藻也、許劭與二從兄靖一共、品二藻鄉黨人物一、毎月輒更二品題一、故汝南有二月旦評一焉、

更に『論語』陽貨、では、

子曰、惡二紫之奪一レ朱也、註、孔安國曰、朱、正色、紫、間色之好者、惡三其邪好而奪二正色一也、

とあつて、朱紫を正邪の相對するものとしてゐる場合もある。

「抱二朱紫一」

「抱二朱紫一以父事」は、必ずしも正邪を云ふのでなく、様々に異質の人達が、明王を一様にしたひ、父の様に仰ぎ仕へるの意。

「儋《タン》耳」

『山海經』大荒北經、

有二儋耳之國一、其人耳大下儋、垂在二肩上一、任姓、禺號子、食二穀北海之渚中一、言在二海島中一、種レ粟給レ食、謂二禺彊一也、

『文選』巻第五、左太沖（思）、吳都賦、に、「儋耳黑齒之酋、儋耳人、鏤二其耳一」とある。

「貫胸」

『山海經』海外南經、

貫匈國在二其東一、其爲レ人匈有レ竅、尸子曰、四夷之民、有二貫匈者一、有二深目者一、有二長肱者一、黃帝之德常致レ之、一曰、在二臷國東一、

『文選』巻第四十六、王元長(融)、三月三日曲水詩序、

髽首貫胸之長、善曰、淮南子曰、三苗髽首、（注、『淮南子』齊俗訓、「三苗ハ髽レ首」その注に、「三苗國、在二彭蠡洞庭之野一、髽、以レ枲束レ髮也、」とある。）山海經曰、有二貫胸國一、其人胸有レ竅、括地圖曰、禹平二天下一、會二于會稽之野一、又南經、防風之神、弩射レ之、有二迅雷一二神一、恐以レ刄自貫二其心一、禹哀レ之、乃拔レ刀療以二不死之草一皆生、是爲二貫胸之民一、

「儋耳貫胸之異處」

異民族の事。

「子來」

5條に既述。

「環林」

『文選』巻第十六、潘安仁(岳)、閑居賦、

其東則有二明堂辟雍一、淸穆敞閑、翰曰、岳宅東也、明堂、天子布レ政之宮、辟雍、養二國老一之所、淸穆閑敞、言二淸美高大一也、環林縈映、圓海廻淵、濟曰、環林圓海、明堂辟雍、水木周繞、

「壁水」

不詳。

「流霞」

仙人の飲む流霞酒。

『書言故事』巻之十二、酒類、

流霞、天仙酒、名㆓流霞㆒、抱朴子、（項曼都・抱朴子・祛惑）碩曼卿言、到㆓天上㆒仙人以㆓流霞一盃㆒飲㆑之、

『全唐詩』巻二十、李商隱二、武夷山、

只得㆓流霞酒一杯㆒、空中簫鼓幾時回、武夷洞裏生㆓毛竹㆒、老盡曾孫更不㆑來、

「惠露」

4条に既述。

○**大　意**

釋奠は國家の大いなる規範であり、宮室に於ける榮えある行事である。漢の時代に國學の制が始まり、國學毎に三牲を獻じて祈り、晉の時に議があつて、六德を尊んで釋奠の禮が始まつた。故に我國でも、この二月に舊風に隨ひ、奠菜を廟堂の先聖・先師に獻じ、管絃を孔子影像に捧げた後、都堂院の裝束が濟み、そこで孝經が講ぜられる。講經の師がうや〳〵しく經を講じ、講を受ける生は謹んで拜聽する。そも〳〵孝は諸德の根本であり、その德行の美しさは、□。孝の德の盛んになれば、堯舜の聖代と等しく、一角の祥瑞も現はれ、五釆の服儀も正しく、様々な慶瑞が現出する。今や聖明な天子が上に在り、孝德が世に漲り、貪戾の心を壓し、聖賢の義を立てゝ居る。遂に國內の人々は、夫々に異質であるが、明王を一様に父と仰ぎしたひ、異國人も我が國風を慕つて子が親をしたふ様になつかしみ集まつて來る。何時しか時もたち景も暮れて、侍臣等は下賜の天酒に醉ひ、聖露の惠に浴して聖德を詠賦する次第である。今こゝに當日のはなやかな景を記して、後世に傳へる次第である。

89

仲春釋奠聽《ク》レ講《ズルヲ》二古文孝經《ヲ》一、

石函壁底埋《モレシ》レ塵昔《ニ》・①、金馬門前待《ツ》レ詔今《ヲ》、時主好《ムモ》レ文《ヲ》知《ルヤ》レ我《ヲ》否《ヤ》、江翁母老《イ》作《ラントス》二曾參《ト》一、

○校　異

①「昔」＝『日本詩紀』「今」に作る。

○考　説

「石函壁底云々」

この詩の起句は漢籍に勉勵してゐた昔を想起したもので、石函も壁底も、漢籍の出自を語るものであるが、石函の典據は不詳である。

『南史』列傳第六十三、孝義上、蕭叡明、

蕭叡明字景濟、南蘭陵人也、母病レ風積年沈臥、叡明晝夜祈禱、時寒、叡明下レ涙、爲レ之氷如レ筋、額上叩レ頭血、亦氷不レ溜、忽有二一人一、以二小石函一授レ之曰、此療二夫人病一、叡明跪受レ之、忽不レ見、以レ函奉レ母、函中唯有二三寸絹一、丹書爲二日月字一、母服レ之卽平復、

『晉書』武帝紀、咸寧五年、

冬十月（中略）汲郡人不準、掘二魏裏王冢一、得二竹簡小篆古書十餘萬言一、藏二于祕府一、

『漢書』卷之八十八、儒林傳第五十八、

伏生濟南人也、（中略）秦時禁レ書、伏生壁二藏之一、其後大兵起流亡、漢定、伏生求二其書一、亡二數十篇一、獨得二二十

九篇一、卽以教二于齊魯之間一、齊學者由レ此頗能言二尚書一、

『漢書』卷之三十、藝文志第十、

武帝末、魯共王壞二孔子宅一、欲三以廣二其宮一、而得二古文尚書及禮記論語孝經凡數十篇一、皆古字也、共王往入二其宅一、聞二鼓琴瑟鐘磬之音一、於レ是懼乃止不レ壞、

「金馬門」

『文選』卷第一、班孟堅（固）、兩都賦序、

內設二金馬石渠之署一、善曰、史記、宦者署、門傍有二銅馬一、故謂二之金馬門一、三輔故事曰、石渠閣、在二大祕殿北一、以レ閣祕レ書、銑曰、金馬門、宦者署、漢時有二賢良一、並待二詔於此一、石渠、閣名、主レ校二祕書一、蕭何所レ造、署、司也、

『三輔黃圖』卷之三、未央宮、

金馬門宦者署、武帝得二大宛馬一、以レ銅鑄レ像、立二於署門一、因以爲レ名、東方朔・主父偃・嚴安・徐樂、皆待二詔金馬門一、卽是、

金馬門は門名であるが、金馬門と云つて金馬署を意味する。文學の士が帝の詔を待つて出仕する處。

「待詔」

『文選』卷第七、揚子雲（雄）、甘泉賦、

召レ雄待二詔承明之庭一、善曰、雄以二材術一見レ知、直二於承明一待レ詔卽見、故曰二待詔一焉、銑曰、待詔、待二天子命一也、承明、殿名、

「曾參」

曾子の事。前條に既述。

○大　意

昔は様々な漢籍にうづもれて勉學に勵んだものであり、今では文章博士として宮中に侍して御下問に應へる身である。當今の聖主は文を好まれるが、自分の現状を何れだけ御存知であらうか。自分も老い母は一層老いて、彼曾子の様に仕官を辭して孝養一途に生きやうかと思ふ。

90　仲春釋奠、聽《ク》㆑講《ズルヲ》㆓古文孝經《ヲ》㆒詩、

進《ムモ》無《ク》㆑由㆑見《ルニ》㆓三臺《ノ》月《ヲ》㆒、退《クモ》不㆑得㆑追《ヒ》㆓五袴《ノ》風《ヲ》㆒、孝禮詩書論易傳、學《ビテ》而無《シ》㆑益我《ガ》心悯《イタム》、

○考　説

「三臺」

『文選』巻第四十四、陳孔璋（琳）、爲㆓袁紹㆒檄㆓豫州㆒、

坐《ヰナカラニシテ》領㆓三臺㆒、專《モハラ》制㆓朝政㆒、善曰、漢官儀曰、尙書爲㆓中臺㆒、御史爲㆓憲臺㆒、謁者爲㆓外臺㆒、向曰、領、統領也、制、斷也、

この詩では中臺・憲臺・外臺の三臺を指し、高位大官を意味するが、他に、次の『文選』に見られる如く、三つの樓臺を意味する時もある。

『文選』巻第六、左太沖（思）、魏都賦、

三臺列峙而崢嶸、劉曰、銅爵園西有㆓三臺㆒、中央有㆓銅爵臺㆒、南有㆓金鳳臺㆒、北則氷井臺、

「五袴」

袴は絝に通ず。五袴は五着のもゝひき、又はかま。

『後漢書』列傳第二十一、廉范傳、
　廉范字叔度、京兆杜陵人、趙將廉頗之後也、（中略）後頻歴二武威武都二郡太守一、隨レ俗化導、各得二法宜一、建初中遷二蜀郡太守一、其俗尚二文辯一、好相二持短長一、范每厲以二淳厚一、不レ受二偸薄之説一、成都民物豐盛、邑宇逼側、舊制禁二民夜作一、以防二火災一、而更相隱蔽、燒者日屬、范乃毀二削先令一、但嚴使レ儲レ水而已、百姓爲レ便、乃歌之曰、
　廉叔度來何暮、不レ禁レ火民安レ作、平生無レ襦今五絝、

「孝禮詩書論易傳」

　孝は孝經、禮は禮記、詩は毛詩、書は尚書、論は論語、易は周易、傳は左傳、この七經は、この順に每年春秋の釋奠に輪轉して講ぜられる。

　この詩に於いては、殊更に七經を云ふのでなく、漢籍一般を意味する。たゞ釋奠の詩の爲め、釋奠の講書を掲げたものである。

「恫」
　恫《トウ》はいたむと讀む。
『文選』卷第十五、張平子（衡）、思玄賦、
　恫二後レ辰《トキニ》而無レ及、衡曰、恫、痛也、言我後レ時將レ無レ及也、

○大　意
　官に在つて云へば所詮高位高官を望めず、さればと云つて庶人としても、大福者ともなり得ない。刻苦して經書を學んでも、我が生に於いては酬いがなかつた。我が心は痛恨するのみである。

91

冬日侍《シテ》二飛香[1]舎《ニ》一、聽《キ》三第一皇子《ノ》初《メテ》讀《ミタマフヲ》二御注孝經《ヲ》一、應《ズルノ》レ製《ニ》詩一首、

呂望《ハ》授《ケル》來文武《ノ》學、桓榮《ハ》獨《リ》遇《フ》二漢明《ノ》時《ニ》一、幸《ニ》傳《ヘ》二延喜明時[2]《ノ》例《ヲ》一、天子儲皇皇子《ノ》師《タリ》、延喜《ノ》聖代、祖父爲《リ》二天子師[3]一、爲《リ》二東宮《ノ》學士一、兼《ネテ》復授《タク》二第十一皇子《ニ》一、其[4]《ノ》皇子《ハ》卽《チ》天暦[5]《ノ》聖主也、訪[6]《フニ》二之漢家本[7]朝《ニ》一、未《ダ》レ有《ラ》二此比《ノ》一、今日有《リ》レ感[8]、故《ニ》獻《ズ》二此句《ヲ》一、

○校　異

①「香」＝『日本詩紀』「鳥」に作る。②「明時例」＝『本朝麗藻』「祖風跡」に作る。③「天子師」＝『本朝麗藻』「大師」に作る。④「其」＝『本朝麗藻』なし。⑤「暦」＝『本朝麗藻』「慶」に作る。⑥「訪」＝底本「誇」に作る。『日本詩紀』『本朝麗藻』に據り改む。⑦「家」＝『本朝麗藻』「日」に作る。⑧『本朝麗藻』「情」あり。

「飛香舎」

内裏五舎の一、ふぢつぼと云ひ、清涼殿の北、弘徽殿の西に在る。

「第一皇子初讀二御注孝經一」

『日本紀略』寛弘二年十一月條、

十三日丁巳、第一敦康親王於二飛香舎一初讀二御注孝經一、式部權大輔大江朝臣匡衡奉レ授レ之、召二文人一賦レ詩、序者文章博士以言、

『小右記』寛弘二年十一月條、

十四日、戊午、昨御書始、於二飛香舎一被レ行、密〻主上渡二御件舎一、是后宮（藤原彰子）御在所也、母庇有二件儀一、又庇敷二公

卿座㆒、侍讀式ア權大輔匡衡（大江）、尚複（復）文章得業生藤原章輔、御書了文章博士弘道（藤原）獻㆑題、其詞云、冬日於㆓飛香舍㆒、聽㆔第一皇子初讀㆓御注孝經㆒ᴖ孝經（衍）者、序者文章博士以言（大江）、只召㆓策家者㆒、其外屬文公卿・侍臣等獻㆑詩、又有㆓管絃㆒、地下文（人脱）候㆓東庇砌㆒、大臣以下給㆑祿有㆑差、大臣女裝束加㆑褂、納言女裝束、參ー（議）褂・袴、御博士幷策家者賜㆑祿、又絃管者同開（關カ）祿、講詩間主上密排㆓御屏風㆒、於㆓其御簾前㆒以言講㆑詩云々、

當日の詩序は、『本朝文粹』『本朝麗藻』に見える。尚ほ、當日の以言・道長・伊周・公任・源俊賢・菅原輔正・匡衡・菅原宣義の詩が『本朝麗藻』に見える。

「呂望云々」

『史記』卷之三十二、齊太公世家第二、

太公望呂尚者、東海上人、呂氏春秋曰、東夷之士、索隱曰、譙周曰、姓姜、名牙、炎帝之裔、伯夷之後、掌㆓四岳㆒有㆑功、封㆓之於呂㆒、子孫從㆓其封㆒、姓㆑呂、尚其後也、按㆓後文㆒、王得㆓之渭濱㆒云、吾先君太公望㆑子久矣、故號㆓太公望㆒、蓋牙是字、尚是其名、後武王號爲㆓師尚父㆒、則尚父官名、其先祖嘗爲㆓四嶽㆒、佐㆑禹平㆓水土㆒甚有㆑功、虞夏之際、封㆓於呂㆒、或封㆓於申㆒、姓姜氏、夏商之時、申呂或封㆓枝庶㆒、子孫或爲㆓庶人㆒、尚其後苗裔也、本姓姜氏、從㆓其封㆒姓、故曰㆓呂尚㆒、呂尚蓋嘗窮困年老矣、索隱曰、譙周曰、呂望常屠㆓牛於朝歌㆒、賣㆓飯於孟津㆒、以㆓魚釣㆒奸㆓周西伯㆒、正義曰、奸音干、括地志云、茲泉水、源出㆓岐州岐山縣西南凡谷㆒、呂氏春秋云、太公釣㆓於茲泉㆒、遇㆓文王㆒、酈元云、磻磎中有泉、謂㆓之茲泉㆒、積水爲㆑陳、卽太公釣處、今謂㆓之凡谷㆒、有㆓石壁㆒、深高幽邃、人跡罕㆑及、東南隅有㆓石室㆒、蓋太公所㆑居水次磐石釣處、卽太公垂㆑釣之所、其投㆑竿跪餌、兩膝遺跡猶存、是磻磎之稱也、其水淸冷神異、北流十二里注㆓于渭㆒、說苑云、呂望年七十釣㆓于渭渚㆒、三日三夜、魚無㆓食者㆒、望卽忿、脫㆓其衣冠㆒、上有㆓農人者㆒、古之異人、謂㆑望曰、子姑復釣、必細㆓其綸㆒芳㆓其餌㆒、徐徐而投、無㆑令㆓魚駭㆒、望如㆓其言㆒、初下得㆑鮒、次得㆑鯉、刺㆓魚腹㆒得㆑書、書文曰、呂望封㆓於齊㆒、望知㆓其異㆒、以㆓漁釣㆒奸㆓周西伯㆒、西伯將㆓出獵㆒、卜㆑之、曰、所㆑獲非㆑龍非㆑彲、非㆑虎非㆑羆、所㆑獲霸王之輔、於㆑是周西伯獵、果遇㆓太公於渭之陽㆒、與語大說曰、自㆓吾先君太公㆒、曰當㆘有㆓聖人㆒適㆖周、周以興、子眞是邪、吾太公望㆑子久矣、故號㆑之曰㆓太公望㆒、載與俱歸、立爲㆑師、（中略、太公望と周伯西との出合ひの異說。）言㆔呂尚所㆓以事㆒㆑周雖㆑異、然要㆑之爲㆓文武師㆒、

「桓榮」

『後漢書』三十七、列傳第二十七、桓榮傳、

桓榮字春卿、沛郡龍亢人也、少學二長安一、習二歐陽尚書一、事二博士九江朱普一、貧窶無レ資、字林曰、窶空也、常客傭以自給、精力不レ倦、十五年不レ闚二家園一、至三王莽簒レ位、乃歸、會二朱普卒一、榮奔二喪九江一、負レ土成レ墳、因留教授、徒衆數百人、莽敗天下亂、榮抱二其經書一、與二弟子一逃二匿山谷一、（中略、建武十九年、顯宗（明帝）が皇太子に立った時、明經の師として、桓榮の弟子何湯が選ばれた。光武皇帝が何湯にその本師を尋ねた。何湯が桓榮に師事してゐると答へ、帝は榮を召して尚書を講ぜしめ、榮の講説を美した。それより次第に榮は重んぜられた。榮は太子の宮に止宿し、太子の講に侍し、遂に太常に任じられた。顯宗が即位してから、一層厚い師禮を以て迎へられた。）乘輿嘗幸二太常府一、令三榮坐二東面一、設二几杖一會二百官一、驃騎將軍東平王蒼以下、及榮門生數百人、天子親自執レ業、毎レ言輙曰、大師在レ是、東觀記曰、時執經生、避レ位發レ難、上謙曰、大師在レ是也、既罷、悉以二大官供具一賜二太常家一、其恩禮若レ此、永平二年、三雍初成、三雍宮也、謂二明堂靈臺辟雍一、前書音義曰、皆叶二天人雍和之氣一爲レ之、故謂二三雍一、拜レ榮爲二五更一、毎二大射養老禮畢一、帝輙引二榮及弟子一、升レ堂執レ經、自爲下說、乃封レ榮爲二關內侯一、食邑五千戸、東觀記曰、榮以二尚書一授レ朕十有餘年、詩云、日就月將示二我顯德行一乃封レ之、榮毎二疾病一、帝輒遣二使者存問一、太官太醫相二望於道一、及レ篤上疏謝レ恩讓二還爵土一、帝幸二其家一問二起居一、入レ街下レ車、擁レ經而前撫レ榮垂レ涕、賜以二牀茵帷帳刀劍衣被一、良久乃去、自レ是諸侯將軍大夫問レ疾者、不二敢復乘レ車到レ門、皆拜二牀下一、榮卒帝親自變レ服、臨レ喪送レ葬、賜二冢塋于首山之陽一、

「儲皇」

『文選』巻第二十四、陸士衡（機）、答二賈長淵一、

思二媚《ウツクシンデ》皇儲一、高二步承華一、善曰、漢書䟽廣曰、太子國儲嗣君、（注、『漢書』䟽廣傳には、「儲副君」とある。）陸機洛陽記曰、太子宮、在二太宮東薄室門外一、中有二承華門一、翰曰、媚、愛也、言謐思二愛太子一、高步二於承華門一也、皇儲、太子也、

「祖父爲二天子師一、爲二東宮學士一」

『尊卑分脈』『公卿補任』によれば、大江維時は醍醐・朱雀・村上の三代の侍讀である。又『公卿補任』に據れば、天慶七年（九四四）四月廿二日に、東宮學士を兼ねてゐる。

「兼復授二第十一皇子一、其皇子卽天曆聖主也、」

醍醐帝の第十一皇子は、寛明親王卽ち朱雀帝である。天慶の聖主である。併し維時が寛明親王に孝經を奉授した事は所見がない。

醍醐帝の御子で天曆の聖主は、第十四皇子成明親王、後の村上天皇である。『日本紀略』『貞信公記抄』に據れば、大江維時が成明親王に、承平二年（九三二）二月廿三日に、御注孝經を奉授したと見える。『日本紀略』では承平五年十二月二日、御讀竟宴が催されたとある。

第十一皇子とするのが誤りか、天曆聖主とするのが誤りか定め難い。

○**大　意**

太公望呂尙は、周の西伯に文武に亘つてその蘊蓄を捧げたし、桓榮は後漢の明帝の聖明の治の時代に遇ひ、その學殖に花が咲いた。自分は幸に延喜の聖代の例に導ひ、祖父についで天子及び皇太子の師となり得た。

92　七言、冬日陪《シ》二東宮《ニ》一、聽《テ》三第一皇孫《ノ》初《メテ》讀《ミ玉ヲ》二御注孝經《ヲ》一、應《ズ》レ令《ニ》詩一首、幷序、

夫《レ》孝者德之本也、風教《ノ》所レ生《ズル》、學者邦之先[1]也、日新所レ寶《トスル》、粤《コヽニ》若《シカク》儲君、令《メ玉フ》三第一《ノ》碩儒參議吏部侍

郎菅原朝臣《ヲシテ》授《ケ》二御注孝經《ヲ》於第一《ノ》皇孫《ニ》一、道之行《ハル、》也、皇孫見《レバ》二其《ノ》容姿《ヲ》一、則《チ》文王之孫、長子誦之幼日《ニシテ》、論《ズレバ》二其《ノ》岐嶷《ヲ》一、亦孔聖之師、大項橐之同年《ナリ》、天然之性、不二且《タ》悅《シカラ》一乎、方《ニ》今講藝之場者、是《レ》外祖大相國之舊莊[2]也、昔《ハ》爲《リ》二黃閣[3]一、今《ハ》爲《リ》二靑闈[4]一、池館《ハ》可三以《テ》擬《ス》二洙泗之體《ニ》一、林庭《ハ》可三以《テ》成《ス》二槐棘之行《ヲ》一、所下以《ハ》儲君於《テ》レ焉《ニ》、前年既《ニ》展《ベ》二函丈之禮一、皇孫於《テ》レ焉《ニ》、今日亦問[5]《フ》中從レ師之儀[6]上、相《ミルニ》二地之宜《ヲ》一、可《シ》レ謂《フ》二天下《ノ》甲《ト》一、于レ時冠蓋如《ク》レ雲《ノ》、絲竹終日、旨酒之薦《ムル》二聖賢《ヲ》一、和[7]《スルニ》以《テシ》二招搖之桂《ヲ》一、芳饌之盡《ス》二水陸《ヲ》一、加《フルニ》以《テス》二崑崙之萍《ヲ》一、播《ホドコス》二德音《ヲ》於樂章《ニ》一、還《テ》嘲《ケル》二漢室重輪之月《ヲ》一、得《タル》二扶翼《ヲ》於戚里《ニ》一、誰《カ》招《カン》二商山四皓之霜一、匡衡以《テ》二太子賓客《ヲ》一、忝《クモ》列《シ》二敬《スル》レ師《ヲ》之初筵《ニ》一、以《テ》二翰林主人《ヲ》一、敢《テ》記《スト》二崇《ブノ》レ學[8]《ヲ》之盛事《ヲ》一云《フ》レ爾、

秋月春花唯《ダ》比興、不レ如《カ》二今日《ノ》此《ノ》風儀《ニ》一、李三郎《ノ》注傳[9]《ヘタル》二何《ノ》處《ニカ》一、東閣[10]花中《ノ》第一枝、

○校　異

①「先」＝底本「光」に作る。『本朝文粹』に據り訂す。②「莊」＝『本朝文粹』「居」に作る。③「閣」＝底本・『本朝文粹』「門」に作る。『本朝文粹註釋』に隨ひ訂す。④「闈」＝底本・『本朝文粹』「圍」に作る。『本朝文粹註釋』に隨ひ訂す。⑤「問」＝『本朝文粹』「同」に作る。⑥「儀」＝底本「義」に作る。『本朝文粹』に據り訂す。⑦「和」＝底本「味」に作る。『本朝文粹』に據り訂す。⑧「學」＝『本朝文粹』「覺」に作る。⑨「傳」＝底本「博《傳平》」に作る。『日本詩紀』に據り訂す。⑩「閣」＝底本「閤《閣イ》」に作る。

○考　說

『日本紀略』長保二年十二月條、

二日乙巳、東宮第一孫王敦明讀書始、參議式部大輔菅原朝臣輔正奉レ授二御註孝經一、無二尙復一、有二詩宴一、序者式

部權大輔大江朝臣匡衡、

『權記』長保二年十二月條、

二日、乙巳、旦參二東宮(居貞親王)一、歸宅、申剋亦參、第一王(敦明)□(子讀書カ)始也、于レ時儲宮(居貞)御二左大臣(道長)東三條第一也、東對母屋□間東西行立二四尺屛風一、及西廂惣三間鋪二長筵一、□繧繝端疊一枚、其上鋪二地敷・茵一、爲二王子座一、前立二黑□一脚一、其上鋪二紙一枚一、置二御注孝經一卷一、點袋□等、西廂第一坤柱下鋪二菅圓座一枚一、侍讀座、唐□下鋪二菅圓座一枚一、上(尚)復坐、同庇西第三・四・五間鋪□(兩面カ)端疊・地敷・茵一、爲二公卿座一、東南廊東西對□(鋪黃カ)端疊一、爲二殿上人坐一、預備二俎上一、東中門外北廊爲二喚□人・諸大夫坐一、儲君召レ余、於二御前一承レ令、書二孝經外題一、權亮(藤原)□(陳政カ)理二王子髮一、訖賜二女裝一襲一、宣耀殿(藤原娍子)所レ設也、時剋王子就レ座、式部大輔(菅原輔正)執レ書就二侍讀坐一、文章□(得業)生大江擧周自レ庭進著二尚複(復、下同ジ)坐一、同執レ書、尚複先可□(稱文カ)、不レ稱、侍讀披レ書、尚複・王子次第讀レ之、侍讀・尚複退、次羞二公卿饌一、用折敷・高坏、陳政朝臣羞二□一、王子讀書後著二唐庇座一、與二大臣一相對、以二菅圓座一爲二其座一、一兩巡之後、王子退入、此間雜役者□殿上人・侍者陣頭相遞爲レ之、頃之、儲宮出御、先レ之撤二王子讀書坐幷膳□□(公カ)卿高坏等一、給二衝重一、藤相公懷平、陪膳、次左大□□□(臣仰大カ)輔令レ獻レ題、々云、聽三始讀二御注孝經一、序仰二匡衡□(朝臣カ)一、盃酌頻巡、興味漸促、召二堪レ事(者脫カ)於砌下一、令調絲□(竹カ)□(右カ)□中辨道方(源)朝臣・右近中將實成(藤原)朝臣、令下依レ召□匡衡朝臣獻上レ序、大臣召權大進大江朝臣景理□筥、匡衡朝臣依レ召參進讀レ詩、左大臣爲二讀師一、□陳政朝臣犱二女裝一襲一給讀(師脫カ)、大臣以下大褂、□□□(殿カ)召人同給二疋絹一、文人給黃染衾、事了退出、

「風教」

徳を以て民を教化する事。

『毛詩』國風序、
風風也、敎也、風以動レ之、敎以化レ之、
『文選』卷第四十九、干令升（寶）、晉紀總論、
蓋民情風敎、國家安危之本也、
「學者邦之先也」
『禮記』第十八、學記、
古之王者、建レ國君レ民、敎學爲レ先、兌命曰、念二終始一典《ツネニストハ》二于學《ニ》一、其此之謂乎、
「日新」
『文選』卷第二十、謝靈運、鄰里相二送方山一詩、
各勉二日新志一、音塵慰二寂蔑一、善曰、周易曰、日新二其德一、翰曰、各勉二日新之德一、時附二音塵一、慰二我寂蔑之懷一也、蔑、無也、
『周易』噬嗑、大畜、
彖曰、大畜《ハ》剛健篤實輝光《アリ》、日新二其德一、凡物既厭而退《ラル》者弱也、既榮而隕者薄也、夫能輝光、日新二其德一者、唯剛健篤實也、
「粤」
粤《エッ》はこゝにと讀み、發語である。
『作文大體』
發句、施レ頭、又有レ施レ中、頗如二傍句一、
粤、于レ時、

「碩儒」

『文選』巻第四十八、揚子雲（雄）、劇秦美新、

是以耆儒碩老、抱二其書一而遠遜、良曰、耆、舊、碩、大也、大老謂二老儒一也、遜、逃也、

「吏部侍郎」

『職原鈔』上、

式部省、當二唐吏部一

周禮天官太宰之職也、國家典章皆是此官所レ統也、本朝文官除授考撰事、今猶掌レ之、

卿一人、相當正四位下、唐名吏部尚書、大常卿、七省皆同レ之、

大輔一人、權一人、相當正五位下、唐名吏部大卿、又云二吏部侍郎一歟、

「第一皇孫」

冷泉院の第二皇子で、後の三條院諱居貞の皇子、敦明親王後の小一條院を指す。

「文王之孫長子誦」

『史記』巻之四、周本紀、

公季卒、子昌立、是爲二西伯一、西伯曰二文王一、正義曰、帝王世紀云、文王龍顔虎眉、身長十尺、有二匹乳一、雒書靈聽云、蒼帝姬昌、日角鳥鼻、高長八尺二寸、聖知慈理也、遵二后稷公劉之業一、則二古公公季之法一、篤レ仁敬レ老、慈レ少禮二下賢者一、日中不レ暇レ食、以待レ士、士以レ此多歸レ之、（中略）西伯崩、太子發立、是爲二武王一、（中略）武王卽レ位、太公望爲レ師、周公旦爲レ輔、召公畢公之徒、左二右王師一、修二文王緒業一、（中略）武王有レ瘳、後而崩、太子誦代立、是爲二成王一、

「岐嶷」

『文選』巻第五十六、潘安仁（岳）、楊仲武誄、

克岐克嶷、知レ章知レ微、善曰、毛詩曰、克岐克嶷、以就レ口食、周易曰、君子知レ微知レ章、銑曰、幼而有レ知曰二岐嶷一、易曰、君子知レ微知レ章也、章、明、微、幽也、

『毛詩』大雅、生民、

實覃實訏、厥聲載路、誕實匍匐、克岐克嶷、以就二口食一、覃、長、訏、大、路、大也、岐、知意也、嶷、識也、箋云、實之言適也、覃謂二始能坐一也、訏謂二張レ口嗚呼一也、是時聲音則已大矣、能匍匐則岐嶷然、意有レ所レ知也、其貌巍巍然、有レ所二識別一也、以レ此至下于能就二衆人口一自食上、謂二六七歳時一、

「孔聖之師大項槖之同年」

『史記』巻之七十一、列傳第十一、甘茂傳、

甘羅（注、甘茂の孫。）曰、夫項槖生七歳、爲二孔子師一、索隠曰、槖、音託、尊二其道德一、故云二項槖一、

敦明親王は永承六年（一〇五一）に年五十八で薨じた。正暦五年（九九四）の生誕で、長保二年（一〇〇〇）には七歳である。

「講藝」

『文選』巻第二十、顔延年（延之）、皇太子釋奠會作、

稟《ウケ》レ道毓《ヤシナヒテ》レ德、講《カンカヘ》レ藝立レ言、善曰、周易曰、君子以振レ民毓レ德、西都賦曰、講二論乎六藝一、良曰、稟二授道藝一、以養レ德立レ言也、毓、養也、

『文選』巻第四十六、顔延年（延之）、三月三日曲水詩序、

箴《イマシメ》レ闕記レ言、校レ文講レ藝之官、采二遺於内一、向曰、箴、戒也、言太史之官、作レ戒以戒二天子百官之闕失一也、天子所言、則左史書二記之一、校レ文講レ藝之官、謂二儒學之職一、采レ遺、謂レ采二拾遺闕之事一、

「黄閣」

閤も閣も共に門より轉じて殿を云ふ。

『漢舊儀』（『佩文韻府』に據る。）

丞相聽事門曰二黄閣一、不三敢洞二開朱門一、以別二于人主一、故以レ黄塗レ之、謂二之黄閣一、

「青闈」

東宮の稱。『爾雅』釋宮、に、「宮中之門謂二之闈一、謂二相通小門一也、」とある。

『陳書』列傳第二十二、鄱陽王伯山傳、

第三皇子伯山、發二睿德於齠年一、表二岐姿於丱日一、光二昭丹掖一、暉二映青闈一、

「池館」

『藝文類聚』卷六十五、園、齊謝朓、遊二後園一賦、

孤蟬已散、去鳥成レ行、惠氣湛兮帷殿肅、清陰起兮池館涼、

池に臨んだ館。

「洙泗」

5條に既述。

「成二槐棘之行一」

槐（ゑんじゆ）や棘（うばら）が列をなして植ゑてある。大臣や公卿が居並ぶ宮庭にも似てゐる。

『周禮』秋官、朝士、

掌レ建二邦外朝之法一、左二九棘一、孤卿大夫位焉、群士在二其後一、右二九棘一、公侯伯子男位焉、群吏在二其後一、面二三

槐一、三公位焉、州長衆庶在二其後一、
樹レ棘以爲レ位者、取二其赤心而外刺一、象以二赤心三刺一也、槐之言懷也、懷二來人於此一、欲二與レ之謀一、群吏謂二府史一也、州長、鄉遂之官、

「儲君於レ焉前年既展二函丈之禮一」

『日本紀略』永觀元年八月條、

十六日己亥、太上皇冷泉第二第三親王、居貞爲尊始讀二御註孝經一、左少弁菅資忠爲二博士一、上皇御二南亭一、親王等進出二庭中一拜舞、

「函丈之禮」

『文選』卷第二十、顏延年（延之）、皇太子釋奠會作詩、

尙席函《イレテ》レ杖、丞疑奉レ帙、善曰、漢書音義晉灼曰、舊有二五尙一、有二尙席一、禮記曰、席間函レ杖、鄭玄曰、函、容也、丞疑、疑丞也、禮記曰、虞夏商周、有二師保一有二疑丞一、翰曰、尙席、儒席也、席容二一丈一分レ地使レ得二指揮一也、承疑、輔弼之官、帙、書帙也、

函《カンジヤウ》丈は師の席と弟子の席との間に、一丈のへだたりを置く事。

『禮記』第一、曲禮上、

若非二飮食之客一、則布レ席、席間函レ丈、謂講問客之也、函猶レ容也、講問宜二相對一、容レ丈足二以指畫一也、飮食之客布二席於牖前一、（注、『雲莊禮記集說』に、「非二飮食之客一、則是講說之客也、疏曰、古者飮食燕享、則賓位在二室外牖前一、列レ席南向不二相對一、相對者、惟講說之客。」とある。）

『全唐詩』卷四、崔日知、冬日述レ懷奉レ呈二韋祭酒張左丞蘭臺名賢一、

賦成先擲レ地、詞高直掞レ天、更執二摳衣禮一、仍開二函丈筵一、

「從師」

『藝文類聚』巻四十二、樂部二、樂府、鮑照、升六行、

窮途悔二短計一、晩志重二長生一、從レ師入二遠岳一、結レ友事二仙靈一、風餐委二松宿一、雲臥恣二天行一、

「相二地之宜一」

『周禮』地官、草人、

草人掌二土化之法一、以二物地一、相二其宜一而爲二之種一、

「天下甲」

甲《カフ》は『正字通』に、「甲、凡物首二出群類一曰レ甲、」とあり、最も秀れてゐる事。

『白氏長慶集』巻四十三、草堂記、

匡廬奇秀甲二天下山一、山北峰曰二香爐峰一、北寺曰二遺愛寺一、介二峰寺一間、其境勝絶、又甲二廬山一、

「冠蓋」

冠はかんむり、蓋は車のおほひ。高位の人を意味す。

『文選』巻第一、班孟堅（固）、西都賦、

英俊之域、紱冕所レ興、冠蓋如レ雲、七相五公、善曰、文子曰、智過二萬人一謂二之英一、千人謂二之俊一、蒼頡篇曰、紱、綬也、説文曰、冕、大夫以上冠也、毛詩曰、有レ女如レ雲、良曰、士人多宅二於此一、故稱二英俊之域一、紱冕、士人服飾、向曰、如レ雲、言レ多也、七相、謂二車千秋、黃霸、王商、王嘉、韋賢、平當、魏相一、五公、張湯、蕭望之、馮奉世、史丹、張安世、

「聖賢」

酒の事。

『藝文類聚』巻七十二、食物部、酒、

魏略曰、大祖禁レ酒、而人竊飲レ之、故難レ言レ酒、以二白酒一爲二賢者一、淸酒爲二聖人一、

『分類補註李太白詩』巻之二十三、閑適、月下獨酌、

天若不レ愛レ酒、酒星不レ在レ天、地若不レ愛レ酒、地應レ無二酒泉一、天地既愛レ酒、愛レ酒不レ愧レ天、已聞淸比レ聖、復道濁如レ賢、賢淸既已飲、何必求二神仙一、

「招搖之桂」

『山海經』南山經、

南山經首曰二誰山一、其首曰二招搖之山一、臨二于西海之上一、多レ桂、桂、葉似二枇杷一、長二尺餘、廣數寸、味辛、白華叢生、山峯冬夏常青、間無二雜木一、

『呂覽』本味、

和之美者、陽樸之薑、招搖之桂、陽樸、地名在二蜀郡一、招搖、山名在二桂陽一、禮記曰、草木之滋、薑桂之謂也、故曰二和之美一、

「芳饌之盡二水陸一」

『晉書』列傳三、石崇傳、

絲竹盡二當時之選一、庖膳窮二水陸之珍一、

「崑崙之萍」

萍は水草。大きいものを蘋と云ふ。

『毛詩草木鳥獸蟲魚疏』

于以采レ蘋、

蘋、今水上浮萍是也、其粗大者、謂二之蘋一、小者曰レ荓、季春始生、可二糝蒸以爲一レ茹、又可レ用二苦酒一、淹以就レ酒、

『呂覧』本味、
菜之美者、崑崙之蘋、崑崙、山名、在二西北一、其高九萬八千里、蘋大蘋水藻也、
『山海經』西山經、
西南四百里、曰二崑崙丘一、（中略）有レ草焉、名曰二蕡草一、字書曰、蕡亦蘋字也、其狀如レ葵、其味如レ葱、食レ之已レ勞、
「播」
播《ハ》はほどこす、又しくと讀む。
『文選』卷第四十五、石季倫（崇）、思歸引序、
恨時無下知音者令レ造二新聲一、而播中於絲竹上也、善曰、周禮曰、播レ之以二八音一、銑曰、播、布也、
「德音」
德音は令聞と同じで、立派な評判。
『毛詩』豳風、狼跋、
公孫碩膚、德音不レ瑕、瑕、過也、箋云、不瑕、言レ不レ可二疵瑕一也、（注、公孫、成王也、豳公之孫也、碩、大、膚、美也、）
『文選』卷第十八、潘安仁（岳）、笙賦、
非二天下之和樂、不易之德音一、其孰能與二於此一乎、
「樂章」
樂章は歌・歌詞。
『禮記』曲禮下、

居レ喪未レ葬讀ニ喪禮一、既葬讀ニ祭禮一、喪復レ常讀ニ樂章一、喪復レ常讀ニ樂章一者、復常、謂ニ大祥除服之後一也、樂章、謂ニ樂書之篇章一、謂レ詩也、

「漢室重輪之月」

『古今注』音樂、

日重光、月重輪、群臣爲ニ漢明帝一所レ作也、明帝爲ニ太子一、樂人作ニ歌詩四章一、以贊ニ太子之德一、其一曰日重光、其二曰月重輪、其三曰星重輝、其四曰海重潤、漢末喪亂後、其二章亡、舊說云、天子之德、光明如レ日、規輪如レ月、衆輝如レ星、霑潤如レ海、太子皆比レ德焉、故云レ重耳、

太子の德と天子の德とが、天に二月のある樣に二重に世をおほふてゐる、との意。

「扶翼」

扶翼はたすける。

『文選』卷第五十、范蔚宗(曄)、後漢書二十八將傳論、

至下於翼ニ扶王室一、皆武人屈五臣本作レ崛、起上、向曰、翼、輔、崛、特也、

「戚里」

親戚の居所、親戚。

『文選』卷第六、左太沖(思)、魏都賦、

其閭閻、則長壽吉陽、永平思忠、亦有ニ戚里一、寘《オク》ニ宮之東一、劉曰、長壽、吉陽、永平、思忠四里名也、長壽吉陽二里在ニ宮東一、當ニ石竇一吉陽南入、長壽北入、皆貴里、漢書、萬石君傳、徙ニ其家長安戚里一、以ニ姊爲ニ美人一故、濟曰、戚里、外戚所レ居里、而置ニ在帝宮東一、寘、置、

「商山四皓之霜」

『史記』巻之五十五、の留侯世家に詳しい。

漢十二年、上從レ擊二破布軍一歸、疾益甚、愈欲レ易二太子一、留侯諫不レ聽、因レ疾不レ視レ事、叔孫太傅稱說引二古今一、以レ死爭二太子一、上詳許レ之、猶欲レ易レ之、及二燕置酒一、太子侍、四人從二太子一、年皆八十有餘、鬚眉皓白、衣冠甚偉、上怪レ之、問曰、彼何爲者、四人前對各言二名姓一、曰東園公・角里先生・綺里季・夏黃公、上乃大驚曰、吾求レ公數歲、公辟二逃我一、今公何自從二吾兒一游乎、四人皆曰、陛下輕レ士善罵、臣等義不レ受レ辱、故恐而亡匿、竊聞太子爲レ人、仁孝恭敬愛レ士、天下莫乙不下延レ頸欲中爲二太子一死上者甲、故臣等來耳、上曰煩レ公、幸卒調二護太子一、四人爲レ壽已畢趨去、上目二送之一、召二戚夫人一指二示四人者一曰、我欲レ易レ之、彼四人輔レ之、羽翼已成、難レ動矣、呂后眞而《ナンヂノ》主矣、戚夫人泣、上曰爲レ我楚舞、吾爲レ若《ナンヂ》楚歌、歌曰、鴻鵠高飛、一擧千里、羽翮已就、橫二絕四海一、當可二奈何一、雖レ有二矰繳一、尚安所レ施、歌數闋、戚夫人噓唏流涕、上起去罷レ酒、竟不レ易二太子一者、留侯本招二此四人一之力也、

秦末の爭亂を避けて、商山に隱れ棲んだ四人の賢者があつた。『高士傳』四皓、は次の樣に述べる。

四皓者、皆河內軹人也、或在レ汲、一曰東園公、二曰角里先生、三曰綺里季、四曰夏黃公、皆修レ道潔レ己、非レ義不レ動、秦始皇時見二秦政虐一、乃退入二藍田山一而作レ歌、曰莫莫高山、深谷逶迤、曄曄紫芝、可二以療レ飢、唐虞世遠、吾將何歸、駟馬高蓋、其憂甚大、富貴之畏レ人、不レ如二貧賤之肆一レ志、乃共入二商雒一隱二地肺山一、以待二天下定一、及二秦敗一、漢高聞而徵レ之不レ至、深自匿二終南山一、不レ能レ屈レ已、

漢の高祖が、太子を廢して戚夫人の子趙王如意を太子に立てんとした時、太子の母后呂后が留侯張良に畫計を求めた。張良は高祖がその人格を高く評價して出仕を求め、遂に果さなかつた四皓を招き、太子に侍扶せしめたなら

ば、高祖の意は轉ずるであらうと策した。

「太子賓客」

『職原鈔』下、東宮、
學士二人、相當從五位下、唐名太子賓客、譜第儒者有二才德一者應二其撰一、爲二儲君之侍讀一也、古今重レ之、

「比興」

『毛詩』大序、
故詩有二六義一焉、一曰風、二曰賦、三曰比、四曰興、五曰雅、六曰頌、上以風二化下一、下以風二刺上一、主レ文而譎諫、言レ之者無レ罪、聞レ之者足二以戒一、故曰レ風、

「秋月春花唯比興」

秋の月も春の花も、何れもながめて詩人の興趣を起すに過ぎない。

「風儀」

すがた、見た樣子、風采の意である。

『文選』巻第五十八、王仲寶（儉）、褚淵碑文、
風儀與二秋月一齊レ明、音徽與二春雲一等レ潤、
この詩では儀式の樣子の意。

「李三郎注」

『御注孝經』序、

朕以《オモンミルニ》、孝經德教之本也、自レ昔銓解其徒寔繁、竟不レ能下覈二其宗一、明中其奥上、觀二斯蕪漫一、誠亦病諸、頃與二侍臣一參二詳厥理一、爲二之訓注一、冀闡二微言一、冝下集二學士儒官一、僉議中可否上、

御注孝經は斯くの如くにして唐玄宗皇帝の御注とされた。唐皇帝は李姓である。玄宗は睿宗の第三子である。『唐書』卷五、に、「玄宗至道大聖大明孝皇帝諱隆基、睿宗第三子也、」とある。

「東閤」

6條に既述。丞相第を云ふ。

○大　意

孝は道德の根本で、人民教化の發足點である。學問は治國の先務で、學に據り日々其德を新たにする事は最高の要務である。こゝに皇太子居貞親王は、當代第一の大儒參議式部大輔菅原朝臣輔正に命じ、第一の皇孫敦明親王に、御注孝經を御教授いたさせた。これは正に人の道に遵行せられたものである。皇孫の御容姿は文王の孫で武王の子たる誦の幼い日の姿であり、その御幼少の中から聰明な事は、孔子の師と云はれる大項槖にも比す可く、大項槖が七歳で孔子を教へたと云はれるのと同じく、當年七歳であられ、天授の御性質は實によろこばしい限りである。さて今日學の講ぜられる場は、親王の外祖太政大臣兼家公の舊居である。昔は丞相の第であつたが、今は東宮の居である。その池館は孔子が教授した洙泗のたゝずまひにも比す可く、その庭は、槐や棘が行を成して居る樣で、高官が不斷に訪れて居る。皇太子が既に前年、こゝで始讀の儀を行はれ、今亦こゝで皇孫が同樣に始めて師につく禮を行はれた所以は、土地柄をはかり見るに、正しく天下第一の地であるからである。今や雲の如く多く高官が集まり、管絃の遊は終日やまず、珍稀な招搖を和した美酒がすゝめられ、山海の佳肴を盡し、更に崑崙の萍とも云ふべき珍

味の菜が加へられ、皇太子の德をたゝへる樂は、漢の明帝が皇太子であつた時、その德を稱へて作られたと云ふ月重輪の歌章にもまさるものである。皇太子も皇孫も、外戚の中に輔翼の臣を得て居られる以上、殊更に老いたる商山の四皓を招かれる必要はない。匡衡は東宮の學士として忝くも皇孫御就學の初筵に列し、文章博士たる故に今日の崇學の盛大なる行事を記した。

秋月も春花も唯尋常の興趣である。到底今日の儀式の樣子の深い感銘には及ばない。唐の玄宗皇帝のほどこされた孝經の御注は、今日何處でもなく、この丞相第に開花した第一枝に傳へられた。

93

仲春釋奠聽《キ》レ講《ズルヲ》二論語《ヲ》一同《ジク》賦《ス》二仁者壽《ナリヲ》一、

翰林再《ビ》忝《フシ》[1]二主人《ノ》號《ヲ》一、金殿久《ク》爲《ル》二侍讀《ノ》身《ト》一、官祿甚微《ニシテ》 身已《ニ》老《イタリ》、□[2]仁猶欲《ス》レ繼《ガント》二家塵《ヲ》一、江家爲二侍讀一之者、皆蒙二不次之朝恩一、列二卿相之顯位一、[3]故獻[4]二此句一、

○校　異

①「忝」＝『日本詩紀』「辱」に作る。②「□」＝『日本詩紀』「繼」の下に在り。③「位」＝底本「任」に作る。『日本詩紀』に據り改む。

④「獻」＝『日本詩紀』なし。

○考　説

「仁者壽」

『論語』雍也、

子曰、知者樂㆑水、仁者樂㆑山、知者動、仁者靜、知者樂、仁者壽、

「金殿」

黃金造りの宮殿。こゝでは禁中の意。

『文選』巻第三十一、江文通(淹)、雜體詩三十首、劉文學楨、

華月照㆓方池㆒、列㆓坐金殿側㆒、

「家塵」

『文選』巻第六、左太沖(思)、魏都賦、

列聖之遺塵、

家塵は家の遺塵、家の傳承、家の傳統等の意。

「不次」

『漢書』巻之六十五、東方朔傳第三十五、

武帝初卽㆑位、徵㆓天下㆒擧㆓方正賢良文學材力之士㆒、待以㆓不次之位㆒、

順序だの時期によらぬ事。

○大　意

再度文章博士の號を賜はり、宮中に久年侍讀してお仕へしたにも拘はらず、官位も俸祿も乏しく身は已に老いた。
それでも猶家の傳統を繼がうとしてゐる。
大江家の者で、侍讀となつた者は、いづれも順序を超えた朝恩を蒙り、卿相の位に任じられるのが前例である。

故にこの句を献ず。

94　五言、奉《ジテ》レ試《ヲ》賦《シ》二得《タリ》教學爲《スヲ》レ先《ト》、八十字成レ篇、每句用二仲尼弟子名一、

建《テ》レ國《ヲ》《鄭國》君《タル》レ民《ニ》者《ハ》、須《ク》《樊須》レ令《シム》二教學《ヲ》行《ハ》一、誨《ヘ》來《リテ》予《宰予》不レ倦《マ》、習《フ》處若《シ》《有若》二寧《ロ》輕《キガ》一、稽《ヘ》レ古《ヲ》長《ク》《公冶長》鑽仰《ス》、于レ今自《ラ》化成《ス》《縣成》、有《リテ》レ時歡《ブ》レ受《クルヲ》レ賜《ヲ》《端木賜》、何《ノ》《顔何》日《カ》忘《レン》二研精《ヲ》一、照《シテ》レ卷《ヲ》月清潔《廉潔》、拾《ヒテ》レ螢《ヲ》火滅明《ス》《滅明》、文求[1]《ハム》《冉求》レ無《キヲ》レ墮《ツル》レ地《ニ》、賢愧《ハズ》レ不《ルヲ》レ齊《シクセ》《宓不齊》レ名《ヲ》、豈《ニ》敢《テ》非《ン》《秦非》二來學《セ》一、誰《カ》應《ニ》《キ》レ得《ベ》二退耕《ヲ》《冉耕》一、幸《ニ》逢《ヒ》二施《スノ》《施常》レ德《ヲ》世《ニ》一、開《イテ》《漆雕開》レ帙《ヲ》樂《マシム》二心情《ヲ》一、

○校　異

①「求」＝『朝野群載』「永」に作る。

○考　説

「教學爲レ先」

古之王者、建レ國君レ民、教學爲レ先、

76條の「述懷古調詩」に據れば、この奉試は二十四歳の時で、天延三年（九七五）である。

「鄭國」

『史記』巻之六十七、仲尼弟子列傳第七、

鄭國、字子徒、正義曰、家語云、薛邦字徒、史記作レ國者、避二高祖諱一、薛字與二鄭字一誤耳、

薛邦、字子從、

『孔子家語』巻第九、七十二弟子解、第三十八、

「樊須」

『史記』巻之六十七、仲尼弟子列傳第七、

樊須、字子遲、少二孔子一三十六歳、樊遲請レ學レ稼、孔子曰、吾不レ如二老農一、請レ學レ圃、曰、吾不レ如二老圃一、馬融曰、樹二五穀一曰レ稼、樹二菜蔬一曰レ圃、樊遲出、孔子曰、小人哉樊須也、上好レ禮則民莫二敢不一レ敬、上好レ義則民莫二敢不一レ服、上好レ信則民莫二敢不一レ用レ情、夫如レ是、則四方之民、襁二負其子一而至矣、焉用レ稼、樊遲問レ仁、子曰愛レ人、問レ智、曰知レ人、

『家語』は、樊須を魯人とし、孔子より四十六歳若いとし、季氏に仕へたとする。

「宰予」

『史記』巻之六十七、仲尼弟子列傳第七、

宰予、字子我、利口辯辭、既受レ業、問三年之喪、不二已《ハナハダ》久一乎、君子三年不レ爲レ禮、禮必壞、三年不レ爲レ樂、樂必崩、舊穀既沒、新穀既升《ミノル》、鑽レ燧改レ火、期可レ已《キニシテヤムベシ》矣、馬融曰、周書月令有二更レ火之文一、春取二楡柳之火一、夏取二棗杏之火一、季夏取二桑柘之火一、秋取二柞楢之火一、冬取二槐檀之火一、一年之中、鑽レ火各異レ木、故曰レ改レ火、子曰、於レ汝安乎、曰、安、汝安則爲レ之、君子居レ喪、食レ旨不レ甘、聞レ樂不レ樂、故弗レ爲也、宰我出、子曰、予之不仁也、子生三年、然後免二於父母之懷一、夫三年之喪、天下之通義也、宰予晝寢、子曰、朽木不レ可レ雕也、糞土之牆不レ可レ圬也、宰我問二五帝之德一、子曰、予非二其人一也、宰我爲二臨菑大夫一、與二田常一作レ亂、以夷二其族一、孔子恥レ之、索隱曰、左氏無下宰我與二田常一作レ亂之文上、然有二闞止字子我一、田闞爭レ寵、子我爲二陳恒所一レ殺、恐字與二宰予一相涉、因誤云レ然、

「有若」

『史記』巻之六十七、仲尼弟子列傳第七、

有若、少二孔子一四十三歳、（『孔子家語』に、「魯人、字子有、少二孔子一三十六歳、」）有若曰、禮之用和爲レ貴、先王之道斯爲レ美、小大由レ之、有レ所レ不レ行、知レ和而和、不二以レ禮節一レ之、亦不レ可レ行也、信近二於義一、言可レ復也、恭近二於禮一、遠二恥辱一也、因不レ失二其親一、亦可レ宗也、

「公冶長」

『史記』巻之六十七、仲尼弟子列傳第七、

公冶長、齊人、字子長、（『孔子家語』に、「魯人、」）孔子曰、長可レ妻也、雖レ在二累紲之中一、非二其罪一也、以二其子一妻レ之、

「縣成」

『史記』巻之六十七、仲尼弟子列傳第七、

縣成、字子祺、（『孔子家語』に、「子横、」）

『文選』序、

易曰、觀二乎天文一、以察二時變一、觀二乎人文一、以化二成天下一、翰曰、天文、日月星辰、時變、失レ常也、人文、禮樂典籍、化成、謂二化レ下使一レ成レ理、

「端木賜」

『史記』巻之六十七、仲尼弟子列傳第七、

端木賜、衞人、字子貢、少二孔子一三十一歳、子貢利口巧辯、孔子常黜二其辯一、

『史記』には子貢が孔子に命ぜられ、魯を救ふ爲め、齊・吳・越・晉に使した談があるが、頭注に、「按、家語・越絶書・吳越春秋、並載二此語一、蘇代說二燕王噲一語、與レ此同、見二戰國策一」とあり、又、「光縉曰、余讀二仲尼弟子

列傳一、獨惜下其以二説客一目中子貢上、屢欲下捃二拾諸者稍雅馴者一、以補レ傳、而去中其説二吳越一者上、尚未レ能也、」とあり、呉の太宰嚭に孔子の事を談じた話、楚の東郭子惠と孔子の事を談じた話を載せてゐる。子貢が呉越に游説した話は誤傳かと思はれる。又、『孔子家語』に、子貢は富有で、「結レ駟連レ騎」れて原憲を訪れ、「先王之義」を論じた。原憲は「衣二弊衣冠一、幷レ日蔬食」する狀態で子貢に會ひ、子貢が、「甚矣、子何如之病《ヤメル》也、」と云つたのに對し、原憲は「吾聞、無レ財者爲二之貧一、學レ道不レ能レ行者、爲二之病一、吾貧也、非レ病也、」と應へ、子貢が終身自分の言を恥ぢた話がある。

「顏何」

『史記』卷之六十七、仲尼弟子列傳第七、

顏何、字冉、

「廉潔」

『史記』卷之六十七、仲尼弟子列傳第七、

廉潔、字庸、（『孔子家語』に、「字子曹、」）

「滅明」

『史記』卷之六十七、仲尼弟子列傳第七、

澹臺滅明、武城人、字子羽、少二孔子一三十九歳、（『孔子家語』に、「四十九歳、」）狀貌甚惡、欲レ事二孔子一、孔子以爲二材薄一、既已受レ業、退而修レ行、行不レ由レ徑、非二公事一不レ見二卿大夫一、南游至レ江、從二弟子三百人一、設二取予去就一、名施二乎諸侯一孔子聞レ之曰、吾以レ言取レ人、失二之宰予一、以レ貌取レ人、失二之子羽一、索隱曰、家語、子羽有二君子之容一、而行不レ勝二其貌一、宰予有二文雅之辭一、而智不レ充二其辯一、孔

子曰、以レ容取レ人、則失二之子羽一、以レ辭取レ人、則失二之宰予一、
今云二滅明狀貌甚惡一、則以二子羽形陋一也、正與二家語一相友、

「文求レ無レ墮レ地」

『論語』子張、

衞公孫朝問二於子貢一曰、仲尼焉學、子貢曰、文武之道、未レ墜二於地一、在レ人、賢者識二其大者一、不賢者識二其小者一、莫レ不レ有二文武之道一焉、夫子焉不レ學、而亦何常師之有、

「冉求」

『史記』卷之六十七、仲尼弟子列傳第七、

冉求、字子有、（『孔子家語』に、「仲弓之宗族、」仲弓は冉雍、）少二孔子一二十九歳、爲二季氏宰一、季康子問二孔子一曰、冉求仁乎、曰、千室之邑、百乘之家、求也可レ使レ治二其賦一、仁則吾不レ知也、復問子路仁乎、孔子對曰、如レ求、求問、曰、聞斯行レ諸、包氏曰、賑レ窮救レ之之事也、子曰、行レ之、子路問聞斯行レ諸、子曰、有二父兄在一、如二之何一其聞斯行レ之、孔安國曰、當レ白二父兄一、不レ可二自專一、子華怪レ之、敢問、問同而答異、孔子曰、求也退、故進レ之、由也兼レ人、故退レ之、

「宓不齊」

『史記』卷之六十七、仲尼弟子列傳第七、

宓不齊、字子賤、（『孔子家語』に、「魯人、」）少二孔子一四十九歳、孔子謂二子賤一、君子哉、魯無二君子一斯焉取レ斯、包氏曰、如魯無二君子一、子賤安得二此行一而學、子賤爲二單父宰一、反二命於孔子一曰、此國有下賢二不齊一者五人上、教下不齊所二以治一者上、孔子曰、惜哉、不齊所レ治者小、所レ治者大、則庶幾矣、

「秦非」

『史記』巻之六十七、仲尼弟子列傳第七、

秦非、字子之、鄭玄曰、魯人、

「退耕」

『文選』巻第二十二、謝靈運、登㆓池上樓㆒、

進㆑徳智所㆑拙、退耕力不㆑任、良曰、進㆑徳濟㆑世、智則踈拙、退耕自給、力不㆓堪任㆒、

「冉耕」

『史記』巻之六十七、仲尼弟子列傳第七、

冉耕、字伯牛、（『孔子家語』に、「魯人、」）孔子以爲㆑有㆓徳行㆒、伯牛有㆓惡疾㆒、孔子往問㆑之、自㆑牖執㆓其手㆒曰、命也夫、斯人也而有㆓斯疾㆒、命也夫、

「施常」

『史記』巻之六十七、仲尼弟子列傳第七、

施之常、字子恒、

「漆雕開」

『孔子家語』七十二弟子解、

漆雕開、蔡人、字子若、少㆓孔子㆒十一歳、習㆓尚書㆒、不㆑樂㆑仕、孔子曰、子之齒可㆓以仕㆒矣、時將㆑過、子若報㆓其書㆒曰、吾斯之未㆑能㆑信、言未㆑能㆔明信㆓此書意㆒、孔子悅焉、

○大　意

國を建て人民の君たる者は、教學を先務として人民に勵ましむ可きである。君主の意向により、人民は自ら化成するものである。時には恩賜の褒賜も効がある。自らはげんで研精に心懸ける。月の光、螢の光に讀書につとめ、文の地に墮ちる事を戒め合ふ自らが他と同じ様に賢でない事に恥ぢ、益々學にいそしむものである。あきらめて退耕するやうな事はない。幸に當今は聖德の御治世で、安心して勉學の道に滿足できる。

95

七言、初冬於《テ》二都督大王書齋《ニ》一、同《ジク》賦《シ》二唯《ダ》以《テ》レ詩《ヲ》爲《スヲ》レ友《ト》、應《ズルノ》レ教《ニ》詩、以レ情爲レ韻、幷序、

己亥之歳十月之初、落葉未《ダ》レ盡《キ》、散《ズ》二春錦《ヲ》於林風《ニ》一、寒菊猶《ホ》殘《リ》、映《ズ》二冬螢於池水《ニ》一、爰《ニ》都督大王、賞《スルニ》以《テシ》二物色《ヲ》一、命《ズルニ》以《テス》二芳遊《ヲ》一、嫌《ヒテ》二俗客《ヲ》一而會《シ》二仙郎《ヲ》一、擬《ス》二勝躅《ヲ》[1]於勾曲《ニ》一、酌《クミ》二[2]允鑠《ヲ》一而肴《ニシ》二樂胥《ヲ》一[3]、引《ク》二高情《ヲ》[4]於潁陽《ニ》一、良宴之趣、誠《ニ》有《リ》レ以焉、方《ニ》今以レ詩《ヲ》爲《シ》レ友《ト》、以《テ》レ道《ヲ》許《ス》レ交《ヲ》、六義互《ニ》鋪《キ》二同心之中《ニ》一、衆藝皆置《ク》二異類之外《ニ》一、携《ヘテ》二文林《ヲ》一而代《ヘ》二芝蘭之室《ニ》一、伐木聲《ノ》明《カナリ》、挹《クミテ》二詞江《ヲ》一而爲《ス》二朝夕之池《ト》一、淡水景暮《レヌ》、至《ルハ》下夫《ノ》吹《キ》二瑩《キ》玉句《ヲ》一、必《シ》二風月《ヲ》於造次《ニ》一、經二緯《シテ》錦篇《ヲ》一、寫《スニ》中龍鳳《ヲ》於襟懷《ニ》上、見《テ》二三百篇之披陳《ヲ》一、遇《ヒテ》二新知《ニ》一而結《ビ》レ綬《ヲ》、聽《キテ》二十九首之昇晉《ヲ》一、憑《リテ》二[5]舊契《ニ》一而彈冠《スル》者也、于レ時日已《ニ》暮《レ》、夜又良《シ》、坐上[6]《ノ》識[7]者、或《ハ》相語《リテ》曰《ク》、昔東平蒼之開《ク》二東閤《ヲ》一、只傳《フ》二周公之風《ヲ》一、今[8]西海王之宴《スル》二西園《ニ》一、盛《ニ》弘《ム》二魯聖之道《ヲ》一、匡衡隔《ツルヿ》二賢路《ヲ》一千萬里、疲驂殆《ド》黄《ナリ》焉、遊《ブヿ》二詩境《ニ》一四十年、學鹿未《ダ》レ[9]白《カラ》矣、猥《ニ》記《シ》二勝事《ヲ》一、心顏罔《シ》レ厝《トク》云《フ》レ爾、

明時《ニ》稽《ヘ》レ古《ヲ》好《ム》レ文《ヲ》程、唯友《トシテ》二詩篇《ヲ》一幾送迎、詠慕爲《リ》レ人《ト》應《ニ》二露《クモ》膽《ス》一、學知如《ク》レ已《ム》任《ス》二風情《ニ》一、文峯《ノ》秋月同床《ノ》坐、

詞苑《ノ》春風結《ンデ》レ綬《ヲ》行《ク》、逢遇携《ヘ》來《ル》元白集、爭《イカデ》敎《メン》三匡鼎《ヲシテ》類《セ》二桓榮《ニ》一、

○校　異

①④「於」＝『本朝文粹』「于」に作る。　②「酌」＝底本・『本朝文粹』「酒」に作る。意に據り改む。　③「胥」＝底本「旨」に作る。『本朝文粹』に據り改む。　⑤「馮」＝『本朝文粹』「憑」に作る。　⑥「坐」＝『本朝文粹』「座」に作る。　⑦「識」＝底本「議」に作る。『本朝文粹』に據り訂す。　⑧「今」＝底本なし。『本朝文粹』に據り補ふ。　⑨「未」＝底本「米」に作る。『本朝文粹』に據り訂す。

○考　說

「情」

　情は下平聲八庚の韻。

「都督大王」

『大日本史料』長保元年十月七日條、は爲尊親王となす。『史料纂集』の『權記』は敦道親王となす。後述の如く、この詩宴は長保元年（九九九）十月七日に催されたものである。

　爲尊親王は、『權記』の長保四年六月十五日條に、

　　親王冷泉院太上皇第三子、母故前太政大臣(兼家)第一娘、女御超子也、元服年(永祚元)敍二三(四)品一、後任彈正尹、正曆(四年)朝拜爲二威儀一敍二二品一、兼二大宰帥一、遷二上野太守一、臨二病甚一剃髮入道云々、

とあり、『日本紀略』長保四年、に、「六月某日、今夜彈正尹二品爲尊親王冷泉皇子、薨、」とある。爲尊親王が大宰帥に任じられた事は、『權記』以外には見られぬ。

　敦道親王は、『日本紀略』寛弘四年十月條、に、「二日乙未、三品大宰帥敦道親王薨、年廿七、」とあり、『權記』は寛弘

四年十月二日條に、「前太宰帥三品敦道親王薨、年廿七、冷泉院太上天皇第四親王也、母女御藤原超子、前太政大臣一女也、」とある。

これ等に據り、都督大王を敦道親王と考へる。

「己亥之歳十月之初」

己亥の年は長保元年である。

『權記』長保元年十月條、

七日、昨自二帥宮（敦道親王）一給レ書有レ召、（中略）到二三條一浴、入レ夜詣二帥宮一、有二作文事一也、式部權大輔（大江匡衡）獻レ題、云、唯以レ詩爲レ友、以レ情爲レ韻、亦爲二序者一、題出之後、與左京大夫明（源明理）同車參レ內、曉亦參レ宮、

八日、巳時講寺訖、

「春錦」

『全唐詩』巻三、蘇味道、詠井、

桐落秋蛙散、桃舒二春錦芳一、帝力終何有、機心庶二此忘一、

「物色」

15條に既述。

『文選』巻第十三、

物色、善曰、四時所レ觀之物色而爲二之賦一、又云、有レ物有レ文曰レ色、

「芳遊」

『全唐詩』巻二十一、薛能一、春色滿二皇州一、

陽和如レ啓レ蟄、從レ此事二芳遊一、

「仙郎」

『拾芥抄』中、官位唐名部、唐名大略、に據るに、仙郎は藏人の唐名であるが、この序では、俗客に對して用ゐた語で、超俗の仙人の意である。

「勝躅」

躅《チヨク》はあとの意。勝躅はすぐれたあと、すぐれた例。

『文選』巻第五十八、王仲寶（儉）、褚淵碑文、

出陪二鑾躅一、入奉二帷殿一、濟曰、鑾、天子法駕也、躅、跡也、

『全唐詩』巻四、崔日知、奉レ酬下韋祭酒偶遊二龍門北谿一、忽懷二驪山別業一、因以言レ志、示二弟淑一幷呈二諸大僚一之作上、

無レ由レ陪二勝躅一、空此翫二書筠一、

『本朝文粋』巻第十一、序丁、詩序四、鳥、後江相公、重陽日侍レ宴、同賦三寒鴈識二秋天一、應レ製、

臣聞、三秋暮月、九日靈辰、本是臣下避レ惡之佳期、今則主上賜レ恩之勝躅也、

「勾曲」

『梁書』列傳第四十五、陶弘景傳、

陶弘景字通明、（中略、辭レ祿の後、）止二于句容之句曲山一、恒曰、此山下是第八洞宮、名二金壇華陽之天一、周回一百五十里、昔漢有二咸陽三茅君一、得レ道來掌二此山一、故謂二之茅山一、乃中山立レ館、自號二華陽隱居一（中略）大同二年卒、時年八

十五、

『讀史方輿紀要』巻二十、江南二、江寧府、句容縣、

茅山、在二縣東南四十五里一、山高三十里、周百五十里、初名句曲山、又名巳山、皆以二形似一名、吳越春秋、禹巡二天下一、登二茅山一以朝二諸侯一、更レ名爲二會稽一、亦曰二苗山一、

『列仙傳』巻之二、に、茅盈字叔甲・容字季偉・衷字思和の三兄弟があり、茅盈は十八で家を棄て、恒山に入て修道し、後西王母から太極玄眞經を授かり、歸りて恒山の北谷に住して仙を得、後に官につとめた二弟も、官を棄てゝ兄に從ひ、地仙となって、「居二茅山一、世々稱二三茅眞君一」と見える。

「酌二允鑠一而肴二樂胥一」

底本の儘では、「酒《ハ》允《マコトニ》鑠《ウルハシク》、而肴《ハ》樂《シク》旨《シ》、」と讀まれるが、揚雄の長楊賦に從ひ、本文の様に訂した。

俗人を避け、勾曲山の仙者の會合のすばらしい佳例をまねて、心からの樂しみを肴として、美酒を酌む。

『文選』巻第九、揚子雲（雄）、長楊賦、

酌二允鑠一、肴二樂胥一、善曰、張揖曰、允、信也、鑠、美也、言酌二信美一以當レ酒、帥二禮樂一以爲レ肴、向曰、言樂下得二賢人一相與理上也、取二此義一以當二肴饌一、

「樂胥《ラクショ》」

たのしみよろこぶ事。

『毛詩』小雅、桑扈、

君子樂胥、受二天之祜一、胥、皆也、箋云、胥、有二才知一之名也、祜、福也、王者樂三臣下有二才知文章一、則賢人在レ位、庶官不レ曠、政和而民安、天子予レ之以二福祿一、

『文選』巻第一、班孟堅（固）、東都賦、靈臺詩、

於《アヽ》皇《オホキニ》樂胥、良曰、於、美也、美二我皇家之樂一、胥、助語、

『文選』卷第八、司馬長卿（相如）、上林賦、

悲二伐檀一、樂二樂胥一、良曰、伐檀、刺二賢人不遇一、故悲レ之、樂胥、詩名、美三王者得二賢材一、故樂レ之、

「穎陽」

『文選』卷第二十一、郭景純（璞）、游仙詩、

翹《アゲテ》レ迹企《ノソム》二穎陽一、臨レ河思レ洗レ耳、善曰、廣雅曰、翹、擧也、呂氏春秋曰、昔堯朝二許由於沛澤之中一、請屬二天下於夫子一、許由遂之二穎川之陽一、琴操曰、堯大二許由之志一、禪爲二天子一、由以二其言一不レ善、乃臨レ河而洗二其耳一、銑曰、翹、高也、企、擧レ踵也、言思二慕此事一、

『呂氏春秋』卷第二十二、愼行論、求人、

昔者、堯朝二許由於沛澤之中一、曰、十日出而焦火不レ息、不二亦勞一乎、夫子爲二天子一而天下已治矣、請屬二天下於夫子一、許由辭曰、爲二天下之不一レ治與、而既已治矣、自爲與、啁噍巢二於林一、不レ過二一枝一、偃鼠飮二於河一、不レ過二滿腹一、歸已君乎、惡用二天下一、遂之二箕山之下穎水之陽一、耕而食、終身無下經二天下一之色上、

「以道許交（道交）」

お互の德を尊重しての交はり。

『關尹子』（『佩文韻府』に據る。）

道交者父子也、出下于是二非賢愚一之外上、故久二德交一者、則是非二賢愚一矣、故或合或離、事レ交者合則離、

「六義」

『文選』序、

詩序云、詩有二六義一焉、一曰風、二曰賦、三曰比、四曰興、五曰雅、六曰頌、銑曰、六義者、謂歌レ事曰レ風、布レ義曰レ賦、取レ類曰レ比、感レ物曰レ興、政事曰

レ雅、成功曰レ頌、各
隨二作者之志一名也、

「文林」

文學の徒の集まる所。

『後漢書』崔駰列傳第四十二、論、

論曰、崔氏世有二美才一、兼以レ沉二淪典籍一、遂爲二儒家文林一、

「芝蘭之室」

『孔子家語』卷第四、六本、第十五、

與二善人一居、如レ入二芝蘭之室一、久而不レ聞二其香一、卽與レ之化矣、與二不善人一居、如レ入二鮑魚之肆一、久而不レ聞二其臭一、亦與レ之化矣、丹之所レ藏者赤、漆之所レ藏者黑、是以君子必愼下其所二與處一者上焉、

「伐木」

『毛詩』小雅、伐木、

伐木燕二朋友故舊一也、自二天子一至二于庶人一、未レ有下不二須レ友以成一者上、親レ親以睦、友レ賢不レ棄、不レ遺二故舊一、則民德歸レ厚矣、

「伐木聲明」

同心の士を招いて、宴會を樂しむ聲が高らかである。

「挹」

挹《イフ》はくむとよむ。

『文選』卷第十一、孫興公（綽）、遊二天台山一賦、
挹以二玄玉之膏一、漱以二華池之泉一、善曰、毛萇詩傳曰、挹、斟也、揖與レ挹同、山海經曰、密山是生二玄玉一、玉膏之所レ出、郭璞曰、言玉膏中又出二黑玉一、史記曰、崐崘其上有二華池一、向曰、玄玉、華池皆神仙之所レ食也、挹、酌、漱、飲也、

「詞江」

詞の江河、詩文の句の多いのを譬へ云ふ。詞海と同じ。

『全唐詩』卷十五、元稹十二、獻二滎陽公一詩、
森羅萬木合、屬對百花全、詞海跳波湧、文星拂レ坐懸、

「朝夕之池」

『初學記』卷第六、海二、
海曰二百谷王一、海神曰二海若一、海一云二朝夕池一、一云二天池一、亦云二大壑巨壑一、出二老子及風俗通一、

『文選』卷第三十九、枚叔（乘）、上書重諫二吳王一、
游二曲臺一、臨二上路一、不レ如二朝夕之池一、善曰、張晏曰、曲臺、長安臺、臨二道上一、蘇林曰、以二海水朝夕一爲レ池、銑曰、曲臺、漢宮臺名、臨二上路一、言臺下臨二苑路一矣、朝夕池、海也、漢宮池小、故不レ如也、

「淡水景暮」

『禮記』第三十二、表記、
君子之接如レ水、小人之接如レ醴、君子淡以成、小人甘以壞、

文士等の水の如き淡き合宴の中に日が暮れた。

「吹瑩」

『劉勰新論』因顯第二十、

夫火以㆓吹熱㆒生㆑焰、鏡以㆓瑩拂㆒成㆑鑑、火不㆑吹則無㆓外耀之光㆒、鏡不㆑瑩必闕㆓內影之照㆒、故吹成㆓火之光㆒、瑩爲㆓鏡之華㆒、人之寓㆑代、亦須㆓聲譽㆒以發㆓光華㆒、猶㆔凡火鏡假㆓吹瑩㆒也、

「造次」

『論語』里仁、

君子無㆓終㆑食之間違㆑仁、造次必於㆑是、顚沛必於㆑是、馬融曰、造次、急遽也、顚沛、偃仆也、雖㆓急遽偃仆㆒、不㆑違㆓於仁㆒也、

「經緯」

經はたて糸、緯はよこ糸。たて糸とよこ糸とで織成する事。

『文選』巻第四十九、干令升(寶)、晉紀總論、

經㆓違禮俗㆒、節㆓理人情㆒也、善曰、王肅家語注曰、經違猶㆓織以成㆑文、翰曰、節理、謂㆘以㆓節度㆒理㆖人也、

「錦篇」

美しい詩篇。

『全唐詩』巻二十四、羅隱二、七夕、

絡角星河菡萏天、一家懽笑設㆓紅筵㆒、應㆑傾謝女珠璣篋、盡寫檀郎錦繡篇、

「龍鳳」

すぐれた詩文。

『文選』巻第五十二、韋弘嗣(昭)、博弈論、

勇略之士則受ニ熊虎之任一、儒雅之徒、則處《ヲル》ニ龍鳳之署一、善曰、熊虎猛捷、故以譬レ武、龍鳳五彩、故以喩レ文、尚書曰、如レ虎如レ貔如レ熊如レ羆、于《ユク》ニ商郊一、蘇武答ニ李陵一書曰、其於ニ學人一皆如レ鳳如レ龍、向曰、能虎喩レ猛也、龍鳳喩ニ文章一也、署謂ニ文學之司一也、

「三百篇」

『論語』爲政、

子曰、詩三百、一言以蔽レ之、曰思無レ邪、〔疏〕詩卽今之毛詩也、三百者、詩篇大數也、詩有ニ三百五篇一、此擧ニ其全數一也、

「新知」

『文選』巻第三十三、屈平（原）、九歌、

悲莫レ悲ニ兮生別離一、樂莫レ樂ニ兮新相知一、

「結綬」

『文選』巻第二十一、顏延年（延之）、秋胡詩、

脫ニ巾千里外一、結レ綬登ニ王畿一、善曰、巾、處士所レ服、綬、仕者所レ佩、今欲レ官ニ於陳一、故脫レ巾而結レ綬也、漢書、蕭育與ニ朱博一爲レ友、長安諺曰、蕭朱結レ綬、言ニ其相薦達一也、秋胡仕レ陳而曰ニ王畿一、詩緯曰、陳王者所レ起也、銑曰、巾、布衣之服、綬、職事所レ服、千里、謂ニ陳國一、王者所レ起故曰ニ王畿一、

「見ニ三百篇之披陳一、遇ニ新知一而結レ綬、」

『本朝文粹註釋』は、「詩經三百篇の講ぜらるゝを見れば、此の新來の知己にあひて、己も仕へんと欲し」と釋してゐる。「結綬」は『文選』注に見られる如く仕官する意である。併し「三百篇之披陳」は詩經の講義を云ふのでなく、この詩宴での同座の人達の詩を披講するを云ふと考へる。同座の人達の作詩に、新しい趣向を感じ詩功による榮進を確信する意ととりたい。

「十九首」

『文選』巻第二十九、に掲載せられた逸名氏の十九首の詩。

「昇晉」

『文選』巻第十四、班孟堅(固)、幽通賦、
盍二孟レ晉以迨レ群、善曰、應劭曰、盍、何不也、曹大家曰、孟、勉也、晉、進也、迨、及也、

「十九首之昇晉」

「十九首」も文選の「十九首の古詩」を假りて、同座の人達の詩詠を指すと考へ、人々の作詩の稱揚の意と考へる。

「彈冠」

『漢書』巻之七十二、王吉傳、
吉與二貢禹一爲レ友、世稱、王陽在レ位貢公彈レ冠、師古曰、彈レ冠者且入仕也、言其取舍同也、

『文選』巻第三十三、屈平(原)、漁父、
新沐者必彈レ冠、逸曰、拂二土芥一也、新浴者必振レ衣、

「馮二舊契一而彈冠者也」

詩宴の人々の詩を稱揚するにつけても、自分も亦詩功にあやかり、榮進を期待すると云ふ意にとる。

「東平蒼」

『後漢書』光武十王列傳第三十二、東平憲王蒼傳、
東平憲王蒼、建武十五年封二東平公一、十七年進レ爵爲レ王、蒼少好二經書一、雅有二智思一、爲レ人美二須髯一、要帶十圍、

顯宗甚愛熏之、及レ卽レ位拜爲二驃騎將軍一、置二長史掾史員四十人一、位在二三公上一、

「東平蒼之開二東閤一」

『後漢書』列傳第三十上、班固傳、

永平初、東平王蒼、以二至戚一爲二驃騎將軍一、輔レ政開二東閤一延二英雄一、

「周公之風」

周公が天下の賢士を招いた風。

『史記』卷之三十三、魯周公世家第三、

周公戒二伯禽一曰、我文王之子、武王之弟、成王之叔父、我於二天下一亦不レ賤矣、然我一沐三捉レ髮、一飯三吐レ哺、起以待レ士、猶恐レ失二天下之賢人一、子之レ魯、愼無二以レ國驕一レ人、

「西海王」

西海は海西と同じ。西海王は大宰帥宮を指す。『本朝麗藻』卷下、神祇部、に、高積善の「七言、九月盡日、侍二北野廟一、各分二一字一詩一首、」が見え、その中に菅原輔正について、「昔受二任於海西之府一、」（注、輔正は天元四年大宰大貳、天元五年赴任、）と述べてゐる。

「西園」

(1)上林苑、

『文選』卷第三、張平子（衡）、東京賦、

歲惟仲冬、大閱二西園一、綜曰、西園上林苑也、善曰、周禮曰、仲冬教二大閱一、公羊傳曰、大閱者何、簡二車馬一也、後漢書曰、先帝左開二鴻池一、右作二上林苑一、

(2)魏の鄴都之西園、

『文選』巻第三十、沈休文(約)、應二王中丞思遠詠一レ月、

高樓切二思婦一、西園游二上才一、善曰、曹子建七哀詩曰、明月照二高樓一、流光正徘徊、上有二愁思婦一、悲歎有二餘哀一、魏文帝芙蓉池詩曰、乘レ輦夜行游、逍遙步二西園一、丹霞夾二明月一、華星出二雲間一、向曰、高樓、思婦見レ月而思切也、西園、謂二魏氏鄴都之西園一也、文帝每以二月夜一、集二文人才子一、共游二於西園一、

「魯聖之道」

魯聖は孔子を指す。魯聖の道は學問の道の事。

「賢路」

爲政に關はる賢士の路。

『史記』巻之一百三、萬石君列傳第四十三、

萬石君名奮、正義曰、以二父及四子皆二千石一、故號レ奮爲二萬石君一、(中略、奮の子慶が丞相となり牧丘侯に封ぜられ、上書して云ふ。)慶幸得レ待二罪丞相一、罷駑無二以輔治一、城郭倉庫空虚、民多流亡、罪當レ伏二斧質一、上不レ忍レ致レ法、願歸二丞相侯印一、乞二骸骨一歸、避二賢者路一、

「疲驂殆黃焉」

驂《サン》はそへ馬。

『文選』巻第二十、謝玄暉(朓)、新亭渚別二范雲陵一詩、

停レ驂我悵望、輟レ棹子夷猶、善曰、鄭玄毛詩注曰、驂、兩騑也、(注、騑は、轅を夾む兩馬卽ち服の外側の兩馬。)蔡邕初平詩曰、暮宿二河南一悵望、天陰雨雪滂滂、楚辭曰、君不レ行兮夷猶、王逸曰、夷猶、猶豫也、濟曰、驂、馬、輟、止也、夷猶、長望貌、謝在レ陸故云レ停レ驂、范在レ舟故云レ止レ棹、

『文選』巻第二十四、曹子建(植)、贈二白馬王彪一、

脩坂造《イタレリ》二雲日一、我馬玄《クロカリシガ》以黃《キニナンヌ》、善曰、毛詩曰、陟二彼高岡一、我馬玄黃、毛萇曰、玄馬病則黃、向曰、脩、長、造、至也、言至二雲日一者、阪高也、玄黃、馬病也、

「學鹿未レ白矣」

『琅邪代醉編』卷之二十五、白鹿、

鄭弘爲二淮陰太守一、消二息繇賦一政不二煩苛一、郡中大旱、自出行レ春、隨レ車致レ雨、白鹿方レ道俠レ轂而行、弘問二主簿黃國一曰、鹿爲レ吉爲レ凶、國拜賀曰、聞三公車轓畫作レ鹿、明府必爲二宰相一、

この話は『後漢書』鄭弘傳に、「謝承書曰、」として見える。自分の學は未だ宰相の位を得る程になつてゐないの意。

「心顏罔レ厝」

厝《ソ》は措と同じ。おくと讀む。

『文選』卷第三十八、庾元規(亮)、讓二中書令一表、

憂惶屛營、不レ知レ所レ厝、翰曰、屛營、俳佪也、厝、置也、

『文選』卷第三十八、任彦升(昉)、爲二范尙書一讓二吏部封侯一第一表、

奉レ命震驚、心顏無レ措、

「露膽」

『全唐文』卷七百六十五、李遠、蟬蛻賦、

擘レ肌分レ理、有レ謝二於昔時一、露レ膽披レ肝、請從二於今日一、

「學知」

『新序』巻五、雜事第五、

夫天生レ人而使三其耳可二以聞一、不レ學二其聞一則不レ若レ聾、使三其目可二以見一、不レ學二其見一則不レ若レ盲、使三其口可二以言一、不レ學二其言一則不レ若レ喑、使三其心可二以智一、不レ學二其智一則不レ若レ狂、故凡學非二能益一レ之也、達二天性一也、能全二天之所一レ生而勿レ敗レ之、可レ謂二善學者一矣、

「爭」

爭は『色葉字類抄』に、「イカテカ・イツクソ」と讀んでゐる。いかでかと讀む。

『全唐詩』巻十四、盧仝一、客謝レ井、

我縱有二神力一、爭敢將レ公歸、

「匡鼎」

匡鼎は大江匡衡自身を云ふ。漢の匡衡と同名のところから、匡衡の名をかりて述べた。

『漢書』巻之八十一、匡衡傳第五十一、

匡衡字稚圭、東海承人也、父世農夫、至レ衡好レ學、家貧、庸作以供二資用一、尤精力過二絶人一、諸儒爲レ之語曰、無レ説レ詩匡鼎來、服虔曰、鼎、猶レ言レ當也、若レ言二匡且來一也、應劭曰、鼎、方也、張晏曰、匡衡少時字鼎、長乃易二字稚圭一、世所レ傳衡與二貢禹一書、上言衡敬報、下言匡鼎白、知二是字一也、師古曰、服應二説是也、

「桓榮」

65・68條に既述。

○大　意

長保元年己亥歳十月の初、落葉はまだ盡きず、殘つた黄葉は春の錦の様に、林風にのつて舞つて居り、寒菊は猶

殘つて居て、冬の螢が池水に映じて居る様な姿である。こゝに帥の親王は景物を賞して、風雅な遊宴を命ぜられた。この會合には俗客を避け、仙人の様な文士を招かれた。勾曲山の三茅君の仙會の佳例に擬せられ、信美の酒を酌み、心からの樂しみを肴とせられた。許由の潁陽の淸雅な志をまねられた。うるはしい宴の趣は誠に由緒あるものである。まさに今お互に詩を最高の友とする人士が、お互に尊敬し合つて交友し、詩の六義の趣を各自の心の中にきざみ、他の諸藝は皆異趣のものとして退け、文學にのみ生きる者達の香り高い會合の席となし、同心の士の和樂の聲が高らかである。様々な詩詞を以て、幾篇もの作詩を巻き、文人達の淡交の中に日暮れとなつた。相互に美麗な詩句を彫琢し、風月を忽ちの中に詠じあげ、錦の様な詩篇を作り上げ、秀麗な詩の想をこらすに至つた。同心の苦心の詩を講ずるのを見れば、新種の趣向を覺え、この詩の功に據り、榮進する事が確實と思はれ、お互の上達した詩に對し、稱揚し合ふものである。時に日は既に暮れ、夜も亦た良夜である。同座の識者に次の様に語る者があつた。昔東平王蒼が東閣を開いて賢者を招いたのは、唯周公が天下の賢士を招聘した風をまね傳へたのであるのに對し、今帥の宮がその西園に詩宴を催されたのは、魯の聖孔子の詩・經の道をひろめられたものであると。自分は賢者の道よりはづれる事程遠く、疲馬も殆んど病める狀態である。詩文の通りに遊學する事四十年なるも、未だその學は評價を受けず十分な出世も出來ないでゐる。それなるに猥りに今日の勝事を記し、誠に癡がましい限りである。

この聖明の御代に文學を好み古經を學ぶ日常で、ひたすら詩篇を友として幾年も送つた。古賢をしたひ詩詠をなし、已の心底を詠じ出すべきであるが、生得の知能は學んでもさしたる發展はなく、たゞ風情の儘に詩作するのみである。秋月の中、同座の文人達は何れも麗句を詠じ出し、それ〴〵に榮達の道を進んで行く。自分は一心に元稹集・白樂天集にすがりつき、何とかして桓榮の様な榮譽を得たいものだ。

96　閑伴《ニフハ》唯琴酒《ノミ》、

詩朋何以《ヲテカ》稱《カナフ》二閑伴《ニ》一、琴酒在《リテ》レ傍《ニ》只任《ス》レ情《ニ》、誘二引《シテ》桐孫《ヲ》一爲《シ》二久契《ト》一、提二携《シテ》蓮子《ヲ》一不二相《ヒ》争《ハ》一、絃《ハ》應《ニ》《ク》レ結《ブ》レ綬《ヲ》風中《ニ》撫《ス》、戸《ハ》是《レ》同門《ニシテ》月下《ニ》傾《ク》、遮莫諠諠《タル》名利《ノ》士、七賢之外《ニ》有《リ》二匡衡一、

○考　說

「桐孫」

桐の孫枝、引いては琴その物を云ふ。

『庾子山集』巻四、詠樹、

楓子留レ爲レ式、桐孫待レ作レ琴、風俗通曰、梧桐生二於嶧陽山巖石之上一、采二東南孫枝一爲レ琴、聲清雅、周禮鄭注曰、孫枝、竹之末レ生者也、桐孫亦然、

『本朝文粹』巻第八、源順、後三月、陪二都督大王華亭一、同賦二今年又有レ春、各分二一字一、應レ教、

停二蓮子一兮清談、或撫二桐孫一兮朗詠、

「蓮子」

蓮子は蓮の實。又、坏の名。『色葉字類抄』中、に、「蓮子《レンシ》、坏名、」とある。前條桐孫の所に引いた源順の賦に見える。

『白氏長慶集』巻十八、房家夜宴喜レ雪、戯贈二主人一、

酒鈎送レ盞推二蓮子一、燭涙粘レ盤壘二蒲萄一、

「戸」

戸は、飲酒の度酒戸を云ひ、上戸・下戸と云ふ。

『全唐詩』巻十五、元稹二十八、春遊、

酒戸年年減、山行漸漸難、

「遮莫《サモアラハアレ》」

『色葉字類抄』下、

遮莫サマアラハレ サモアラハレ　任他同、

『全唐詩』巻七、岑参四、

百尺原頭酒色殷、路傍驄馬汗斑斑、別レ君祇有二相思夢一、遮莫千山與二萬山一、

「諠諠」

諠《ケン》は喧《ケン》と同じで、やかましい事。諠囂と同じ。

『文選』巻第二十二、謝惠連、泛レ湖歸出二樓中一翫レ月、

近矚祛二幽蘊一、遠視盪二諠囂一、善曰、李奇漢書注曰、祛、開散也、王逸楚辞注曰、蘊、積也、鄭玄禮記注曰、聞二諠囂一則人意動作、銑曰、矚、望、祛、除、幽、靜、藴、積、盪、洗、諠、聒、囂、氣也、

「名利士」

名聞と利益を追求する人。

『全唐詩』巻五、崔顥、行經二華陰一、

河山北枕秦關險、驛樹西連漢畤平、借問路傍名利客、無レ如三此處學二長生一、

「七賢」

竹林の七賢を云ふ。

『晉書』列傳第十九、嵇康傳、

(嵇康が)所二與神交一者、惟陳留阮籍、河内山濤、豫二其流一者、河内向秀、沛國劉伶、籍兄子咸、琅邪王戎、遂爲二竹林之游一、世所謂竹林七賢也、

○大　意

閑寂の中に在り、詩の想ひを凝らす時、何が最高の伴侶かと云ふと、琴と酒である。琴と酒は傍に在つて只詩情のまゝに隨ふ。琴を永い間いざなつて友となし、酒坏を厭く事なくたづさへて來た。琴はいづれ榮達の日もあるかと撫して來た。酒は平生の友として月明毎に傾けて來た。諠々として名利を追ひもとめる人士は別として、自分は竹林の七賢と同じく、清純に文學の道にいそしんでゐる。

97　冬《ノ》日同《ジク》賦《ス》二琴酒因《リテ》レ客《ニ》催《スヲ》一、以レ逢爲レ韻、

愛《シ》レ客《ヲ》凌晨《ヨリ》及《ブ》二下春《ニ》一、只催《シテ》二琴酒《ヲ》一共《ニ》相《ヒ》逢《フ》、幽蘭《ノ》風自《ラ》迎《ヘテ》レ門《ニ》馥《リ》、甘竹《ノ》露隨《ツテ》レ解《クニ》レ榻《ヲ》濃《シ》、月舘清談流水《ノ》曲、

華筵謁二見[1]《ス》玉山《ノ》容《ニ》一、獨蹔[2]《ヅ》二焦尾《ニ》一心如《シ》レ醉《ヘルガ》、爭《カ》以《テ》二一言《ヲ》一達《セン》二九重《ニ》一、

○校　異

①「見」＝底本「者」に作る。『日本詩紀』により訂す。　②「慙」＝『日本詩紀』「整」に作る。

○考　説

「凌晨」

あかつきをしのいで行動する意。又、早朝の意。

『白氏長慶集』巻十六、宿二西林寺一、早赴二東林満上人之會一、因寄二崔二十二員外一、

薄暮蕭條投レ寺宿、凌晨清淨與レ僧期、

「下舂」

下舂《カシヨウ》は日暮れの意。うすづくのを止める時。

『淮南子』巻第三、天文訓、

日出二于暘谷一浴二于咸池一、拂二于扶桑一、是謂二晨明一、拂、猶レ過、言二日至一、（中略）至二于連石一、是謂二下舂一、連石、西北山名、言將欲二冥下一、象レ悉レ舂、故曰二下舂一、

「幽蘭」

84條に既述。

「甘竹」

『本草綱目』巻三十七、木部、竹、

弘景曰、竹類甚多、入レ藥用二篁竹一、次用二淡苦竹一、又一種薄殼者名甘竹、葉最勝、

頌曰、（中略）甘竹似レ篁而茂、卽淡竹也、

「甘竹露」
酒を云ふと思はれる。竹葉酒を云ふか。
『全漢三國晉南北朝詩』全晉巻二、張華、輕薄篇、
蒼梧竹葉淸、宜城九醞醝、浮醪隨レ觴轉、素蟻自跳レ波、
「解レ榻」
榻《タフ》はこしかけ。
『釋名』巻第六、釋牀帳第十八、
人所二坐臥一曰レ牀、牀裝也、所二以自裝載一也、長狹而卑曰レ榻、言二其榻然近レ地也、
榻を解くと云ふ辭は見られぬが、下レ榻と云ふ辭があり、客に接する意である。これに對して懸レ榻と云ふ辭がある。これは客を拒む意である。これから類推して解榻を客と快く交はる意ととる。
『後漢書』列傳第四十三、徐穉傳、
蕃（注、豫章の太守陳蕃。）在レ郡不レ接二賓客一、唯穉來特設二一榻一、去則懸レ之、
「流水曲」
『全漢三國晉南北朝詩』全北魏、溫子昇、春日臨レ池、
徒自臨二濠渚一、空復撫二鳴琴一、莫レ知二流水曲一、誰辯二遊魚心一、
溫子昇の詩に據れば、流水曲は琴曲名である。
『呂氏春秋』巻第十四、本味、

伯牙鼓レ琴、鍾子期聴レ之、方レ鼓レ琴而志在二太山一、鍾子期曰、善哉乎鼓レ琴、巍巍乎若二太山一、少選之間而志在二流水一、鍾子期又曰、善哉乎鼓レ琴、湯湯乎若二流水一、鍾子期死、伯牙破レ琴絶レ絃終身不二復鼓一レ琴、以爲世無下足二復爲鼓一レ琴者上、

これは韻律の流水の如きを云ふ。

「玉山容」

美しい容姿。

『晉書』列傳第五、裴楷傳、

楷字叔則、（中略）楷風神高邁、容儀俊爽、博渉二群書一、特精二禮義一、時人謂二之玉人一、又稱、見二裴叔則一、如レ近二玉山一、照二暎人一也、

『世説新語』容止第十四、

山公（注、山濤、）曰、嵆叔夜之爲レ人也、巖巖若二孤松之獨立一、其醉也、傀俄若二玉山之將一レ崩、

「焦尾」

『後漢書』列傳第五十下、蔡邕傳、

在レ呉呉人有二燒レ桐以爨者一、邕聞二火烈之聲一、知二其良木一、因請而裁爲レ琴、果有二美音一、而其尾猶焦、故時人名曰二焦尾琴一、傳玄琴賦序曰、齊桓公有二鳴琴一曰二號鍾一、楚莊有二鳴琴一曰二繞梁一、司馬相如緑綺、蔡邕有二焦尾一、皆名器也、

焦尾はこの詩では琴の意。

○大　意

來客を喜び、早朝から夕暮れ迄樂しんだ。只酒と琴とでもてなした。風にのつて幽蘭の馥郁たる香りが客を門に迎へ、榻をすゝめて酒盃が重なつた。月光にてらされた客亭で、流水の曲をきゝつゝ清談を交はした。はなやかな宴の筵で、客の麗しい姿に接見した。自分はゆかしい琴の音色の中で、うつとりとして、現状にあまんじてゐるのが恥づかしい。何とか九重に自分の存在を認めていたゞきたい。

（飮食部）

98　七言、初冬於二左親衛藤亞將亭《ノ》一、同賦《ジクス》二煖《メテ》レ寒飮《ムヲ》レ酒《ヲ》、以レ盃爲レ韻、幷序、

昔者孔宣父誡《メテ》二其子《ヲ》一曰《ク》、不レ學《バレバ》レ詩《ヲ》無《シ》二以言《テフヿ》一也、不レ學《バレバ》レ禮《ヲ》無《シ》二以立《テツヿ》一也、微言不レ朽《シテチ》二于今《ニ》一而存《ス》、然而《レドモ》去《ルヿ》レ聖《ヲ》漸《ク》遠《ク》、吾道《ガ》殆衰《ヘタリ》、彼淺見蕪穢《ノ》者、廢《シテ》二學稼《ヲ》一以或就《テハキ》二農商《ニ》一、不羈放逸《ノ》者、侮《リテ》二詞鋒《ヲ》一以多事《テクトス》二弓馬《ヲ》一、凡厥《ソノ》碩儒奧學、慨然《トシテ》以戀《テフルヿ》レ古《ヲ》日久《シ》、於《テ》レ是《ニ》當時王卿大夫三四輩、能《ク》レ詩《シヲ》敦《クシヲ》レ禮興《シ》レ廢《レタルヲ》繼《グ》レ絶《ヘタルヲ》、所謂左親衛藤亞相是《レ》其《ノ》一也、觀《レバ》夫《レ》、近《ヅキ》二金罇《ニ》一以變《テジ》レ寒《ヲ》、酌《ミテ》二玉盞《ヲ》一以就《テク》レ暖《ニ》、手《モテ》擧《グレバ》レ白《ヲ》則《チ》山雪不《シテ》二宗朝《セ》一而早盡《クキ》、顏染《マレバ》レ紅《ニ》則洞花不《シテ》レ侍《タ》レ春《ヲ》而先開《ヅク》、退《キ》二熊席《ヲ》一以置《テキ》二淮泗《ヲ》一、却《ツテ》識《リ》二衞靈公之鑿《テルヲ》レ池《ヲ》、拋《チテ》二狐裘《ヲ》一以攜《テヘ》二聖賢《ヲ》一、追《ツテ》咲《ク》二楚《ノ》莊王之當《ルヲ》レ戶《ニ》、到《リテハ》レ如《キニ》二夫《ノ》十分《ニシテ》不《ズ》レ厭《カ》五斗《ニシテ》解《クガ》レ酲《ヲ》、醉鄉氏之國四時獨誇《リ》二溫和之天《ヲ》一、酒泉郡之民一頃《ダモ》未《ダ》レ知《ラ》二沍陰之地《ヲ》一者也、于レ時、詣《ル》レ門《ニ》者皆俊才諸稱《ナリ》、不レ遠《シトセ》二千里《ヲ》一而鼂趁《ス》、滿《ツル》レ架《ニ》者亦竹牒芸縑《ニシテ》、□《ル》弁《セテ》二百家《ヲ》一鳩集《ス》、匡衡進《ミテハ》則不レ能《ハ》レ趨《スルヿ》二朝市《ニ》一、退《キテモ》亦不レ能《ハ》レ居《スルヿ》二巖穴《ニ》一、白日走《リテ》而生涯半《バ》暮《レ》、青雲隔《リテ》而死灰長《ヘニ》寒《シ》、乘《ジ》レ興《ニ》醉謳《スル》有《ラン》二何《ノ》面目《カ》一、云レ爾、

煖《ムルニハ》レ寒《ヲ》皆導[1]《ナフ》酒《ヲ》爲《スト》レ媒《ト》、燕飮不レ知《ラ》二幾許盃《ナルカヲ》一、蘸甲自然《ニ》消《ス》二日月《ヲ》一、開《クハ》レ眉《ヲ》何必《ゾズシモ》在《ラン》二爐灰《ニ》一、醉中《ノ》暖露折籌識《ル》、曆外春[2]風隨レ戶催、汝號二忘憂一吾未レ信、豈因[3]三吾載歷二霜臺一、

○校　異

①「導」＝底本傍注「一作導」あり。②「春」＝『日本詩紀』「巻」に作る。③「因」＝底本「圖」に作る。『日本詩紀』に據り改む。

○考　説

「盃」

盃は杯の俗字で、上平聲十灰の韻。

「左親衞藤亞相」

不詳。この詩に「歴霜臺」とある所、匡衡が彈正少弼に任じられたのは永觀二年（九八四）十月卅日である。これ以後の左大將大納言を求めると、寛和三年（九八七）から永延三年（九八九）六月廿七日迄が大納言藤原朝光で、永祚二年（九九〇）六月一日から正暦六年（九九五）四月廿三日迄大納言藤原濟時である。長德二年（九九六）九月八日大納言藤原公季が左大將に任じられたが、長德三年公季は内大臣となつた。以后匡衡の歿する長和元年（一〇一二）迄大納言の大將はない。

「煖レ寒飲レ酒」

『和漢朗詠集』卷下、雜、酒、に、「暖レ寒從二飲酒一」として江匡衡のこの序中の長句を載せてゐる。

「孔宣父」

孔子の事。

『琅邪代醉編』卷之二十九、孔子稱號、

魯哀公誄二孔子一爲二尼父一、西漢平帝謚二孔子一爲二褒成宣尼父一、東漢和帝封爲二褒尊侯一、隋文帝贈爲二先師尼父一、唐

太宗升爲二先聖一、高宗贈爲二大師一、玄宗謚爲二文宣王一、宋眞宗謚爲二玄聖文宣王一、繼改二至聖文宣王一、（後略）

「不學詩云々」

『論語』季氏、

陳亢問二於伯魚一曰、（注、陳亢卽子禽、伯魚卽鯉、）子亦有二異聞一乎、〔註〕馬融曰、以爲、伯魚孔子之子、所レ聞當レ有レ異也、對曰、未也、嘗獨立、〔註〕孔安國曰、獨立、謂二孔子一也、鯉趨而過レ庭、曰、學レ詩乎、對曰、未也、曰、不レ學レ詩無二以言一也、鯉退而學レ詩、他日又獨立、鯉趨而過レ庭、曰、學レ禮乎、對曰、未也、不レ學レ禮無二以立一、鯉退而學レ禮、聞二斯二者一矣、陳亢退而喜曰、問レ一得レ三、聞レ詩聞レ禮、又聞二君子之遠一其子一也、

「微言」

『文選』卷第四十三、劉子駿（歆）、移レ書讓二太常博士一一首、

及二夫子沒而微言絕、七十子卒而大義乖一、善曰、論語讖曰、子夏六十四人、共撰二仲尼微言一、濟曰、夫子、孔子也、沒、死也、微言、要妙之言也、七十二子、謂二孔子弟子達者之數一也、大義、謂二詩書禮樂之義一也、

「蕪穢」

『文選』卷第三十三、宋玉、招魂、

主二此盛德一兮、牽二於俗一而蕪穢、逸曰、牽、引也、不レ治曰レ蕪、多レ草曰レ穢、言己施行常以二道德一爲レ主、以レ忠事レ君、以レ信結レ交、爲二俗人一所二推引一、德能蕪穢無レ所レ用也、良曰、主、守也、言己主二執仁義忠信之德一、爲二讒佞一所二牽迫一、使二荒蕪穢汚而不レ得レ進、

「學稼」

穀物を植ゑる事を學ぶ意。轉じて學問。

『論語』子路、

樊遲請レ學レ稼、子曰、吾不レ如二老農一〔註〕馬融曰、樹二五穀一曰レ稼、

『本朝文粋』巻第六、奏状中、申官爵、請下殊蒙二天恩一、依二検非違使勞一、兼中任越前尾張等國守闕上狀、大江匡衡、

匡衡不レ種二一頃之田一、積二學稼一爲二口中之食一、不レ採二一枝之桑一、織二文章一爲二身上之衣一、

「詞鋒」

文の詞句のするどい事。

『庚子山集』巻十三、周上柱國齊王憲神道碑、

水湧二詞鋒一、風飛二文雅一、

『分類補註李太白詩』巻十五、魏郡別二蘇明府一因北游、

洛陽蘇季子、（注、『史記』に、「蘇秦洛陽人、字季子、」）劍戟森二詞鋒一、

「碩儒」

大學者。碩は大の意。

『文選』巻第四十八、揚子雲（雄）、劇秦美新、

是以耆儒碩老、抱二其書一而遠遜、良曰、耆、舊、碩、大也、大老謂二老儒一也、遜、逃也、

「奥學」

奥深い學問、又その人。

『全唐詩』巻二十七、李中一、獻二徐舍人一、

清名喧二四海一、何止並二南金一、奥學群英伏、多才萬乘欽、

「金罇」

罇《ソン》は酒を入れるかめ。樽・瓴・墫、皆同じ。

『文選』巻第三十、謝靈運、石門新營レ所レ住、四面高山迴溪石瀬茂林脩竹、

芳塵凝二瑤席一、清醑滿二金樽一、善本作レ樽、善曰、庾闡楊都賦曰、結二芳塵於綺疏一、楚辭曰、瑤席兮玉瑱、毛詩曰、飲二北醑一矣、曹子建樂府詩曰、金樽玉杯不レ能レ使二薄酒更厚一、

「擧白」

白はさかづき。擧白は酒を飲む事。

『文選』巻第五、左太沖（思）、吳都賦、

里讌巷飲、飛レ觴擧レ白、劉曰、白、罰爵名也、

『淮南子』巻第十二、道應訓、

魏文侯觴二諸大夫於曲陽一、飲レ酒酣、文侯喟然嘆曰、吾獨無三豫讓以爲二臣子一、豫讓事二知伯一而死二其難一、故文侯思二以爲一レ臣、蹇重擧レ白而進レ之、蹇重文侯臣、擧レ白、進レ酒也、曰請浮レ君、浮猶レ罰也、以レ酒罰レ君、君曰、何也、對曰、臣聞レ之、有レ命之父母、不レ知二孝子一、有レ道之君、不レ知二忠臣一、夫豫讓之君亦如何哉、豫讓相二其君一君見レ殺、亦何如不レ足レ貴也、文侯受レ觴而飲、釂不レ獻、釂、盡也、

『漢書』巻之一百、敍傳第七十上、

自二大將軍薨一後、師古曰、王鳳、富平定陵侯張放淳于長等始愛幸、出爲二微行一、行則同レ輿執レ轡、入侍二禁中一設二宴飲之會一、及趙李諸侍中、皆引レ滿擧レ白、師古曰、謂引二取滿觴一而飲、飲訖擧レ觴告白二盡不一也、一說白者罰爵之名也、飲有二不レ盡者一、則以二此爵一罰レ之、談关大噱、師古曰、关、古笑字也、噱噱、笑聲也、

「宗朝」

朝宗の事、川水が集まり流れて海にそゝぐ事。此所では雪が深く積もる事。

『詩經』小雅、沔水、

沔彼流水、朝二宗于海一興也、沔、水流滿也、水猶有レ所二朝宗一、箋云、興者、水流而入レ海、小就レ大也、喩下諸侯朝二天子一亦猶上レ是也、諸侯春見二天子一曰レ朝、夏見曰レ宗、

「洞花」

『全唐詩』卷二十、許渾四、曉過二鬱林寺一戲呈二李明府一、

洞花蜂聚レ蜜、岩柏麝留レ香、若指二求仙路一、劉郎學二阮郎一、

「熊席」

熊皮の敷物。

『呂氏春秋』卷第二十五、四曰分職、

衛靈公天寒鑿レ池、靈公襄公之子、宛春諫曰、天寒起レ役恐傷レ民、傷、病也、公曰、天寒乎、宛春曰、公衣二狐裘一坐二熊席一、陬隅有レ竈、是以不レ寒、今民衣弊不レ補《タスケ》、（注、補は俌・輔に同じ、たすく。）履決不レ組、君則不レ寒矣、民則寒矣、

「淮泗」

淮水と泗水。「置二淮泗一」は酒を淮水・泗水の如く多く置く。

『文選』卷第五、左太沖（思）、吳都賦、

置レ酒若二淮泗一、積レ肴若二山丘一、善曰、左傳晉穆子曰、有レ酒如レ淮、有レ肉如レ坻、

「衛靈公鑿レ池」

上述。

「狐裘」

狐裘は狐白裘の事で、狐の腋の下の白い毛を集めて作った皮衣。

『漢書』卷之八十一、匡衡傳、

夫富貴在ㇾ身、而列士不ㇾ譽、是有二狐白之裘一而反二衣之一也、（師古曰、狐白謂二狐掖下之皮一、其毛純白、集以爲ㇾ裘、輕柔難ㇾ得故貴也、反二衣之一者、以二其毛在一ㇾ內也、今人則以二背毛一爲ㇾ裘、而弃二其白一、蓋取二厚而溫一也、）

『詩經』秦風、終南、

君子至止、錦衣狐裘、（錦衣、采色也、狐裘、朝廷之服、箋云、至止者、受二命服於天子一而來也、諸侯狐裘錦衣以裼ㇾ之、）

「聖賢」

92條に既述。清濁の酒。

「唉楚莊王之當戶」

典據不詳。意味も未詳。

楚の莊王は卽位して三年、「不ㇾ出二號令一、日夜爲ㇾ樂、令二國中一曰、有二敢諫者一死、無ㇾ赦、」とした王で、伍擧・蘇從の諫により、兩人に國政を任せ、天下を一統した。

當戶は『漢書』宣帝紀、甘露三年、春正月、に、「其左右當戶之群皆列觀、（孟康曰、左右當戶、匈奴官名、）」とあり、當戶が匈奴の官名であるが、別に戶に當ると云ふ言葉があり、戶口に坐する意がある。

『文選』卷第二十九、古詩十九首の第十二首、

被二服羅裳衣一、當ㇾ戶理二清曲一、（銑曰、羅裳衣、喩ㇾ有二禮儀一也、當ㇾ戶、謂ㇾ志二慕明一也、理二清曲一、謂ㇾ脩二學業一也、）

『禮記』第三、檀弓上、

孔子蚤《ツトニオキ》作、負レ手曳レ杖消二搖於門一、歌曰、泰山其頽《クヅレナンカ》乎、梁木其壞《ヤブレナンカ》乎、哲人其萎《ヤミナンカ》乎、既歌而入當レ戸
而坐、

この序では假りに莊王が戸口に坐して寒さを體驗する意ととる。

「十分不レ厭」

十分に飲んでも、尚ほ、あく事を知らない意。

「解レ酲」

二日醉ひをさます意。酲は『詩經』小雅、節南山、に、「憂心如レ酲、病レ酒曰レ酲、」とある。宿醉の意。

『世說新語』任誕第二十三、

劉伶病レ酒渴甚、從レ婦求レ酒、婦捐レ酒毀レ器、涕泣諫曰、君飮太過、非二攝生之道一、必宜レ斷レ之、伶曰、甚善、我不レ能二自禁一、唯當下祝二鬼神一自誓斷上レ之耳、便可レ具二酒肉一、婦曰、敬聞レ命、供二酒肉於神前一、請レ伶祝誓、伶跪而祝曰、天生二劉伶一、以レ酒爲《ナサシム》レ名、一飮一斛、五斗《ニシテ》解レ酲、婦人之言、愼不レ可レ聽、便引レ酒進レ肉、隗然已醉矣、

「醉鄕氏之國」

『全唐文』卷百三十二、王績二、醉鄕記、

醉之鄕、去二中國一不レ知二其幾千里一也、其土曠然無レ涯、無二邱陵阪險一、其氣和平一揆、無二晦明寒暑一、其俗大同、無二邑居聚落一、其人甚精、無二愛憎喜怒一、吸レ風飮レ露、不レ食二五穀一、其寢于于、其行徐徐、與二鳥獸魚鼈一雜處、不レ知レ有二舟車器械之用一、

「酒泉郡」

『漢書』巻之二十八、地理志第八下、

酒泉郡、武帝太初元年開、莽曰二輔平一、應劭曰、其水如レ酒、故曰二酒水一也、

『杜工部詩集』巻第一、飲中八僊歌、

汝陽三斗始朝レ天、道逢二麹車一口流レ涎、恨不三移レ封向二酒泉一、

『拾遺記』巻第九、晉時事、

武帝爲二撫軍一時、（中略）有二一羌人一、姓姚名馥字世芬、（中略）常歎云、九河之水、不レ足三以漬二麹蘖一、八藪之木不レ足三以作二薪蒸一、七澤之麋不レ足三以充二庖俎一、凡人禀二天地之精靈一、不レ知レ飲レ酒者、動肉含氣耳、何必木二偶《ニセンヤ》於心識一乎、好啜二濁糟一、常言渴二於醇酒一、群輩常弄二狎之一、呼爲二渴羌一、及二晉武踐一レ位、（中略）擢爲二朝歌邑宰一、馥辭曰、老羌異域之人、遠隔二山川一、得レ遊二中華一、已爲二殊幸一、請辭二朝歌之縣一、長充二養馬之役一、時賜二美酒一、以樂二餘年一、帝曰、朝歌紂之故都、地有二美酒一、故使三老羌不二復呼一レ渴、馥於二堦下一高聲而對曰、馬圉老羌漸染二皇化一、溥天夷貊皆爲二王臣一、今若歡二酒池之樂一、更爲二殷紂之民一乎、帝撫二玉几一大悦、卽遷二酒泉太守一、地有二清泉一、其味若レ酒、馥乘レ醉而拜二受之一、遂爲二善政一、民爲立二生祠一、

「一頃」

『史記』巻之四十七、孔子世家第十七、

孔子冢大一頃、故所レ居堂、弟子內、後世因廟《トシ》、藏二孔子衣冠琴車書一、

頃は土地の廣さで百畝である。六尺四方を歩とし、百歩を畝とする。酒泉郡内の一頃は廣い地域とは云へない。

従つて酒泉郡内は一頃の地たりとも、沍陰の地はないの意。

「沍陰」

沍は冱の譌字。

『文選』巻第十五、張平子(衡)、思玄賦、

清泉沍而不レ流、銑曰、沍、凍也、

『梁簡文帝昭明太子集序』

玄冥戒レ節、沍陰在レ歳、

「諸稱」

稱は稱の俗字。稱はほまれの意。諸稱はもろ〳〵の稱首の意。

『文選』巻第四十八、司馬長卿(相如)、封禪文、

前聖所三以永保二鴻名一、而常爲二稱首一者用レ此、向曰、永、長也、鴻、大也、言古先聖帝明王、所下以長二保大名一爲中王者之首上者、用二此道一也、

「鳬趍」

鳬は野がも、鳬趍はかもの様にはせ集まる意。

「竹牒」

竹牒は竹のふだ。竹帛・竹簡に同じく、書物を云ふ。

『本朝文粋』巻第六、奏狀中、申官爵、大江匡衡、請下特蒙二天恩一、依二尾張國所レ濟功、幷侍讀勞一、被上レ拜二美濃守闕一狀、

御元服賀表、染二松筆一而祈二千年一、大宋國報書、載二竹牒一而傳二萬里一、

『拾遺記』卷六、後漢、

劉向於㆓成帝之末㆒、校㆓書天祿閣㆒、專㆑精覃㆑思、夜有㆓老人㆒、着㆓黃衣㆒植㆓青藜杖㆒、登㆑閣而進、見㆓向暗中獨坐誦㆒㆑書、老父乃吹㆓杖端㆒煙燃、因以見㆑向、說㆓開闢已前㆒、向因受㆓五行洪範之文㆒、恐㆓辭說繁廣忘㆒㆑之、乃裂㆓裳及紳㆒、以記㆓其言㆒、至㆑曙而去、向請㆓問姓名㆒、云我是太一之精、天帝聞㆔金卯之子有㆓博學者㆒、下而觀《セシム》焉、乃出㆓懷中竹牒㆒、有㆓天文地圖之書㆒、余略授㆑子焉、至㆓向子歆㆒、從㆑向授㆓其術㆒、向亦不㆑悟㆓此人㆒焉、

「芸縑」

芸は芸香、縑はかとりぎぬ。白い縑素は多く書畫を描くに用ゐる。この序では書物の意。

『夢溪筆談』（『佩文韻府』に據る。）

古人藏㆑書、辟㆑蠹用㆓芸香㆒、謂㆓之芸草㆒、葉類㆓豌豆㆒、秋間葉上微白、如㆑汚㆑粉、辟㆑蠹殊驗、

『釋名』釋采帛、

縑兼也、其絲細緻、（中略）細緻不㆑漏㆑水也、

『五代史』卷第三十四、一行傳第二十二、鄭遨傳、

遨好㆓飲酒奕棊㆒、時時爲㆓詩章㆒、落㆓人間㆒、人間多寫以㆓縑素㆒、相贈遺以爲㆑寶、

『本朝文粹』卷第三、對冊、陳㆓德行㆒、田口齊名の對、

是皆謂㆑德謂㆑行、芸縑載而無㆑刊、有㆑實有㆑賓、竹牒編而不㆑朽者也、

「百家」

『文選』卷第三十六、任彥升（昉）、天監三年策㆓秀才㆒文、

六藝百家、庶非レ牆《カキスルニ》レ面、善曰、周禮、保レ氏養二國子一以レ道、乃教二之六藝一、一曰五禮、二曰六樂、三曰五射、四曰五御、五曰六書、六曰九數、論語、子謂二伯魚一曰、汝爲二周南召南一矣乎、人而不レ爲二周南召南一、其猶二正牆レ面而立一也、翰曰、百家、謂二諸子一、凡有二一百八十九家一、言レ百擧二其大數一、牆レ面、謂二面向レ牆而無レ所レ見者一、

「朝市」

『文選』巻第二十二、王康琚、反招隱詩、

小隱隱二陵藪一、大隱隱二朝市一、

「死灰」

火の氣のない灰。

『史記』巻之一百八、韓長孺列傳第四十八、

其後安國坐レ法抵レ罪、蒙獄吏田甲辱二安國一、蒙、縣名、安國曰、死灰獨不二復然一乎、田甲曰、然卽溺レ之、

「導」

導は道に同じ。いふと讀む。

『荀子』榮辱篇、

故君子道二其常一、而小人道二其怪一、道、語、

「燕飮」

さかもりする意。

『詩經』大雅、鳧鷖、

爾《ナンヂノ》酒既清、爾殽既馨、公尸燕飮、福祿來成、

「蘸甲」

蘸《ケン》はひたす。甲は爪甲。盃になみ〳〵とついだ酒がこぼれて指をぬらす事により、蘸甲は一杯についだ酒を云ふ。

『全唐詩』巻十九、杜牧五、後池泛レ舟送二王十一

爲レ君蘸甲十分飲、應レ見離心一倍多、

「折籌」

不明。籌はかずとりの矢の意。或は指籌の誤りか。指籌はかずさしと讀み、射禮・賭弓・競馬・歌合等々の勝負の數を檢する爲め矢の樣な物を用ゐる。『西宮記』巻八、宴遊、歌合に、天德四年（九六〇）三月卅日の內裡歌合を記して、「童女執二指籌洲濱一參入、」とあり、又同じく「酒座事」の條に、「主客獻酬之儀見二酒式一」として、「十巡以上到者、可レ行二七盃一、非二錄事一措二手籌一、罰三杯、滴瀝、三遲、一遲不レ得二通風一、二遲頃二（須カ）間架句一（勾カ）、三遲不得修之（悠々カ）、」とあり、恐らく酒杯の數、卽ち飮酒の量を意味するか。

「忘憂」

『文選』巻第三十、陶淵明（潛）、雜詩、

秋菊有二佳色一、裛《マトフテ》レ露掇《トル》二其英《ハナヒラ》一、泛二此忘憂物一、遠二我達世情一、善曰、文字集略曰、裛、坌レ衣香也、然露坌レ花亦謂二之裛一也、良曰、掇、采、英、花也、菊有二佳色一、故乘二裛露一而采レ之、泛二之於酒一自飮二天性一、故遠下達二世上一之情上不レ若レ我也、忘憂物謂レ酒也、

「霜臺」

『職原鈔』下、

彈正臺、唐名御史臺、又云二憲臺一、又霜臺、

○大　意

昔孔子は其子伯魚を誡めて次の様に云つた。詩を學ばなければ一人前の事が云へない。禮を學ばなければ人の中に在つて一人前に振舞へないと。この要妙の言は朽ちる事なく今日に傳はつてゐる。併し聖人の世からは遙かに遠く、儒學の道も殆んど衰へてしまつた。あの見識も狹くすさみいやしき者が、學問を捨てゝ、或は農商に就いて利を追ひ、常規を無視して放逸の者は、詩文の詞句を錬る事を侮り、弓馬の鍛錬をつとめる有樣である。かの鴻儒達は世の趨勢をなげき、古へを戀ひしたふ事が久しい。かくて當時の王卿大夫の數輩の者が、詩に通じ禮を重んじ、廢絕した古儀を繼承してゐる。左親衞藤大納言はその中の雄である。かくの如き次第で本日藤亞相亭で、金罇より酒を玉杯に酌み、夫々が寒を變じて暖に就いた。酒杯を傾ければ山雪も積もる事なく早くも消え、顏が紅潮すれば春にもならぬ中に花が咲いた樣である。宴の豐かな酒にすつかり體が暖かくなり、敷物もさけ、衞の靈公が天寒の候に貧しい庶民に池を掘らせた思ひやりのなさをあざけり、酒杯を含みつゝ暖かさに上衣も脫して、楚の莊王が戶口に座して寒さを體驗した傳說を咲ふ。十二分に宴酒に醉つて、恰も醉鄉氏の民が四時溫和の天候を誇り、酒泉郡の民が寒冷の所があるならば行つて見たいと思ふ程の心持である。當今藤大納言の門を訪れる人は、悉く俊才で夫々の道の稱首であり、何れも千里を遠しとせず集まり來る者であり、大納言の書架には百家の諸書が集められて居る。自分は積極的に朝市に榮進も出來ず、さればと云つて巖穴に隱遁も出來ず、中途半端な儘、月日を送り、生涯も半ば過ぎ、靑雲の日は遠ざかり死灰の如き身は全く寒々と覺える。然るにその樣な身の自分が興に乘じて醉謳する事は、誠に面目ない次第である。

何人も寒を煖めるには酒が一番と云ふ。何杯飮んだか分らないが、酒は自然に日を送らせるものである。決して煖まつてほの〴〵とするが爐火のほとりとは限つてはゐない。醉つてからの暖かさは酒杯の數できまる。酒が重なるにつれ、冬節にもかゝはらず春風の樣な心よさを感ずる。酒よ、古人はお前を忘憂物と稱したが、自分はさうは信じない。たゞ自分が彈正臺の官人であつたからその言を信じないばかりでなく、榮進の儘ならぬ我身にとつて、心よい酒にひたりながら尚ほ心憂は解けぬからである。

99　夏夜同《ジク》賦《シ》二燈光水底《ノ》珠《ヲ》一應《ズ》レ教《ニ》、以レ明為レ韻、

池畔《ニ》置《キ》レ[1]燈《ヲ》送《ル》二五更《ヲ》一、光通《リテ》二水底《ニ》一似《テ》レ珠《ニ》明《カナリ》、映《リテ》争《ヒ》二潭月《ト》一蚌胎混《ル》、挑《ゲテハ》任《セ》二沙風《ヲ》一龍睡驚《ク》、潤《ホシテ》レ岸《ヲ》不《シテ》レ枯《レ》斜《ニ》落《ス》レ影《ヲ》、侵《サレテ》レ波《ニ》難《ク》レ辨《ジ》暗《ニ》投《ズ》レ聲《ヲ》、自《ラ》慙《ヅ》再《ビ》作《リ》二沈潛《ノ》叟[2]《ト》一、遙《ニ》隔《チタルヲ》二孟嘗合浦《ノ》情《ニ》一、

○校　異

①「置」＝『日本詩紀』「畫」に作る。②「叟」＝底本「吏」に作る。『日本詩紀』により改む。

○考　説

「明」

明は下平聲八庚韻。

「蚌胎」

珠をはらんだ蚌。蚌《バウ》ははまぐり。

『文選』巻第五、左太沖（思）、呉都賦、

蚌蛤珠胎、與レ月虧全、

『呂氏春秋』巻第九、精通、

月也者群陰之本也、月望則蚌蛤實、群陰盈、月十五日盈滿、在二西方一與レ日相望也、蚌蛤陰物、隨レ月而盛、其中皆實滿也、月晦則蚌蛤虛、群陰虧、虛、蚌蛤肉隨二月虧一而不二盈滿一也、夫月形二乎天一、而群陰化二乎淵一、形、見也、群陰、蚌蛤也、隨二月盛衰一、虛實也、

「龍睡」

『莊子』列御寇第三十二、

夫千金之珠、必在二九重之淵而驪龍頷下一、子能得レ珠者、必遭二其睡一也、使二驪龍而寤一、子尚奚微之有哉、

「孟嘗合浦」

『後漢書』循吏列傳第六十六、孟嘗傳、

孟嘗字伯周、會稽上虞人也、（中略）嘗後策二孝廉一、擧二茂才一、拜二徐令一、州郡表二其能一、遷二合浦太守一、郡不レ產二穀實一、而海出二珠寶一、與二交阯一比レ境、常通二商販一貿二糴糧食一也、貿、易先時宰守並多貪穢、詭レ人採求不レ知二紀極一、詭、責也、遂漸徙二於交阯郡界一、於レ是行旅不レ至、人物無レ資、貧者死二餓於道一、嘗到レ官革二易前敝一、求二民病利一、人所二病苦一、及利益之甚也、曾未レ踰レ歲、去珠復還、百姓皆反二其業一、商貨流通、稱爲二神明一、以レ病自上、被レ徵當レ還、吏民攀レ車請レ之、嘗既不レ得レ進、乃載二鄉民船一夜遁去、隱二處窮澤一、身自耕傭、鄰縣士民、慕二其德一、就居止者百餘家、

○大　意

池のほとりに燈をたてゝ一夜を過した。燈火の光は水をとほして輝けり、水底に珠があるかの様に美しい。水に浮いた月と光を爭ひ、水中に蚌胎がある樣だ。風に搖れる燈の光は、深く水中にてりとほつて、水底に眠る驪龍の眠りを覺すかと思はれる。池岸には水に潤はうて常綠の木が斜に影をうつして居り、波間にゆれて一木一木の影が見定め難く、暗中にそよぐ聲のみが聞える。扨て振り返つて見るに、自分は再び官職薄き身となり、孟嘗の樣に受

領の功を遂げるのには程遠い身となつてゐる。

江吏部集 巻下

木部

草木　樹　桃

花付落花 花鳥　紅葉付落葉

草部

蘭　菊　草花

鳥部

鳥　鶯　雁

鸗雀

木部

100　暮秋同《ジク》賦《ス》二草木搖落《ヲ》一應《ズ》レ教《ニ》、以レ秋爲レ韻、七言十韻、

氣序環《リ》回《リテ》　始《メ》亦《タ》遒《ル》[1]、草衰《ヘ》木落《チ》思悠悠《タリ》、薙踈露結《ビテ》　康成《ノ》帶《ナリ》、葉摵《サクトシテ》　風廻《ル》范蠡《ノ》舟、胡塞地寒《クシテ》　煙色變《ジ》、洞庭天霽《レテ》　雨聲幽《ナリ》、霜《ハ》侵《シテ》二曠野《ヲ》一　蟲彌怨《ミ》、月《ハ》過《ギテ》二空枝《ヲ》一　鳥不レ留《マラ》、籬菊《ノ》紫[2]《ハ》摧《ケテ》　迎《ヘテ》レ日《ヲ》冷《ク》、岸楓紅灑《ギテ》　任《セテ》レ波《ニ》流《ル》、從《リ》レ茲薙《レ》氏多《シ》二閑暇一、料《リ》識《ル》獵徒得《ルヲ》二自由《ヲ》一、顏巷蕭條《トシテ》　唯《ダ》晦《マス》レ跡《ヲ》、翰林寂寞《トシテ》　久《シク》低《ル》レ頭《ヲ》、蓬心徒《ニ》轉《ジ》恩猶晚《ク》、楡影半傾《キテ》　鬢已《ニ》秋《ナリ》、潘岳《ノ》賦中應《ニ》《シ》二諷詠《ス》一、宋生《ノ》感《ズル》處《ニ》欲《スレドモ》二優遊《セント》一、年來零落《シテ》　未《ダ》レ逢《ハ》レ遇《ニ》、願《ハクバ》託《シテ》二好文《ニ》一賜《ハラン》二早抽《ヲ》一、

○校　異

①「遒」＝底本「遵」に作る。『日本詩紀』に據り訂す。　②「紫」＝『日本詩紀』「日」に作る。

○考　説

「秋」

秋は不平聲十一尤の韻。

「氣序」

四時寒暑の氣候の次序の意。

『文選』卷第五十九、沈休文（約）、齊故安陸昭王碑文、
因遘二沈痾一、緜二留氣序一、翰曰、遘、遇也、緜留、謂レ不レ絶二於身一也、氣序、謂レ經レ時也、
『文選』卷第十三、潘安仁（岳）、秋興賦、
四運忽其代序兮、萬物紛以迴薄、善曰、莊子黃帝曰、陰陽四時運行、各得二其序一、向曰、薄、迫也、言四時代々爲二節序一、萬物遞相遷迫也、
「遒」
遒《シウ》は終る意。
『文選』卷第二十七、曹子建（植）、箜篌引、
光景馳西流、盛時不レ可レ再、百年忽我遒、善曰、毛萇詩傳曰、遒、終也、
「悠悠」
うれへる様。
『詩經』小雅、十月之交、
悠悠我里、亦孔《ハナハダ》之痗《ヤム》、悠悠、憂也、里、居也、痗、病也、
「康成帶」
康成は後漢の鄭玄の字。
『太平御覽』卷九九四、百卉部一、草、
三齊略記曰、不其城東有二鄭玄教授山一、山下生レ草、如二薤葉一、長尺餘、堅紉異レ常、土人名作二康成書帶一、
「摵」

摵《サク》は、はらふ・かじくと讀む。木の葉の落ちる姿。

『文選』巻第九、潘安仁（岳）、射雉賦、

陳柯摵《カジケテ》以改レ舊、向曰、陳、故也、柯、樹枝也、摵然而落改二舊枝一爲レ新也、

『文選』巻第十三、潘安仁（岳）、秋興賦、

庭樹摵《カジケテ》以灑《ソヽゲ》落《オチ》、濟曰、摵、葉落皃、

『文選』巻第三十、盧子諒（諶）、時興詩、

摵摵芳葉零、濟曰、摵摵、葉落聲也、零、落也、

「范蠡舟」

『列仙傳』巻之一、

范蠡字少伯、徐人也、事レ周師二太公望一、好服レ桂飮レ水、爲二越大夫一、佐二勾踐一破レ呉、後乘二輕舟一入レ海變二名姓一、適レ齊爲二鴟夷子一、更後百餘年見二於陶一、爲二陶朱公一、財有二億萬一、復棄レ之徃二蘭陵一賣レ藥、後人世世見レ之、

「胡塞」

邊塞の外のえびすの地。

『全漢三國晉南北朝詩』全陳、巻二、張正見、白頭吟、

王嬙沒二胡塞一、班女棄二深宮一、春苔封二履跡一、秋葉奪二妝紅一、

「洞庭」

湖名。

『讀史方輿紀要』卷七十五、湖廣一、

洞庭湖、

洞庭湖在二岳州府城西南一里一、或謂二之九江一、禹貢、九江、孔殷又云、過二九江一至二於東陵一、山海經、洞庭乃沅灃之交、瀟湘之淵、夏秋水張方九百里、許愼云、九江卽洞庭也、沅、漸、潕、辰、漵、酉、灃、資、湘九水皆合二於洞庭中一、東入レ江、故名二九江一、或謂二之五渚一、戰國策、秦破レ荊襲レ郢、取二洞庭五渚一、又蘇代曰、乘二夏水一下レ漢、四日而至二五渚一、裴駰云、五渚在二洞庭一、沅、灃、資、湘四水、自レ南而入二荊江一、自レ北而過二洞庭一、瀦其間、謂二之五渚一、劉伯莊曰、五渚在二宛鄧間一、臨二漢水一、韓非子又作二五湖一也、或謂二之三湖一、三湖者、洞庭之南有二青草湖一、湖在二巴陵縣南七十九里一、在二長沙湘陰縣北百里一、周廻二百六十五里、自レ冬至レ春、青草彌望、水溢則與二洞庭一混而爲レ一矣、洞庭之西則有二赤沙湖一、湖在二巴陵縣西百里一、在二常德府龍陽縣東南三十里一、周廻百七十里、當二夏秋水泛一、則與二洞庭一爲レ一、涸時惟見赤沙彌望、而洞庭周廻三百六十里、南連二青草一、西呑二赤沙一、横亘七八百里、謂二之三湖一、又或謂二之重湖一、重湖者、一湖之內、南名二青草一、北名二洞庭一、有二沙洲間一之也、

「薙氏」

薙《テイ》氏は草を刈る事を掌る周官。

『文選』卷第三、張平子(衡)、東京賦、

其遇レ民也、若下薙氏之芟《カリ》レ草、既蘊崇《ツミアツメテ》之又行《ヤルカ》上火焉、綜曰、遇、逢レ遇也、周禮曰、薙氏、掌三山澤芟二除草萱一、杜預曰、芟、殺、蘊、積也、崇、聚也、言秦始皇酷虐二百姓一、如三芟レ草積而放二火、向曰、薙氏掌レ除レ草、蘊崇、積聚而又燒レ之、秦之虐レ民有レ類二於此一、

『周禮』卷三十七、秋官、司寇刑官之職、

薙氏、掌二殺草一、春始生而萌レ之、夏日至而夷レ之、秋繩而芟レ之、冬日至而耜レ之、若欲二其化一也、則以二水火一變

㆑之、掌㆓凡殺草之政令㆒、

「料」

料ははかると読む。

『文選』巻第五、左太沖（思）、呉都賦、

下料㆓物土㆒、析㆓於地理㆒者也、向曰、料、計、析、分別也、言計㆓其土地上下㆒、定㆓其貢賦㆒而分別也、

「顔巷」

顔回の住んで居た陋巷。

『論語』雍也、

子曰、賢哉回也、一簞食、一瓢飲、在㆓陋巷㆒、人不㆑堪㆓其憂㆒、回也不㆑改㆓其樂㆒、賢哉回也、

『全唐文』巻八百、陸龜蒙、幽居賦幷序、

比㆓顔巷㆒兮非㆑陋、方㆓賜牆㆒兮猶峙、（注、『論語』子張、「賜之牆也及㆑肩」、）

「蓬心」

欲望や不満などで屈折した心情。

『文選』巻第二十七、顔延年（延之）、北使洛、

蓬心既已矣、飛薄殊亦然、善曰、莊子謂㆓惠子㆒曰、夫子拙㆓於用㆑大、則夫子猶有㆓蓬之心㆒也夫、郭象曰、蓬、非㆓直達者㆒、濟曰、蓬、非㆓直達者㆒、然成也、言已隨㆑俗之心久已除矣、而猶被㆑牽㆓制於時㆒、尚勞㆓於行役㆒、而當㆓此窮歳之節㆒、如㆘蓬之性非㆓自直達㆒復爲㆗飄迫㆖、殊不㆑得㆑成㆓我志㆒也、飛、飄、薄、迫也、

「蓬心轉」

『藝文類聚』巻四十二、樂部二、樂府、魏陳王曹植、

吁嗟篇曰、吁嗟此轉蓬、居レ世何獨然、長去二本根一逝、宿昔無二休閑一、願爲二中林草一、秋隨二野火燔一、

「楡影半傾」

楡はにれの木。こゝでは桑楡を意味する。半老年に達した意。

「桑楡」

(1)西方の日の没する所。

『文選』巻第四十六、王元長(融)、三月三日曲水詩序、

桑楡之陰不レ居、善曰、桑楡、日所レ入也、

(2)日暮。

『淮南子』巻第十七、説林訓、

聖人之處二亂世一、若二夏暴而待レ暮、夏日中甚熱、暮涼時、言下聖人居二亂世一忍以待上レ涼、桑楡之間逾易レ忍也、言亂世將レ盡、如下日在二西方桑楡間一、將上レ夕故曰レ易レ忍、

『初學記』天部、日、

日西垂景在二樹端一、謂二之桑楡一、言三其光在二桑楡樹上一、已上並淮南子文、

(3)晩年。

『文選』巻第三十一、劉休玄(鑠)、擬古、

願垂二薄暮景一、照二妾桑楡時一、善曰、日在二桑楡一、以喩二人之將レ老、

「潘岳賦」

潘岳は字が安仁、潘岳賦は『文選』巻第十三、に見られる秋興賦を指す。秋興賦は宋玉の九辯に發想してゐる。

「宋生」

宋生は宋玉を云ふ。この詩は宋玉の九辯をふまへる。

『文選』巻第十三、宋玉、風賦、

宋玉、善曰、史記曰、楚有二宋玉景差之徒一、皆好レ辭而以レ賦見レ稱、王逸楚辭序曰、宋玉屈原弟子、向曰、史記云、宋玉郢人也、爲二楚大夫一、時襄王驕奢、故宋玉作二此賦一以諷レ之、

『文選』巻第十三、潘安仁(岳)、秋興賦、

善乎宋玉之言、曰悲哉秋之爲レ氣也、蕭瑟兮草木搖落而變衰、憀慄兮若下在二遠行一登レ山臨レ水送將上レ歸、已上皆宋玉九辯辭、

「優遊」

『文選』巻第十三、潘安仁(岳)、秋興賦、

逍二遙乎山川之阿一、放二曠乎人間之世一、濟曰、逍遙、散逸皃、阿、山曲也、放曠、謂レ無二拘束一也、優哉游哉、聊以卒レ歲、善曰、家語孔子歌曰、優哉游哉、聊以卒レ歲、銑曰、優游自樂、可三以終二其天年一而已、

○大　意

四時の氣候は順次めぐり、始めあれば又終りも來る。秋になれば草は枯れ木の葉散り秋愁が深い。草むらには露が降り、草は鄭玄の書帶の樣になった。木の葉はさら〳〵と風に吹き舞つてゐる。胡塞の北地は寒冷でもやの色も晩秋の氣配を覺え、洞庭の南地は雨聲がかすかである。霜は曠野をからして、死なんとする蟲の聲も怨み深げであり、葉が散つて空になつた木々を月がてらし、何の木にも棲鳥がゐない。まがきの紫の殘菊も日增しに破れて寒々とした感を懷かせ、水際の楓は紅に燃え、散つては浪のまに〳〵流れ行く。今からは薙氏も草刈る仕事がなく暇で

あらう。獵をする者達は恐らく思ひの儘に獲物を追ふ事が出來やう。顏巷の隱者もかげをひそめ、自分も亦する事もなく愁思に沈む。何とか榮達したいと思ふ我心はあせりながらも、賜恩は晩く、はやくも半老年になつて、鬢には既に霜が降つた。潘岳は秋興賦の中に暮秋の哀感を詠じてゐるが、自分は宋玉の様に人間の事に拘束されず甘んじて生を卒へんと思ふもの丶、年來うらぶれて未だ恩遇に會ふ事のない事が思はれる。好文の主君によつて早く引上げていたゞきたいものである。

101

七言、初夏陪《シ》二員外《ノ》藤納言書齋《ニ》一、同《ジク》賦《シ》二樹色雨中暗《シヲ》一應《ズ》レ教《ニ》詩一首、以レ深爲レ韻、幷序、

員外《ノ》藤納言恨《ミ》二春風之早過《グルヲ》一、廻《シテ》二四望《ヲ》一以賞《テス》二景物《ヲ》一、當《リ》二夏雨之不《ルニ》レ晴《レ》、乘《ジテ》二三餘《ニ》一以命《ズ》二文賓《ニ》一、蓋《シ》好文之主也、觀《レバ》其《レ》雨脚空濛《トシテ》、樹色更暗《ク》、翠葉霑《シ》レ牕《ヲ》、幽人忽催《ス》二擧《ゲント》レ燭《ヲ》之思《ヲ》一、煙枝遮《リ》レ路《ヲ》、暮鳥空佀《シクル》二趂《ク》レ巢《ニ》之翎《ヲ》一、譬《ヘバ》猶二膏澤《ノ》餘《リテ》兮醉深《ク》、嵇中散之松傾《ケ》レ盖《ヲ》、淵泉洗《ヒテ》兮跡隱《レ》、陳大丘之桂垂《ル》レ帷《ヲ》者《ノ》一歟、于レ時座客或相《ヒ》語《リテ》曰、吾納言重《ジ》レ士《ヲ》輕《ジ》レ財《ヲ》、已有《リ》二知《ル》レ人《ヲ》之鑒一、進《メ》レ賢《ヲ》退《ケ》レ佞《ヲ》、曾無《シ》二偏黨之心一、故以二政理一承レ家、昇晉日新、以二風月一味レ道、鄒魯雲集、其《レ》天下屬《ツク》レ意《ヲ》、不二亦美《ナラ》一乎、但慙《シヅラクハ》翰林之中有《リ》二一枯株一、底《リテモ》レ春《ニ》不レ發《カ》レ花《ヲ》、迎《ヘテモ》レ夏《ヲ》不レ生《ゼ》レ葉《ヲ》、異《ニシタレバ》レ類《ヲ》自然《ナリ》、縱雖《ヘ𪜈》レ作《タリト》二淮北之枳一、知音相感、使《メヨ》レ莫《カラ》レ廢《スルヿ》二嶧陽之桐《ヲ》一云爾、

雨中樹暗漸森森《タリ》、物色方知《ル》二恩澤《ノ》深《キヲ》一、應《ニ》《シ》二是《レ》雲膚《ノ》•1凝《リテ》未《ダ》レ霽《レ》《ルナル》、遂非《ニシテ》二日脚落《ツルニ》一成《ス》レ陰《ヲ》、柳《ハ》疑《フ》隔《テ、》レ霧《ヲ》春垂《ルカト》レ縷《ヲ》、松《ハ》訝《ル》臨《ミテ》レ流《ニ》夜調《ブカト》レ琴《ヲ》、雨露一同無《シ》レ不《ル》レ潤《サ》、何《ニ》因《リテカ》枯槁《ニシテ》在《ル》二儒林《ニ》一、

○校　異

①「膚」＝『日本詩紀』「腐」に作る。

○考　説

「四望」

『文選』巻第十一、王仲宣（粲）、登楼賦、

登二茲樓一以四望兮、聊暇日以銷レ憂、

「三餘」

『魏書』十三、董遇、

魏畧曰、遇字季直、性質訥而好レ學、（中略）明帝時入爲二侍中大司農一、數年病亡、初遇善治二老子一、爲二老子一作二訓注一、又善二左氏傳一、更爲作二朱墨一別異、人有二從學者一、遇不二肯教一、而云必當二先讀百徧一、言讀レ書百徧而義自見、從學者云、苦二渴無レ日、遇言、當レ以二三餘一、或問二三餘之意一、遇言、冬者歳之餘、夜者日之餘、陰雨者時之餘也、由レ是諸生少二從レ遇學一、無下傳二其朱墨一者上、

「文賓」

文賓は文客の事。

『全唐文』巻一百九十、楊炯、庭菊賦、

文賓採レ之而羽化、康公服レ之而不朽、

「空濛」

雨にけぶつて薄暗い様。

『文選』巻第三十、謝玄暉(朓)、観二朝雨一、

空濛如二薄霧一、散漫似二輕埃一、濟曰、空濛散漫、雨微皃、埃、塵也、

「氐」

氐は低《テイ》、たれる意。

『文選』巻第二十七、謝玄暉(朓)、敬亭山、

交藤荒且蔓、樛《マカレル》枝聳《アガリ》復低《タレタリ》、

「趂」

趂《チン》は趁《チン》、おもむくと讀む。

『全唐詩』巻十三、柳宗元三、柳州峒氓、

郡城南下接二通津一、異服殊音不レ可レ親、青箬裹レ鹽歸レ峒客、綠荷包レ飯趂レ虚人、嶺南人呼レ市爲レ虚、

「膏澤」

めぐみの意。

『文選』巻第一、班孟堅(固)、西都賦、

功徳著二乎祖宗一、膏澤洽《アマネシ》二乎黎庶一、善曰、孟子曰、膏澤下二於民一、

「嵆中散」

嵆中散は嵆康の事。

『晉書』四十九、列傳第十九、嵇康傳、

嵇康字叔夜、譙國銍人也、（中略）銍有二嵇山一、家二于其側一、因而命レ氏、（中略）康早孤有二奇才一、遠邁不レ群、身長七尺八寸、美二詞氣一有二風儀一、而土二木形骸一不二自藻飾一、人以爲二龍章鳳姿一、天質自然、恬靜寡慾、含レ垢匿レ瑕、寛簡有二大量一、學不二師受一、博覽無レ不二該通一、長好二老莊一、與二魏宗室一婚、拜二中散大夫一、常脩二養性服食之事一、彈レ琴詠レ詩、自足二於懷一、（中略）著二養生論一、（中略）所二與神交一者、惟陳留阮籍、河內山濤、豫二其流一者、河內向秀、沛國劉伶、籍兄子咸、琅邪王戎、遂爲二竹林游一、世所謂竹林七賢也、（中略）山濤將レ去二選官一、擧レ康自代、康乃與二濤書一告レ絕、（注、絕交書、鍾會の言に従ひ、文帝が康を風俗を亂す者として刑した。）康將レ刑二東市一、太學生三千人、請二以爲レ師、弗レ許、康顧二視日影一、索レ琴彈レ之曰、昔袁孝尼嘗從レ吾學二廣陵散一、吾每靳二固之一、廣陵散於レ今絕矣、時年四十、海內之士莫レ不レ痛レ之、帝尋悟而恨レ焉、（注、廣陵散は洛西の華陽亭で、古人と談合して作つた曲。）

「嵇中散之松」

『世說新語』容止第十四、

嵇康身長七尺八寸、風姿特秀、見者歎曰、蕭蕭肅肅、爽朗清擧、或云、肅肅如二松下風高而徐引一、山公曰、嵇叔夜之爲レ人也、巖巖若二孤松之獨立一、其醉也、傀俄若二玉山之將一レ崩、

「淵泉云々」

「陳大丘之桂」の條に述ぶ。

「陳大丘」

陳寔の事。

『蒙求』下、陳寔遺盜、

後漢陳寔字仲弓、潁川許人、少作二縣吏一、爲二都亭刺佐一、有レ志好レ學、坐立誦讀、縣令奇レ之、聽受二業太學一、後除二太丘長一、修レ德淸靜、百姓以安、吏白欲レ禁二訟者一、（行レ部吏、慮レ有二訟者一、）寔曰、訟以求レ直、禁レ之理將二何申一、卒無二訟者一、去レ官吏人追二思之一、在二鄕閭一平レ心率レ物、有二爭訟一輒求二判正一、曉二譬曲直一、退無二怨者一、至丁乃歎曰丙寧爲二刑罰一所レ加、不乙爲二陳君一所甲レ短、時歲荒、有レ盜夜入二其室一、止二於梁上一、寔陰見レ之、呼二子孫一、正レ色訓レ之曰、夫人不レ可レ不二自勉一、不善之人、未二必本惡一、習以レ性成、（以與レ與通、）遂至二於此一、梁上君子是矣、盜大驚、自投二於地一、稽顙歸レ罪、寔曰、視二君狀貌一、不レ似二惡人一、當レ由二貧困一、令レ遺二絹二匹一、自レ是一縣無レ盜、後累命不レ起、卒二于家一、（注、『後漢書』、中平四年、年八十四。）海內赴者、三萬餘人、制二衰麻一者以レ百數、共刊レ石立レ碑、諡二文範先生一、

「陳大丘之桂」

『世說新語』德行第一、

客有レ問二陳季方一、（注、陳季方は寔の子、陳諶。）足下家君太丘、有二何功德一、而荷二天下重名一、季方曰、吾家君譬如三桂樹生二泰山之阿一、上有二萬仞之高一、下有二不測之深一、上爲二甘露所一レ霑、下爲二淵泉所一レ潤、當二斯之時一、桂樹焉知二泰山之高、淵泉之深一、不レ知下有二功德一與上レ無也、

「偏黨」

『書經』卷四、周書、洪範、

無レ偏無レ黨王道蕩蕩、無レ黨無レ偏、王道平平、（偏、不中也、黨、不公也、）

「政理」

道理にかなつた政治。

『後漢書』二十九、列傳第十九、郅壽傳、侍御史何敞の上疏の文言、

考㆓知政理㆒、違㆓失人心㆒輒改更之、故天人並應、傳㆓福無窮㆒、

「昇晉」

晉はすゝむ意。昇晉は官位が進む意。

『文選』巻第十四、班孟堅（固）、幽通賦、

盍㆓孟《ツトメテ》㆑晉《スヽムヿヲ》以迨㆑群、善曰、應劭曰、盍、何不也、曹大家曰、孟、勉也、晉、進也、迨、及也、

「味㆑道」

『文選』巻第四十五、班孟堅（固）、荅賓戲、

委㆑命供《マツタウソ》㆑己《ヲ》、味㆓道之腴㆒、善曰、腴、道之美者也、向曰、供猶㆑全也、腴、膏腴也、言研㆓味道德之膏腴㆒、

「鄒魯」

鄒は孟子の生地、魯は孔子の生地。孔孟の事。ひいては儒學の士。

『莊子』天下第三十三、

其在㆓於詩書禮樂㆒者、鄒魯之士、縉紳先生、多能明㆑之、疏、鄒、邑名也、魯、國號也、搢、笏亦挿也、紳、太帶也、先生、儒生也、言仁義名法布在㆓六經㆒者、鄒魯之地、儒服之人、能明㆑之也、

「屬㆑意」

期待する意。

『史記』巻之二、夏本紀、

禹子啓賢、天下屬ㇾ意焉、

「底」

底はいたると讀む。

『詩經』小雅、祈父、

胡轉ニ予于恤一、靡ㇾ所ニ底止一、底、至也、

「淮北之枳」

枳《キ》はきこくの事。

『晏子春秋』雜下、

嬰（晏子）聞ㇾ之、橘生ニ淮南一則爲ㇾ橘、生ニ淮北一則爲ㇾ枳、葉徒相似、其實味不ㇾ同、所ニ以然一者何、水土異也、

「知音」

『文選』巻第三十、陶淵明（潛）、詠ニ貧士一、

知音苟《マコトニ》不ㇾ存、濟曰、知音、謂ニ知ㇾ我者一也、

「嶧陽之桐」

『尚書』禹貢、

嶧陽孤桐、孤、特也、嶧山之陽特生桐、中ニ琴瑟一、

『讀史方輿紀要』巻二十二、江南四、淮南府、邳州、

葛嶧山、州西北六里、古文以爲二卽禹貢之嶧山一、似悞（娛カ）、俗名二距山一、謂與二沂水一相距也、今亦見二山東嶧縣一、

『讀史方輿紀要』巻三十二、山東三、兗州府、鄒縣、

嶧山、縣東南二十五里、一名邾嶧山、亦曰鄒嶧山、禹貢、嶧陽孤桐、詩、保二有鳧繹一、繹與レ嶧同也、（中略）郭璞云、繹山純石積構、連屬如二繹絲一然、故以レ繹名、（中略）志云、嶧山孔穴甚多、其大者曰二妙光峒一、相傳中有レ穴、與二洞庭一通、蓋環レ魯之山不レ一、而玲瓏峭特者、莫レ如二嶧山一、山之西南二里有レ村、曰二故縣一、卽鄒縣舊治也、上冠二峯巒一、下屬二巖壑一、稱二絶勝一、

「森森」

(1)毛皮の毛の繁くけばだつた様。

『文選』巻第十一、孫興公（綽）、遊二天台山一賦、

被二毛褐之森森一、向曰、毛褐、羽衣也、森森、衣貌、

(2)木が長密の様。

『文選』巻第二十七、丘希範（遲）、旦發二漁浦潭一、

森森荒樹齊、銑曰、森森、長密皃、荒樹、野樹也、

(3)雨の降る様。

『文選』巻第二十九、張景陽（協）、雜詩、

森森散二雨足一、良曰、森森、雨散皃、

この詩では雨がしきりに降る様。

「物色」

様々な物の意。自然の風物。

『文心雕龍』物色、
　春秋代序、陰陽慘舒、物色之動、心亦搖焉、

「雲膚」

『博物志』巻一、水、
　水有二五色一、有レ濁有レ清、汝南有二黃水一、華山有二黒水一、泞水淵或生二明珠一、而岸不レ枯、山澤通レ氣以興レ雷、雲氣觸レ石、膚寸而合、不レ崇《ヲヘ》レ朝以雨、

『風俗通義』巻十、五嶽、
　萬物之始陰陽交代、雲觸レ石而出、膚寸而合、不レ崇レ朝而徧雨二天下一、其惟泰山乎、故爲二五嶽之長一、（注、膚は手の指四本を並べた長さ、寸は一本の指、「膚寸而合」は小さいちぎれ雲が合する事。）

雲膚凝は、小さいきれ〴〵の雲の凝りかたまつたもの。

「縷」

縷《ル》は糸。

『文選』巻第三十九、枚叔（乘）、上書諫二呉王一、
　夫以二一縷之任一、係《カク》二千鈞之重一、向曰、縷、絲縷也、三十斤曰レ鈞、

「枯槁」

ひからびた様、色つやなくおとろへたる様。

『文選』巻第三十三、屈平（原）、漁父、

顔色憔悴、形容枯槁、

○大 意

藤權大納言は春の早く過ぎたのを恨み、四方を眺望して初夏の風物をめでられた。而して初夏の霖雨の晴れぬ時、時の餘りと云はれる陰雨の候に乘じて、文客を詩宴に招かれた。まことに好文の主である。外の景色は雨脚しげくけぶつて薄暗く、木々は一段と暗く、綠の葉が窓をおほい暗さを益し、幽客が忽ち燈を燈したくなる樣である。煙つた木が路を暗くさへぎり、ねぐらに歸る鳥も雨にうたれて羽をたれてゐる。譬へば深い惠みに醉ひ、孤松の如しと云はれ嵇康が醉つてその孤松の盖を傾けた姿にも似、又陳寔が比された泰山の阿の桂樹が、甘露にうるび淵泉に水かはれながら、降雨の中にかすんで居る樣なものであらう。時に一座の客の中で次の樣に語つた人がある。吾が大納言殿は、士を重んじ財を輕んじて、人を認知するの明慧がある。賢者を推薦し、邪佞な者を退けて、偏頗な心がない。故に立派な政事を以て家業を繼承し、官位の昇進は日每に著しい。かゝる中で風雅に通じて德を養ひ、その膝下には儒學の徒が雲集し、一天下の人士が心を寄せてゐる。實に立派ではないかと。但しその樣に集まる儒學の人士の中に一人枯株の如き自分があつて、春にも花咲かず、夏にも葉茂らずに居る。本來大納言殿とは異類の性で當然の事である。縱へ自分は淮北に生じた枳であらうと、我を知る人は、嶧陽の桐の如く一能ある自分を見棄てないでほしい。

雨中樹もこ暗く、漸く雨足もしげくなつた。萬象が雨の惠みをかみしめる。この長雨はまさに雲が凝りかたまつた所爲であらう。つまりは日が暮れたわけでもないのに、あたり一面陰暗になつた。柳は霧の向ふに絲をたれてゐるかなと疑ふ程にぼんやりして居り、松は流れに臨んで夜琴を彈じて居るかと思ふ程、姿がかすんで松風の音のみ聞こえる。雨の惠は一樣で、總ての物を平等に潤すのに、何故であらうか、自分一人うらぶれて何時迄も文章博士の官に停滯してゐるのは。

102　早夏、同賦《ジクス》三芳樹垂《ルヲ》二綠葉《ヲ》一、應レ製一首、以レ滋爲レ韻、

芳樹列《ネ》栽《エテ》在《リ》二玉墀《ニ》一、漸《ク》垂《レテ》二綠葉《ヲ》一遇《フ》二依期《ニ》一、華[1]林烟礙《サマタゲ》風聲暗《シ》、上苑日曛《ジテ》露色滋《シ》、韓壽《ノ》遺芬留《リ》二翠箔《ニ》一、

荀君《ノ》餘氣染《ム》二羅帷《ヲ》一、當時咸《ミナ》拔《ク》二杏壇《ノ》士《ヲ》一、載[2]德各言《フ》二志《ノ》所《ヲ》レ之《ク》、

○校　異

①「華」＝底本「花」に作る。『日本詩紀』に據り訂す。　②「載」＝『日本詩紀』「戴」に作る。

○考　說

「滋」

滋は上平聲四支の韻。

「玉墀」

玉石を並べ連ねた宮殿の庭。

『文選』卷第五十八、顏延年（延之）、宋文皇帝元皇后哀策文、

灑《ソヽキ》二零《オトシテ》玉墀一、雨《フラシム》二泗《ナンダ》丹掖一、向曰、灑零雨泗、皆淚落也、玉墀丹掖、皆宮殿之間也、而以二玉丹一飾也、

「依期」

約束の時期。

『梁書』列傳四十五、何胤傳、

胤字子季、點之弟也、（中略）爲₂建安太守₁、爲ㇾ政有₂恩信₁、民不ㇾ忍ㇾ欺、毎₂伏臘₁放ㇾ囚還ㇾ家、依ㇾ期而返、

「華林」

華林は華林園。一般的に花の林の意味の花林と云ふ詞もあるが、次の上苑も亦上林苑を意圖してゐると見て華林園を指すと考へる。

『世說新語』言語第二、

簡文入₂華林園₁、顧謂₂左右₁曰、會心處不₂必在ㇾ遠、翳然林水、便自有₂濠濮間想₁也、不ㇾ覺鳥獸禽魚、自來親ㇾ人、

『讀史方輿紀要』卷二十、江南二、江寧府、江寧縣、

華林園、在₂故臺城內建康宮北隅₁、吳時宮苑也、晉曰、華林園、中有₂天淵池₁、蓋彷₂洛陽舊制₁、

『讀史方輿紀要』卷四十八、河南三、河南府、洛陽縣、

華林園、在₂故洛城內東北隅₁、與₂宮城₁相接、有₂東西二門₁、魏文帝所ㇾ起、亦曰₂芳林園₁、（中略）晉王芳卽位、始改₂芳林₁曰₂華林₁、

按太和元年王朗言、華林、天淵足ㇾ展₂游宴₁、則華林之名久矣、內有₂天淵池₁、池中有₂魏文帝九花叢殿₁、

「上苑」

上苑は上林苑。

『三輔黄圖』卷之四、苑囿、

漢上林苑、卽秦之舊苑也、漢書云、武帝建元三年、開上林苑、（中略）漢舊儀云、上林苑方三百里、苑中養二百獸一、天子秋冬射獵取レ之、帝初修二上林苑一、群臣遠方、各獻二名果異卉三千餘種一植二其中一、

「韓壽」

『晉書』四十、列傳第十、賈充傳、

韓壽字德眞、南陽堵陽人、魏司徒暨曾孫、美二姿貌一善二容止一、賈充辟爲二司空掾一、充每讌二賓寮一、其女輒於二青瑣中一窺レ之、見レ壽而悅焉、問下其左右識二此人一不上、有二一婢一說二壽姓字一、云是故主人、女大感想、發二於寤寐一、婢後往二壽家一、具說二女意一、幷言二其女光麗豔逸端美絕倫一、壽聞而心動、便爲令レ通二殷勤一、婢以白レ女、女遂潛脩二音好一、厚相贈結、呼レ壽夕入、壽勁捷過レ人、踰レ垣而至、家中莫レ知、惟充覺二其女悅暢異一於常日一、時西域有レ貢二奇香一、一著レ人則經レ月不レ歇、帝甚貴レ之、惟以賜二充及大司馬陳騫一、其女密盜以遺レ壽、充寮屬與レ壽燕處、聞二其芬馥一、稱二之於充一、自レ是充意知二女與レ壽通一、而其門閤嚴峻、不レ知レ所二由得一レ入、乃夜中陽《イツハッテ》驚託言有レ盜、因使三循レ墻以觀二其變一、左右白曰、無二餘異一、惟東北角、如二孤狸行處一、充乃考二問女之左右一、具以レ狀對、充祕レ之、遂以レ女妻レ壽、

「翠箔」

綠色の玉すだれ。

宋の陸游の詩、（『佩文韻府』による。）

春風小陌錦城西、翠箔珠簾客意迷、

「荀君」

荀君は荀彧の事か。

荀彧は『後漢書』列傳第六十、荀彧傳、によれば、文若を字とし、潁川潁陰の人。曹操の重ずる所、守尚書令萬歳亭侯に封ぜられた。『三國志』の魏書に引いた『平原禰衡傳』によれば、後漢の建安の頃、許都の人は荀彧を荀令君と呼んでゐた。

『襄陽記』（『大漢和辭典』9巻636頁、荀令香の項による。）

荀令君至二人家一、坐レ幙、三日香氣不レ歇、

『全唐詩』巻二十、李商隱一、韓翃舍人即事、

橋南荀令過、十里送二衣香一、

楊愼の登毘盧閣詩、（以下二首、『佩文韻府』による。）

香留荀令榻、書染羊欣裙、

劉禹錫の紫微花詩、

香聞荀令宅、艷入孝王家、

「餘氣」

『晉』十一、志第一、天文上、

又按二河洛之文一、皆云、水火者陰陽之餘氣也、

この詩では餘香の意。

「杏壇」

88條に既述。

杏壇士は儒生を意味し、拔杏壇士は孔子から受講してゐる弟子達より、一段上の儒士の意味。

「載徳」

『文選』巻第五十二、班叔皮(彪)、王命論、

曁二于稷契一、咸佐二唐虞一、光二濟四海一、奕《カサネテ》レ世載《オコナフ》レ徳、至二于湯武一、而有《タモテリ》二天下一、善曰、稷、武王之祖也、契、成湯之祖也、杜預左氏傳注曰、曁、至也、國語祭公謀父曰、奕世載徳、孔安國尚書傳曰、載、行也、良曰、曁、及、載、行也、此言、有二天下一者、必資二積レ徳累一レ行、不レ可下以二造次之間一而得上レ之也、稷者周之先、契者殷之祖也、皆以佐二堯舜一、有二至美之徳一、奕世而行、故至二成湯武王一而有二天下一、

「言二志所一レ之」

各人が夫々に詩賦する意。

『詩經』國風序、

詩者志之所レ之也、在レ心爲レ志、發レ言爲レ詩、

○大　意

麗しい樹々が禁庭に植ゑつらねてある。何の木も初夏の季節を違はず緑葉をたれてゐる。美しい林はもやつて吹渡る風の音まで幽邃である。禁苑は日景を帯びて木の葉の緑も一段みづ〳〵しい。韓壽の遺芬にもたとう可き香りが緑色の玉すだれに移り香し、荀令君の餘薫にも比される香りがうすもの〻帷にしみついてゐる。さてこの座に列席してゐる人達は、何れも杏壇の士を凌ぐ秀れた儒士で、徳たかき人々が夫々にその志を詩賦してゐる。

103

七言、三月三日夜於二員外藤納言文亭一守二庚申一、同賦二桃浦落レ船花一、以レ輕爲レ韻、并序、

古人有《リテ》レ言曰《ク》、雖《ドモ》レ有《リト》二金石一、弗《バ》レ叩《カ》無《ク》レ音、雖《ドモ》レ有《リト》二笙笛一、弗《バ》レ吹《カ》不《ズ》レ鳴《ラ》、世《ニ》有《ルモ》二文章一、不《レバ》レ好《マ》無《シ》レ聞《クヿ》、世《ニ》有《ルモ》二俊才一、不《レバ》レ求《メ》無《シ》レ達《スルヿ》、誠《ナル》哉斯《ノ》言、知《ル》與レ不《ル》レ知《ラ》、用《フル》與レ不《ル》レ用《ヒ》也、我納言應《ジ》二祈奚之內擧《ニ》一、嫌《フ》二伯會之外留《ヲ》一、歩《ンデ》二鳳閣《ヲ》一以刷《フ》二羽毛《ヲ》一、燕雀賀《シ》二其《ノ》附《キテ》レ鳳《ニ》一、開《キテ》二龍門《ヲ》一以通《ズ》二道路《ヲ》一、魚鼈到《リテ》レ此《ニ》爲《ル》レ龍《ト》、於戲天下之屬《スル》レ意《ヲ》不二亦《タ》宜《ナラ》一乎、於《テ》レ是《ニ》鶯花得レ地《ヲ》、文墨遇《フ》レ時《ニ》、當《リ》二此《ノ》三月三日之佳節《ニ》一、重《ヌルニ》以《テス》二庚申《ヲ》一、屬《リ》二此《ノ》無爲無事之聖朝《ニ》一、轉《ズルニ》以《テス》二曹子《ヲ》一、希代之事、感《ズ》二其《ノ》計會《ニ》一、觀《レバ》夫《レ》仙桃浦靜《ケク》、一葦《ノ》船輕《ク》、棹《ハ》穿《チテ》レ花《ヲ》兮容與《タリ》、花《ハ》落《チテ》レ船《ニ》兮紛飛《ス》、不レ辨《ゼ》二吳夫《ヲ》一、又不レ辨《ゼ》二蜀客《ヲ》一、過《ル》二波浪《ヲ》一者□錦纜、不レ言《ハ》二黃頭《ト》一、又不レ言《ハ》二靑衣《ト》一、滿《ル》二舳艫《ニ》一者盡《ス》二紅顏《ヲ》一、至《リテハ》レ如《キニ》二彼《ノ》夾《ンデ》レ岸《ヲ》以《テ》開《キ》、亞《シテ》レ枝《ヲ》自《ラ》拂《フガ》一、華陽登仙之子、空《シク》問《ヒ》二丹霞《ヲ》於征帆《ニ》一、山陰乘《ズル》レ興《ニ》之人、更《ニ》迷《フ》二絳雪《ニ》於歸路《ニ》一者歟、于レ時冠蓋相望《ヒミ》、絲竹合奏《ス》、盡日放醉、伴《ヒテ》二桃顏《ニ》一而奮《ヒ》二五花《ヲ》一、通霄罷《メ》レ眠《ヲ》、隨《ヒテ》二李耳《ニ》一而祈《ル》二三尸[1]《ニ》一、匡衡思《ヒテ》二堂上《ヲ》一以《テ》未《ダ》レ去《ラ》、於二花下《ニ》一以《テ》自《ラ》慙《ヅ》、謬《テ》接《スルヲ》二春遊《ニ》一、謂《ハン》二時人何《トカ》一云《フ》レ爾《カ》、

春尋《ネ》二桃浦《ヲ》一伴《ヒテ》レ花《ヲ》行《ク》、花《ハ》落《チ》二船中《ニ》一散漫《トシテ》輕《シ》、衡[2]《キテ》レ岸《ヲ》半埋《バム》商子《ノ》袖、礙《ラレ》レ枝《ニ》漸《ク》忘《ル》指南《ノ》程、飛《ビテハ》添《フ》二征棹《ニ》一穿《ツ》レ霞《ヲ》思、亂《レテハ》點《ズ》二歸帆《ニ》一衣《ル》レ錦《ヲ》情、桃李不《シテ》レ言《ハ》今在《リ》レ此《ニ》、霜臺早晚遇二芳榮一、

○校　異

①「尸」＝底本「子」に作る。意に據りて改む。　②「衡」＝『日本詩紀』「漸」に作る。

○考　説

匡衡の詩作活動期の中、三月三日曲水と庚申とが重なつたのは、永延二年三月三日である。従つてこの詩作は永延二年三月三日曲水宴席でのものである。

「輕」

輕は下平聲八庚の韻。

「金石」

金は鐘、石は磬で共に打樂器。

『禮記』第十九、樂記、

金石絲竹、樂之器也、

「祈奚」

祈奚は春秋晉の悼公の大夫、祁奚・祁傒・祁徯に作る。

『新序』

晉大夫祁奚老、晉君問曰、孰可㆑使㆑嗣、祁奚對曰、解孤可、君曰非㆓子之讐㆒耶、對曰、君問㆑可、非㆑問㆑讐也、晉遂擧㆓解孤㆒、後又問孰可㆔以爲㆓國尉㆒、祁奚對曰、午也可、君曰、非㆓子之子㆒耶、對曰、君問㆑可、非㆑問㆑子也、君子謂祁奚能擧㆑善矣、稱㆓其讐㆒不㆑爲㆑諂、立㆓其子㆒不㆑爲㆑比、書曰、不偏不黨王道蕩蕩、祁奚之謂也、外擧不㆑避㆓仇讐㆒、內擧不㆑回㆓親戚㆒、可㆑謂㆓至公㆒矣、唯善故能擧㆓其類㆒、詩曰、唯其有㆑之、是以似㆑之、祁奚有焉、

尚ほ左傳襄公三年・史記晉世家・國語晉語七に同じ傳が見える。

「內擧」

身內の者を官吏に推薦する事。

前條に用例を既述。

「伯會之外留」

不詳。

伯會は許伯會の事か。

『唐書』巻一百九十五、孝友列傳第一百二十、

許伯會越州蕭山人、或曰玄渡十二世孫、擧二孝廉一、上元中爲二衡陽博士一、母喪負レ土成レ墳、不下御二絮帛一嘗中滋味上、野火將レ逮二塋樹一、悲二號于天一、俄而雨、火滅、歳旱泉涌二廬前一靈芝生、

それにしても、伯會の外留の意は不詳。或は伯會が喪哀の餘り、吏としての事務を放棄した事を云ふか。

「鳳閣」

4條に既述。

「刷二羽毛一」

4條に既述。

「燕雀」

『文選』巻第五十二、班叔皮(彪)、王命論、

燕雀之疇、不レ奮二六翮之用一、善曰、史記陳涉曰、燕雀安知二鴻鵠之志一哉、韓詩外傳蓋胥曰、夫鴻鵠一擧千里、所レ恃者六翮耳、

「龍門」

76條に既述。

『水經注』卷四、河水、
爾雅曰、鱣鮪也、出二鞏穴一、三月則上二渡龍門一、得レ渡爲レ龍矣、否則點額而還、非二夫往還之會一、何能便有二茲稱一乎、

「無爲」

『論語』衞靈公、
子曰、無爲而治者、其舜也與、夫何爲哉、恭レ己正南面而已矣、

「計會」

29條に既述。はかり合はせる事。

「仙桃浦」

仙桃浦は特定の地名ではあるまい。仙桃の列樹された浦の意か。桃は仙木とされて居る。

『太平御覽』卷九六七、果部四、桃、
典術曰、桃者五木之精也、故厭二伏邪氣一者也、桃之精生在二鬼門一制二百鬼一、故今作二桃人梗一著レ門、以厭レ邪、此仙木也、

「一葦」

一枚の葦の葉。小舟にたとへる。

『詩經』衛風、河廣、

誰謂二河廣一、一葦杭レ之、杭、渡也、箋云、誰謂二河水廣一與、一葦加レ之、則可二以渡レ之、喩レ狹也、

『三國志』魏書、文帝紀第二、

魏書載、帝於二馬上一爲レ詩曰、（中略）誰云二江水廣一、一葦可二以航一、

「容與」

『文選』卷第三十三、屈平（原）、九章、

船容與而不レ進兮、淹二回水一而疑滯、銑曰、容與、徐動皃、淹、留也、回水、回流也、疑滯者戀二楚國一也、

「錦纜」

錦のともづな。

『杜工部詩集』卷二、城西陂泛レ舟、

春風自信二牙檣動一、遲日徐看二錦纜牽一、魚吹二細浪一搖二歌扇一、燕蹴飛花落二舞筵一、

「黄頭」

『史記』卷一百二十五、佞幸列傳第六十五、鄧通傳、

鄧通蜀郡南安人也、以レ濯レ船爲二黄頭郎一、徐廣曰、着二黄帽一也、駰案漢書音義曰、善濯二船池中一也、一説能持レ擢行レ船也、土、水之母、故施二黄旄於船頭一、因以名二其郎一曰二黄頭郎一、

「青衣」

『文選』卷第四十五、揚子雲（雄）、解レ嘲、

紆レ青拖《ヒイテ》レ紫、朱二丹其轂一、良曰、紆、帶也、拖、服也、轂、車轂也、青紫、並貴者服飾也、朱丹、以二朱色一飾二其車轂一也、

『文選』巻第五十九、沈休文(約)、齊故安陸昭王碑文、

自レ茲以降、懷レ青拖レ紫、向曰、懷拖、皆衣レ之也、青紫、貴服飾也、

青衣は船中の貴人を云ふ。

「亞枝」

枝もたわむ程に咲いた花。

『白氏長慶集』巻十四、の詩題に「亞枝花」がある。

『杜工部詩集』巻十八、上巳日徐司錄林園宴集、

鬢毛垂レ領白、花蘂亞レ枝紅、

「華陽登仙之子」

『白氏長慶集』巻十三、春題二華陽觀一、

春題二華陽觀一、觀卽華陽公主故宅、有二舊內人存一焉、

帝子吹レ簫逐二鳳皇一、空留二仙洞一號二華陽一、

『白氏長慶集』巻十三、華陽觀桃花時、招二李六拾遺一飮、

華陽觀裡仙桃發、把レ酒看レ花心自知、

『唐書』巻八十三、諸公主列傳第八、代宗十八女、

華陽公主貞懿皇后所レ生、韶悟過レ人、帝愛レ之、視二帝所レ喜、必善遇、所レ惡曲二全之一、大暦七年以病匃爲二道士一、

號二瓊華眞人一、病甚嚙二帝指一傷、薨、追封、

「山陰乘レ興之人」
『晉書』八十、列傳卷第五十、王徽子傳、
徽之字子猷、性卓犖不羈、（中略）嘗居二山陰一、夜雪初霽月色清朗、四望皓然、獨酌レ酒、詠二左思招隱詩一、忽憶二戴逵一、逵時在レ剡、便夜乘二小船一詣レ之、經レ宿方至、造レ門不レ前而反、人問二其故一、徽之曰、本乘レ興而來、興盡而反、何必見二安道一邪、

「絳雪」

絳雪と云ふ辭は見當らない。絳雪の誤として解釋する。絳は赤色で、絳雪は落下する紅花を雪と見たてたもの。

「五花」
五花樹の花。
『舊唐書』卷第三十、志第十、音樂三、
享龍池樂章、第六章、吏部尚書崔日用作、
龍興白水漢興符、聖主時乘二運斗樞一、岸上萆茸五花樹、波中的皪千金珠、（『全唐詩』卷二、崔日用、奉和聖製龍池篇、）
『全唐文』卷一百七十七、王勃、七夕賦、
羅帳五花懸、珉砌百枝然、

「李耳」

老子の事。

『史記』卷之六十三、老子韓非列傳第三、

老子者楚苦縣厲郷曲仁里人也、姓李氏、名耳、字伯陽、謚曰レ聃、索隱曰、按葛玄云、李氏女所レ生、因二母姓一也、又云、生而指二李樹一、因以爲レ姓、許愼云、聃、耳漫也、故名耳、字聃、正義曰、聃、耳漫無レ輪也、周守藏室之史也、索隱曰、按藏室史、乃周藏レ書室之史也、孔子適レ周、将レ問二禮於老子一、老子曰、子所レ言者、其人與レ骨皆已朽矣、獨其言在耳、且君子得二其時一則駕、不レ得二其時一、則蓬累而行、正義曰、蓬、沙磧上轉蓬也、累、轉行貌也、言君子得二明主一、則駕レ車而事、不レ遭レ時、則若二蓬轉一、流移而行、可レ止則止也、蓬、其狀若二皤蒿一細葉、蔓二生於沙漠中一、風吹則根斷、隨レ風轉移也、皤蒿、江東呼爲二斜蒿一云、吾聞レ之、良賈深藏若レ虛、君子盛德容貌若レ愚、去下子之驕氣與二多欲一態色與中淫志上、是皆無レ益二於子之身一、吾所二以告一レ子、若レ是而已、孔子去、謂二弟子一曰、鳥、吾知二其能飛一、魚、吾知二其能游一、獸、吾知二其能走一、走者可二以爲一レ罔、游者可二以爲一レ綸、飛者可二以爲一レ矰、至二於龍一吾不レ能レ知下其乘二風雲一而上上レ天、吾今日見二老子一、其猶レ龍邪、

「隨二李耳一云々」

庚申の夜、ねむらずに三尸を呼ぶ風習は、老子の教へによると考へられた。

『本朝文粋』巻第十一、序丁、詩序四、草、藤篤茂、冬ノ夜守二庚申一、同賦二修竹冬ノ青一應レ教、

夫守二庚申一者、玄元聖祖之微言、世揚二其餘波一、人傳二其遺跡一、

『台記』天養二年正月十四日條、

十四日庚申、守二三尸一、懸二老子影一、講二老子經一、

『塵袋』一、

庚申ノ夜ネブラズシテ、三尸ノ名ヲヨベバ、禍ヲノゾキ福ヲキタス、老子三尸經ニ見エタリ、

「祈二三尸一」

『口遊』

歎侯子、彭常子、命兒子、悉入二穿寘之中一去二離我身一、謂二之庚申夜誦一、

今案、毎二庚申一勿レ寢而呼二其名一、三尸永去、萬福自來、

『琅邪代醉編』卷之五、姓名隱僻、

人身中有二三尸一、上尸清姑、中尸白姑、下尸血姑、毎月庚申甲子日、言二人過于上帝一、一曰二三尸一、謂二之三彭一、上尸彭踞、中尸彭躓、下尸彭蹻、

「商子袖」

典據不詳。商子は『説苑』建本、に見える商子か。

『説苑』卷三、建本、

伯禽與二康叔封一、朝二乎成王一見二周公一、三見而三笞、康叔有二駭色一、謂二伯禽一曰、有二商子者一賢人也、與レ子見レ之、康叔封與二伯禽一、見二商子一曰、某某也、日吾二子者、朝二乎成王一見二周公一、三見而三笞、其説何也、商子曰、二子盍三相與觀二乎南山之陽一、有レ木焉、名曰レ橋、二子者往觀二乎南山之陽一見レ橋、竦焉實而仰、反以告二乎商子一、商子曰、橋者父道也、商子曰、二子盍三相與觀二乎南山之陰一、有レ木焉、名曰レ梓、二子者往觀二乎南山之陰一見レ梓、勃焉實而俯、反以告二商子一、商子曰、梓者子道也、二子者、明日見二乎周公一、入レ門而趨、登レ堂而跪、周公拂二其首一、勞而食レ之曰、安見二君子一、二子對曰、見二商子一、周公曰、君子哉商子也、

「衣レ錦」

『詩經』衞風、碩人、

碩人其頎、衣レ錦褧衣、頎、長貌、錦、文衣也、夫人德盛而尊、嫁則錦衣加二褧襜一、

「桃李不レ言」

『文選』巻第三十、謝玄暉（朓）、和二徐都曹一、

　桃李成二蹊徑一、桑楡陰二道周《ホトリ》一、善曰、班固漢書贊曰、諺曰、桃李不レ言下自成レ蹊、楚辭曰、鳴鳩棲二於桑楡一、毛詩曰、有二杕之杜一、生二于道周一、毛萇曰、周、曲也、濟曰、人皆好二桃李之色一游二其下一、故成レ蹊、桑楡茂盛蔭二於道路一、皆帀也、周、帀也、

○大　意

　古人が云つて居る。金石の樂器があつても、叩かねば美音が出ない。笙や笛があつても、吹かねば樂音が出ない。秀れた文章があつても、文を好むのでなければ耳をかさない。俊才が多く居ても、之を求めなければ俊才に出遭はないと。誠に至言である。俊秀である事を認知するとしないのと、又英俊を用ゐるのと用ゐないのとの差が、優れた人物が世に出ると出ないのとの差違も來すものである。我納言は祈奚の內擧とも云ふべき、藤家一門の推擧を受け、伯會の樣に低い位置に停まらず、堂々と內省にあつて威勢よく羽ばたいて居られ、燕雀の如き微臣が、何れも鳳の如き納言に身を寄せ、又もろ〳〵の魚鼈が點額して昇り難いとする龍門に、我納言は通路をつけて、多くの士の登龍をたすけられた。あゝ天下の人士が納言に信望をかけるのも當然である。かくて鶯花もよろしき地をしめ、文墨の士も好き時にめぐまれた。此の三月三日の桃花の節日に當り、更に庚申が重なり、此の無爲無事の聖代の日に、納言は私室を開放して文場とされた。誠に希代の美擧で、上巳と庚申とこの文會とが計り合はされた事に感動する次第である。さて今日は仙桃浦の浪も靜かで、小舟が舟足輕く、花をかき分けて棹させば、小舟はゆつくりと進む。花片は舟中に散り亂れ飛び、乘つてゐる人が吳夫たるか蜀客たるか見定まらず、［　　　　］。船を漕ぐ船頭も、舟客の貴人も、舟中の人總てが紅顏である。浦岸の桃が岸をはさんで滿開して、枝もたれ下つて

舟を拂ふ様は、彼の華陽公主が、霞の如き紅華を分けて登仙したものゝ花吹雪に迷ひ、又徽子が雪をついて戴逵を訪ふたと云ふが、徽子もあたかも雪の様にこの止み間なく散りかゝる紅花には歸路を失ふ程であらうか。時に貴紳達は居並び、絲竹の合奏はたけなはで、文人は盡日醉をほしいまゝにし、人々の紅顏に伴ひ五花樹は花をふるひ、夜通し眠る事なく、老子の教へに從つて三尸に祈つた。自分は納言の誘導により殿上の籍を得る日が來るかと想ひ、文場を去りかねて居り、宴席に列りながら、列席者の中、官職のひくい自分がまちがつてこの春遊の座に在る事をはぢる。時人はこれを何と評するか。

春桃浦をたづね落花とともに行く。花は舟中に散りちらほらとひるがへる。兩岸に散りつもつて商子の袖を埋めんばかりである。盛に散る花片の中で西も東も分からぬ程である。棹に散りかゝつて恰も霞を開いて進む思ひがし、帆に降りかゝつて恰も錦を著た心持がする。桃李は無言でこゝに咲き誇つてゐる。自分もいつかは彈正少弼より榮進する日が來るであらう。

104　早春內宴、侍《シ》二仁壽殿《ニ》一同《ジク》賦《ス》二花色《ノ》與レ春來《ルヲ》一、應《ズ》レ製《ニ》詩一首、

花《ノ》色《ハ》伴《ヒテ》レ春《ニ》來《ル》有《リ》レ因、風光依《リテ》レ舊《ニ》賞心新《ナリ》、臘梅誘引《シテ》薫《ラシ》二沙雨《ヲ》一、城柳祗[1]承《シテ》掃《フ》二砌塵《ヲ》一、青路露濃《ニシテ》倶《ニ》遇《フ》レ境《ニ》、
紫宮霞暖《ニシテ》兩《ナガラ》爲[2]《ル》レ賓《ト》、熈熈《トシテ》萬物皆恩煦[3]、唯恨《ムラクハ》獨非《ルヿヲ》二席上《ノ》珍《ニ》一、

○校　異

①「祗」＝『日本詩紀』「低」に作る。　②「爲」＝底本「□」に作る。『日本詩紀』に據る。　③「恩煦」＝『日本詩紀』「思忽」に作る。

○考　説

「內宴」

內宴は、天皇が王卿近習以外に數名の知文の士を召して、宮中の仁壽殿で、賜觴・觀舞・賦詩の宴を催す儀で、新正の廿日から、廿一・廿二・廿三日頃に張行され、殊にその頃に子日があれば、その日を撰んで行はれた。『仙源抄』に、「內宴ハ內々ノ儀也、」とあるが、平安時代中期には、諒闇とか、前年の不登・疾疫と云ふやうな特殊の事情のない限り、必ず行はれた年中恒例の公事であつた。內宴は弘仁の頃始まり、長元以後行はれなくなつたと考へられる。詳しくは拙著『年中行事御障子文注解』を參照。

「仁壽殿」

『大內裏抄』

仁壽殿《ジンジュ》、七間四面、南殿の北ニあり、內宴相撲蹴鞠觀音供なと此殿ニてあり、

「花色與レ春來」

『小右記』正曆四年正月條、

廿二日、辛亥、今日有二內宴一、未時許參內、（略注）仁壽殿御裝束如レ常、自二去夜一降雨、午上未レ止、午後漸晴、

『小右記』によれば、題は式部大輔菅原輔正が「花色与春來」と獻題し、文章博士大江匡衡が講師となつた。

「賞心」

68條に既述。

こゝでは、風光をめで喜ぶ心。

「沙雨」

沙は紗に通じ、沙雨《サウ》はうすもの様な細雨。『釋名』釋綵帛、に、「縠粟也、（中略）又謂レ沙、」とあり、沙は縠の意がある。

『白氏長慶集』卷十五、望二江州一、

江廻望雙華表、知是潯陽西郭門、猶去二孤舟一三四里、水煙沙雨欲二黃昏一、

「祇承」

つゝしんで仕へる意。

『尙書』大禹謨、

文命敷二于四海一、祇承二于帝一、言、其外布二文德教命一、內則敬承二堯舜一、文命、孔云、文德敎命也、先儒云、文命、禹名、

「煕煕」

煕は熙の俗字、煕煕《キキ》はやはらぎ樂しむ樣。

『漢書』禮樂志、帝臨二、

枯槀復產、廼成二厥命一、師古曰、枯槀、謂二草木經レ冬零落者一也、衆庶煕煕、施二及夭胎一、師古曰、煕煕、和樂貌也、施、延也、少長曰レ夭、在レ孕曰レ胎、

「恩煦」

28條に既述。あたゝかい惠の意。

「席上珍」

學德をそなへた善美の人の意。

『禮記』第四十一、儒行、（『正義』注、）

哀公命レ席、孔子侍曰、儒有二席上之珍一、以待レ聘、夙夜强學以待レ問、懷二忠信一以待レ擧、力行以待レ取、其自立有二如レ此者一、席、猶二鋪陳一也、鋪二陳往古堯舜之善道一以待、

『禮記集說』の注に、「呂氏曰、席上之珍、自貴而待レ賈者也、」とある。

○大意

春になると美しい花が咲くは古來の定則である。風景は格別變化するわけではないが、春の景色をめでゝ心は浮き立つ。窓邊の梅の香は煙る細雨にこもり、宮城の柳は、うや〳〵しく宮殿の石疊の塵を拂つてゐる。路の青苔も露を帶びて、如何にも早春の氣を呈し、禁中には暖氣を感じさせる霞がたなびいてゐる。萬物が和らぎなごやかに、暖かい陽春の惠みをうけてゐる。唯恨めしいのは、今日のこの御宴の席で、自分獨りが學德を具へた人として自信のもてぬ事である。

105　暮春同賦《ジクス》下春依《リテ》二花樹《ニ》一貴《シヲ》上、以レ知爲レ韻、

春貴《キヿ》無《シ》レ雙《ビ》是《レ》若爲、唯依《リテ》二花樹《ニ》一被二先知《ラ》一、和風錦轂動《キテ》應《シ》レ重《カル》、暖露珠簾高《クモ》不レ危《カラ》、漢崇《メ》二李氏《ヲ》一多《ク》二侯爵一、唐幸《シ》二楊妃《ヲ》一□□□、□□□□□□□、□□□□□□□、

○考說

「知」

知は上平聲四支の韻。

「若爲」

若爲は如何と同じ。いかんと讀む。

『白氏長慶集』巻十八、春至、

若爲南國春還至、爭向二東樓一日又長、白片落梅浮二澗水一、黄梢新柳出二城墻一、

「錦轂」

轂はこしきで、車の輻を支へるもの。錦轂は華轂と同じで、美しく色どられたこしきの意で華轂と同じく錦轂も亦美しい車の意。春の和風を運ぶ車の意であらう。

「李氏」

漢の武帝に愛寵をうけた李夫人を云ふ。李夫人の兄延年が協律都尉に任じられ、二千石の印綬を佩び、延年の弟季も亦重用され、宗族が愛幸を受けた。

「侯爵」

『禮記』第五、王制、

王者之制祿爵、公侯伯子男、凡五等。

「楊妃」

玄宗皇帝の寵妃。

『楊太眞外傳』

楊貴妃小字玉環、宏農華陰人也、後徙居二蒲州永樂之獨頭村一、（中略）父元琰、（中略）開元二十二年十一月、歸二于壽邸一、二十八年十月、元宗幸二溫泉宮一、使三高力士取二楊氏女於壽邸一、度爲二女道士一號二太眞一、住二內太眞宮一、天寶四載七月、冊二左衞中郎將韋昭訓女一配二壽邸一、是月於二鳳凰園一、冊二太眞宮女道士楊氏一爲二貴妃一、

安祿山の反に、玄宗は蜀に逃れ、貴妃も伴はれ、遂に馬嵬坡に於いて縊殺さる。

〔○大意、原稿缺く〕

106

七言、三月三日同《ジク》賦《ス》二花貌年年同《トイフヲ》一、應《ズ》レ製《ニ》詩一首、以レ春爲レ韻、幷序、

夫三月三日之佳會、其《ノ》來《ルヤ》尚《シ》矣、周城《キ》二洛邑《ヲ》一問《フテ》二龜墨《ニ》一而權輿《シ》、晉集《ヒテ》二華林《ニ》一染《メ》二鳳毫《ヲ》一而遊履《スル》者也、我《ガ》君乘《ジ》二萬機之餘閑《ニ》一、賜《ヒ》二一日之榮宴《ヲ》一、敷《ク》二酺筵《ヲ》於花前《ニ》一、歌《ヒ》二薰風《ヲ》一奏《デ》二調露《ヲ》一、泛《ベ》二羽觴《ヲ》於水上《ニ》一、酌《ミ》二惠澤《ヲ》一醉《フ》二恩波《ニ》一、何《ゾ》唯《ダ》張氏《ノ》珍奇之梨、海內唯《ダ》有《リ》二一樹一、范公《ノ》纖麗之膾、俎上出《ニ》レ自《ル》二九溪一而已《ナラン》、觀《レバ》夫《レ》、見《ルニ》二樹樹之花貌《ヲ》一、同《ジ》二年年之風儀一、仙桃咲《キテ》以《テ》不レ老《イ》、何《ノ》時《カ》依違《タラン》、御柳濃《ヤカニシテ》以《テ》如《ク》レ初《ノ》每春嫋娜《タリ》、至《リテハ》下彼《ノ》玉燭《ノ》能《ク》調《ヒテ》以《テ》裁《シ》二成節物《ヲ》一、金鏡長《ク》瑩《キテ》以《テ》紛中黛容花上、寒暑往《ニ》二來《スレバ》上林《ヲ》一、則《チ》常理《ニ》二絳樹之雲髻《ヲ》一、日月《ニ》迎二送《スレバ》禁苑《ニ》一、則《チ》鎭《ツネニ》凝《ス》二射山之雪膚《ヲ》一、于《ニ》レ時卿士獻詩觴詠不レ止《マ》、匡衡初《メ》以《テ》二毛詩《ヲ》一侍《シ》レ讀《ニ》、自《ラ》喜《ビ》二御製之日《々》新《ナルヲ》一、近《ク》以《テ》二尚書《ヲ》一應《ジ》レ徵《ニ》、亦感《ズ》二曲洛之風俗《ニ》一、慙《ズラクハ》抽《キテ》二鄙懷《ヲ》一謬《テ》獻《ズルコトヲ》二都序《ヲ》一、云《フ》レ爾、謹《ンデ》序《ス》、

年年花下《ニ》接《ス》[1]二親賓《ニ》一、花貌《ハ》相同《ジケレド》　日日《ニ》新《ナリ》、梅口《ハ》准《ジテ》レ前《ニ》開《キ》二宿雪《ニ》一、柳眉《ハ》仍《リテ》レ舊《ニ》繼《グ》二門塵《ヲ》一、裝霞《ノ》氣色誰《ニカ》知《ラン》レ老《ヲ》、

養露《ノ》光輝《ニ》不レ忘《レ》レ春《ヲ》、洞裏《ノ》仙遊歡樂久《ク》、花筵《ニ》自《ラ》作《ル》二醉恩《ノ》人《ト》一、

○校　異

①「接」＝『日本詩紀』「搆」に作る。

○考　説

「春」

春は上平聲十一眞韻。

「花貌年年同」

『日本紀略』寛弘二年三月條、

三日辛亥、御燈、今日於二御書所一有二詩會一、題云、花貌年々同、序者匡衡、

但しこれは『紀略』の誤記である。

『御堂關白記』寛弘元年三月條、

三日、丁亥、廣業(藤原)朝臣來云、仰云、只今可レ參者、有二作文事一、即与二左衛門督(公任)一同車參入、

『權記』寛弘元年三月條、

三日丁亥、晩景內竪來告、卽參入、有二作文一、先レ是豫議二曲水宴一、而依二尚侍(綏子)卅九日內一被レ止、今日序者匡衡(大江)朝臣、御書所同應製、題花貟年々同、以レ春爲レ韻、

尚ほ『御堂關白記』に據れば、寛弘二年三月三日にも內御作文の事があつた。

『唐詩選』七言古詩、劉廷芝、代下悲二白頭一翁上、

年年歳歳花相似、歳歳年年人不レ同、

「周城二洛邑一」

『續齊諧記』

晉武帝問二尚書郎摯虞仲治一、三月三日曲水其義何旨、答曰、（中略）尚書郎束皙（「皙」、『藝文類聚』に據る。）進曰、仲治小生不レ足二以知一レ此、臣請説二其始一、昔周公城二（「城」、『藝文類聚』に據る。）洛邑一、因二流水一泛レ酒、故逸詩云、羽觴隨二波流一、（下略）

『史記』卷之三十三、魯周公世家第三、

成王七年二月乙未、王朝步レ自レ周至レ豐、馬融曰、周、鎬京也、豐、文王廟所レ在、朝者、擧レ事上レ朝、將下卽二土中一易上都、大事、故告二文王武王廟一、索隱曰、豐、文王所レ作邑、後武王都レ鎬、於レ豐立二文王廟一、使二太保召公先之レ雒相レ土、其三月、周公往營二成周雒邑一、公羊傳曰、成周者何、東周也、何休曰、名爲二成周一者、周道始成、王所レ都也、卜レ居焉、曰吉、遂國レ之、

『尚書』卷第八、召誥、

越《オヨンデ》二三日庚戌一、太保乃以二庶殷一、攻《ヲサム》二位于洛汭一、越二五日甲寅一位成、以二衆殷之民一、治二都邑之位於洛水北一、今河南城也、於二庚戌五日一、所レ治之位皆成、言二衆殷一、本二其所一由來一、若《オヨンデ》二翼日乙卯一、周公朝至二于洛一、周公順二位成之明日一、而朝至二於洛汭一、則達二觀于新邑營一、越二三日丁巳一、用二牲于郊一、牛二、用レ牲告下立二郊位一於天上、以二后稷配一故二牛、越二翼日戊午一、乃社二于新邑一、牛一、羊一、豕一、告レ立二社稷之位一、用二太牢一也、共工氏子曰二勾龍一、能平二水土一、祀以爲レ社、周祖后稷、能殖二百穀一、祀以爲レ稷、社稷共レ牢、

越二七日甲子一、周公乃朝用レ書、命二庶殷侯甸男邦伯一、是時諸侯皆會、故周公乃味爽、以二賦レ功屬レ役書一、命二衆殷侯甸男服之邦伯一、使レ就レ功、邦伯、方伯、卽州牧也、厥既命二殷庶一、庶殷丕《ココニ》作《タツ》、

「龜墨」

『全唐文』卷二百二十四、張説四、對詞摽文苑科策、第三道、

軒后魚圖之水建レ邦設レ都、周公龜墨之地考レ堂作レ室、

龜墨は龜卜で、龜の甲を灼いて卜ふ事。

『史記』巻之一百二十八、龜策列傳第六十八、に、「百穀之筮吉、故周王、王者決二定諸疑一、參以二卜筮一、斷以二蓍龜一、不易之道也、」「至二周室之卜官一、常寶二藏蓍龜一」とある。

「權輿」

權輿《ケンヨ》は始めの意。衡を作るには權《オモリ》より始め、車を造るには輿より始めるに據る。

『文選』巻第六、左太沖(思)、魏都賦、

夫泰極剖判、造化權輿、善曰、周易曰、易有二太極一、是生二兩儀一、史記曰、鄒衍稱二引天地剖判以來一、淮南子、大丈夫無爲與二造化一逍遙、權輿、始也、

「華林」

華林は華林苑の事。

『晉書』百七、載記巻第七、石季龍下、

沙門吳進言二于季龍一曰、胡運將レ衰、晉當二復興一、宜下苦二役晉人一、以厭中其氣上、季龍於レ是使下尚書張群、發二近郡男女十六萬、車十萬乘一、運レ土築中華林苑及長牆于鄴北上、廣長數十里、

『世說新語』言語第二、

簡文入二華林園一、顧謂二左右一曰、會心處不二必在レ遠、翳然林水、便自有二濠濮間想一也、不レ覺鳥獸禽魚、自來親レ人、

『藝文類聚』巻四、歲時中、三月三日、に、晉王濟の三月三日華林園詩を始めとし、晉時の三月三日の詩賦が數多く見

られる。

「鳳毫」

毫は筆、鳳はほうわうで、筆を美稱したもの。鳳管・鳳凰筆と同じ。

「萬機」

『尚書』卷二、皐陶謨、

競競業業、一日二日萬幾、競競、戒愼、業業、危懼、幾、微也、言當レ戒二愼萬事之微一、

又、孫星衍は、『尚書今古文注疏』に、「日日事有二万端一也」と云ひ、幾は端と解し萬端の務の意とする說もある。

「餘閑」

『文選』序、

余監撫餘閑居多二暇日一、

『文選』卷第八、司馬長卿（相如）、上林賦、

朕以二覽聽餘間五臣作閑無レ事棄レ日、善曰、言聽レ政既有二餘暇一、無事而虛棄二時日一也、

「酺筵」

酺はさかもりの意。酺筵はさかもりの席。

『史記』卷六、秦始皇本紀、二十五年、

五月、天下大酺、文穎曰、酺、周禮、族師掌二春秋祭酺一、爲二人物災害之神一、蘇林曰、陳留俗、三月上巳水上飲食爲レ酺、正義曰、天下歡樂、大飲レ酒也、秦既平二韓趙魏燕楚五國一、故天下大酺也、

「薫風」

『孔子家語』卷第八、辯樂解、第三十五、

孔子曰、（中略）昔者舜彈二五絃之琴一、造二南風之詩一、其詩曰、南風之薫兮、可三以解二吾民之慍一兮、南風之時兮、可三以阜二吾民之財一兮、

薫風は南風の詩を指す。尚ほ次條を參照。

「調露」

春夏秋冬の四時が順調で、甘露があり、萬物を成長せしめる事。又四時を順調ならしめる音樂。

『文選』卷第三十九、任彥昇（昉）、奉三答勅示二七夕詩一啓、

寧足下以繼想二南風一、克諧《カナフ》中調露上、善曰、家語曰、昔者舜彈二五絃琴一、造二南風之詩一、其詩曰、南風之薫兮、可三以解二吾民之慍一兮、南風之時兮、可三以阜二吾民之財一兮、王肅曰、薫、風至貌也、樂動聲儀曰、時元氣者受二氣於天一、布二之於地一、以レ時出二入物一者也、四時之節、動靜各有二分職一、不レ得二相越一、謂調露之樂也、宋均曰、調露、調和致二甘露一也、使二物茂長一之樂也、良曰、舜彈二五絃之琴一、造二南風之詩一、克、能、諧、和也、四節不二相違一、謂二之調露之樂一、

「張氏珍奇之梨」

『廣志』（『佩文韻府』による。）

洛陽北芒山有二張公夏梨一、甚甘、海內惟有二一株一、

『文選』卷第十六、潘安仁（岳）、閑居賦、

張公大谷之梨、良曰、洛陽有二張公居一、大谷有二夏梨一、海內唯此一樹、

「范公云々」

『文選』卷第三十五、張景陽（協）、七命、

范公之鱗出レ自二九溪一、善曰、陶朱公養魚經曰、威王聘二朱公一、問之曰、公家累二億金一何術乎、朱公曰、夫爲レ生之法五、水畜第一、所謂水畜者魚池也、以二六畝地一爲レ池、池中有二九洲一、卽求二懷子鯉魚一、以二二月上旬庚日一內二池中一、養レ鯉

者鯉不ニ相食一易レ長又貴也、濟曰、范蠡養魚之浦稱ニ九溪一、謂池中爲ニ洲渚一、數有レ九也、溪、池也、

「纖麗」

『文選』卷第四、左太沖(思)、蜀都賦、

賄貨山積、纖麗星繁、翰曰、賄貨、財帛也、纖麗、細好之物、山積星繁、衆盛貌、

「依違」

『文選』卷第三十四、曹子建(植)、七啓、

飛聲激《ヒルカヘシテ》レ塵、依違厲《ハケマス》レ響、善曰、七畧曰、漢興善歌者魯人虞公、發レ聲動ニ梁上塵一、依違猶ニ徘徊一也、楚辭曰、余思ニ舊鄕一心依違、良曰、激、飄也、言善歌飛聲飄ニ起梁塵一、依違乍合乍離也、厲、盛也、

『文選』卷第四十三、劉子駿(歆)、移レ書讓ニ太常博士一一首、

猶依違謙讓、樂《ネカフ》下與ニ士君子一同上レ之、濟曰、依違、謂レ不ニ是非一也、

依違は心の定まらざる狀。

「嫋娜」

嫋娜《デウダ》はしなやかで美しい樣。

『白氏長慶集』卷第三十五、別ニ柳枝一、

兩枝楊柳小樓中、嫋娜多年伴ニ醉翁一、

「玉燭」

四季の氣候の調和する事。四季の氣候が調和すれば、萬物が榮え輝き玉の光に似るを云ふ。

『文選』卷第十九、束廣微(晳)、補亡詩、

玉燭陽明、顯猷翼翼、善曰、爾雅曰、四氣和謂二之玉燭一、廣雅曰、翼翼、明貌、猷、道也、濟曰、言王道明盛、

『文選』卷第三十六、王元長（融）、永明九年策二秀才一文、

庶令二日月休徵、風雨玉燭一、善曰、尚書曰、休徵日月之行、則有レ冬有レ夏、爾雅曰、春爲二青陽一、夏爲二朱明一、秋爲二白藏一、冬爲二玄英一、四氣和、謂二之玉燭一也、濟曰、言令二日月光輝美而相應、風雨四時和順一也、

「裁成」

程よく鹽梅するの意。

『文選』卷第二十一、謝宣遠（瞻）、張子房詩、

神武睦《ヤハラゲ》二三正一、裁成被二八荒一、善曰、神武謂二宋高祖一也、尚書益曰、帝德廣運、乃聖、乃神、乃武、乃文、孔安國尚書傳曰、睦、和也、漢書曰、三正子爲二天正一、丑爲二地正一、寅爲二人正一、周易曰、后以財《ハブキ》二成天地之道一、輔二相天地之宜一、漢書曰、監二八方一、被二八荒一、銑曰、睦、親也、三正、天地人之政、言宋高祖躬親三正之道裁制成レ理、德被二八方一、

「節物」

6條に既述。四季をり〳〵の風物。

「金鏡」

『文選』卷第五十五、劉孝標（峻）、廣絕交論、

蓋聖人握二金鏡一闡《ヒラキ》二風烈一、善曰、言聖人懷二明道一而闡二風化一、雒書曰、秦失二金鏡一、鄭玄曰、金鏡喩二明道一也、

「紛黛」

紛は『文選』卷第三十二、屈平（原）、離騷、に、「紛吾既有二此内美一兮、逸曰、紛、盛貌、」とあり、盛の事で、紛黛は盛にまゆ造る意となる。みがきすまされた鏡に向つて化粧する意。杜甫の玉華宮詩『杜工部詩集』卷三、に、「美人爲二黃土一、況乃粉黛假、」と云ふ詩句がある。紛は粉の誤かもしれない。

「容花」

『文選』卷第二十七、曹子建(植)、樂府四首、美女篇、

容華耀二朝日一、誰不レ希《ネカハ》二令顏一、善曰、神女賦曰、耀乎若三白日初出照二屋梁一、韓詩曰、東方之日兮、彼姝子在二我室一兮、薛君曰、詩人言所レ說者、顏色盛也、言美如二東方之日出一也、向曰、希、慕、令、善也、

「上林」

上林は上林苑・上苑の事で、102條に既述。

「絳樹」

絳は絳の誤と考へる。絳樹は珊瑚の異名。

『全唐詩』卷七、韋應物八、詠珊瑚、

絳樹無二花葉一、非レ石亦非レ瓊、世人何處得、蓬萊石上生、

「雲髻」

『文選』卷第十九、曹子建(植)、洛神賦、

雲髻《モトヾリ》峩峩、脩眉聯娟、善曰、毛詩曰、鬒髮如レ雲、神女賦曰、眉聯娟似二蛾揚一、峩峩、高如レ雲也、脩長曲而細也、濟曰、雲髻、美髮如レ雲也、脩、長也、聯娟、微曲貌、

「禁苑」

『初學記』卷第二十四、居處部、苑囿、

或曰、囿有二林池一、所三以禦二災也、其餘莫レ非二穀土一、見二國語一、及二其衰一也、馳騁游獵、以奪二人之時一、勞二人之力一也、見二淮南子一、故漢書東方朔曰、務二苑囿之大一、不レ恤二農時一、非(注、「非」『初學記』なし。『漢書』東方朔傳により補ふ。)レ所三以强レ國富二人者、蓋此謂也、其名苑、有二天苑・禁苑・上苑一、囿有二君囿・靈囿・上囿一、

『文選』巻第二、張平子（衡）、西京賦、

上林禁苑、跨《コヘ》レ谷彌《ワタル》レ阜、綜曰、跨、越也、彌、猶レ掩也、大陵曰レ阜、上林苑名、禁、禁二人妄入一也、

「鎭」

鎭はつねにと讀む。

『全唐詩』巻二、褚亮、詠二花燭一

星臨二夜燭一、眉月隱二輕紗一、莫レ言春稍晚、自有二鎭開花一、

『類聚名義抄』僧上、

鎭、ツ子、

「射山」

射山は姑射山又は藐姑射山と云ひ、仙人が住むと云ふ。又上皇の仙洞御所を云ふ。

『莊子』逍遙遊第一、

連叔曰、其言謂レ何哉、曰、藐姑射之山有二神人一居焉、肌膚若二氷雪一、淖約若二處子一、疏、藐、遠也、山海經云、姑射山在二寰海之外一、有二神聖之人一、戢《ヲサメ》レ機應レ物、時須二揖讓一卽爲二堯舜一、時須二干戈一卽爲二湯武一、綽約、柔弱也、處子、未レ嫁女也、

「曲洛」

曲洛は洛水の事。洛水がまがりくねつてゐるから云ふ。

『白氏長慶集』巻二十六、和二春深一二十首中、

何處春深好、春深上巳家、蘭亭席上酒、曲洛岸邊花、弄レ水遊童棹、湔二裾小婦車、齊レ橈爭レ渡處、一匹錦標斜、

「都序」

おほむねの狀況を述べたる序文。

『文選』卷第九、揚子雲(雄)、長楊賦、

僕嘗倦《ウミタリ》レ談、不レ能レ一二二其詳一、請略擧二其凡一、而客自覽二其切《タシカナルヲ》一焉、善曰、毛萇詩傳曰、詳、審也、廣雅曰、都、凡也、顏監曰、凡、大指也、張晏曰、切、近也、

覽二其近一於義一也、濟曰、言利害之事我亦屢談、今則倦矣、不レ能二審說一、將三爲レ客略擧二大都一、客自覩二其近者一而明レ之、

「親賓」

親しい賓客。

『文選』卷第十六、江文通(淹)、別賦、

左右兮魂動、親賓兮淚滋《シゲシ》、

○大　意

かの三月三日のめでたき會合は、その來由が久しい。周は洛陽を都城とし、洛水に臨み曲水の宴をし、一切の手はじめを龜卜にはかつた。晉は三月三日に華林苑に詩人が集まり鳳筆を染めて樂しみ遊んだ。我が大君は政務の餘暇に一日の榮えある宴を賜はり、花前に酒宴を開かれた。そして薰風を歌ひ、四時の順調をもたらす音樂を奏でられ、臣等は盃を曲水に浮べ、主上の御惠を酌み、有難いおぼしめしに醉つた。その酒肴は海內唯一つと云はれる張公の夏梨や、范公の九溪より採られた細好の膾を始めとする珍味の限りであつた。さて、樹々の花の姿を見れば、年々の景を同じくし、仙桃は老いる事なく以前の儘に咲きほこり、少しのためらひも見えぬ。禁園の御柳は前年の如くしなやかにたれてゐる。あの四季の氣候が調和して、折々の風物を鹽梅よく成育させ、黃金の鏡とも云ふべき

明聖の治が續いて萬物を盛んに榮えさせる如き御治世に於いては、寒暑につけ禁園を往來する毎に、常に珊瑚の如き美樹が空高く繁り、日毎に禁苑を出入りすれば、姑射山の神人の如きみづ〳〵しい樹々をながめる。時に召された卿士の獻詩觴詠がいつまでもやむことない。自分は初めは毛詩の侍讀をつとめ、自然と御製が日一日と新しく進達されるのを喜び、昨今は尚書の侍讀を務め、自ら洛陽の風習に感動してゐる。たゞ恥づべきは鄙俗な淺懷にも拘らず、誤つて大序を述べる事である。以上、謹而序文を奉る。

年々花のもとで親しい人々と相會す。花そのものは同じ形貌であるが、友と接して日々に新しい親を覺える。梅は例年の如く宿雪の中に咲き、柳は舊來の如く娥眉をたれしなやかに門塵を拂つてゐる。春霞のたなびく氣色に老いを忘れ、樹々を生きかへらせる露の光に、正に春を感じる。仙宮での遊宴に歡樂はつゞき、我々は自ら恩遇に醉つて花筵に居ならんでゐる。

107　春日於《テ》二右大丞相公亭《ニ》一、同賦《ジクス》二映《ジテ》レ日花《ニ》光暖《ナリト云ヿヲ》一、以レ鮮爲レ韻、

韶芳毎《ニ》レ事正《ニ》依然《タリ》、迎《ヘテ》レ暖《ヲ》花光映《エテ》レ日《ニ》鮮《カナリ》、對《ヒテ》レ鏡《ニ》冶《レバ》レ粧《ヲ》春有《リ》レ汗、辭レ鑪燒玉火無レ煙、霞應レ夾レ背斜臨レ後[1]、雪不レ寒心反二照前一、草木得レ時皆遂レ性、翰林何日遇二天憐一、

○校　異

①「後」＝『日本詩紀』「浚」に作る。

○考　説

「鮮」

鮮は下平聲一先の韻。

「右大丞相公」

不明。但し大江齊光ではなからうか。

大江齊光は天元元年十月十七日に任右大辨、天元四年正月廿九日任參議、この時右大辨・式部權大輔は如レ元で、同年十月十六日轉式部大輔、寛和二年正月十八日轉左大辨、永延元年十一月六日、年五十三で薨。花山・圓融・一條の三代の侍讀であつた。

「韶芳」

うるはしい香り。

『全唐詩』巻三、張九齡三、嘗與二大理丞袁公太府丞田公一、偶詣二一所林沼一、尤勝因並坐、其次相二得甚歡一、遂賦レ詩焉、以詠二其事一、

蘋藻復佳色、鳧鷖亦好音、韶芳媚二洲渚一、蕙氣襲二衣襟一、

「冶レ粧」

冶は『正韻』に「冶、裝飾也、」とあり、かざる事。粧は『集韻』に「妝、說文、飾也、或作レ粧、」とあり、化粧する事。

○**大　意**

麗しい香はあらゆる物に滿ちてゐる。暖かくなつて諸の花は日の光を帯びて鮮かにてりはえてゐる。鏡に向ひ化粧をしてゐれば、汗がにじんで來る。火を用ゐずして花は煙も出ずに燒いた玉の様に赤く、霞は全體を包み白雪の

如き花には寒さも覺えず眼前に輝いてゐる。

草木はそれぐ＼に佳期に會ひ、皆それぐ＼に生育してゐる。文章博士の自分は、何時の日に主上の御恵に逢ひ立身出世する事か。

108　三月三日、陪《シ》二亞相《ノ》亭子《ニ》一、同《ジク》賦《ス》三春花似《タリト云ヿヲ》二美人《ニ》一、以レ嬌爲レ韻、

暮春《ノ》三月足《ル》二逍遙《ニ》一、花《ハ》似《テ》二美人《ニ》一氣色嬌《ナリ》、脂粉《ハ》雨《ニ》施《サレ》添《フル》レ艶《ヲ》夕、綺羅《ハ》風《ニ》織《リナサレ》助《スクル》レ籹《ヲ》朝、桃《ハ》應《シ》二絳樹《ナル》一霞猶《ホ》祕《ス》、柳《ハ》是《レ》緑珠露未《ダ》レ消《サ》、花下《ニ》自《ラ》慙《ヅ》憔悴《ノ》客、毎《ニ》レ看《ル》二榮路《ヲ》一意搖搖《タリ》、

○考　説

「亭子」

うてな。子は助字。

『杜工部詩集』巻四、題二鄭縣亭子一、
鄭縣亭子澗之濱、戸牖憑レ高發レ興新、

「嬌」

嬌は不平聲二蕭の韻。


「綺羅」

あや絹とうす絹。美しい着物、それを着た人。又榮華を極める樣。

『文選』巻第十六、江文通（淹）、恨賦、

春草暮兮秋風驚、秋風罷《ヤンデ》兮春草生、綺羅畢兮池館盡、琴瑟滅《キエテ》兮丘隴平、善曰、琴道、雍門周曰、高臺既已傾、曲池又已平、墳墓生二荊棘一孤兔穴二其中一、翰曰、榮枯相待也、銑曰、綺羅琴瑟既已歇絶而池館丘隴亦復何有、

「粧」

粧は妝又は粧の誤と考へ、よそほひ、けしやうとす。

「絳樹」

絳樹は106條の述べる如く、絳樹卽ち珊瑚である。

「搖搖」

18條に既述。

○大　意

暮春の三月は實に風雅に滿ち、逍遙するに趣がある。花は美人の樣で、その氣色があでやかである。春雨によつて脂粉を施され、一段とつやゝかさを益し、風が吹き成して一面に綺羅を著飾つた樣に思はれる。桃は珊瑚とも云ふ可く、春霞の奥にかすんで居り、柳は綠絲に珠を貫いた樣に露を帶びてゐる。この樣にはでやかな花の下に立ち、憔悴した我身を恥ぢる。はでやかな姿を見る度に、我が心は云ひ樣のないためらひを覺える。

109　暮春、同賦《ジクス》三花影滿《ツト云ヿヲ》二春池《ニ》一、應レ教、以レ深爲レ韻、

百花樹樹在《リ》二前林《ニ》一、影滿《ハツ》二春池《ニ》一幾淺深、漢后有《リ》レ光開《リ》鏡《シテ》照《ス》、嵆康無《クシテ》レ算勸《メテ》レ盃《ヲ》斟《ム》、波頭一向桃源樣、水

底周廻柳岸心、幸到二繁華榮耀地一、姓江學士任二浮沈一、

○考　説

「深」

深は下平聲十二侵韻。

「花影滿二春池一」

『御堂關白記』長保二年三月條、

二日、己卯、出二東河一、入レ夜作文、渡二二條一、

『權記』長保二年三月二日條、

依レ有二教命一、改二換衣裳一、宿裝、參二中宮(藤原彰子)一、有二作文(土御門第)一、題云、花影滿二春池一、事了、與二右中辨道□(方)一・權中將(源)成信、歸宅、于レ時遲明也、

「漢后」

漢后は不明。中宮を指すか。今『佩文韻府』の指示に據り用語を揚げる。

『南史』列傳第二十四、沈懷文傳、

孝武嘗有レ事二圓丘一、未レ至レ期、而雨晦竟夜、明旦風霽、雲色甚美、帝升レ壇悅、懷文稱レ慶曰、昔漢后郊二祀太一一、白日重輪、神光四燭、今陛下有レ事二玆禮一、而膏雨迎夜、清景麗朝、斯寔聖明、幽感所レ致、臣願與二侍臣一賦レ之、上笑稱レ善、

「開鏡」

『玉臺新詠』雑曲三首、其一、携レ手曲、沈約、
捨レ轡下二彫輅一、更レ衣奉二玉牀一、斜簪映二秋水一、開鏡比二春粧一、所レ畏紅顔促《スミヤカニシテ》、君恩不レ可レ長、鵔冠且容裔、豈吝二桂枝亡一、

「嵆康」

101條に既述。

○大　意

前林には様々な樹や百花が満ちてゐる。暮春の池水にはそれ等の樹や花が一面に影をおとしてゐる。漢后は麗しく威儀正しく景に臨まれ、侍臣等は限りなく賜酒をかさねてゐる。池水の波頭は全く桃源郷を想はせ、周りの青柳はすんだ池底にまで影を投じてゐる。幸にもかゝる盛宴に侍しても、自分は一向に榮進のきざしなく、たゞ時勢にこの身を任せてゐる。

110

暮春、於《テ》二右大丞《ノ》亭子《ニ》一、同賦《ジクス》下逢《フテ》レ花《ニ》傾《クト云フ》二一盃《ヲ》一詩《ヲ》上、題中取レ韻、幷序、

右大丞者久《シキ》[1]朝之重臣也、内掌《リ》二機密《ヲ》一以安《テ》二緝《シ》萬緒《ヲ》一、外扇《アフギ》二風化《ヲ》一以粛《テ》二清《ス》三臺《ヲ》一、至《ツテモ》二[2]彼《ノ》仲山甫杜武庫之徒《ニ》一、何《ヲ》以《テカ》加《ヘン》レ之《ニ》、況《ンヤ》行《ヒ》有《リテ》二餘力一而猶《ホ》樂《ミ》レ道《ヲ》、志存《シテ》二兼濟《ニ》一而旁接《ス》レ[3]賓《ヲ》、如《ク》二遷鶯之呼《ブガ》レ友《ヲ》、王陽仕《ヘテ》以貢禹彈《キ》レ冠《ヲ》、類《シ》二綵鳳之成《スニ》レ文《ヲ》、[4]蕭育進《ンデ》以《テ》朱博結《ブ》レ綬《ヲ》、今日《ノ》春遊不《ル》二亦善《カラ》一[5]乎、觀《レバ》夫、林下《ニ》置《キ》レ罇《ヲ》、[6]花間《ニ》酌《ム》レ酒《ヲ》、傾《ケテ》二一盃《ヲ》一以《テ》取《リ》レ樂《ヲ》、當《ツテ》二雑藻《ニ》一以《テ》蕩《ウゴカシ》レ情《ヲ》籌無《ク》二再《ビ》折《ルコト》一、惜《ミ》二落霞《ヲ》於春風《ニ》一巡《リテ》不二相重《ネ》一、

恠《ム》二宿雪《ヲ》於遲日《ニ》一、至《リテモ》下于夫《ノ》望《ムニ》二夭桃《ヲ》一兮・7紅臉未《ダ》レ綻《ビ》、對《シテ》二裊柳《ニ》一以《テ》翠眉嬾《キ》上開《クニ》、王勣鄉遙《ナリ》、誰・8投《カゼン》二轄《ヲ》乎倒載之際《ニ》一、徐公湖隔《レリ》、豈《ニ》問《ハンヤ》二路《ヲ》乎淵醉之中《ニ》一、如《キ》レ予《ノ》者江家《ノ》釣《リ》レ名《ヲ》、魯魚之疑難《シ》レ決《シ》、翰林《ニ》低《レテ》レ翅《ヲ》、梁鴻之恨未《ダ》レ休《マ》、辭・9而不レ休《マ》、・10憖《ニ》記《スト》二其事《ノヲ》一云《フ》レ爾《カ》、

○**校　異**

①「久」＝『本朝文粋』なし。　②「至」＝『本朝文粋』なし。　③「接」＝『本朝文粋』「攝」に作る。　④「蕭」＝底本「肅」に作る。『本朝文粋』に據り訂す。　⑤「善」＝『本朝文粋』「若」に作る。　⑥「罇」＝『本朝文粋』「樽」に作る。　⑦「兮」＝『本朝文粋』「以」に作る。　⑧「誰」＝『本朝文粋』「難」に作る。　⑨「辭」＝底本「醉」に作る。『本朝文粋』により訂す。　⑩「憖」＝底本「愸」に作る。『本朝文粋』註釋に據り訂す。

○**考　説**

「安緝」

安んじやはらげをさめる事。安輯・安集と同じ。

緝《シフ》は輯《シフ》と同じ。

『文選』巻第五十八、王仲寶（儉）、褚淵碑文、

元戎啓《ヒライテ》レ行《ミチヲ》、衣冠未レ緝《ヤハラカヲサメ》、善曰、元戎啓レ行、謂二建安出征一也、毛詩曰、元戎十乘以先啓レ行、衣冠、謂二朝士一也、爾雅曰、輯、和也、緝、與レ輯同、濟曰、元戎、兵車也、啓レ行、戰也、衣冠、朝儀也、緝、理也、

『漢書』巻一下、高帝紀、

與二天下之豪士賢大夫一、共定二天下一、同安二輯之一、師古曰、輯、與レ集同、

『詩經』小雅、鴻雁の序、

萬民離散、不レ安二其居一、而能勞二來還定安集之一、宣王承二厲王衰亂之敝一、而起、興二復先王之道一、以レ安二集衆民一爲レ始也、

「萬緒」

緒《シヨ》はことの意。

『詩經』魯頌、閟宮、

有レ稷有レ黍有レ稻有レ秬、奄二有下土一、纘二禹之緒一、緒、業也、箋云、秬、黑黍也、緒、事也、堯時洪水爲レ災、民不二粒食一、天神多予二后稷一以二五穀一、禹平二水土一、乃教三民播二種之一、於レ是天下大有レ穀、故云レ繼二禹之事一也、

『列子』周穆王第三、

華子曰、曩吾忘也、蕩蕩然不レ覺二天地之有無一、今頓識、既往數十年來存亡得失、哀樂好惡、擾擾萬緒起矣、

「扇二風化一」

扇は扇揚卽ちあふる事。風化は風が物をなびかす樣に、德を以てなびかし導く事。

『詩經』豳風七月、序、

七月陳二王業一也、周公遭レ變、故陳下后稷先公、風化之所レ由、致二王業一之艱難上也、周公遭レ變者、管蔡流言、辟二居東都一、

「三臺」

『後漢書』袁紹列傳第六十四上、袁紹傳、

敗レ法亂レ紀、坐召二三臺一、專制二朝政一、晉書曰、漢官、尙書爲二中臺一、御史爲二憲臺一、謁者爲二外臺一、是謂二三臺一、

「仲山甫」

『中國人名大辭典』

仲山甫、周宣王時卿士、食二采於樊一、爵爲レ侯、字仲山甫、宣王料二民於太原一、仲山甫諫、佐二成中興之治一、尹吉甫嘗作二烝民之詩一以美レ之、按二古今人表一作二中山父一、國語稱二樊仲山父一、或簡稱二山父一、權德輿曰、魯獻公仲子曰二中山甫一、入二輔於周一、則山甫爲二姫姓一、史記正義毛萇云、仲山甫樊穆仲也、穆當レ爲二山甫謚一、

「杜武庫」

杜預の事。晉の武帝に仕へた。博學で通ぜざるなく、武庫に兵器のないものはなく揃つてゐるのに等しいので、杜武庫と呼ばれた。

『晉書』列傳第四、杜預傳、

杜預字元凱、京兆杜陵人也、（中略）預博學多通、明二於興廢之道一、常言、德不レ可二以企及一、立レ功立レ言可二庶幾一也、（中略）預在レ內七年、損二益萬機一、不レ可二勝數一、朝野稱レ美、號曰二杜武庫一、言其無レ所レ不レ有也、（中略、太康中に吳を伐つて功あり當陽縣侯に封ぜらる。）預以、天下雖レ安、忘レ戰必危、勤二於講レ武、脩二立泮宮一、（注、泮宮は學校。）江漢懷レ德、化被二萬里一、攻二破山夷一、錯二置屯營一、分二據要害之地一、以固二維持之勢一、又脩二邵信臣遺跡一、激二用滍淯諸水一、以浸二原田萬餘頃一、分レ疆刊レ石、使レ有二定分一、公私同レ利、衆庶賴レ之、號曰二杜父一、（中略）既立レ功之後、從容無事、乃耽二思經籍一、爲二春秋左氏經傳集解一、又參二攷衆家譜第一、謂二之釋例一、又作二盟會圖春秋長曆一、備二成一家之學一、比レ老乃成、又撰二女記讚一、當時論者謂、預文義質直、世人未レ重レ之、唯祕書監摯虞賞レ之曰、左丘明本爲二春秋一作レ傳、而左傳遂自孤行、釋例本爲レ傳設、而所二發明一、何但左傳故、亦孤行、時王濟解レ相レ馬、又甚愛レ之、而和嶠頗聚斂、預常稱、濟有二馬癖一、嶠有二錢癖一、武帝聞レ之、謂レ預曰、卿有二何癖一、對曰、臣有二左傳癖一、（中略）行次二鄧縣一而卒、時年六十三、帝甚嗟悼、追贈二征南大將軍、開府儀同三司一、謚曰レ成、

「樂レ道」
『文選』巻第二十五、傳長虞（咸）、贈二何劭王濟一、
歸二身蓬華廬一、樂レ道以忘レ飢、向曰、蓬華廬、草菴也、言歸レ此以樂二先王之道一、將レ忘二其饑一也、
「兼濟」
5條に既述。私心なく愛する事。
『文選』巻第五十八、王仲寶（儉）、褚淵碑文、
仁洽《アマネク》二兼濟一、愛深二善誘一、善曰、莊子、仲尼謂二老聃一曰、兼レ愛無レ私、此仁之情也、論語、顏淵曰、夫子循循然善誘レ人也、向曰、誘、進也、
「遷鶯」
谷から出て木に遷る鶯の事で、及第する意、及官位に登る意を示す。
『白氏長慶集』巻第十三、與二諸同年一、賀三座主侍郎新拜二太常一、同宴二蕭尚書亭子一、座主於二蕭尚書下一得二群字韻一、及第、（注、諸同年は、座主侍郎、即高郢の下に及第した同年。）
寵新卿典レ禮、會盛客徵レ文、不レ失二遷鶯侶一、因成二賀燕群一、
『全唐詩』巻二十七、李中二、送二夏侯秀才一、
牽吟一路逢二山色一、醒睡長汀對二月明一、況是淸朝至二公在一、預知喬木定二遷鶯一、
「王陽」
『漢書』巻之七十二、王吉傳、
王吉字子陽、琅邪皐虞人也、（中略）始吉少時學問、居二長安一、東家有二大棗樹一、垂二吉庭中一、吉婦取レ棗以啖レ吉、
吉後知レ之、去レ婦、東家聞而欲レ伐二其樹一、鄰里共止レ之、因固請レ吉令レ還レ婦、里中爲レ之語曰、東家有レ樹、王

陽婦去、東家棗完去婦復還、其厲レ志如レ此、吉與二貢禹一爲レ友、世稱王陽在レ位貢公彈レ冠、（師古曰、彈レ冠者、且入仕也、）言其取
舍同也、元帝初卽レ位、遣二使者一徵二貢禹與一レ吉、吉年老道病卒、上悼レ之復遣二使者一弔祠云、初吉兼二通五經一、能
爲二騶氏春秋一、以二詩論語一教授、好二梁丘賀說易一、令二子駿受一レ焉、

「貢禹」

『漢書』卷之七十二、貢禹傳、

貢禹字少翁、琅邪人也、以レ明レ經絜レ行著聞、徵爲二博士涼州刺史一、（中略）元帝初卽レ位、徵レ禹爲二諫大夫一、（中略、しばしば上書して、帝の政を諫める。）會二御史大夫陳萬年卒一、禹代爲二御史大夫一、列二於三公一、

「綵鳳」

美しい彩りの鳳凰。

『全漢三國晉南北朝詩』全齊卷三、謝朓、永明樂、

彩鳳鳴二朝陽一、玄鶴舞二清商一、

「蕭育」

『漢書』卷之七十八、蕭望之傳、蕭育、

育字次君、少以二父任一爲二太子庶子一、元帝卽レ位爲レ郎、病免、後爲二御史一、大將軍王鳳以二育名父子一、著二材能一、
除爲二功曹一、遷二謁者一、（中略）少與二陳咸朱博一爲レ友、著二聞當世一、往者有二王陽貢禹一、故長安語曰、蕭朱結レ綬、王
貢彈レ冠、言二其相薦達一也、始育與二陳咸一俱以二公卿子一顯レ名、咸最先進、年十八爲二左曹一、二十餘爲二御史中丞一、
時朱博尙爲二杜陵亭長一、爲二咸育一所二攀援一、入二王氏一、後遂並歷二刺史郡守相一、及レ爲二九卿一、而博先至二將軍上卿一、

歴レ位多二於咸育一、遂至二丞相一、育與レ博後有レ隙不レ能レ終、故世以レ交爲レ難、

「朱博」

『蒙求』巻上、朱博烏集、

前漢朱博、字子元、杜陵人、哀帝時、御史府吏舍百餘區、井水皆竭、又其府中列二栢樹一、常有二野烏數千一、棲二宿其上一、晨去暮來、號曰二朝夕烏一、烏去不レ來者數月、師古曰、皆御史大夫之職、休廢之應、長老異レ之、後二歳餘、博爲二大司空一、奏言、高皇帝置二御史大夫一、位次二丞相一、今中二千石、未レ更《へ》二御史大夫一、而爲二丞相一、權輕、非レ所三以重二國政一也、臣以爲、大司空官可レ罷、復置二御史大夫一、遵二奉舊制一、臣願盡レ力、以爲二百僚率一、率、表的也、從レ之、迺更拜二博御史大夫一、後爲二丞相一、坐レ事自殺、

「結綬」

95條に既述。仕官する事。

「罇」

罇《ソン》は酒を入れるかめ。

『文選』巻第二十七、謝玄暉（朓）、休沐重還道中、

賴《ヨリテ》二此盈罇酌一、含レ景望二芳菲一、善曰、嵇康秀才詩曰、旨酒盈レ罇、良曰、賴二此盈レ罇酒一、含二光景一、而望二芳菲之節一、稍得レ解二其鄕思一、

「雜蘂」

様々な花。

『玉臺新詠』巻七、皇太子簡文（梁簡文帝）、戲作謝惠連體十三韻、

雜蕊映二南庭一、庭中光景媚、可レ憐枝上花、早得春風意、

『文選』巻第四十三、丘希範（遲）、與二陳伯之一書、

暮春三月、江南草長、雜花生レ樹、群鶯亂飛、

「蕩」

『文選』巻第三十四、枚叔（乘）、七發、

陶《ノヘ》二陽氣一蕩《ウコカス》二春心一也、銑曰、陶、暢也、蕩、動也、

「籌無二再折一」

籌は花の枝を折つて酒籌にあてる事で、盃酒の數とりに花枝を折る事をせぬ。

『白氏長慶集』巻第十四、同二李十一一醉憶二元九一、

花時同醉破二春愁一、醉折二花枝一當二酒籌一、

「宿雪」

殘雪と同じ。

『後漢書』明帝紀、永平四年春二月の詔、

京師冬無二宿雪一、春不二燠沐一、煩二勞群司一、積レ精禱求、

「遲日」

春は日が長く暮の遲い事から春の日を云ふ。

『詩經』豳風、七月、

春日遲遲、

『全唐詩』巻三、宋之問三、春日鄭協律山亭、陪レ宴、餞二鄭卿一、同用二樓字一、

暗竹侵二山徑一、垂楊拂二妓樓一、彩雲歌處斷、遲日舞前留、

「夭桃」

若くて元氣な桃。轉じて乙女の姿。

『詩經』周南、桃夭、

桃之夭夭、灼灼其華、興也、桃有二華之盛一者、夭夭其少壯也、灼灼、華之盛也、箋云、興者、喩下時婦人皆得中以二年盛時一行上也、之子于歸、宜二其室家一、之子、嫁子也、于、往也、宜三以有二室家一、無二踰レ時者一、箋云、宜者、謂二男女年時倶當一、

『全唐詩』巻二十、李商隱三、嘲桃、

無賴夭桃面、平明露井東、春風爲開了、却擬笑二春風一、

「紅臉」

うつくしい血色のよい顔、紅顏。

『樂府詩集』巻六十二、妾薄命、梁簡文帝、

名都多二麗質一、本自恃二容姿一、蕩子行未レ至、秋胡無二定期一、玉貌歇《ヤミ》二紅臉一、長顰串《ナラフ》二翠眉一、

『樂府詩集』巻二十四、紫騮馬、陳後主、

垂レ鞬還二細柳一、揚レ塵歸二上蘭一、紅臉桃花色、客別長二羞眉一、

「裊柳」

裊《デウ》は嫋と同じで、しなやかの意。

『文選』巻第三十、謝靈運、擬二魏太子（曹丕）鄴中集一八首の中、平原侯植、

白楊信裊裊、翰曰、裊裊、弱皃、

「翠眉」

柳葉のまだ開かぬをたとへて云ふ。

前々條の簡文帝の詩に、「長顰串二翠眉一」とあり、翠の眉にしはよせるくせがついたと云つてゐる。

『古今注』雑注、

魏宮人好畫二長眉一、今多作二翠眉一警二鶴髻一、

「王勣郷遙」

不明。『醉鄕記』の作者王績ではなからうか。今、『醉鄕記』を抜掲する。

『全唐文』巻一百三十二、王績二、醉鄕記、

醉之鄕去二中國一不レ知二其幾千里一也、其土曠然、無レ涯無二邱陵阪險一、其氣和平一揆、無二晦明寒暑一、

「投轄」

轄は車の轂が脱するのを防ぐ爲めの、車軸の端にさすくさび。

『漢書』巻之九十二、游俠傳、陳遵傳、

遵耆レ酒、毎大飲賓客滿レ堂、輒關レ門取二客車轄一投二井中一、雖レ有レ急終不レ得レ去、

「倒載」

『晉書』列傳第十三、山簡傳、

簡優游卒レ歳、唯酒是耽、諸習氏荊土豪族、有二佳園池一、簡毎二出遊嬉一、多之二池上一、置酒輒醉、名レ之曰二高陽池一、時有二童兒一歌曰、山公出二何許一、往至二高陽池一、日夕倒載歸、酩酊無レ所レ知、時時能騎レ馬、倒著二白接䍦一、擧レ鞭向二葛彊一、何二如幷州兒一、

「徐公湖」

『藝文類聚』卷九、水部下、湖、

鄭緝之東陽記曰、北山有レ湖、故老相傳云、其下有下居民曰二徐公一者上、常登レ嶺至二此處一、見二湖水湛然一、有二二人一共博二於湖間一、自稱二赤松子安期先生一、有二一壺酒一、因酌以飮二徐公一、徐公醉而寐二其側一、比醒、不三復見二二人一、而宿草攢二蔓其上一、家人以爲レ死也、喪服三年、服竟、徐公方反、今其處猶爲二徐公湖一、

「淵醉」

ふかく醉ふ事。

『色葉字類抄』下、疊字、

渕醉エンスイ　同　盃酒分

我が國では中古時代より、公事として「殿上の淵醉」と云ふ事があつた。

『建武年中行事』正月二・三日間、

殿上の淵醉あり、藏人頭已下ことにたへたるをのこどもだいばんにつく、六位藏人けんぱいす、らう（朗）詠二首、今様一首、三獻のたびきよくらうの藏人けんぱいすれば、頭ことさら是をしひ、賞翫してひもをはづす、此時

みなかたぬぐ、今様の後亂舞にをよぶ、みな座ながらまふ、六位こいたじきにてはやす、藏人頭三反なり、御いしのまへにすゝみてまふこともあり、主上はしとみより御らんず、女房などあまた障子のへんにさぶらふ、事はてゝ中宮にすいさんす、その他おなじ、但公卿の座にて先けんぱい、ふだの衆これをすゝむるなり、

『建武年中行事』十一月、

寅日、殿上の淵酔あり、朗詠今様などうたひて、三こんはてゝ亂舞あり、

『御代始抄』大嘗會の事、

殿上の淵酔は寅卯の日この事あり、殿上人ども直衣あるひは衣冠にて色々の出し衣をして盃酌をすゝむ、朗詠今様などうたふ、寅の日は歡無レ極靈山御山をいだす、卯の日は新豐蓬萊山をうたふといへり、貫首の人紐をとき亂舞の事あり、

「釣レ名」

とりつくろつて名聲を得んとする事。學績もなく官位も低く空しく江家の名跡を繼いでゐる事。

『管子』巻六、法法第十六、

釣レ名之人、無二賢士一焉、賢士必修レ實而成レ名、釣レ利之君、無二王主一焉、王主必度レ義而取レ利、

『漢書』巻之五十八、公孫弘傳、

夫以二三公一爲二布被一、誠飾レ詐欲二以釣一レ名、師古曰、釣、取也、言二若レ釣レ魚之謂一也、

「魯魚之疑」

魯と魚が字體の類似してゐて誤り易い事。

『抱朴子』内篇、遐覽、
故諺曰、書三寫魚成レ魯虛成レ虎、此之謂也、

「翰林」
『文選』卷第九、揚子雲（雄）、長楊賦、
故藉二翰林一以爲二主人一、子墨爲二客卿一以諷、善曰、韋昭曰、翰、筆也、翰林、文翰之多若レ林也、詩大雅曰、有レ壬有レ林是也、此云林、即文翰林、猶二儒林之義一也、胡廣云、博士爲二儒雅之林一是也、
この詩は、儒者達の仲間の中で、うだつがあがらずゐる事を、「翰林低レ翅」と云つてゐる。

「梁鴻之恨」

『蒙求』下、梁鴻五噫、

（梁鴻字伯鸞、扶風平陵人也、）（『後漢書』逸民傳に據りて補ふ。）後漢梁鴻受二業大學一、家貧尚二節介一、博覽不レ爲《ヲサメ》二章句一、歸二鄉里一、埶家慕二其高節一、埶、與レ勢同、多欲レ女レ之、鴻並不レ娶、後娶二孟氏一、名孟光、字德曜、隱二霸陵山中一、以二耕織一爲レ業、詠二詩書一彈レ琴、以自娛、因二東出レ關過二京師一、作二五噫之歌一曰、陟二彼北芒一兮噫《ナゲク》、北芒、葬レ人地、顧二覽帝京一兮噫、宮室崔嵬兮噫、崔嵬、高大貌、人之劬勞兮噫、遼遼未央兮噫、遼遼、廓也、言二廣大一也、肅宗聞而非レ之、以爲レ非二朝廷一也、求レ鴻不レ得、乃易二姓名一、易姓運期、名燿、字侯光、居二齊魯之間一、遂至レ吳、依二大家皐伯通一、居二廡下一、廡、堂下周屋也、爲レ人賃舂、每レ歸妻爲具レ食、不下敢於二鴻前一仰上、擧レ案齊レ眉、伯通異レ之曰、彼傭能使二其妻敬レ之如一レ此、非二凡人一也、乃舍二之於家一、鴻潛閉著二書十餘篇一、卒二於吳一、

「愍」
『詩經』小雅、十月之交、
なまじひにと讀む。

不下憖遺二一老一俾上守二我王一、箋云、憖者、心不レ欲自强之辭也、言盡將二舊在位之人一、與レ之皆去、無二留衞レ王者一、

○大　意

右大辨は古からの朝廷の重臣である。內は機密な政務をつかさどり、樣々な政を安らかに治め、外は德を以て扇揚して、中臺・憲臺・外臺と言ふ諸官を嚴正に導いてゐる。彼の周の功臣仲山甫や、晉の名臣杜預等の如きも、此れ以上の事は出來ない。まして行ひは餘力あつて、先王の說いた儒道を樂しみ、私心なく人を愛し、客賓を招き接見する事をつとめてゐられる。恰も谷を出た春の鶯が、友を呼んで共に歌ふ樣に、王吉が官に召されて、貢禹が同時に仕官する如く、推擧を惜しまず、又美しい鳳凰が群れて一層綵を增す樣に、蕭育・朱博が共に印綬を結んだ樣に、諸生と共に榮進する事を旨としてゐられる。今日右大辨に召されての春遊は、樂しい極みである。さて右大辨亭での景は、林の下に罇を置き、花の間で酒をくみ、一杯を傾けて樂しみ、種々の花に對して心情をうごかし、春風にたなびく霞の如き花を惜しみ、杯酒は重ねず、日足ののびた春日の中花の白きを殘雪かとあやぶむ。桃の花はまだ開かず、しなやかな柳は漸く若芽を開かんとしてゐる姿を見ても、醉鄕が遠く又徐公湖も遠くて、誰も皆沈醉する者はない。自分は徒に大江の名跡をついでゐても、學は淺く、儒者等の間でうだつが上らず、五噫の詩の作者梁鴻ではないが、誠に恨みのつきぬ事である。再上序を獻する事を辭したるも、やむなく强ひて本日の次第を述べるわけである。

111

[1]暮春侍シ二宴ニ左丞相ノ東三條第一ニ、同ジク賦ス二渡リテ[2]レ水ヲ落花舞フト云一ヿヲ　應ズレ製ニ一首、以レ輕爲レ韻、幷序、

洛城有《ル》二一形勝一也[3]、世《ニ》謂《フ》二之《ヲ》東三條《ト》一、本是《レ》太相國之甲第也[4]、傳《ヘテ》爲《ス》二左丞相之花亭《ト》一、聖上不レ忘《レ》二舊里《ヲ》一、再《ビ》備《フ》二天臨《ニ》一、始《ハ》迴《ラシ》二翠花《ヲ》一[5]、一日禮《シ》二外祖《ヲ》於當時《ニ》一、今《ハ》准《ジテ》二紫禁《ニ》一、二年移《ス》二朝儀[6]《ヲ》於此《ノ》地《ニ》一、爰泉石增《シ》レ美《ヲ》、雲樂四《モニ》陳《ネ》、簾帷加《ヘ》レ花《ヲ》[7]、庭實千品《ナリ》、整《ヘ》[8]二伶倫[9]《ヲ》於龍舟《ニ》一、自《ラ》調《ベ》二春波之妙曲《ヲ》一、擇《ビテ》[10]二墨客《ヲ》於鳳筆《ニ》一、皆瑩《ク》二夜月之明文《ヲ》一[11]、蓋當《リ》二曲水之翌日《ニ》一、翫《ブ》二艷陽之風光《ヲ》一也、觀《レバ》夫《レ》、落花不レ閑《ナラ》、渡《ッテ》[12]レ水《ヲ》自《ラ》舞《フ》、遮《リテ》二沙風《ヲ》一而婉[13]轉《シ》、迴雪之袖暗《ニ》飜《ル》[14]、過《ギテ》二巖泉《ヲ》一而娑婆《タリ》[15]、落霞之琴遠和《クス》、至《リテハ》レ如《キニ》[16]下夫《ノ》赴《ク》[17]レ節《ニ》之度無《ク》二定樣一、應《ズルニ》レ聲《ニ》之體有《ルガ》中嬌粧上、問《ヘバ》二根源《ヲ》於岸口《ニ》一、若《ク》レ出《ヅルガ》レ自《リ》二杏園一、若《シ》レ出《デシガ》レ自《リ》二梨園一[18]、任《セ》二進退《ヲ》於波《ノ》心《ニ》一、亦[19]不レ知《ラ》二趙女《ナルヲ》一、不レ知《ラ》二漢女《ナルヲ》一者歟[20]、夫《レ》勝地《ノ》傳《フル》レ名《ヲ》、以《テ》雖《モ》二交美《ナリト》一、帝后未《ダ》下必《ズシモ》生《ズル》[21]二一家《ニ》一之光輝《アラ》[22]上、賢相《ノ》輔《ケ》レ主《ヲ》、以《テ》雖《モ》二世榮《ミユト》一、父[23]子未《ダ》三必《ズシモ》致《サ》二萬乘之臨幸《ヲ》一、於戲、千載《ノ》一遇、不レ光《ラ》レ古《ニ》乎、昔漢高祖之過《リ》二沛中《ニ》一、賞《シテ》二父老《ヲ》一以《テ》擊《チ》レ筑《ヲ》、唐《ノ》太宗之宴《シ》二池上《ニ》一、率《ヰテ》二貴臣《ヲ》一以《テ》獻《ゼシメシ》レ詩《ヲ》而已、臣謬《リテ》當《リ》二其《ノ》仁《ニ》一、粗[24]記《ス》二盛事《ヲ》一云《フ》レ爾、謹《ンデ》序《ス》[25]、

君臣宴樂歡遊好《シ》、落葉[26]亂葩度《リテ》レ水《ヲ》輕《シ》、霜葉冬題《シテ》陪《シ》二地下《ニ》一、風花春宴近《シ》二皇明《ニ》一、醉歌《シテ》得《タリ》レ趁《フヲ》桃源《ノ》路、蹈舞《シテ》欲《ス》レ看《ント》李部《ノ》榮、翰墨《ニ》寄《セテ》レ身《ヲ》頭已《ニ》白《ク》、鶯兒未《ダ》レ長《ゼ》動《カス》二心情《ヲ》一、

○校　異

①『本朝麗藻』「七言」あり。　②「渡」＝『本朝麗藻』「度」に作る。『日本詩紀』「浮」に作る。　③「也」＝『本朝文粋』『本朝麗藻』なし。　④「也」＝『本朝文粋』『本朝麗藻』なし。　⑤「花」＝『本朝麗藻』「華」に作る。　⑥「儀」＝『本朝麗藻』「議」に作る。　⑦「加花」＝『本朝文粋』『本朝麗藻』「添華」に作る。　⑧「整」＝底本「慗」に作る。『本朝文粋』『本朝麗藻』に據り改む。　⑨「倫」＝『本朝文粋』

「人」に作る。⑩「擇」＝『本朝文粋』「擢」に作る。⑪『本朝麗藻』「矣」あり。⑫「渡」＝『本朝麗藻』「度」に作る。⑬「婉」＝『本朝麗藻』「宛」に作る。⑭「毹」＝『本朝文粋』「翻」に、『本朝麗藻』「飆」に作る。⑮「娑婆」＝『本朝文粋』『本朝麗藻』「婆娑」に作る。⑯「如」＝『本朝文粋』『本朝麗藻』なし。⑰「赴」＝底本・『本朝文粋』「起」に作る。『本朝麗藻』に據り改む。⑱「若出自杏園、若出自梨園」＝『本朝麗藻』「若出自梨園、若出自杏園」に作る。⑲「亦」＝『本朝文粋』なし。⑳「歟」＝『本朝文粋』「乎」に作る。㉑「生」＝『本朝文粋』「致」に作る。㉒「輝」＝『本朝文粋』「耀」に作る。㉓「父」＝『本朝文粋』「文」に作る。㉔「粗」＝『本朝文粋』「聊」に作る。㉕「序」＝『本朝文粋』「對」に作る。㉖「葉」＝『日本詩紀』「藥」に作る。

○考　説

「東三條第」

寛弘二年十一月十五日に内裏焼亡あり、同十一月二十七日に、天皇・中宮彰子は、道長の東三條第に遷幸、寛弘三年三月十日に内裏立柱上棟。

『日本紀略』寛弘三年三月條、

四日丙午、天皇自二東三條一遷二御一條院一、中宮（彰子）同行啓、是日也、天皇先於二東三條殿一命二花宴一、題云、度レ水落花舞、

『御堂關白記』寛弘三年三月條、

一日、癸卯、召二善言（滋野）朝臣一、仰下可レ有二來間（四日）〇幸行一由上、又彼日可（賜二）文（レ召）人等賜名簿一、擬文章生等同召レ之、

四日、丙午、（中略）承レ仰、權中納言（忠輔）獻レ題、渡レ水落花舞、奏聞後、聞（同カ）人付二韻字一、輕字、召二匡衡（大江）朝臣一、賜レ題、仰二可レ獻レ序由一、（中略）兩三獻後、船樂發レ音、龍頭鷁首數曲遊二浪上一、當二御前一留レ船、奏レ舞各二曲、此間上下文人等獻レ文、

『拾芥抄』中、諸名所部、
東三條、（一）四條院誕生所、或重明親王家云々、二條南ノ町西、南北二町、忠仁公家、貞仁（信）公、大入道殿傳領、長久四四卅燒失、

『古事談』第六、亭宅諸道、
亭宅
東三條者、重明親王之舊宅也、親王夢ニ、日輪入二家中一ト見給テ、無二指事一過畢、爲二（兼家）大入道殿御領一之後、前一條院所下令二誕生一給上也云々、

『中外抄』
又仰云、李部王記汝見哉如何、申云、少々所々見候也、仰云、東三條ハ李部王家也、而彼王夢ニ、東三條乃南面ニ金鳳來舞、仍李部王雖レ被レ存下可二即位一由上不二相叶一、而大入道殿傳領、其後一條院乘二鳳輦一、西廊の切間より令レ出給了、此事他時相叶如何、予申云、爲レ家吉夢也、非下爲レ人吉夢上歟、

「輕」
輕は下平聲八庚の韻。

「洛城」
『拾芥抄』中、京程部、京都坊名、
東京、號二洛陽城一、西京、號二長安城一、
『文選』巻第二十八、鮑明遠（照）、放歌行、
雞鳴二洛城裏一、禁門平旦開、
洛城はこゝでは東京を謂ふ。

「甲第」
『文選』巻第二、張平子（衡）、西京賦、
北闕甲第當レ道直啓、綜曰、第、館也、甲、言二第一一也、
「花亭」
『杜工部詩集』巻一、重題二鄭氏東亭一、
華亭入二翠微一、秋日亂二清暉一、
「聖上不レ忘二舊里一」
『帝王編年記』巻十七、一條院、
圓融院第一皇子、母東三條院、藤詮子、法興院二條北、京極東、本號二東二條一、入道攝政兼家公、第二女也、天元三年庚辰六月一日壬申寅時、誕二生於外祖父兼家公東三條第一、二條南、西洞院東、北二町、東西一町、
又寛弘二年十一月十五日、内裡炎上、同廿七日、一條天皇は道長の東三條第に遷御、翌三年三月四日に一條院に遷幸になつた。
「舊里」
『晉書』五十四、列傳第二十四、陸機傳、
年二十而呉滅、退居二舊里一、閉レ門勤レ學、
「翠花（華）」
翡翠の羽で飾つた天子の旗。

『文選』巻第八、司馬長卿(相如)、上林賦、

建二翠華之旗一、樹二靈鼉《ダ》之鼓一、善曰、翠華、以二翠羽一爲レ葆《ハネカザリ》也、鼉鼓、以二鼉皮一爲レ鼓也、向曰、翠旗、以二翠羽一飾レ旗、

『白氏長慶集』巻十二、長恨歌、

漁陽鞞鼓動レ地來、驚破霓裳羽衣曲、九重城闕煙塵生、千乘萬騎西南行、翠華搖搖行復止、西出二都門一百餘里、

「一日禮二外祖於當時一」

『日本紀略』永延元年十月條、

十四日癸卯、天皇行二幸攝政《兼家》東三條第一、命行二詩宴一、題云、葉飛水面紅、又召二擬文章生一、奉レ試レ賦レ詩、題云、池岸菊猶鮮、又奏二音樂一、又授二角振神、隼神從四位下一、又有二勸賞一、

「紫禁」

『文選』巻第五十七、謝希逸(莊)、宋孝武宣貴妃誄、

掩二綵瑤光一、收二華紫禁一、嗚呼哀哉、善曰、宋孝武傷二宣貴妃一、擬二漢武李夫人一、賦曰、閟《トザス》二搖光之密陛一、宮二虛梁之餘陰一、又袁伯文美人賦曰、居二瑤光之巖奧一、御二象席之瓊珍一、並以二瑤光一爲二殿名一、蓋貴妃之所レ處也、王者之宮以象二紫微一、故謂二宮中一爲二紫禁一、禁、密奧、又謂二之巖奧一、濟曰、瑤光、即貴妃所レ居殿名、紫禁即紫宮、天子所レ居也、掩レ綵收レ華、言レ無二光色一也、

『晉書』十一、天文志上、

北極五星、鉤陳六星、皆在二紫宮中一、北極北辰最尊者也、其紐星、天之樞也、天運無レ窮、三光迭耀、而極星不レ移、故曰居二其所一而衆星拱レ之、第一星主レ月、太子也、第二星主レ日、帝王也、亦太乙之坐、謂二最赤明者一也、第三星主二五星一、庶子也、中星不レ明、主不レ用レ事、右星不レ明、太子憂、鉤陳後宮也、大帝之正妃也、(中略)紫宮垣十五星、其西蕃七、東蕃八、在二北斗北一、一曰二紫微一、大帝之坐也、天子常居也、

「二年移二朝儀於此地一」

前述。寛弘二年十一月廿七日より、翌三年三月四日一條院遷御迄、一條帝は東三條第に御座になつた。

「雲樂四陳」

『文選』巻第二十七、顔延年（延之）、宋郊祀歌、

金枝中樹、廣樂四陳、向曰、金枝、謂燈以レ金飾レ之、廣樂、天子樂也、

『穆天子傳』巻五、

甲辰、浮二于滎水一、乃奏二廣樂一、

『全唐詩』巻二、魏徵、奉レ和二正日臨レ朝、應詔、

淑景輝二雕輦一、高旌揚二翠煙一、庭實超二王會一、廣樂盛二鈞天一、

『史記』巻之四十三、趙世家、

趙簡子疾、五日不レ知レ人、（中略）扁鵲曰、（中略）不レ出二三日一疾必間、間必有レ言也、居二日半、簡子寤、語二大夫一曰、我之二帝所一甚樂、與二百神一游二於鈞天一、廣樂九奏萬舞、不レ類二三代之樂一、其聲動二人心一、

これ等の例に見られる様に、廣樂と云ふ語は廣く用ゐられたが、雲樂と云ふ用例は見當らない。雲樂は廣樂を思ひ誤つたものか。或は又『周禮』に次の様に見える。

『周禮』春官、大司樂、

以二樂舞一教二國子一、舞二雲門、大卷、大咸、大磬、大夏、大濩、大武一、

此周所レ存六代之樂、黄帝曰二雲門大卷一、黄帝能成レ名、萬物以明、民共レ財、言二其德如二雲之所レ出、民得以有二族類一、

『周禮』に見える黄帝作の雲門の樂の意か。

「四陳」

『文選』巻第三十一、江文通（淹）、雜體詩、嵆中散康、

曠《ハルカナルカナ》哉宇宙惠、雲羅更四陳、翰曰、言天地之惠、如三雲之羅列陳二布於四方一、

「簾帷」

『全唐詩』巻五、祖詠、汝墳秋同三仙州王長史翰聞二百舌鳥一、

秋天聞二好鳥一、驚起出二簾帷一、

「庭實千品」

『文選』巻第一、班孟堅（固）、東都賦、

於レ是庭實千品、旨酒萬鍾、善曰、左氏傳、孟獻子言二於公一曰、臣聞聘而獻レ物、於レ是有二庭實旅百一、向曰、庭實、器物、千品、言レ多也、

『春秋左氏傳』林註、莊公二十二年、

庭實旅レ百、庭實、庭之所レ實也、旅、陳也、百、百品也、言庭之所二實陳一有二百品一、言物備也、奉レ之以二玉帛一、乾爲二金玉一、坤爲二布帛一、此諸侯朝レ王、陳二贄幣一之象、天地之美具焉、天子賜二之土田一、諸侯獻二其國之所レ有、天地之美具焉、

庭實千品は、庭實旅百と同じで、庭中に獻上の百品を旅《ツラネ》る事。寛弘三年三月四日の『御堂關白記』には、「次大納言以下獻二々物庭中一、右大臣問レ之、」とある。

「伶倫」

『說苑』巻第十九、脩文、

黄帝詔㆓伶倫㆒、作㆓爲音律㆒、伶倫自㆓大夏之西㆒、乃之㆓崑崙之陰㆒、取㆓竹於嶰谷㆒、以生《ヲサメテ》㆓竅厚薄均者㆒、斷㆓兩節間㆒、應劭曰、生者治也、竅、孔也、孟康曰、竹孔與㆑肉薄厚等也、晉灼曰、取㆓谷中之竹、生而孔外肉厚薄自然均者㆒、截以爲㆑筩、不㆔復加㆓削刮㆒也、其長九寸而吹㆑之、以爲㆓黄鐘之宮㆒、

『文選』卷第三十五、張景陽（協）、七命、

營匠斲《ケヅリ》㆓其樸㆒、伶倫均㆓其聲㆒、善曰、營匠未㆑詳、說文曰、斲、斫也、漢書曰、黄帝使㆔伶倫取㆓嶰谷之竹㆒、斷㆓兩節間㆒而吹㆑之、以爲㆓黄鐘之宮㆒、制㆓十二篇㆒、以聽㆓鳳凰之音㆒、以比㆓黄鐘之宮㆒也、銑曰、營匠、匠人也、伶倫古之善㆑音者、

「龍舟」

『淮南子』卷第八、本經訓、

龍舟鷁首、浮吹以娛、此遁㆓於水㆒也、龍舟、大舟也、刻爲㆓龍文㆒以爲㆑飾也、鷁、大鳥也、畫㆓其象㆒著㆓船頭㆒、故曰㆓鷁首㆒、舟中吹㆓籟與㆑竽以爲㆑樂、故曰㆓浮吹以娛㆒、

『述異記』上、

夫差作㆓天池㆒、池中造㆓青龍舟㆒、舟中盛㆓陳妓樂㆒、日與㆓西施㆒爲㆓水嬉㆒、

『文選』卷第一、班孟堅（固）、西都賦、

後宮乘㆓輚輅㆒、登㆓龍舟㆒、張㆓鳳蓋㆒、向曰、後宮、后妃之屬、輚輅、臥車、龍舟、畫㆓龍於舟㆒、鳳蓋、蓋名、

「春波之妙曲」

『洞冥記』卷三、

帝嘗夕望㆓東邊㆒、有㆓青雲起㆒、俄而見㆓雙白鵠㆒、集㆓臺之上㆒、倏忽變爲㆓二神女㆒舞㆓於臺㆒、握㆓鳳管之簫㆒、撫㆓落霞之琴㆒、歌㆓青吳春波之曲㆒、帝舒㆓闇海玄落之席㆒、散㆓明天發日之香㆒、香出㆓胥池㆒、寒國地有㆓發日樹㆒、言日從㆑雲出、雲來掩㆑日、風吹㆓樹枝㆒拂㆑雲開㆓日光㆒也、亦名㆓開日樹㆒、樹有㆑滴、如㆓松脂㆒也、

「墨客」

『分類補註李太白詩』卷十二、自二梁園一至二敬亭山一、見二會公一、談二陵陽山水一、兼レ期同遊、因有二此贈一、

會公眞名僧、所在卽爲レ寶、開レ堂振二白拂一、高論横二青雲一、雪山掃二粉壁一、墨客多二新文一、爲レ余話二幽棲一、且述二陵陽美一、

「鳳筆」

『全唐詩』卷三、李嶠一、扈從還レ洛、呈二侍從群官一、

並輯蛟龍書、同簪鳳皇筆、

「夜月之明文」

『分類補註李太白詩』卷之三、樂府、蜀道難、

但見悲鳥號二古木一、雄飛從レ雌繞二林間一、又聞子規啼二夜月一愁二空山一、蜀道之難難三於上二青天一、使二人聽レ此凋二朱顏一、

「明文」

明文には次の『顏氏家訓』『文選』に見られる様に、法典に明記された典據とすべき文の意があるが、こゝでは『初學記』に見られる様に、優れた文の意である。

『顏氏家訓』風操篇、

南人冬至歲首、不レ詣二喪家一、若不レ修レ書、則過レ節束帶以申慰、北人至歲之日、重行二弔禮一、禮無二明文一、則吾不レ取、

『文選』巻第四十八、班孟堅（固）、典引、

答二三靈之蓄祉一、展二放唐之明文一、善曰、三靈、天地人也、尚書璇機論曰、平制二禮樂放唐之文一、翰曰、封禪者所下以答二天地人之多福一、廣中帝堯之明德上矣、蓄、多、祉、福、展、廣也、放唐謂レ堯也、

『初學記』第二十一巻、文部、筆六、蔡邕、筆賦、

敍二五帝之休德一、揚二蕩蕩之明文一、

「曲水」

10條に既述。

「艷陽」

晩春のうつくしい季節。

『白氏長慶集』巻三十五、春晩詠レ懷贈二皇甫朗之一、

艷陽時節又蹉跎、遲暮光陰復若何、一歳中分春日少、百年通計老時多、

『文選』巻第三十一、鮑明遠（照）、學二劉公幹體一、

玆辰自爲レ美、當レ避二豔陽年一、善曰、神農本草曰、春夏爲レ陽、銑曰、豔陽春也、

「婉轉」

やはらかにくねくと舞ふ様。

『文選』巻第十四、鮑明遠（照）、舞鶴賦、

始連軒以鳳ノ如ニマフ蹌、終宛轉而龍ノ如ニ躍、

『宋史』巻四百九十六、列傳第二百五十五、蠻夷四、至道元年、

上因令レ作二本國歌舞一、一人吹二瓢笙一、如二蚊蚋聲一、良久數十輩、連レ袂宛轉而舞、以レ足頓レ地爲レ節、詢二其曲一、則名曰二水曲一、

「廻雪之袖」

風のまゝにひるがへり舞ふ雪。

『藝文類聚』巻四十三、樂部三、舞、張衡、舞賦、

裾似二飛鷰一、袖如二廻雪一、

『全唐詩』巻二十、許渾一、陪二王尚書一、泛二舟蓮池一、

蓮塘移二畫舸一、泛泛日華清、水暖魚頻躍、煙秋雁早鳴、舞疑二回雪態一、歌轉二遏雲聲一、客散山公醉、風高月滿レ城、

『白氏長慶集』巻三、新東府、胡旋女、

絃鼓一聲雙袖擧、廻雪飄飖轉蓬舞、左旋右轉不レ知レ疲、

「娑婆」

娑婆は舞ふ様。

『詩經』陳風、東門之枌、

東門之枌、疾《ニクム》レ亂《ヲ》也、幽公淫荒、風化之所レ行、男女棄レ其二舊業一、亟《シバ〳〵》會二於道路一、歌二舞於市井一爾、

東門之枌、宛丘之栩、枌、白楡也、栩、杼也、國之交會、男女之所レ聚、子仲之子、婆二娑其下一、子仲、陳大夫氏、婆娑、舞也、

「落霞之琴」

「春波之妙曲」の條に述ぶ。

『全唐詩』巻二十三、陸龜蒙六、潺湲洞、

石淺洞門深、潺潺萬古音、似レ吹二雙羽管一、如レ奏二落霞琴一、

「赴レ節」

『文選』巻第十七、陸士衡（機）、文賦、

譬猶二舞者赴レ節以投レ袂、歌者應レ絃而遣レ聲、銑曰、譬如二善舞者趁レ節擧レ袖、善歌者、與レ絃相應一、投、擧、袂、袖也、

「問二根源於岸口一」

典據不詳。

岸口は岸上の意か。口も上もほとり。

『分類補註李太白詩』巻之十二、贈二汪倫一

李白乘レ舟將欲レ行、忽聞岸上踏歌聲、桃花潭水深千尺、不レ及二汪倫送レ我情一、齊賢曰、白遊二涇縣桃花潭一、村人汪倫常醞二美酒一以待レ白、倫之裔孫至レ今寶二其詩一、

「若レ出レ自二杏園一、若レ出レ自二梨園一」

『讀史方輿紀要』巻五十三、陝西二、西安府、長安縣、

杏園志云、在二曲江池西一、唐制、進士放レ榜後、於レ此宴集、又園內有二慈恩寺塔一、本隋無漏寺地、唐初廢、貞觀十二年、高宗在二青宮一爲二文德皇后一請立レ寺、因名、寺南臨二黃渠一、竹松森邃、浮圖七層、崇三百尺、唐進士賜レ宴後、率題二名於此一、所謂雁塔題名也、又梨園在二禁苑光化門北一、唐景龍四年、御二梨園毬場一、開元初、教二法曲於梨園一、卽此、

『唐書』巻二十二、禮樂志第十二、

玄宗既知二音律一、又酷愛二法曲一、選二坐部伎子第三百一、教二於梨園一、聲有レ誤者、帝必覺而正レ之、號二皇帝梨園弟子一、宮女數百亦爲二梨園弟子一、居二宜春北院梨園一、

「趙女」

『漢書』卷六十六、楊惲傳、

家本秦也、能爲二秦聲一、婦趙女也、雅善鼓レ瑟、

『文選』卷第四、張平子(衡)、南都賦、

於レ是齊僮唱兮列二趙女一、坐《キテ》南歌兮起《タッテ》鄭舞、善曰、齊趙二國名、高誘曰、取二南音一以爲二樂歌一也、王逸曰、鄭國儛也、

『文選』卷第三十九、李斯、上二書秦始皇一一首、

佳冶窈窕趙女、不レ立二於側一也、向曰、冶、美也、窈窕美貌、美女出二於趙一、

「漢女」

『杜工部詩集』卷二、渼陂行、

此時驪龍亦吐レ珠、馮夷擊レ鼓群龍趨、湘妃漢女出歌舞、

杜甫の詩の漢女は、漢水の神女で、『後漢書』の馬融傳に、「湘靈下漢女游、」とあり、注に「湘靈舜妃、溺二於湘水一、爲二湘夫人一也、見二楚詞一、漢女漢水之神女、詩云、漢有二遊女一、」とする所で、本條の漢女ではない。

『文選』卷第四、左太沖(思)、蜀都賦、

若其舊俗、終《ヲハリノ》冬如レ春吉日良辰、置二酒高堂一以御《スヽム》二嘉賓《ニ》一、金罍中坐肴核四陳、觴以二清醥一鮮以二紫鱗一、羽爵執競絲竹乃發、巴姬彈レ絃漢女擊レ節、翰曰、醥、清酒也、鮮、新殺也、紫鱗、魚也、羽爵、羽觴、作二鳥形一也、巴姬漢女、蜀之美女也、

「帝后未下必生二一家一之光輝上」

一條帝が兼家の東三條第で降誕になつた事。その母后が兼家の女で、東三條院と稱せられる事をいふ。

「萬乘」

76條に既述。

「千載一遇」

『文選』巻第四十七、袁彦伯(宏)、三國名臣序贊、

千載一遇、賢智之嘉會、善曰、東觀漢記、大史官曰、耿汎彭寵、倶遭二際會一、順レ時承レ風、列爲二蕃輔一、忠孝之策、千載一遇也、博奕論曰、誠千載之嘉會、百世之良遇也、

同贊に、

詵詵衆賢、千載一遇、善曰、毛萇詩傳曰、詵詵、衆多也、

『文選』巻第四十七、王子淵(褒)、聖主得二賢臣一頌、

故聖主、必待二賢臣一、而弘二功業一、俊士亦俟二明主一、以顯二其德一、上下倶欲二懽然交一レ欣、千載一會、論說無レ疑、

「昔漢高祖之過二沛中一」

『史記』巻之八、高祖本紀第八、

十二年十月、高祖已擊二布軍會甀一、布走、令二別將追一レ之、高祖還歸、過レ沛留置二酒沛宮一、悉召二故人父老子弟一縱レ酒、發二沛中兒一、得二百二十人一、教二之歌一、酒酣、高祖擊レ筑、韋昭曰、筑、古樂、有レ絃擊レ之不レ鼓、正義曰、音、竹、應劭云、狀似レ瑟而大頭、安レ絃以レ竹擊レ之、故名曰レ筑、顏師古云、今筑形似レ瑟而小、細項、自爲二歌詩一曰、大風起兮雲飛揚、威加二海內一兮歸二故鄕一、安得二猛士一兮守二四方一、令三兒皆和二習之一、高祖乃起舞、慷慨傷懷、泣數行下、

「唐太宗之宴二池上一」

『唐書』巻九十七、魏徴傳、

帝宴二群臣積翠池一、酣樂賦レ詩、徴賦二西漢一、其卒章曰、終藉二叔孫禮一、方知二皇帝尊一、

尚ほ『全唐詩』巻二、に魏徴の西漢の詩が見える。

「當二其任一」

任は人の意。

『全唐詩』巻一、明皇帝、送三李邕之二任滑臺一、

課成應二第一一、良牧爾當レ仁、

「歡遊」

『白氏長慶集』巻十三、酬二哥舒大見一レ贈、

去歲遊歡何處去、一作レ好、曲江西岸杏園東、花下忘レ歸因二美景一、樽前勸レ酒是春風、

「霜葉冬題陪二地下一」

不明。今以下の如く試解。

先年の冬には、地下人として霜葉を詠じた事があるが。

「皇明」

聖德ある天子。

『後漢書』列傳第三十上、班固傳、

奉春建レ策留侯演成《ヒキナセリ》、奉春君、婁敬也、春者四時之始、婁敬亦始建二遷都之策一、故以號焉、留侯、張良也、蒼頡篇曰、演者引也、天人合應以發二皇明一、天謂三五星聚二東井一也、人謂二婁敬等進説一也、皇明謂二高祖一也、

『文選』巻第一、班孟堅(固)、西都賦、

奉春建レ策留侯演成、天人合應以發二皇明一、乃眷西顧寔《コヽニ》惟作レ京、善曰、漢書曰、高祖西都二洛陽一、戍卒婁敬求レ見説レ上曰、陛下都レ洛不レ便、不レ如入レ關據二秦之固一、上問二張良一、良因勸レ上、是日車駕西都二長安一、拜二婁敬一爲二奉春君一、賜二姓劉氏一、又曰、封二張良一爲二留侯一、良曰、皇、大也、此則天意人事合應以發二我皇大明之德一、

「桃源路」

桃源は10條に既述。

『全唐詩』巻二、陳子良、夏晩尋二于政世一置酒賦レ韻、

長楡落照盡、高柳暮蟬吟、一返二桃源路一、別後難二追尋一、

「鶯兒未レ長動二心情一」

鶯兒は大江擧周。『御堂關白記』寛弘三年三月四日の記中に、「序宜作出、仍序者男擧周、被レ補二藏人一了、」とある。

○**大　意**

京洛の地に一の勝れた名勝がある。世間は是を東三條第と呼んでゐる。本はこれは太政大臣兼家公の第宅であつたが、今は左大臣道長公が傳領された。主上一條帝は、御生誕の家と云ふ縁に依つて、再度御臨幸になつた。始めは翠旗をはためかして、一日外祖父の兼家公に禮を述べられた。今回は内裏炎上の爲め、東三條第を宮中に擬し、二年にわたつて朝儀を此の第に移された。かくて東三條第の泉石のたゝずまひは、一段と美麗さを増し、天子をな

ぐさめる樂は頻りに奏せられ、簾帷も一きは美しく、諸臣の獻物も多彩で、樂人を龍頭鷁首の船に整へ、春波の妙曲を調べしめ、有文の文墨の士を集め、夜月をたゝへる明文を作らせられた。思へば今日は曲水の祝の翌日に當り、麗しくのどやかな春の風光を翫ばん爲めである。見れば止み間なく花片は散り、やり水を渡つて落片は恰も舞つてゐる様であり、風にあほられてくね〳〵とひるがへり、まるで舞妓の袖がひるがへる様である。巖を縫つて流れる流水を越えて舞ひ散る姿は、落霞の琴の音が遠くから和するが如きである。音節に從つて舞ふも、必ずしも定まつた舞姿がなく、音調に應じて名狀し難い嬌態を示すに至つては、その様な技の緣由を、岸邊の風に問へば、梨園や杏園の美しい妓女の舞ひを習つた様であり、波に從つて進退する擧措が、趙女とも漢女とも定め難いと云ふ風情である。一體名勝地として名高いものは、それぞれに美しいが、一家の中で皇后が出で、天皇が誕生されたと云ふ光輝を兼ねてゐる例は他にない。賢相が主上を輔佐して、代々榮えたと云つても、父子二代が天子の臨幸を仰いだ家はない。あゝ誠に千載一遇の幸であり、古來絶無の光榮である。昔漢の高祖が、布の軍を平らげ、歸途故郷沛に立ち寄り、父老を慰撫して、自ら筑を撃つて酒宴したのも、唐の太宗が積翠池で群臣と宴を設け、貴臣に獻詩させた故事も、今日の宴には到底及びもつかない。臣私は謬つて序者に指名され、今日の盛事を粗記する由緣である。

主上と臣下とが宴に臨み、心から喜び遊んでゐる。落葉も散花も流水の上に舞ふ様に落ちてゐる。先年の冬には地下人として霜葉を詠じた事があるが、今は聖皇のお側に侍して、春宴に招かれて風花を翫んでゐる。賜酒に醉ひ詠歌してさながら桃源郷への道を行く様な思ひがし、式部の官人の榮に浴しつゝ蹈舞してゐるが、思へば翰墨の道に身を投じて永く、既に頭は白髪であるが、我が兒擧周は未だ榮進の道に遠く、甚だ氣懸りな事である。

112

落花渡《リテ》レ水《ヲ》舞《フ》、

喜氣遇《ヒテ》レ時《ニ》池上晴《ル》、落花渡《リテ》レ水《ヲ》舞《ヒ》多《シ》レ情、婆二娑《タルハ》曲岸《ニ》一應《ニ》《ク》二風《ノ》送《ルナル》一、宛二轉《シテ》迴流《ニ》一被《ル》二月《ニ》迎《ヘ》一、鉤《ハ》似《テ》レ撫《スルニ》レ絃《ヲ》霞袂舉《リ》、舟《ノ》疑《ヒ》レ在《ルヲ》レ樹《ニ》雪膚輕《シ》、今朝初《メテ》見《ル》蓬瀛《ノ》事、歌《ヒ》レ德《ヲ》浴《シ》レ恩《ニ》仰《グ》二聖明《ヲ》一、

○考　説

「喜氣」

佳氣、めでたい氣。

『史記』卷之二十七、天官書、

若レ煙非レ煙、若レ雲非レ雲、郁郁紛紛、蕭索輪囷、是謂二卿雲一、卿雲見、喜氣也、

『全唐詩』卷五、王維一、奉レ和下聖製登二降聖觀一、與二宰臣等一同望上、應制、

野曠寒山靜、帝城雲裏深、渭水天邊映、佳一作レ喜、氣含二風景一、

『本朝文粹』卷第十一、後江相公、早春侍二內宴一、同賦三晴添二草樹光一、應レ製、

上月占二芳菲之初一、誠風光之惟新、觸レ眼而珍重者也、聖上順二天喜氣一、助二人歡情一、在二此嘉辰一、賜以二密宴一、

「曲岸」

まがりくねつた岸邊。

『淮南子』卷第八、本經訓、

鑿₂汙池之深₁、肆₂畛崖之遠₁、肆、極也、崖、垠也、來₂谿谷之流₁、飾₂曲岸之際₁、

「宛轉」

111条に既述。

「鉤」

鉤はまがる意で、弓張り月を意味する。

『全唐詩』巻十五、元稹十、開元観閑居、酬₂呉士矩侍御₁三十韻、

初日先通ㇾ牖、輕颸毎透ㇾ簾、露盤朝滴滴、鉤月夜纖纖、

『文選』巻第三十、鮑明遠(照)、翫₂月城西門廨中₁、

始出₂西南楼₁、纖纖如₂玉鉤₁、善曰、西京雑記、公孫乘月賦曰、隠₂員巖₁而似ㇾ鉤、

「霞袂」

18条に既述。

「榭」

『文選』巻二十五、張景陽(協)、七命八首、

嶢榭迎ㇾ風、秀₂出中天₁、善曰、方言曰、嶢、高也、郭璞爾雅注曰、榭、臺上起ㇾ屋也、曹子建七啓曰、迎₂清風₁而立ㇾ觀、列子曰、周穆王築ㇾ臺、號曰₂中天之臺₁、

「雪膚」

『白氏長慶集』巻十二、長恨歌、

其中綽約多₂仙子₁、中有₂一人₁字₂太眞₁、雪膚花貌參差是、

「蓬瀛」

蓬萊と瀛洲との二仙山、これに方丈別名方壺を合はせて三神山と云ふ。

『拾遺記』巻第四、燕昭王、四年、

需《（甘需）》曰、臣遊㆓昆臺之山㆒、見㆑有㆓垂白之叟㆒、宛若㆓少童㆒、皃如㆓冰雪㆒形如㆓處子㆒、血清骨勁、膚實腸輕、乃歷㆓蓬瀛㆒而超㆓碧海㆒、經涉升降、遊往無㆑窮、此爲㆓上仙之人㆒也、

『列子』湯問第五、

革曰、渤海之東不㆑知㆓幾億萬里㆒、有㆓大壑㆒焉、實惟無㆑底之谷、其下無㆑底、名曰㆓歸墟㆒、或作㆓歸塘㆒莊子云㆓尾閭㆒、。八紘九野之水、天漢之流、莫㆑不㆑注㆑之、而無㆑增無㆑減焉、八紘、八極也、九野、天之八方中央也、世傳天河與㆑海通、其中有㆓五山㆒焉、一曰岱輿、二曰員嶠、三曰方壺、一曰方丈、四曰瀛洲、五曰蓬萊、史記曰、方丈瀛洲蓬萊、此三神山在㆓渤海中㆒、盖常有㆑至者、諸仙人及不死之藥皆在焉、未㆑至望㆑之如㆑雲、欲㆑到卽引而去、終莫㆓能至㆒、

○大　意

今や陽春の佳氣の中、池のほとりは晴れ渡つてゐる。落葉は水の上に舞ひ散り情趣深い。まがりくねつた流水のほとりに落花が舞ふのは、まさに春風に促される所爲であらう。流水の上に舞ひつゝ夜月の光りに光される。弓張り月は絃を撫してゐる様で、その音に合はせて散る花は仙衣の袂がひるがへる様である。流水の曲に集まつた花片は、舟が榭にもやつてある様で、雪の様に白く、輕輕漂漂としてゐる。本日恰も蓬萊瀛洲の仙山に訪れた様な思ひがする。自分は聖皇の德を頌え、皇恩に浴し、ひたすら聖天子を讚仰する譯である。

113

無情《ニモ》花自《ラ》落《ツ》、
四十三時春又暮、毎《ニ》レ看《ル》二花《ノ》落《ツルヲ》一涙零《ツルコト》多《シ》、枯株久《ク》被《ル》二人《ニ》摧折《セ》一、雨露明年欲《スルカ》二奈何《ナラント》一、

○考　說

「四十三時」

匡衡は天暦六年（九五二）生れであるから、四十三歳は正暦五年（九九四）になる。

○大　意

四十三歳になる迄、幾度か春を送つた。毎暮春落花を見る度にしきりに惜春の涙を落した。思へば枯株が摧折されるに、自分もいくつかの艱難を經て來た。明年の雨露は如何にあるであらうか。

114

花鳥《ハノ》春資貯、以レ心爲レ韻、
花鳥《ハ》本來興味深《シ》、作《ナリ》二春資《ノ》貯《ト》一感《ゼシム》二人心《ヲ》一、遲風貨殖推《シ》二濃艶《ヲ》一、暖雨廻成積《ム》二好音《ヲ》一、露《ハ》聚《メ》二玉顔《ヲ》一[1]光萬顆、霞《ハ》藏《シ》二繡羽《ヲ》一直千金、士林今日多《ク》二歡樂一、攀二翫《シテ》榮花《ヲ》一[2]聽《ク》二風琴《ヲ》一、[3]于レ時有二管絃一、

○校　異

①「顔」＝『日本詩紀』「眼」に作る。　②「花」＝『日本詩紀』「華」に作る。　③「于」＝『日本詩紀』なし。

○考　說

「心」

心は下平聲十二侵韻。

『權記』寛弘三年三月條、

廿四日丙寅、詣二左府一、有二作文一、題花爲二春資貯一、心字、半夜許作了、歸レ家及レ曉、

『權記』が「花爲春資貯」とする「爲」は「鳥」の誤で、「花鳥春資貯」の題で、『日本詩紀』に大江通直の詩があり、『本朝麗藻』巻上、には藤原齊信の詩が見える。

「資貯」

資貯は資儲と同じで、花鳥は春の財產であると云ふ意。

「遲風」

おそい風、のどかな風。

『後漢書』列傳第七十八、西域傳、安息國、

和帝永元九年、都護班超遣三甘英使二大秦一、抵二條支一臨二大海一欲レ度、而安息西海船人謂レ英曰、海水廣大、往來者逢二善風一三月乃得レ度、若遇二遲風一亦有二二歲者一、故入レ海人皆齎《モッ》二三歲糧一、

「貨殖」

財貨。かねまうけ。

『後漢書』列傳第二十二、樊宏傳、

樊宏字靡卿、南陽湖陽人也、（中略）父重字君雲、世善二農稼一好二貨殖一、

「濃艶」

あでやかで美しい事。
濃・穠同じ。
『分類補註李太白詩』巻五、清平調詞、
一枝穠艷露凝㆑香、雲雨巫山枉斷㆑腸、借問漢宮誰得㆑似、可㆑憐飛燕倚㆓新粧㆒、

「玉顔」
『藝文類聚』巻十八、人部二、美婦人、
梁庾肩吾、南苑看㆓人還㆒詩、
春花競㆓玉顔㆒、倶折復倶樊、

「繡羽」
ぬひとりのある羽。こゝでは色美しい鳥を云ふ。
『全唐詩』巻二十、李商隱三、柳枝、
柳枝井上蟠、蓮葉浦中乾、錦鱗與㆓繡羽㆒、水陸有㆓傷殘㆒、

「士林」

『南史』梁本紀中第七、武帝下、

(大同)七年十二月丙辰、於㆓宮城西㆒立㆓士林館㆒、延㆓集學者㆒、
士林は學者を云ふ。林は多の意。

『後漢書』列傳第六十四上、袁紹傳、

故九江太守邊讓、英才儁逸、以三直レ言正レ色論不二阿諂一、身被二梟懸之戮一、妻孥受二灰滅之咎一、自レ是士林憤痛、人怨天怒、一夫奮レ臂擧レ州同レ聲、

「攀翫」

手にとりてもてあそぶ。

『白氏長慶集』卷二、有木詩八首の中、櫻桃、

鳥啄子難レ成、風來枝莫レ住、低軟易二攀翫一、佳人屢迴顧、

○大　意

花鳥は本來興味の深いものである。春の財産として人々を感慨深く思はせる。花はのどかな風にのり、豐かに咲いてあでやかな姿であり、鳥は暖雨にさそはれて好い音色に囀る。露を帶びた花花は恰も玉顏を集めたやうで、千萬の顆の光の樣に見え、霞の中から美しい鳥鳥の囀りが聞こえ、正に千金の價値がある。文士等は本日の會合に心から歡び、咲きほこつた花を手にしたり、風のはこぶ琴の音に耳をすませてゐる。

115

四月一日、見《テ》下三月盡日春被《ル》二鶯花送《ラ》一之題《ヲ》上、不レ堪《ヘ》二感歎《ニ》一、作《リテ》レ詩加《フ》レ之《ニ》、

四五十年事《トシ》二風月《ヲ》一、今春才盡《キ》不二奔鶯《セ》一、殘春好被《シレ》二鶯花送《ラ》一、首夏自《ラ》慙《ヅ》鶴髪《ノ》生《ジタルヲ》、衣レ錦《ヲ》鳴《ラスハ》レ珂《ヲ》非《ズ》二我事《ニ》一、

登《リ》レ山《ニ》臨《ミ》レ水《ニ》任《サン》二君《ガ》情《ニ》一、旁聞《ク》餞別《シテ》迷《フヲ》二岐路《ニ》一、時輩莫《レ》レ譏《ル》・1倦《ミタルヲ》二送迎《ニ》一、

○校　異

①「讖」＝『日本詩紀』「説」に作る。

○考　説

「春被二鶯花迯一」

『日本紀略』天德三年三月條、

卅日乙亥、召二文人於祕書閣一、令レ賦下春被二鶯花迯一之詩上、有二御製一、

『高光集』

天暦〔德〕三年三月つこもりの日、文人めして、花も鳥も春のをくりすといふ心を、詩につくらせ給に、やかてやまと歌ひとつそへてまいらせよとおほせられしに、

櫻花のとけき春の雨にこそふかき《るイ》にほひもあらはれにけれ

「好」

好はよしと讀み、肯定の意の助辭。

『全唐詩』巻十二、韓愈九、左遷至二藍關一示二姪孫湘一、

雲横二秦嶺一家何在、雪擁二藍關一馬不レ前、知汝遠來應レ有レ意、好收二吾骨一瘴江邊、

「首夏」

『文選』巻第二十二、謝靈運、游二赤石一進帆レ海、

首夏猶清和、善曰、爾雅曰、首、始也、歸田賦曰、仲春令月、時和、氣清、

「鶴髮」

4條に既述。白髪。

103條に既述。

「衣錦」

「鳴レ珂」

珂は馬勒の飾、白い碼碯で貴人の馬の勒を飾る。

『文選』巻第五、左太沖(思)、呉都賦、

致三遠流離與二珂珹一、劉曰、珹、老鵰化西海爲レ珹、已裁割若二馬勒一者、謂二之珂一、珹者珂之本璞也、日南郡出二珂珹一、翰曰、流離珂珹皆寶名、自レ遠至也、

『藝文類聚』巻九十三、獸部上、馬、

梁元帝、後園看二騎馬一詩、

良馬出二蘭池一、連翩驅二桂枝一、鳴珂隨二蹋駃一、輕塵逐二影移一、

○大　意

四五十年來風月を詠ずる事につとめて來たが、今春才能もかれてあながち詩詠に焦心しない。今や殘春は鶯や花に送られて去り、四月一日の首夏、榮達もせぬ中に既に白髪の生じたのを慙ぢる。錦を著たり、珂を鳴らしたりと云ふ貴人の生活とは、全く無關係である。山に隱れ、水邊に逃れると云ふ隱遁の生活に入るか入らぬかは、專ら主上の御心のまゝである。一方故友は夫々に榮進して、友達に餞送されて任地に行くと云ふ事を仄聞する。時の友達よ、自分が餞送にも加はらぬ事をそしるなかれ。

116 初冬同賦二紅葉高牕[1]雨一、以レ疏爲レ韻、

紅葉時來《リテ》漸《ク》盡《キム》初、一朝學《ビテ》レ雨《ヲ》拂《ヒテ》レ窓《ヲ》疏《ナリ》、灑《グ》レ紗《ニ》影霽《レタリ》衣何濕《ゾラン》、落《ツル》レ枕《ニ》聲乾《キ》夢半虚《バシ》、不二是漢邊離畢《ノ》態《ニ》一、

唯因《ル》二林下晩風《ノ》餘《リニ》一、樹搖《ギテ》難《シ》レ耐《ヘ》我堂老《イタリ》、恵露待《ツ》レ春君《ヲ》拾[2]《ヘ》レ諸《ヲ》、

○校　異

①「牕」＝『日本詩紀』「窓」に作る。②「拾」＝底本「拾《捨イ》」に作る。『日本詩紀』「捨」に作る。

○考　説

「疎」

疎は上平聲六魚韻。

「紗」

紗《サ》は薄絹。こゝでは紗窗を云ふ。

『白氏長慶集』巻三十三、三月三日、

畫堂三月初三日、絮撲二窓紗一燕拂レ簷、蓮子數杯嘗二冷酒一、柘枝一曲試二春衫一、

「漢邊」

『詩經』小雅、大東、

維天有レ漢、漢、天河也、

天の川のあたりの意。

「離畢」

『文選』巻第三十五、張景陽(協)、七命八首の中、

南箕之風、不レ能レ暢ニ其化《ノフル》一、離畢之雲、無三以豊ニ其澤《ウルホヒ》一、善曰、尚書曰、星有レ好レ風、星有レ好レ雨、春秋緯曰、月失ニ其行一離《カヽル》ニ於箕一者風、離ニ於畢一者雨、翰曰、南箕、星名主レ風、風所ニ以養レ物暢通一也、畢星主レ雨、離、著也、月行著レ畢則雨也、雨可ニ以潤レ物、雲所ニ以致レ雨、

○大　意

紅葉が時期が來て漸くすつかり散り始めた。恰も雨の様に窓を打つてゐる。雨とは異り窓紗に散りかゝる木の葉は、濕氣をもたらさぬ。枕邊に落ちる紅葉のかわいた音に夢もとぎれ勝ちである。紅葉が雨の様に降ると云つても、これは月が畢にかゝつて降る本當の雨ではなく、樹々を吹き渡る風によつて葉が散るのである。樹々はこがらしに搖れ、ふるびた我家は強い風に耐へ難い。我も亦老いてふるびた我家と同じである。早く春になつて、主君の惠みに會ひたいものである。

117　晩秋侍レ宴、同賦ニ木葉落《ツル》一如《シト云一ヲ》レ舞《フガ》、各分ニ一字一、探ニ得簪字一、

物色蕭條《トシテ》秋色深《シ》、葉飛《ブ一》如《ク》レ舞《フガ》不レ歸《ラ》レ林《ニ》、彩鸞對《シ》レ鏡《ニ》翻《ヘル》レ流影《ニ》、絳樹下《リテ》レ樓《ヲ》拂《フ》レ地音《ヲ》、桐脆《クシテ》應《ジテ》レ絃《ニ》風擧《ゲ》レ袖《ヲ》、柳疎《クシテ》學□露裝《フ》レ簪《ヲ》、婆娑《トシテ》移《シ》得《タリ》唐虞《ノ》曲、草木靡然《トシテ》似《タリ》レ有《ルニ》レ心、

○考　説

「簪」

簪は下平聲十二侵韻。

「木葉落如レ舞」

『權記』長保二年九月條、

廿四日戊(戌)辰、御前有二作文事一云々、式部權大輔(大江匡衡)獻レ題云、木葉落如レ舞、探韻、藏人孝標(菅原)獻レ序、御製四韻、左大臣、左大辨(藤原忠輔)、宰相中將(藤原齊信)被レ候、

「蕭條」

31條に既述。もの淋しい樣。

「彩鸞」

『山海經』西山經、

女牀之山（中略）有レ鳥焉、其狀如レ翟、而五采文、名曰二鸞鳥一、見則天下安寧、説文云、鸞亦神靈之精也、赤色五采雞形、鳴中二五音一、頌聲作則至、

『故事成語考注』（『大漢和辭典』に據る。）

彩鸞棲二張叟之筠一

張虛靜天師於二龍虎山一結レ廬而處、有二彩鸞一棲鳴二其上一、作レ詩、有下結二廬高處一無二人到一、夜半彩鸞棲二綠筠一之句上、

「絳樹」

106・108條に既述。絳樹の誤りと見る。珊瑚。こゝでは紅に紅葉した樹葉。

「唐虞曲」

『史記』巻之一、五帝本紀、

帝堯者放勳、徐廣曰、號二陶唐一、

虞舜者、索隱曰、虞、國名、在二河東太陽縣一舜、謚也、名曰二重華一、

『論語集解義疏』泰伯、

唐虞之際、疏、唐虞、堯舜有二天下一之號也、

『漢書』巻二十二、禮樂、

昔黃帝作二咸池一、顓頊作二六莖一、帝嚳作二五英一、堯作二大章一、舜作レ招、師古曰、招讀曰レ韶、禹作レ夏、湯作レ濩、武王作レ武、

周公作レ勺、（中略）招、繼レ堯也、師古曰、韶之言紹也、故曰繼レ堯也、大章章レ之也、

『論語集解義疏』述而、

子在レ齊聞二韶樂一、三月不レ知二肉味一、曰不レ圖爲レ樂之至二於斯一也、疏、韶者舜樂名也、盡善盡美者也、

「靡然」

なびき順ふ様。

『文選』巻第五十六、陸佐公（倕）、石闕銘、

於レ是天下學士、靡然向レ風、人識二廉隅一、家知二禮讓一、

○大　意

あたりの景色がもの淋しく、いよ〳〵秋の氣配が濃い。落葉は舞ひ落ち本の樹々には歸らない。色美しい落葉は恰も彩鸞が影を投ずる様に、流水の上にひるがへつて居り、紅葉は高い樹の枝から散つて、地にあたつてかさ〳〵

音をたてゝゐる。桐葉は散り易く、管絃の音に應じて袖を振つて舞ふ様にひら〳〵と散り、柳枝の小葉は露を帶びて簪をさした様である。落葉が舞ふ様は、さながらに唐虞の曲に合はせた様である。草木は晩秋の風にさそはれ恰も風流を解する様である。

118

初冬、陪《シ》レ行二幸《ニ》攝政第《ヘノ》一、同《ジク》賦《ス》二葉飛《ンデ》水面紅《ナルヲ》一、應《ズ》レ製《ニ》、

秋後有《リテ》レ時入《ル》二洞中《ニ》一、葉飛《ンデ》水面自《ラ》成《ス》レ紅《ヲ》、燒《キタルモ》レ丹《ヲ》非レ火《ニ》沙頭態《ノナリ》、織《ルモ》レ錦《ヲ》無《シ》レ機浪上功《ノナリ》、擊《チ》レ筑《ヲ》復歌《タフ》豐沛《ノ》月、廻《シテ》レ輿《ヲ》重《ネテ》問《フ》渭陽風《ノ》、仁《ハ》霑《ホシ》二草木《ヲ》一皆逢遇《ス》、爭《デカ》以《テ》二愚忠《ヲ》一達《セン》二聖聰《ニ》一、

○考　說

「行二幸攝政第一」

『日本紀略』永延元年十月條、

十四日癸卯、天皇行二幸攝政《兼家》東三條第一、命二行詩宴一、題云、葉飛水面紅、又召二擬文章生一、奉試賦レ詩、題云、池岸菊猶鮮、又奏二音樂一、又授二角振神、隼神從四位下一、又有二勸賞一、

「洞中」

洞は幽邃な東三條第を云ふ。

『全唐詩』卷五、王維三、奉三和聖製幸二玉眞公主山莊一、因題二石壁十韻之作一、應制、

洞中開二日月一、窗裏發二雲霞一、庭養二冲天鶴一、溪流上レ漢查、

「焼レ丹」

丹は赤い鑛物で、これを焼いて不老不死の藥を作ると云ふ。「焼レ丹非レ火云々」は、紅葉は丹を焼いた様に赤いが、それは殊更に火を用ゐたのではない。

『文選』巻第二十二、謝靈運、晩出二西射堂一、

曉霜楓葉丹、夕曛嵐氣陰、

「撃筑復歌豐沛月」

111條の「過二沛中一」を參照。

豐沛は漢の高祖の鄉里。

『史記』巻之八、高祖本紀、

高祖沛豐邑中陽里人、姓劉氏、李斐曰、沛、小沛也、劉氏隨二魏徙一大梁、移在レ豐、居二中陽里一、孟康曰、後沛爲レ郡、豐爲レ縣、

『讀史方輿紀要』巻二十九、江南十一、徐州、

沛縣、州西北百四十里、東至二山東滕縣一九十里、西北至二山東魚臺縣一百十里、古偪陽國地、秦置二沛縣一爲二泗水郡治一、漢高祖起二於此一、改二泗水郡一爲二沛郡一、（中略）時謂二之小沛一、

豐縣、州西北百八十里、西至二山東單縣一九十里、西北至二山東金鄉縣一百里、秦沛縣之豐邑、漢高沛豐邑中陽里人也、

邀城、在二縣西南二十里一、相傳漢高還レ鄉、父老邀二之於此一、因名、亦曰二邀駕城一、

『西京雜記』巻二、

太上皇從二長安一居二深宮一、悽愴不レ樂、高祖竊因二左右一問二其故一、以下平生所レ好皆屠販少年、酤レ酒賣レ餅、鬪レ鷄

蹴レ鞠、以レ此爲レ懽、今皆無上此、故以不レ樂、高祖乃作二新豐一、移二諸故人一實レ之、太上皇乃悅、故新豐多二無賴一、無二衣冠子弟一故也、

「廻レ輿」

天子の臨幸を云ふ。

「重問」

一條帝は天元三年六月一日、兼家公の東三條第に御降誕になつて、その後再び兼家公第を訪はれた事を云ふ。

「渭陽風」

『詩經』秦風、渭陽、

我送二舅氏一、曰《コヽニ》至二渭陽一、母之昆弟曰レ舅、箋云、渭、水名、秦是時都レ雍、至二渭陽一者、蓋東行送二舅氏咸陽之地一、何以贈レ之、路車乘黃、贈、送也、乘黃、四馬皆黃也、我二舅氏一、悠悠我思、何以贈レ之、瓊瑰玉佩、瓊瑰、美石而次レ玉者、

渭陽は母方の伯叔父を云ひ、轉じて母方の祖父も云ふ。

『書言故事』卷之二、親戚類、

渭陽、常談二舅氏一曰二渭陽一不レ可レ用、渭陽、母在、秦康公之母、晉文公之妹、康公爲二太子一時、母卒、送二文公于渭之陽一、文公、名重耳、獻公之次子也、獻公嬖妾驪姬、嘗讚二殺太子申生一、又欲レ殺二群公子一、重耳遂出奔、靡二國不一レ到、而至二于秦一、至レ是康公送レ之歸レ晉、而至渭水之陽、水之陽、西北向也、念二母之不一レ見也、我見二舅氏一如二母存一焉、

「仁霑二草木一」

『隋書』卷五十七、列傳第二十二、薛道衡、頌、

天性弘慈、聖心惻隱、恩加二禽獸一、胎卵於レ是獲レ全、仁霑二草木一、牛羊所二以勿一レ踐、

○大　意

初冬の一日幽邃な兼家公の東三條第に參じた。そこでは紅葉した木葉が飛んで、水面は自ら紅を呈してゐた。丹を燒いた樣に赤いが、それは火の色ではなく、紅葉でうまつた沙頭の姿であり、水面は錦を織つた樣に色あざやかであるが、それは織機により織りなされたものでなく、浪の上にたゞよふ紅葉の所爲である。漢の高祖が沛の故郷をよぎり、故老を集めて自ら筑を擊つて謠つた樣に、聖上は降誕の家に行幸になり、外祖を訪らはれた。主上の御仁性は草木に迄及び、萬物がその御惠に浴してゐる。自分も何とか忠心を聖上の御耳に達しさせ、御引き上げにあづかりたい。

119　秋夜守《リ》二庚申《ヲ》一、同賦《ジクス》二蘭以《テ》レ香爲《ヲ》レ貴《ストヿヲ》、以《ト》レ風爲レ韻、

以《テ》レ香見《ヲ》レ貴《バ》一蘭藂、禮重《クシテ》得《ヲ》レ時似《タリ》レ有《ルニ》レ功、拾《ヒ》レ紫《ヲ》手匀《ク》榮耀《ノ》露、鳴《ラシテ》レ珠《ヲ》佩染《ム》德音《ノ》風、江楓葉落《チテ》沈淪《スルヿ》久《シ》、籬菊花遲《クシテ》採擢空《シ》、幸《ニヒ》遇二薫蕕《ノ》分別日《ノニ》一、腐儒獨《リ》[1]愧《ヅ》志《ノ》難《キヲ》レ通《ジ》、

○校　異

①「獨」＝『日本詩紀』「□」に作る。

○考　説

「蘭藂」

蘭が群がり生えてゐること。

『全唐詩』巻十二、楊巨源、酬二于駙馬一、

晴花煖送金羈影、涼葉寒生玉簟風、長得レ聞レ詩歡自足、會看三春露濕二蘭叢一、

「拾レ紫」

紫は紫色の印綬、拾紫は官位につく事。

『全唐詩』巻三、駱賓王一、夏日遊二德州一贈二高四一、

談レ玄明毀レ璧、拾レ紫陋二籯金一、鷺濤開二碧海一、鳳彩綴二詞林一、林虚星華映、水澈霞光淨、

「鳴レ珠」

佩玉をならす事。

『國語』楚語下、

王孫圉聘二於晉一、王孫圉、楚大夫也、定公饗レ之、趙簡子鳴レ玉以相、定公、晉頃公之子午也、簡子、趙鞅也、鳴玉、鳴二其佩玉一以相禮、

「德音」

天子の德。

『文選』卷第四十九、干令升（寶）、晉紀總論、

以至二于王季一、能貊《シツカニス》二其德音一、善曰、毛詩曰、維此王季帝度二其心一貊二其德音一、毛萇曰、心能制レ義曰レ度、貊、靜也、鄭玄曰、德政應和曰レ貊、

よい評判、令聞。

『文選』卷第四十二、阮元瑜（瑀）、爲二曹公一作レ書與二孫權一、

是以至情願レ聞二德音一、銑曰、德音猶二美譽一、

「江楓」

江は江水、同時に大江家の自分をも含めてゐる。

『文選』卷第三十三、宋玉、招魂、

湛湛江水兮上有レ楓、逸曰、湛湛、水皃、楓、木名也、言湛湛江水、浸二潤楓木一、使二之茂盛一、

「薰蕕」

『孔子家語』巻第二、致思、第八、

對曰、回聞、薫蕕不二同レ器而藏一、薫、香、蕕、臭、堯桀不二共レ國而治一、以二其類異一也、

薫は香草、蕕《イウ》は惡臭の草、引いては善人と惡人の意。賢者と愚者。

○大　意

香りがよいので珍重される一むらの蘭、大切に扱はれ正に眞盛りで、恰も人が功を建てた様である。蘭の花を摘めば、花にたまつた露にぬれかぐはしい香がうつる。天子の御德に浴し、榮えあつて佩玉を鳴らしてゐる。一方自分は楓が葉をふるつた様に、久しい間榮達に見離されてゐる。まるでまがきの菊が、時期遅れに咲いて、何人も見かへり摘んでくれる事がないのと同じである。幸に明天子のもとで、賢愚の分別が明らかな世であるが、自分の様な無能の貧儒は、たゞ自分の志がとげられない事を愧ぢるばかりである。

120　菊蘂花未《ダ》レ開《カ》、題中取レ韻、

拋《チ》二來《リテ》塵事《ヲ》一侍《ス》二仙宮《ニ》一、花未《ダ》レ能《ハ》レ開《ク》　眞菊《ノ》蘂、蘭麝《ハ》獨《リ》薫《ズ》鈿匣《ノ》[1]底、桃夭《ハ》猶《ホ》寢《タリ》翠簾《ノ》中、濃粧不レ審《カナラ》　南陽《ノ》月、

香氣難《シ》レ傳《ヘ》女几《ノ》風、百草霑《ヒ》レ恩《ニ》心《ニ》竊《ム》恃、蕭疎《タル》兩鬢[2]有《リ》二霜蓬一、

○校　異

①「匣」＝『日本詩紀』「筐」に作る。　②「鬢」＝『日本詩紀』「髩」に作る。

○考　説

「菊蘂花未レ開」

『御堂關白記』寛弘二年九月條、

三日、戊申、天晴、參內、候レ宿、ゝ所殿上人來作文、題菊蘂花未レ開、

「蘭麝」

蘭と麝香。

『晉書』三十三、列傳第三、石崇傳、

崇時在二金谷別館一、方登二涼臺一、臨二清流一、婦人侍レ側、使者以告、崇盡出二其婢妾數十人一以示レ之、皆蘊二蘭麝一被二羅縠一、

「鈿匣」

鈿匣《デンカフ》は鈿合と同じ。青貝を散りばめた香箱。

『白氏長慶集』巻十二、長恨歌、

唯將二舊物一表二深情一、鈿合金釵寄將去、

「桃夭」

『詩經』周南、桃夭、

桃夭、后妃之所レ致也、不二妬忌一、則男女以レ正、婚姻以レ時、國無二鰥民一也、老無レ妻曰レ鰥、

桃之夭夭、灼灼其華、興也、桃有二華之盛一者、夭夭其少壯也、灼灼、華之盛也、箋云、興者、喩下時婦人皆得中以二年盛時一行上也、

『文選』巻第二十三、阮嗣宗（籍）、詠懷詩、

夭夭桃李花、灼灼有二輝光一、良曰、夭夭、美皃、灼灼、明皃、

「翠簾」

みどりのすだれ。

『全唐詩』巻十五、元稹二十七、憶事、

夜深閑到二戟門邊一、却二繞行廊一又獨眠、明月滿レ庭池水淥、桐花垂在二翠簾前一、

「南陽」

『太平御覧』巻第九百九十六、百卉三、菊、

風俗通曰、南陽酈縣有二甘谷一、谷中水甘美云、其山上大有レ菊、菜水從レ山流、下得二其滋液一、谷中三十餘家、不二復穿レ井、仰飮二此水一、上壽百二三十、其中百餘、七十八十名レ之爲レ夭、（注、『初學記』「上壽百二三十、其中年七八十者、名二之大夭一」に作る。）司空王暢太尉劉寛太傅遠隗、爲二南陽太守一、聞レ有二此事一、令三酈月《（縣カ）》送二水三十斛一、用二飮食澡浴一、終然無レ益、（注、『抱朴子』僊藥にほゞ同文が見える。）

盛弘之荊州記曰、酈縣北八里、有二菊水一、其源悉芳菊被レ岸、水甚甘、

「女几」

『山海經』中山經、中次八經、

又東北百二十里、曰二女几之山一、行案、山在二今河南宜陽縣西一、

『藝文類聚』巻八十一、藥香草部上、菊、

山海經曰、女几之山、其草多レ菊、

『全唐詩』巻十二、羊士諤、過㆓三郷㆒望㆓女几山㆒、早歳有㆓卜築之志㆒、

女几山頭春雪消、路傍仙杏發㆓柔條㆒、心期欲㆑去知何日、惆悵回㆑車上㆓野橋㆒、

「蕭疎」

『全唐詩』巻十二、羊士諤、登樓、

槐柳蕭疎遶㆓郡城㆒、夜添㆓山雨㆒作㆓江聲㆒、秋風南陌無㆓車馬㆒、獨上㆓高樓㆒故國情、

「霜蓬」

霜枯れた蓬。

『分類補註李太白詩』巻五、怨歌行、

寧知趙飛燕、奪㆑寵恨無㆑窮、沈憂能傷㆑人、綠鬢成㆓霜蓬㆒、

『白氏長慶集』巻三十四、九月八日、酬㆓皇甫十見㆑贈、

霜蓬舊鬢三分白、露菊新花一半黃、惆悵東籬不㆓同醉㆒、陶家明日是重陽、

○大　意

煩はしい浮世の事を捨てゝ、仙宮の如き禁中にお仕へしてゐる。禁中の菊は未だ咲かず、菊花の芳香も錮匣の底に祕められた儘であり、みづ〳〵しい美姿もいはゞ翠簾の中に眠つたまゝで姿を現はさない。從つて濃粧を施した様な菊もまだ彿が見えず、菊の香も未だ名狀し難い。すべての草が皇恩にうるほひ菁菁としてゐるにつけ、自分も亦竊に皇恩に浴さんと思ふが、未だ思ふ様に榮達も出來ない中に、兩鬢はさゝくれて霜に逢つた蓬の様になつてしまつた。

121

暮秋陪《シ》二左相府《ノ》書閣《ニ》一、同賦《クシ》二菊潭花未《ダ》レ遍《カラ》、各[1]一字、應《ズ》レ教《ニ》、探二得開字一、

仙潭《ノ》時菊遍《ル》二池臺《ニ》一、花待《チテ》二重陽《ヲ》一未《ダ》二遍《クハ》開《カ》一、絳樹且《ク》粧《ヒ》先《ヅ》向《フ》レ鏡《ニ》、玉山半《バ》醉《ヒテ》獨《リ》臨《ム》レ盃《ニ》、薫波彴略風猶《ホ》嬾《シ》、照《ラシテ》レ岸《ヲ》稀疎《ナリ》露晩《ニ》催《ス》、應《ニ》似《タリ》二謙光君子《ノ》德《ニ》一、延齡遠慮是《レ》爲《ル》レ媒《ト》、

○校　異

①『日本詩紀』『本朝文粋』＝「分」あり。

○考　説

「菊潭花未レ遍」

『本朝文粋』巻第十一、序丁、詩序四、に、紀齊名のこの詩宴に於ける詩序が見える。その序に、「于レ時九月二日、」とあるが年次は不詳。

「菊潭」

潭は深い水、淵の意。

『文選』巻第十二、郭景純（璞）、江賦、

蔭《カクソ》二潭隩一被二長江一、翰曰、潭、深水也、隩、曲也、言衆草花葉蔭二深水之曲一、被二長江之岸一、

『讀史方輿紀要』巻五十一、河南六、南陽府、鄧州、內鄉縣、

菊潭、在二縣北一、源出二縣西北之石澗山一、亦曰二析谷一、亦名石馬峯、匯而爲レ潭、傍生二甘菊一、其水甘香、特重二于諸水一、居人飮レ之多

㆑壽、隋因㆑此名㆑縣、漢志淅縣有㆓黃水㆒、出㆓黃谷㆒、鞠水出㆓析谷㆒、師古曰、鞠水卽菊潭也、荊州記、酈縣北八里有㆓菊水㆒、

「時菊」

秋に時を得た菊。

『全唐詩』巻七、韋應物一、效㆓陶彭澤㆒、

霜露悴㆓百草㆒、時菊獨妍㆑華、物性有㆑如㆑此、寒暑其奈何、掇㆑英泛㆓濁醪㆒、日入會㆓田家㆒、盡㆑醉茅簷下、一生豈在多、

「玉山」

『世說新語』容止、

嵇康身長七尺八寸、風姿特秀、見者歎曰、蕭蕭肅肅、爽朗清擧、或云、肅肅如㆓松下風高而徐引㆒、山公曰、嵇叔夜之爲㆑人也、巖巖若㆓孤松之獨立㆒、其醉也、傀俄若㆓玉山之將㆑崩、

「彴略」

略彴と同じ。丸木橋。

『漢書』巻六、武帝紀、天漢三年春二月、

初榷《カクス》㆓酒酤㆒、韋昭曰、以㆑木渡㆑水曰㆑榷、謂禁㆓民酤釀㆒、獨官開置、如㆓道路設㆑木爲㆑榷、獨取㆑利也、師古曰、榷者步渡㆑橋、爾雅謂㆓之石杠㆒、今之略彴是也、禁㆓閉其事㆒、總㆑利入㆑官、而下無㆑由㆓以得㆒、有㆑略㆓渡㆑水之榷㆒因立㆑名焉、

「稀疎」

稀疏に同じ。まばらなこと。又まれの意。

『後漢書』龐參傳、（『佩文韻府』故縣、に據る）

三輔山原曠遠、民庶稀疎、故縣丘城可レ居多、丘、空也、

『論衡』儒增、

堯舜雖レ優、不レ能レ使二一人不一レ刑、文武雖レ盛、不レ能レ使二刑不一レ用、言其犯レ刑者少、用レ刑希疏可也、

「謙光」

へり下り、その德が光る事。

『易』繫辭下、

謙、尊而光、疏、謂二尊者有レ謙而更光明一、程傳、君子志存二乎謙巽達理一、終身不レ易、自卑而人益尊レ之、自晦而德益光顯、此所謂君子有レ終也、

○大意

仙居にも比す可き左相府第の水涯の菊は、池岸の樓臺に迫つてゐる。花は重陽の佳節を待つてか、未だ一面に咲いてゐるわけではない。紅葉した樹が一先づ粧つた樣に美しく景を飾つてゐる。自分等は程よく醉つて夫々に盃をふくんでゐる。香をしめた池の水も、水を渡る小橋も、秋風に吹かれてゐる。岸邊の菊はまばらで夜露を待つてゐる。咲き誇らない滿開前の菊は、姸を誇らず恰も君子の德あるに似てゐる。菊は正に齡を延ばす仙藥である。

122　九日侍レ宴、同賦《ジクス》三菊是爲《ハレ》二仙草《ス云ヲト》一、應《ズ》レ製《ニ》一首、以レ開爲レ韻、

菊爲《ハシ》二仙草《ト》一殿庭《ニウ》栽、葩大《ハ》味甘《ニシテ》遇《ク》レ境《ヒテ》開《ニク》、採《ル》レ藥《ヲ》南陽三露滴《リ》、進《ム》レ花《ヲ》北闕五雲來《ル》、茅君洞月《ノ》薰《リ》二金帳《ニ》一、

華子山《ノ》霞泛《ブ》ニ玉盃《ヲ》一、幸《ニ》侍《シ》ニ歡筵《ニ》一榮耀足《ル》、恐《ラクハ》歸《ヲ》ニ蓬蓽《ニ》一戀《ハン》ニ蓬萊《ヲ》一、

○考　說

「開」

開は上平聲十灰の韻。

「菊是爲ニ仙草一」

『日本紀略』長德三年九月條、

九日辛未、重陽宴、天皇出ニ御南殿一、詩宴、題云、菊是爲ニ仙草一、

『小右記』長德三年九月條、

九日、辛未、參內、重陽節會云々、未終出御、內弁右大臣（藤原顯光）、內大臣（藤原公季）已下就レ標、大納言時中（源）・道綱（藤原）・懷忠（藤原）、中納言時光（藤原）・惟仲（平）、參議輔正（菅原）・誠信（藤原）・公任（藤原）・忠輔（藤原）・齊信（藤原）・俊賢（源）、（中略）召ニ博士二人一、道統朝臣（三善）・匡衡朝臣（大江）、道統失儀太多、令レ獻レ題、兩儒書ニ題一帋一、以ニ匡衡所レ獻題一爲レ題、菊是爲ニ仙草一、□（以カ）開爲レ韻、道統付レ韻、（中略）展ニ開序詩等一、序者信賢朝臣、（下略）

「南陽」

120條に既述。

「三露」

『本草綱目』卷五、水部、露水、

郭憲洞冥記云、漢武帝時、有ニ吉雲國一、出ニ吉雲草一、食レ之不レ死、日照レ之、露皆五色、東方朔得ニ玄青黃三露一、

各盛二五合一、以獻二於帝一、賜二群臣一服レ之、病皆愈、朔曰、日初出處、露皆如レ飴、今人煎レ露如レ飴、久服不レ饑、

「北闕」

宮城の北門。

『文選』巻第二、張平子（衡）、西京賦、

北闕甲第當レ道直啓、善曰、北闕當二帝城之北一也、

内里の意。

『文選』巻第四十一、李少卿（陵）、答二蘇武一書、

能屈レ身稽顙、還向二北闕一、翰曰、稽顙、拜也、北闕、天子所居也、

「五雲」

仙人の居處、引いては天子の宮闕。

『博物志』巻一、

河圖括地象曰、地南北三億三萬五千五百里、地部之位、起形高大者有二崑崙山一、廣萬里、高萬一千里、神物之所レ生、聖人仙人之所レ集也、出二五色雲氣、五色流水一、其泉南流入二中國一、名曰レ河也、

『白氏長慶集』巻十二、長恨歌、

忽聞海上有二仙山一、山在二虚無縹渺間一、樓閣玲瓏五雲起、其中綽約多二仙子一、

青白赤黑黃の五種の雲。その雲により吉凶を卜ふ。

『周禮』春官、保章氏、

以㆓五雲之物㆒、辨㆓吉凶水旱降、豐荒之祲象㆒、
物、色也、視㆓日旁雲氣之色㆒、降、下也、知㆓水旱所㆑下之國㆒、鄭司農云、以㆓二至二分㆒觀㆓雲色㆒、青爲㆑蟲、白爲㆑喪、赤爲㆓兵荒㆒、黑爲㆑水、黃爲㆑豐、

「茅君洞」

『梁書』列傳第四十五、陶弘景傳、

永明十年、（弘景）上表辭㆑祿、詔許㆑之、賜以㆓束帛㆒、及㆑發、公卿祖㆓之於征虜亭㆒、供帳甚盛、車馬塡咽、咸云宋齊已來、未㆑有㆓斯事㆒、朝野榮㆑之、於㆑是止㆓于句容之句曲山㆒、恒曰、此山下是第八洞宮、名㆓金壇華陽之天㆒、周回一百五十里、昔漢有㆓咸陽三茅君㆒、得㆑道來掌㆓此山㆒、故謂㆓之茅山㆒、乃中山立㆑館、自號㆓華陽隱居㆒、

『列仙傳』卷之二、

茅盈字叔申、濛玄孫、弟容字季偉、次弟衷字思和、生㆓于漢景帝中元五年㆒、少秉㆓異操㆒、獨味㆓淸虛㆒、年十八遂棄㆑家入㆓恒山㆒修㆑道、餌㆑木、後師㆓王君㆒、因西至㆓龜山㆒、得㆑見㆓王母㆒、授以㆓太極玄眞之經㆒、歸入㆓恒山北谷㆒、時年四十九也、（中略、盈の父がその子の父母を棄てゝ遠遊した事を怒り、杖で打たんとし、杖がくだける怪談。盈の弟等太守となり、祖宴を行ふ事。）至㆑期、門前數頃地、忽自平治無㆓寸草㆒、皆施㆓青縑幄㆒、屋下盡鋪㆓白氈㆒、可㆑容㆓數百人㆒、衆賓並集大作㆓宴會㆒、交無㆓使從㆒、但見㆔金盤玉杯自至㆓筵前㆒、美酒奇殽異果、不㆑可㆓名狀㆒、復有㆓妓樂絲竹金石之音㆒滿㆑耳、蘭麝之香達㆓數里外㆒、少頃、迎官畢至、朱衣玉帶者數百人、旌旗甲仗、光采耀㆑日、盈乃與㆓家人親友㆒辭別、登㆑車乘㆑雲冉冉而去、

「華子山」

華子山は不明。或は華子岡の事か。

『文選』巻第二十六、謝靈運、入二華子崗一、
是麻源第三谷、善曰、謝靈運山居圖曰、華子崗麻山第三谷、故老相傳、華子期者、祿里先生弟子、翔集二此頂一、故華子爲レ稱也、

『王右丞詩集』巻之四、華子岡、
飛鳥去不レ窮、連山復秋色、上下華子岡、惆悵情何極、

「蓬蓽」

『文選』巻第二十五、傅長虞（咸）、贈二何劭王濟一、
歸二身蓬蓽廬一、樂レ道以忘レ飢、善曰、劉向雅琴賦曰、潛坐二蓬廬之中一、禮記、孔子曰、儒有二蓽門圭竇一、毛詩曰、泌之洋洋、可二以樂一レ飢、毛萇曰、言可二以樂レ道忘レ飢、向曰、蓬蓽廬、草菴也、言歸レ此以樂二先王之道一、將レ忘二其饑一也、

「蓬萊」

17條に既述。

『拾芥抄』中、官位唐名部、唐名大略、
內裏、九重、禁中、禁裏、紫禁、九禁、雲霄（殿上也）、栢寢、鸞殿或紫闕、宸居、鳳禁、魏闕、紫庭、鳳闕、鳳凰城、北闕、蓬萊宮、芸閣、又云蓬壺、丹墀、象闕、龍圖、兄日、姉日、鳳曆、瑤圖、龍闕、金輪、蘿圖、

○大　意

菊は仙草とされ、禁庭に植ゑられてゐる。花は大きく味が甘く、境に應じてとり〲に咲いてゐる。南陽の甘谷から、三露の長命藥を得た様に、菊は長命の仙草であり、今これを殿庭に摘む。この仙草を宸居に奉じ、宮殿には瑞雲が湧いてゐる。仙居では金帳が月光を浴びて、かぐはしく照り榮えて居り、華子崗の如き仙居には霞がたなび

き、その中で菊酒を酌んでゐる。幸にも自分はこの歡筵に侍する事が出來、名譽この上もないが、恐らく蓬屋に歸つてから、禁中での賀宴を追想し限りなく懷かしむことであらう。

123　七言、重陽侍レ宴、同賦三菊有二延年術一、各分二一字一、應レ製詩一首、

眞菊今秋獻《ズ》二至尊《ニ》一、延年《ノ》方術足《ル》二傳《ヘ》言《フニ》一、一《タビ》嘗《ムレバ》自《ラ》列《シ》二長生《ノ》籍《ニ》一、盈《タシテ》レ把《ヲ》同《ジク》遊《ブ》二不老《ノ》門《ニ》一、酒上吹《キ》レ花《ヲ》嘲《ケリ》二雪子《ヲ》一、籬東迎《ヘテ》レ月《ヲ》哢《ル》二雲孫《ヲ》一、登《リテ》レ高《ニ》幸《ニ》仰《グ》二天顔《ヲ》近《キニ》一、從《リ》レ此《レ》翰林欲《ス》レ戴《カント》レ恩《ヲ》、

○考　說

「眞菊」

『本草綱目』卷十五、草之四、菊、

宏景（陶弘景）曰、菊有二兩種一、一種莖紫氣香而味甘、葉可レ作二羹食一者爲二眞菊一、一種青莖而大作二蒿艾氣一、味苦不レ堪レ食者名二苦薏一、非二眞菊一也、葉正相似、惟以二甘苦一別レ之、南陽酈縣最多、

「長生籍」

『全唐詩』卷二十四、曹唐二、小遊仙詩、

雲隴瓊花滿レ地香、碧沙紅水遍二朱堂一、外人欲レ壓長生籍、拜請飛レ瓊報二玉皇一、

「雪子」

『莊子』田子方第二十一、

溫伯雪子適レ齊舍二於魯一、魯人有二請レ見レ之者一、溫伯雪子曰、不可、吾聞中國之君子、明二乎禮義一、而陋三於知二人

心一、吾不レ欲レ見也、䟽、姓溫、名伯、字雪子、楚之懷道人也、中國、魯國也、陋、拙也、自レ楚徃レ齊、途經二於魯一、止二於主人之舍一、魯人、是孔子門人、聞二溫伯雪賢人一、請欲二相見一、溫伯不レ許レ之云、我聞中國之人、明二於禮義聖迹一、而拙三於知二人心一、是故不レ欲レ見也、

『陳樵胡氏』鐵心亭賦（『大漢和辭典』に據る。）

溫伯雪子朋徒、藐姑射山之神君、

「嘲雪子」は不明。或は菊花を浮べた菊酒を飲みつゝ、不老長生の説を信じ、溫伯の様な醒めた賢者を嘲ける意か。

「雲孫」

『爾雅』釋親第四、

子之子爲レ孫、孫之子爲二曾孫一、曾孫之子爲二玄孫一、玄孫之子爲二來孫一、來孫之子爲二晜孫一、晜孫之子爲二仍孫一、仍孫之子爲二雲孫一、言輕遠如二浮雲一、

「哢雲孫」は不明。哢は『類聚名義抄』佛中、に、「哢、音弄、ツミナフ、サヘツル、アサケル、」とあり、『色葉字類抄』前田本、巻下、手疊字、に、「嘲《アサケリ》　哢《モテアソブ》」とある。今哢をあざけると讀み、長生して雲孫と共に月をもてあそぶ意と考へる。

「登レ高」

『續齊諧記』

汝南桓景、隨二費長房一遊學累年、長房謂曰、九月九日汝家中當レ有レ災宜二急去一、令下家人各作二絳囊一盛二茱萸一以繫レ臂、登レ高飲中菊花酒上、此禍可レ除、景如レ言、齊家登レ山、夕還、見二鷄犬牛羊一時暴死一、長房聞レ之曰、此可レ代也、今世人九日登レ高飲レ酒、婦人帶二茱萸囊一、蓋始二於此一、

○大　意

眞菊を至尊にさしあげる重陽の節日である。此の日菊酒を飲めば、齢を延ばすと云ふ仙方の術は、古來有名である。この日一度菊酒を飲めば、自然と長生の籍につらなると云ふ。盃に菊酒をなみ〳〵とついで、一同が不老の中に遊ぶ。菊酒に浮いた菊花を吹き分け、不老長生を信じ、いたづらに仙方を無視する賢者を嘲けり、雲孫と共に月をもてあそぶ程に長生しよう。古説をまもり登高すれば、天顔を目近に仰ぐ事が出來た。これより文章博士たる自分は、暖かい皇恩に浴して、榮達したいものである。

124

七言、重陽[1]侍《シ》二宴《ニ》清涼殿《ニ》一、同賦《ジクス》二菊是花聖賢《ハレノ》一、應《伝「ヲ ズルノ》レ製《ニ》詩一首[2]、以レ情爲レ韻、幷序、

臣聞《ク》、三秋《ノ》暮月九日《ノ》重陽《ハ》、本是臣下登《レ》レ高《ル》之佳期《キニ》、今則皇上《ニシテハ》延《チノ》レ齡《ブル》之勝躅《ヲ》也、我后《ガ》惜《ミ》二節候之徒過《ニ》一《グルヲ》、賜《フ》二榮宴之信美《ニ》一《ナルヲ》、勅喚不《カラ》レ廣、清選無《シ》レ私、上宰左相、儀同三司之聖臣、卿士大夫、金馬石渠之才臣、涉《リテ》二詞江《ヲ》一而叩《キ》レ舷《ヲ》、遙躍《ニラシ》二水心之龍《ヲ》一、獵《リテ》二翰苑《ニ》一而飛《バシ》レ鑣《ヲ》、暗采《ニル》二風骨之雉《ヲ》一、漢武《ノ》故事、魏文《ノ》遺美、彼[3]皆璅璅《タリ》焉、觀《レバ》夫《レ》、代好《ミ》二芳草《ヲ》一、時賞《スルハ》二菊蘂《ヲ》一、是花之聖《ニシテ》也、是花之賢《ナレバ》也、照《シテ》二湖山《ヲ》一兮[4]絕倫《ナリ》、更《ニ》繼《グ》二尼嶺之日《ヲ》一、浮《ビテ》二酈水《ニ》一兮[5]拔萃《ナリ》、自聚《ラム》二潁川之星《ヲ》一、至《リテハ》二夫君臣《ノ》合《セテ》レ體《ヲ》而種《ヱ》レ恩《ヲ》、遠近同《ジクシテ》レ心《ヲ》而薰《ズルニ》一レ德《ヲ》、色寫《ハシテ》二河水《ヲ》一、譏《リ》二芰荷之早彫《クムヲ》一[6]レ風《ニ》、節勝《ハリテ》二竹林《ニ》一、咲《ク》二蘭蕙之不《ルヲ》レ知《ラ》レ雪《ヲ》者歟、于レ時、鈞天宴闌《ケ》、燭[7]夜聲報《ズ》、侍臣或《ハ》相語《リテ》曰《ク》、過《ギル》二高唐《ヲ》一者《ハ》、必知《ズリ》二歌謠之曲《ヲ》一、遊《ブ》二襄邑《ニ》一者《ハ》、必學《ズブ》二錦繡之文《ヲ》一、臣等陶二染《ス》

堯風《ニ》一、不二亦《タ》幸《ナラ》一乎、但慙《ヅラクハ》地芥難《ク》レ拾《ヒ》、追二責《ス》夏侯・8之虛詞《ヲ》一、天恩《ヲ》是憑《レミ》、强《ヒテ》仰《グ》二春卿・9之前跡《ヲ》一、酌《ミテ》二菊

酒《ヲ》一以報・10《クシ》レ面《ヲ》、候《シテ》二松容・11《ニ》一以攄《ブト》レ懷《ヲ》云《フ》レ爾、謹《ンデ》序《ス》、

仙庭佳菊吐《ク》二榮名《ヲ》一、花作《ハリ》二聖賢《ト》一、獨《リ》抱《ク》レ貞《ヲ》、止足《ノ》濃姿無《シ》二比類一、希顏粉黛有《リ》二心情一、風薰《ハル》二曲阜《ニ》一秋霜《ノ》色、

露染《ハム》二磻溪《ヲ》一曉浪《ノ》聲、草澤皆開《キテ》堆《ウヅタカシ》二玉帛一、蓬衡緣底歡《バン》二餘生《ヲ》一、

○校　異

①「重陽」＝『本朝文粹』「九日」に作る。②「詩一首」以下、『本朝文粹』なし。③「彼」＝『本朝文粹』なし。④⑤「兮」＝『本朝文粹』「以」に作る。⑥「萃」＝『本朝文粹』「粹」に作る。⑦「彫」＝底本「彫《凋》」に作る。⑧「侯」＝『本朝文粹』「候」に作る。⑨「卿」＝『本朝文粹』「鄕」に作る。⑩「赧」＝『本朝文粹』「赭」に作る。⑪「容」＝『本朝文粹』「客」に作る。

○考　說

「菊是花聖賢」

『御堂關白記』寬弘二年九月條、

九日、甲寅、參內、〻(マヽ)行二平座事一、入レ夜作文、題菊是花聖賢、

『權記』寬弘二年九月條、

九日、甲寅、參內、有二平座一、於二御前一有二作文一、題菊是花聖賢、以レ情爲レ韻、序匡衡、

『小右記』寬弘二年九月九日條、

內苻(府)(藤原公季)以二藏人廣業(藤原)朝臣一令二奏聞一、其詞云、菊水給者、未レ知二其由一、水字若酒歟、奇恠也、就中無下可レ給二菊酒於

卿相・侍従一之詞上、足二嘲咲一也、左金吾(藤原公任)有二咲氣一、金吾云、未レ着二宜陽殿一、今日欠日(マヽ)、此間可レ在二左苻直廬一、左苻參入云〻、若有二事問一、有二所勞一不レ着二宜陽殿一之由可レ洩二內苻一苻云〻、內苻問、陣(陳)二此由一、今日屬文卿相着二宿衣一可レ候者、有二作文一云〻、左苻・帥(藤原伊周)・左金吾・源納言(俊賢)・新〇中納言(忠輔)・勘解由長官(藤原有國)・左大弁(藤原行成)可二祗候一者、

「清涼殿」

清涼殿は中殿とも呼び、又御殿・路寢とも云ふ。紫宸殿の北に在る仁壽殿の西に在り、壺をへだてゝ西が後涼殿である。主上の常の御在所。

「情」

情は下平聲八庚の韻。

「三秋」

三秋は、孟秋・仲秋・季秋の事。

「勝躅」

すぐれた跡。95條に既述。

『本朝麗藻』卷下、書籍部、一條天皇、書中有二往事一、百王勝躅開レ篇見、万代聖賢展レ卷明、

「節候」

氣節時候。

『全唐詩』卷十、姚倫、感秋、

試向㆓疎林㆒望、方知節候殊、亂㆑聲千葉下、寒影一巣孤、不㆑蔽秋天雁、驚飛夜月烏、霜風與㆓春日㆒、幾度遣㆓榮枯㆒、

「信美《マコトニビナリ》」

『文選』巻第十一、王仲宣（粲）、登樓賦、

華實蔽㆑野、黍稷盈㆑疇、雖㆓信美㆒而非㆓吾土㆒兮、曾何足㆓以少留㆒、善曰、春秋文耀鉤曰、春致㆓其時㆒、華實乃榮、賈逵國語注曰、一井爲㆑疇、向曰、言此雖㆓高明寡㆑匹、川原可㆑賞、然非㆓吾鄕㆒、何足㆓停留㆒也、

「清選」

貴い官職、又優れた人の意。

『梁書』列傳第四十三、文學上、庾於陵、

俄領㆓南郡邑中正㆒、拜㆓太子洗馬㆒、舍人如㆑故、舊事、東宮官屬通爲㆓清選㆒、洗馬掌㆓文翰㆒、尤其清者、

『魏志』二十四、高柔傳、

今博士、皆經明《カニ》行修《ル》、一國清選、

精選と同じに用ゐる。この序はこの用法。

『晉書』列傳第七、安平獻王孚、

魏陳思王植有㆓俊才㆒、淸㆓選官屬㆒、以㆑孚爲㆓文學掾㆒、

「上宰」

上宰は宰相。

『文選』巻第二十六、潘安仁（岳）、河陽縣作、

在疢妨二賢路一、再升二上宰朝一、善曰、説苑楚令尹虞丘子謂二莊王一曰、臣爲二令尹一、處士不レ升、妨二群賢路一、上宰朝、謂二司空太尉府一、翰曰、疢、病也、自謙、以二病敗不才一、爲二上宰府椽一、是妨二賢明之路一也、

「儀同三司」

『職原鈔』上、准大臣、

帥内大臣伊周、歸京之後、寛《一條》弘二年列二朝參大臣下大納言上一、五年准二大臣一賜二封戸一千戸一、自稱二儀同三司一、

儀同三司は、儀制が三公と同じの意で、『後漢書』列傳第六、鄧禹傳、騭、に、「延平元年拜二騭車騎將軍一、儀同二三司一、始レ自レ騭也、」とある。

「卿士」

一般に卿大夫士、官に仕ふる人。

『詩經』大雅、假樂、

百辟卿士、媚二于天子一、不レ解二于位一、民之攸レ墍、墍、息也、箋云、百辟、畿内諸侯也、卿士、卿之有レ事者也、媚、愛也、成王以二恩意一及二群臣一、群臣故皆愛レ之、不レ解二於其職位一、民之所二以休息一、由レ此也、

王卿で天子の政を執る者。

『左傳』隱公三年、

鄭武公、桓公子、莊公、武公子、爲二平王卿士一、卿士、王卿之執レ政者、言父子秉二周之政一、

「金馬」

金馬は門の名。文學の儒が詔を待つて顧問に備へた所。

『三輔黃圖』卷之三、未央宮、

金馬門宦者署、武帝得㆓大宛馬㆒、以レ銅鑄レ像、立㆓於署門㆒、因以爲レ名、東方朔・主父偃・嚴安・徐樂、皆待㆓詔金馬門㆒、卽此、

「石渠」

『三輔黃圖』卷之六、閣、

石渠閣、蕭何造、其下礲レ石爲レ渠以導レ水、若㆓今御溝㆒、因爲㆓閣名㆒、所レ藏入レ關所レ得秦之圖籍、至㆓於成帝㆒、又於レ此藏㆓祕書㆒焉、三輔故事曰、石渠閣在㆓未央宮殿北㆒、藏㆓祕書㆒之所、

『文選』卷第一、班孟堅(固)、兩都賦序、

內設㆓金馬石渠之署㆒、善曰、史記、宦者署、門傍有㆓銅馬㆒、故謂㆓之金馬門㆒、三輔故事曰、石渠閣、在㆓大祕殿北㆒、以レ閣祕レ書、銑曰、金馬門宦者署、漢時有㆓賢良㆒並待㆓詔於此㆒、石渠閣名、主レ校㆓祕書㆒、蕭何所レ造、署、司也、

「水心之龍」

『史記』卷之七十四、孟子荀卿列傳第十四、

齊人頌曰、談レ天衍、雕レ龍奭、劉向別錄曰、騶衍之所レ言、五德終始、天地廣大、盡言㆓天事㆒、故曰レ談レ天、騶奭脩㆓衍之文㆒、飾若レ雕㆓鏤龍文㆒、故曰レ雕レ龍、

『文心雕龍』時序、

鄒子以㆓談天㆒飛レ譽、騶奭以㆓雕龍㆒馳レ響、

雕龍の語で知られる様に、龍文は文章の飾りの意で、詞江を渉り舷を叩き水心の龍を躍らすとは、立派な詩文を作る意である。

『文選』卷第三十六、任彥昇(昉)、宣德皇后令、

文擅㆓雕龍㆒、而成㆓輒削藁㆒、善曰、說文曰、擅、專也、七略曰、鄒赫子、齊人、齊人爲之語曰、雕龍赫赫、言鄒衍之術文㆓飾之㆒、若レ雕㆓鏤龍文㆒、良曰、言專㆓擅於文㆒、若㆓雕龍之彩飾成㆒也、

「翰苑」

翰林と同じ。文學の苑の意で用ゐる。翰は筆。『文選』巻第五十六、潘安仁(岳)、楊荊州誄、に、「手不レ釋レ文、翰動若レ飛、銑曰、翰、筆也、」とある。

『全唐詩』巻十五、元稹十二、酬二盧祕書一、

文工猶畏忌、朝士絶二嫌猜一、新識二蓬山傑一、深交二翰苑材一、

「鑣」

鑣《へウ》はくつわ。

『文選』巻第三十四、枚叔(乘)、七發、

逐馬鳴レ鑣、善曰、逐馬、馳逐之馬、鳴レ鑣、鑾鳴二於鑣一也、翰曰、鑣、馬銜也、

「飛レ鑣」

『全唐文』巻一百七十八、王勃、九成宮頌并序、

澤馬飛レ鑣、山輿結レ轍、

「風骨之雉」

風は詩文の情想、骨は表現の字句、つまり風は詩文の内容で、骨はその措辭を云ふ。

『文心雕龍』風骨、

詩揔二六義一、風冠二其首一、斯乃化感之本源、志氣之符契也、是以怊悵述レ情、必始二乎風一、沉吟鋪レ辭、莫レ先二於骨一、故辭之待レ骨、如二體之樹一レ骸、情之含レ風、猶二形之包一レ氣、

鷹隼乏レ采、而翰《タカク》飛戾《イタル》レ天、骨勁而氣猛也、文章才力、有レ似二于此一、若風骨《アリテ》乏レ采、則鷙集二翰林一、采《アリテ》乏二風骨一、則雉竄二文囿一、唯藻耀而高翔、固文筆之鳴鳳也、

『文心雕龍』で云ふ所は、一見美麗な詩文も、風と骨とに乏しければ、文筆の場の鳳凰とはなれず、たゞ美しい羽色の雉の如く、文壇では認められず、小さくなつてゐなければならぬと云ふのである。

「暗采二風骨之雉一」

この匡衡の序では、『文心雕龍』の述べる雉とは異る。この序に於いては、單に風骨に滿ちた詩を作る意に用ゐてゐる。

「漢武故事」

『初學記』歳時部、九月九日、

西京雜記曰、漢武帝宮人賈佩蘭、（注、『西京雜記』は「戚夫人侍兒賈佩蘭」とする。）九月九日、佩二茱萸一食二蓬餌一、（注、「蓬」『初學記』なし。『西京雜記』に據り補ふ。）飲二菊花酒一、云、令二人長壽一、蓋相傳自レ古莫レ知二其由一、（注、『西京雜記』「蓋」より下なし。その代り次文あり。「菊華舒時、并採二莖葉一、雜二黍米一釀レ之、至二來年九月九日一始熟、就飲焉、故謂二之菊華酒一。）

「魏文遺美」

『藝文類聚』卷四、歳時中、九月九日、書、

魏文帝與二鍾繇一書曰、歳往月來、忽復九月九日、九爲二陽數一、而日月並應、俗嘉二其名一、以爲レ宜二於長久一、故以享宴高會、是月律中二無射一、言群木庶草、無レ有二射而生一、至二於芳菊一、紛然獨榮、非下夫含二乾坤之純和一、體中芬芳之淑氣上、孰能如レ此、故屈平悲二冉冉之將一レ老、思下食二秋菊之落英一、輔レ體延上年、莫二斯之貴一、謹奉二一束一、以助二

彭祖之術一、

「遺美」

先人より受継いだ美風。

『文選』巻第一、班孟堅(固)、兩都賦序、

先臣之舊式、國家之遺美、

「瑣瑣」

瑣は、サウ・サの讀みがあり、瑣々はサ、である。

『文選』巻第三、張平子(衡)、東京賦、

薄《コヽニ》狩二于敖一、既瑣瑣綜作レ瑣、焉、岐陽之蒐《カリ》、又何足レ數、綜曰、敖、鄭地、今之河南榮陽也、謂二周王狩一也、瑣瑣、小也、言鄙不レ足レ説也、岐陽、岐山之陽、謂成王所レ狩之地、亦以レ小不レ足レ可レ數也、濟曰、瑣瑣、鄙陋也、岐陽成王所レ獵、敖、地名、宣王所レ獵、蒐、狩、皆獵也、

「湖山」

『藝文類聚』巻四、歳時中、九月九日、

臨海記曰、郡北四十歩、有二湖山一、山甚平正、可レ容二數百人坐一、民俗極重、毎二九日菊酒之辰一、讌二會於此山一者、

常至三四百人、

「絶倫」

倫は『呂氏春秋』孟夏、誣徒、に、「弟子居處、修二潔身狀一出レ倫、倫、匹、」とあり、ともがらの事。

『漢書』列傳第五十一、匡衡傳、

平原文學匡衡、材智有レ餘、經學絕倫、但以レ無レ階二朝廷一故隨レ牒在二遠方一、師古曰、階、謂二升次一也、隨レ牒、謂下隨二選補之恒牒一、不レ被二超擢一者上、

「尼嶺之日」

12條に既述。

「酈水」

120條「南陽」に既述。酈縣の菊水。

「拔萃」

萃《スヰ》は聚である。群である。

『文選』巻第二十四、潘正叔(尼)、贈二侍御史王元貺一、

游鱗萃二靈沼一、良曰、萃、聚、

『後漢書』列傳第五十下、蔡邕傳、

曾不レ能レ拔二萃出一レ群、揚レ芳飛レ文、孟子曰、若二仲尼一者、拔二乎其萃一、出二乎其類一、

「潁川之星」

星は潁川に集つた賢人を云ふ。

『庾子山集注』巻三、奉レ和二趙王隱士一、

洛陽徵二五隱一、東都別二二賢一、袁宏後漢紀曰、陳蕃薦二五處士一、豫章徐穉、彭城姜肱、汝南袁閎、京兆韋著、潁川李曇、詔公車備レ禮徵不レ至、又按二後漢書逸民傳一、薛方、逢萌、聘而不レ肯レ至、嚴光、周黨、王霸、至而不レ能レ屈、亦五隱也、漢書曰、疏廣、疏受帳二飲東都門一、皆曰賢哉二大夫、雲氣浮二關谷一、星光集二潁川一、京房易飛候云、視二四方一、常有二火雲五色一、見二其下一、賢人隱也、

『全唐詩』巻三、董思恭、詠星、

歷歷東井舍、昭昭右掖垣、雲際龍文出、池中島色飜、流輝下二月露一、墜影入二河原一、方知二潁川集一、別有二太丘門一、

『後漢書』列傳第五十二、陳寔傳、
陳寔字仲弓、潁川許人也、（中略）除二太丘長一、

『世説新語』德行第一、
陳太丘詣二荀朗陵一、貧儉無二僕役一、乃使二元方將レ車、季方持レ杖從ヒ後、長文尚小、載二著車中一、既至、荀使二叔慈應レ門、慈明行レ酒、餘六龍下レ食、文若亦小、坐二箸膝前一、于レ時太史奏、眞人東行、
注、陳寔傳曰、寔字仲弓、潁川許昌人、爲二聞喜令・太丘長一、風化宣流、
檀道鸞續晉陽秋曰、陳仲弓從二諸子姪一、造二荀父子一、于レ時德星聚、太史奏、五百里賢人聚、

「合レ體」
『禮記』第四十四、昏義、
婦至壻揖レ婦以入、共レ牢而食、合レ巹《キン》而酳《イン》、（注、盃を合はせて酒をすゝる。）所下以合レ體、同二尊卑一以親上レ之也、合巹而酳者、酳演也、謂三食畢飲レ酒、演二安
其氣一、巹謂二半瓢一、以二一瓠一分爲二兩瓢一、謂二之巹一、壻之與レ婦各執二一片一以酳、故云二合レ巹而酳一、所下以合レ體同二尊卑一以親上レ之
者也、同二尊卑一、謂レ共レ牢也、所三以合レ體同二尊卑一者、欲レ使二壻之親レ婦、婦亦親上レ壻、所以體同爲レ一不レ使二尊卑有上レ殊也、

「河水」
『藝文類聚』卷八、水部上、河水、
物理論曰、河色黃赤、衆川之流蓋濁レ之也、百里一小曲、千里一大曲一直、

「芰荷」

芰は芰蔆ひしであり、荷は蓮又は蓮の莖。

『文選』巻第三十三、宋玉、招魂、

芙蓉始發、雜二芰荷一些、逸曰、芙蓉、蓮華也、芰、蔆也、秦人謂二之薢茩一、言池中有二芙蓉始發一、其芰蔆雜錯羅列而生俱盛茂也、良曰、芰、水草也、荷、芙蓉之莖、

「竹林」

『世說新語』任誕第二十三、

陳留阮籍、譙國嵇康、河內山濤、三人年皆相比、康年少亞レ之、預二此契一者、沛國劉伶、陳留阮咸、河內向秀、琅邪王戎、七人常集二于竹林之下一、肆意酣暢、故世謂二竹林七賢一、

「蘭蕙」

蘭も蕙も香草。

『文選』巻第二十九、張茂先(華)、情詩、

蘭蕙緣二清渠一、繁華蔭二綠渚一、銑曰、蘭蕙、香草、緣二清渠一而出、繁華莖葉蔭二覆綠渚一也、

『毛詩草木鳥獸蟲魚疏』上、

蕳、卽蘭、香草也、春秋傳曰、刈レ蘭而卒、楚辭云、紉二秋蘭一、孔子曰、蘭當レ爲二王者香草一、皆是也、

「鈞天」

『呂氏春秋』第十三巻、有始、

何謂二九野一、中央曰二鈞天一、鈞、平也、爲二四方主一、故曰二鈞天一、

『文選』巻第十六、潘安仁(岳)、閑居賦、

張二鈞天之廣樂一、備二千乘之萬騎一、善曰、史記、趙簡子曰、我之二帝所一、與二百神一遊二於鈞天一、廣樂九奏萬舞、翰曰、鈞天廣樂天樂也、千乘萬騎、言レ多也、

「燭夜」

『古今注』鳥獸、

鷄一名燭夜、

「過二高唐一者」

『文選』卷第四十一、陳孔璋（琳）、爲二曹洪一與二魏文帝一書、

蓋聞、過二高唐一者、效《ナラフ》二王豹之謳一、善曰、孟子、淳于髡曰、昔王豹處レ淇而西河善謳、綿駒處二高唐一而齊右善歌、按二此文一、當下爲過二高唐一者、效中綿駒之歌上、翰曰、高唐、齊邑也、善レ歌者綿駒居レ是焉、而齊右之人皆善爲レ歌者、言二風俗染一レ人、王豹亦善レ歌者、居レ沂、今故云下過二高唐一效中王豹之謳歌上也、

「遊二襄邑一者」

『文選』卷第四十一、前條につゞく。

游二睢渙一者、學二藻繢之綵一、善曰、陳留記曰、襄邑、渙水出二其南一、睢水經二其北一、傳云、睢渙之間出二文章一、故其黼黻絺繡、日月華蟲、以奉二于宗廟御服一焉、翰曰、睢渙、二水名、其處人能織二藻繢綵綺一、有レ游二於此一者、亦將レ學二其風土所一レ爲也、

『文選』卷第六、左太沖（思）、魏都賦、

錦繡襄邑、羅綺朝歌、劉曰、襄邑屬二陳留一、舊有二服官一、

「遊二襄邑一者必學二錦繡之文一」

この序には錦繡の様に麗しい詩文を作る事を云ふ。

「陶染」

感化する。

『文選』巻第六、左太沖(思)、魏都賦、

非《ウスクシ》レ言厚レ行、陶レ化染レ學、良曰、文帝寡レ言厚レ行、陶染而成二其學一、

『顔氏家訓』慕賢、

人在二少年一、神情未レ定、所二與款狎一、熏漬陶染、言笑擧動、無レ心二於學一、潛移暗化、自然似レ之、

「地芥難レ拾」

『漢書』巻之七十五、傳第四十五、夏侯勝傳、

勝毎二講授一、常謂二諸生一曰、士病レ不レ明二經術一、經術苟明、其取二青紫一、如三俛拾二地芥一耳、師古曰、地芥、謂下草芥之横在二地上一者上、俛而拾レ之、言二其易而必得一也、青紫、卿大夫之服也、俛卽俯字也、

「追二責夏侯之虚詞一」

前條に見える。夏侯勝が經に明らかであれば、官位は樂にすゝむと云つた事が、虚である事をせめる。

「春卿」

春卿は桓榮の字。16條に既述。

「松容」

松容は從容と同じで、貴人の閑暇等の意。

『色葉字類抄』「シ」の「疊字」（前田本に據る。）

縦容《シヨウヨウ》近習分　松容同　同上

『小右記』長和二年八月六日條、

所二令レ勞給一之事、松容之次、今日可二洩奏一侍者、

『中右記』寛治八年十二月三日條、

三日、一日御物忌也、終日候二御前一、松容之次、萬事有二被レ仰事一、（齋木一馬教授の『國語史料としての古記録の研究』に據る。）

『禮記』第十八、學記、

善待レ問者、如レ撞レ鐘、叩レ之以レ小者、則小鳴、叩レ之以レ大者、則大鳴、待二其從容一然後盡二其聲一、不二善答レ問者反レ此、從或爲レ松、

「攄懷」

『文選』卷第一、班孟堅（固）、西都賦、

願賓攄二懷レ舊之蓄念一、發二思レ古之幽情一、博レ我以二皇道一、弘レ我以二漢京一、善曰、廣雅曰、攄、舒也、孔安國尚書傳曰、蓄、積也、論語顏淵曰、夫子博レ我以レ文、翰曰、攄、舒也、懷二舊都一也、畜、積也、幽情、深情也、皇道、皇王之道、弘、大也、漢京、長安也、

「榮名」

『淮南子』第十九、脩務訓、

窮二道本末一、究二事之情一、窮、盡也、究、極也、立レ是廢レ非、明示二後人一、是、善也、非、惡也、死有二遺業一、生有二榮名一、如レ此者、人才之所二能逮一、

「抱レ貞」

『藝文類聚』卷八十一、藥香草部上、菊、詩、

梁王筠、摘二園菊一贈二謝僕射一擧レ詩曰、靈茅挺二三脊一、神芝曜二九明一、菊花偏可レ熹、碧葉媚二金英一、重九惟嘉節、抱レ一應二元貞一、泛レ酌宜二長久一、聊薦二野人誠一、

「止足」

『文選』巻第十六、潘安仁(岳)、閑居賦、

於レ是覽二止足之分一、庶二浮雲之志一、善曰、老子曰、知レ足不レ辱、知レ止不レ殆、孔子曰、不義而富且貴、於レ我如二浮雲一、非二己所一レ務也、庶、近也、

「希顏」

美しい顏。

『文選』巻第二十七、曹子建(植)、樂府詩、美女篇、

容華耀二朝日一、誰不レ希二令顏一、向曰、希、慕、令、善也、

「曲阜」

『讀史方輿紀要』巻三十二、山東三、兗州府、

曲阜縣、府東三十里、南至二鄒縣一四十五里、古少皞之墟、周公封二於此一、魯所レ都也、

闕里、在二今城內一、卽夫子故宅也、從征記、闕里背レ洙面レ泗、(中略)闕里記、漢高祖祀二孔子宅一、(中略)孔林在二城北二里一、史記、孔子葬二魯城北泗水上一、弟子及魯人、從レ塚而家者、百有餘室、因曰二孔里一、今曰二孔林一、

「磻溪」

『水經注』巻十七、渭水、

渭水之右、磻溪水注レ之、水出二南山茲谷一、乘レ高激流、注二于溪中一、溪中有レ泉、謂二之茲泉一、泉水潭積、自成二淵

渚一、即呂氏春秋所謂太公釣二茲泉一也、今人謂二之丸谷一、石壁深高、幽隍邃密、林障秀阻、人跡罕交、東南隅有二一石室一、蓋太公所レ居也、水次平石釣處、即太公垂釣之所也、其投竿跽餌、兩厀遺跡猶存、是有二磻溪之稱一也、

「草澤」

(1) 草の生えた水原。

『戰國策』秦策

首身分離、暴二骨草澤一、

(2) 在野、草莽の意。

『文選』巻第三十八、任彦昇(昉)、爲二褚諮議蓁一代レ兄襲レ封表、

陛下察二其丹款一、特賜二停絶一、不レ然投二身草澤一、苟《マコトニ》遂二愚誠一爾、

「玉帛」

『論語』陽貨、

子曰、禮云禮云、玉帛云乎哉、註、鄭玄曰、玉、璋珪之屬也、帛、束帛之屬也、言禮非下但崇二此玉帛一而已上、所レ貴者、乃貴二其安レ上治レ民也、

『文選』巻第二十九、棗道彦(據)、雜詩、

開レ國建二元士一、玉帛聘二賢良一、濟曰、賈充招二聘賢士一、立二於軍旅一而用レ之、建、立、元、善也、玉帛、聘レ賢之重禮、

「草澤皆開堆二玉帛一」

すべての野賢に對し門戸を開いて、禮厚く迎へんとしてゐる。

「蓬衡」

9條に既述。

低い官位に沈淪して居る匡衡自身を云ふ。

「緣底」
『色葉字類抄』中、エ、（黑川本）
緣底、ナニ、ヨテカ、
『玉葉』文治元年十二月廿七日、
於二此事一者、依二無レ理又無一レ例、緣底忘二當時後代之禍亂一、可レ被レ行二古今無レ例之新儀一哉、

○**大　意**

臣は聞いてゐる。三秋の暮の月九月九日の重陽の節には、本來臣下が高い山に登り、難を避けると云ふ行事のある佳期であつたが、今日では主上が齡を延ばし給ふめでたい恒例の行事となつた。主上は時候がなにもしない中に過ぎ行くのを惜しみ給ひ、臣下に誠にすばらしい佳宴を賜はつた。勅召は一般ではなく、えりすぐられた人々である。上卿は左大臣道長公、それに儀同三司伊周公の聖臣と、卿士大夫、並びに文詩の才臣であり、何れも優秀な詩を作り、內容が秀拔で措辭も立派で、鳴鳳とも云ふべき文筆を作る。漢の武帝・魏の文帝の重陽の故事も、本日の宴に比べる時、誠に些細な事と云ふ可きである。さて時世が香のよい草花をめでて、菊を賞美するのは、菊が花の中で聖賢と稱す可きであるからで、中國では湖山に咲き滿ち菊酒の宴に名高く、その名は仲尼の德名につぎ、酈縣の菊水の傳は拔群に有名で、そのほとりには穎川に賢人が星の樣に聚つたと云ふ故事の樣に、美麗に咲き誇つてゐる。

あの君臣が一體となり、恩を施し、遠近が心を一にして德を薰らせる樣に、菊が萬花一樣に咲き薰るに至つては、色は黃河の黃を寫してあくまでも黃色で、蓮や菱と異り時長く榮え、蘭蕙が冬をまたずに頹るのと違ひ、竹林の七賢の節にもまさつて、節操たかく何時迄も花を保つものである。時に天上の宴はたけて、晨鷄が時を報ずる頃となつた。侍臣達の語るには、高唐をよぎる者は、自ら歌謠の曲を覺え、襄邑に行つた者は自然に錦繡の文章を學ぶ樣に、この樣な佳い詩宴に連る者は、自ら文筆に習熟する筈で、自分等は堯風とも云ふべき聖代に感化されて居るのは、まこと幸ではないかと。但恥づべきは、夏侯勝が經學に達すれば自然に官位が伴ふと云つてゐるが、自分は學にはげんでも官途にまゝならず、夏侯の言が眞實ではないと思ふ程である。今としてはひたすら天恩をたのみ、桓榮の前跡を夢見るものである。恩賜の菊酒に醉ひ、主上の御遊に侍して、鄙懷を述べる次第である。謹んで序文を奉る。

禁庭に咲き誇る菊は麗名をほしいまゝにしてゐる。菊花は花の聖賢として、秋霜にめげず貞節である。一方止足安分の美しい姿は比類を絕してゐる。美しいかんばせにほのかに化粧を施した姿は、實に風情がある。聖者孔子の生地曲阜に薰る秋風の樣に、秋霜を帶びた黃の色は正に聖者であり、磻溪の曉浪に釣糸をたれた太公望の樣に、露に色益す菊は正に賢者である。今は聖代で、野賢を廣く求めてうづたかい玉帛がそなへられてゐる。この樣な聖代に卑官の自分は如何にして餘生をたのしまうか。

125　七言、重陽侍《シ》レ宴《ニ》、同賦《ジクス》三花菊映《ズルヿヲ》二宮殿《ニ》一、應《ズルノ》レ製《ニ》詩一首、以《テ》レ秋爲《ヲス》レ韻《ト》、幷序、

臣聞、三秋之佳期九重之慶節者、風土傳《ヘ》二其美《ノヲ》一、月令詳《シ》二其候《ノニ》一、丹茱挿《ミ》レ首《ニ》、尋《ヌ》二芳躅《ヲ》於賈佩蘭《ニ》一、黃

花蓄《ヘ》レ詞《ヲ》、叩《ク》二貴韻《ヲ》於鍾太傅一《ニ》、聖上徳披《フリ》二宇宙一《ニ》、學通《ズ》二古今一《ニ》、當《リテ》二南陽一《ニ》而排《キ》二高門一《ヲ》、文筆之鳴鳳競入《ヒル》、崇《ンデ》二北學一《ヲ》而設《ケ》二廣宴一《ヲ》、淵墨之臥龍群居《ス》、何《ゾ》唯《ニ》瑤池《ノ》賦詩、遙《ニ》往二來於春宵之月一《ニ》、汾水《ノ》奏《スル》レ樂《ヲ》、漫《ニ》遊《ブ》二泛於秋風之波一《ニ》而已《ナラン》哉、觀《レバ》夫《レ》、菊開《キ》二階墀一《ニ》、花映《ズ》二宮殿一《ニ》、青瓅夕拜之郎、衣迷《ヒ》二重花之露一《ニ》、綺戸晨粧之妓、鏡《ヲ》失《フ》二一蘩之秋一《ニ》、至《ツテハ》下彼《ノ》清芬浮《ビ》二天盃一《ニ》、濃艷催《スニ》中御製《ヲ》上、似《タリ》下賢人之賜《ハリ》二玉帛一《ヲ》、近《ヅキテ》二白日一《ニ》以《テ》顯《スニ》上レ才《ヲ》、如《シ》下仙洞之練《リ》二金丹一《ヲ》、染《ミテ》二薫風一《ニ》以《テ》養《フガ》上レ性《ヲ》、雖《𪜈》二桃夭之后妃一《ト》、更《ニ》愛二重《シ》此《ノ》花之色一《ヲ》、雖《𪜈》二蓮府之宰輔一《ト》、猶《ホ》拜二舞《スル》此《ノ》花之前一《ニ》者乎、于レ時、卿士大夫之侍《スル》レ座《ニ》者、或《ヒハ》相《ヒ》語《ツテ》曰《ク》、夫《レ》詩者天地之心也、菊者日月之精也、三農有《リテ》レ年、誇《リ》二學稼之共《ニ》熟一《スルヲ》、四海無《クシテ》レ事、嘉《ス》二辨岸之不《ルヲ》レ枯《レ》、於戲興《シ》二魯聖之道一《ヲ》、賞《ヅルハ》二周成之化一《ヲ》、蓋《シ》逢遇之秋也、但《ダ》慙《ヅ》臣《ハ》附《キテ》二鳳翼一《ニ》以《テ》登《リ》レ高《ク》、雖《𪜈》下聽《ク》二絃歌一《ヲ》之多《シト》上レ樂、仰《ギテ》二燕頷一《ヲ》以《テ》列《シ》レ下《ニ》、猶《ホ》侮《ル》二筆硯之少《キヲ》レ功、謬《ツテ》當《リ》二其仁一《ニ》、粗記《スト》二勝事一《ヲ》、云《フ》レ爾《カ》、謹序、

籬菊初《メテ》開《イテ》供《ス》二宴遊一《ニ》、映《ジテ》二於宮殿一《ニ》在《リ》二前頭一《ニ》、仙花九日泛《ビ》二金盞一《ニ》、天子萬年褰《グ》二玉旒一《ヲ》、翠帳燈寒《ク》城月曙《ケ》、紅窓星聚《リテ》洞雲秋《ナリ》、微蘩獨《リ》耻《ヅ》少《ク》二榮耀一、執《リテ》レ卷《ヲ》多年未《ダ》レ得レ休《ムヲ》、

○**考　說**

「重陽侍レ宴」

『日本紀略』寛弘四年九月條、

九日壬申、重陽宴、題云、菊花映二宮殿一、

『御堂關白記』寛弘四年九月條、
九日壬申、節會如レ常、從レ初御製、皆四韻、帥(藤原伊周)一人絶句、
『權記』寛弘四年九月條、
九日壬申、參內、菊宴也、
『寛弘四年九月九日記』京都御所東山御文庫記錄甲十八所收、（『大日本史料』に據る。）
此日菊花宴也、皇帝御二一條院一矣、（中略）可レ用二以言所レ獻之題一、々令レ付レ韻之由、奉レ勅還レ座、（中略）大臣仰二
序者匡衡朝臣一、便令二弘(孝)道仰一レ之、以二此題一下二公卿座一、花菊映二宮殿一、以レ秋爲レ韻、（下略）
「秋」
秋は下平聲十一尤の韻。
「三秋」
124條に既述。
「月令」
『禮記』月令の注、
正義曰、按、鄭目錄云、名曰二月令一者、以三其記二十二月政之所一レ行也、
「丹茱挿レ首」
『太平御覽』卷三十二、時序部一七、九月九日、
風土記曰、九月九日律中二無射一、而數九、俗於二此日一、以二茱萸氣烈成熟一、尙此日折二茱萸房一以挿レ頭、言下辟二惡

氣一、而禦中初寒上、

「芳躅」

ハウチヨクは前者のすぐれた行跡。

『史記』卷之一百三、萬石君列傳第四十三、索隱述贊、

敏レ行訥レ言、倶嗣二芳躅一、

「賈佩蘭」

前條に既述。

「鍾太傅」

太傅は官名で三公の一。鍾太傅は鍾會の事。鍾會は司徒に任じられ、司徒は三公に列したので太傅と呼んだものである。

『文選』卷第四十四、鍾士季(會)、檄レ蜀文、

鍾士季、翰曰、魏志云、鍾會字士季、潁川長社人、繇之少子也、(注、『魏志』は「太傅繇」とす。)少敏惠夙成、爲二祕書郎一、遷二鎭西將軍一、與二鄧艾一伐レ蜀、蜀將姜維守二劍閣一、距レ會、會移二檄蜀將吏士人一、後平レ蜀爲二司徒一、謀二反於蜀一、爲二衆兵一所レ殺、

「叩二貴韻於鍾太傅一」

『藝文類聚』卷八十一、藥香草部上、菊、賦、に、魏鍾會の菊花賦が見え、この序に於いては、この賦を指してゐると思ふ。

何秋菊之奇兮、獨華茂二乎凝霜一、挺二葳蕤於蒼春一兮、表二壯觀乎金商一、延蔓蓊鬱、緣レ坂被レ岡、縹幹綠葉、青柯紅芒、芳實離離、暉藻煌煌、微風扇動、照曜垂光、於レ是季秋初九日、數將并、置二酒華堂一、高會娛情、百卉彫瘁、芳菊始榮、紛葩韡曄、或黃或青、乃有二毛嬙西施、荊姫秦嬴一、妍姿妖豔、一顧傾レ城、擢二纖纖之素手一、宣二

皓腕二而露形、仰撫二雲髻一、俯弄二芳榮一、

夫菊有二五美一焉、黃華高懸、准二天極一也、純黃不レ雜、后土色也、早植晚登、君子德也、冒レ霜吐レ穎、象勁直也、

流中輕體、神仙食也、

「南陽」

122條に既述。

「排二高門一」

『漢書』卷之五十、列傳第二十、汲黯傳、

黯入請レ間、見二高門一、晉灼曰、三輔黃圖、未央宮中、有二高門殿一也、

右の高門は殿の名。

『文選』卷第四、左太沖(思)、蜀都賦、

亦有二甲第一當レ衢向レ術《ミチ》、壇宇顯敞、高門納レ駟、劉曰、術、道也、王逸曰、壇猶レ堂也、漢于公、高二其門一、使レ容二駟馬高蓋一、此言甲第高門可二以納レ駟、

「鳴鳳」

文藻の豐な人。

『文心雕龍』風骨、

若風骨乏レ采、則鷙集二翰林一、采乏レ風骨、則雉竄二文囿一、唯藻耀而高翔、固文筆之鳴鳳也、

「北學」

『漢書』卷之四十八、列傳第十八、賈誼傳、

學禮曰、帝入㆓東學㆒上㆑親而貴㆑仁、則親疎有㆑序而恩相及矣、帝入㆓南學㆒上㆑齒而貴㆑信、則長幼有㆑差而民不㆑誣矣、帝入㆓西學㆒上㆑賢而貴㆑德、則聖智在㆑位而功不㆑遺矣、帝入㆓北學㆒上㆑貴而尊㆑爵、則貴賤有㆑等而不㆑踰矣、師古曰、踰與㆑踰同、謂㆑越㆑制、帝入㆓大學㆒承㆑師問㆑道、退習而考㆓於太傅㆒、太傅罰㆓其不㆑則而匡㆓其不㆑及、師古曰、則、法也、匡、正也、則德智長而治道得矣、此五學者既成㆓於上㆒、則百姓黎民化㆓輯於下㆒矣、師古曰、輯、和也、

「淵墨之臥龍」

臥龍は潜在してゐる英雄の意、淵墨は文墨の意で、淵と龍が緣語となつてゐる。臥の潜む意は餘り問題でなく、文墨の道の達人の意である。

『三國志』蜀五、諸葛亮傳、

時先主屯㆓新野㆒、徐庶見㆓先主㆒、先主器㆑之、謂㆓先主㆒曰、諸葛孔見者、臥龍也、將軍豈願㆑見㆑之乎、

襄陽記曰、劉備訪㆓世事於司馬德操㆒曰、儒生俗士、豈識㆓時務㆒、識㆓時務㆒者、在㆓乎俊傑㆒、此間自有㆓伏龍鳳雛㆒、備問爲㆑誰、曰諸葛孔明、龐士元也、

「瑤池賦詩」

『穆天子傳』卷三、（漢魏叢書本）

吉日甲子、天子賓㆓于西王母㆒、西王母如㆑人虎齒、蓬髮戴㆑勝善嘯、紀年、穆王十七年、西征㆓崑崙丘㆒、見㆓西王母㆒、其年來見賓㆓于昭公㆒、（注、『竹書紀年』穆王十七年に、「十七年、王西征㆓崑崙丘㆒、見㆓西王母㆒、其年西王母來朝、賓㆓于昭宮㆒」とある。）乃執㆓白圭玄璧㆒、以見㆓西王母㆒、執、贄者致㆑敬也、好㆓獻錦組百純、□組三百純㆒、西王母再拜受㆑之、□乙丑、天子觴㆓西王母于瑤池之上㆒、西王母爲㆓天子㆒謠曰、白雲在㆑天、山陵自出、道里悠遠、山川間㆑之、將子無㆑死、尚能復來、天子答㆑之曰、予歸㆓東土㆒、和㆓治諸夏㆒、萬民平均、吾顧見㆑汝、

『列子』周穆王第三、

已飲而行、遂宿二崑崙之阿、赤水之陽一、別日升二崑崙之丘一、以觀二黃帝之宮一、而封レ之以詒二後世一、遂賓二于西王母一、觴二于瑤池之上一、西王母爲レ王謠、王和レ之、其辭哀焉、迺觀二日之所一レ入、一日行萬里、王乃歎曰、於乎、予一人、不下盈二于德一、而諧《マキマフルヿヲ》中於樂上、後世其追二數吾過一乎、穆王幾《アニ》神人哉、能窮二當身之樂一、猶百年乃徂《ユケリ》、世以爲二登假一焉、

『史記』百二十三卷、大宛列傳第六十三、

太史公曰、禹本紀言、河出二崑崙一、崑崙其高二千五百餘里、日月所三相避隱爲二光明一也、其上有二醴泉瑤池一、

「春宵之月」

『拾遺記』卷第三、周穆王、

三十六年、王東巡二大騎之谷一、指二春宵宮一、集二諸方士仙術之要一、而螭鵠龍蛇之類、奇種憑レ空而出、時已將レ夜、王設二常生之燈一以自照、一名二恒輝一、又列二璠膏之燭一、遍二於宮內一、又有二鳳腦之燈一、又有二冰荷者一、出二冰壑之中一、取二此花一以覆レ燈七八尺、不レ欲レ使二光明遠一也、西王母乘二翠鳳之輦一而來、前導以二文虎文豹一、後列二雕麟紫麏一、曳二丹玉之履一、敷二碧蒲之蓆、黃莞之薦一、共二玉帳一高、會薦二清澄琬琰之膏一以爲レ酒、又進二洞淵紅蘤、嶓州甜雪、崐流素蓮、陰岐黑棗、萬歲冰桃、千常碧藕、青花白橘一、素蓮者、一房百子、淩レ冬而茂、黑棗者、其樹百尋、實長二尺、核細而柔、百年一熟、

『江談抄』第六、

匡衡序云、瑤池賦レ詩往二來於春宵之月一、春宵事有二所見一哉、被レ答云、可レ見二穆天子傳一、件書六卷書也、立二四

時一、然則春字有二所據一歟云々、

「汾水」

『山海經』海內東經、

汾水出二上窳北一、音愈、懿行案、上窳無レ攷、汾水已見二北次二經管涔之山一、而西南注レ河、今汾水出二太原晉陽故汾陽縣一東南、經二晉陽一西南、經二河西平陽一、至二河東汾陰一入レ河、懿行案、水經云、汾水出二太原汾陽縣北管涔山一、說文云、汾水出二太原晉陽山一、西南入レ海、或曰、出二汾陽北山一、地理志云、太原郡汾陽北山汾水所レ出、西南至二汾陰一入レ河、案水經亦云、至二汾陰一入レ河、說文作レ入レ海蓋字形之譌、入二皮氏南一、皮氏縣屬二平陽一、懿行案、水經云、汾水西過二皮氏縣南一、又西至二汾陰縣一、北西注二於河一、皮氏、漢志屬二河東郡一、晉志屬二平陽郡一、

『莊子』逍遙遊第一、

堯治二天下之民一、平二海內之政一、往見二四子藐姑射之山汾水之陽一、窅然喪《ワスル》二其天下一焉、

「秋風之波」

『文選』卷第四十五、漢武帝、秋風辭、

上行二幸河東一、祠二后土一、顧二視帝京一、欣然中流與二群臣一飲燕、上歡甚、乃自作二秋風辭一曰、

秋風起兮白雲飛、草木黃落兮鴈南歸、蘭有レ秀兮菊有レ芳、攜二佳人一兮不レ能レ忘、善曰、禮記曰、季秋之月、草木黃落、鴻鴈來賓、濟曰、佳人、謂二群臣一也、

泛二樓舡一兮濟二汾河一、橫二中流一兮揚二素波一、善曰、應劭漢書注曰、作二大舡一上施レ樓、故號曰二樓舡一、列女傳曰、津吏女歌曰、水揚レ波兮杳冥冥、簫鼓鳴兮發二棹歌一、善曰、棹歌、引レ棹而歌、

歡樂極兮哀情多、善曰、列女傳、陶荅子妻曰、樂極必哀來、向曰、物極必反、故樂極而哀多也、少壯幾時兮奈レ老何、善曰、古長歌行曰、少壯不二努力一、老大乃悲傷、

この序に於いては、汾水と汾河とを區別してゐない。

「階墀」

きざはしを言ふ。墀は『文選』卷第一、班孟堅(固)、西都賦、に、「玄墀釦砌」とあり、「銑曰、玄墀、以レ漆飾レ墀、墀、

階也、」とある。

「青瑣」

青瑣は青瑣とも書き、門の名。紫宸殿の東西に在り、東を左青瑣門と云ひ、西を右青瑣門と云ふ。清涼殿に祗候する藏人等は右青瑣門を用ゐる。

『漢書』巻之九十八、元后傳第六十八、

曲陽侯根、驕奢僭上、赤墀青瑣、孟康曰、以レ青畫二戸邊鏤中一、天子制也、如淳曰、門楣格再重、如二人衣領再重裏者青一、名曰二青瑣一、天子門制也、師古曰、孟説是、青瑣者、刻爲二連瑣文一、而以レ青塗レ之也、

『本朝文粋』巻第八、菅贈大相國、九日後朝、侍二朱雀院一、同賦三閑居樂二秋水一、應二太上法皇製一、

臣昔是伏二奏青瑣一之職、臣今亦追二從綠蘿一之身、

道眞の序では、藏人であつた事を云ふ。

『藝文類聚』巻四十八、職官部四、黄門侍郎、

漢舊儀曰、黄門郎、日暮入對二青瑣門一、名曰二夕郎一、

「夕拜之郎」

藏人の事。15・95條の「仙郎」に既述。

「綺戸」

美しい戸。『後漢書』宦者列傳第六十八、序、に、「嬙媛侍兒、歌童舞女之玩、充二備綺室一、綺室、室之綺麗者、」とある。

『全唐詩』巻二十一、溫庭筠一、吳苑行、

小苑有レ門紅扇開、天絲舞蝶共徘徊、綺戸雕楹長若レ此、韶光歳歳如二歸來一、

「晨粧」

朝の化粧。粧・妝同じ。

『全唐詩』巻十二、韓愈四、東都遇春、

行逢二三月、九州花相映、川原曉服鮮、桃李晨妝靚、

『全唐詩』巻二十六、韋莊六、上春詞、

曈曨赫日東方來、禁城煙煖蒸二青苔一、金樓美人花屏開、晨妝未罷車聲催、幽蘭報レ暖紫芽折、天花愁艶蝶飛迴、

「清芬」

清いかをり。人の美德等を云ふ。芬は美香・名聲の意。

『文選』巻第十七、陸士衡(機)、文賦、

詠二世德之駿烈一、誦二先人之清芬一、銑曰、詠二當時俊美之述作一、誦二先賢詞賦之芬芳一也、

「賢人之賜二玉帛一」

前條の「草澤皆開堆二玉帛一」を參照。

「仙洞之練二金丹一云々」

『抱朴子』金丹卷、

抱朴子曰、余考二覽養性之書一、鳩二集久視之方一、曾所二披涉一篇卷以レ千計矣、莫乙不下皆以二還丹金液一爲中大要上者甲焉、然則此二事蓋僊道之極也、服レ此而不レ僊則古來無レ僊矣、(中略)老子訣言云、子不レ得二還丹金液一、虛自苦耳、夫五穀猶能活レ人、人得レ之則生、人絕レ之則死、又況於二上品之神藥一、其益レ人豈不レ萬二倍於五穀一耶、夫金

丹爲レ物、燒レ之愈久變化愈妙、黃金入レ火百鍊不レ消、埋レ之畢レ天不レ朽、服二此二藥一、鍊二人身體一、故能令二人不レ老不レ死、

「養性」

『文選』卷第五十三、嵇叔夜（康）、養生論、

上藥養レ命、中藥養レ性者、善曰、本草曰、上藥一百二十種爲レ君、主レ養レ命以應レ天無レ毒、久服不レ傷レ人、輕レ身益レ氣、不レ老延レ年、中藥一百二十種爲レ臣、主レ養レ性以應レ人、

「桃夭」

120條に既述。

「蓮府」

大臣の第、大臣。儀同三司・南昌公の位官で薨じた齊の王儉の故事に據る語。王儉が庾杲之を登用した事を次のやうに述べてゐる。

『南史』列傳第三十九、庾杲之傳、

乃用二杲之一爲二衞將軍長史一、安陸侯蕭緬與レ儉書曰、盛府元僚、寔難二其選一、庾景行汎二淥水一依二芙蓉一、何其麗也、時人以レ入二儉府一、爲二蓮花池一、故緬書美レ之、

『南齊書』列傳第四、王儉傳、

是歲（永明三年）省二摠明觀一、於二儉宅一開二學士館一、悉以二四部書一充二儉家一、又詔レ儉以レ家爲レ府、

「宰輔」

宰相、天子の補佐。

『文選』巻第三十七、羊叔子（祜）、讓二開府一表、

且臣忝竊雖レ久、未レ若下今日兼二文武之極寵一、等中宰輔之高位上也、善曰、文武謂二車騎及開府等一、宰輔、謂二儀同三司一、銑曰、兼二文武一、謂爲二將軍一兼二儀同一也、儀同、同二於三公一、故云、等二宰輔高位一也、

「詩者天地之心也」

『藝文類聚』巻第五十六、雜文部二、詩、

詩緯含神霧曰、詩者、天地之心、君德之祖、百福之宗、萬物之戸也、

「菊者日月之精也」

『抱朴子』僊藥、

僊方所レ謂、日精、更生、周盈皆一菊、而根莖花實異レ名、

『輔仁本草』第六卷、草上、

菊花、　一名日精、

菊花者月精也、出二大清經一、

「三農有レ年」

79條に既述。

「學稼」

17條に既述。

「辨岸之不レ枯」

不明。梁の簡文帝に、「辯河流レ水、辭峯積レ石」と云ふ句がある。或は「辨岸」は「辯岸」でなからうか。その場合、詩文の道が衰へる事のない意であらうか。

「魯聖之道」

95條に見える。

『史記』巻之四十七、孔子世家第十七、

孔子生二魯昌平鄕陬邑一、

『論語』子罕、

大宰問二於子貢一曰、夫子聖者與、何其多能也、註、孔安國曰、大宰、大夫官名也、或吳、或宋、未レ可レ分也、疑三孔子多二能於小藝一也、子貢曰、固《モトヨリ》天縱《ユルシテ》二之將聖一、又多能也、註、孔安國曰、言天固縱二之大聖之德一、又使二多能一也、

「周成之化」

周成は周の成王、周の武王の太子誦、成王卽位しても初めは幼少の爲周公が國事を代行、周公政を成王に歸すや、召公を保とし、周公を師とし、周官を作り、禮樂を興し、制度を改め、民衆は和睦し、頌聲が興つた。

「周成之化」は周の成王の聖政を云ふ。

『後漢書』六十下、蔡邕列傳第五十下、

雖下周成遇レ風訊二諸執事一、宣王遭レ旱密勿祗畏上、尚書金縢曰、秋大熟、未レ穫、天大雷電以風、王（成王）乃問二諸史百執事一、詩大雅雲漢篇序曰、宣王遇レ旱、側レ身修レ行、欲二消去一之故、大夫仍叔作二雲漢之詩一以美レ之、密勿祗畏、言勤勞戒懼也、

「逢遇」

『全唐詩』卷八十、薛曜、舞馬篇、

星精龍種競騰驤、雙眼黄金紫豔光、一朝逢二遇昇平代一、伏レ皂銜レ圖事二帝王一、

「燕頷」

燕の様なあご、骨相の語で、武にすぐれた相。

『後漢書』四十七、列傳第三十七、班超傳、

超問二其狀一、相者指曰、生燕頷虎頸、飛而食レ肉、此萬里侯相也、

『全唐文』卷四百九十九、權德輿十七、贈司空劉公神道碑銘、

公角犀燕頷、魁岸碩大、

「玉旒」

旈・旒同じ。冕の前後にたれる玉だれ。

『後漢書』二十六、列傳第十六、蔡茂傳、

賜以二三公之服黼黻冕旒一、三公服二衮冕一、黼若二斧形一、黻若二兩巳相背一、冕、以レ木爲レ之衣以レ帛、玄レ上纁レ下、廣八寸長尺六寸、旒、謂二冕前後所レ垂玉一也、天子十二旒、上公九旒、

『全唐詩』卷二十、許渾六、秋日早朝、

井轉二轆轤一千樹曉、鑠開二閶闔一萬山秋、龍旗盡列趨二金殿一、雉扇才分見二玉旒一、

玉旒を見るは、天顏を拜すること。「褰二玉旒一」は主上が玉旒をかゝげて金盞の菊酒をめすこと。

○大　意

季秋のめでたい重陽の節日は、古來この地で美を傳へ、月齡の中で九月節の行事として詳しい。朱い茱萸を頭に

かんざしゝ、賈佩蘭の故跡をまねび、鍾會の菊花賦にまねて、菊花の詩を詠ずる。聖上の御德は全世界をおほい、御學殖は古今に通じて居られる。菊花の節に當り、門戸をひらかれて、文藻豐かな詩臣が競ひ參じ、學儒を尊んで大に宴を設けられ、文墨の達人等が群れ集まつてゐる。穆天子傳に云ふ瑤池の賦詩や、漢の武帝が汾河で宴を張つて秋辭を詠じた故事等は比較にならぬ。見れば黃菊は宮殿の階に迫つて咲き、その爲宮殿も明るさを增す程であり、君側の侍臣等も菊花に置いた露にしとゞにぬれる程であり、禁中の女官も秋を盛りの一蘂の菊に美を奪はれんばかりである。主上の召す御盃に淸らかな香の菊花が浮び、あでやかな美しさが御製を催すに至つては、恰も賢人が召されて玉帛を賜り、玉顏を眼前にして己の才を顯はす樣であり、又仙藥の名の高い菊の香に染みて、壽命を延ばす樣である。艷麗の后妃も、一段と此の花を愛され、主上の補佐たる大臣等もこの花を愛至するものである。時に主上の御側に侍する侍臣達の語るには、詩は天地自然の心の現はれであり、菊は日精と云ひ仙藥である。本年の農も豐作であり、お互に學問の功も熟し、世が平穩で詩文の道も衰へる事のないのを祝ふ。あゝ、今經學の道が榮え、又聖代の治政を賞する事が出來るのは、思ふに兩者が伴つたおかげである。たゞこの時勢に、自分は俊秀の人士に隨伴して禁裡に參じ、盛宴の絃歌を聽く事が出來ても、その實は英俊の下につらなつたのみで、未だ文筆の功の少いのを恥ぢる。本日誤つて御命を受けて序者となり、あら〳〵本日の宴の盛事を記す次第である。

まがきの菊がやつと咲いて、本日の菊の宴遊のもてなしとなつた。宮殿に照り映えて殿階にある仙菊の花は金盞に浮び、天子は玉旒をかゝげて召し、萬年もの壽をことほがれる。燈に照らされた翠帳は冷やかに感ぜられ、宮中に夜明けが訪れた。燈にかゞやいた窓下には、群賢が集り、仙宮は正に秋氣が滿ちてゐる。菊の一むらにも及ばぬ自分は、なさけなくも榮進にとりのこされ、多年にわたつて書卷を繙きつゝ未だ休偃の時がない。

126

九日、同賦二露重《クシテ》[1]花低《ル》一、以《ヲ》[2]レ秋爲レ韻、

九辰憶《ヒ》レ菊倚《ヲル》[3]二籬頭《ニ》一、露重《クシテ》花低《ハレ》獨遇《フ》レ秋《ニ》、無《ク》レ力《ニ》二賚持《ニ》一金擲《ツ》[4]レ地《ニ》、有《リ》レ妨《ゲ》二負擔《ニ》一玉沈《ム》レ流《ニ》、貴妃賜《ハ》レ浴《ハリヲ》嬌《トシテ》方寢《テス》、何晏傾《ハケ》レ簪汗《ヲ》未《ダ》レ收《マラ》、志在《リ》二扶公《ニ》一菊一名扶公、披《キ》二草澤《ヲ》一、霑《ヒテ》レ恩《ニ》争《デカ》慰《メン》二後《ルヽノ》レ群《ニ》愁《ヒヲ》一、

○校　異

①『日本詩紀』「菊」あり。②「以レ秋爲レ韻」＝『日本詩紀』なし。③「倚」＝底本「侍」に作る。『日本詩紀』により訂す。④「擲」＝『日本詩紀』「抛」に作る。

○考　説

「賚持」

賚《ライ》は賜である。賚持は賜つて持つ事。

『文選』巻第三、張平子（衡）、東京賦、

發二京倉一、散二禁財一、賚《タマモノシ》二皇僚一、逮二輿臺一、綜曰、發、開也、京、大也、禁、藏也、賚、賜也、皇僚、百官也、逮、及也、言天子散二發禁庫之財一、無レ問二貴賤一皆賜及レ之、善曰、左傳曰、人有二十等一、王臣、公、公臣、大夫、大夫臣、士、士臣、皁、皁臣、輿、輿臣、隷、隷臣、僚、僚臣、僕、僕臣、臺、

「金擲レ地」

『全唐詩』巻一、太宗皇帝、秋日二首の中、

爽氣澄二蘭沼一、秋風動二桂林一、露凝二千片玉一、菊散二一叢金一、

『本朝文粹』巻第八、序甲、書序、紀納言（長谷雄）、延喜以後詩序、

又九日賦下菊散二一蘂金一詩上曰、廉士路中疑不レ拾、（注、「廉」、『本朝文粋』は「庶」に作るが、『江談抄』四、に據り訂す。）

「玉沈レ流」

玉は露の玉。

「貴妃」

『唐書』巻七十六、后妃列傳上第一、楊貴妃、

玄宗貴妃楊氏、隋梁郡通守汪四世孫、徙二籍蒲州一、遂爲二永樂人一、（注、『楊太眞外傳』、「小字玉環、」）幼養二叔父家一、始爲二壽王妃一、開元二十四年、武惠妃薨、後廷無下當二帝意一者上、或言、妃姿質天挺、宜レ充二掖廷一、遂召内二禁中一、異レ之、卽爲下自出二妃意一者上、丐レ藉二女官一號二太眞一、更爲二壽王一聘二韋昭訓女一、而太眞得レ幸、（注、『楊太眞外傳』、「使三高力士取二楊氏女於壽邸一、度爲二女道士一號二太眞一、住二内太眞宮一、天寶四載七月、册二左衞中郎將韋昭訓女一、配二壽邸一、是月於二鳳凰園一、册二太眞宮女道士楊氏一爲二貴妃一、」）善歌舞、邃曉二音律一、且智算警頴、迎レ意輙悟、帝大悦遂專二房宴一、宮中號二娘子一、儀體與二皇后一等、天寶初進二册貴妃一、（中略）祿山反、以レ誅二國忠一爲レ名、且指二言妃及諸姨罪一、帝欲下以二皇太子一撫上レ軍、因禪レ位、諸楊大懼哭二于庭一、國忠入白レ妃、妃銜レ塊請レ死、帝意沮、乃止、及三西幸至二馬嵬一、陳玄禮等以二天下計一誅二國忠一、已死軍不レ解、帝遣二力士一問レ故、曰、禍本尙在、帝不レ得レ已與レ妃訣引而去、縊二路祠下一、裹レ尸以二紫茵一瘞二道側一、年三十八、

「賜レ浴」

『白氏長慶集』巻十二、長恨歌、

天生麗質難二自棄一、一朝選在二君王側一、回レ眸一笑百媚生、六宮粉黛無二顏色一、春寒賜レ浴華淸池、溫泉水滑洗二凝脂一、侍兒扶起嬌無レ力、

「嬌」

嬌《ケウ》は嬌艶の意で、なまめかしい意。

「方」

方はならびと讀む。

『文選』巻第七、揚子雲（雄）、甘泉賦、

方㆓玉車之千乘㆒、善曰、鄭玄儀禮注曰、方、併也、玉車、以㆑玉飾㆑車也、

「何晏傾簪云々」

典據幷びに句意不明。

『三國志』魏書九、

晏何進孫也、母尹氏爲㆓太祖夫人㆒、晏長㆓于宮省㆒、又尚㆓公主㆒、少以㆓才秀㆒知㆑名、好㆓老莊言㆒、作㆓道德論㆒、及諸文賦著述凡數十篇、

「扶公」

『輔仁本草』第六卷、草、

菊花、一名扶公、華也、已上出㆓神仙服餌方㆒、

○大　意

重陽の朝菊を懐しんでまがきのほとりに立つた。露がしとゞに降りて、菊花はその重みにたれて、正に晩秋の景である。黄菊は黄金に比され、とても重くて持てなく地に落してしまふ。露は寶玉に比され、これまた重くして持

ち切れず流れに沈めてしまふ。楊貴妃は天子の寵を受け、溫泉浴を許され、君主の寢に侍した樣に、菊花も姿と香りを賞され、何晏が簪の重みに汗ばんだ樣に、露も亦重い程にきら〳〵と結んでゐる。自分は菊の樣に美姿と芳香得て、草澤を脫したい。そして天恩受けて何とかして群友にとりのこされた愁をはらしたい。

127

初冬、同賦《ジクス》二殘菊《ヲ》一、七言十韻、

殘菊一叢勝《ル》二衆花《ニ》一、潔《キコト》如二君子《ノ》一立《ツ》二庭沙《ニ》一、本生《ジ》二五柳蕭條《ノ》地《ニ》一、今在《ハリ》二三槐累葉《ノ》家《ニ》一、抱《キテ》レ紫未《ダ》三曾《テ》忘《レ》二勁節《ヲ》一、紆《ヒテ》レ金《ヲ》豈《ニ》敢《テ》盛《ナサンヤ》二清花《ヲ》一、若《シ》非《レバ》二初雪逼《リテ》[1]レ籬《ニ》點《ズルニ》一、疑《フラクハ》是《レ》曉星《ノ》辭《シテ》レ漢《ヲ》斜《ナルカト》、松栢《ノ》後《ルヽト》レ凋《ムニ》相《ヒ》等輩《ナリ》、芝蘭《ノ》早敗《スルト》自《ラ》參差《タリ》、南陽《ノ》眉壽《ハ》期《シ》二千歳《ヲ》一、女几肩隨《シテ》蹈《ム》二九霞《ヲ》一、不レ許《サ》二酒耘《ノ》强《ニ》管領《スルヲ》一、任他詩草便《チ》交加《ス》、風姿無レ撓《ミダルコト》餘香遠《シ》、霜刄雖《モ》レ侵《スト》[2]晚艷奢《ホコル》、嗜《ミ》レ味《ヲ》今嘲《ケル》青露藥《ノ》、問《ヘバ》レ名《ヲ》昔立《テタル》絳雲車《ナリト》、周城菊名[3]、光[4]粧《リ》迸《ル》二文路《ニ》一、齒髮縱《ヒ》衰《フトモ》何《ゾ》足《ラン》レ嗟《クニ》、

○校　異

①「逼」＝底本「過」に作る。『日本詩紀』に據り訂す。②「晚」＝『日本詩紀』「曉」に作る。③「菊名」＝『日本詩紀』「菊一名」に作る。④「光」＝底本「先」に作る。『日本詩紀』に據り訂す。

○考　說

「五柳」

『晉書』九十四、列傳第六十四、隱逸、陶潛傳、

陶潛字元亮、大司馬侃之曾孫也、祖茂、武昌太守、潛少懷二高尚一、博學善屬レ文、穎脱不羈、任レ眞自得、爲二郷鄰之所一レ貴、嘗著二五柳先生傳一、以自況曰、先生不レ知二何許人一、不レ詳二姓字一、宅邊有二五柳樹一、因以爲レ號焉、

「蕭條」

蕭條《セウデウ》はものさびしい貌。

『文選』巻第一、班孟堅(固)、西都賦、

原野蕭條、目極二四裔一、

「本生二五柳蕭條地一」

『晉書』列傳第六十四、陶潛傳、五柳先生傳、

環堵蕭然、不レ蔽二風日一、短褐穿結、簞瓢屢空、晏如也、

『文選』巻第三十、陶淵明、雜詩、

結レ廬在二人境一、而無二車馬喧一、問レ君何能爾、心遠地自偏、采レ菊東籬下、悠然望二南山一、

秋菊有二佳色一、裛露掇二其英一、汎二此忘憂物一、遠二我達世情一、

「三槐」

周の時代、外朝に植ゑた三本の槐樹。我が平安朝の版位に相當。三公の著坐の位置を示す。

『周禮』秋官、朝士、

朝士、掌下建二邦外朝一之法上、左九棘、孤卿大夫位焉、群士在二其後一、右九棘、公侯伯子男位焉、群吏在二其後一、面二三槐一、三公位焉、州長衆庶在二其後一、左嘉石、平二罷民一焉、右肺石、達二窮民一焉、

樹レ棘以爲レ位者、取二其赤心而外刺一、象レ以二赤心三刺一也、槐之言懷也、懷二來人於此一、欲二與レ之謀一、群吏、謂二府史一也、州長、鄉遂之官、

「累葉」

累葉《ルイエフ》は代々の意。代を重ねる事。累世・累代。

『文選』卷第五、左太沖（思）、吳都賦、

雖二累レ葉百疊一、而富彊相繼、翰曰、累レ葉、猶如二木葉相蔭多一也、言王霸之業、雖二疊レ葉百重一、而富彊不レ絕、故曰、相繼、

「拖レ紫」

拖紫は拖レ紫と同じ、紫綬を帶る事。

『文選』卷第四十五、揚子雲（雄）、解嘲、

紆《マツハシ》レ青拖《ヒイテ》レ紫、朱二丹其轂《コシキ》一、善曰、東觀漢記曰、印綬、漢制公侯紫綬、九卿青綬、漢書曰、吏二千石朱二兩轓一、良曰、紆、帶也、拖、服也、轂、車轂也、青紫並貴者服飾也、朱丹、以二朱色一飾二其車轂一也、

「勁節」

つよいみさを。

『全唐詩』卷三、駱賓王三、浮槎、

昔負千尋質、高臨九仞峰、眞心凌二晚桂一、勁節掩二寒松一、

『全漢三國晉南北朝詩』全梁卷六、范雲、詠二寒松一、

脩條拂二層漢一、密葉障二天潯一、淩レ風知二勁節一、負レ雪見二貞心一、

「紆レ金」

金をまとふ。
『文選』巻第五十八、蔡伯喈（邕）、陳太丘碑文、
紆二佩金紫一、光レ國垂レ勳、善曰、漢書曰、大司徒、大司馬、大司空、皆金印紫綬、翰曰、三公皆帶二金印一、以二紫綬一、此可下以光二國家一大功上也、勳、功也、
「盛」
盛はなすと讀み、飾る意。
『周禮』地官、掌蜃、
共二白盛之蜃一、
盛、猶レ成也、謂三飾レ牆使二白之蜃一也、今東萊用レ蛤、謂之二叉灰一云、
「曉星」
晨生、夜明の空にまばらに見える星。
『文選』巻第二十七、謝玄暉（朓）、京路夜發、
曉星正寥落、晨光復泱漭、善曰、寥落、星稀之皃也、字書曰、泱漭、不明之皃、
「辭レ漢」
漢は天漢、「辭レ漢」は星が天漢より降る事。
「松栢後レ凋」
『論語』子罕、
子曰、歲寒、然後知二松栢之後一レ凋也、

「等輩」

『史記』卷之五十五、留侯世家第二十五、

今諸將皆陛下故等夷、徐廣曰、夷、猶㆑儕也、索隱曰、如淳云、等夷、言㆓等輩㆒、

「芝蘭」

95條に既述。

「參差」

ふぞろひの樣。

『詩經』國風、關雎、

參差荇菜、左右流《もと》㆑之、荇、接余也、流、求也、后妃有㆓關雎之德㆒、乃能供㆓荇菜㆒、備㆓庶物㆒、以事㆓宗廟㆒也、箋云、左右、助也、言后妃將㆑供㆓荇菜之葅㆒、必有㆓助而求㆑之者㆒、言三夫人九嬪以下、皆樂㆓后妃之事㆒、

「眉壽」

老人の事、年をとると眉毛が長くなるから云ふ。

『文選』卷第四、張平子(衡)、南都賦、

於㆑是乎鯢齒眉壽、鮐背之叟、皤皤然被㆓黃髮㆒者、善曰、毛詩曰、(注、豳風、七月)以介㆓眉壽㆒、毛萇曰、眉壽、毫眉也、爾雅曰、黃髮鯢齒鮐背者老壽也、班孟堅辟雍詩曰、皤皤國老、銑曰、兒齒眉壽鮐背黃髮、皆老人也、皤皤、亦老貌也、

「女几」

女仙。

『太平廣記』卷五十九、女仙類四、

女几者、陳市上酒婦也、作レ酒常美、仙人過二其家一飲レ酒、即以二素書五巻一質二酒錢一、几開視レ之、乃仙方養性長生之術也、几私寫二其要訣一、依而修レ之三年、顏色更少、如二二十許人一、數歳質レ酒仙人復來、笑謂レ之曰、盜道無レ師、有レ翅不レ飛、女几隨二仙人一去、居レ山歴レ年、人常見レ之、其後不レ知レ所レ適、今所レ居即女几山也、（出二女仙傳一）

『妝樓記』

盜寫、　女几、陳市上酒婦也、朱仲嘗於二會稽一賣レ珠、一日仲以二素書一、倚二酒於女几家一、几盜寫學二其術一、

「肩隨」

年長者と同行する時、並行しつゝも少し後れる禮。

『禮記』曲禮上、

年長《セルヿ》以《テ》倍《スル𪜈ハ》、則父二事之一、十年以長、則兄二事之一、五年以長、則肩二隨之一、（肩隨者、與レ之並行差退、）

追隨する事。

『分類補註李太白詩』巻之十五、感レ時留二別從兄徐王延年從弟延陵一、

小子謝二麟閣一、鴈行忝二肩隨一、（漢宮室疏、天祿閣、麒麟閣、蕭何造以藏二祕書賢才一、）

「九霞」

美しい霞、仙人が踏み歩く霞。

『全唐詩』巻二十四、曹唐二、小遊仙詩、

西漢夫人下二太虛一、九霞裙幅五雲輿、欲下將二碧字一相敎示上、自解盤囊出二素書一、

「蹈二九霞一」

仙人となつて昇天する事。

「酒耘」

不明。今假りに、酒は殘菊を觀賞しての酒宴、耘は初冬の耕耘で草ぎり除く事として解す。

「管領」

支配する事。

『白氏長慶集』巻二十三、早春晩歸、

金谷風光依レ舊在、無三人管二領石家春一、

「任他」

さもあらばあれと讀む。

『色葉字類抄』サ、疊字、

遮莫サマアラハレ、サモアラハレ、　任他同、

「交加」

入りまじつてゐる樣。

『文選』巻第十九、宋玉、高唐賦、

交加累積、重疊增益、狀似二砥柱一、善曰、交加者、言石相交加累二其上一、別有下交二加石一之勢上、在二巑岏崕上一、重益二其高一、砥柱、山名、在二水中一如レ柱然、

『後漢書』七十八、宦者列傳第六十八、孫程傳、

賀（良賀）清儉退厚、謙退而厚重也、位至二大長秋一、陽嘉中、詔二九卿一擧二武猛一、賀獨無レ所レ薦、帝引問二其故一、對曰、臣生レ自二草

茅一長二於宮掖一、既無二知レ人之明一、又未三嘗交二加士類一、

「撓」

撓はみだると讀む。

『文選』卷第四十九、干令升（寶）、晉紀總論、

劉淵王彌撓二之於青冀一、銑曰、劉淵以二離石之卒一、攻二破諸郡縣一、自稱レ王、王彌起レ兵攻二東莞一、復攻二青州一、撓、亂也、

「晩艷」

時期のおそい美花、菊。

『全唐詩』卷十一、王建五、野菊、

晩艷出二荒籬一、冷香著二秋水一、憶レ向山中見、伴レ蛩石壁裏、

「奢」

奢《シヤ》はおごる・ほこると讀む。この詩ではほこるをとる。

『文選』卷第七、司馬長卿（相如）、子虛賦、

今足下、不レ稱二楚王之德厚一、而盛推二雲夢一、以爲二高奢一、善曰、郭璞曰、以爲二高談顯明一也、奢、闊也、

「青露藥」

『初學記』天部、露、

晉中興書曰、甘露降、耆老得レ敬則松柏受レ之、尊賢容レ衆則竹葦受レ之、甘露者仁澤也、其凝如レ脂、其美如レ飴、

甘露一名天酒、露之異者、有二朱露、丹露、玄露、青露、黃露一、

『洞冥記』巻二、

勒軍國人長三寸、有レ翼善二言語戯笑一、因名二善言語一、常群飛往二日下一自曝、身熱乃歸、飲二丹露一爲レ漿、丹露者、日初出、有二露汁如一レ珠也、帝（漢武帝）曰、何謂二吉雲一、朔（東方朔）曰、其國俗以二雲氣一占二吉凶一、若樂事則滿室雲起、五色照レ人、著二於草樹一皆成二五色一、露珠甚甘、帝曰、吉雲露可レ得乎、朔方（乃カ）東走、至レ夕而返、得二元露青露（玄黄青露〈初〉）一、盛二青琉璃一、各受二五合一、跪以獻レ帝、帝遍賜二群臣一、群臣得嘗者、老者皆少、疾者皆愈、凡五官嘗レ露、董謁、李克、孟岐、郭瓊、黄安也、

「問名昔立絳雲車」

典據幷びに意不明。

『文選』巻第十九、曹子建（植）、洛神賦、

六龍儼其齊レ首、載二雲車之容裔一、善曰、春秋命曆序曰、有レ神右耳蒼色、大肩駕二六龍一出レ輔、號曰二神農一、儼、矜莊貌、春秋命曆序曰、人皇乘二雲車一出二谷口一、博物志曰、漢武帝好レ道、西王母七月七日漏七刻、王母乘二紫雲車一而來、良曰、神以レ雲爲レ車而馭レ龍也、容裔、行貌、

『太平御覽』巻第七百七十五、車部四、畫雲車、

漢書曰、武帝作二畫雲車一、

「絳雲車」は赤い色の雲車。

「周城」

『輔仁本草』第六卷、草上、菊花、

一名周成、莖也、

「光粧迸二文路一」

典據不詳。菊花が美麗な姿で、詩文の道に詠ぜられてゐるの意か。

○**大　意**

一叢の殘菊は衆花にまさつて美しく、まるで君子の如く淸らかに庭の砂の中に咲いてゐる。本來ものさびしい五柳の地に生じたものが、今は代々三公の要職の家の庭に在る。人に譬へれば、高位に昇つて紫綬を帯る様になつても、初心の堅い操を忘れず、金印をまとひても、殊更に麗艷を誇らない。庭菊の様は、初雪が籬に點じたのでなければ、曉の星が天漢より降つて地上に輝いて居るかと疑ふほどである。寒冷に遭つて衆他の草樹が凋む中で、菊は松柏が獨り殘つてゐるのと同等である。芝蘭が一早く敗れすたるのとは異る。南陽の長壽は、菊水を飮んで千歳もの長命を保んとし、酒家の女几は仙人に伴隨して不老不死の仙を得て昇仙した。菊はそれ自身の麗質の故に植ゑられるのであつて、觀菊の酒宴は問題でない。菊の宴の詩文は菊にとつて關心のない事である。菊は霜風にあつても、その姿を亂さず、芳香は遠く迄及び歳晩の艶を誇つてゐる。菊酒の味は到底靑露藥の及ぶべくもなく、殘菊の令名は漢の昔の絳雲車にも等しい。益々美しく咲いて文人達は詩興を起こされる。自分は老境に向つたが、かゝる殘菊に接し、我身の衰耗など嗟くにたりない。

128　奉《ズ》下同《ジク》菊殘《リテ》留《ムノ》二秋思《ヲ》一詩《ヲ》上、同芳字、

五美《ノ》菊殘《リ》自《ラ》擅《ニシ》レ場《ヲ》、空《シク》留《メ》二秋意《ヲ》一帶《ブ》二餘芳《ヲ》一、貞心未《ダ》レ變《ゼ》二三商《ノ》日《ニ》一、晩節長《ク》含《ム》二九月《ノ》霜《ヲ》一、玉露延《ベテ》レ期《ヲ》携《ヘ》二女几《ヲ》一、

金風忘《レテ》レ暦《ヲ》在《リ》ニ南陽《ニ》一、微蔌難《シ》レ同[1]《ジ》隔《ツ》ニ仙席《ヲ》一、詩境《ノ》外《ノ》人《ハ》任《ス》ニ酔郷《ニ》一、

○**校　異**

①「同」＝底本「問」に作る。『日本詩紀』に據り訂す。

○**考　説**

「芳」

芳は下平聲、七陽の韻。

「五美」

『藝文類聚』巻八十一、藥香草部上、菊、賦、

魏鍾會菊花賦、

夫菊有ニ五美一焉、黄華高懸、准ニ天極一也、純黄不雜、后土色也、早植晩登、君子德也、冒レ霜吐レ穎、象ニ勁直一也、流中輕體、神仙食也、

『論語』堯曰、

子張問ニ政於孔子一曰、何如斯可ニ以從一レ政矣、子曰、尊ニ五美一屏ニ四惡一、斯可ニ以從一レ政矣、註、孔安國曰、屏、除也、子張曰、何謂ニ五美一、子曰、君子惠而不レ費、勞而不レ怨、欲而不レ貪、泰而不レ驕、威而不レ猛、子張曰、何謂ニ惠而不一レ費、子曰、因ニ民之所一レ利而利レ之、斯不ニ亦惠而不一レ費乎、註、王肅曰、利レ民在レ政、無レ費ニ於財一也、擇ニ其可一レ勞而勞レ之、又誰怨、欲レ仁而得レ仁、又焉貪、君子無ニ衆寡一、無ニ小大一、無ニ敢慢一、斯不ニ亦泰而不一レ驕乎、君子正ニ其衣冠一、尊ニ其瞻視一、儼然、人望而畏レ之、斯不ニ亦威而不一レ猛乎、

この詩は鍾會の菊花賦の五美をふまへてゐる。

「三商」

三商は三刻と同じで、商は水時計の刻で一商は十五分。

『儀禮』士昏禮、疏、

鄭目錄云、士娶レ妻之禮、以レ昏爲レ期、因而名焉、必以レ昏者、陽往而陰來、日入三商爲レ昏、

三商は右の様な意であるが、この詩では、三商は三秋と同じ意で、秋の意に用ゐたと思はれる。

『初學記』歳時部、秋、

梁元帝纂要曰、秋曰二白藏一、氣白而收二藏万物一、亦曰收成、万物成而收斂、亦曰三秋、九秋、素秋、素商、高商、

「貞心」

みさを堅き心。

『文選』卷第二十一、何敬祖(劭)、遊仙詩、

吉士懷二貞心一、

「晩節」

『文選』卷第三十一、鮑明遠(照)、擬古三首の中、

晩節從二世務一、乘レ障遠和レ戎、善曰、李奇曰、乘、守也、銑曰、晩節、末年也、務、事、障、邊也、言末年從二時事一、乘レ邊遠撫二戎狄一、

「女几」

前條に既述。

「金風」

『文選』巻第二十九、張景陽（協）、雜詩十首の中、

金風扇二素節一、丹霞啓二陰期一、善曰、西方爲レ秋、而主レ金、故秋風曰二金風一也、河圖曰、崑崙山有二五色水一、赤水之氣上蒸爲レ霞、陰而赫然、魏文帝芙蓉池詩曰、丹霞夾二明月一、銑曰、秋爲二白藏一、故云二素節一、赤雲起、則雨能開二陰之氣候一也、啓、開、期、候也、

「南陽」

前條に既述。

○**大　意**

五美を兼そなへた菊が、霜に凋む事なく唉き殘り、晩秋の美の獨擅場である。殘菊には秋の心が留まり香しい殘芳がながれてゐる。菊の貞心は秋末になつても變はりなく、その晩年に九月の霜に堪へてゐる。玉露も菊の爲めに凋落の期をのばし、女几の仙壽に應じさせ、秋風も南陽の時じくの菊花の中で、暦日の秋愴を忘れてゐる。かすかな草むらが、仙草として愛翫される菊とは、同格となり難い樣に、自分は正に凡俗である。詩文に係りをもたぬ人達は專ら酒味をたのしんで居る。

129　初冬、同賦《ジク》三待《チテ》レ月《ヲ》思二殘菊《ヲ》一、以レ心爲レ韻、

待《チ》レ月《ヲ》蘂邊《ニ》快《クス》二詠吟《ヲ》一、爲《ニ》思《フ》殘菊《ハ》有《リ》二貞心一、求《メ》レ珠《ヲ》應《ニ》《シ》レ照《ス》葩《ノ》多少、得《テ》レ鏡《ヲ》欲《ス》レ分《タント》色《ノ》淺深、榮曜相《ヒ》期《ス》爭《テカ》拾《ヒ》レ紫《ヲ》、

恩光若《シ》至《ラバ》羨《ハン》レ紆《フヲ》レ金《ヲ》、南樓上與《ト》二東籬《ノ》下一、徃反營々老《ユ》二翰林《ニ》一、

○考　說

「心」

心は下平聲十二侵韻。

「羨」

羨《セン》はねがふと讀む。

『文選』卷第十五、張平子（衡）、歸田賦、

徒臨ㇾ川以羨ㇾ魚、善曰、淮南子曰、臨ㇾ河而羨ㇾ魚、不ㇾ如㆓歸ㇾ家織㆒ㇾ網、高誘曰、羨、願也、

「南樓」

『晉書』七十三、列傳四十三、庾亮傳、

亮在㆓武昌㆒、諸佐吏殷浩之徒、乘ㇾ秋夜往、共登㆓南樓㆒、俄而不ㇾ覺亮至、諸人將㆓起避㆒ㇾ之、亮徐曰、諸君少住、老子於㆓此處㆒興復不ㇾ淺、便據㆓胡床㆒、與㆓浩等㆒談詠竟ㇾ坐、其坦率行ㇾ己多此類也、

「東籬下」

『文選』卷第三十、陶淵明、雜詩、

結ㇾ廬在㆓人境㆒、而無㆓車馬喧㆒、問ㇾ君何能爾、心遠地自偏、采ㇾ菊東籬下、悠然望㆓南山㆒、山氣日夕佳、飛鳥相與還、此還有㆓眞意㆒、欲ㇾ辯已忘ㇾ言、

○大　意

月の出を待つて殘菊の叢邊に詠吟を樂しむ。その時殘菊の貞心を感ずる。露の珠に耀いた殘菊の花を數へ、月の

光で菊の花の色の淺深を味はふ。自分も菊の様に榮えあつて、どうか印綬を帯びる官位が得たいものだが、庾亮の様な官位を望みながら、一方では亦陶潜の隱逸をしたひ、心が蕩搖してゐながら文章博士の官名の下、營々として儒學にはげむ中に老いて行く。

130

七言、暮秋陪《シ》二左相府《ノ》書閣《ニ》一、同《ジク》賦《ス》二寒花爲《メニ》レ客《ノ》栽《ウヲ》一、應レ教《ノ》詩一首、以レ心爲レ韻、幷序、

左相府者王佐之重器也、興《シ》二立《テ》禮樂之中《ゴロ》衰《ヘタルヲ》一、彌二縫《ス》文章之殆《ンド》絕《エタルヲ》一、[1]詢《ヒテ》二四方《ニ》一而擧《ゲ》二露才《ヲ》一、開《キ》二漢公《ノ》孫丞相之東閣《ヲ》一、[2]攜《ヘテ》二三友《ヲ》一而賞《シ》二風景《ヲ》一、寫《ス》二唐太子《ノ》賓客之北窓《ヲ》一、於《テ》レ是《ニ》素秋《ノ》季月、暇日《ノ》涼天、選《ビ》二詞人之綺靡《タルヲ》一、惜《ム》二氣序之蕭條《タルヲ》一、金章紫綬、應《ジテ》二嘉招《ニ》一而風《ノゴトクニ》來《リ》、子墨客卿、[3]蓄《ヘテ》二祕思《ヲ》一而霧《ノゴトクニ》集《ル》、菓則《ハチ》玄圃之梨、折《リテ》二西枝《ヲ》一[4]置《ク》レ机《ニ》、酒是《ハレ》青州之竹、[5]酌《ミテ》二上葉《ヲ》一[6]兮滿《ツ》レ[7]罇《ニ》、良宴之盛《ナルヿ》、誠《ニ》是《レ》美《ナル》哉、觀《レバ》夫《レ》、寒花爲《メニ》レ客《ノ》栽《ヱ》、好客因《リテ》レ花《ニ》至《ル》、鋤《キテ》二蕭艾《ヲ》一而移《ス》二清芬《ヲ》一、在《ル》レ座《ニ》者皆是躡《メリ》二[8]珠履《ヲ》一、鏟《リテ》二砂磧《ヲ》一而養《フ》二佳色《ヲ》一、來《ル》レ門《ニ》者莫《シ》レ不《ルハ》レ乘《ラ》二錦車《ニ》一、至《リテハ》下夫《ノ》或《ハ》談《ジ》二王道《ヲ》一、廻《ラシ》二青眼《ヲ》於籬脚之霜《ニ》一、或《ハ》論《ジ》二[9]仙方《ヲ》一授《クルニ》中丹契《ヲ》於蘂邊之月《ニ》上、其言《ノ》如《ク》レ蘭《ノ》、玄鶴之駕《レル》雲猶《ホ》在《リ》、其飲以《テス》レ菊《ヲ》、紅螺之盃露未《ダ》レ晞者也、于レ時更漏頻[10]移、吟詠不レ止《マ》、匡衡江家《ノ》釣《ルモ》レ名《ヲ》、魯魚之疑未《ダ》レ決《セ》、翰林《ニ》低《レ》レ翅《ヲ》、梁鴻之恨更《ニ》深、[11]對《シテ》レ花《ニ》自《ラ》愧《ヅ》、[12]猥《リニ》記《スト》二芳遊《ヲ》一云《フ》レ爾、

籬下《ノ》寒花色色《ニ》深《シ》、栽《ヱ》來《リテ》爲《メニ》レ客《ノ》有《リ》二芳心一、洗《ヒ》レ蘭《ヲ》只置《キテ》二朋樽《ヲ》一待《チ》、移《シテ》レ菊《ヲ》先《ヅ》鋪《キテ》二宴席《ヲ》一[13]吟《ズ》、孫閤露濃《ヤカニシテ》應《ニ》

倒《ニス》レ履《ヲ》、李門風冷《ヤカニシテ》自《ラ》薫《ズ》レ襟《ニ》、遶《リテ》レ蘂《ヲ》終日思《フ》二何事《ヲカ》一、時《ハ》屬《ケドモ》二好文《ニ》一猶《ホ》陸沈《ス》、

○校　異

①「詢」＝『本朝文粋』「訪」に作る。②「閤」＝『本朝文粋』「閣」に作る。③「客卿」＝『本朝文粋』「兎毫」に作る。④『本朝文粋』「以」あり。「兮」に作る可きか。⑤「酌」＝底本「酔」に作る。『本朝文粋』に據り訂す。⑥「兮」＝『本朝文粋』「以」に作る。⑦「罇」＝『本朝文粋』「樽」に作る。⑧「躡」＝『本朝文粋』「蹋」に作る。⑨「論」＝『本朝文粋』「説」に作る。⑩「頻」＝『本朝文粋』「漸」に作る。⑪「深」＝『本朝文粋』「催」に作る。⑫「猥」＝『本朝文粋』「狼」に作る。⑬「席」＝底本「序」に作る。『日本詩紀』に據り訂す。

○考　説

「左相府」

『権記』長徳三年十月條、

十二日、自左大殿有レ召、依二作文事一也、大内記齊(紀)名朝臣上レ題、寒花爲レ客栽、以レ心爲レ韻、文章博士匡衡朝臣獻レ序、

『日本紀略』長徳二年七月條、

廿日戊午、任大臣宣命、以二右大臣道長朝臣一、爲二左大臣一、敍二正二位一、

「興立」

『後漢書』八十二上、方術列傳第七十二上、許楊傳、

明府(汝南ノ太守鄧晨)今興二立廢業一、富レ國安レ民、

「彌縫」

『文選』卷第四十四、陳孔璋(琳)、爲二袁紹一檄二豫州一、

加レ緒含レ容、冀レ可二彌縫一、善曰、左氏傳、展喜對二齊侯一曰、桓公是以糾二合諸侯一、彌二縫其闕一、而匡二救其災一、濟曰、緒、餘也、言紹加レ餘含レ容、於レ操冀レ可三彌縫二其過一、使二自改悔一也、

『左氏傳』昭公二年、

季武子拜曰、敢拜三子之彌二縫敝邑一、子謂二韓宣子一、彌縫、猶二補合一也、

「露才」

才を世にあらはし示すこと。又才人。

『陳書』二十七、列傳第二十一、江總傳、

豈降レ志而辱レ身、不二露レ才而揚一レ己、鍾二風雨之如一レ晦、倦二鷄鳴之聒一レ耳、幸避レ地而高棲、

「公孫丞相」

公孫弘のこと。5條に既述。

『漢書』卷之五十八、列傳第二十八、公孫弘傳、

公孫弘菑川薛人也、(中略)元朔中代二薛澤一爲二丞相一、(中略)其以二高成之平津鄕戸六百五十一、封二丞相弘一爲二平津侯一、(中略)時上方《サカンニ》興二功業一、婁擧二賢良一、師古曰、婁、古屢字、弘自見爲二擧首一、起二徒步一、數年至二宰相一封レ侯、於レ是起二客館一、開二東閤一、以延二賢人一、師古曰、閤者小門也、東向開レ之、避下當二庭門一而引中賓客上、以別二於掾史官屬一也、與二參謀議一、

「三友」「北窓」

『白氏長慶集』卷二十九、北窓三友、

今日北窓下、自問何所レ爲、欣然得二三友一、三友者爲レ誰、琴罷輒擧レ酒、酒罷輒吟レ詩、三友遞相引、循環無二已

時一、一彈愜二中心一、一詠暢二四肢一、猶恐二中有レ間、以レ醉彌二縫之一、

「太子賓客」

『職原鈔』下、東宮、

學士二人、（相當從五位下、唐名太子賓客、）諳第儒者有二才德一者應二其撰一、爲二儲君之侍讀一也、古今重レ之、

『唐書』卷四十九上、百官志第三十九上、

太子賓客四人、正三品、掌二侍從規諫贊二相禮儀一、宴會則上齒、（貞觀十八年、以二宰相一兼二賓客一、開元中定二員四人一、）

『事物紀原』第五卷、持憲儲闈部第二十三、賓客、

漢高祖欲レ易二太子一、呂后用二留侯計一、迎二四皓一以定二太子一、故賓客之名始起二於此一、孝文爲二太子一立二思賢苑一、以招二賓客一、孝武爲二太子一立二博望苑一、使レ通二賓客一、洎レ晉愍懷建レ宮、惠帝使三衞庭司馬略等五人、更往來備二賓友一、雖レ非レ官而謂二之東宮賓客一、唐顯慶元年正月、以二于志寧等一、爲二太子賓客一、遂以名レ官定置二四人一、蓋取二法於四皓一、

白樂天が太子賓客に任じられたのは太和三年（八二九）、五十八歳である。『白氏長慶集』卷二十二、に、「授二太子賓客一歸レ洛」の詩がある。

「素秋」

『初學記』第三卷、歲時部上、秋、

梁元帝纂要曰、秋曰二白藏一、（氣白而收二藏万物一、）亦曰二收成一、（万物成而收斂、）亦曰三秋、九秋、素秋、素商、高商、

「涼天」

『全唐詩』巻二十、李商隠一、月、（一作二秋月一）
池一作樓、上與二橋一作池、邊一、難レ忘復可レ憐、簾開最明月、簟巻已涼天、

「綺靡」

『文選』巻第十七、陸士衡（機）、文賦、
詩縁レ情而綺靡、賦體レ物而瀏亮、善曰、詩以言レ志、故曰レ縁レ情、賦以陳レ事、故曰レ體レ物、綺靡、精妙之言、瀏亮、清明之稱也、

「氣序」

100條に既述。

「金章」

『文選』巻第四十三、孔徳璋（稚珪）、北山移文、
其紐《カケ》二金章一綰《カケ》二墨綬一、良曰、紐、繋、綰、貫也、金章、銅印也、銅章墨綬、縣令之章飾也、

この詩序に於いては、金章を金印と同じに用ゐ、次の紫綬と熟して金印紫綬の意に用ゐてゐる。

『漢書』巻之十九、百官公卿表第七上、
相國丞相、應劭曰、丞者承也、相者助也、皆秦官、金印紫綬、掌下丞二天子一、助中理萬機上、
太尉秦官、應劭曰、自レ上安レ下曰レ尉、武官悉以爲レ稱、金印紫綬、掌二武事一、
太傅古官、高后元年初置、金印紫綬、
太師太保皆古官、平帝元始元年、皆初置、金印紫綬、太師位在二太傅上一、太保次二太傅一、

「子墨」

『書言故事』巻之十一、書翰類、

子墨客卿、敍貢書云、謹呼㆓子墨客卿㆒、揚雄長楊賦、長楊、秦漢宮名、聊因㆔筆墨之成㆓文章㆒、故籍㆓翰林㆒以爲㆓主人㆒、籍、借也、翰林號爲㆓主人㆒、故籍㆑之、子墨爲㆓（注、『書言故事』「爲」なし。『文選』巻第九、長楊賦、に據り補ふ。）客卿㆒、以爲㆑諷、他國人來仕者、曰㆓客卿㆒、子墨號爲㆓客卿㆒、故籍㆑之以爲㆓諷勸㆒、

この序では子墨は詩文の士と同意に用ゐてゐる。

「霧集」

『文選』巻第七、揚子雲（雄）、甘泉賦、

翕赫曶霍、霧集而蒙合兮、善曰、翕赫、盛貌、曶霍、疾貌、爾雅曰、天氣下地氣不㆑應曰㆑霧、霧與㆑蒙同、濟曰、言師衆如㆓蒙霧之合㆒、

「玄圃之梨」

『藝文類聚』巻八十六、菓部上、梨、晉王讚梨樹頌、

嘉木時生、瑞㆓我皇祚㆒、脩幹外揚、隆枝内附、翌翌皇儲、克光㆓其敬㆒、神啓㆓其和㆒、人隆㆓其盛㆒、降自㆓玄圃㆒、合體連性、

「玄圃」

『梁書』三十三、列傳第二十七、王筠傳、

昭明太子愛㆓文學士㆒、常與㆓筠及劉孝綽、陸倕、到洽、殷芸等㆒、遊㆓宴玄圃㆒、

『初學記』果木部、梨、

王讚梨頌曰、太康十年、梨樹西枝其條與㆓中枝㆒合、生㆓於玄圃園㆒、皇太子令㆓侍臣作㆒㆑頌、

右に依れば、玄圃は園の名。外に崑崙山に在りと云ふ。

『文選』巻第三、張平子（衡）、東京賦、

　左瞰《ミ》暘谷、右眖《ミル》玄圃、綜曰、暘谷、日出之處、玄圃、在崑崙山上、瞰、望也、眖、視也、善曰、淮南子曰、日出于暘谷、浴於咸池、又曰、懸圃在崑崙閶闔之中、玄與懸古字通、

『水經注』巻一、河水、

　崑崙說曰、崑崙之山三級、下曰樊桐、一名板桐、二曰玄圃、一名閬風、上曰層城、一名天庭、是爲太帝之居、

『藝文類聚』巻八十六、菓部上、梨、

　尹喜內傳曰、老子西遊、省太眞王母、共食紫梨、

「西枝」

　前掲『初學記』の王讚の梨頌參看。

「青州之竹」

『書言故事』

　青州從事、好酒曰青州從事、世說、（注、「術解」に見える。）桓溫有主簿善別酒、別、辨也、辨酒之好惡、好者謂青州從事、青州有齊郡、飲好酒、直至腹臍、齊與臍字雖不同、而音同、借以爲言也、惡者謂平原督郵、平原有鬲縣、言至鬲上住也、鬲上住、謂胷鬲之上飲不下也、

「竹」は「竹葉」のこと、酒を竹葉と云ふ。『本朝文粋』巻第十一、紀長谷雄の「九日侍宴、觀賜群臣菊花應製、」の序に、「賜禁闈之菊花、以和仙厨之竹葉、」とある。

『文選』巻第三十五、張景陽（協）、七命、

乃有二荊南烏程、豫北竹葉一、善曰、盛弘之荊州記曰、淥水出二豫章康樂縣一、其間烏程鄉有二酒官一、取レ水爲レ酒、酒極甘美、與二湘東酃沽酒一、年常獻レ之、世稱二酃淥酒一、吳地理志曰、吳興烏程縣酒有レ名、張華輕薄篇曰、蒼梧竹葉清、宜城九醞醝、浮醪隨レ觴轉、素蟻自跳レ波、（注、「輕薄篇」は『全漢三國晉南北朝詩』による。）

「蕭艾」

『文選』卷第十五、張平子（衡）、思玄賦、

寶二蕭艾於重笥一兮、謂二蕙芷之不一レ香、衡曰、蕭艾、草名也、員曰レ簞、方曰レ笥、並盛レ食器也、濟曰、蕭艾臭草也、寶二之於重笥一、蕙芷香草也、以爲レ不レ香、言國以二邪佞一爲レ寶、忠賢受レ弃、

「清芬」

125條に既述。

「躡二珠履一」

『文選』卷第五、左太沖（思）、吳都賦、

其隣則有二任俠之靡、輕訬之客一、締レ交翩翩、儐從弈弈、出躡二珠履一、動以二千百一、翰曰、以レ義示レ人、人皆信レ之曰レ任、輕レ死重レ義曰レ俠、輕訬之客、謂二輕捷之人一、向曰、締、結也、翩翩、往來貌、言其結レ交而往來、儐者所三以道二引於前一也、從者、侍從二於後一、弈弈、盛貌、濟曰、躡、蹈也、以レ珠飾二其履一者、動以二千百一、言レ多也、

『史記』卷之七十八、春申君列傳第十八、

趙平原君使二人於春申君一、春申君舍二之於上舍一、趙使欲レ夸レ楚、爲二瑇瑁簪一、刀劒室以二珠玉一飾レ之、請二命春申君客一、春申君客三千餘人、其上客皆躡二珠履一以見二趙使一、趙使大慙、

「鏟」

『文選』卷第十一、鮑明遠（昭）、蕪城賦、

孳二貨鹽田一、鏟二利銅山一、善曰、聲類曰、孳、蕃也、孳滋古字通、蒼頡篇曰、鏟、削平、向曰、孳、滋、鏟、削也、

「錦車」

『漢書』卷之九十六、西域傳第六十六下、

馮夫人錦車持レ節、服虔曰、錦車、以レ錦衣レ車也、

「王道」

王道は夏・殷・周の三王の道。

『文選』卷第三十四、曹子建（植）、七啓、

顯朝惟淸、王道遐均、民望如レ草、我澤如レ春、翰曰、王道、三王之道也、遐、遠、均、齊也、下之望レ上、如二草之仰一レ雨、上之惠レ下、如二春之降一レ澤、言和之至也、

『書經』卷四、周書、洪範、

無レ偏無レ陂遵二王之義一、無レ有レ作レ好遵二王之道一、無レ有レ作レ惡遵二王之路一、無レ偏無レ黨王道蕩蕩、無レ黨無レ偏王道平平、無レ反無レ側王道正直、會二其有一レ極、歸二其有一レ極、

「靑眼」

『晉書』四十九、列傳第十九、阮籍傳、

阮籍字嗣宗、陳留尉氏人也、（中略、阮籍の母死す。）或問レ楷（裴楷）、凡弔者主哭、客乃爲レ禮、籍既不レ哭、君何爲レ哭、楷曰、阮籍既方外之士、故不レ崇二禮典一、我俗中之士、故以二軌儀一自居、時人歎爲二兩得一、籍又能爲二靑白眼一、見二禮俗之士一、以二白眼一對レ之、及二嵇喜來弔一、籍作二白眼一、喜不レ懌而退、喜弟康聞レ之、乃齎レ酒挾レ琴造焉、籍大悅乃見靑眼、由レ是禮法之士疾レ之若レ讎、

「籬脚之霜」

前條の「東籬下」に既述。「廻二青眼於籬脚之霜一」は籬の下に咲く霜を帯びた菊によろこぶの意。

「丹契」

契はかきつけの意で丹法の書。

『抱朴子』金丹卷、

劉生丹法、用二菊花汁、地楮汁、樗汁一和レ丹、蒸レ之三十日、研合服一年、得二五百歳一、老翁服更少不レ可レ識、少年服亦不レ老、

「蕤邊」

『藝文類聚』卷八十一、藥香草部上、菊、

續晉陽秋曰、陶潛無レ酒、坐二宅邊菊叢中一、採摘盈レ把、望三見王弘遣二送酒一、即便就酌、

「言如レ蘭」

88條「同心」に既述。言ふ事が蘭の香りの如くすが〱しい。

「玄鶴」

『古今注』卷中、鳥獸、

鶴千歳則變レ蒼、又二千歳則變レ黑、所レ謂元鶴也、

『太平御覽』卷九一六、羽族部三、鶴、

孫氏瑞應圖曰、玄鶴者知二音樂之節一至、

「玄鶴之駕雲」

『江談抄』第四、
郁原資二叔濟一、雲鶴譽《タノシム》二居多一、雲中白霍、羅字ノ、限二八十字一、三善豐山第八句、
「紅螺之盃」
『全唐詩』巻十一、王建四、送下従姪擬上赴二江陵少尹一、
沙頭欲レ買紅螺盞、渡口多呈白角盤、應下向二章華臺下一醉上、莫レ衝二雲雨夜深寒一、
『清異録』説郛、巻六十一、器具、
以レ螺爲レ杯、亦無二甚奇一、惟數穴極二灣曲一、則可二以藏レ酒、(別本に據る。)「有下一螺能貯二三盞許一者上」號二九曲螺杯一、
「露未レ晞」
『文選』巻第四、張平子(衡)、南都賦、
客賦二醉言歸《ワレカヘリナントヱフヲ》一、主稱二露未レ晞、善曰、毛詩曰、鼓咽咽醉言歸、(注、詩、魯頌、有駜、)湛湛露斯、匪レ陽不レ晞、厭厭夜飲、不レ醉無レ歸、(注、詩、小雅、湛露、)
「更漏」
時間の事。
『全唐詩』巻二十、許渾八、韶州驛樓宴罷、
風吹二荷葉一酒瓶香、主人不レ醉下レ樓去、月在二南軒一更漏長、
「魯魚」
『抱朴子』遐覽、
諺曰、書三寫、魚成レ魯、虛成レ虎、

「翰林」

『文選』巻第九、揚子雲(雄)、長楊賦、

藉二翰林一以爲二主人一、善曰、韋昭曰、翰、筆也、翰林、文翰之多若レ林也、此云林卽文翰林、猶儒林之義也、

「梁鴻」

『後漢書』八十三、逸民列傳第七十三、梁鴻傳、

梁鴻字伯鸞、扶風平陵人、（中略）入二霸陵山中一、以二耕織一爲レ業、詠二詩書一彈レ琴、以自娯、仰二慕前世高士一、而爲二四皓以來二十四人一作レ頌、因東出レ關過二京師一、作二五噫之歌一曰、陟《ノボリテ》二彼北芒一兮噫《ナケク》、顧覽二帝京一兮噫、宮室崔嵬兮噫、人之劬勞兮噫、遼遼未央兮噫、肅宗聞而非レ之、逑レ鴻不レ得、乃易二姓運期一、名燿、字侯光一、與二妻子一居二齊魯之間一、

「洗蘭」

『全唐詩』巻十四、李賀一、綠章封事、

青霓扣額呼二宮神一、鴻龍玉狗開二天門一、石榴花發滿二溪津一、漢女洗花染二白雲一、

洗蘭の用語は見られず意不明なれど、一先づ蘭に水をそゝぐ意とゝる。蘭は『文選』に次の様に見える。

『文選』巻第二十八、陸士衡(機)、樂府、短歌行、

蘋以レ春暉、蘭以レ秋芳、向曰、蘭茂二於秋一、

「朋樽」

『佩文韻府』李俊民詩、

興來落レ筆任二横斜一、坐上朋樽積積加、

朋友を待つ酒樽。

「移菊」

『全唐詩』巻二十、許渾十、南海使院對レ菊懷二丁卯別墅一、

何處曾移レ菊、溪橋鶴嶺東、籬疎還有レ艷、園小亦無レ叢、日晩秋煙裏、星繁曉露中、

「孫閣」

孫は公孫弘。6條に既述。

「倒履」

『書言故事』巻之三、延接類、

倒屣、謝二人迎接一云二重履倒屣一、漢蔡邕賓客塡レ門、聞二王粲至一レ門、倒屣迎レ之、倒屣、荒忙倒二穿鞋一也、曰、此王公孫有二異才一、吾不レ如也、粲、魯祖龔、祖暢、皆漢三公、故云二王公孫一、

「李門」

李は李膺。

『後漢書』六十七、黨錮列傳第五十七、李膺傳、

是時朝廷日亂、綱紀頽弛、膺獨持二風裁一、以二聲名一自高、士有レ被二其容接一者、名爲二登龍門一、以レ魚爲レ喩也、龍門河水所レ下之口、在二今絳州龍門縣一、辛氏三秦記曰、河津一名龍門、水險不レ通、魚鼈之屬莫二能上一、江海大魚薄二集龍門下一數千、不レ得上、上則爲レ龍也、

「好文」

16條參照。

『全唐文』卷三百五十八、岑參、感舊賦、

幸逢二時主之好文一、不レ學二滄浪之垂鉤一、

「陸沈」

『文選』卷第三十五、張景陽(協)、七命、

今公子違レ世陸沈、避レ地獨竄、善曰、莊子曰、孔子之レ楚、舍二於蟻丘之漿一、其隣有二夫妻臣妾登レ極者一、仲尼曰、是陸沈者也、是其市南宜僚耶、郭象曰、人中隱者、譬如二無レ水而沈一也、孔安國尚書傳曰、違、避也、論語、子曰、賢者避レ世、其次避レ地、

○**大　意**

左大臣道長公は、主上を輔佐し奉る重要な器である。禮樂が中頃衰へたのを再興し、文道が殆んど終息せんとしたのを補接された。漢の公孫弘が東閤を開き賢人を招いた故事に倣ひ、四方に求めて才人を擧用し、白樂天が北窓の下で琴酒詩の三友と樂しんだ樣に、管絃酒詩を伴ひ風景をめでられる。かくて、暮秋の涼しい暇日に、文人のすぐれた人を選び、ものさびしい秋氣を惜しまれた。高位高官がお招きにあづかつて馳せ參上し、詩文の士は夫々に精妙な詩藻を祕めて集まつて來た。菓は玄圃の梨で、それも極上の西枝の梨を設け、酒は最上の青州の竹葉が備へられた。それも上葉が罇に滿ちて居る。本日の良宴は誠に盛大の極みである。庭先には暮秋の花を植ゑて客を待ち、好客は庭花にひかれて訪れた。雜草をくさぎり香りよい花を移し植ゑてある。座に連なつた人は、何れも珠で飭つた履をはいた貴人であり、砂や砂利を除いて美しい花を植ゑた庭を觀賞に來た人々は、何れ劣らず高貴の人達である。或る人は王道を話題としながら、霜を帶びた籬脚の菊に目を樂しませ、或は無病長壽の仙方を談じて、菊叢の

あたりに仙薬の事を語るが、其の言は秋蘭の香り高いが如く響韻の高いものであり、貴賓達は猶ほとゞまり、菊酒の盃はつゞき、歸路の露は未だかはかず、歸途につく人は居ない。時に時刻はしきりに移り、にも拘らず客達の吟詠は何時迄もやまない。さて自分匡衡は江家の名を名乘つてゐるが、學才は淺く、儒學の林に翅はしほたれ、梁鴻ではないが噫が盡きない。この麗しい花に對し、自らを愧ぢるものである。その分でもないのに、今日の芳遊の次第を記したわけである。

籬下の寒花は色とりどりに趣が深い。客の爲めに植ゑた芳心は手厚いものである。秋蘭に灌がれて樽をそなへ、ひたすら朋を待ち受け、殘菊を植ゑ揃へて宴席を設けてある。公孫弘にも比すべき主人は、恩情こまやかで、東閤を開いて心から迎接せられるが、登龍門を開く事は難しくそゞろ襟がさむい思ひがする。蘭菊の叢を巡つて終日思ふた事は何かと云へば、文を好む聖明の代に會ひながら、未だ陸沈してゐる我身である。

131　七言、晩冬陪《シ》二中書大王齋《ノ》一、同賦《ジクス》二寒林暮鳥歸《ニ》一《ルト云フヲ》、應レ教詩一首、題中取レ韻、幷序、

正暦元年冬十二月四日、朝請大夫翰林學士江匡衡、屬《キ》二歳餘《ニ》一、乘《ジ》二暇景《ニ》一、暫出《デ》二闕里之中露《ヲ》一、儻從《フ》二大王之下風《ニ》一、門前多《ク》二軒蓋《ヲ》一、堂上置《ク》二琴罇《ヲ》一、或《ハ》自レ南自レ北而臻《ル》、便《チ》是《レ》雲龍霧豹《ニシテ》、或威如侃如而侍《シ》、莫レ不《ルハ》二簪《シ》レ筆《ヲ》帶《ビ》レ經《ヲ》、今皆以爲《テ》レ得《タリト》二詩主《ヲ》一矣、匡衡擧《ゲ》二酒于大王之前《ニ》一、逡巡避《ケテ》レ席《ヲ》曰《ク》、夫暮鳥之歸[1]《ルハ》二寒林《ニ》一、如《シ》三朝士之望《ムガ》二風化《ヲ》一、避《ケテ》二罻羅《ヲ》一而歸《スル》レ仁《ニ》、仙桂之月影靜《カニシテ》、假《リテ》二羽翼《ヲ》一而附《ク》レ鳳《ニ》、帝梧之煙枝昏《ル》、蓋鳥之擇《ブ》レ木《ヲ》、於《テ》レ焉《ニ》而知《ルト》、彼東阿《ノ》春花、西園《ノ》秋竹、若《シ》校《ブレバ》二吾王《ガニ》一異日之論也、于レ時在《ル》二座右《ニ》一者、或《ハ》相語《リテ》曰《ク》、大王《ノ》恩光無《シ》レ偏、誰《レカ》送《ラン》二美玉《ヲ》於韞櫝之耀《ニ》一、德音自《ラ》洽《シ》、能《ク》辨《ズ》二良桐《ヲ》於入爨《サン》之聲《ニ》一、如《キ》二匡衡《ノ》一者、不レ耻《ヂ》二身《ノ》貧《ナルヲ》一、不レ憂《ヘ》二職《ノ》冷《ヤカナルヲ》一、以《テ》レ樂《ムヲ》レ道《ヲ》爲《ス》レ樂《ト》焉、何《ゾ》必《シモ》嫉《マン》二捧日《ヲ》於流露《ニ》一、以《テ》レ富《ムヲ》レ義《ニ》爲《ス》レ富《ト》矣、何《ゾ》必《シモ》羨《マン》二浮雲《ヲ》於輕風《ニ》一、嗟讀《ミテ》レ書《ヲ》三十年、今日始《メテ》遇《ヒタリ》二一日之榮《ニ》一、云レ爾、

氣寒《ク》西日正《ニ》沈々《タリ》、歸鳥《ノ》此時認《メ》二暮林《ヲ》一、待《チテ》レ月《ヲ》占《ム》レ[2]巢《ヲ》松雪色《ノ》、聞《キテ》レ鐘《ヲ》投《ズ》宿《ヲ》竹風音《ノ》、塞鴻《ハ》天《ニ》隔《タリ》無《シ》二相偶《ヒアフコト》一、籬鶡《ハ》地殊《ニシテ》不二共尋《ネ》一、近《ク》取《リ》二諸身《ニ》一君識《ルヤ》否《ヤ》、翰林又有《リ》二一微禽一、

○校　異

①「歸」＝底本「歸郷イ」に作る。　②「占」＝底本「古」に作る。『日本詩紀』に據り訂す。

○考　說

「中書大王」

『職原鈔』上、

中務省、當二唐中書省一、又號二鳳閣一、

八省以二中務一爲二重職一、宮中事、當省可二統領一之義也、異朝同重レ之、以二尙書一爲二南衙一、以二中書一爲二北司一、

本朝近代之例、頗無二其實一、然而相當異二于七省一、又當省卿以下雖レ爲二文官一帶劒之職也、

卿一人、相當正四位上、親王任レ之、四品以上、臣下不レ任レ之、

こゝの中書大王は具平親王か。

「朝請大夫」

『唐書』卷四十六、百官志第三十六、

從五品上曰二朝請大夫一、

匡衡は『中古歌仙三十六人傳』に、「永祚元年正月七日、敍二從五位上一」とある。

『事物紀原』第四卷、勳階寄祿部第十九、

朝請、

通典曰、漢竇嬰爲二朝請一、竇太后憎二嬰門籍一、不レ得レ入二朝請一、此其始也、漢律、諸侯春朝二天子一曰レ朝、秋曰レ請、

又曰、奉朝請無レ員、本不レ爲レ官、漢東京罷レ省、三公外戚皇室諸侯、多奉二朝請一、奉二朝請一者、奉二朝會請召一而

已、隋開皇中、罷奉朝請、置朝請大夫爲散官、取漢公卿年高德重者、以列侯奉朝請之義也、

「歲餘」

冬の事。

『三國志』魏書十三、董遇傳、

魏略曰、遇字季直、性質訥而好學、（中略）有從學者、遇不肯教、而云必當先讀百徧、言讀書百徧而義自見、從學者云、苦渴無日、遇言、當以三餘、或問三餘之意、遇言、冬者歲之餘、夜者日之餘、陰雨者時之餘也、由是諸生少從遇學、

「闕里」

88條に既述。

「出闕里之中露」

不明。闕里も中露も地名で、匡衡が自分の家を出ての意か。闕里が孔子の宅のあつた所から、儒學の本據の意で、中露は『詩經』の邶風に據り、望ましからぬ地である。從つて匡衡が自分の家を謙稱してゐるものであらうか。

『後漢書』二、明帝紀第二、永平十五年三月、

幸孔子宅、祠仲尼及七十二弟子、親御講堂、孔子宅在今兗州曲阜縣、故魯城中、歸德門內、闕里之中、背洙面泗、矍相圃之東北也、

『詩經』邶風、式微、

式微式微、胡不歸、式、用也、箋云、式微式微者、微乎微者也、君何不歸乎、禁君留止於此之辭、式、發聲也、微君之故、胡爲乎中露、微、無也、中露、衞邑也、箋云、我若無君、何爲處此乎、臣又極諫之辭、

「儻」

儻《タウ》はたま〳〵と讀む。

『文選』巻第二十五、謝靈運、登二臨海嶠一、初發二彊中一、作與二從弟惠連一、可下見二羊何一共和上之、

儻《タマ〳〵》遇二浮丘公一、長絶二子徽音一、良曰、浮丘公古仙人、徽、美也、言我儻遇二此仙公一、長絶二子美音信一、

「下風」

人の支配下。

『左傳』僖公十五年、

皇天后土、此言二天神地祇一、實聞二君之言一、群臣敢在二下風一、是已有下歸二晉君一之意上、故群臣敢在二秦之下風一、順二下風一而請也、

「軒盖」

車の蓋《かさ》、又蓋つきの車。貴人の乘用。

『文選』巻第二十六、范彦龍（雲）、贈二張徐州謖一、

軒盖照二墟落一、善曰、説苑、翟璜謂二田子方一曰、吾祿厚得二此軒盖一、向曰、墟、居、落、籬也、

「臻」

臻《シン》はいたる。

『文選』巻第四、張平子（衡）、南都賦、

潢潦獨臻、善曰、左傳曰、潢汙行潦之水、説文曰、潢、積水池也、潦、雨水、濟曰、臻、至也、

「雲龍霧豹」

雲と霧は多い事を示す。龍は『蜀志』に諸葛孔明を「臥龍」と述べてゐる様に、俊傑を云ひ、豹は『文選』巻第二十七、曹子建、樂府、白馬篇、に、「勇剽若二豹螭一」とある勇猛の士を意味する。雲龍霧豹は雲霧の如く多く集まった文武の英傑を云ふ。

「或威如侃如而侍」

不明。

「侃侃如」

『論語』先進、

閔子騫侍レ側、誾誾如也、子路行行如也、冉有子貢侃侃如也、子樂、〔註〕鄭玄曰、樂三各盡二其性一也、行行、剛强之貌也、曰、若レ由也、不レ得二其死一然、〔註〕孔安國曰、不レ得二以レ壽終一也、〔疏〕卑者在二尊者之側一曰レ侍、此明子騫侍二於孔子座側一也、誾誾、中正也、子騫性中正也、行行、剛强貌也、子路性剛强也、侃侃、和樂也、孔子見下四子之各極二其性一、無上所レ隱レ情、故我亦懽樂也、孔子見二子路獨剛强一、故發二此言一也、子路名也、不レ得二其死一然、謂下必不上得二壽終一也、後果死二衞亂一也、

「擧酒」

『文選』巻第十三、禰正平（衡）、鸚鵡賦、

擧二酒於衡前一、銑曰、擧レ酒、勸レ酒也、

「避席」

席をはなれて敬意を示す事。

『文選』巻第二十一、應璩（休璉）、百一、

避レ席跪自陳、善曰、孝經曰、曾子避レ席、濟曰、避レ席、離レ席也、

「寒林」

寒々とした冬の林。

『全唐詩』巻五、王維一、過二李揖宅一、

閑門秋草色、終日無二車馬一、客來深巷中、犬吠寒林下、

「朝士」

6条に既述。

『周禮』秋官、朝士、

掌レ建二邦外朝之法一、

「風化」

『詩經』序、

關睢、后妃之德也、風之始也、所下以風二天下一而正中夫婦上也、故用二之鄉人一焉、用二之邦國一焉、風、風也、教也、

風以動レ之、敎以化レ之、

「罻《イ》羅」

『文選』巻第四、左太沖（思）、蜀都賦、

鷹犬倏眒、罻羅絡幕、劉曰、倏眒、疾速也、罻羅、鳥獸網也、絡幕、施張之貌也、

「仙桂之月」

『酉陽雜俎』巻第一、天咫、

舊言、月中有レ桂、有二蟾蜍一、故異書言、月桂高五百丈、下有二一人一常斫レ之、樹創隨合、人姓吳名剛、西河人、學レ仙有レ過、謫令レ伐レ樹、釋氏書言、須彌山南面有二閻扶樹一、月過レ樹影入二月中一、或言、月中蟾桂地影也、空處水影也、此語差近、

月中に桂樹があると云ふ傳說があり、それを仙桂と呼ぶ。

『全唐詩』卷十九、杜牧六、長安夜月、

寒光垂靜夜、皓彩滿二重城一、萬國盡分照、誰家無二此明一、古槐疎影薄、仙桂動二秋聲一、獨有二長門裏一、蛾眉對二曉晴一、

尙ほ『晉書』郤詵傳、に、「詵對曰、臣擧二賢良一、對策爲二天下第一一、猶二桂林一枝、崑山之片玉一」とあり、科擧及第を月の桂を折る、折桂と云ふ。

「附レ鳳」

『後漢書』一上、光武帝紀第一上、建武元年、

耿純進曰、天下士大夫、捐二親戚一、棄二土壤一、從二大王於矢石之間一者、其計固望下其攀二龍鱗一附二鳳翼一以成中其所上レ志耳、揚雄法言曰、攀二龍鱗一附二鳳翼一、巽以揚之、

「帝梧」

『韓詩外傳』卷八、黃帝卽位、

黃帝乃服二黃衣一、戴二黃冕一、致二齋于宮一、鳳乃蔽レ日而至、黃帝降二于東階一、西面再拜稽首曰、皇天降レ祉、不二敢不一レ承レ命、鳳乃止二帝東園一、集二帝梧桐一、食二帝竹實一、沒レ身不レ去、

「鳥之擇レ木」

『左傳』魯哀公十一年、

鳥則擇レ木、木豈能擇レ鳥、

「東阿春花」

『文選』巻第六、左太沖（思）、魏都賦、

勇若二任城一、才若二東阿一、抗《アグレバ》レ旍《ハタヲ》則威嶮《ハゲシク》二秋霜一、擒《ノブレバ》レ翰則華縦二春葩一、銑曰、抗、立、嶮、猛、擒、發也、立二旌節一則威猛如二秋霜一、謂二任城王章一、發二文翰一則華縦如二春之葩花一、謂二東阿王植一、

『文選』巻第十九、曹子建（植）、洛神賦、

曹子建、翰曰、魏曹植字子建、魏武帝第三子也、初封二東阿王一、後改封二雍丘王一、死謚曰二陳思王一、

「西園秋竹」

『文選』巻第三十、沈休文（約）、應二王中丞思遠詠一レ月、

高樓切二思婦一、西園游二上戈一、向曰、西園謂二魏氏鄴都之西園一也、

『文選』巻第二十、曹子建（植）、公讌詩、

清夜游二西園一、飛レ蓋相追隨、明月澄二清景一、列宿正參差、

「韞櫝」

韞《ウン》はをさめる意。櫝《トク》は匵と同じでひつ・箱の意。

『論語』子罕、

子貢曰、有レ美二玉於斯一、韞レ匵而藏レ諸、求二善賈一而沽レ諸、〔註〕馬融曰、韞、藏也、匵、匱也、藏二諸匱中一也、沽、賣也、得二善賈一寧賣レ之耶、子曰、沽レ之哉、沽レ之哉、我待レ賈者也、

『文選』巻第二十五、劉越石（琨）、答二盧諶一、

如二彼龜玉、韞レ櫝毀レ諸、善曰、論語（注、季氏）、孔子曰、虎兕出二於柙一、龜玉毀二於櫝中一、是誰之過與、又曰（注、子罕）、有レ美二玉於斯一、韞レ櫝而藏レ諸、馬融曰、韞、藏也、銑曰、龜玉謂二國寶一也、韞、藏、匵、匱也、國寶在二於天子一、以レ賢爲二匱匣一、而今毀レ之者、輔佐之過也、

「辨二良桐於入爨之聲一」

『後漢書』六十下、蔡邕列傳第五十下、

吳人有二燒レ桐以爨者一、邕聞二火烈之聲一、知二其良木一、因請而裁爲レ琴、果有二美音一、而其尾猶焦、故時人名曰二焦尾琴一焉、

「樂レ道」

『文選』巻第二十五、傳長虞（咸）、贈二何劭王濟一、

歸二身蓬蓽廬一、樂レ道以忘レ飢、善曰、劉向雅琴賦曰、潛坐二蓬廬之中一、禮記、孔子曰、儒有二蓽門圭竇一、毛詩曰、泌之洋洋、可二以樂一レ飢、毛萇曰、言可二以樂レ道忘一レ飢、向曰、蓬蓽廬、草菴也、言歸レ此以樂二先王之道一、將レ忘二其饑一也、

「捧日」

皇帝をたすけいたゞく事、日をさゝげもつ。

『三國志』魏志、列傳第十四、程昱傳、

魏書曰、昱少時、常夢上二泰山一兩手捧レ日、昱私異レ之、以語二荀彧一、及二兗州反一、賴レ昱得レ完二三城一、於レ是彧以二

昰夢一白二太祖一、太祖曰、卿當三終爲二吾腹心一、昰本名立、太祖乃加二其上日一、更名レ昰也、

「溘露」

溘《カフ》はにはかと讀む。にはかに訪れた露。

『文選』巻第十六、江文通（淹）、恨賦、

裂レ帛繫レ書、誓還二漢恩一、善曰、漢書曰、常惠教三漢使者謂二單于一言、天子射二上林中一、得レ鴈、足有レ係二帛書一、蘇武等在二其澤中一、李陵書曰、欲下如二前書之言一、報中恩於國主上、朝露溘至、握レ手何言、向曰、溘、奄也、（注、奄《エン》は、にはか、）人如二朝露一、豈可レ久也、奄然至レ此、握レ手何言、陵圖レ報二漢德一、終而不レ成、爲レ恨固已多也、然此皆隨二淹賦意一而言、事不レ如レ此、且陵自降二匈奴一、漢誅二其族一、便怨二於漢一沒二身匈奴中一、非レ有二報恩之意一、按レ此乃淹文之誤矣、

「何必嫉二捧日於溘露一」

所詮人世は朝露の如く、にはかに過ぎゆくものであるのに、榮達して居る人を自分は必ずしもねたまない。

「浮雲」

『論語』述而、

子曰、飯二蔬食一飮レ水、曲レ肱而枕レ之、樂亦在二其中一矣、不義而富且貴、於レ我如二浮雲一、

「西日」

西に傾いた日。

『文選』巻第五、左太沖（思）、吳都賦、

酣湑半八音幷《アハス》、歡情留良辰征、魯陽揮レ戈而高麾《サシマネキ》、迴二曜靈於太淸一、將下轉二西日一而再中、齊中既往之精誠上、劉曰、酣、酒洽也、湑、樂也、辰、時也、淮南子曰、魯陽公與レ韓遘（カマフ）レ難、戰酣日暮、援レ戈而麾レ之、日爲レ之反三舍、太淸謂レ天也、此言酣飮與二音樂一、蓋是其中半幷會之際、歡情之所二以留連一、良辰之所二以覺一レ速、故追二述魯陽迴日之意一、而將下轉二西日於中盛之時一、

以適㆗己之盛歡㆖也、昔光武合㆓呼沱水㆒、鄒衍有㆓隕㆑霜之應㆒、精誠之感、通㆓天地人神㆒以相應、魯陽公麾㆑日、抑亦此之謂也、苟日可㆓麾而廻㆒、則精誠可㆓庶而幾㆒、故曰齊㆓精誠於既往㆒、蓋是酣樂之至、逼㆓時之宴㆒者、所㆓以慷慨髣髴㆒、是故引而況焉、

「沈々」

5條に既述。もの靜かでひつそりしてゐる。

「塞鴻」

塞北より飛來する雁。

『白氏長慶集』卷十七、贈㆓江客㆒、

江柳陰寒新雨地、塞鴻聲急欲㆑霜天、愁君獨向㆓沙頭㆒宿、水遶㆓蘆花㆒月滿㆑船、

「籬鷃」

『文選』卷第四十五、宋玉、對㆓楚王問㆒、

鳳皇上擊㆓九千里㆒、絶《ワタリ》㆓雲霓㆒、負㆓蒼天㆒、翺㆓翔乎杳冥之上㆒、夫蕃籬之鷃《ミソサザイ》、豈能與㆑之料《ハカラン》㆓天地之高㆒哉、銑曰、蕃籬、蒿草之屬、鷃、小鳥也、

籬はまがきの意。まがきのあたりに飛んでゐるみそさゞいの意。

『紫薇詩話』（『佩文韻府』に據る。）

張子厚與㆓從祖子進㆒同年進士也、子厚別後寄㆑詩云、籬鷃雲鵬各有㆑程、匆匆相別未㆑忘㆑情、恨君不㆘在㆓篷籠底㆒、共聽㆗蕭蕭夜雨聲㆖、

○**大　意**

正曆元年冬十二月四日、從五位上文章博士大江匡衡、冬の日の暇にまかせ、暫く儒學の研鑽に暇のない蓬屋を離れ、

たま〳〵中書大王の下に侍した。中務卿の門前には貴人の車が多く並び、王の第には管絃や酒樽の用意が調つてゐた。四方より集まり到つた賓客は、何れも文武の俊傑で、或は威があり、或は樂しげに侍してゐる。何れも文筆をたづさへ、經書をもたらしてゐる。今や誰もが正に詩主にめぐり逢つた思ひがしてゐる。自分は大王の前に進み、うや〳〵しく盃酒を獻じて申し上げた。そも〳〵日暮に鳥が寒林に歸るのは、朝官が主君の風化を慕ひ寄るのと同じで、鳥網をさけて仁心につき、月の光のさやかな中、羽翼の力によつて鳳凰に從はんとするものである。帝の庭の梧桐の枝が夕もやにつゝまれる頃に、鳥が歸り眠るのを見て、鳥が夕べに巣どるにも、必ず木を擇んで巣どるものだと知つた。その樣に仁が深く文に秀れた大王の下に、自ら人士が慕ひ寄る事が知られた。あの東阿王植の春宴、魏の西園の秋宴の如きは、吾が大王の第の詩宴に比較すれば、到底同日の論ではないと。時恰も座に居合せた者の語るに、吾大王の恩光は偏頗がなく、美玉を單に櫃の中にしまつておく樣な事なく、大王はすべての人に生來の惠恩を灌がれ、又善惡賢愚をよく辨別されると。自分は貧も恥ぢず、冷官の身をもうれへず、ひたすら道を樂しむ事を以て樂としてゐる。所詮人世ははかない物であるのに、つかの間の生に何うして他人の榮達をうらやみねたまうか。義に富むを本當の富と考へて居り、浮雲の樣なかりそめの富を何うして羨まうか。あゝ螢雪三十年、今日大王の詩宴に招かれ、始めて一日の榮に會ひ得た。

氣溫は寒く日は西に傾き、正に蕭索としてゐる。ねぐらに歸る鳥は暮林を求め、月の出を待つて夫々に銀色に輝く木の枝に巣を占め、日暮方の鐘の音にともなつて、風にそよぐ木枝にねむりについた。鴻は天高く翔ぶ鳥で到底仲間になり難く、さればと云つてみそさゞいは亦地に近くうごめき飛ぶ鳥で我が同類ではない。我身を鳥にたとへるならば翰林に巢くふ微禽にすぎず、何卒この微禽に惠をかけてほしい。

春日於《テ》二備州《ノ》前《ノ》太[1]守《ノ》風亭《ニ》一、同《ジク》賦《ス》下鶯留《リテ》二花下《ニ》一立《ト云ヿヲ》上、以レ聞爲レ韻、

春風佇立景將《シ》レ曛《レント》、爲レ是《レガ》鶯留《ルヲ》二花下《ニ》一聞《ク》、啼《ク ヿ》似レ牽《クニ》レ衣《ヲ》粧自《ラ》混《ズ》、歌《ハ》疑《ヒ》レ投《ズルカト》レ轄《ヲ》迹長《ク》薰《ズ》、柳門呼《ビ》レ客《ヲ》空《シク》携《ヘ》レ露《ヲ》、梅楥[2]遮《リテ》レ人《ヲ》自《ラ》踏《ハム》レ雲《ヲ》、汝已《ニ》遷《リ》[3]レ枝《ヲ》吾累《レカ、ヅラフ》レ葉《ニ》、翰林寂寞後《ル》二多群《ニ》一、

○**校　異**

①「太」＝底本「大」に作る。『日本詩紀』に據り訂す。②「楥」＝『日本詩紀』「援」に作る。③「遷」＝底本「選」に作る。『日本詩紀』により訂す。

○**考　說**

「聞」

聞は上平聲十二文韻。

「風亭」

風亭は我國の四阿《アツマヤ》の如きものか。

『庾子山集』巻之一、枯樹賦、

臨二風亭一而唳鶴、對二月峽一而吟猿、

「牽レ衣」

『藝文類聚』巻六十五、産業部上、織、

梁簡文帝詠三中婦織二流黄一詩曰、翻花滿二階砌一、愁人獨上レ機、浮雲西北起、孔雀東南飛、調絲時繞レ腕、易鑷乍

牽レ衣、鳴梭逐ニ動釧一、紅粧映ニ落暉一、

「投轄」

『漢書』巻之九十二、游俠傳第六十二、陳遵傳、

陳遵字孟公、杜陵人也、（中略）撃ニ明鴻一有レ功、封ニ嘉威侯一、居ニ長安中一、列侯近臣貴戚、皆貴ニ重之一、牧守當レ之レ官、及郡國豪桀至ニ京師一者、莫レ不ニ相因到ニ遵門一、遵耆レ酒、毎大飲賓客滿レ堂、輒關レ門取ニ客車轄一、投ニ井中一、雖レ有レ急終不レ得レ去、

「柳門」

『全漢三國晉南北朝詩』全晉巻六、陶淵明、蜡日一首、

風雪送ニ餘運一、無レ妨時已和、梅柳夾レ門植、一條有ニ佳花一、我唱爾言得、酒中適何多、未レ能レ明ニ多少一、章山有ニ奇歌一、

「梅楥」

梅楥《バイケン》。梅をまがきとしたもの。楥は『集韻』に、「楥、一曰レ籬、」とある。前の陶淵明の詩を參照。

○大　意

春風がこゝにたゝずみ、日影はまさに暮れようとしてゐる。その爲め鶯も飛び去らず花下に留まつて囀つてゐる。恰も衣を織つてゐる樣な聲で、織綾が見える樣な氣がする。轄を投井して客の歸へるのを止めた中國の故事の樣に、鶯の歌は人を引留める樣で、長くつゞいてゐる。陶淵明の家の如く蕭々たる家に、鶯は客を招いても、別して酒肴の支度もなく、梅をまがきの樣に植ゑて、恰も客來を拒む樣で、鶯自身は得意げである。鶯よ汝は已に枝移りして

心よい枝にすんでゐるが、自分は未だ累葉の江家の家學にわづらはされて、翰林の中に寂莫として多くの群友に遲れてゐる。

133

三月三日、同賦《ジクス》二殘鶯兩三聲《ト云ヿヲ》一、以レ稀爲レ韻、付二小序一、

藤十一者、我《ガ》黨《ノ》英賢也、四時空《シク》不レ過《サ》、萬物徒《ニ》不レ謝《シメ》、盖《シ》送《リテ》二殘春《ヲ》一惜《ムナリ》二殘鶯《ヲ》一矣、聲兩三聲、應《ニ》《シ》レ催《ス》二魏帝之思《ヲ》一、囀兆百囀、欲《ス》レ斷《タント》二王粲之腸《ヲ》一、至《リテハ》二子夫《ノ》曲無《ク》レ添《フルヿ》レ琴《ヲ》、鳴《キテ》不《ルニ》レ和《セ》レ笛《ニ》、易《ク》レ絶《エ》難《シ》レ續《キ》、闕々之韻何《ゾ》多《キ》、難《ク》レ留《メ》易《シ》レ辭《シ》、哀々[1]之歌最《モ》小《サキカ》者乎、

（この後數行分の餘白あり。）

○校　異

①底本＝「哀」なく、上の「哀」の側に、「哀々歟」と傍注あり。傍注に據り訂す。

○考　說

「稀」

稀は上平聲五微の韻。

「謝」

『文選』卷第二十三、潘安仁(岳)、悼レ亡詩、

荏苒冬春謝、寒暑忽流易、善曰、荏苒猶レ漸也、冉冉、歲月流皃也、王逸楚辭注曰、謝、去也、列子曰、寒暑易レ節、良曰、荏苒、漸盡皃、謝、去也、忽、疾、易、改也、

「魏帝之思」

『藝文類聚』巻九十二、鳥部下、倉庚、

魏文帝鶯賦曰、堂前有二籠鶯一、晨夜哀鳴、悽若レ有レ懷、憐而賦レ之曰、怨二羅人之我困一、痛二密網而在一レ身、顧二窮悲一而無レ告、知二時命之將一レ泯、升二華堂一而進レ御、奉二明后之威神一、唯今日之僥倖、得二去レ死而就一レ生、託二幽籠一以栖息、厲二清風一而哀鳴、

「斷二王粲之腸一」

『藝文類聚』巻九十二、鳥部下、倉庚、

魏王粲鶯賦曰、覽二堂隅之籠鳥一、獨高懸而背レ時、雖二物微而命輕一、心悽愴而愍《カナシム》之、日掩藹以西邁、忽逍遙而既冥、就二隅角一而斂レ翼、眷二獨宿一而宛《カヾム》レ頸、歷二長夜一以向レ晨、聞二倉庚之群鳴一、春鳫翔二於南甍一、戴レ紝集二乎東榮一、既同レ時而異レ憂、實感レ類而傷レ情、

「關々」

鳥の和ぎ鳴く聲。

『詩經』周南、關雎、

關關雎鳩在二河之洲一、關々、和聲也、雎鳩、王雎也、鳥摯而有レ別、水中可レ居者曰レ州、

『文選』巻三、張平子（衡）、東京賦、

雎鳩麗黃、關關嚶嚶、綜曰、爾雅曰、鴡鳩、王雎也、郭璞曰、鴡鳩、鵰類、又曰、鶬鶊、鵹黃也、鸝、黃黑也、關關嚶嚶、謂二音聲和一也、鵹、麗古字通、

「哀々」

『文選』巻第五十六、潘安仁（岳）、楊仲武誄、

哀哀慈母、痛レ心疾レ首、善曰、毛詩曰、哀哀父母、生レ我劬勞、左氏傳曰、呂相絶レ秦曰、諸侯痛レ心疾レ首、暱二就寡人一、濟曰、哀哀、哭聲也、疾レ首、謂二頭痛一也、

○**大　意**

藤十一は我が詩友の中の英賢である。四時を空しく過すことなく、自然の萬物を徒に去らしめず、四時節物に應じて觀賞する。かくて殘春に當り殘鶯をめでるのである。殘鶯の兩三聲は魏の文帝の想を催し、喃々たる鳴聲は、魏の王粲をいたましめる。鶯が琴に合はせることなく、又笛に和する事もなく、おのが儘に囀る聲は、琴笛の奏と異り、絶え易く後をつぐ事が難しいが、じつと聞いてゐると誠に和樂の響に充ちてゐる。又鶯の鳴き聲は留め難く、人の意のまゝでなく、鶯の鳴きたいだけ鳴くのであるが、そこには斷じて哀愁の響がない。

134

水中摸二雁書一、大井河作、①

秋追《ヒ》二勝地《ヲ》一一《タビ》相尋《ヒヌ》、雲雁摸《シ》レ書《ヲ》水底沈《ニミ》、影混《リテ》二沙鷗《ニ》一加《ヘ》二點畫《ヲ》一、唳《キテ》交《リ》二洲鶴《ニ》一作《ス》二反音《ヲ》一、嘶《ク》レ風《ニ》巴峽廻流《ノ》様、翥《ル》レ霧《ニ》汾河失墜《ノ》心、我此《レハ》江家尼嶺《ノ》士、少年莫《レ》レ咲《フ》好《ムヲ》二登臨《ヲ》一、

○**校　異**

①「作」＝底本傍注「什ィ」あり。

○**考　説**

「雲雁」

雲を渡る雁。

『文選』巻第二十三、謝恵連、秋懐詩、

　蕭瑟含レ風蟬、寥唳度レ雲鴈、

「摸レ書」

書をまねる。雁の飛翔する姿を字を描くと見る。『和漢朗詠集』巻上、秋、雁、に、田達音の「秋暮傍レ山行」と云ふ題で、「雁飛二碧落一書二青紙一」とあり、又同じく菅丞相の「天浄識二賓鴻一」と云ふ題の「青苔色紙數行書」と云ふ詩句が見られる。

「反音」

　反音は反切と同じ。

『夢溪筆談』藝文二、（『大漢和辭典』に據る。）

切韻之學、出二于西域一、漢人訓レ字、止曰三讀如二某字一、未レ用二反切一、然古語已有三二聲合爲レ一者一、如二不可爲レ叵、何不爲レ盍、如是爲レ爾、而已爲レ耳、之乎爲レ諸之類一、以二西域二合之音一、蓋切字之原也、知下輭字文從二而大一亦

切韻上也、

「巴峡廻流様」

『太平御覽』巻六五、地部三〇、巴字水、

三巴記曰、閬白二水合流、自二漢中一至二始寧一、城下入二武陵一、曲折三曲、有レ如二巴字一、亦曰二巴江一、經二峻峽中一、

謂二之巴峽一、卽此水也、

『水經注』卷三十四、江水、

自二三峽一（注、廣溪峽、歷峽、巫峽、）七百里中、兩岸連レ山、略無二闕處一、重巖疊嶂、隱レ天蔽レ日、自レ非二停午夜分一、不レ見二曦月一、至二于夏水一、襄陵沿泝阻絶、或王命急宣、有レ時朝發二白帝一、暮到二江陵一、其間千二百里、雖二乘レ奔御レ風、不二以疾一也、春冬之時、則素湍綠潭、廻淸倒影、絶巘多生二怪柏一、懸泉瀑布、飛二漱其間一、淸榮峻茂、良多二趣味一、每レ至二晴初霜日一、林寒澗肅、常有二高猿一長嘯、屬引淒異、空谷傳レ響、哀轉久絶、故漁者歌曰、巴東三峽巫峽長、猿鳴三聲、淚沾レ裳、

「翥」

翥《ショ》はあがる、とびあがると讀む。

『文選』卷第三十四、曹子建（植）、七啓、

翔爾鴻翥、濈然鳧沒、善曰、爾雅曰、翥、擧也、戢、疾皃、濈、側立切、

「汾河失墜心」

『文選』卷第四十五、漢武帝、秋風辭、

秋風起兮白雲飛、草木黃落兮鴈南歸、蘭有レ秀兮菊有レ芳、攜二佳人一兮不レ能レ忘、泛二樓舡一兮濟二汾河一、橫二中流一兮揚二素波一、簫鼓鳴兮發二棹歌一、歡樂極兮哀情多、少壯幾時兮奈二老何一、

『山海經』北山經、

北次二經之首、在二河之東一、其首枕レ汾、其名曰二管涔之山一、其上無レ木而多レ草、其下多レ玉、汾水出レ焉而西流注二于河一、

「尼嶺」

12條に既述。

○大　意

秋に勝地を求め大井河を訪れた。大空に文字を書く様に飛んでゐた雁が河洲に降りた。洲に遊ぶ鷗の中に混つて、その姿は文字の點畫に似てゐる。河洲に群れる鶴の鳴き聲に、合の手を入れる樣に雁が鳴く。風にざわめく大井河の河面は、恰も巴峽の廻流の樣であり、河霧をついて散策する自分には、漢帝の樣に樂極まつての哀感がある。自分は大江家の儒學繼承の身であるのに、諸處へ遊山するを好む老の身を少年よあざけるな。

135　秋雁數行書詩、以レ斜爲レ韻、

秋雁來賓雲路晱《ハルカナリ》、摸《シ》レ書《ヲ》體勢數行斜《ナリ》、鶴頭《ノ》詔命傳《ハル》二千里《ニ》一、龍背《ノ》・1文章照《ス》二九霞《ヲ》一、誰《カ》下《シテ》二雌黄《ヲ》一風筆《ヲ》削《ラン》、暗《ニ》懸《ケ》二飛白《ヲ》一露交加《ス》、能鳴《ハ》更《ニ》伴《ヒ》二不才《ノ》者《ヲ》一、共《ニ》在《リテ》二寒江《ニ》一積《ム》二歲華《ヲ》一、

○校　異

①「背」＝底本「輩《背平》」に作る。底本の傍注に據り訂す。

○考　説

「斜」

斜は下平聲六麻韻。

「秋雁數行書」

『御堂關白記』寛弘四年九月條、

十七日、庚辰、作文、題秋雁數行書、

「賖」

賖《シャ》ははるか、とほいと讀む。『集韻』に「賖、一曰レ遠、」。

「鶴頭詔命」

『文選』卷第四十三、孔德璋(稚珪)、北山移文、

其鳴騶入レ谷、鶴書赴レ隴、善曰、如淳漢書注曰、騶馬以給、騶使乘レ之、臧榮緒晉書曰、騶、六人、蕭子良古今篆隷文體曰、鶴頭書、與二偃波書一俱招板所レ用、在レ漢則謂二之尺一簡一、髣二髴鵠頭一、故有二其稱一、

「龍背文章」

『書言故事』卷之二、人君類、

尺一、天子詔曰二尺一一、東坡云、尺一束簡同呼レ我歸、尺一、漢制、束一尺一寸之高、束與レ簡義同也、以二此簡牌一寫二天子之詔一也、盖東坡遭レ貶二黃州一、于レ是復召回也、

「藝文類聚」卷九十八、祥瑞部上、龍、

龍魚河圖曰、黃龍從二洛水一出、詣二虞舜一、鱗甲成レ字、令二左右寫一レ文竟、龍去、

「九霞」

127條に既述。

「雌黃」

硫黃と砒素の混ざつた黃土。

『書言故事』卷之十一、書史類、

黃卷、書名ニ黃卷一、有レ所レ自、自、從也、言レ有レ所ニ從來一、古人寫レ書、皆用ニ黃紙一、用ニ黃蘗一染レ之、以辟レ蠹、故曰ニ黃卷一、有ニ誤字一以ニ雌黃一滅レ之、與レ紙相類、故可ニ否文章一、謂ニ雌黃一、

『文選』卷第五十五、劉孝標（峻）、廣絕交論、

雌黃出ニ其脣吻一、朱紫由ニ其月旦一、善曰、孫盛晉陽秋曰、王衍字夷甫、能言、於レ意有ニ不レ安者一、輙更ニ易之一、時號ニ口中雌黃一、東觀漢記曰、汝南太守宗資等、任ニ用善士一、朱紫區別、范曄後漢書曰、許子將與ニ從兄靖一俱有ニ高名一、好共覈ニ論鄉黨人物一、月旦輙更ニ品題一、故汝南俗、有ニ月旦評一焉、向曰、雌黃、善惡也、吻、口也、朱紫、品藻也、許劭與ニ從兄靖一共品ニ藻鄉黨人物一、每月輙更ニ品題一、故汝南有ニ月旦評一焉、

「飛白」

『筆意斷』飛白字體近世謬誤、（『古事類苑』文學部四十二、書、に據る。）（『書斷』に據つて說をなす。）

夫飛白の體は、右中郎將蔡邕の造り出せる所にして、漢魏の間、題署にもちひられたりといへり。王隱、王愔並云、飛白變ニ楷法一也、本是宮殿題署、勢既勁丈、而字宜ニ輕微而不レ滿、故名爲ニ飛白一、又王僧虔が云、飛白は八分の輕きものなりと、又起由云、其體有レ二、㧐ニ法於八分一、窮ニ微于小篆一と云へり。其字體を考ふるに、吾朝石淸水八(マヽ)滿宮の額、熱田奉敲門の額、尾陽の春興の二大字等、道風朝臣のかゝせ給へる題署、おほくは飛白體なりと見えたり。空海師の額字、神祕文となつくるもの、もと飛白よりいでたりと見えたり。

『書言故事』卷之四、釋教類、

蕭寺、稱レ寺曰ニ蕭寺一、梁武帝姓蕭、好レ佛創ニ佛寺一、命ニ蕭子雲飛帛大書ニ一蕭字一、後李約見レ之買歸ニ小齋一玩レ之、號ニ蕭齋一、

「交加」

127條に既述。

「寒江」

冬の川。

『全唐詩』巻十三、柳宗元三、江雪、

千山鳥飛絶、萬逕人蹤滅、孤舟蓑笠翁、獨釣二寒江雪一、

「歳華」

光陰を云ふ。華は日月の光。

『全唐詩』巻九、劉方平、秋夜泛舟、

萬影皆因レ月、千聲各爲レ秋、歳華空復晩、郷思不レ堪レ愁、

『本朝文粋』巻第六、民部大輔の申狀、

依二螢幌一而疊二歳華一、

○大　意

秋雁が雲路をはる〴〵とやつて來た。碧空に字を畫く樣に斜に數行の雁列が見える。鶴頭書に記された詔命が遠くより傳はつて來た。龍背の瑞書が九天を照らしてゐる。雌黃をもつて空中の文字を添削する者なく、空中に展ぜられた飛白の文字は秋氣と入り交つてゐる。鳴く事に慣れた年上の雁は、稚歳で雁鳴に慣れぬ者を伴ひ、寒江に棲んで年月を積んでゐる。

136　同前、

數行《ノ》書信屬《ク》二誰家《ガニカ》一、秋雁南翔一道斜《ナリ》、處々《ノ》雲牋多《ク》二字點一、連々《ノ》鳥跡幾文遮《ル》、如《ク》レ繙《クガ》二魯壁《ノ》塵中簡《ヲ》一、似《タリ》レ著《アラハスニ》二胡城月下笳《ノヲ》一、萬里傳來應《ニ》《ク》レ感《ズ》レ德《ニ》、銜《ンデヲ》レ蘆遠□□□□、

○考　説

「雁書」

『書言故事』卷之十一、書翰類、

鴈帛、寄レ書云、傳二鴈帛一、鴈書、漢蘇武傳、常惠敎二漢使者一曰、天子（昭帝）射二上林中一、得レ鴈足有レ繫二帛書一、言武在二大澤中一、（武帝時、蘇武爲二中郎將一、使二單于一、單于欲二武降一、武不レ肯、使下武至二北海無レ人處一、牧中牡羊上、牡羊生レ子、則放回、漢使至二單于一、單于詐言二武已死一、使者誑二單于一、天子射レ鴈得二帛書一、武在二大澤中一牧レ羊、單于不レ能レ隱、遂得レ還、）

『琅邪代醉編』卷之二十、鴈足書、

宋咸淳癸酉、元國信使郝經被レ留二眞州一、南北隔絶者十五年、時居二忠勇軍營新館一、有下以二生鴈一饋者上、經因作レ詩、以レ帛書云、零落風高縱レ所レ如、歸期回レ首是春初、上林天子援二弓繳一、窮海纍臣有二帛書一、並署二年月姓名一、通五十九字、繫二鴈足一縱レ之、尋爲二北人所一レ得、以獻二其主一、遂大擧南伐レ越、乙亥宋社屋矣、嗚呼世傳二蘇子卿鴈書一云者、不レ過下漢人詭言以レ紿二匈奴一、因成中故事上、顧如二郝經之鴈一、乃實有レ之、而元主亦竟得レ之、是可レ異也、豈南北興亡、天意固已有、在二偶然之際一、有下不二偶然一者上寓乎、（夢蕉詩話、）

「魯壁塵中簡」

『漢書』卷之三十、藝文志第十、

易曰、河出レ圖、雒出レ書、聖人則レ之、故書之所レ起遠矣、至二孔子一簒焉、上斷二於堯一、下訖二於秦一凡百篇、而爲二之序一言二其作意一、秦燔レ書禁レ學、濟南伏生獨壁藏レ之、漢興亡失求得二十九篇、以教二齊魯之間一、訖二孝宣世一、有二歐陽大小夏侯氏一、立二於學官一、古文尚書者出二孔子壁中一、師古曰、家語云、孔騰字子襄、畏二秦法峻急一、藏二尚書孝經論語於夫子舊堂壁中一、而漢記尹敏傳云、孔鮒所レ藏、二説不レ同、未レ知二孰是一、武帝末、魯共王壞二孔子宅一、欲三以廣二其宮一、而得二古文尚書及禮記論語孝經凡數十篇一、皆古字也、共王往入二其宅一、聞二鼓琴瑟鐘磬之音一、於レ是懼乃止不レ壞、孔安國者孔子後也、悉得二其書一、以考二二十九篇一、得レ多二十六篇一、

「胡城月下笳」

笳は胡人の用ゐた葦笛。後世に骨・竹を以て管となし、首にあしの葉を巻いて吹奏する。

『藝文類聚』巻四十四、樂部四、笳、

世説曰、劉越石爲二胡騎所レ圍數重、城中窘迫無レ計、劉始夕乘レ月、登レ樓淸嘯、胡賊聞レ之、皆悽然長歎、中夜次奏二胡笳一、賊皆流涕、人有二懷レ土之切一、向レ曉又吹、賊幷起レ圍奔走、或云是劉道眞、

○大　意

數列の雁が飛んで居るが、一體誰の家に書信を屆けるのか。秋雁が南に向つてまつしぐらに雁行してゐる。紙にも見たてるべき雲に、幾點もの雁が見える。お互に列を守つて飛ぶ雁は、秋空に幾つもの文字をなして、空一杯に見える。それを見ると恰も孔子の舊宅より突然現はれた書籍を繙く思ひがし、又劉琨の故事をしらしめる樣に哀愁を覺えさせる。遙かかなたより傳來する恩主に、恩德を感ずるであらう。

137　晩秋、於二祕書閣一、同《ジク》賦《ス》三夜深聞《ククヿヲ》二遠雁《ヲ》一、詩一首、

夜深《ク》聞《キテ》レ雁《ヲ》倚《ル》二欄干《ニ》一、爲《ニ》憶《フ》遠來興未《ダ》レ闌《ナラ》、漢月漸《ク》傾《キ》書信冷《ヤカナリ》、魏鐘頻《ニ》動《キ》櫓聲寒《ク》、遼城《ノ》鶴警鳴《シテ》相和《ヒス》、函谷雞遲《ク》韻暗《ク》殘《ル》、汝是高飛吾鴟①退、鬢②霜蕭颯老二於潘一、

○校　異

①「鴟」＝『日本詩紀』「鴿」に作る。　②「鬢」＝『日本詩紀』「髩」に作る。何れも同じ。

○考　說

「夜深聞二遠雁一」

『權記』長保二年九月條、

廿四日、戊辰（戊）、御前有二作文事一云々、式部權大輔（大江匡衡）獻題、云、木葉落如レ舞、探韻、藏人孝標（菅原）獻序、御製四韻、左（道長）大臣、左大辨（藤原忠輔）、宰相中將（藤原齊信）被レ候、御書所亦有二作文一、以三夜深聞二遠雁一爲レ題、序者愛親（穴太）宿禰、依二今明物忌一籠居、

「漢月」

漢は天漢、天の川。多くは『本朝文粹』卷第八、菅淳茂、の「月影滿二秋池一」の序に、「今商飈半暮之秋、漢月正圓之夕、」とある樣に、漢月が天の月の意に用ゐられる。

『庾子山集』卷五、樂府、出自薊北門行、

關山連二漢月一、隴水向二秦城一、笳寒蘆葉脆、弓凍紵絃鳴、

「魏鐘」

魏鐘は典據不明。

『和漢朗詠集考證』卷下、雜、曉、

佳人盡飾二於晨粧一、魏宮鐘動、遊子猶行二於殘月一、函谷雞鳴、曉賦、賈嵩、

齊書、（注、『南齊書』列傳第一、）武穆裴后傳云、上數遊二幸諸苑囿一、載二宮人一從二後車一、宮內深隱、不レ聞二端門鼓漏聲一、置二鐘於景陽樓上一、宮人聞二鐘聲一、早起裝飾、案魏宮銅雀臺也、鐘動飾粧非二魏宮故事一、作者蓋誤レ之、

而して銅雀臺については、『文選』に次のやうにある。

『文選』卷第六十、陸士衡（機）、弔二魏武帝一文、

吾婕妤妓人皆著二銅雀臺一、善曰、魏志曰、建安十五年冬作二銅爵臺一、良曰、著、置也、武帝又有二遺令一云、使三妓人置二歌樂於臺上一、銅雀、臺名、於二臺堂上一、施二八尺牀一、張二繐《セイ》帳一、善曰、鄭玄禮記注曰、凡布細而疎者、謂二之繐一、向曰、繐、細布而疎者、以爲二靈帳之裙一、朝脯上二脯糒之屬一、善曰、漢書東方朔曰、乾肉爲レ脯、說文曰、糒、乾飯也、濟曰、脯、日晚時也、糒、乾飯也、皆著二於靈帳之前一、以祭レ焉、月朝《ツイタチ》十五日、輒向レ帳作《オコセ》レ妓、翰曰、月朝、一日也、十五、謂二十五日一也、妓、樂也、汝等時時登二銅雀臺一、望二吾西陵墓田一、向曰、汝等、謂二四子一也、

これから見て、柿村氏說が正しいか。

『本朝無題詩』卷五、秋曉、大江匡房、

魏宮鐘動天將レ曙、雲少霧多自感レ情、山岳漸分二殘漏一處、江河纔見二色更一程、東樓鳥語驚二人夢一、中殿月光止二杵聲一、□孟嘗君秦逐後、唯愁函谷未二雞鳴一、

『本朝無題詩』卷五、歲暮卽事、中原廣俊、

乘レ興無レ眠燈下夜、曉來遮莫魏宮鐘、

これ等から魏宮鐘は詩人の間の通用の語であつたと考へられる。

「櫓聲」

雁の鳴聲。雁の鳴聲が櫓をこぐ音に似てゐるから云ふ。

『白氏長慶集』巻二十四、河亭晴望、九月八日、

風轉雲頭斂、煙銷水面開、晴虹橋影出、秋鴈櫓聲來、

「遼城鶴」

『捜神後記』巻一、

丁令威本遼東人、學二道于靈虛山一、後化レ鶴歸レ遼、集二城門華表柱一、時有二少年一擧レ弓欲レ射レ之、鶴乃飛徘二徊空中一而言曰、有レ鳥有レ鳥、丁令威去レ家千年今始歸、城郭如レ故人民非、何不レ學レ仙冢壘壘、遂高上冲レ天、今遼東諸丁云、其先世有二升仙者一、但不レ知二名字一耳、

「函谷雞」

『史記』巻之七十五、孟嘗君列傳第十五、

孟嘗君名文、姓田氏、（中略）孟嘗君在レ薛、招二致諸侯賓客一、及二亡人有レ罪者一、皆歸二孟嘗君一、孟嘗君舍レ業厚二遇之一、索隱曰、舍レ業者、捨二弃其家產業一、而厚事二賓客一也、以レ故傾二天下之士一、食客數千人、無二貴賤一一與レ文等、（中略）（秦昭王）囚二孟嘗君一、謀欲レ殺レ之、孟嘗君使下人抵二昭王幸姬一求上レ解、幸姬曰、妾願得二君狐白裘一、此時孟嘗君有二一狐白裘一、直千金、天下無レ雙、入レ秦獻二之昭王一、更無二他裘一、孟嘗君患レ之、徧問レ客、莫二能對一、最下坐有下能爲二狗盜一者上、曰臣能得二狐白裘一、乃夜爲レ狗以入二秦宮藏中一、取二所レ獻狐白裘一至、以獻二秦王幸姬一、幸姬爲言二昭王一、昭王釋二孟嘗君一、孟嘗君得レ出、卽馳去、更二封傳一變二名姓一、以出レ關、夜半至二函谷關一、秦昭王後悔レ出二孟嘗君一、求レ之已去、卽使二

人馳レ傳逐一レ之、孟嘗君至レ關、關法雞鳴而出レ客、孟嘗君恐二追至一、客之居二下坐一者、有三能爲二雞鳴一、而雞盡鳴、遂發レ傳出、出如二食頃一、秦追果至レ關、已後二孟嘗君出一、

「鶃退」

67條に既述。

『全唐詩』巻二十一、姚鵠、送二程秀才下第歸一レ蜀、

鶯遷與二鶃退一、十載泣二岐分一、蜀道重來老、巴猨此去聞、

「蕭颯」

ものさびしい様。

『全唐詩』巻二十三、張喬一、宴二邊將一、

一曲梁州金石清、邊風蕭颯動二江城一、座中有二老沙場客一、横笛休レ吹塞上聲、

『本朝文粋』巻第十、高岳相如、初冬於二長樂寺一同賦二落葉山中路一、

漫埋二出レ峽之猿叫一、曉雨聲冷、暗洗二在レ林之鹿鳴一、度二澗口一以繽紛、拂二岩腹一以蕭颯、

「潘」

22條に既述。潘は潘岳である。

○**大　意**

夜更けに欄干にもたれて雁の鳴聲を聞いてゐる。その時思つた。雁は遠くより渡つて來て、未だ充分におちついてゐない。空の月は漸く西に傾き始め、雁書も晩秋の氣に觸れて冷ややかである。魏宮の曉鐘も鳴り初め、雁の鳴く

音も寒くひゞく、遼東城の鶴の傳說の如く、鶴は人に警告するもので、鶴が鳴くと霜が降ると云ふ。函谷關は恐らく雞鳴が遲くまだ夜があけてゐないであらう。雁よ、おまへは高く翔佯するが、我は榮進から程遠く、鵁の様に池水にうごめいてゐる。我雙鬢には既に霜が降り、潘岳よりも老境である。

138

初冬庚申、侍《シ》レ宴《ニ》同《ジクス》賦二燕雀相賀《スルヿヲ》一、應製《ノ》詩一首、幷序、

長保《ノ》初、天子勅《シテ》二左丞相《ニ》一、修二復《セシム》禁闈《ヲ》一、盖周公《ノ》爲《メニ》二成王《ノ》一卜《シ》二洛邑《ヲ》一、蕭何《ノ》爲《メニ》二高祖《ノ》一營《ミシ》二漢宮《ヲ》一之例也、丞相《ハ》棟梁《ノ》材大《ニシテ》、丹青《ノ》功高《ク》、期《シ》二皇基《ヲ》於億載《ニ》一、成《ス》二花構《ヲ》於不《ルニ》レ日《ナラ》、萬國歡心、皆擇《ビ》二魯般之巧匠《ヲ》一、九重《ノ》基趾、已《ニ》復《シタリ》二魏闕之前規《ヲ》一、於《イテ》レ是《ニ》車駕還宮《ス》、天人合應《ス》、先《ヅ》御《シ》二正南之紫宸《ニ》一、開《キ》二朝會《ヲ》於百辟《ニ》一、續《イテ》傳《ヘ》二老子之玄訓《ヲ》一、守《ル》二夜漏《ヲ》於三尸《ニ》一、于レ時、衆庶悅豫《シ》、燕雀相賀《ス》、啣《ミテ》レ泥《ヲ》而依《リ》二粉壁《ニ》一、更《ニ》契《リ》二定星之佳期《ヲ》一、食《ヒテ》レ花《ヲ》而戲《レ》二香樓《ニ》一、暗《ニ》知《ル》二薰風之盛德《ヲ》一、至《リテハ》二彼《ノ》輪奐《ノ》壯麗《ナルニ》羽翼兼幷《スルニ》一、逍二遙《シ》于雲閣《ニ》一、則《チ》翅《ヲ》交《フ》二靈鳳《ノ》九成之舞《ニ》一、讌二語《シ》于露臺《ニ》一、亦《タ》聲《ヲ》和《ス》二仙鶴千年之歌《ニ》一、既《ニ》而鳧藻之樂未《ダ》レ央《キ》、雞人之官頻《ニ》報《ズ》、匡衡所レ事《フル》之主《ハ》明天子、漸《ク》發《ク》二春卿之榮《ヲ》一、所レ學《ブ》之師《ハ》文宣王、聊干《ム》二子游之祿《ヲ》一、以《テ》レ學《ヲ》爲《シ》レ功《ト》、只得《ント》二叡賞《ヲ》一云《フ》レ爾《カ》、

謹《デ》序《ス》、

新《ニ》看《ル》大廈[1]自然《ニ》隆《キヲ》、燕雀賀《シ》來《リ》感緒通《ズ》、囀《リテ》結《ブ》二歡情《ヲ》一青瓅《ノ》月、飛《ビテ》含《ム》二喜氣《ヲ》一紫庭《ノ》風、鳳臺接《マジヘテ》レ翅《ヲ》報環《ノ》後、

鸞殿同[2]巢《ス》遺卵《ノ》中、九禁光明《アリ》今悅豫《ス》、便《チ》知《ル》皇葉[3]萬年同《ジキヲ》、

江吏部集巻下

右江吏部集以二大田覃本一書寫、以二或家秘本一校合畢、

○校　異

①「厦」＝『日本詩紀』「夏」に作る。　②「同」＝底本「問」に作る。『日本詩紀』に據り訂す。　③「葉」＝『日本詩紀』「業」に作る。

○考　説

「燕雀相賀」

『日本紀略』長保二年十月條、

十七日庚申、禁闈初命二詩宴一、題云、鷰雀相賀、

『權記』長保二年十月條、

十七日、庚申、（中略）此夜有二御庚申事一、藏人(源)兼宣依□(仰奉カ)二仕御裝束一如レ式、出御之後、左大臣・右衛門督(藤原公任)・左□(大辨カ)□(藤原忠輔)被レ召參上、侍臣等祗候、內藏寮賜二酒肴□(侍臣等カ)一、爰盃酌無レ筭、絃哥遞唱奏、仙遊興酣天清□、勅賜二擲采之戲一、于レ時卿・大夫賜レ酒、醉レ德之者其□然、不レ知二夜之將一レ闌、或吟二詠詩句一、或唱二哥曲一、人間勝□於レ是而足、子剋左大臣奉二　綸命一、仰左大辨□式部權大輔匡衡(大江)朝臣令レ獻レ題、大辨獻云、鷰□(雀相賀カ)、匡衡爲二序者一、

「修二復禁闈一」

『日本紀略』長保元年六月條、

十四日乙丑、亥剋、內裏燒亡、件火事出レ自二修理職一也、天皇駕二腰輿一、行二幸大極殿一、暫御二小安殿一、卽渡二御太政官一、東宮同移二御此所一、

『日本紀略』長保元年六月條、

十六日丁卯、今日天皇渡二御一條大宮(詮子)院一、

『日本紀略』長保元年七月條、

八日戊子、御讀經結願、今夜渡二御北對一、

『日本紀略』長保元年八月條、

十四日甲子、造內裏事始、

『日本紀略』長保二年九月條、

一日乙亥、內裏造作所等給レ饗、

『日本紀略』長保二年十月條、

二日乙巳、自二昨日一覆二勘內裏殿舍一、

『日本紀略』長保二年十月條、

十一日甲寅、戌四刻、天皇自二一條院一還二御新造內裏一、先巳刻、殿舍門懸レ額、申刻、御竈神渡二御內膳司一、是日也、亥四刻、中宮(彰子)入御、所々有レ饗、

「爲二成王一卜二洛邑一」

15條參照。

『史記』巻之四、周本紀、

周公行レ政七年、成王長、周公反二政成王一、北面就二群臣之位一、成王在レ豐、使三召公復營二洛邑一、如二武王之意一、周公復卜、申視、卒營築居二九鼎一焉、曰此天下之中、四方入貢道里均、

「蕭何爲二高祖一營二漢宮一」

10條參照。

『漢書』巻之一、高帝紀第一下、七年、

二月至二長安一、蕭何治二未央宮一、立二東闕北闕前殿武庫大倉一、上見二其壯麗一甚怒謂レ何曰、天下匈匈勞苦數歲、成敗未レ可レ知、是何治二宮室一過レ度也、何曰、天下方未レ定、故可三因以就二宮室一、且夫天子以二四海一爲レ家、非レ令二壯麗一亡二以重一レ威、且亡レ令三後世有二以加一也、上說、自二櫟陽一徙都二長安一、置二宗正官一、以序二九族一、

「棟梁材」

『書言故事』巻之十、花木類、

棟梁、稱二人才幹一、云レ有二棟梁之材一、言下其抱二大才一當上レ爲二大用一、

「丹青」

丹は丹砂、青は青雘。又その石で作つた丹と青の顏料。

『文選』巻第七、司馬長卿（相如）、子虛賦、

其土則丹青赭堊、善曰、張揖曰、丹、丹砂也、青、青雘也、赭、赤土也、堊、白土也、

『文選』巻第三十六、傅季友（亮）、爲三宋公脩二張良廟一教、

可下改二搆棟宇一、脩二飾丹青一、蘋蘩行潦、以レ時致上薦、

「皇基」

大いなる基礎。皇朝の基礎。

『詩經』小雅、楚茨、に、「先祖是皇、皇、大、」とあり、皇は大の意。『白虎通』號、に、「皇者何謂也、亦號也、皇、君也、美也、大也、」とある。

『文選』巻第一、班孟堅(固)、西都賦、

圖二皇基於億載一、度二宏規一而大起、銑曰、圖、謀也、億載、久遠也、宏、大也、言謀二久遠之道一、度二大規矩一而起二郡邑一、

「花搆」

花構と同じ。立派なかまへ。立派な構造物。

『藝文類聚』巻三十七、人部二十一、隱逸下、梁元帝、隱居先生陶弘景碑、

朱楊鬱起、華構方崇、靜臺冠レ月、經樹迎レ風、

『本朝文粋』巻第十三、大江匡衡、爲二左大臣(藤原道長)一供二養淨妙寺一願文、

自二長保六年三月一日一、結二花構一償二初心一、

「不レ日」

『文選』巻第十、潘安仁(岳)、西征賦、

經二始靈臺一、成レ之不レ日、善曰、毛詩曰、經二始靈臺一、經レ之營レ之、

「魯般之巧匠」

魯般は又魯班とも記す。魯の哀公の時の名匠。公輸班。

『文選』巻第十八、馬季長（融）、長笛賦、

於レ是、乃使下魯般宋翟、構二雲梯一抗中浮柱上、善曰、魯宋二國名也、淮南子曰、魯般爲二木鳶一而飛レ之、論衡曰、魯班爲レ母作二木人一爲御、機關一發遂去不レ還、人謂二班母亡一、翟、墨子之名也、墨子曰、公輸般爲二雲梯一必取レ宋、於レ是墨子見二公輸般一而止レ之、張湛列子注曰、雲梯、可二以凌レ虚、甘泉賦曰、抗二浮柱之飛擾一、銑曰、魯班、魯公班魯人、宋翟、墨翟宋人也、皆古之巧智人矣、構二凌雲之梯一、立二浮空之柱一、將二取レ竹以爲レ笛、

「基趾」

基址と同じ。土臺、基礎。

『文選』巻第五、左太沖（思）、呉都賦、

霸王之所二根柢一、開國之所二基址一、

「魏闕」

魏闕は象魏と同じく、宮城の門、延いては朝庭の意。魏は高大の意。闕は缺と同じ。宮門は左右に臺を作り、その臺の間が缺けて出入の道としてゐる故に闕と云ふ。古、象（法律）を宮城門に掲示したので象魏と云ふ。

『文選』巻第四十三、孔德璋（稚珪）、北山移文、

今又促二装下邑一、浪二栧上京一、雖三情投二於魏闕一、或假二歩於山扃一、善曰、楚辭曰、漁父鼓レ栧而去、王逸曰、船、舷也、浪猶レ鼓也、韋昭漢書注曰、栧、揖也、呂氏春秋曰、中山公子牟謂二詹子一曰、身在二江海之上一、心居二魏闕之下一、高誘曰、魏闕、象魏也、説文曰、扃、外關之闕也、銑曰、促、迫也、下邑、謂二山陰一也、浪、鼓也、栧、棹也、言山陰秩滿、因向レ京而過レ山也、上京、建業也、魏闕、朝廷也、扃、山門也、言顥情實在二朝廷一、而假二跡於此山門一、

『呂氏春秋』開春、審爲、

中山公子牟謂二詹子一曰、身在二江海之上一、心居二乎魏闕之下一奈何、子牟魏公子也、作二書四篇一、魏伐得二中山公一、以邑二子牟一、因曰二中山公子牟一也、詹子、古得レ道者也、身在二

江海之上一言二志放一也、魏闕心下巨闕也、心下巨闕、言神內守也、一說、魏闕象魏也、懸二教象之法一、浹日而收レ之、魏魏高大、故曰二魏闕一、言身雖レ在二江海之上一、心存二王室一、故在二天子門闕之下一也、

「天人合應」

『文選』巻第一、班孟堅（固）、西都賦、

奉春建レ策、留侯演成、天人合應、以發二皇明一、乃眷西顧、寔《コヽニ》惟作レ京、善曰、漢書曰、高祖西都二洛陽一、戍卒婁敬求レ見說レ上曰、陛下都レ洛不レ便、不レ如レ入レ關據二秦之固一、上問二張良一、良因勸レ上、是日車駕西都二長安一、拜二婁敬一爲二奉春君一、賜二姓劉氏一、又曰、封二張良一爲二留侯一、蒼頡篇曰、演、引也、天謂二五星一也、人謂二婁敬一也、皇謂二高祖一也、四子講德論曰、天人並應、毛詩、乃眷西顧此惟與宅、良曰、皇、大也、此則天意人事合應、以發二我皇大明之德一、

「百辟」

『文選』巻第三十六、任彥昇（昉）、宣德皇后令、

今遣下某位某甲等、率二茲百辟一、人致中其誠上、良曰、百辟謂二百官一、

「傳老子之玄訓」「三尸」

4條に既述。

「悅豫」

豫は『爾雅』釋詁一、に、「豫者逸樂也、」とあり、たのしむ意。

『文選』巻第六、左太沖（思）、魏都賦、

遐邇悅豫、而子來、

「燕雀相賀」

『淮南子』巻第十七、說林訓、

湯沐具而蟣虱相弔、大厦成而燕雀相賀、厦、屋也、

「啣レ泥」

『文選』巻第二十九、古詩、十九首の中、

思下爲二雙飛鷰一、銜レ泥巣中君屋上、

「粉壁」

『漢官儀』

省中皆胡粉塗レ壁、故曰二粉壁一、

「定星」

定星は陰暦十月小雪の節。

『詩經』鄘風、定之方中、

定之方中、作二于楚宮一、定、營室也、（注、營室星、）方中昬正二四方一、楚宮、楚丘之宮也、仲梁子曰、初立二楚宮一也、箋云、楚宮謂二宗廟一也、定星昬中而正、於レ是可三以營二制宮室一、故謂二之營室一、定星昬中而正、謂二小雪時一、其體與二東壁一連正二四方一、

『本朝文粋』巻第十三、願文上、大江匡衡、爲二左大臣（道長）一供二養淨妙寺一願文、

刻二十月定星之期一、廻二萬代不朽之計一、

「食花」

『全唐文』巻一百九十八、駱賓王二、上二廉使一啓、

白羽書生自銘二恩於食レ稻、黃裳童子將レ賽二德餐レ花、

『本朝文粋』巻第六、奏状中、三善道統、辨官右衛門權佐の申狀、

病雀喰レ花、生二羽翼於暖雨一、寒鶯出レ谷、戴二恩煦於春風一、

『全唐文』巻一百七十九、王勃三、上二絳州上官司馬一書、

餐レ花佩レ葉入二蘭室一、而談レ元挹《（玄カ）》レ露攀レ霞、坐二松扃一而嘯逸、

「香樓」

香りの高い樓、香樹。

『全唐詩』巻九、錢起一、登二勝果寺南樓一、雨中望二嚴協律一、

微雨侵二晩陽一、連山半藏レ碧、林端陟二香樹一、雲外遲二來客一、

「輪奐」

『文選』巻第五十九、王簡栖（巾）、頭陀寺碑文、

丹刻翬《キジノ如ニ》飛、輪奐離《ノ如ニ》立、善曰、左氏傳曰、丹二桓宮楹一、又曰、刻二栢公桷一、杜預曰、刻、鏤也、毛詩曰、如二翬斯飛一、君子攸レ躋、（注、ノボルトコロ、）鄭玄曰、翬者鳥之奇異者也、禮記曰、晉獻文子成レ室、晉大夫發レ焉、張老曰、美哉輪焉、美哉奐焉、潘岳關中記曰、未央殿東有二鳳皇殿一、春秋元命苞曰、火離爲レ鳳、劉邵魏文帝誄曰、鳳皇立翥、濟曰、丹刻謂殿宇丹色而刻二鏤之一、輪、輪囷高大也、奐、文章皃、翬、雉也、離、鳳也、言丹青文彩似レ之、

「靈鳳九成之舞」

九成は九曲を奏し終る意。

『書經』益稷、（蔡沈集傳、）

簫韶九成、鳳凰來儀、簫、古文作レ箾、舞者所レ執之物、説文云、樂名二箾韶一、季札觀二周樂一、見下舞二韶箾一者上、則箾韶蓋舜樂之總名也、今文作レ簫、故先儒誤以二簫管一釋レ之、九成者樂之九成也、功以レ九敍、故樂以レ九成、九成、猶二周禮所謂九變一也、

『文選』巻第六、左太沖(思)、魏都賦、

延《ツラネ》二廣樂一、奏二九成一、善曰、賈逵國語注曰、延、陳也、尚書曰、簫韶九成鳳凰來儀、翰曰、廣樂、天帝樂、九成、九奏也、

「讌語」

『文選』巻第四十、謝玄暉(朓)、拜二中軍記室一辭二隋王一牋、

契二闊戎旃一、從二容讌語一、善曰、毛詩曰、死生契闊、周禮九旗通帛曰レ旃、劉向七言曰、讌處從容觀二詩書一、毛詩曰、燕笑語兮、是以有レ譽處兮、(注、處はヤスンゼリ、)翰曰、謂二從行一也、契闊、勤苦也、戎、兵也、旃、旄也、

「仙鶴千年之歌」

『文選』巻第二十一、郭景純(璞)、游仙詩、

借問蜉蝣輩、寧知二龜鶴年一、善曰、大戴禮夏小正曰、蜉蝣朝生而暮死、養生要論曰、龜鶴壽有二千百之數一、性壽之物也、道家之言、鶴曲頸而息、龜潛匿而噎、此其所二以爲一レ壽也、服レ氣養レ性者法レ焉、銑曰、蜉蝣朝生夕死、以比二世人一、龜鶴之壽皆千歳、以比二仙人一也、

『文選』巻第十四、鮑明遠(照)、舞鶴賦、

散《ヒライテ》二幽經一以驗《カンガフルニ》レ物、偉《アヤシヒ》二胎化之仙禽一、善曰、相鶴經者出レ自二浮丘公一、公以自授二王子晉一、崔文子者學二仙於子晉一、得二其文一、藏二嵩高山石室一、及二淮南八公採レ藥得レ之、遂傳二於世一、鶴經曰、鶴、陽鳥也、因二金氣一依二火精一、火數七、金數九、故十六年小變、六十年大變、千六百年形定而色白、

「梟藻之樂」

『後漢書』三十一、列傳第二十一、杜詩傳、

陛下起レ兵十有三年、將帥和睦、士卒梟藻、言其和睦歡悅、如二梟之戲二於水藻一也、

『文選』巻第二十一、顏延年(延之)、秋胡詩、

捨レ車遵二往路一、梟藻馳二目成一、善曰、周易曰、舍レ車而徒、義弗レ乘也、往路、所二來從一之路也、李陵詩曰、行人懷二往路一、班彪冀州賦曰、感二梟藻一以進レ樂兮、楚辭曰、滿堂兮美人忽獨與予兮目成、王逸曰、獨與レ我睨而相親

成二爲親一也、濟曰、秋胡望二其妻一而前、如下梟鳥得二水草一、歡躍而進上、將以目擊冀レ成二其心一、捨、棄、遵、從也、藻、水草也、

「未レ央」

『文選』巻第三十四、曹子建(植)、七啓、

九秋之夕、爲レ歡未レ央、善曰、九秋之夕、言二其長一也、古樂府、有下歷二九秋一妾薄相行上、蘇武詩曰、懽樂殘未レ央、濟曰、央、窮也、

「雞人」

『周禮』春官、雞人、

雞人掌下共二雞牲一辨二其物一、物、謂二毛色一也、辨レ之者、陽祀用レ騂、陰祀用レ黝、

大祭祀、夜嘑《ヨビテ》レ旦以䢂中百官上、夜、夜漏未レ盡、雞鳴時也、呼レ旦以警二起百官一、使二夙興一、

『文選』巻第五十五、劉孝標(峻)、廣絶交論、

雞人始唱、鶴蓋成レ陰、善曰、周禮曰、雞人、凡國事爲レ期、則告二之時一、鄭玄曰、象二雞知レ時也、向曰、雞人告二人明時一、取二象於雞一也、鶴蓋、謂三蓋如二飛鶴一、成レ陰言レ多也、

「春卿」

16條に既述。式部權大輔。匡衡の官職。

「發」

いゝ、ひらくと讀む。

『文選』巻第三、張平子(衡)、東京賦、

發二京倉一、散二禁財一、綜曰、發、開也、京、大也、禁、藏也、

「文宣王」

孔子の謚號。

『唐書』卷十五、禮樂志第五、

(開元)二十七年、詔夫子既稱二先聖一、可三謚曰二文宣王一、遣二三公一持節册命、以二其嗣一爲二文宣公一、任二州長史一、代代勿レ絶、

『學令集解』釋奠條、

神護景雲二年七月卅日官符云、應下改二孔宣父號一、爲中文宣王上事、右得二式部省解一偁、大學寮解偁、助教正六位上膳臣大丘牒偁、天平勝寶四年、大丘隨レ使入唐、問二先聖之遺風一、覽二膠庠之餘烈一、國子監有二兩門一、題曰二文宣王廟一、時有二國子學生程覽一、告二大丘一曰、今主上大崇二儒範一、追改爲レ王、鳳德之徵、于レ今至矣、然准二舊典一、猶稱二前號一、誠恐乖二崇德之情一、失二致敬之理一、大丘庸闇、聞レ斯行レ諸、敢陳二管見一、以請二明斷一者、今依レ所レ牒、謹請二省裁一者、省案二解狀一、理須二必然一、方レ行二其教一、合レ旌二厥德一、後レ天奉レ時、蓋謂レ此乎、仍顯二改由一、謹請二官裁一者、官議奏聞、奉レ勅依レ奏、

「子游之祿」

子游は姓言、名偃、字名子游。

『史記』卷六十七、仲尼弟子列傳第七、

言偃、吳人、字子游、少二孔子一四十五歲、子游既已受レ業、爲二武城宰一、孔子過聞二絃歌之聲一、孔子莞爾而笑曰、割レ雞焉用二牛刀一、子游曰、昔者偃聞二諸夫子一、曰、君子學レ道則愛レ人、小人學レ道則易レ使、孔子曰、二三子、偃之言是也、前言戲レ之耳、孔子以爲三子游習二於文學一、

「子游之祿」は子游が武城の宰となつて得た俸祿で、匡衡が國守の兼任を望んだものである。

「叡賞」

『和漢三才圖會』巻第七、人倫部、

叡、深明通達也、叡覽、｜聞、｜感、｜慮等皆用二天子事一也、

叡賞は天子の御恩賞の意。

「感緒」

感慨情緒の意。

「歡情」

『文選』巻第四十二、呉季重（質）、答二東阿王一書、

極二雅意一、盡二歡情一、

「青璅」

125條に既述。

「紫庭」

17條に既述。

「鳳臺」

鳳凰のとまり棲む臺。

『全漢三國晉南北朝詩』全宋詩巻四、鮑照、樂府、代昇天行、

鳳臺無二還駕一、簫管有二遺聲一、何時與二汝曹一、啄腐共呑レ腥、

『列仙傳』巻之二、

簫史得レ道好吹レ簫、秦穆公以二女弄玉一妻レ之、遂教二弄玉吹一レ簫、作二鳳鳴一、有三鳳來止二其屋一、公爲作二鳳臺一、後弄玉乘レ鳳、簫史乘レ龍共昇天去、

「鸞殿」

天子の御殿。

『全唐詩』巻二、李懷遠、凝碧池侍レ宴看二競渡一應制、

舞曲依二鸞殿一、簫聲下二鳳樓一、忽聞天上樂、疑逐二海査一流、

「同巢」

『唐書』巻三十四、五行志第二十四、

(開元)二十五年四月、濮州兩烏兩鵲兩鸜鴿同巢、隴州鵲哺二慈烏一、

「遺卵」

『藝文類聚』巻九十二、鳥部下、鷰、晉夏侯湛玄鳥賦、

故保レ生而不レ匱、虞二衆物之爲一レ害、獨弃レ林而憑レ人、不レ驚二畏一以自疏、永歸馴而附親、有レ受レ祥而皇祇、故遺卵而生殷、

『藝文類聚』巻五十七、雜文部三、七、晉陸機七徴、

拾二朝陽之遺卵一、納三丹穴之飛鳳一、

「九禁」

禁中、九關に同じ。天子の御所の意。

『宋史』巻四百九十一、外國七、日本國、奝然表、

金闕曉後、望二堯雲於九禁之中一、巖扃晴前、拜二聖燈於五臺之上一、

「皇葉」

葉は世・時代の意。

『文選』巻第五十三、陸士衡（機）、辨亡論、

爰及二末葉一、群公既喪、良曰、葉、代也、

○大　意

長保の初、天子は左大臣道長公に、燒亡した禁裏の修復を命じられた。思ふにそれは、周公が成王の爲めに洛陽城の地を卜定し、蕭何が漢高祖の爲めに、未央宮を營造した例に依るものである。丞相は立派な棟梁の材の人物であり、皇朝億載の後を期し、丹青の功麗しく、幾日もかけぬ中に優秀な結構を果された。魯般にも比す可き名匠を撰び、禁裏の基礎を定め、皇居の前規を復された。かくて主上は還宮になつた。誠に天人が心を一にした應報である。帝は先づ紫宸殿に御し南面されて、百官を召されて朝拜の儀が行はれた。その後續いて老子の教へに遵ひ庚申守の行事が行はれた。時に官民共に新宮の落成に悅び、燕雀が來り賀し、泥をくはへて白壁に巢喰ひ、この十月の佳期を期して、花を食ひ香殿に舞ひ遊び、聖帝の盛德に浴してゐる。麗しく彩られ壯大な御殿に舞ひ飛ぶ姿は、靈鳳が九曲を舞翔するに合はせ、御殿のあたりに樂しげに囀る聲は、恰も仙鶴が千年を壽ぐ歌と唱和してゐる。召さ

れた官人達の喜びは未だきはまらない中に、夜漏の進んだ事をしらせる鼓聲がしきる。自分匡衡は明天子におつかへして漸く式部權大輔の職もいたゞいたが、今は儒道の功を以て外國の守の兼任を願つてゐる。何卒天子の御恩賞が戴きたいものである。以上謹んで序を奉る。

新たに落成した新宮殿は實に壯大なものである。人臣と感激を共にして燕雀も來賀した。青瑣門のあたり月光を浴びて樂しげに囀つてゐる。禁庭に喜び飛んでゐる。鳳臺にむつまじく翔び巡つた後に、宮殿に燕雀が同巢し仲よく生卵をする。禁中は今悅びに滿ち輝いて居る。かくて天子の御代の萬世不變が知られる。

索　引

凡　　例

1. 本索引は、『江吏部集』の索引である。
2. 配列は音による五十音順とした。
3. 検索の参考となると思われる注記を（　）〈　〉内に施した。

項 目 索 引

殷湯時出爲レ師、居二濳山一、號二錫則子一、…… 395・**72**(4)
餞二越州刺史赴一レ任、 492・**80**
王昭君、 337・**61**
花鳥春資貯、 681・**114**
泛レ河到二古橋邊一、 289・**47**
家經二李部一在二江濱一、謬課二庸才一更說レ眞、…… 405・**72**(6)
夏日陪二左相府東閣一、…… 73・**8**
夏夜同賦二池臺卽事一、應敎、 271・**41**
夏夜同賦二燈光水底珠一應レ敎、 589・**99**
我后携二五經一、似三舜調二五絃一、…… 453・**76**(4)
海濱神祠、 293・**48**
過二海浦一 219・**33**
閑伴唯琴酒、 567・**96**
寬弘三年三月四日、聖上於二左相府東三條第一、…… 348・**65**
寬弘七年三月卅日、遷二丹州刺史一…… 356・**67**
兼二翰林一之後、與二門生一談話、 345・**63**
其年秋九月、盡日枕レ帙眠、…… 443・**76**(3)
菊蘂花未レ開、 697・**120**
九月盡日、惜レ秋言レ志、 177・**21**
九月盡日侍二北野廟一各分二一字一、 294・**49**
九月盡、於二祕芸閣一、…… 179・**22**
九日侍レ宴、同賦三菊是爲二仙草一、…… 703・**122**
九日、同賦二露重花低一、 743・**126**
橋上歇レ馬、 288・**46**
堯時下爲レ師、居二姑射山一、號二務成子一、…… 391・**72**(3)
題二玉井山居一、 282・**44**
今年四月一日陰雨、八月大雨、…… 109・**11**
近日蒙二綸命一、點二文集七十卷一、…… 407・**73**
喜三愚息擧周賜二學問料一、…… 351・**66**
月下卽事、 3・**1**
月露夜方長、 69・**7**
五言、奉レ試賦二得敎學爲一レ先、 545・**94**
頃年以二累代侍讀之苗胤一、…… 379・**72**(1)
佐丞相奠閤、賀レ帶二三官一恩賜詩曰、…… 359・**68**
嗟乎運命拙、性慵患未蠲、…… 473・**76**(5)
嵯峨野秋望、 217・**31**
再除二吏部員外侍郞一、…… 347・**64**
歲暮旅行、 498・**81**
三月三日、陪二亞相亭子一、…… 644・**108**
三月三日、同賦二殘鶯兩三聲一、 789・**133**
四月一日、見下三月盡日春被二鶯花送一之題上、…… 684・**115**
自愛、 485・**78**
于レ時、積雪凝レ色、月照添レ光、…… 30・**4**(2)
七言、夏日陪二左相府書閣一、…… 251・**39**
七言、夏日陪二藤亞相城北山莊一、…… 240・**38**
七言、夏夜守二庚申一侍二淸涼殿一、…… 150・**17**
七言、夏夜陪二左相府池亭一守二庚申一、…… 224・**35**
七言、九月盡日、同賦レ送二秋筆硯中一、…… 183・**23**
七言、五月五日陪二內相府池亭一、…… 87・**10**

七言、歳暮於二藤少侯書齋一守二庚申一、…… 23・**4(1)**
七言、三月三日、侍二左相府曲水宴一、…… 123・**15**
七言、三月三日同賦二花貌年年同一、…… 631・**106**
七言、三月三日夜於二員外藤納言文亭一守二庚申一、…… 616・**103**
七言、秋夜陪二右親衛員外亞相亭子一、…… 53・**6**
七言、重陽侍二宴清涼殿一、…… 710・**124**
七言、重陽侍レ宴、同賦三花菊映二宮殿一、…… 728・**125**
七言、重陽侍レ宴、同賦三菊有二延年術一、…… 708・**123**
七言、初夏陪二員外藤納言書齋一、…… 601・**101**
七言、初冬於二左親衛藤亞將亭一、…… 574・**98**
七言、初冬於二都督大王書齋一、…… 551・**95**
七言、早夏陪レ宴同賦二所レ貴是賢才一、…… 332・**60**
七言、仲春釋奠、聽レ講二左傳一、…… 506・**87**
七言、冬日登二天台一卽事、…… 199・**28**
七言、冬日陪二東宮一、聽三第一皇孫初讀二御注孝經一、…… 528・**92**
七言、晩冬陪二中書大王齋一、…… 775・**131**
七言、暮秋陪二左相府書閣一、…… 760・**130**
七夕守二庚申一、同賦三織女理二容色一、…… 166・**18**
昔延喜天暦二代聖主、…… 321・**57**
昔漢明帝聚二諸儒於白虎觀一、…… 327・**59**
昔高祖父江相公、爲二忠仁公之門人一備二顧問一、…… 415・**75**
昔祖父江中納言延喜聖代奉レ付二兩皇子之名一、…… 411・**74**
秋雁數行書詩、 794・**135**
秋雁數行書詩(「同前」)、 798・**136**
秋日岸院卽事、 269・**40**
秋日東閣林亭卽事、應敎、 274・**42**
秋日遊二般若寺一、同賦三秋山似二畫圖一、 197・**27**
秋夜閑談、 172・**19**
秋夜守二庚申一、同賦二蘭以レ香爲一レ貴、 695・**119**
十有五入レ學、久執二豆與一レ籩、…… 429・**76(2)**
祝融時出爲レ師居二恒山一、號二廣壽子一、…… 387・**72(2)**
述懷古調詩一百韻、 417・**76(1)**
春日陪二左相府東閣一、…… 121・**14**
春日於二備州前太守風亭一、…… 787・**132**
春日野行、 215・**30**
春日於二右大丞相公亭一、…… 642・**107**
春遊二原上一、 212・**29**
初冬感興、 191・**24**
初冬、陪レ行二幸攝政第一、同賦二葉飛水面紅一、…… 691・**118**
初冬庚申、侍レ宴同賦二燕雀相賀一、…… 804・**138**
初冬、同賦三待レ月思二殘菊一、 758・**129**
初冬同賦二紅葉高牕雨一、 687・**116**
初冬、同賦二殘菊一、 746・**127**
初冬野獵 499・**82**
除夜作 195・**26**
水中摸二雁書一、 791・**134**
於レ是江氏之爲レ體、一家相傳歷二李部官之任一、…… 399・**72(5)**

於レ是、性慵病侵、官冷齡仄、…… 11・**2(2)**
讃二石山寺觀音德一、 307・**52**
和二石山平上人述懷之絕句一、 319・**56**
雪是先レ春花、 118・**13**
奉レ和二前源遠州刺史水心寺詩一、 314・**54**
早夏、諸客賀三予再兼二翰林一、…… 340・**62**
早夏、同賦三芳樹垂二綠葉一、…… 611・**102**
早夏觀二曝布泉一、 240・**37**
早春內宴、侍二仁壽殿一同賦二花色與レ春來一、…… 626・**104**
仲秋釋奠、聽レ講二古文尙書一、…… 500・**83**
仲春庚申夜、陪二員外藤納言文亭一、…… 75・**9**
仲春釋奠聽レ講二古文孝經一、 521・**89**
仲春釋奠、聽レ講二古文孝經一、詩、 523・**90**
仲春釋奠、聽レ講二古文孝經一、同賦二孝德本一、…… 507・**88**
仲春釋奠、聽レ講二左傳一、…… 505・**86**
仲春釋奠、聽レ講二毛詩一、…… 502・**84**
仲春釋奠、聽レ講二禮記一、…… 504・**85**
仲春釋奠聽レ講二論語一同賦二仁者壽一、 543・**93**
長江瞻望多、 221・**34**
長保寬弘之間、天下幸甚、……324・**58**
田家秋意、 285・**45**
冬日於二州廟一賦詩、 296・**50**
冬日同賦二琴酒因レ客催一、 569・**97**
冬日侍二飛香舍一、聽三第一皇子初讀二御注孝經一、…… 525・**91**
冬夜守二庚申一、同賦三看レ山有二小雪一、 115・**12**
冬夜與二諸君一談話、 193・**25**
奉下同菊殘留二秋思一詩上、 755・**128**
同前、(**135**、秋雁數行書詩、) 798・**136**
八月十五夜、陪二員外藤納言書閣一、…… 35・**5(1)**
八月十五夜、江州野亭、…… 4・**2(1)**
晚秋侍レ宴、同賦二木葉落如レ舞、…… 688・**117**
晚秋、於二祕書閣一、同賦三夜深聞二遠雁一、…… 800・**137**
晚冬同賦二池氷如レ對レ鏡、 237・**36**
賓客不レ來僮僕去、…… 18・**2(3)**
暮秋陪二左相府書閣一、同賦二菊潭花未レ遍、…… 701・**121**
暮秋、左相府東三條亭、…… 19・**3**
暮秋泛二大井河一、各言二所懷一和歌序、 487・**79**
暮秋、陪二中書大王書齋一、…… 175・**20**
暮秋同賦二草木搖落一應レ敎、 594・**100**
暮春侍二宴左丞相東三條第一、…… 660・**111**
暮春應製、 140・**16**
暮春勸學會、於二親林寺一聽レ講二法華經一、…… 310・**53**
暮春勸學會聽レ講二法華經一、…… 304・**51**
暮春、同賦三花影滿二春池一、…… 645・**109**
暮春同賦下春依二花樹一貴上、 629・**105**
暮春、於二右大丞亭子一、同賦下逢レ花傾二一盃一詩上、 647・**110**
方今秋天瑟々、夕漏沈々、…… 44・**5(2)**
法音寺言志、 316・**55**
妹妖山下卜居、 278・**43**
無情花自落、 681・**113**
無題、 484・**77**
觀二右親衛藤亞相述懷詩一、……

項　目　索　引

　　　　　　　　　　　　　　366·**70**
餘感不レ盡更加ニ一首一、　363·**69**
落花渡レ水舞、　678·**112**
李部大卿述ニ沈滯懷一、……　375·**71**
林下晚望、　218·**32**

事 項 索 引

ア

亞枝　616, 621
哀々　789, 790
安緝　647, 648
安民則惠　500
安和左僕射云々　87, 91
案轡策　183, 188
暗閨　75, 78
暗采風骨之雉　710, 717
暗牖　493, 495
暗漏三更　75, 84
諳　75, 82

イ

以澄爲韻　19
以道許交(道交)　551, 556
以德撫民　505
伊周　53～55
衣錦　616, 624, 684, 686
衣錦晝行　493, 495
衣裳顚　443, 445
依々　218, 219
依違　631, 637
依期　611, 612
韋賢　191, 192
惟　3
異類　75, 80
移菊　760, 772
圍碁厭坐隱　417, 422, 428
渭陽之釣　251, 257, 357
渭陽風　691, 693
爲成王卜洛邑　804, 806
爲母儀之仙居　251, 253
逶迤　453, 458
維時　407, 408, 410
熨翮　375, 377
遺華　411, 413
遺美　710, 718
遺卵　804, 817
罻羅　775, 780
懿矣　251, 260, 261
育成子　398
一　36, 42
一葦　616, 619
一家相傳歷李部官之任　399
一角　507, 514
一卷(之)師　274, 276
一驥　252, 264, 265
一頃　574, 582, 583
一日禮外祖於當時　661, 665
一乘　310, 311
一絕　193
一佛乘　224, 228
一毛遂　44, 50
逸韻　183, 187, 191
引攝(引接)　484, 485
因循　473, 478
員外藤納言　35, 36, 83, 199
員外郎　11, 13
殷勤　417, 420
殷湯　395
陰冷　75, 85
堙淪　140, 141

ウ

羽觴　123, 128, 129
羽翼　44, 50, 67
羽林　193
禹導九川　453, 455
紆金　746, 748
烏臺　75, 83, 86
烏轡　87, 99

鬱陶 140, 149
雲樂 453, 457
雲樂四陳 661, 666
雲雁 791, 792
雲髻 631, 639
雲幌 507, 511
雲收 3
雲孫 708, 709
雲底 53, 67
雲霑 109, 112
雲衲 319, 320
雲膚 601, 609
雲峰 87, 96
雲夢 487, 491, 492
雲無來跡唯聞樂、風有芳心更供花 304, 306
雲龍風虎 504
雲龍霧豹 775, 778, 779
薀藻 507, 511
縕袍 443, 446
韞櫝 775, 782, 783

エ

曳裾 429, 436
曳裾周旋 429, 436
榮觀 507, 509
榮謝伯春 87, 103
榮名 711, 724
榮耀 484
影從 23, 27, 507, 515
穎川之星 710, 719, 727
穎陽 551, 556, 566
叡賞 804, 816
衞靈公鑿池 574, 579
營々 237, 238
營吏務以在尾州 4, 5
嶧陽之桐 601, 607, 610
悅豫 804, 810
粤 528, 531
越州便是本詩國 493, 497
越生鳥 252, 263
宛(婉)傳 661, 670, 671, 678, 679
延喜天暦二代聖主云々 321
延喜年號云々 324, 325
延齡之術 150, 154
烟 294
烟葉 75, 85
偃武 454, 464
淵醉 648, 657, 658
淵泉云々 601, 604
淵墨之臥龍 729, 733
圓融院天皇 411, 412
煙霞 251, 260, 267
煙嵐 487, 491, 492
遠々 150, 160
緣底 19, 20, 711, 727
燕飮 574, 585
燕頷 729, 741
燕雀 616, 618, 625, 804, 818, 819
燕雀相賀 804, 805, 810, 811
燕昭王招涼之珠 150, 158
燕蘭湯沐 166, 169
鵷群 124, 131
鵷鸞 225, 234, 487, 489
鵷鸞侶 193, 194
讌語 804, 813
艷語 487, 488
艷陽 661, 670

オ

王弘送酒 241, 249
王者之親舅 224, 226
王春 121
王昭君 337
王勣鄉遙 648, 656
王道 760, 768, 773

王道通平平　454, 463, 464, 503
王明君　53, 60
王陽　647, 651, 652
枉華軒　340, 341
奥學　574, 577
横街　44, 46
應于乾（應乾）　443, 448
應和江納言（大江維時）　473, 479
甕頭　366, 371, 372
鶯兒未長動心情　661, 676
鶯出谷　140, 144
鸚盃　87, 100
恩煦　121, 122, 210, 626, 628
恩私　53, 65
温煦　121, 122

カ

下帷不窺園　417, 421
下春　569, 570
下風　775, 778
化胡　380, 385
化民成俗　36, 42
加點　443, 447
假蓋　225, 235
假風月之名　4, 8
何晏傾簪云々　743, 745
何必嫉捧日於淥露　775, 784
花影滿春池　645, 646
花搆　804, 808
花色與春來　626, 627
花水　124, 130
花亭　661, 664
花貌年年同　631, 632
河上公　405, 406
河水　710, 720
河船仁乗天云々　487, 492
夏禹　391, 393
夏屋　454, 465
夏屋豐渠渠　454, 465
夏后氏　75, 81
夏后氏之社月云々　75, 81
家塵　543, 544
荷挿　109, 113
笳愁　53, 66
貨殖　681, 682
華子山　704, 706
華牋　429, 436
華陽登仙之子　616, 621
華林（苑・園）　282～284, 611, 612, 631, 634
過高唐者　710, 722
賈佩蘭　728, 731
稼穡　109, 112
蝸舍　429, 441
霞阡　417, 419
霞袂　166, 168, 678, 679
我朝承和聖主云々　327, 329
臥柳　502, 503
蛾眉　87, 99, 108, 145
賀雨詩　109, 114
賀州源刺史　340, 341
駕服　35～37
廻　123, 125
廻雪　19, 21, 22
廻雪之袖　661, 671
廻輿　691, 693
海浦　219, 220
掛冠　200, 208
開　703, 704
開顔　69, 70
開鏡　645～647
階墀　729, 735
階蓂　179, 181
解　184, 190
解酲　574, 581
解嘲詞　177, 178

解榻　569, 571
愧北山雲　172
槐庭　124, 131
槐府　332, 336
邂逅　454, 468, 469
艾人　252, 263
外孫皇胤感周易　363
礙　53, 66
割雞　296, 301, 473, 475
割雞居武城　407, 409
郭隗　473, 480
郭叔子　395, 398
畫皷　337, 339
畫皷迎　337, 339
霍禹　23, 29
鶴歸皐　140, 145
鶴帳　87, 93, 108
鶴頭詔命　794, 795, 797
鶴髮　30, 31, 684, 685
鶴望　237, 239
鶴勒　200, 207, 211
樂胥　551, 555
樂章　529, 538, 539
樂道　473, 475, 647, 651, 775, 783
學稼　150, 152, 574, 576, 729, 739
學校院　296, 297, 410
學山　366, 367
學者邦之先也　528, 531
學知　551, 564
學問料　351, 429, 432
學鹿未白矣　551, 564
甘竹　569, 570
甘竹露　569, 571
汗竹　407, 409
汗竹割雞居武城　407, 410
侃侃如　775, 779
冠蓋　529, 536
冠靑雲　150, 155, 156
凾谷關　802, 804
凾谷雞　800, 802
凾谷雞鳴　801
凾丈之禮　529, 535
卷舒　11, 13, 14
桓郁侍中榮不見　348, 350
桓榮　359, 360, 399, 525, 527, 565, 566
桓榮五更問　473, 480
桓春卿　399, 400
貫胸　507, 519
貫穿　429, 439
啣泥　804, 811
寒江　794, 797
寒霄　118, 119
寒素　319, 321
寒林　775, 780, 786
菅家文草云々　294, 295
菅三　417, 428
菅馮翊　345
間然　53, 64, 87, 94
閑　69
閑逸　285, 286
閑素　191, 192
閑馬　251, 262
感緒　804, 816
漢宮之月　4, 6
漢月　339, 800
漢皇連句宴　332, 335
漢皇中子　411, 413
漢后　645～647
漢之匡衡起微　240, 247
漢室重輪之月　529, 539
漢女　661, 673, 677
漢飾庠序　507, 509
漢武故事　710, 717
漢武之求神仙　200, 205
漢邊　687
漢明帝云々　327

漢李 166, 169
管見 454, 468
管領 494, 746, 752
關々 789, 790
關山 8, 53, 60
銜峯 115
寛弘五年十月云々 411, 413, 415
寛弘三年三月四日云々 348, 349
寛弘七年三月卅日 356
寛弘冬雪云々 296, 301
寛弘頻歳誕親王 324
寛弘六年十二月云々 411, 413, 415
緩帶弦 366, 371
翰苑 710, 716
翰林 296, 298, 319, 321, 340, 344, 356, 359, 366, 374, 486, 642, 648, 659, 716, 760, 771, 775, 787, 789
翰林主人 4, 9
翰林李部 493, 494
環玭 443, 450
環林 507, 519
艱辛 493, 494
韓壽 611, 613
勸學會 304
鰥獨 391, 393, 394
歡華 30, 34
歡情 804, 816
歡遊 661, 675
觀自在 484
觀夫 53, 57, 507, 514
岸風 150, 158
紈綺 44, 49
雁書 798
雁櫓 217, 218, 443～445
顏何 545, 548
顏巷 594, 598
巖扃 200, 203, 204
巖穴 332, 333
巖戸 319, 320
巖風 150, 163, 164

キ

己亥之歳十月之初 551, 553
危淚 241, 249
岐嶷 529, 533
岐山 395～398
希顏 711, 725
弃捐 454, 467, 468, 473
其家百官會 399, 401
其年秋九月 443, 444
奇秀 200, 201
祈奚 616, 617, 625
祈三尸 616, 623
芰荷 710, 720
氣韻 251, 263
氣序 594, 760, 764
起居郎 11, 14
基趾 804, 809
喜氣 678
幾 197, 198
欹孫楚枕 150, 164
稀 789
稀疎 701～703
葵心向日 252, 264
貴妃 743, 744
箕裘 351, 355, 356
綺靡 760, 764
綺戸 729, 736
綺肴 124, 133
綺牋 453, 456
綺羅 644
熙熙 626, 628
龜山 269～271, 487, 488
龜墨 631, 633, 634
歸依大寶蓮 417, 427
歸去 285, 287

騎竹 417, 418
讖漢武之求神仙 200, 205
疑關 224, 229, 443, 452
疑氷 200, 207, 208
儀同三司 650, 710, 714, 738, 739
羲皇 405
魏闕 804, 809
魏鐘 800, 801
魏徵 225, 232, 236
魏徵之鏡 225, 232, 236
魏帝之思 789, 790
魏文遺美 710, 717
菊者日月之精也 729, 739
菊蘂花未開 697, 698
菊是爲仙草 459, 472, 703, 704
菊是花聖賢 710, 711
菊潭花未遍 701
菊潭未芳 87, 103
橘相公 345, 346
九霞 746, 751, 794, 795
九卿 345
九禁 804, 818
九月盡日侍北野廟各分一字 294
九霄 166, 170
九轉 23～25, 29
九道 221, 223
九流 399, 402, 404
宮漏 69, 70, 72
窮陰 319, 320, 498
舊里 661, 664
去年序 274
渠渠 454, 465
據鞍 500, 501
擧花戯霞阡 417, 419
擧酒 775, 779
擧周 407, 408
擧白 574, 578
魚依碧岸還類登漢之鱗 87, 97
漁歌 293, 294
匡衡居烏臺任五年 75, 83
匡鼎 551, 565
杏壇 507, 512, 513, 611, 615
京華 217
香象 200, 202, 212
香樓 804, 812
羌笛 69, 70, 72
敎學爲先 429, 435, 442, 545
卿士 710, 714, 727
鄕飮月 500, 501
鄕貢 296, 300, 303, 330
鄕貢進士（鄕貢郎） 300
嬌 166, 167, 644, 743, 745
篋 366, 368, 464
興立 760, 761
鏡匣 278, 279, 282
鏡水 493, 494
競渡之舟 87, 97
響應 23, 28
響之應聲 53, 57
仰廻顧於驄馬之跡 44, 49
仰鳳 407, 409
堯 391
堯燭分輝暗牖扃 351, 352
凝睇 282, 284
曉星 746, 749
曉枕 75, 79
翹材舘 252, 266
驍 423
曲 53, 66
曲岸 678
曲江池 44, 45
曲江池畔 44, 45
曲水 87, 100～102, 268, 340, 342, 641, 661, 670, 677
曲水の宴 100, 102, 108, 123, 125, 139, 344

曲阜 711, 725, 728
曲洛 266, 631, 640
曲洛城 252, 265, 266
玉顏 681, 683, 684
玉山 572, 701, 702
玉山容 569, 572
玉霜 183, 188
玉燭 631, 637, 638
玉簪 166, 168
玉井 282, 284
玉饌 124, 133
玉墀 611
玉沈流 743, 744
玉帛 667, 711, 726, 728, 729, 737
玉府 36～38
玉扆 473, 479
玉旒 729, 741, 742
今上御元服 454, 461
今聖上又奉爲東三條院云々 321, 322
今年四月一日 109
今年正月云々 340
今寶曆十有四年 183, 189
近會大星見 454, 468
金印紫綬 → 金章
金環 454, 470
金環研 454, 470
金鏡 631, 638
金吾納言春秋十八 73, 74
金谷 240, 246
金章 760, 764
金石 616, 617, 625
金罇 574, 578, 587
金擲地 743
金殿 543, 544
金馬 710, 714, 715
金馬門 521, 522
金飈 183, 187
金風 756, 758
金容 314, 315
金埒 251, 262
欽慕 240, 245
琴書 240, 244
琴箏 124, 133, 139
琴賦の句 6
鈞天 710, 721, 722
禁苑 631, 639, 640, 642
禁掖 443, 446
錦轂 629, 630
錦車 760, 768
錦繡 193, 194
錦繡谷 251, 256
錦障 197, 199
錦篇 551, 559
錦纜 616, 620
銀瓶 282, 284, 285
憖（慭） 53, 64, 648, 659, 660

ク

愚谷 30, 34, 35
愚息 11, 14, 18
愚息珥貂蟬 454, 460
愚息前年爲侍讀 411, 415
空媿惜金名 337, 339
空敎松嶠混魚鱗 87, 106
空濛 601～603
遇境 30, 33
屈原 53, 61, 62, 68, 69
君家七代吾家六 351, 354
君子之樹 75, 76, 86
君仁臣忠 504
薫風 631, 635, 636, 641
薫蕕 695～697

ケ

刑措四十餘年 395, 398
刑鞭 429, 440

刑槊　251, 255
勁節　746, 748
勁直　75, 76
契千年　75, 77
計會　212, 214, 215, 616, 619
桂嚴　53, 67
桂林一枝　781
逈　53, 60
啓沃　87, 92, 251, 259, 267
頃年　379, 380
嵆康　645, 647
嵆中散　75, 80, 601, 603
嵆中散之居燈云々　75, 80, 86
嵆中散之松　601, 604
惠化　500
惠日破諸暗　310, 311
惠露　30, 35, 507, 520
敬禮金剛拳　417, 427
景光　285, 287
景星　387, 389, 391, 394
景物　23, 25, 26, 29, 86, 192, 566
經緯　551, 559
經成子　395, 398
輕　616, 617, 660, 663
稽古　140, 143
稽古力　274, 277
蕙蘭　53, 61, 68
蕙蘭踈以佩未乾　53, 61
瓊粉　237, 238
瓊篇　359, 360, 362
雞距　183, 188, 191
雞人　804, 814
雞足　310, 312, 313
芸縑　574, 584
擊筑復歌豐沛月　691, 692
擊蒙泉　417, 419
鶂退　356, 357, 800, 803
决九流　453, 455
結綬　551, 560, 647, 653
結茅　366, 370
歇歸鞍　219, 221
闕里　507, 508, 725, 775, 777
月卿　183, 185
月將　4, 8, 9
月燈閣　150, 159, 166
月眉　166, 168
月令　406, 728, 730
月露　69, 70
見三百篇之披陳、遇新知而結綬　551, 560
肩隨　746, 751
研朱　407, 408
建卯之月　507, 511
兼濟　36, 42, 44, 87, 94, 647, 651
兼二世　200, 210
兼復授第十一皇子、其皇子卽天曆聖主也　525, 528
軒盖　775, 778
軒檻　252, 266
軒騎　197, 198, 217, 218
軒車　225, 231
牽衣　787
牽持　35, 37
憲臺（霜臺）　429, 440
儇　453, 455
縣成　545, 547
縑緗　36, 38
諠諠　567～569
諠闐　454, 468
賢人之賜玉帛　729, 737
賢路　551, 563
黔首　505, 506
謙光　701, 703
權輿　631, 634
蠲　473, 474
蘸甲　574, 586

元陽經　380, 386
玄英　183, 188
玄鶴　760, 769
玄鶴之駕雲　760, 769
玄元養生之方　251, 259
玄々　11, 15, 16
玄談　53, 56
玄圃　760, 765, 766, 773
玄圃之梨　760, 765, 773
玄又玄　429, 438
言志　172
言志所之　611, 615
言如蘭　760, 769
阮嗣宗　30, 32
原上　212, 213, 215

コ

戸　567, 568
古調詩　417, 418
呼萬歳　197, 199
姑射山　391, 392, 394, 640, 642
狐裘　574, 579
狐藜　44, 46
狐輪　115, 116, 282, 284
虎闈　454, 466, 467
虎牙　200, 206
胡塞　594, 596, 600
胡城月下笳　798, 799
枯槁　601, 609
湖山　710, 718, 727
賈佩蘭　726, 731
皷篋　454, 464
皷棹　225, 233
五雲　703, 705, 706
五花　616, 622
五花風月席　177
五經　327, 329, 331, 453, 454, 472
五袴　523, 524
五湖　53, 58
五更　77, 150, 163, 399, 400, 404
五采　507, 514, 515, 520
五美　755～758
五夜　75, 77
五柳　746, 747
呉江魚　252, 263
呉坂嘶風増價馬　274
沍陰　574, 583
口海浮般若　417, 427
公家班幣諸社祈雨　109, 110
公孫弘曰云々　35, 36, 378
公孫弘之開東閤　53, 62, 68
公孫弘之云々　53, 62
公孫丞相　760, 762
公冶長　545, 547
勾曲　551, 554
孔子世家　443, 447, 453
孔聖之師大項橐之同年　529, 533
孔宣父　574, 575
弘誓　307, 309, 310
功德院　200, 206
叩貴韻於鐘太傅　729, 731
甲　200, 201
甲第　661, 664
交加　746, 752, 753, 794, 796
光　79, 180
光陰　121, 122
光粧迸文路　746, 755
向方　307, 309
好　684, 685
好鳥吟　121, 123
好文　761, 772, 773
好文偃武　140, 146
行縣邑以注風土記　296, 299
行幸攝政第　691
行鑣　288
江山　288

江二　417, 428
江二・菅三　417, 428
江楓　695, 696
江樓　11～13, 18
攻堅　417, 420
更作武城宰　473, 474
更漏　760, 770
孝經　363, 364
孝悌　391, 393
孝徳本　507, 508
孝禮詩書論易傳　523, 524
庚申　19, 23, 24, 29, 53, 68, 75, 83, 86, 115, 150, 151, 154, 165～167, 193, 195, 224, 236, 271, 616, 623～625, 695, 818
拘攣　454, 472
狎近　487, 489, 490
侯爵　629, 630
後群　172
後素　197, 198
恒沙　304, 306
恒山　387, 391
洪規　507, 508
皇基　804, 808
皇澤　109, 111, 112
皇明　661, 675, 676
皇葉　804, 818
紅桂　19, 21, 22
紅紗　44, 46, 52
紅葉與純綺紛糅　487, 490
紅螺之盃　760, 770
紅臉　648, 655
郊外　215
郊扉　87, 93
貢禹　241, 248, 249, 251, 647, 652
貢禹彈冠　241, 249
高　140, 141
高祖父江相公　415, 416
高談　487, 488
高歩　183, 186
康王　395, 398
康成帶　594, 595
皎々　30, 31
皐　140, 141
黄閣(閤)　529, 533
黄綺　124, 135
黄軒　150, 160
黄帝經　387, 390, 391
黄頭　616, 620
黄鸝　212, 214
沆露　775, 784
鉤　678, 679
摳衣　507, 513, 514
膏澤　601, 603
廣成子　387, 388, 391
賡　454, 469
衡山　387, 390, 391
磽确　473, 476
講藝　529, 533
鮫　4, 8
合體　710, 720
合浦守　473, 474
合浦珠　296, 302, 474
毫綵　332, 335
國司赴任　359, 362
昆明　224, 230
崑山之片玉　781
崑崙山　283, 284, 765
崑崙之萍　529, 537, 538, 542
崐嶺　282, 283

サ

左賢之文　30, 34
左顧右顧　53, 57
左相府　75, 83, 760, 761
左相府曲水宴　123, 125

左親衛亞相　240, 242
左親衛藤亞相　574, 575
左驥　453, 457, 458, 472
左傳　505
左傳癖（傳癖）　478, 650
左武衛裨將　240, 242
左僕射　87, 91
左右師子　443, 449, 450
左龍　150, 156
左龍右貂　150, 156
沙雨　626, 628
沙鷗　487, 489
沙鷗與鵷鸞狎近　487, 490
沙月　150, 159
沙塞　53, 65
沙石　240, 247, 250
娑婆　304, 305, 661, 671
紗　687
蹉跎　69, 72
瑲瑲　710, 718
坐禪　417, 426, 428
才客　175～177
才地　473, 476
再爲合浦守　473, 474
再得尾州竹使符　296, 300
再入翰林白樂天　340, 343
宰輔　729, 738, 739
宰予　545, 546
栽梧桐兮待鳳　251, 257
彩鸞　688～690
裁成　631, 638
歲華　794, 797
歲寒　75, 76
歲餘　775, 777
載轄博陸之車　251, 258
載德　611, 615
塞鴻　775, 785
綵鳳　647, 652
在翰林　121, 122
在藻之鱗　240, 245, 246
材用　454, 467
朔漠　118
索々　53, 57, 58
摵　594～596
刷羽翮　23, 26, 27
刷羽毛　616, 618
颯颯　443, 444
颯爾　75, 78
雜藥　647, 653
三槐　131, 746, 747
三官　121～123, 265, 267, 359, 362
三官兼帶　359
三官如舊　359, 361, 362
三龜　252, 265
三更　75, 84
三尸　23, 24, 29, 154, 167, 193, 616, 623, 624, 626, 804, 810
三州五郊　507, 571
三秋　710, 712, 727, 728, 730, 757, 763
三十一給官　429, 439
三十講　224, 228
三十三榮爵　429, 440
三十八翰林　429, 441
三商　755, 757
三牲　507, 509, 510
三旌　240, 247, 248
三臺　523, 647, 649
三農　487, 490, 491
三農有年　729, 739
三百篇　551, 560
三風　150, 153
三伏　150, 164
三友　44, 47, 48, 52, 760, 762, 773
三餘　601, 602
三餘學　274, 276
三露　703, 704, 707

山陰曲水之會 340, 342
山陰乘興之人 616, 622
山林之士 87, 88
參差 746, 750
鑱 760, 767
讃揚 224, 229
嶄巖 87, 98

シ

士林 681, 683, 684
子城 356, 358
子城侍讀 485, 486
子達遲 177, 178
子墨 760, 764, 765
子游之祿 804, 815, 816
子來 36, 39, 40, 507, 519
止水 200, 209
止足 399, 403, 404, 711, 725, 728
司馬遷 443, 452, 453, 493, 496, 498
四坐（座） 75, 81, 82
四十三時 681
四十七四品 429, 441
四十六學士 429, 441
四十六年人未識 140, 141
四書五經 138
四陳 661, 667
四品 121, 122
四壁 241, 248
四望 601, 602
市骨 140, 146
此君 44, 47
死灰 574, 585
芝蘭 746, 750, 755
芝蘭之室 551, 557
使苔痕通鳥路 87, 105
咨嗟 304, 307
思風 193～195
指掌 363, 364, 443, 448
施常 545, 550
師父 200, 204
祠宇 293
祗承 626, 628
斯文 172, 174, 175
絲桐 75, 81
紫蓋 87, 107, 109
紫宮 251, 261
紫禁 661, 665
紫毫 183, 189, 190
紫霄 87, 97
紫庭 150, 161, 804, 816
詞華 123, 128
詞江 551, 558
詞鋒 574, 577
詞林 473, 476
詩者群德之祖、（中略）莫先於詩焉 296
詩者天地之心也 729, 739
資貯 681, 682
雌黃 794～797
賜浴 743, 744
自專 443, 447
侍讀未必遠吏 296, 297
侍郎佳興過潘郎 179, 182
時菊 701, 702
時政 53, 56
珥貂蟬 454, 460
滋 611
辭漢 746, 749
七賢 567, 569
七叟會（尙齒會） 87, 91, 108
七袠 179, 182
瑟々 44
漆雕開 545, 550
日角明 411, 414
日新 528, 531
日愼一日 150, 153

車司徒　351, 354
社稷之臣　224, 226, 227
斜　794
奢　746, 753
榭　678, 679
賖(賒)　221, 222, 794, 795
遮莫　567, 568
遮路　184, 189
射鵠　351, 353, 429, 438
射山　631, 640
謝　789
謝安石之讌西池　53, 62
謝五能　375, 378
謝孫弘　375, 378
彴略　701, 702
酌允鑠而肴樂胥　551, 555
釋奠　327, 329～331, 510, 520, 523, 524, 533, 535, 543
若爲　629, 630
若雲夢者有八九　487, 491
若干眷屬過恒沙　304, 306
若出自杏園、若出自梨園　661, 672
寂寞於是饘　417, 425
朱紫　507, 517, 518
朱雀院天皇　411, 412
朱博　647, 653
侏儒　473, 477
取魚誰忘筌　454, 471
取次　124, 136
洙泗　36, 38, 39, 529, 534, 542
首夏　684～686
首戴　252, 265
殊私　274, 277, 454, 470
珠繫醉猶酣　200, 211
珠簪　332, 333
酒耘　746, 752
酒城　4, 10, 11
酒泉　150, 160, 161, 166
酒泉郡　161, 574, 582, 583, 587
酒德頌　124, 129, 130, 139
酒德頌之文因巴字而添風情者也　124, 130
儒雅　36, 40
周公之風　551, 562
周城　746, 754
周城洛邑　631, 633
周旋　429, 436
周成之化　729, 740
周文王　395, 396
周文之遇師父　200, 204
周老　375, 376
拾紫　695
秋　594, 728, 730
秋稼　454, 465
秋雁數行書　794, 795
秋月春花唯比興　529, 541
秋杪　179, 181
秋風之波　729, 735
秋冷潘郎興　366, 369
修復禁圍　804, 805
遒　594, 595
繡羽　681, 683
襲齊紈於楚練之冷　30
鷲臺談　200, 209, 210
鷲頭　310, 313
十九首　551, 561
十九首之昇晉　551, 561
十八公　73, 74
十分不厭　574, 581
十方　399, 402
重疊　87, 99, 108
重問　691, 693
重陽　87, 103, 108, 472, 710, 727
重陽侍宴　728, 729
重陽仙菊詩　454, 459
從隗始　399, 403

従師 529, 535, 536
叔父左大丞 411, 412
祝融 387
宿雪 642, 648, 654
宿霧 11, 14
淑光 324, 325
出闕里之中露 777
出重淵 429, 435
春 631, 632
春卿 140, 142, 143, 711, 723, 804, 814
春錦 551, 553
春宵花月宴 453, 456, 472
春宵之月 729, 734
春心 278, 281
春波之妙曲 661, 668, 671
春被鶯花送 684, 685
舜 391, 392
舜河添潤寒江岸 351, 352
舜調五絃 453, 455
徇名 172
純綺 487, 490
荀君 611, 614
循良 109, 113, 114
潤色 380, 384, 385
所貴是賢才 332
書閣 251, 253
庶績凞 454, 463
翥 87, 96, 791, 793
諸穪 574, 583
據鞍 500, 501
女几 697, 699, 746, 750, 751, 755, 757, 758
女几山 278, 280〜282, 699, 700
女几春心水自傳 278, 280, 281
徐公湖 648, 657
敉 644, 645
小暑 73
少杪槇 473, 477
尙齒會 92
尙書 379〜381, 386, 642
承和菅三位（淸公） 473, 478
招搖之桂 529, 537
昇晉 551, 561, 601, 606
昇殿 443, 448
昇降尼山巓 417, 424
松嶠 87, 105, 106
松栢後凋 746, 749
松風小暑寒 73
松容 711, 723, 724
唉楚莊王之當戶 574, 580
庠序 507, 509
昭敎 271, 273
相公 177, 178
相地之宜 529, 536
相馬 454, 471
商山の四皓 135, 140, 543
商山四皓之霜 529, 539
商子（商容） 23, 29
商子袖 616, 624, 626
商飇 69, 71
商律 183, 190
唱首 124, 136
勝賞 183, 185
勝躅 551, 554, 710, 712
粧鏡 166, 168
焦尾 569, 572
象岳 251, 261, 454, 467
象敎 234
照膽 237, 239
韶光 212, 214
韶芳 642, 643
賞心 359, 361, 362, 626, 627
燒丹 691, 692
蕭育 647, 652
蕭何爲高祖營漢宮 804, 807
蕭艾 760, 767

蕭颯　800, 803
蕭條　217, 218, 688, 689, 746, 747
蕭疎　697, 700
蕭曹　87～89
蕭瑟　53, 65
鍾太傅　729, 731
觴詠　487, 488
燮理　109, 112
鐘漏　53, 65
躡珠履　760, 767
上苑　611, 612, 639
上宰　710, 713, 714
上林　631, 639, 640
上林禁苑　640
仍　375, 376
丞相之甲第　251, 253
乘車蘭省前　473, 479
常娥　44, 48, 52
情　551, 552, 710, 712
嫋娜　631, 637
裊柳　648, 655
繞日　150, 154
繞日夢月之家　150, 155
食花　804, 811
燭夜　710, 722
職主衡與銓　429, 442
心　183, 184, 681, 682, 758, 759
心灰　429, 432
心灰獨自燃　429, 432
心顏冏厝　551, 564
心臺持妙法　417, 427
心腹尙便便　473, 483
辰　87, 332
信美　710, 713
神農　387
晉立議論云々　507, 510
秦非　545, 549, 550
眞菊　708, 710
晨粧　729, 737, 801
深　175, 176, 224, 225, 251, 252, 645, 646
森森　601, 608
斟酌　124, 137, 138
新　87
新知　551, 560
新袍　121, 122
臻　87, 775, 778
親衞郎中將　240, 242
親賓　631, 641
親附　36, 40
親林寺　310, 311
簪　688, 689
簪筆　366, 371
人情者聖王之田　150, 151, 165
仁及草木　502
仁者壽　543
仁壽殿　626, 627
仁霑草木　691, 693, 694
尋陽　221, 223
塵榻　75, 78
塵勞　310, 313

ス

水萩　241, 250
水心之龍　710, 715
水心寺詩　314
吹螢　380, 385, 551, 558, 559
吹毛求小疊　366, 368
垂衣裳立市利天下　387, 388
垂耳　454, 471
綏山　145
綏山盤上桃　140, 145
翠花（華）　661, 664, 665
翠箔　611, 613
翠眉　648, 656
翠屛　197, 198

翠簾 697, 699, 700
醉鄉氏之國 35, 139, 574, 581, 587
醉鄉氏之俗伴鄭泉而得水路 124, 129
醉鄉先生 4, 9, 11
醉後入鄉 30, 33
蕤賓 252, 263
隨車跡 225, 235
隨李耳云々 616, 623
崇文 454, 464
嵩煙 197～199
鄒魯 601, 606

セ

世途 200, 208
正議大夫 124, 134
成王 395, 397
成王之叔父周公旦 123, 125
成槐棘之行 529, 534
西園 551, 562, 563, 782, 786
西園秋竹 775, 782
西海王 551, 562
西枝 760, 766
西日 775, 782
西曹始祖菅京兆 296, 298
西顏 177, 178
西方 417, 426
青衣 616, 620, 621
青闈 529, 534
青雲 11, 14, 15, 18, 149, 374, 587
青眼 760, 768
青宮菅學士 340, 341
青紫 124, 134
青州之竹 760, 766
青璅 729, 736, 804, 816
青鳥 443, 445, 453
青露藥 746, 753
政事離合經 391, 394
政典 124, 132
政理 601, 605, 606
凄其 75, 79
栖遲 429, 431
清 150, 151, 240, 241
清歌 140, 144
清景 44, 46
清才 183, 186
清選 710, 713
清芬 729, 737, 760, 767
清涼殿 710, 712
盛 746, 749
晴 197
棲沙之鶴 240, 246
腥羶 417, 426, 428
聖賢 529, 536, 574, 580
聖主之親舅 123, 126
聖上不忘舊里 661, 664
齊光 324, 326, 407, 408, 410
聲華 23, 28, 166, 170
聲遮于半天之雲 53, 59
濟川 251, 262
濟川才 285, 287
賷 11, 13
稅額堆 285, 286
夕拜之郎 729, 736
夕拜侍中 240, 243
夕郎 443, 447
夕漏 44, 45
石凾壁底云々 521
石渠 710, 715
石山 319, 320
石山寺觀音 307, 308
石甃 282, 284
石瀨 251, 255
赤精經 395, 398
昔漢高祖之過沛中 661, 674
昔者 359, 360
昔晉十有四年云々 183, 188

昔堆聰裏 115, 117
昔大唐左僕射云々 225, 234
昔鄧禹若不謁光武 150, 161
拆蜂 296, 302
席上珍 626, 628, 629
席門 366, 373
席門愧酺莚 366, 374
惜景物於流年 23, 26
戚里 224, 226, 529, 539
碩儒 528, 532, 574, 577
碩鼠 375, 378, 379
積翠 225, 230, 231
蹐跧 454, 467
折桂(科擧及第) 781
折籌 574, 586
說案摩通精經云々 387, 388
雪子 708, 709
雪窓寒 347, 348
雪牕 319, 320
雪膚 678, 679
節候 710, 712
節物 53, 57, 631, 638
絕倫 710, 718
千古 407, 408, 410
千載一遇 661, 674, 677
千秋之岸 251, 256
仙寉 75～77
仙鶴 818
仙鶴一警 53, 58
仙鶴千年之歌 804, 813, 818
仙禽 375, 377
仙桂 781
仙桂之月 775, 780
仙桃浦 616, 619, 625
仙洞之練金丹云々 729, 737
仙郎 123, 127, 551, 554
先人後己 391, 393
芊芊 443, 444
洗竹 366, 370
洗蘭 760, 771
扇風化 647, 649
旃 429, 435
筌 366, 368, 374
羨 758, 759
潛魚躍 121, 123
潛山 395, 396, 398
潛龍 332, 334, 336
潺湲 278, 281, 443, 448
璇璣經 395, 398
遷鶯 647, 651
鮮 642, 643
瞻望 221, 222
蟬冕 200, 207
顓頊 387, 389
饘 417, 425
纖麗 631, 637
冉求 545, 549
冉耕 545, 550
前源遠州刺史 314
前席玉扆邊 473, 479
善根山(天台山) 200, 205, 206, 211, 212
善根場 271, 272

ソ

祖父爲天子師、爲東宮學士 525, 528
祖父言 443, 448
祖父江中納言 415, 416
祖父江納言 399, 400
祖父中納言 411
素湌 36, 43, 44
素論 53, 56
素秋 760, 763
疎 687
楚水 221, 224
踈 115

踈嬾　193, 194
爪牙　53, 54, 67
宋玉　375～377
宋日豐年瑞　118, 119
宋生　594, 600
宋生秋思　375, 376
爭　552, 565
宗朝　574, 578
草澤　711, 726, 746
草澤皆開堆玉帛　711, 726
草萊　332, 334
送秋筆硯中　183, 184
桑楡　599
巢由　87, 90
曹子　87, 95
曾參（曾子）　521, 522
曾閔　507, 516
蒼華　316, 318, 319
蒼々　30
霜臺　44, 49, 83, 440, 574, 575, 586
霜蓬　697, 700
霜葉冬題陪地下　661, 675
藂邊　760, 769
藂（叢）雲劔　296, 301, 303
造次　551, 559
增蟦蟦　473, 475
仄　11, 12
卽事　3, 274, 276, 277
粟田山莊　91, 92, 213, 285, 286
粟田障子　212, 213, 240, 278, 285, 286, 293, 498
屬　53, 59
屬意　601, 606
率由　507, 511
孫閣　760, 772
孫弘閣　271, 272
孫羅注　443, 450
尊閣　224, 225
罇　647, 653, 660

タ

他生　316, 319
打鉢刻燭之家　23, 27, 28
大江家の人々の傳　407
大江公爲丞相師　363, 365
大蒸仍　19, 20
大井河　487
大聖之玄風　23, 25
大宋求法書、報章獻一編　454, 462
大通知勝如來　304, 305
大儺　195
大悲　307, 309, 310
大夫松　115～117
太子賓客　124, 134, 135, 529, 541, 760, 763
太遊精經　380, 386, 387
台槐　224, 228
待賢門　443, 446, 453
待詔　521, 522
苔痕　87, 104, 105
苔壁之古文　507, 513
退耕　545, 550, 551
滯義　443, 451, 452
戴眼　454, 470
第一皇子初讀御注孝經　525
第一皇孫　528, 532
擇友　240, 245
濯子陵纓　150, 164
丹霞　150, 156
丹契　760, 769
丹茱揷首　728, 730, 742
丹州刺史　109, 113
丹青　804, 807, 808, 818
探　35, 36
淡交　240, 241
淡交唯對水　240, 241

淡水景暮　551, 558
貪戻　507, 517, 520
湛露　36, 39, 43
端午　87, 94, 108
端木賜　545, 547
儋耳　507, 518
儋耳貫胸之異處　507, 519
澹然　278, 279
彈冠　140, 148, 493, 495, 551, 561
彈箏峽　251, 255, 267
談經之士　507, 513
暖霧　502, 503
團雪　150, 158
煖寒飲酒　574, 575
斷王粲之腸　789, 790

チ

地芥難拾　711, 723
池舘　529, 534, 542
知　629, 630
知音　601, 607
踟躕　288, 289
遲日　648, 654
遲風　681, 682
竹園　332, 336
竹使符　296, 300
竹牒　574, 583, 584
竹葉　766
竹林　710, 721, 728
竹林七賢　80
蓄妓　44, 48
中闈　454, 470
中涓　443, 446
中書大王　175, 176, 775, 776
仲山甫　647, 649, 650
仲舒云々　351, 353
仲孫尼　484
忠仁公　415, 416
抽毫　140, 142, 443, 447
抽簪　53, 67
柱下史　395, 397
惆悵　289, 290, 339, 374, 707
晝慵宰我眠　366, 370
籌無再折　647, 654
儲君於焉前年旣展函丈之禮　529, 535
儲皇　525, 527
攄懷　711, 724
長育　36, 43
長江（揚子江）　221, 222, 224
長生經　395, 398
長生籍　708, 710
長男　274, 276
長閤　366, 372
長保初年開后房　324
張華之載書三十車　36, 41, 43
張子房　399, 401
張氏珍奇之梨　631, 636
張車子　493, 496, 497
張良一卷師　473, 481, 482
釣名　648, 658
頂禮　307, 309, 310
鳥之擇木　775, 782
朝飢　399, 403
朝士　53, 62, 240, 243, 775, 780
朝市　574, 585, 587
朝市之人　87, 88
朝請大夫　775～777
朝夕之池　551, 558
朝宗學海呑　417, 424, 425
趙女　661, 673, 677
澄　310, 311
調露　631, 636
潮有信　219, 221
徵事　429, 437, 438
懲　166, 168
沈々　44, 45, 775, 785

沈流俗　366, 367
枕帙眠　443, 444
陳大丘　601, 604
陳大丘之桂　601, 605
趂　282, 283, 601, 603
鎮　631, 640

ツ

追責夏侯之虚詞　711, 723
追儺事　195
通波　87, 98, 99
通波之閣　87, 99

テ

佀　601, 603
廷尉　429, 439, 440
定基　407, 408, 410
定交　240, 245
定星　804, 811
底　601, 607
亭々　150, 159
亭子　75, 78, 644
帝梧　224, 227, 258, 775, 781
帝后未必生一家之光輝　661, 674
帝嚳　387, 390, 391
貞女峽　115, 116
貞心　755, 757〜759
貞信公　415, 416
庭　23
庭實千品（庭實旅百）　661, 667
提耳　417, 420
提耳祖宗江納言　485, 486
提奬　429, 432
提歩南山雲　417, 426
鄭玄之云々　36, 40
鄭國　545
鄭氏箋　443, 450
鄭泉　123, 129, 139
薙氏　594, 597, 600
泥尾　366, 369
天下一物　123, 127, 128
天下甲　529, 536
天工　454, 462
天酒觴西母　453, 456
天人合應　804, 810
天暦天皇　412
天暦年號云々　324, 326
天祿帝師　18
典　399, 404
塡月税與花租　296, 303
田家秋意　285
田成子　406
畋畋　454, 465
傳癖（左傳癖）　473, 478
傳老子之玄訓　804, 810
鈿匣　697, 698, 700

ト

土貢　200, 205
土宜　240, 244
杜武庫　647, 650
都序　631, 641
都督大王　551, 552
都盧　240, 243, 244
駑　4, 9
刀　140, 141
叨　140, 141, 146, 147
投轄　648, 656, 787, 788
投壺罷般還　417, 422, 428
豆與籩　429, 430, 432
東阿春花　775, 782
東閤　529, 542, 566
東三條院　321, 323
東三條亭　19, 22
東三條第　348, 349, 660, 662, 676, 691, 693, 694

東平蒼　551, 561
東平蒼之開東閤　551, 562
東方朔　340, 343, 344
東方朔之前言　109, 110
東籬下　758, 759, 769
逃名　87, 88
倒載　648, 656
倒履　761, 772
唐虞曲　688, 689
唐太宗之宴池上　661, 675
唐帝三郎　411, 414
桃　140, 141
桃源　124, 131, 139, 676
桃源已遠　87, 102
桃源路　661, 676
桃夭　697, 698, 729, 738
桒李不言　616, 625, 626
桐孫　567
陶　140, 141
陶甄　454, 462, 463
陶染　710, 722, 723
陶潛之歸田　11, 17
棟梁材　804, 807
湯藥　4, 5
登漢之鱗　87, 97
登高　708～710
登三旌之崇　240, 248
登龍門　442, 625, 774
等輩　746, 750
棟梁材　804, 807
當其任　661, 675
當龜首　183, 188
當今　411, 412
蕩　647, 654
蹈九霞　746, 751
藤亞相　240, 241
藤少侯　23
藤杖　278, 281, 282
韜弦　454, 464
騰々　307, 310
儻　775, 778
同心　507, 517
同聲相應　75, 79, 375
同巣　804, 817, 819
恫　523, 524
洞花　574, 579
洞中　179, 180, 691
洞庭　594, 596, 597, 600, 608
洞庭湖　597
道德經　384, 391, 394
銅雀臺　801
撓　746, 753
導　574, 585
禿筆　234, 235
得所　150, 153
德音　150, 152, 529, 538, 695, 696
德戒經　391, 394
德言　473, 480
德如毛　140, 146
德政　104, 109
獨善　36, 41～43

ナ

內宴　626, 627
內擧　616, 618, 625
南山　391, 394, 417, 426
南陽　697, 699, 703, 704, 707, 719, 729, 732, 746, 755, 756, 758
南樓　758, 759

ニ

二之年虢臣所獻　324
二十八獻策　429, 437
二年移朝儀於此地　661, 666
尼山之雪　200, 208
尼嶺　115, 117, 791, 794

尼嶺之日 710, 719
入學 429
入滅以還歷劫逥 304, 305
任地 746, 752

ネ

寗歌 69, 71
年催 285, 286

ノ

能仁 484
納言 363, 364
濃艷 681, 682

ハ

巴峽廻流様 791, 792, 794
巴字 124, 130
頗偏 429, 433
播 529, 538
馬鞍 87, 98, 108
馬卿橋 166, 171
馬卿蹤 288, 289
馬鳴 200, 207, 211
盃 574, 575
盃（杯）盤 124, 133, 134, 139
排高門 729, 732
梅椶 787, 788
梅鋗 454, 466, 472
買臣 356, 357
白屋 366～368, 473, 478
白牛 200, 202, 203, 211
白雪 15, 140, 143, 144, 149
白雪之歌 11, 15, 18
百家 574, 584, 587
百辟 804, 810
伯會之外留 616, 618, 625
幕下 53, 54
八座 140, 147
八埏 454, 461, 462
發 804, 814
發明 416
伐木 551, 557
伐木聲明 551, 557
拔萃 710, 719
跋饕縷 512
反音 791, 792
半天 53, 59
汎愛 36, 42
范公云々 631, 636
范蠡舟 594, 596
班婕妤團雪之扇 150, 157, 165
般若寺 197
樊須 545, 546
潘 800, 803
潘岳賦 594, 599, 600
潘郎 179, 182
磻溪 711, 725, 728
攀翫 681, 684
萬機 183, 184, 631, 635
萬戸功名鐫 473, 482
萬緒 647, 649
萬乘 473, 480, 481, 661, 674
萬乘臨幸聯 473, 481
萬燈會 316, 317, 319
萬年之枝 251, 256, 257
晩艷 746, 753
晩寺鐘聲渡水來 269
晩節 755, 757
晩達 493, 496

ヒ

比興 529, 541
彼岸 304, 306, 307
彼伯禽之居周云々 23, 28
飛香舍 525
飛沈 252, 266

飛白　794, 796, 797
飛鏕　710, 716
疲學增蠙蠙　473, 475
疲駿殆黃焉　551, 563
祕芸閣　179, 180
避席　775, 779
避席之生　507, 514
尾州刺史　140, 147
眉壽　746, 750
微言　574, 576
微言經　387, 390, 391
微塵　200, 209
彌縫　760～762
靡然　688, 690
亹亹　454, 463
筆海　366, 367
筆路　3, 4
凭玉几　75, 79
馮舊契而彈冠者也　551, 561
馮翊　193
標秀　73
鏕　710, 716
杪槙　473, 476, 477
苗胤　379, 380
病雀　366, 368, 374
渺々　87, 104, 221～223
賓鴻　53, 58
賓榻　123, 128
蘋藻　251, 257

フ

不學詩云々　574, 576
不幾　183, 187
不次　543, 544
不日　804, 808
不耐解嘲詞　177, 179
不知手之舞足之蹈　359, 361
不恥子貢之問病　11, 16
不佞　399, 400
夫雪時乘月以遠往、云々　30, 32
夫用其言不廢其人　411, 413
扶公　743, 745
扶翼　529, 539
附鳳　775, 781
赴節　661, 672
浮雲　168, 247, 250, 775, 784, 786
浮休　75, 85
浮沈泗水底　417, 423
浮珍　507, 516
鳧趁　574, 583
鳧藻之樂　804, 813
傅說之舟　225, 233, 262
傅野　215～217, 233
腐木之螢　30, 34
武王　395, 397, 398
武城　407, 409, 410
武城宰　473, 474
蕪穢　574, 576
風烟　219, 220
風煙　285, 286
風化　775, 780
風儀　529, 541
風客　183, 186
風教　528, 530, 531
風襟　44, 48
風吟　53, 55, 225, 235
風穴山　150, 160, 166
風月　4, 7, 8
風骨　4, 8, 366, 367, 732
風骨之雄　710, 716
風骨軟於綿　366
風樹　53, 64, 68
風亭　787
風庭　278～280
風標秀　411, 414
伏羲　380, 387

伏羲時出云々　380, 386
宓不齊　545, 549
服習　35〜37
佛種　200, 201
物色　123, 127, 191, 192, 551, 553, 601, 608, 609
汾河失墜心　791, 793
汾水　729, 735
粉壁　804, 811
紛糅　487, 490
紛(粉)黛　115, 116, 631, 638
分憂　296, 297
文王之孫長子誦　529, 532
文王昔遇渭陽人　499
文王田　417, 420, 448
文求無墮地　545, 549
文敎　454, 461
文事之不捨武備　251, 262
文集　379, 383, 386
文章　183, 184
文章院　351, 355
文場　4, 9, 224, 226
文籍　473, 477
文宣王　804, 814, 815
文選　379, 382, 386
文藻　87, 96, 108
文墨　19, 22
文賓　601, 602
文林　551, 557
聞　787

へ

平上人　319, 320
閉戸不趁權　417, 421
聘使　219〜221
碧玉　44, 47
壁水　507, 519
偏黨　502, 503, 601, 605
邊涯　53, 59
變邑子　395, 398
抃悅　121, 123
便娟　454, 459
便便　473, 482
冕旒　443, 450, 453
辨岸之不枯　729, 739, 740
辨楡躧　454, 469
辨良桐於入爨之聲　775, 783

ホ

步邯鄲而遺恨　44, 48
補袞　241, 260
輔佐　123, 127, 139
酺筵　366, 373, 374, 631, 635
暮春花宴序　454, 460, 472
暮秋　487
暮秋云々、守庚申　19
方　743, 745
方今　75, 81
芳　755, 756
芳躅　728, 731
芳饌之盡水陸　529, 537
芳遊　551, 553, 554
抱紫　746, 748
抱朱紫　507, 518
抱負　711, 724
朋樽　760, 771, 772
法音寺　316
法華薰入　271, 273
法華講　110
法華三十講　109, 111, 114, 236
法輪　200, 203
苞容　240, 245
捧日　775, 783
烹鮮　340, 343, 344, 485, 486
逢遇　729, 740, 741
縫樹　631, 639, 644, 645, 688, 689

絳雪 616, 622
鳳閣 23, 26, 616, 622
鳳閣鸞臺之客 23, 26
鳳琴 4, 6, 11
鳳毫 75, 82, 631, 635
鳳藻 124, 132
鳳臺 804, 816, 817, 819
鳳德 507, 512
鳳筆 661, 669
鳳翼 75, 83, 84, 86
蓬壺 252, 264, 487, 488
蓬瀛 678, 680
蓬衡 75, 84, 711, 727
蓬心 594, 598
蓬心轉 594, 598
蓬蓽 704, 707
蓬萊(山) 150, 162, 264, 269, 270, 316, 348, 704, 707
鮑叔能知我 172, 173
寶祚 454, 469
寶曆 150, 154, 165
亡考(匡衡の父、大江重光) 429, 431
忘憂 574, 586
茅君洞 703, 706
蚌胎 589, 590
望天色之蒼々 53, 58
北學 729, 732, 733
北闕 140, 142, 703, 705
北山(法音寺)三昧堂 316, 318, 319
北窓 760, 762
北斗漸廻 69, 70
北堂 274, 275
北野廟 294, 295
卜洛陽而濫觴 123, 126
卜鄰 269
木葉落如舞 688, 689
墨客 661, 669
墨沼 140～142, 184, 190
本韻 359, 361
本自 69, 71, 72
本生五柳蕭條地 746, 747
梵席 224, 229

マ

妹妋山 278

ミ

未央 804, 814, 818
味道 601, 606

ム

務成子 391, 392, 394
無爲 616, 619
無明 310, 312
夢月 150, 155
夢悟 307, 309
夢三刀 140, 148
霧集 760, 765

メ

名利士 567, 568
明 589
明經儒士 327, 330
明時 150, 152, 493, 495
明代 332, 333
明府 124, 137
明文 661, 669, 670
鳴珂 684, 686
鳴珠 695, 696
鳴鳳 729, 732
滅明 545, 548, 549

モ

摸書 791, 792
毛 140, 141
毛詩(詩經) 379, 381, 386, 642

毛遂 44, 51, 52
孟嘗合浦 589, 590
蒙泉 417, 418
蒙奉勅宣 429, 433
蒙籠 44, 46
問根源於岸口 661, 672
問頭博士菅三位（菅原文時） 485, 486
問名昔立絳雲車 746, 754

ヤ

也 363, 365
冶糚 642, 643
夜宴文峯疊 417, 424
夜月之明文 661, 669
夜深聞遠雁 800
藥銚 473, 477, 483

ユ

庾樓 240, 246, 250
楡影半傾 594, 599
楡驪 454, 469
尤物 337, 338
右駕部郎中 240, 242
右軍三日會 124, 136
右軍之會 30, 33
右親衛員外亞相 53, 54
右親衛藤亞相 366
右大丞相公 642, 643
右貂 150, 156
有若 545～547
有節 251, 257
有年 487, 491
有漏 310, 312
囿 36, 39
幽趣 219, 220
幽砌 507, 513
幽獨 53, 60
幽蘭 502, 503, 569, 570, 573
挹 551, 557, 558
悠悠 594, 595
遊襄邑者 710, 722
遊襄邑者必學錦繍之文 710, 722
遊漁似上氷 19, 22
熊席 574, 579
優遊 417, 418, 594, 600

ヨ

餘閑 631, 635
餘氣 611, 614
餘子 87, 104
餘潤 11, 16
豫樟期七年 429, 436
夭桃 648, 655
用與不用 44, 50
羊質 366, 373
妖態 53, 63
容假 69, 72
容花 631, 639
容華 53, 63
容與 30, 32, 616, 620
陽臺云々 278, 280, 282
搖々 166～168, 644, 645
腰句 454, 459
揚子雲 177, 178
楊妃 629, 630
楊州百練 237, 238
慵 11, 12
瑤池 36, 38, 742
瑤池賦詩 729, 733
養生方三卷 11, 13, 14, 18, 260
養性 729, 728
養民如子 506
鷹狩 499
鷹鸇 429, 440, 443
鷹揚 4, 10, 356, 357

ラ

拉 454, 466
羅裙 337～339
羅浮 87, 106, 107, 109
羅浮曉樣隨波織 87, 106
觀縷 75, 84
蘿帳 278, 279
蘿圖 399
耒耜 109, 113
來葉 411, 413
賚持 743
洛城 661, 663
洛陽 123, 127, 139, 162, 234, 283, 284, 340, 641, 642
洛陽才 124, 138, 139
落輝 218, 219
落霞之琴 661, 671, 672, 677
濫觴 123, 126
蘭蕙 710, 721, 728
蘭麝 697, 698
蘭省 340, 342, 473, 479
蘭蓀 695
蘭壹 175, 176
蘭亭 493, 494
爛柯 179, 181, 183
攬之不竭 225, 232
鸞鶴 44, 50
鸞鏡 30, 31
鸞臺 23, 26, 87, 93
鸞殿 804, 817

リ

吏部侍郎 140, 147, 528, 532
李家歌 453, 458
李三郎注 529, 541
李氏 629, 630
李耳 616, 622, 623
李部大卿 375
李門 761, 772
李門員外職 271
梨園舞 453, 458, 472
梨棗 124, 133, 139
理容色 166, 167
蒞 150, 152
離畢 687, 688
離畢之月 225, 230
籬鷃 775, 785
籬脚之霜 760, 768, 769
六義 551, 556, 566
六鷁退飛 357
六齋 417, 426, 428
六德 507, 510, 520
陸沈 761, 773, 774
立市 387, 389
柳絮 118, 119
柳莊 454, 466, 472
柳門 787, 788
流霞 507, 519, 520
流水曲 569, 571, 573
流年 23, 25, 26
旒扆 183, 185
龍官 75, 82
龍管駕 200, 209
龍顏 183, 189
龍舟 661, 668
龍象 225, 233
龍睡 589, 590
龍笛 4, 7, 11
龍背文章 794, 795, 797
龍媒 172, 174
龍跛之居 507, 512
龍鳳 551, 559, 560
龍門 429, 434, 616, 619, 625
龍樓 429, 441
呂望 356, 357

呂望家風開后房　271, 272
呂望云々　525, 526
凉天　760, 763, 764
凌晨　569, 570
凌風　11, 17
料　594, 598
梁園之月　4, 6
梁鶏　30, 32
梁鴻　760, 771, 774
梁鴻之恨　648, 659
寮試　429～431
遼城鶴　800, 802, 804
獵々　499
綠綬　251, 260, 332, 334
綠蘋　19, 21
林園　87, 107, 109
林鍾　150, 157
林藂　191, 192
林泉　278, 279
綸命　407
輪奐　804, 812
鱗　87
麟閣　366, 372

ル

屢廻天輿之臨幸　251, 254
縷　601, 609
累葉　746, 748
類周文之遇師父　200, 204

レ

伶倫　661, 667, 668
冷泉院天皇　411, 412
禮記　380, 382, 386
禮秩　140, 143
靈鳳九成之舞　804, 812
歴日　224, 229
瀝思　429, 435
酈水　710, 719
連漢　225, 231
連榻　500, 501
廉潔　545, 548
蓮子　567
蓮府　19～21, 271, 272, 729, 738
蓮漏　75, 77
練鋪　53, 66, 67
聯　473, 481
聯翩　443, 445
簾帷　661, 667

ロ

盧江抃浪浴恩龜　274, 275, 277
蘆葦卑濕之地　296, 297
蘆洲　53, 66, 293
魯魚　760, 770
魯魚之疑　648, 658
魯儒　124, 138
魯水壁中簡　140, 145
魯聖之道　551, 563, 729, 740
魯般之巧匠　804, 808
魯壁塵中簡　798
櫓聲　800, 802
露才　348～350, 760, 762
露酌　53, 55
露膽　551, 564
露未晞　760, 770
露味甘　200, 210
老榮欲擬昔桓榮　407, 410
老子者天地之魂精、神靈之總氣云々　380, 385
老莊　29
郎潛　375, 376
廊廟　87, 93
潦倒　177
樓觀　395, 397
樓船　453, 456

事 項 索 引 （ロ・ワ）

崙遺	429, 433

ワ

和羹	215, 216
淮泗	574, 579
淮北之枳	601, 607, 610
或威如偘如而侍	775, 779
或賜卿相封	473, 479

人 名 索 引

ア

阿濕縛窶沙 → 馬鳴
阿闍世王 317
閼氏〈單于の妻〉 61, 337
哀公〈魯〉 575, 629, 643, 782, 809
哀帝〈漢〉 178, 653
愛親（穴太） 800
愛太子 186
安國 → 孔安國
安子（藤原） 412
安仁 → 藩岳
安世 → 張安世
安石 → 謝安石
安帝〈後漢〉 465
安平獻王孚 713
安陸侯 → 蕭緬
安陸昭王 → 蕭緬
安隆（藤原） 439
安祿山 631
晏 170
晏 → 何晏
晏子（嬰） 607
黯 → 汲黯

イ

以言（大江） 125, 252, 269, 317, 332, 333, 354, 445, 525, 526, 730
以言（弓削） 352
伊尹（伊周） 53～55, 68, 259, 287, 395
伊祁氏 391
伊周（藤原、儀同三司・帥・帥內大臣） 53～55, 201, 271, 437, 526, 710, 712, 714, 727, 730
夷吾 → 管仲
夷齊 135
夷仲年 143
夷甫 → 王衍
威王 636
韋偃 234
韋應物 46, 342, 639, 702
韋賢（長孺） 191～193, 536
韋弘嗣 → 韋昭
韋昭（韋弘嗣） 9, 40, 171, 238, 266, 298, 341, 389, 491, 512, 559, 631, 659, 674, 702, 771, 809
韋昭訓女 631, 744
韋莊 737
韋丞相 248
惟肖 216, 233
惟成（藤原） 107
惟仲（平） 704
爲紀（菅原） 352
爲基（大江） 407
爲義（橘） 349
爲憲（源、賀州源刺史・前源遠州刺史） 314, 315, 333, 340, 341, 343
爲時（藤原、越州刺史） 167, 213, 285, 293, 294, 333, 492, 494, 498
爲尊親王（都督大王） 535, 551, 552
維衛 315
維師 10
維時（大江、應和江納言・江中納言・江二・江納言・祖父納言） 191, 193, 207, 321～324, 326, 327, 347, 348, 365, 399, 400, 404, 407, 408, 410～412, 415～417, 428, 443, 473, 479, 480, 483, 485, 486, 525, 528
育→ 蕭育
育成子 → 老子
昱 → 程昱
郁 → 桓郁
一宮御方 → 敦康親王

一條天皇〔院・帝〕(懷仁・今聖上・皇帝・主上・聖上・帝王・天皇・當今)　18, 19, 126～128, 189, 226, 253, 254, 274, 321～325, 327, 332, 348, 349, 356, 363, 408, 410～413, 415, 454, 460, 461, 525, 554, 643, 662～666, 674, 676, 677, 691, 693, 704, 712, 714, 728, 730, 806
一條天皇中宮 → 彰子(藤原)
逸　32, 60, 148, 377, 448, 561, 576, 638, 696, 721
逸少 → 王羲之
逸名氏　561
尹喜　376, 766
尹吉甫　146, 650
尹氏〈晏何母〉　745
尹壽子 → 老子
尹中納言 → 時光(藤原)
尹敏　145, 799
胤 → 何胤
胤子(藤原、贈皇后・贈皇太后宮・母后)　321, 322
殷芸　765
殷契 → 契〈殷〉
殷浩　246, 759
殷康　477
殷紂 → 紂〈殷〉
殷湯 → 湯〈殷〉
陰鏗　231
陰識(陰)　380
駰案　620
隱居先生 → 陶弘景
隱公　119, 121, 505, 512, 714

ウ

于公　253, 451, 732
于志寧　763
于成王　624
于政世　676
于帝　628
禹〈夏〉(文命・密)　57, 64, 81, 94, 116, 153, 205, 223, 352, 391～393, 395, 434, 442, 453, 472, 526, 607, 608, 628, 690
禹 → 貢禹・鄧禹
鬱華子 → 老子
鬱密子 → 老子
雲　442
運期(侯光・耀)　659, 771

エ

永州蕭使君　128
英布　54
盈 → 茅盈
榮 → 桓榮
滎陽公　419, 558
睿宗〈唐〉　542
衞尉 → 路博德
衞公　549
衞宏　451
衞青(大將軍)　335
衞靈公　413, 619
嬰 → 晏子・竇嬰
越州刺史 → 爲時(藤原)
宛春　579
延喜聖代 → 醍醐天皇
延喜天曆二代聖主 → 醍醐天皇・村上天皇
延喜天曆二代明主 → 醍醐天皇・村上天皇
延平〈伊勢大神宮禰宜〉　308
炎帝　82, 526
袁安　118
袁彥伯(宏)　265, 307, 674, 719
袁宏　719
袁孝尼　604

袁昂　496
袁閎（袁奉高）　137, 719
袁紹　10, 523, 649, 683, 762
袁伯文　665
袁奉高 → 袁閎
婉姈 → 緱回
圓通大師 → 寂照
圓融天皇〔院・上皇〕（守平・天祿御寓・天祿帝）18, 127, 254, 255, 323, 326, 347, 408, 410～412, 415, 643, 664
遠 → 慧遠
遠隗　699
遠忠（藤原）女　326, 347
燕 → 趙飛燕
燕王　547
燕君 → 昭王〈燕〉
燕肅　77
轅固（生）〈齊〉　381, 382

オ

於陵　144
王維　3, 218, 513, 678, 691, 780
王逸　61, 253, 281, 377, 378, 459, 496, 563, 568, 600, 673, 732, 789, 809, 813
王允（子師）　182, 245
王愔　796
王隱　424, 719, 796
王宇　208
王睿〈隋〉　168
王延年　751
王延陵　751
王衍（夷甫）　518, 796
王音　178
王溫舒（少府）　335
王嘉　536
王懷　155
王簡栖（巾）　448, 812
王季　441, 467, 696
王徽之（子猷）　30, 32, 35, 47, 622
王羲之（逸少・右軍）　30, 32, 33, 35, 63, 124, 136, 137, 140, 342, 344, 488, 494
王凝之　119
王吉（王陽・子陽）　148, 249, 495, 561, 647, 651, 652, 660
王及善　261
王喬 → 王子喬
王筠　765
王景　380
王景玄（徽）　341
王建　753, 770
王儉 → 王仲寶
王獻子（子敬）　16
王元咒　719
王元長（融）　334, 441, 464, 467, 513, 519, 599, 638
王弘　241, 249, 251, 769
王貢 → 貢禹
王康琚　585
王佐才　245
王粲〈魏〉（仲宣）　10, 81, 96, 172, 266, 460, 602, 713, 789～791
王讚〈晉〉　765, 766
王之從　136
王子淵（褒）　112, 468, 504, 674
王子喬（松喬）　50, 87, 105, 106
王子晉　77, 813
王子猷 → 王徽之
王氏　341
王司馬　66
王思遠　563
王質　180～183
王脩　12
王戎（竹林〔の〕七賢）　80, 567, 569, 604, 710, 721

王肅〈周〉　223, 235, 276, 370, 559, 636, 756
王濬　148
王劭　52
王嬙 → 王昭君
王昭君（嬙・明妃・明君）　53, 60, 61, 68, 69, 291, 337〜340, 596
王祥（休徵）　5
王商　536
王璡　245
王勣 → 王績
王績〔勣〕（五斗先生・東皐子・無功）　10, 581, 648, 656
王績妻　10
王濟（王武子）　164, 262, 650, 783
王僧虔　796
王僧孺　27
王僧達　93
王孫圉　696
王太常　93, 378
王泰　27
王中郎（王坦之）　422
王仲宣 → 王粲
王仲寶（儉）　20, 94, 131, 233, 413, 541, 554, 648, 651, 738
王暢　699
王堂（敬伯）　447
王導　63
王霸　719
王彌（劉淵）　753
王弼　25
王豹　722
王彪　289, 563
王武子 → 王濟
王文考（延壽）　164, 433
王文考（逸）　467
王母 → 西王母
王芳　283
王鳳　578, 652
王勃　55, 77, 222, 229, 419, 622, 716, 812
王明君 → 王昭君
王莽　90, 161, 162, 178, 179, 208, 360, 527, 582
王濛　63
王右軍 → 王羲之
王陽 → 王吉
王良　275
王靈妃　31
王朗　612
汪立名　384
汪倫　672
翁子 → 朱買臣
歐陽　145, 359, 527
歐陽建　182, 369
應休璉（璩）　508, 779
應劭　82, 83, 110, 117, 161, 174, 187, 189, 209, 247, 300, 343, 346, 398, 414, 441, 461, 506, 561, 565, 582, 606, 668, 674, 735, 764
應法師　210, 313
應和江納言 → 維時（大江）
鶯兒 → 擧周（大江）
音人（大江、江相公・相公・大江公）　92, 177, 178, 191, 363, 365, 399, 404, 408, 415〜417
溫子昇　571
溫庭筠　736
溫伯（雪賢人・雪子）　708, 709
穩子（藤原、故太皇太后・母后）　322, 412

カ

カクロクナシャ → 鶴勒〔那〕
何 → 蕭何
何晏 → 何平叔

何胤（子季） 612
何休 118, 633
何敬祖（劭） 757
何敞 606
何劭王 → 濟
何進 745
何妥 451, 452
何點 612
何湯 527
何平叔（晏） 25, 112, 450, 463, 515, 743, 745, 746
花山天皇〔法皇〕 18, 316, 412, 643
河間獻王 → 劉德
河上公 405, 406
夏禹 → 禹〈夏〉
夏姫 338
夏侯孝若（湛） 239, 293, 817
夏侯勝 328, 711, 723, 728
夏黃公（黃綺・四晧・商山〔の〕四晧） 50, 124, 135, 140, 481, 529, 539, 540, 763, 771
夏后 132, 232
夏后氏 75, 81
夏齊大夫 → 黎鉏
華 → 張華
華胥〈伏羲の母〉 405
華陽公主（瓊華眞人） 616, 621, 626
華陽潤卿博士 67
賈逵 713, 813
賈誼（賈生・賈） 27, 138, 182, 307, 732
賈謐 341
賈生 → 賈誼
賈充 613, 726
賈長淵（謐） 93, 182, 186, 527
賈謐 → 賈長淵
賈島 220
嘉威侯 → 陳遵
賀州源刺史 → 爲憲（源）ヵ
雅信（源、左大臣） 83
雅通（源、五位藏人） 460
雅任（藤原） 180
回 → 顏回
海神 558
開元天寶聖文神武皇帝 → 老子
晦叔 489
會稽王道子 63
會稽太守 358
會公 669
會理法師 322
楷 → 裴楷
隗 → 郭隗
蓋麟 514
懷王〈楚〉 62, 280
懷仁 → 一條天皇
懷忠（藤原） 704
懷文 646
懷平（藤原、左兵衛督・藤相公） 333, 530
革 162, 270, 680
郝經 798
郭隗 146, 158, 399, 403, 404, 473, 480, 483
郭虞〈後漢〉 101
郭瓊 754
郭憲 704
郭舍人 336, 423
郭叔子 → 老子
郭象 598, 773
郭璞（景純） 58, 106, 217, 248, 283, 368, 378, 389, 390, 437, 556, 558, 608, 679, 701, 753, 790, 813
郭林宗 245
霍禹 → 博陸侯
霍去病（霍將軍） 29, 71
霍光（霍氏） 29, 37, 258, 259, 372
霍氏 → 霍光

霍將軍 → 霍去病
覺慶 462
鶴勒〔那〕（カクロクナシヤ） 200, 207
岳 → 潘岳
樂安公主 155
樂庵 → 李衡
樂毅 159, 403, 480
樂天 → 白居易
葛洪 336
葛玄 623
葛稚川 385
葛由 145
干令升（寶） 309, 390, 531, 559, 696, 753
甘英 682
甘需 680
甘茂 533
甘羅 533
邯鄲 422
咸 → 陳咸
咸陽三茅君 → 茅盈・茅固・茅衷
桓彝 63
桓郁（仲恩） 350
桓榮（春卿） 143, 277, 300, 350, 359, 360, 362, 399～401, 404, 407, 410, 411, 473, 480, 481, 483, 525, 527, 528, 552, 565, 566, 711, 723, 728
桓溫 255, 354, 766
桓景 103, 709
桓玄 456
桓公〈齊の桓公〉（小白） 119, 173, 284, 572, 714, 762
桓子 38
桓春 → 桓榮
桓春卿 → 桓榮
桓譚 46
桓帝〈後漢〉 65
桓典（公雅） 49, 52
桓武天皇（東宮） 299
勘解由長官 → 有國（藤原）
菅京兆 → 淸公（菅原）
菅三 → 文時（菅原）
菅三位 → 文時（菅原）
菅三品 → 文時（菅原）
菅丞相 → 道眞（菅原）
菅贈大相國 → 道眞（菅原）
菅馮翊 → 淸公（菅原）
漢公孫 → 公孫公
漢公孫丞相 → 公孫弘
漢皇中子 → 孝文皇帝
漢高 → 高祖〈漢〉
漢后 645～647
漢女（漢水の神女） 673
漢祖 → 高祖〈漢〉
漢帝 → 武帝
漢太子 467
漢武 → 武帝〈漢〉
漢武帝 → 武帝〈漢〉
漢武夫人 → 李夫人
漢李 → 李夫人
管夷吾（仲） 173
管子（管孟） 382
管仲 → 管夷吾
管孟 → 管子・孟子
寬明（親王） → 朱雀天皇
翰 7, 9, 10, 12, 14～16, 22, 30, 55, 60, 71, 98, 100, 127, 132, 133, 137, 142, 144, 148, 156, 158, 168, 185, 186, 230, 275, 293, 309, 334, 341, 361, 362, 433, 441, 445, 458, 463, 467, 469, 474, 481, 503, 512, 513, 519, 527, 531, 535, 547, 559, 585, 595, 637, 645, 656, 667, 670, 673, 686, 688, 701, 705, 714, 716, 722, 724, 731, 748, 749, 767, 768, 782, 801, 813

翰林 → 匡衡（大江）
翰林〔之亭〕主人 → 匡衡（大江）
翰林李部 → 匡衡（大江）
韓嬰〈燕〉 381
韓偓 490
韓曁 613
韓康伯 42
韓壽（德眞） 611, 613, 615
韓信 54, 89
韓宣子 762
韓增 372
韓愈 34, 107, 245, 685, 737
韓翃舍人 614
簡 → 山簡
簡文 → 司馬昱
簡文帝〈梁〉 12, 46, 154, 229, 315, 452, 583, 653, 655, 656, 740, 787
觀賢 197
觀世音菩薩（觀世音自在・觀世自在・觀自在・光世音） 427, 484, 485
觀世自在 → 觀世音菩薩
顏 → 顏回
顏安樂（顏子） 328
顏淵 → 顏回
顏延年（延之） 13, 15, 37, 93, 96, 127, 155, 378, 533, 535, 560, 598, 611, 666, 813
顏何（冉） 38, 545, 548
顏回（顏・顏淵・子淵） 38, 94, 510, 594, 598, 641, 651, 724
顏闔 216
顏子（先師） 328, 329
顏氏 → 顏安樂
顏氏 117, 137
顏氏女（孔子母） 424
顏師古 20, 45, 46, 62, 79, 82, 89, 96, 103, 110, 145, 148, 157, 174, 226, 230, 249, 258, 272, 286, 343, 345, 346, 353, 357, 358, 368, 371～373, 381, 393, 402, 414, 421, 439, 441, 446, 458, 490, 495, 509, 514, 515, 561, 565, 578, 580, 628, 648, 652, 653, 658, 674, 690, 702, 719, 723, 733, 736, 762, 799
顏駟 376
顏冉 → 顏何
顏閔 508
顏母 → 徵在
願先生 82, 509

キ

きさいの宮 → 東三條院
希世（平） 322
季偉 → 茅容
季康子 549
季子 → 蘇秦・陳諶
季氏 546, 549, 576, 783
季直 → 董遇
季武子 762
季鷹 → 張翰
季龍 → 石季龍
季路 → 仲由
奇子（多治比） 295
祁奚〔傒・徯〕（祈奚） 616, 617, 625
紀中納言 → 長谷雄（紀）
紀納言 → 長谷雄（紀）
倚平（橘） 305
基經（藤原、昭宣公） 322, 346
喜 → 嵇喜
貴妃 → 楊貴妃
僖公〈魯〉 143, 357, 778
僖公之母弟（夷仲年） 143
箕子 29
綺里季（黃綺・四晧・商山〔の〕四晧） 50, 124, 135, 140, 481, 529, 539, 540, 763, 771

冀 → 梁冀
徽 → 王徽之
徽之 → 王徽之
徽子 626
譏 → 張譏
宜主 → 趙飛燕
義忠（藤原） 333
儀同三司 → 伊周（藤原）
魏應 328
魏公 55
魏氏 563
魏收 432
魏相 372, 536
魏太子 → 曹丕
魏徵（玄成） 225, 231〜233, 236, 666, 675
魏陳思王 → 曹植
魏帝 → 文帝
魏劉 261
羲皇 → 伏羲
羲之 → 王羲之
吉（六賢） 92
吉項 72
紇 → 叔梁紇
橘相公 → 廣相（橘）
九江大守 684
九條右大臣 → 師輔（藤原）
九烈將軍 266
丘 → 孔子
丘希範（遲） 608, 654
丘仲 70
休徵 → 王祥
求 → 冉求
求仲 362
汲黯 732
宮酢媛（姫） 302
裘氏 466
窮蟬 392
窮蟬父 → 顓頊
居易 → 白居易
居貞親王（儲宮・東宮） → 三條天皇
袪惑 → 碩曇卿
許敬宗（太子左庶子） 15, 144, 234
許渾 71, 579, 671, 741, 770, 772
許史 341
許子將 518, 796
許詢 33, 136, 342
許劭 518, 796
許愼 451, 512, 597, 623
許靖 518, 796
許先生 13
許伯會 616, 618, 625
許負 162, 414
許由（巢由・武仲） 87, 90, 91, 108, 137, 186, 466, 556, 566
許楊 761
擧周（大江、愚息・鶯兒） 11, 14, 195, 196, 274, 276, 277, 347〜351, 355, 356, 407, 408, 410, 411, 415, 454, 460, 472, 530, 661, 676, 677
擧直（藤原） 333
蘧伯王 14
漁父 148, 165
共王〈魯〉 145, 513, 522, 799
共工氏 82, 227, 633
匡君 → 匡衡
匡衡（漢、匡君・衡・丞相・稚圭） 240, 247, 248, 250, 301, 529, 565, 567, 574, 580, 718, 719
匡衡（大江、翰林・翰林主人・翰林李部・匡鼎・江・江學士・江侍郎・四品・式部權大夫・式部大輔・春卿・丹州刺史・丹波殿・東曹末儒・尾州刺史・文章博士・余・予・洛陽翰林之亭主人・吏部侍郎・李部翰林） 4, 5, 8, 9, 13, 16,

18, 22, 30, 49, 51, 53～55, 73～75, 83, 84, 86, 87, 95, 109, 113, 114, 121, 122, 125, 134～136, 140～142, 147, 149, 150, 166, 168, 171, 173, 179, 182～184, 200, 201, 213, 237, 241, 248, 252, 265, 267, 269, 272, 274, 275, 285, 296, 300, 301, 303, 317, 321, 323, 325, 327, 332, 333, 340, 345, 347～350, 352～356, 358, 359, 361, 363, 368, 399, 401, 407, 408, 410, 411, 415, 416, 431, 434, 436～439, 457, 460～462, 486, 487, 492～494, 497, 507, 521, 525, 526, 530, 543, 551～553, 575, 577, 583, 616, 617, 627, 631, 632, 646, 648, 662, 681, 689, 704, 711, 717, 727, 730, 734, 760, 761, 774～777, 785, 800, 804, 805, 808, 811, 814, 816, 819
匡鼎 → 匡衡（大江）
匡房（大江） 801
京房（君明） 71, 328
羌世昌（大宋客） 498
姜維 253, 731
姜牙 526
姜肱 719
姜氏 526
香象菩薩 202
竟陵王 → 子良
恭王〈魯〉 381
橋牛 392
橋牛父 → 句望
橋元（元六） 383
橋玄（元六） 383
蟜極 390
堯（箕山公神・帝堯・唐虞） 25, 53, 67, 90, 91, 118, 120, 135, 137, 143, 165, 181, 186, 205, 259, 351～353, 356, 388, 391～393, 395, 422, 434, 463, 507, 515, 556, 615, 628, 629, 640, 670, 688～691, 697, 703, 711, 735, 756
業遠（高階） 356
業男（大江） 352, 355
顒 → 周顒
玉 → 宋
玉淵（大江） 197
玉環 → 楊貴妃
玉巵 457
玉眞公主 691
金闕帝君 → 老子
金吾 → 公任（藤原）
金吾納言 → 頼通（藤原）
金剛藏王（藏王） 308
金日磾 258, 341
金張 341
琴操 72, 337, 556

ク

句望 392
句望父 → 敬康
具平親王（大王・竹園・中書王・中書大王・中務親王・兩人親王） 323, 332, 333, 336, 775, 776, 786
虞丘子 714
虞公 637
虞子陽（羲） 71
虞舜 → 舜
虞仲冶 101, 633
空海（大師） 197, 317, 796
遇 → 董遇
屈原 → 屈平
屈平（屈原） 32, 53, 60～62, 68, 69, 94, 98, 148, 255, 377, 444, 448, 471, 496, 560, 561, 600, 610, 620, 638, 717

君雲 → 樊重

ケ

邢昂 365
邢子才 167
契〈殷〉 381, 395
荊姫 731
頃公〈晉〉 696
啓賢 607
嵆喜 768
嵆康（嵆叔夜・嵆中散・嵆中散康・竹林七賢・中散大夫） 6, 80, 86, 130, 177, 194, 235, 474, 567, 569, 572, 601, 603, 604, 610, 645, 647, 653, 667, 702, 710, 721, 738, 768
嵆叔夜 → 嵆康
嵆中散 → 嵆康
嵆中散康 → 嵆康
惠王〈蜀〉 256
惠王〈梁〉 509
惠慶 213
惠子 598
惠〔慧〕日 233, 310, 311
惠達 317, 318
惠帝〈晉〉 41, 164, 510
惠帝〈漢〉 763
惠文王〈趙〉 51
敬康 392
敬康父 → 窮蟬
敬宗 144
敬伯 → 王堂
景業 → 蕭緬
景公〈齊〉 262, 444
景行天皇 302
景山 → 謝承
景濟 → 蕭叡明
景帝〈漢〉 157, 171, 205, 376, 381, 452, 706
景理（大江） 530
經 → 郝經
經成子 → 老子
經房（藤原、宰相中將） 333
慧遠 77, 106
慧要 77
罽賓王 31
瓊 → 江夏黃瓊
瓊華眞人 → 華陽公主
羿 48
倪寬（御史大夫） 335
黥布 60, 89
郤詵 781
劇辛 159, 403, 480
桀〈夏〉 395, 422, 697
建成侯 → 呂澤
建平王 50
兼家（藤原、外祖大相國・三位中將・丞相・攝政・前太政大臣・大入道・太相國・東三條入道攝政・入道攝政・法興院） 19, 127, 251, 253, 254, 259, 267, 323, 349, 457, 529, 542, 552, 553, 663～665, 674, 676, 691, 693, 694
兼家（藤原）女 → 東三條院詮子
兼宣（源、藏人） 805
兼隆（藤原、三位中將） 333
軒轅 160, 387, 390
軒轅氏 389
儉 → 王儉
憲 → 愿名忠
憲宗〈唐〉 358
憲定（藤原、右兵衞督） 333
縣成（子橫・子祺） 545, 547
縣潘氏 466
騫重 578
騫姐 458
獻公〈衞〉 466, 506, 693

權德輿　650, 741
顯光（藤原、藤大納言・右親衞藤亞相・右大臣）　333, 349, 366, 374, 667, 704
顯宗（明帝）〈後漢〉　162, 350, 450, 481, 527, 562
顯宗天皇　102
顯忠（藤原、富小路右大臣）　248
元凱 → 杜預
元卿 → 蔣詡
元侯 → 鄧禹
元后　736
元秀 → 後主
元稹　47, 144, 384, 418, 419, 558, 568, 679, 699, 716
元善　451, 452
元宗〈唐〉（元宗明皇帝）　45, 365, 631
元中法師 → 老子
元帝〈後漢〉　60, 61, 161, 192, 248, 337, 338, 652
元帝〈東晉〉　381
元帝〈梁〉（湘東王・蕭繹）　118, 161, 172, 188, 686, 757, 763, 808
元賓　245
元六 → 橋玄・橋元
元亮 → 陶潛
玄 → 桓玄・鄭玄
玄王　395
玄元皇帝 → 老子
玄元聖祖　623
玄囂　390
玄奘〔法師〕（陳氏）　234, 236, 427
玄成（少翁）　192
玄成 → 魏徵
玄聖文宣王 → 孔子
玄宗〈唐〉（皇帝・帝・李三郎・隆基）　259, 364, 381, 459, 529, 542, 543, 576, 630, 631, 673, 744
言偃 → 子游
阮咸（阮始平・竹林〔の〕七賢・仲容・平太守）　15, 80, 155, 156, 567, 569, 604, 710, 721
阮元瑜（瑀）　696
阮始平 → 阮咸
阮嗣宗 → 阮籍
阮籍（嗣宗・竹林〔の〕七賢）　30, 32, 35, 41, 80, 130, 222, 567, 569, 604, 698, 710, 721, 768
原憲（愿憲・愿名忠）　16, 18, 548
彥倫 → 周顒
源三位 → 則忠（源）
源中納言 → 俊賢（源）
愿憲 → 原憲
愿名忠 → 原憲
嚴安　522, 715
嚴光（子陵・遵）　150, 164, 719
嚴子陵 → 嚴光
嚴氏 → 嚴彭祖
嚴周　135
嚴助　40, 358
嚴彭祖（嚴氏）　328, 358

コ

乎成王　624
古公　204, 396
古人（菅原）　299, 345, 354
古先生 → 老子
呼韓　60
孤山　305
孤相公　85
故座主權僧正 → 暹賀
故太皇大后 → 穩子（藤原）
胡（六賢）　92
胡廣　9, 461, 659
壺充國（大鴻臚）　335
顧雲　210

顧譚　442
顧野王　165
瞽叟　392
瞽叟父 → 橋牛
五帝　546
五斗先生 → 王績
五柳先生 → 陶淵明
伍舉　580
吳隱之　355
吳王　258, 609
吳季重（質）　37, 100, 816
吳剛　781
吳主 → 孫權
吳少微　6
吳進　634
吳祕　425
公雅 → 桓典
公季（藤原、內大臣・內府）　333, 575, 704, 711, 712
公季　204, 396, 532
公子糾　173, 174
公政（藤原）　180
公孫（成王）　160, 538, 679
公孫賀（太僕）　335
公孫弘（孫公・孫閤・平津公）　35, 36, 43, 53, 62, 68, 97, 258, 271～273, 350, 375, 378, 379, 658, 760, 762, 772～774
公畢公　397, 532
公旦 → 周公旦
公任（藤原、左〔右〕衞門督・左金吾）　125, 252, 333, 526, 632, 704, 711, 805
公輸班（魯般〔班〕）　804, 808, 809, 818
公冶長（子長）　370, 545, 547
公劉　204, 396, 467
公良 → 杜夔
勾踐〈越王〉　98, 596
孔　628
孔安國　28, 64, 72, 94, 132, 149, 301, 364, 370, 380, 381, 400, 409, 446, 518, 549, 576, 585, 615, 740, 756, 779, 799
孔殷　597
孔穎達　381, 383
孔丘 → 孔子
孔子（玄聖文宣王・孔丘・孔聖・孔宣父・孔孟・子・至聖文宣王・先師尼父・先聖・大師・大聖・仲孫尼・仲尼・尼・尼父・文宣王・褒成宣尼父・褒尊侯・魯聖）　16, 38, 39, 43, 64, 76, 89, 94, 117, 126, 138, 144, 145, 149, 152, 198, 208, 235, 237, 238, 245, 250, 260, 262, 301, 328, 361, 364, 370, 373, 375, 376, 380, 381, 383, 393, 407, 409, 413, 420, 424, 429, 436, 442, 443, 446, 447, 452, 464, 474, 475, 482, 484, 485, 505, 508, 509, 512, 513, 516, 518, 522, 529, 533, 542, 544～551, 560, 563, 566, 574, 576, 581, 582, 587, 598, 606, 615, 619, 623, 629, 636, 651, 690, 707, 709, 719, 721, 725～728, 740, 749, 756, 773, 779, 783, 784, 799, 804, 814, 815
孔子七十二弟子　508
孔璋　10
孔聖 → 孔子
孔宣父 → 孔子
孔騰（子襄）　145, 799
孔德璋（稚珪）　16, 466, 764, 795, 809
孔父　382
孔鮒　145, 799
孔文舉（融）　12, 104, 146, 275, 451
孔孟 → 孔子・孟子
孔融 → 孔文舉
孔鯉（伯魚）　144, 574, 576, 585, 587

功勝 → 馬鳴
弘道（藤原） 333, 526
光仁天皇 329
光武帝〔皇帝〕（秀・世祖・唐帝三郎・文叔）〈漢〉 83, 127, 135, 150, 153, 156, 161, 162, 164〜166, 400, 411, 414, 415, 527, 561, 781, 785
光祿勳 → 徐自爲
侯光 → 運期
向 26, 28, 38, 40, 42, 44, 47, 70, 72, 81, 82, 93, 94, 96, 118, 119, 142, 147, 148, 158, 172, 195, 217, 261, 265, 334, 335, 377, 382, 436, 458〜460, 463, 465, 475, 491, 496, 503, 509, 518, 523, 533, 536, 539, 555, 558, 563, 583, 596〜598, 600, 606, 608, 609, 611, 621, 639, 651, 665〜668, 673, 707, 713, 725, 735, 767, 771, 778, 782〜784, 796, 801, 814
向秀（竹林〔の〕七賢） 80, 567, 569, 604, 710, 721
后稷（周祖） 204, 227, 381, 394, 396, 467, 649
行家（藤原） 278
行成（藤原、左大弁・頭弁） 5, 125, 301, 323, 333, 361, 712
江淹 → 江文通
江翁 11
江學士 → 匡衡（大江）
江洪 27
江宰相 → 朝綱（大江）
江侍郎 → 匡衡（大江）
江充 46
江相公 → 音人（大江）
江總 58, 116, 280, 350, 762
江中納言 → 維時（大江）
江二 → 維時（大江）
江納言 → 維時（大江）
江文通（淹） 22, 39, 45, 50, 60, 61, 156, 201, 249, 339, 341, 361, 372, 425, 544, 641, 645, 667, 784
江劉 250
宏景 → 陶弘景
孝王〈梁〉 6, 28, 171, 336
孝景 205, 353, 421
孝景帝〈梁〉 6
孝謙天皇（高野天皇） 330
孝元 248
孝先 → 邊韶
孝宣皇帝〈後漢〉 327, 328
孝道（源） 294, 333, 730
孝標（菅原） 689, 800
孝武〔皇帝・帝〕〈漢〉（太子） 205, 335, 371, 510, 646, 763
孝文〈漢〉（太子） 763
孝文皇帝〈漢〉（恒・法慈惠） → 文帝〈漢〉
孝文皇帝〈梁〉 6, 414
孝文昭皇后高氏 155
孝友 618
幸姫 802
庚肩吾 382
杲之 → 庾杲之
後主（元秀・叔寶） 115
後一條〔帝・院〕（外孫皇胤・敦成親王） 324, 363, 365, 408, 413, 415
後王夫人 157
後江相公 → 朝綱（大江）
後朱雀天皇〔院〕（敦良親王） 324, 363, 411, 413
恒 → 孝文皇帝
恒娥 48
恒貞親王（親王・亭子親王） 329, 330
洪崖先生（胡惠起） 50
洪範 186, 463, 768
皇侃 505

皇太子〈梁〉 97
皇太子簡文 → 簡文帝〈梁〉
皇甫 670, 700
皇甫安 148
皇甫冉 138
皇甫謐 29, 160, 281
郤陽侯 → 仲
紘 → 張紘
耿純 84, 781
貢 → 貢禹
貢禹（王貢・少翁） 148, 241, 248, 249, 251, 495, 561, 565, 597, 647, 652, 660
貢公 148, 249, 495, 561
高皇帝 → 高祖
高斯得 384
高柔 713
高辛 → 帝嚳
高祖〈漢〉（漢高・漢祖・高皇帝・高帝・沛公・劉氏） 10, 50, 54, 82, 89, 108, 135, 138, 189, 206, 226, 239, 401, 402, 404, 414, 446, 466, 481, 482, 490, 540, 541, 545, 648, 653, 661, 674, 676, 677, 692, 725, 763, 804, 807, 810, 818
高祖〈宋〉 638
高祖兄仲 → 仲
高宗〈商・殷〉（武丁） 216, 217, 233
高宗〈唐〉 15, 144, 259, 576, 672
高宗〈晉王〉 480
高帝 → 高祖
高密侯 → 鄧禹
高野天皇 → 孝謙天皇
高誘 15, 508, 673, 759, 809
高陽 → 顓頊
高力士 631, 744
康 → 嵆康・孫康
康王 395, 398, 400
康公 602
康公〈秦〉 693
康叔封 28, 624
康成 → 鄭玄
皐魚 64
皐〔皋〕陶謨 184, 462, 500, 635
皐伯通 659
閎夭 396
項羽（秦項） 59, 60, 89
項籍 495
項曼都 → 碩曼卿
黃安 754
黃綺（商山の四皓） → 夏黃公・綺里季
黃瓊 287
黃石公 401, 404, 481, 482
黃帝 7, 80, 82, 153, 157, 160, 166, 227, 228, 267, 387～393, 409, 457, 515, 519, 595, 666～668, 690, 734, 781
黃帝氏 82
黃霸 536
廣業（藤原） 377, 632, 711
廣壽子 → 老子
廣俊（中原） 801
廣相（橘、橘相公・博覽） 345, 346
廣成子 → 老子
篁（小野） 330
緱回（婉姈） 457
衡 376
鴻 → 梁鴻
卬家將軍 371
遨 → 鄭遨
穀梁 454, 491, 505
國忠 744
鯀〈禹の父〉 393

サ

左顒 458
左丘明 478, 505, 650

左金吾 → 公任（藤原）
左賢 → 左太沖（思）
左思 → 左太沖
左相國 → 道長（藤原）
左相府 → 道長（藤原）
左丞相 → 道長（藤原）
左親衛亞相 → 朝光（藤原）
左大丞 → 齊光（大江）
左大臣 → 雅信（源）・在衡（藤原）・道長（藤原）
左大殿 → 道長（藤原）
左大弁 → 行成（藤原）・忠輔（藤原）
左太沖〔冲〕（左賢・左思） 30, 32, 34, 35, 46, 47, 96, 99, 132, 133, 186, 205, 226, 253, 255, 341, 456, 463, 468, 476, 512, 518, 523, 539, 544, 578, 579, 589, 598, 622, 634, 637, 673, 686, 722, 723, 732, 748, 767, 780, 782, 784, 809, 810, 813
左驤 453, 457, 458, 472
左馮翊 → 盛宣
左府 → 道長（藤原）
左兵衛督 → 懷平（藤原）
嵯峨天皇（弘仁御宇） 74, 147, 330, 478
宰我 → 宰予
宰宣 63
宰相中將 → 經房（藤原）・齊信（藤原）
宰予（宰我・子我） 329, 370, 545, 546, 548, 549
祭彤 220
崔駰 266, 557
崔琰 243
崔顥 569
崔日知 535, 554
崔日用 622
崔湜 63
崔宗之 56
崔塗 66
崔峒 221
崔豹 474
崔文子 77, 813
蔡廓 56
蔡衡 194
蔡沈（沉） 93, 812
蔡伯喈 → 蔡邕
蔡茂 450, 741
蔡邕（伯喈） 49, 101, 207, 273, 279, 460, 467, 482, 563, 572, 670, 719, 740, 749, 772, 783, 796
齋院 → 選子內親王
在衡（藤原、安和左僕射・左大臣・粟田殿・藤亞相） 87, 91, 92, 108, 240, 241
在昌（紀） 354
在良（菅原） 180
朔 → 東方朔
索訶 305
三位中將 → 兼隆（藤原）
三條天皇〔院〕（居貞親王） 530, 532, 535, 542
三茅眞君 → 茅盈・茅容・茅衷
山簡 657
山公 → 山濤
山濤（山公・竹林〔の〕七賢） 80, 567, 569, 572, 604, 702, 710, 721
山甫 → 仲山甫
參 → 曹參

シ

士季 → 鐘會
士倫 → 陽裕
子〈周易〉 504
子〈孝經〉 508
子羽 → 滅明
子雲 → 終軍・楊雄
子淵 → 顏回

子横 → 縣成
子夏（商） 38, 198, 235, 329, 382, 423, 576
子我 → 宰予
子罕 76, 174, 446, 740, 749, 782, 783
子季 → 何胤
子祺 → 縣成
子虚 46, 489, 491, 753, 807
子禽 → 陳亢
子荊 → 孫楚
子敬 → 王獻子
子惠 548
子慶 → 逢萌
子建 → 曹植
子騫 → 閔損
子元 → 朱博
子玄 → 鮑靜
子恒 → 施常
子貢（瑞木） 11, 16〜18, 329, 545, 547〜549, 740, 779, 783
子騫 → 閔子騫（損）
子產 440
子之 → 秦非
子師 → 王允
子若 → 漆雕開
子從 → 鄭國薛邦
子駿 652
子襄 → 孔謄
子晉 77, 813
子眞 204
子賤 → 宓不齊
子善 15, 143
子曹 → 廉潔
子遲 → 樊須
子仲 671
子長 → 公冶長・司馬遷
子張 549, 598, 756
子牟 809
子房 → 張良
子有 → 冉求・有若
子猷 → 王徽子
子游（言偃） 301, 329, 409, 410, 474, 475, 804, 815, 816
子輿 → 曾參
子陽 → 王吉（陽）
子蘭 62
子良（竟陵王） 27
子陵 → 嚴光
子路 → 仲由
支公 → 支遁
支遁（支公） 33, 136, 342, 442
支公〈晉〉 422
史丹 536
史蚋 458
司空王暢 699
司馬昱（簡文） 612, 634
司馬光 89, 367, 425
司馬子綦 247
司馬子長 → 司馬遷
司馬相如（長卿・馬卿） 28, 45, 47, 166, 171, 248, 288, 289, 437, 458, 461, 489, 491, 556, 572, 583, 635, 665, 753, 807
司馬遷（子長・太史公） 156, 334, 439, 443, 452, 453, 478, 493, 496〜498, 734
司馬談（太史公） 452
司馬長卿 → 司馬相如
司馬德操 731
司馬彪 262
司馬略 763
四皓（東園公・甪里先生・綺里季・夏黃公） 50, 135, 402, 481, 529, 539, 540, 711
至聖文宣王 → 孔子
志 608

始皇〔帝〕〈秦〉（秦皇帝・秦始皇） 98, 117, 189, 239, 401, 460, 481, 506, 540, 597, 635, 673
思遠 782
思玄 275, 376, 436, 496, 497, 503, 524, 583, 767
思和 → 茅衷
施之常 → 施常
施常（子恒） 545, 550
師尹 186
師古 → 顔師古
師曠〈晉侯の樂師〉 15, 95, 506
師輔（藤原、九條右大臣） 295, 326
嗣宗 → 阮籍
資忠（菅原） 535
摯虞 650
次仲 162
耳 → 老子
時光（藤原、尹中納言） 333, 704
時中（源） 704
時珍 59, 263
時棟（大江） 333
慈明 720
七賢 → 竹林の七賢
質 → 王質
執金吾 → 中尉豹
郅壽 606
漆雕開（子若） 545, 550
日本武皇子 301
日本武尊〔命〕 302
實資（藤原） 366
實成（藤原） 333, 349, 530
實輔（藤原） 353, 439
實頼（藤原・右大臣） 326
車 → 張車子
車胤（車司・武子） 351, 354, 356
車司 → 車胤
車千秋 536
舍利子 427
舍利弗 202, 203, 426
謝安（石、太傅・文靖） 33, 53, 62, 63, 68, 119, 136, 187, 342, 494
謝希逸（莊） 15, 143, 420, 447, 665
謝勗 494
謝惠連 118～120, 149, 181, 490, 568, 653, 778, 792
謝玄暉（朓） 105, 167, 256, 261, 280, 436, 563, 603, 625, 652, 653, 749, 813
謝光祿 45
謝承（景山） 235
謝宣遠（瞻） 69, 638
謝太傅 → 謝安
謝朓 → 謝玄暉
謝靈運 25, 26, 69, 149, 181, 217, 245, 277, 282, 361, 433, 459, 501, 531, 550, 578, 656, 685, 692, 707, 778
錫則子 → 老子
釋迦（釋迦牟尼・釋尊・寂默・能仁） 206, 224, 236, 305, 321, 323, 484, 485
釋道祖 77
寂照（圓通大師） → 定基（大江）
寂默 → 釋迦
主父偃 522, 715
守平 → 圓融院天皇
朱 → 牛博・蕭朱
朱异（右將軍） 97, 229
朱異 452
朱公 → 陶朱公
朱子 230
朱氏〈王祥繼母〉 5
朱雀天皇〔院〕（寬明親王・天慶の聖主） 207, 400, 411, 412, 415, 479, 525, 528, 736
朱仲 751

朱滔　206
朱買臣（翁子）　356～358, 361
朱買臣妻　357, 358
朱博（子元）　83, 148, 560, 652, 653, 660
朱普　359, 360, 527
朱穆　156
首名（大神宮禰宜外従八位上神主）　308
壽 → 韓壽
壽王　744
壽王妃 → 楊貴妃
誦 → 成王〈周〉
需 → 甘需
秀 → 光武
周亞夫　188
周顒（彥倫）　16
周王　121, 381, 634, 718
周樂　812
周建德（太常）　335
周公 → 周公旦
周公旦〈魯〉（魯公）　9, 28, 29, 36, 41, 53～55, 63, 68, 101, 112, 123, 125, 126, 139, 161, 250, 259, 348, 350, 368, 397, 482, 511, 532, 551, 562, 566, 624, 631, 633, 634, 649, 690, 725, 740, 804, 807, 818
周孔　382
周光（藤原）　317
周成 → 成王〈周〉
周先生　464
周祖 → 后稷
周趙　250
周黨　719
周武　135
周文 → 文王〈周〉
周老 → 老子
秋緒（菅原）　92
修巳〈禹の妻〉　393
終賈　182
終軍（子雲）　138, 182
衆海（藤原）　446
衆仲　505
十六王子　305
什　202
重華 → 舜
重光（大江、亡考〈匡衡父〉）　399, 407, 431
重耳 → 文公
重明親王（李部王）　19, 253, 663
從祖　785
叔向　309, 338
叔向母　338
叔甲 → 茅盈
叔慈　720
叔齊　110, 187, 343
叔濟　770
叔則 → 裴楷
叔孫　231, 540, 675
叔寶 → 後主
叔夜 → 嵇康
叔梁紇〈孔子の父〉　424
祝融　387, 391
淑景　666
淑光（紀）　324～327
淑信（紀）　208
肅宗 → 章帝
儵 → 樊儵
俊乂　93
俊賢（源、源納言・中納言）　125, 526, 704, 712
俊賢（藤原、中宮權大夫）　333
春申君　275, 767
舜（唐堯・唐虞）　25, 53, 67, 81, 90, 135, 153, 165, 172, 259, 351, 352, 356, 371, 388, 391～393, 395, 422, 434, 453, 455, 472, 507, 515, 520,

615, 619, 628, 629, 636, 640, 673, 688, 690, 703, 795, 812
濬 → 王濬
荀（荀淑） 720
荀悦 30, 169, 199, 414
荀勗 41
荀君 → 荀彧
荀卿 715
荀父子 720
荀令〔君〕→ 荀彧
荀彧（荀君・荀令〔君〕・文若） 611, 614, 615, 720, 783
荀朗 720
淳于 250
淳于恭 328
淳于髠 134, 722
淳曹娥 98
淳茂（菅原） 99, 177, 178, 322, 800
淳和天皇 329
順（源） 76, 567
順帝〈後漢〉 88
馴 → 召馴
遵 → 陳遵
諸葛孔見 733
諸葛孔明 → 諸葛亮
諸葛亮（孔明） 253, 733, 779
女媧氏 386
如淳 60, 89, 110, 371, 439, 446, 452, 463, 736, 750, 795
徐樂 522, 715
徐幹 148, 433
徐鉉 74, 279
徐廣 262, 391, 455, 461, 620, 690, 750
徐孝嗣 15, 143
徐自爲（光祿勳） 335
徐庶 733
徐穉（穉） 571, 719
徐都曹 625
徐靈期 390
小一條院（敦明親王） 528～530, 532, 533, 542
小乙子 → 高宗
小顏 300
少皡 387
少詹 113
少典 160
少伯 → 范蠡
少微〈吳〉 6
少府 → 王溫舒
召馴 → 伯春
召公 397, 532, 633, 740, 807
承和菅三位 → 清公（菅原）
承和聖主 → 仁明天皇
昌 → 文王
昌意 389, 392, 393
昌意父 → 黃帝
昌子（皇太后宮） 254
昌邑王 169
昌立 204, 396, 532
昭 → 文帝
昭王〈燕〉 146, 150, 158, 159, 166, 403, 464, 480, 680
昭王〈秦〉 51, 101, 802
昭王 247, 395
昭儀〈趙飛燕〉 169
昭君 → 王昭君
昭公 43, 82, 209, 338, 732, 762
昭宣公 → 基經（藤原）
昭帝〈漢〉（肅宗） 29, 259, 798
昭明太子 → 蕭統
相如（高丘） 213, 285, 352, 803
商 237
商均〈舜の子〉 81, 422
商賈旦 238
商山（の）四皓 → 東園公・甪里先生・綺里季・夏黃公

商子（容）　23, 28, 29, 616, 624
商容 → 商子
婕妤 → 班婕妤
章碣　7
章信（藤原）　333
章帝〈後漢〉（肅宗）　101, 104, 113, 327, 328
章輔（藤原）　526
莊王〈楚〉　574, 580, 581, 587, 714
莊公　143, 667, 714
莊子（大聖・老莊）　17, 23, 25, 31, 32, 80, 94, 172, 208, 238, 259, 279, 334, 382, 595, 598, 604, 651, 680, 745, 773
莊周　25
勝 → 夏侯勝
湘夫人　282, 673
湘東王繹 → 元帝〈梁〉
嘗 → 孟嘗
嘗太子　481
彰子（藤原、后宮・上東門院・中宮）　167, 226, 324, 327, 349, 363, 413, 450, 525, 646, 662, 806
韶 → 邊韶
蔣詡（元卿）　362
嬙 → 王昭君
鍾會（士季・太傅）　40, 67, 572, 604, 729, 731, 742, 756, 757
鍾子期　572
鍾太傅 → 鍾會
鍾繇　103, 717, 731
蕭育（次君）　148, 560, 647, 652, 653, 660
蕭育名父子　652
蕭叡明（景濟）　521
蕭叡明母　521
蕭繹 → 元帝〈梁〉
蕭何　22, 87～89, 108, 372, 522, 715, 751, 804, 807, 818
蕭子雲　796
蕭子顯　16
蕭子良　795
蕭朱　148, 560, 652
蕭曹 → 蕭何・曹參
蕭統（梁昭明太子）　367, 382, 476, 583, 765
蕭德言（文行）　473, 480, 483
蕭文琰　27
蕭望之　37, 328, 367, 372, 439, 536, 652
蕭緬（安陸侯・安陸昭王・景業）　20, 35, 89, 414, 595, 621, 738
簫史　817
譙周　257, 395, 526
上東門院 → 彰子（藤原）
上林天子　798
丞田公　643
常惠　784, 798
娍子（藤原）　530
襄〈齊國王〉　337
襄王　62, 280, 377, 600
襄公〈衞〉　579
襄公〈魯〉　143, 223, 440, 506, 617
襄城君　63
讓王　16, 247
寔 → 陳寔
植 → 曹植
蜀中王　145
申培（申公）〈魯〉　381, 382
岑參　365, 568, 773
岑文瑜　508
臣瓚　110, 343
辛甲〈周〉　223
辛氏　261, 394, 772
信賢　704
晉〈周〉（太子）　105
晉安王　476

晉王 → 高宗
晉王　283, 422, 612
晉君 → 悼公
晉獻文子　812
晉公　281
晉侯 → 師曠
晉侯　423, 506
晉氏　228
晉灼　535, 668, 732
晉叔　338
晉太元〈康〉　102
晉武　582
秦項 → 項羽
秦皇　467
秦皇帝 → 始皇帝
秦始皇 → 始皇帝
秦非（子之）　549, 550
神女　280, 639
神宗皇帝〈宋〉　136
神農〔氏〕　82, 105, 380, 386, 387, 389, 754
神武　638
眞行子 → 老子
眞材（橘）　346
眞宗〈宋〉　576
眞諦三藏　305
眞備（吉備）　329, 330
仁明天皇（承和聖主）　327, 329～331, 345, 473, 478

ス

帥 → 伊周（藤原）
帥宮 → 敦道親王
帥內大臣 → 伊周（藤原）
帥の宮　566
醉鄉氏　35, 124, 129
綏子（藤原、尙侍）　632
燧人氏　405
瑞芝　204
隋王　436, 813
隨應子　387
鄒衍　159, 403, 480, 715
鄒赫子　715
鄒子　715
鄒陽　171, 187
騶衍　715
騶奭　715

セ

世尊　306, 317
世芬 → 姚馥
是綱（菅原）　298, 355
是善（菅原）　92
是直（大中臣）　92
正平 → 禰衡
成　650
成王〈周〉（誦・周成）　9, 28, 55, 123, 125, 126, 139, 145, 161, 259, 368, 395, 397, 398, 511, 532, 538, 562, 624, 633, 714, 718, 729, 740, 804, 806, 807, 818
成王〈魯〉　633
成康 → 成王・康王
成信（源）　646
成帝〈漢〉　153, 158, 169, 178, 441, 510, 584, 715
成都王　35
成湯（天乙）　395, 615
成明（親王）→ 村上天皇
西王母（王母・龜台金母・西母）　38, 48, 50, 105, 445, 453, 456, 457, 472, 555, 706, 733, 734, 754
西海王 → 大宰帥宮
西漢夫人　751
西漢平帝　575
西施　668, 731

西曹始祖 → 清公
西伯 → 文王〈周〉
西母 → 西王母
青宮菅學士 → 宣義（菅原）
青女天神 187
青霄玉女 187
政 → 鄭弘
清公（菅原、菅京兆・菅馮翊・承和菅三位・西曹始祖） 296～301, 303, 330, 345, 473, 478, 479, 483
清和天皇 404
盛弘之 107, 160, 390, 699, 767
盛宣（左馮翊） 335
聖王 151
聖主 123, 216, 351, 380
聖智 733
聖澄 197
聖帝明王 583
聖德太子（太子） 426
聖武天皇〔帝〕 147, 308, 318
誠信（藤原） 704
齊王 264, 510, 577
齊王冏 182
齊威王 81
齊賢 672
齊孔稚珪 162
齊光（大江、左大丞） 18, 324, 326, 327, 347, 348, 407, 408, 410～412, 415, 642, 643
齊國王襄女 60
齊謝朓 534
齊信（藤原、宰相中將・右衛門督） 125, 151, 252, 333, 682, 689, 704, 800
齊太公 421
齊名（紀） 213, 252, 285, 701, 761
齊名（田口） 208, 352, 584
靜女 → 貞靜
濟（何劭王） 475, 651, 707, 783
濟 15, 27, 39, 45, 60, 71, 93, 105, 106, 137, 138, 148, 163, 175, 226, 232, 238, 253, 255, 266, 334, 341, 377, 382, 413, 416, 421, 433, 436, 477, 491, 499, 508, 514, 519, 539, 554, 563, 576, 596, 598, 600, 603, 607, 625, 637～639, 641, 648, 665, 718, 726, 735, 762, 765, 767, 778, 779, 801, 812, 814
濟〈晉王〉 634
濟宗法師 322
濟時（藤原、右親衛員外亞相・右親衛藤亞相） 53, 54, 67, 69, 575
石季龍 409, 456, 634
石季倫 → 石崇
石慶（丞相） 335
石山平上人 319, 320
石崇（季倫） 33, 61, 182, 246, 273, 337～339, 369, 494, 537, 538, 698
石奮 226
赤松子（松喬） 87, 105, 106, 402, 482
赤松子安期先生 → 徐公
赤精子 → 老子
赤染衛門 408
戚夫人 135, 402, 540
碩曼卿（項曼都・抱朴子・祛惑） 376, 520
積善（高階） 294, 305, 333, 562
績 → 王績
籍 → 阮籍
說 → 傅說
說孝（藤原、攝州刺史） 487
雪子 → 溫伯
薛君 639
薛澤 762
薛道衡 495, 694
薛能 554

薛方　90, 719
薛邦 → 鄭國
薛曜　741
攝州刺史 → 說孝（藤原）
攝政 → 兼家（藤原）
川瀨連（春部國造）　299
千古（大江）　399, 407, 408, 410
仙州王　667
先生 → 蕭統
先聖 → 孔子・文聖王
先帝　328, 562
宣王〈周〉　146, 649, 650, 718, 740
宣貴妃　665
宣義（菅原、青宮菅學士）　333, 340, 341, 344, 526
宣帝〈漢〉　45, 192, 249, 259, 297, 344, 372, 580
宣德皇后　28, 276, 715, 810
宣武　155
宣耀殿 → 娍子（藤原）
泉 → 鄭泉
詮子（藤原、きさいの宮・皇太后宮・東三條院・母儀）　127, 251, 254, 321～323, 412, 664, 674, 806
詹子 → 中山公子
詹事 → 陳掌
銑　7, 14, 22, 25, 27, 28, 32, 40, 43, 49, 54, 62, 67, 70, 71, 96, 99, 105, 107, 112, 113, 131, 143, 149, 152, 158, 170, 175, 186, 194, 207, 208, 220, 231, 233, 235, 238, 260, 264, 276, 281, 334, 435, 442, 450, 456, 458, 462, 467, 472, 476, 488, 501, 515, 522, 533, 538, 556, 558, 560, 568, 580, 583, 600, 608, 620, 638, 645, 654, 668, 670, 672, 696, 715, 716, 721, 735, 737, 748, 750, 753, 757, 758, 779, 782, 783, 785, 808, 809, 813
潛 → 陶潛
選子內親王（齋院）　167
遷 → 司馬遷
暹賀（故座主權僧正）　462
錢起　812
錢曾　383
鮮之 → 鄭鮮之
顓頊　63, 387, 389, 390～393, 690
顓頊父 → 昌意
顓帝　387
冉 → 顏何
冉求（子有）　38, 329, 545, 549, 779
冉耕（伯牛）　329, 545, 550
冉伯牛 → 冉耕
冉有 → 冉求
冉雍 → 仲弓
前源遠州刺史 → 爲憲（源）
前大宰帥親王 → 敦道親王
前太政大臣 → 兼家（藤原）
前鎭西都督大王　95
然明　440
善　7, 9, 10, 14～17, 22, 25, 27, 28, 30, 31, 35, 38, 40, 42, 43, 46, 49, 50, 54, 58, 61, 65, 67, 71, 72, 77, 81, 93～96, 98, 99, 106, 118, 119, 127, 129, 131, 132, 134, 138, 146, 149, 152, 156, 158, 169, 170, 172, 178, 181, 185, 194, 201, 207, 208, 217, 219, 230, 233, 235, 238, 244, 253, 257, 260, 261, 263, 264, 266, 275, 277, 279～282, 298, 309, 320, 334, 337, 341, 362, 368, 372, 376～379, 385, 402, 421, 433, 436, 442, 447, 448, 455, 458～460, 462～472, 474, 479, 481, 490, 491, 496, 499, 503, 508, 514, 515, 518, 519, 522, 523, 527, 531, 533, 535, 536, 538, 553, 555,

556, 558～563, 568, 576, 578, 579, 585, 586, 595, 598～600, 603, 606, 615, 618, 625, 634～639, 641, 645, 648, 653, 659, 665, 667, 668, 670, 673, 674, 676, 679, 685, 688, 696, 705, 707, 713～716, 722, 724, 725, 735, 738, 739, 743, 745, 748～750, 752～754, 757～759, 762, 764～767, 770, 771, 773, 778, 779, 783, 784, 789, 791, 793, 795, 796, 801, 807～810, 812～814
善言（滋野） 333, 662
善縄（春澄） 330

ソ

祖詠 667
素戔嗚尊 301
疏廣 403, 527
楚王 15, 51, 52, 62, 144, 491, 753, 785
蘇子卿 → 蘇武
蘇從 580
蘇軾（東坡） 106, 795
蘇秦（季子） 577
蘇頲 113
蘇東坡 → 蘇軾
蘇武（子卿） 40, 137, 142, 219, 354, 372, 560, 705, 784, 814
蘇味道 553
蘇林 238, 373, 558, 635
宋玉（宋生） 15, 144, 280, 375～377, 379, 416, 456, 576, 594, 600, 601, 696, 721, 752, 785
宋均 31, 400, 636
宋孝武 665
宋之問 655
宋氏 517
宋資 518, 796
宋正 → 劉安國
宋生 → 宋玉
宋鮑昭 59
宋測（文度） 95
宗忠（中御門） 92
巢 → 巢父
巢許 135
巢父（巢由） 87, 90, 91, 108, 165, 466
巢由 → 巢父・許由
曹 → 曹參
曹王 → 曹植・王粲
曹洪 471, 722
曹公 696
曹參（蕭曹） 87～89, 108, 446
曹子建 → 曹植（子建）
曹植（魏陳思王・子建・曹子・仲宣・東阿王・雍丘王） 10, 15, 61, 87, 95, 96, 100, 108, 123, 148, 152, 164, 172, 262, 264, 289, 328, 413, 460, 484, 563, 578, 595, 599, 616, 637, 639, 679, 713, 725, 754, 768, 779, 782, 786, 793, 814, 816
曹操（太祖） 95, 243, 495, 614, 784
曹大家 606
曹唐 128, 708, 751
曹丕（魏太子） 26, 37, 433, 501, 656
曾 → 錢曾
曾參（子輿・曾子） 38, 364, 410, 423, 514, 516, 521～523, 779
曾子 → 曾參
曾閔 → 曾參・閔損
棗道彥（據） 726
蒼（東平憲王・東平公・驃騎將軍東平王） 360, 527, 561, 562, 566
蒼舒 61, 338
蒼帝姬昌 204, 532
僧達 → 王僧達
綜 81, 159, 163, 181, 185, 201, 220, 244, 261, 394, 397, 467, 479, 506,

562, 597, 640, 664, 718, 743, 766, 790, 814
増命法師 322
藏榮緒 337, 795
束廣微（晳） 101, 126, 469, 633, 637
則忠（源、三位） 125, 323, 333
粟田殿 → 在衡（藤原）
村上天皇（延喜天暦二代聖主・延喜天暦二代明主・皇帝・成明親王・第十一皇子・天暦〔の〕聖主・天暦聖代・天暦天皇） 321, 323, 347, 399, 400, 407, 410～412, 415, 428, 479, 525, 528
孫 → 公孫弘
孫會宗 43
孫敬 421
孫堅 155
孫堅夫人吳氏 155
孫權 129, 696
孫弘 → 公孫弘
孫皓 74
孫康（孫氏） 117, 118, 320, 348
孫閣 → 公孫弘
孫興公（綽） 33, 96, 136, 208, 342, 558, 608
孫氏 → 孫康
孫氏 46, 767
孫綽 → 孫興公
孫壽 63
孫秀岳 182
孫星衍 635
孫盛 796
孫楚（子荊・馮翊太守） 164, 166
孫瑒（德璉） 185
孫程 752
孫逖 198
孫陽 275
孫羅 443, 450, 453

タ

妥 → 何妥
大禹 → 禹〈夏〉
大王 → 具平親王・中書大王
大迦葉波 312
大丘（膳臣） 815
大宮院 → 詮子（藤原）
大項橐 529, 533, 542
大皞氏 → 伏犧氏
大皞氏 209
大鴻臚 → 壼充國
大宰帥宮（西海王） 551, 562
大小夏侯 328
大勢至菩薩 485
大祖〈魏〉 537
大宋國奉先寺和尙 462
大通慧 → 大通智勝佛
大通衆慧 → 大通智勝佛
大通知勝〔如來〕 304～307
大通智勝佛（大通慧・大通衆慧） 305
大唐左僕射 → 房元〔玄〕齡
大悲觀世音 485
太丘 → 陳寔
太公 → 呂尙
太公望 → 呂尙
太皞 405, 406
太宰嚭 548
太子左庶子 → 許敬宗
太司公 → 司馬談
太史公 → 司馬遷
太上玄元皇帝 → 老子
太上皇 693
太上法皇 → 醍醐天皇
太上老君 → 老子
太常 → 周建德
太眞 → 楊貴妃
太眞王母 766

太眞宮女道士楊氏 → 楊貴妃
太成子 → 老子
太祖〈魏〉 → 曹操
太祖夫人 → 尹氏
太宗〔皇帝〕〈唐〉 214, 231, 232, 238, 403, 480, 576, 661, 675, 677, 743
太僕 → 公孫賀
代宗〈唐〉 621
泰伯 64, 94, 430
戴逵 35, 626
戴聖 383
戴德 383
醍醐天皇〔帝〕（寛明・延喜聖代・延喜天歴二代聖〔明〕主・太上法皇・天子・天皇） 103, 321〜323, 399, 400, 407, 410〜412, 415, 479, 525, 528, 736
達音（田） 192
妲己 29
丹朱 422
丹州刺史 → 匡衡（大江）
丹波殿 → 匡衡（大江）
聃 → 老子
郯子 82
單子 60, 61, 338, 372, 784, 798
覃（大田） 805
湛然（荊溪然禪師） 462
端木 → 子貢
澹臺滅明 → 滅明（子羽）
檀道鸞 720

チ

郗 → 郗嘉賓
郗嘉賓（郗超） 16
智積 306
稚圭 → 匡衡
竹園 → 具平親王
竹林〔の〕七賢 → 嵆康・阮籍・山濤・向秀・劉伶・阮咸・王戎 567, 728
中尉豹（執金吾） 335
中宮 → 彰子（藤原）
中宮權大夫 → 俊賢（藤原）
中山公 → 子牟
中山靖王勝 368
中山甫 → 仲山甫
中散大夫 → 嵆康
中書王 → 具平親王
中書王 176
中書大王 → 具平親王
中書大王（大王） 175, 176
中鄒 505
中務親王 → 具平親王
仲（高祖兄・郃陽侯） 162
仲恩 → 桓郁
仲弓（冉雍） 329, 549
仲弓 → 陳寔
仲山甫（樊穆仲・魯獻公仲子） 260, 647, 649, 650, 660
仲治 → 虞仲治
仲舒 → 董仲舒
仲昌 10
仲宣 → 王粲
仲孫尼 → 孔子
仲長 244
仲尼 → 孔子
仲由（季路・子路） 126, 152, 250, 329, 549, 576, 779
仲容 → 阮咸
仲梁子 811
忠（長沙王） 466
忠仁公 → 良房（藤原）
忠貞（菅原） 333
忠平（藤原、貞信公） 19, 253, 365, 415〜517, 663
忠輔（藤原、權中納言・左大弁・新中

納言）　125, 151, 325, 332, 333, 349, 662, 689, 704, 712, 800, 805
忠隆（源）　323
紂〈殷〉　29, 55, 126, 396, 397, 582
褚淵（顏回）　94, 131, 233, 413, 541, 554, 648, 651
褚亮　640
長 → 公冶長
長卿 → 司馬相如
長谷雄（紀、紀納言・中納言）　182, 324～327, 329, 432, 436, 743, 766
長國（中原）　180
長沙王 → 忠
長房 → 費長房
長寧公主〈郭元靖〉　97
長明妃　61, 338
晁公武　384
奝然　818
張（六賢）　92, 228
張安世　341, 371, 372, 536
張晏　82, 174, 209, 300, 371, 372, 395, 441, 465, 509, 558, 565, 641
張華（茂先）　15, 36, 41, 43, 144, 451, 463, 465, 571, 721, 767
張嘉貞　333
張奐　260
張季鷹　264
張軌（士彥）　280, 281
張旣　495
張譏　286
張儀　88, 256
張九齡　66, 286, 643
張恭祖　41
張喬　803
張景陽（協）　67, 230, 464, 608, 636, 668, 679, 688, 758, 766, 773
張祜　339
張弘　148
張衡　101, 333, 671
張紘　6
張黃門　156
張纘　190
張士然　99
張子厚　785
張氏（張公）　631, 636
張司空　39
張若虛　45
張車子　493, 496, 497
張揖　171, 281, 555, 807
張徐州　778
張竦　334
張丞相　293
張正見　105, 228, 596
張成（大司農）　335
張說　221, 288, 683
張僧　50
張湛　809
張湯　397, 536
張飛　239
張文恭　44
張平子（衡）　72, 81, 101, 129, 159, 163, 169, 181, 185, 194, 201, 220, 244, 261, 333, 376, 394, 397, 435, 436, 455, 459, 467, 479, 481, 491, 496, 503, 506, 524, 562, 583, 597, 640, 664, 671, 673, 705, 718, 743, 750, 759, 766, 767, 770, 778, 790, 814
張勃　58
張茂先 → 張華
張孟陽（載）　481
張融（張思光）　32
張良（子房・留侯）　50, 54, 135, 399, 401, 404, 473, 481～483, 540, 638, 676, 750, 763, 807, 810
張老　812
朝光（藤原、左親衛亞相）　240, 242, 575

朝綱（大江、江宰相・後江相公・相公） 95, 100, 177, 178, 326, 339, 428, 554, 678
超 → 班超
超子（藤原） 552, 553
趙王如意 402, 540
趙王隱士 719
趙鞅（簡子） 666, 696, 722
趙嘏 189
趙簡子 → 趙鞅
趙后 → 趙飛燕
趙氏 → 趙飛燕
趙充國 371, 372
趙昭儀 169, 171, 229
趙勝（平原〔君〕） 51, 52, 101, 767
趙飛燕〔鸞〕（燕・皇后・宣主・趙后・趙氏・飛燕） 7, 158, 169, 171, 700
趙美燕姝 → 趙昭儀
徵 → 魏徵
徵在（顏母）〈孔子の母、顏氏の三女〉 117, 424
沈懷文 646
沈休文 → 沈約
沈約（休文） 25, 27, 35, 71, 78, 89, 99, 138, 152, 170, 185, 192, 414, 469, 563, 595, 621, 647, 782
陳嘏 168
陳咸 148, 652
陳季方 → 陳諶（季方）
陳君 605
陳鶱 613
陳玄禮 744
陳亢（子禽） 576
陳孔璋（琳） 15, 28, 433, 471, 523, 722, 762
陳恒 546
陳後主 655
陳子良 676
陳氏 → 玄奘
陳思王 → 曹植
陳思王植 → 曹植
陳叔達 10
陳敞 337
陳遵（嘉威侯・孟公） 656, 788
陳掌（詹事） 335
陳勝 515
陳振孫 384
陳諶（季方） 605, 720
陳寔（太丘・仲弓・陳大〔太〕丘・文範先生） 279, 601, 604, 605, 610, 720, 749
陳政（藤原） 530
陳大〔太〕丘 → 陳寔
陳仲弓 → 陳寔
陳忠 261
陳伯之 654
陳萬年 652
陳蕃 571, 719
陳平 54, 373
陳鋒氏女 390
陳留 235, 635, 722, 768
陳琳 → 陳孔璋

ツ

通直（大江） 333, 682
通明 → 陶弘景

テ

丁固孟仁 74
丁鴻 350
丁令威 802
定基（大江、圓通大師・寂照） 352, 407, 408, 410
定公〈魯〉 262, 263, 696
定子（藤原） 213, 214, 470
定昭 311

帝嚳（高辛） 387, 390, 391, 690
帝釋 426
貞懿皇后 621
貞主（滋野） 330
貞信公 → 忠平（藤原）
貞靜（靜女） 470
程昱 783, 784
鄭（六賢） 92, 276, 567, 730
鄭亞 122
鄭薫 38
鄭玄（玄・康成・鄭氏）〈後漢〉 22, 29, 36, 38, 40, 41, 43, 49, 51, 93, 96, 162, 185, 198, 207, 275, 383, 400, 414, 443, 450, 451, 459, 479, 490, 515, 535, 550, 563, 568, 594, 595, 600, 638, 664, 696, 726, 745, 779, 801, 812, 814
鄭弘（政） 235, 248, 564
鄭遨 584
鄭國（子從・薛邦） 545, 546
鄭氏 → 鄭玄
鄭司農 353, 438, 490, 776
鄭泉（文淵） 124, 129
鄭鮮之 146
禰正平（衡） 82, 104, 275, 448, 449, 509, 614, 779
翟璜謂 778
天慶の聖主 → 朱雀天皇
天乙 → 成湯
天公 496, 497
天神 → 道眞（菅原）
天武天皇（帝） 103, 318
天滿自在天神 → 道眞（菅原）
天老 227
典 → 桓典
田甲 585
田成子 405, 406
田達音 792
田文 → 孟嘗君
甸男 633
傳玄 572

ト

杜延年 372
杜夔（公良） 458
杜康 10
杜詩 234
杜周（延尉） 335
杜荀鶴 320
杜審言 25
都督大王 → 敦道親王
杜父 → 杜預
杜武庫 → 杜預
杜甫 13, 17, 476, 638, 673
杜牧 164, 586, 781
杜預（元凱・杜父・杜武庫） 465, 478, 597, 615, 647, 650, 660, 812
屠羊 247
冬嗣（藤原、贈太政大臣） 416
冬緒（藤原） 92
到洽 765
東阿（王） → 曹植
東園公（四皓・商山〔の〕四皓） 50, 135, 481, 529, 539, 540, 763, 771
東郭子惠 548
東漢和帝 575
東皋子 → 王績
東三條院 → 詮子（藤原）
東三條入道攝政 → 兼家（藤原）
東曹末儒 → 匡衡（大江）
東坡 → 蘇軾
東平王 → 蒼
東平憲王 → 蒼
東平公 → 蒼
東方朔（曼倩） 50, 97, 109, 110, 114, 293, 336, 340, 343, 344, 392, 445,

457, 522, 544, 639, 704, 705, 715, 754, 801
東林滿上人 570
悼公（晉君） 617
唐堯 → 堯・舜
唐虞 → 堯・舜
唐太子賓客 → 白樂天
唐帝三郎 → 光武帝
島田麻呂（橘） 346
陶 733
陶淵明（元亮・五柳先生・陶潛） 11, 14, 17, 18, 107, 144, 244, 249, 251, 287, 586, 607, 746, 747, 759, 769, 788
陶侃 747
陶弘景（隱居先生・宏景・通明） 554, 570, 706, 708, 808
陶朱公 596, 636
陶潛 → 陶淵明
陶徵士 13
陶唐 → 放勳
登徒子 31
湯〔王〕〈殷〉 55, 155, 162, 261, 395, 396, 448, 690
當陽君 60
董謁 754
董遇（季直） 276, 602, 777
董賢 178
董思恭 719
董仲舒 351, 353, 356, 421, 463
鄧禹（禹・元侯・高密侯・仲華・鄧將軍） 150, 161, 162, 166, 714
鄧艾 731
鄧將軍 → 鄧禹
鄧晨 761
鄧通 620
蕩之什 420
濤 → 山濤
藤十一 789, 791
藤少侯 23
藤相公 → 懷平（藤原）
藤相公 136
藤大納言 → 顯光（藤原）
藤納言 → 賴通（藤原）
竇嬰〈漢〉 776
竇泉 367, 469
竇太后〈孝王母〉 6, 336, 776
道兼（藤原、右將軍） 213, 214, 366
道綱（藤原、東宮傅） 333, 366, 704
道眞（黃） 102
道眞（菅原、菅丞相・菅贈大相國・天神・天滿自在天神） 8, 55, 295, 346, 445, 736, 792
道濟（源） 252
道長（藤原、左相府・左丞相・左大臣・左大殿・左府・相府・上宰左相・丞相・入道殿・明府） 19, 22, 73, 75, 83, 109, 110, 114, 121, 123～125, 127, 137, 151, 197, 201, 224～226, 236, 237, 239, 251, 254, 266～268, 271, 273, 274, 277, 305, 323～325, 332, 336, 348, 350, 359, 361～363, 365, 416, 417, 460, 526, 530, 660, 662, 664, 676, 682, 689, 701, 703, 710～712, 727, 760, 761, 773, 800, 804, 805, 808, 811, 818
道長（藤原）女 → 彰子（藤原）
道統（三善） 210, 704, 812
道風（小野） 322, 796
道方（源） 530
道方（藤原） 646
道隆（藤原） 213, 214
德言 → 蕭德言
德眞 → 韓壽
德操 733
德曜 → 孟光

徳璉 → 孫瑒
篤茂（藤原） 136, 623
敦康親王（一宮御方・第一皇子） 323, 470, 525, 526
敦詩 489
敦信（藤原） 333
敦成親王 → 後一條天皇
敦道親王（前大宰帥親王・都督大王） 323, 332, 333, 552, 553, 567
敦明親王 → 小一條院
敦良親王 → 後朱雀天皇

ナ

奈良麻呂（橘） 346
南漢主 → 劉鋹
南相 → 年名（南淵）

ニ

尼 → 潘正叔
尼父 → 孔子
入道攝政 → 兼家（藤原）
入道殿 → 道長（藤原）
任彥昇〔弁〕（昉） 28, 42, 56, 147, 260, 276, 402, 421, 442, 455, 509, 564, 584, 636, 715, 726, 810

ネ

年名（南淵、南相） 91, 92

ノ

能公（大江） 275, 276, 352, 355
能仁 → 釋迦

ハ

馬援 501
馬季長 → 馬融
馬卿 → 司馬相如
馬戴 119
馬鳴（阿濕縛窶沙・功勝・メミョウ） 200, 207
馬融（季長） 7, 41, 70, 152, 383, 451, 512, 546, 559, 576, 577, 633, 673, 783, 809
沛公 → 高祖
裴駰 597
裴楷（叔則） 572, 768
裴侍中 281
裴度 281, 282
裴度公女 281
枚乘（叔） 171, 281, 558, 609, 654, 716
梅鋗 454, 466
梅賾 381
買臣 → 朱買臣
白樂天 → 白居易
白居易（樂天・唐太子賓客・白氏） 34, 47, 52, 91, 92, 109, 114, 144, 168, 170, 188, 237, 239, 281, 282, 314～316, 340, 343, 344, 383, 384, 407, 410, 443, 453, 760, 763, 773
白氏 → 白居易
白川院 318
百谷王 558
百里嵩 235
伯夷 15, 110, 156, 187, 343, 526
伯牙 572
伯會 → 許伯會
伯牛 → 冉耕
伯魚 → 孔鯉
伯禽 23, 28, 29, 562, 624
伯山（鄱陽王） 534
伯春（召馴） 87, 103, 104, 108
伯升 162, 414,
伯仲 162, 414
伯通 → 皐伯通
伯陽 → 老子
伯鸞 → 梁鴻

伯倫 → 劉伶
博 → 朱博
博陸侯（霍禹） 29
薄姫 414
范雲（范尚書） 147, 442, 564, 748
范曄 → 范蔚宗
范啓 16
范彥龍（雲） 778
范公 → 范蠡
范子 30
范始興 42
范尚書 → 范雲
范蔚宗（曄） 65, 118, 127, 518, 539, 796
范蠡（少伯・范公） 405, 594, 596, 631, 636, 637, 641
班固 → 班孟堅
班叔皮（彪） 618, 813
班女 596
班婕妤 30, 150, 157, 158, 165, 468
班超 56, 682, 741
班伯 49
班彪 → 班叔皮
班孟堅（固） 3, 54, 98, 105, 113, 217, 257, 260, 328, 384, 468, 522, 536, 555, 561, 562, 603, 606, 625, 667, 668, 670, 675, 676, 715, 718, 724, 735, 747, 750, 808, 810
樊陰 380
樊宏（樊氏・靡卿） 380, 682
樊氏 → 樊宏
樊須（子遲） 545, 546
樊重（君雲） 682
樊噲 328
樊遲 577
樊穆仲 → 仲山父
潘 → 潘安仁（岳）
潘安仁（岳・郎） 33, 49, 76, 93, 138, 170, 178, 179, 182, 183, 186, 191, 207, 334, 341, 366, 369, 374, 378, 431, 472, 519, 533, 538, 594～596, 599～601, 636, 713, 716, 718, 721, 725, 789, 791, 800, 803, 812
潘岳 → 潘安仁
潘元茂（勗） 55
潘正叔（尼） 258, 334, 719
繁休伯（欽） 457
萬石君 226, 563
萬法天師 → 老子
盤古先生 → 老子
盤庚 20, 395
盤庚弟 216
蕃 → 陳蕃

ヒ

皮日休 11
飛燕 → 趙飛燕
費長房 103, 709
尾張連 302
尾州刺史 → 匡衡（大江）
尾州竹使 → 匡衡（大江）
媚蘭 457
微之 67, 318, 372, 436, 489, 493
微子 141, 187, 489, 493, 512
彌陀如來 485
靡卿 → 樊宏
謐 → 買謐
馮翊太守 → 孫楚
馮夫人 768
馮文羆 17
馮奉世 536
驃騎將軍東平王 → 蒼
豳公 538
頻毗婆羅王 313
敏達天皇 436
閔子騫（損） 329, 516, 517, 779

閔損 → 閔子騫
愍懷太子〈梁〉 510

フ

夫差 668
父王〈燕昭王の〉 159
巫山之女 280
浮丘公 77, 105, 778, 813
富小路右大臣 → 顯忠(藤原)
傅季友(亮) 807
傅休奕(玄) 70
傅玄 244
傅氏 216
傅說 155, 217, 225, 233, 236, 262, 267, 287
傅長虞(咸) 475, 651, 707, 783
傅武仲(毅) 456
傅野 215〜217, 233
輔尹(藤原) 333
輔昭(菅原) 354
輔仁 13
輔正(菅原、式部大輔・第一碩儒參議吏部侍郎菅原朝臣・北野宰相殿・李部大卿相公) 125, 213, 323, 333, 354, 355, 375, 526, 529, 530, 542, 562, 627, 704
武 → 孝王〈梁〉
武王〈周〉 10, 28, 29, 55, 125, 126, 223, 357, 381, 395, 397, 421, 464, 526, 532, 542, 562, 615, 633, 690, 740, 807
武惠妃 744
武賢(羌將軍) 371
武公〈鄭〉 714
武子 → 車胤
武成 146
武仲 → 許由
武丁 → 高宗
武帝〈漢〉 20, 45, 70, 71, 96, 110, 138, 145, 157, 161, 168〜171, 174, 199, 200, 205, 211, 230, 257〜259, 272, 335, 343, 353, 358, 372, 376, 393, 406, 423, 452, 457, 472, 513, 522, 544, 582, 613, 630, 702, 710, 715, 717, 727, 735, 742, 754, 793, 794, 798, 799
武帝〈魏〉 782, 801
武帝〈齊〉 20
武帝〈晉〉 41, 101, 478, 510, 521, 633, 650
武帝〈梁〉 118, 683, 796
武夫公侯 54
武穆裴后 801
武陵王將軍 119
武靈王〈趙〉 460, 461
伏羲(羲皇) 205, 380, 385〜387, 405, 406
伏犧氏(大皥氏) 82, 209, 477
伏侯 162, 414
伏生 381, 521
宓羲 82
宓羲龍師 209
宓犧氏 405
宓不齊(子賤) 545, 549
服虔 247, 373, 402, 565, 768
佛 202, 203, 234, 306, 313, 317, 426
奮 → 右奮
文穎 174, 189, 258, 373, 635
文琰 → 蕭文琰
文淵 → 鄭泉
文王〈漢〉 441
文王〈周〉(周文・西伯・昌・太子) 28, 51, 55, 146, 153, 174, 200, 204, 257, 358, 381, 395〜397, 417, 420, 421, 437, 448, 463, 464, 467, 499, 526, 528, 529, 532, 542, 562, 633

文君 248
文公〈晉〉(重耳) 693
文行 → 蕭德言
文侯〈魏〉 578
文皇帝〈宋〉 611
文子 259, 536
文時(菅原、菅三品) 91, 248, 419, 428, 437, 485, 486
文室氏〈紀淑光母〉 326
文若 → 荀彧
文珠 197
文叔 → 光武皇帝
文章博士 → 匡衡(大江)
文聖王(先聖) 329
文靖 → 謝安
文宣王 → 孔子
文帝〈漢〉(昭) 22, 138, 223, 229, 334, 337, 373, 376, 381, 406, 414, 415, 604
文帝〈魏〉 65, 103, 157, 184, 229, 263, 283, 457, 458, 471, 472, 488, 563, 612, 620, 717, 722, 723, 727, 758, 789～791, 812
文帝〈晉〉 60, 61, 338
文帝〈隋〉 575
文帝〈宋〉 119
文德皇后 672
文範先生 → 陳寔
文武天皇 195, 329
文命 → 禹
文邑先生 → 老子
文禮 → 邊文禮

ヘ

丙吉 372
平王〈周〉 213, 714
平原(君) → 趙勝
平原侯植 22, 26, 656
平公 338
平上人 319～321
平城天皇 102
平津公 266
平大守 → 阮始平
平帝〈漢〉 380, 509, 764
平當 536
郱原 770
扁鵲 666
邊孝先 → 邊韶
邊韶(孝先) 482
邊文禮(邊讓) 137
變邑子 → 老子

ホ

蒲將軍 60
姥 33, 137, 342
方 → 薛方
庖羲 209
庖犧〔氏〕(龍師) 205
抱朴子 → 碩曼卿
放勛 390
放勳(陶唐) 391
法興院 → 兼家(藤原)
法慈惠 → 孝文皇帝
法眞 88
奉高 → 袁閎
奉春君 810
保胤(慶滋) 243, 304, 305, 352, 421, 441
保章氏 705
苞子 370
苞氏 364
峯範(橘) 346
逢萌(子慶) 208, 719
彭侯子 24
彭叔夏 384
彭常子 24, 154

鮑叔（牙）　172～174
鮑照 → 鮑明遠
鮑靜（子玄）　106
鮑宣　90
鮑明遠（昭・照）　38, 59, 77, 97, 133, 238, 264, 320, 334, 377, 499, 515, 536, 663, 670, 679, 757, 767, 813, 816
鮑溶　187
褒成宣尼父　575
褒尊侯 → 孔子
褒太常卿　63
龐參　702
房元〔玄〕齡（大唐左僕射）　225, 232, 234, 236
房彥謙　500
茅盈（三茅眞君・叔甲）　555, 706
茅容（三茅眞君・季偉）　555, 706
茅衷（三茅眞君・思和）　555, 706
茅濛　706
望 → 呂尙
望之 → 蕭望之
穆 → 樊穆仲
穆王〈周〉　385, 457, 649, 679, 733, 734
穆公　275, 471, 817
穆子　423, 579
穆宗　384
穆帝〈漢〉　510
穆天子　38
本朝左相府 → 道長（藤原）
梵王〔天ヵ〕　426
梵天王　307

マ

摩訶迦葉〔波〕　312
摩奴羅尊者　207
末永（藤原）女　346
曼倩 → 東方朔

ミ

密 → 禹
民部大輔　797

ム

務成子 → 老子
無畏海〈中印度〉　207
無奕　119
無功 → 王績
夢帝　216
夢天　216
夢弼　61, 216, 338

メ

メミョウ → 馬鳴
命兒子　24, 154
明王　361, 520
明妃 → 王昭君
明君 → 王昭君
明公　146
明皇帝〈唐〉　198, 675
明帝〈後漢〉　327, 331, 360, 380, 400, 508, 510, 516, 528, 539, 543, 654, 777
明帝〈魏〉　276, 283, 464, 510, 602
明帝 → 顯宗
明府 → 道長（藤原）
明理（源、左京大夫明）　553
滅明（子羽）　545, 548, 549

モ

茂先 → 張華
毛延壽　337
毛公　381, 382, 451
毛先生 → 毛遂
毛遂（毛先生）　51, 52
毛萇　71, 98, 119, 152, 238, 372, 474,

558, 564, 585, 625, 696, 707, 750, 783
孟岐 754
孟獻子 667
孟公 → 陳遵
孟光（德曜・孟氏） 659
孟郊 260
孟康 40, 174, 389, 462, 580, 668, 692, 736
孟浩然 233, 253, 293
孟子（管孟・孔孟） 307, 382, 410, 424, 603, 606, 715, 719, 722
孟氏 → 孟光
孟嘗（伯周） 33, 302, 303, 589, 590
孟嘗君（田氏） 801～803
孟仁 74
孟容 84

ユ

庾景行 738
庾元規 → 庾亮
庾公 247
庾杲之 20, 738
庾亮（元規） 62, 246, 546, 759, 760
庾闡 578
右衞門督 → 公任（藤原）・齊信（藤原）
右駕部藤郎中 240, 242
右軍 → 王羲之
右將軍 → 朱异・道兼（藤原）
右親衞員外亞相 → 濟時（藤原）
右親衞藤亞相 → 顯光（藤原）
右親衞藤中郎將 240
右扶風 → 李成信
右兵衞督 → 憲定（藤原）
由 → 許由
有若（子有） 545～547
有華氏 396
有國（藤原、勘解由長官） 125, 333, 349, 712
有眞（文室） 92
幽公 671
雄 → 楊雄（子雲）
融 → 馬融

ヨ

預 → 杜預
豫章 261, 767
羊叔子（祜） 739
羊士諤 700
羊仲 362
姚鵠 803
姚馥（世芬） 582
邕 → 蔡邕
庸 → 廉潔
揚子 463
揚子雲（雄） 9, 14, 39, 110, 112, 134, 178, 179, 216, 238, 298, 491, 512, 522, 532, 555, 577, 620, 641, 659, 745, 748, 765, 771, 781
陽成天皇 346
陽臺神 280
陽耽 74
陽裕（士倫） 74
楊注 744
楊於陵（僕射） 144
楊妃 → 楊貴妃
楊貴妃（玉環・壽王妃・太眞・楊氏女・楊妃） 629～631, 665, 679, 743, 744, 746
楊巨源 341, 695
楊惲 → 楊子幼
楊炯 190, 511, 602
楊荊州 → 楊經
楊經（仲武・楊荊州・楊使君） 186, 533, 716, 791
楊元琰 631

楊子 513
楊子幼（惲） 43, 673
楊氏 513
楊氏女 → 楊貴妃
楊使君 → 楊經
楊嗣復（侍郎） 144
楊侍郎 → 楊嗣復
楊朱（梁王） 471
楊脩 104
楊汝士（郎中） 144
楊愼 612
楊仲武 → 楊經
楊德祖 10, 104, 262
楊僕射 → 楊於陵
楊雄 → 楊子雲
楊郎中 → 楊汝士
瑤姬 130, 457
雍丘王 → 曹植
雍陶 85
雍門周 645
燿 → 肅宗
耀 → 運期
耀 639

ラ

羅隱 559
羅鄴 189
賴國（源） 167, 333
賴通（藤原、金吾納言・吾納言・春宮權大夫・嫡子納言・藤納言・納言） 35, 36, 73～75, 83, 224, 236, 333, 363, 365
賴定（藤原） 349
洛陽翰林之亭主人 → 匡衡（大江）
駱賓王 31, 34, 38, 231, 367, 459, 695, 748, 811

リ

吏部侍郎 → 匡衡（大江）
李 → 李膺
李尹 158
李榮 31
李延年 169, 458, 472, 630
李遠 335, 564
李嘉祐 446
李賀 321, 771
李懷遠 817
李咸用 199
李漢老 4
李季 630
李奇 452, 568, 757
李軌 89
李嶠 82, 97, 261, 669
李群玉 130
李固 287
李克 754
李侯 56
李衡（樂庵・衡） 370
李轂 148
李氏〈老子〉女 623
李思齊 490
李斯 13, 673
李耳 → 老子
李楫 780
李充 33, 136, 342
李淑 261
李俊民 771
李淳風 10
李少卿（陵） 142, 705
李少君 170
李商隱 160, 513, 520, 614, 655, 683, 764
李蕭遠（康） 38
李拯 489

李紳　30, 492
李成信（右扶風）　335
李聃　463
李善　7, 367, 382
李太白　56, 57, 70, 78, 138, 159, 187, 190, 208, 284, 372, 475, 494, 537, 577, 669, 672, 683, 700, 751
李中　84, 577, 651
李長史　335
李德裕　21, 210, 257
李曇　719
李白　122, 132, 672
李斐　30, 692
李頻　21
李夫人（漢武夫人・漢李・夫人）　166, 168～170, 338, 629, 630, 665
李部王 → 重明親王
李部翰林 → 匡衡（大江）
李部大卿相公 → 輔正（菅原）
李約　796
李尤　253
李邕　675
李鷹　772
李陵　40, 118, 452, 560, 784, 813
李陵妻　452
李陵母　452
襄王〈魏〉　521
六賢 → 胡・吉・鄭・劉・盧・張
陸賈　28
陸機 → 陸士衡
陸龜蒙　67, 141, 598, 672
陸士衡（機）　17, 35, 57, 71, 93, 98, 99, 132, 142, 143, 186, 195, 208, 219, 232, 258, 335, 341, 413, 435, 442, 445, 466, 470, 503, 508, 512, 527, 664, 672, 737, 764, 771, 801, 817, 818
陸倕〈梁、佐公〉　265, 690, 765
陸游　213, 613
立 → 程昱
柳宗元　84, 283, 603, 797
柳莊　466, 472
留侯 → 張良
隆家（藤原、權中納言・中納言）　252, 333
隆基 → 玄宗皇帝
劉　46, 47, 92, 96, 99, 132, 205, 226, 253, 255, 456, 512, 523, 539, 578, 686, 722, 732, 780, 784
劉安國（宗正）　335
劉禹錫　104, 281, 282, 614
劉越石（琨）　71, 274, 514, 783, 799
劉淵 → 王彌
劉淵林　368
劉愷　261
劉寛　440, 443, 699
劉希夷（廷芝）　30, 632
劉休玄（鑠）　599
劉欣　263
劉歆　41, 102, 402, 455
劉矩　420
劉涓　15, 143
劉玄　261
劉公　741
劉公幹（楨・文學）　22, 44, 102, 249, 261, 433, 456, 544, 670
劉向　13, 110, 341, 383, 476, 584, 707, 715, 783, 813
劉孝威　382, 503
劉孝綽　765
劉孝標（峻）　96, 518, 638, 796, 814
劉琨 → 劉越石
劉子駿（歆）　576, 637
劉氏 → 高祖〈漢〉
劉司直　74
劉孺　138

劉尙　502
劉邵　812
劉上黄　118
劉長卿　223, 368
劉趙淳　250
劉鋹（南漢主）　106
劉廷芝 → 劉希夷
劉德（河間獻王）　372, 382, 383
劉白　337
劉伯莊　597
劉伯倫 → 劉伶
劉攽　50, 327, 400
劉備　733
劉文學 → 劉公幹
劉方平　797
劉盆子　261
劉伶（竹林〔の〕七賢・伯倫）　10, 80, 113, 129, 130, 139, 567, 569, 581, 604, 710, 721
劉良 → 良
龍師 → 庖犧〔氏〕
呂延濟 → 濟
呂向 → 向
呂后　50, 135, 401, 540, 763
呂才　15, 144
呂氏　629
呂尙（吾先君太公・師父・太公〔望〕・呂望・望）　10, 204, 257, 267, 271～273, 300, 356～358, 397, 421, 428, 437, 499, 525, 526, 528, 532, 596, 726, 728
呂相　791
呂澤（建成侯）　135
呂望 → 呂尙
良　3, 17, 35, 38, 57, 61, 71, 129, 134, 146, 156, 158, 219, 244, 249, 255, 257, 258, 260, 264, 277, 280, 378, 401, 402, 413, 420, 435, 448, 470, 471, 479, 481, 482, 508, 532, 533, 536, 550, 555, 556, 576, 577, 586, 608, 615, 620, 636, 637, 653, 676, 699, 716, 719, 721, 723, 748, 754, 764, 778, 789, 801, 810, 818
良 → 張良
良賀　752
良迺　402
良弼　216, 233
良辨法師（師）　308
良房（藤原、丞相・忠仁公）　19, 253, 363, 365, 415～417, 663
亮 → 庾亮
梁王 → 楊朱
梁冀　63, 64
梁丘賀　372, 652
梁鴻（伯鸞）　648, 659, 660, 771
梁武帝 → 蕭子雲
倫 → 汪倫
倫子（藤原、女方）　151
倫秀　41

レ

伶 → 劉伶
伶倫　7, 157, 668
冷泉天皇〔院〕（憲平）　18, 408, 411, 412, 415, 532, 535, 552, 553
厲王　381, 649
黎鉏（齊大夫）　262
禮王〈周〉　517
靈運 → 謝靈運
靈王〈周〉　105
靈公〈衞〉　574, 579, 587
靈帝〈後漢〉　482
酈元　204, 257, 526
驪姬　693
烈祖　216
廉潔（子曹・庸）　545, 548

廉叔 → 廉范
廉頗 524
廉范（叔・叔度） 524
斂 162

ロ

路博德（衛尉） 335
魯君 216
魯獻公仲子 → 仲山甫
魯公 → 周公旦
魯申公 → 申培
魯聖 → 孔子
魯叟 138
魯般（班） → 公輸班
魯陽公〈楚〉 784, 785
盧（六賢） 92
盧子諒（諶） 596
盧思道 488
盧照鄰 176, 220
盧諶 274
盧肇 123
盧仝 48, 565
老子（育成子・尹壽子・欝華子・欝密子・郭叔子・經成子・玄元皇帝・古先生・廣壽子・廣成子・錫則子・周老・重耳・眞行子・隨應子・赤精子・聃・大聖・太上玄元皇帝・太上老君・太成子・伯陽・萬法天師・盤古先生・文邑先生・變邑子・務成子・李氏・李耳・老聃・老莊・錄圖子） 16, 23, 25, 80, 94, 110, 246, 259, 260, 267, 343, 375, 376, 379, 380, 382, 385～388, 391, 392, 395, 397～399, 404, 406, 443, 602, 604, 616, 622, 623, 626, 651, 725, 745, 759, 766, 804, 810, 818
老聃 → 老子
老莊 → 老子・莊子
弄玉 817
郎顗 287
婁敬（奉見） 676
角〔祿〕里先生（四皓・商山〔の〕四皓） 50, 135, 481, 529, 539, 540, 707, 763, 771
錄圖子 → 老子

ワ

和帝〈漢〉 682
淮陰 89
淮王 513
淮南王安 4
淮南王 182
淮南八公 813
歎侯子 154

書 名 索 引

ア

阿彌陀經 322, 426
晏子春秋 607
案摩通精經 387, 391

イ

衣服令 122
伊勢大神宮禰宜延平日記 308
異苑 31
異聞集 238
韋昭漢書注 341, 809
圍城賦 97
欹器賦（全唐文、李德裕） 257
維摩經義記 313
醫心方 24
一乘經 311
一毛遂 44, 50
尹喜內傳 766
駰案漢書音義 620

ウ

吁嗟篇 599
羽獵賦（文選、楊子雲） 238, 512
禹本紀 734
雲漢之詩 740
雲莊禮記集說 535

エ

榮花物語 213, 214, 254, 450
螢火賦（全唐文、駱賓王） 34
易 82, 89, 184, 250, 261, 433, 455, 462, 515, 547, 634, 799
易經 79
易通卦驗 263
易林 393, 447
益稷 469, 515, 812
越絕書 547
越地傳 98
延喜式 429, 430
延喜春宮坊式 275
延喜神祇式 111
延喜大學寮式 429, 430, 509
袁宏後漢紀 719
圓覺經疏 309

オ

王安石詩 79
王逸楚辭序 377, 600
王逸楚辭注 459, 568, 789
王逸注 61
王隱地道記 424
王禹偁詩 284
王史氏記 383
王讚梨樹頌 765
王肅家語注 559
王勃詩集 222
王勃集 279
王右丞詩集 707
往生要集 485
應敎詩 123
應劭漢官 461
應劭漢官儀 117
應劭漢書注 735
鸚鵡賦（文選、禰正平） 82, 447, 509, 779
音義 28, 257, 373, 469

カ

河原院賦（本朝文粹、源順） 76
河淸頌（宋書、鮑照） 515
河圖 758
河圖括地象 396, 705

河東賦（文選、揚子雲） 178
家語（孔子家語） 38, 145, 235, 546～550, 600, 636, 799
華嚴經 428
華陽國志蜀志 256
華林園馬射賦（庾子山集） 262
歌辭十六章 15, 144
歌錄 158
賈逵國語注 713, 813
寡婦賦（文選、潘岳） 178, 369
改元部類 326
改元部類記 325
海賦（南齊書、張融） 32
開結阿彌陀心經 323
懷舊賦（文選、潘岳作） 369
解嘲（漢書、揚雄） 334
郭憲洞冥記 705
郭璞爾雅注 390
郭璞遊仙詩 217
鶴經 77, 813
學令集解 815
學禮 733
樂記 70, 464
樂記一篇 383
樂記二十三篇 383
樂動聲儀 636
樂府詩集 7, 15, 143, 655
括地志 204, 257, 336, 475, 526
括地圖 519
葛洪西京雜記 336
干寶搜神記 390
甘泉賦（文選、楊子雲） 522, 745, 765, 809
邯鄲淳藝經 422
邯鄲淳曹娥碑 98
桓玄僞事 456
桓子新論 38
桓譚新論 46
菅家文草 55, 102, 216, 294, 295
閑居賦（文選、潘岳） 182, 369, 519, 636, 721, 725
感舊賦（全唐文、岑參） 773
感通傳 305
漢官儀 117, 156, 400, 523, 811
漢記尹敏傳 799
漢舊儀 265, 300, 534, 613, 736
漢宮閣疏名 372
漢宮室疏 751
漢史 36
漢志 103, 702, 735
漢春秋 508
漢書 16, 22, 28, 49, 71, 102, 134, 138, 158, 170, 192, 244, 257, 275, 280, 389, 402, 455, 463, 466, 481, 539, 559, 613, 638, 668, 676, 719, 748, 749, 754, 784, 810
　高帝紀 490, 648, 807
　成帝紀 153, 441
　宣帝紀 580
　武帝紀 20, 96, 199, 230, 393, 702
　文帝紀 229, 373, 414
　平帝紀 509
　韋賢傳 192
　王吉傳 148, 495, 561, 651
　夏侯勝傳 723
　賈誼傳 732
　霍光傳 258
　汲黯傳 732
　匡衡傳 247, 565, 580, 718
　元后傳 736
　嚴助傳 40
　公孫弘傳 36, 62, 272, 379, 658, 762
　江充傳 46
　貢禹傳 248, 652
　項籍傳 495
　司馬遷傳 439

朱博傳 83
蕭育傳 148
蕭何曹參傳 89
蕭望之傳 37, 367, 439, 652
敍傳 578
鄒陽傳 187
蘇武傳 372
曹參傳 446
中山靖王勝傳 368
張良傳 401
趙充國傳 371
陳遵傳 656, 788
陳勝項籍傳 515
東方朔傳 110, 343, 544, 639, 801
董仲舒傳 353, 421
佞幸傳 458
萬石君傳 226
鮑宣傳 90
楊惲傳 673
楊雄傳 178
李陵歌 118
劉向 341
外戚傳 169
景十三王傳 368
儒林傳 381, 521
西域傳贊 79, 768
疏廣傳 527
疏廣傳贊 403
傳贊 88
游俠傳 656, 788
刑法志 481
藝文志 145, 364, 381, 402, 513, 522, 798
郊祀志 514
食貨志 286
地理志 161, 223, 582
律歷志 121, 157
禮樂志 174, 628, 690
百官公卿表 82, 176, 209, 343, 345, 764
漢書音義 129, 535
漢書注 465
漢書張竦奏 334
漢蘇武傳 798
漢隄詩 123
漢武故事 376, 445
漢武帝內傳 205, 426
漢律 373
寬弘四年九月九日記 730
管子 104, 137, 265, 658
韓詩 41, 101, 130, 257, 381, 639
韓詩外傳 64, 88, 227, 381, 455, 781
韓非子 76, 405, 597, 622
關尹子 556
關中記 812
觀經疏 210, 313
顏氏家訓 163, 669, 723
願文集二、宸筆御經御八講筆略記、公家 322

キ

鬼神志 496
歸去來（文選、陶淵明） 17, 287
歸田賦（文選、張平子） 685, 759
儀禮 41, 385, 451, 454, 501, 757
擬古詩 219, 232
魏王粲鶯賦 790
魏志 243, 458, 460, 464, 465, 713, 731, 783, 801
魏書（三國志） 95, 602, 614, 620, 783
魏晉官品 260
魏都賦（文選、左太冲） 226, 523, 539, 544, 634, 722, 723, 782, 810, 813
魏文帝鶯賦 790
魏文帝芙蓉池詩 563, 758
魏劉楨處國文甫碑 261

魏略　276, 537, 602, 777
菊花賦（藝文類聚、鍾會）　731, 742, 756, 757
九經（＝毛詩・尙書・禮記・周易・左傳・周禮・儀禮・公羊傳・穀梁傳）　454
九章筭術　41
九流（儒家流・道家流・陰陽家流・法家流・名家流・墨家流・縱横家流・雜家流・農家流）　402, 454
舊華嚴經　201
舊唐書　480, 622
　經籍志　365
　玄宗紀　259
　高祖紀　206
　列傳　234
居易集　383
許愼五經異義　451
御記（天暦の）　322
御代始抄　658
御注孝經　364, 365, 419, 525, 528〜530, 535, 541, 542
御堂關白記　19, 110, 125, 151, 167, 252, 271, 274, 318, 332, 349, 356, 366, 460, 474, 487, 632, 646, 662, 667, 676, 698, 711, 729, 795
御遊抄　461
杏園志　672
夾の傳　505
京氏易　41
香山詩集　384
曉賦　801
曲禮　432, 514
玉海　4
玉臺新詠　118, 647, 653
玉篇　82, 302
玉葉　20, 727
今昔物語　318
今上孝經制旨　365
今文孝經　364
今文尙書　381
琴集　15, 143
琴操卞和歌　72
琴賦（文選、嵆叔夜）　6
琴論　143
禁腋祕抄　449
禁中方名目鈔　449
禁祕抄考註　449

ク

虞書　205, 381
訓詁通　178
群書拾唾　170

ケ

荊州記　160, 702, 767
荊楚歲時記　94, 98, 263
桂林遺芳抄　351, 430〜432, 434, 437
景福殿賦（文選、何平叔）　112, 450, 463, 515
經書　331, 360, 513, 527
雞距筆賦（全唐文、白居易）　188
霓裳羽衣曲賦（全唐文、陳嘏）　168
藝文類聚　102, 534, 633
　歲時下　154
　歲時中　101, 103, 130, 167, 168, 634, 717, 718
　內典　315
　菓部　765, 766
　樂部　333, 536, 599, 671, 799
　居處部　202, 244, 266
　雜器物部　100
　雜文部　229, 296, 335, 354, 452, 739, 817
　山部　59
　產業部　787

祥瑞部　795
獸部　145, 378, 686
食物部　160, 536
職官部　162, 265, 736
人部　12, 46, 78, 97, 161, 231, 260, 683, 808
水部　246, 657, 720
地部　57, 116
鳥部　172, 192, 194, 228, 445, 790, 817
天部　99, 170, 190
木部　503
藥香草部　699, 724, 731, 756, 769
鱗介部　97, 434
禮部　65
靈異部　283
決疑金光明經玄義　462
決錄注　194
闕里記　725
月舊記　103
月賦（文選、謝希逸）　447
月令　34, 58, 101, 188, 383, 406, 511, 728, 730
建武年中行事　657, 658
乾象曆　451
權記　73, 125, 184, 237, 274, 323, 325, 487, 530, 552, 553, 632, 646, 682, 689, 711, 730, 761, 800, 805
顯注密勘　270
元亨釋書　308
元稹集　566
元祕別錄　325
元陽經　380, 386
元六藝論　383
嚴氏春秋　328

コ

古今樂府　15, 144
古今樂錄　7
古今滯義　452
古今集　278
古今地名　275
古今注　78, 162, 300, 414, 474, 539, 656, 722, 769
古今著聞集　92, 311
古字通　368, 491, 766, 767, 790
古事談　663
古事類苑　299, 796
古長歌行　158, 735
古文孝經　364, 507, 521, 523
古文尙書　41, 145, 381, 500, 502, 503, 513, 522, 799
故事成語注　689
故長安語　148, 652
枯樹賦（庾子山集）　787
五經（易・詩・書・禮・春秋、毛詩・尙書・禮記・周易・左傳）　138, 327～329, 453, 454, 472, 652
五經通義　99
五雜組　422
五代史　584
五斗先生傳　10
吳越春秋　547, 555
吳書（三國志）　74, 129
吳地記　10, 98
吳地理志　767
吳都賦（文選、左太沖）　96, 132, 133, 456, 463, 476, 518, 578, 579, 589, 598, 686, 748, 767, 784, 809
吳都賦注　368
吳祕　276, 367, 425
口遊　154, 623
公讌詩（文選、曹子建）　123
公卿補任　18, 74, 242, 325, 326, 345～347, 375, 411, 412, 528
公羊春秋　4

公羊傳　118, 454, 505, 562, 633
孔安國尙書傳　72, 132, 381, 615, 638, 724, 773
孔子家語　117, 126, 237, 381, 516, 546～550, 557, 636, 697
孔子三朝記　383
孔子世家（史記）　262, 443, 447, 453
行葦　502
江次第　449
江談抄　363, 437, 493, 497, 734, 744, 770
江賦（文選、郭景純）　58, 368, 701
江吏部集　45, 109, 113, 213, 178, 317, 805
孝經　145, 292, 329, 331, 363～365, 451, 454, 455, 508, 513, 514, 520, 522, 524, 526, 528, 542, 779, 799
孝經一巻元宗註　365
孝經援神契　400, 516
孝經外題　530
孝經御注　543
孝經正義　364
孝・禮・詩・書・論・易・傳（＝七經）　455, 523, 524
考課令　330
考工記　438
後漢崔駰大將軍臨洛觀賦　266
後漢書　299, 562, 605
　志　56, 460
　安帝紀　465
　桓帝紀　65
　光武帝紀　83, 153, 162, 414, 781
　皇后紀論　65, 127
　章帝紀　113, 327
　明帝紀　380, 400, 508, 516, 654, 777
　逸民傳　659, 719
　逸民列傳　88, 164, 771
　衞宏傳　451
　袁紹傳　649, 683
　王允傳　245
　王堂傳　447
　桓郁傳　350
　桓榮傳　143, 277, 359, 401, 481, 527
　桓典傳　49
　宦者列傳　736, 752
　魏應傳　328
　許楊傳　761
　嚴光傳　164
　崔駰列傳　557
　蔡邕傳　482, 572, 719, 740, 783
　蔡茂傳　450, 741
　朱穆傳　156
　儒林列傳　104, 328
　荀彧傳　614
　循吏傳　302, 590
　徐穉傳　571
　西域傳　265, 682
　孫程傳　752
　郅壽傳　606
　張奐傳　260
　陳寔傳　720
　鄭玄傳　40, 451
　鄭弘傳　235, 564
　禰衡傳　104
　天文上　56
　杜詩傳　813
　東夷列傳　220
　東平憲王蒼傳　561
　鄧禹傳　161, 714
　黨錮列傳　772
　南匈奴列傳　60, 65, 337
　馬援傳　501
　馬融傳　675
　班固傳　328, 562, 676
　班超傳　56, 741
　樊陰列傳　380

樊宏傳 682
文苑列傳 104
邊韶傳 482
方術列傳 761
法眞傳 88
逢萌傳 208
龐參傳 702
孟嘗傳 302, 590
李膺傳 772
劉愷傳 261
劉矩傳 420
劉玄傳 261
劉玄劉盆子列傳 261
劉趙淳于江劉周趙列傳 250
梁鴻傳 771
梁冀傳 63
廉范傳 524
郎顗傳 287
後漢張衡舞賦 333
後拾遺往生傳 329, 330
後拾遺集 408, 492
後撰集 408
交州志 263
恒貞親王傳 329
香山詩集 384
校本江談抄とその研究 213, 286
高光集 685
高士傳 90, 540
高唐賦（文選、宋玉） 280, 752
黃帝經 387, 390, 391
廣韻 368, 377
廣雅 15, 72, 100, 156, 244, 402, 444, 459, 499, 556, 638, 641, 724
廣志 76, 636
廣博物志 422
國語 395, 455, 615, 650
周語 157
晉語 376, 400, 477, 617
楚後 696
國文甫碑 261
國譯一切經 234
穀梁傳 454, 491, 505
恨賦（文選、江文通） 249, 645, 784
混沌圖 386
崑崙說 766

サ

左丘明の傳（春秋左氏傳） 505
左氏春秋（春秋左氏傳） 41, 480
左氏傳（春秋左氏傳） 119, 276, 309, 334, 436, 478, 505, 602, 667, 762, 791, 812
左氏傳注 465
左傳 292, 329, 331, 454, 455, 478, 505, 506, 524, 650, 743
隱公 505, 512, 714
僖公 778
昭公 43, 762
莊公 143
襄公 440, 506, 617
魯哀公 782
崔豹古今注 474
蔡沈集傳 515
蔡邕初平詩 563
蔡邕章句 101
蔡邕獨斷 49
蔡邕明堂月令論 467
在良朝臣傳 180
作文大體 57, 81, 459, 514, 531
索隱 29, 51, 52, 160, 171, 189, 248, 257, 262, 300, 389, 391, 392, 395, 397, 452, 455, 496, 526, 533, 546, 548, 623, 633, 690, 731, 750, 802
三國志魏志 783
三國志魏書 95, 276, 614, 620, 745, 777
三國志吳 129

三國志呉書 74
三國志蜀 733
三秦記 434
三齊略記 595
三宗論 16
三代實錄 510
三長記 326
三都賦（文選、左太沖） 34, 205
三統歷 41
三巴記 792
三輔舊事 335
三輔决錄 362
三輔故事 131, 328, 394, 522, 715
三輔黃圖 335, 372, 522, 613, 714, 715, 732
山海經 392, 445, 493, 519, 558, 597, 640, 699
　海外南經 519
　海內東經 735
　大荒北經 518
　中山經、中次八經 699
　南山經 537
　北山經 793
　西山經 538, 689
山海經注 21
山槐記 449
山城名勝志愛宕郡部 92, 213, 311
山城名勝志葛野郡部 197, 270, 316, 487, 488

シ

子虛賦（文選、司馬相如） 46, 171, 489, 491, 753, 807
尸子 334, 519
四庫提要 364, 383
四子講德論 810
四書五經 138
史記 38, 81, 93, 95, 334, 377, 397, 443, 452, 453, 467, 506, 522, 545, 558, 577, 600, 634, 680, 715, 725
殷本紀 29, 395
燕召公世家 403
燕世家 480
夏本紀 81, 223, 393, 455, 607
貨殖列傳 405
滑稽列傳 134, 371
甘茂傳 533
韓長孺列傳 585
龜策列傳 634
匡衡傳 247, 248
屈原列傳 62, 496
五帝本紀 160, 389～392, 690
孔子世家 262, 380, 381, 424, 447, 582, 740
孝武本紀 205
孝文本紀 300
高祖本紀 189, 674, 692
項羽本紀 59
司馬相如列傳 171, 248, 437
周亞夫傳 188
周本紀 126, 204, 396～398, 467, 532, 807
春申君列傳 767
秦始皇本紀 117, 506, 635
晉世家 617
齊太公世家 204, 257, 421, 499, 526
大宛列傳 734
太史公 15, 156
太史公自序 452, 478
仲尼弟子列傳 475, 545～550, 815
張儀列傳 88
趙簡子 722
趙世家 666
天官書 389, 678
鄧通傳 620
佞幸列傳 620

伯夷列傳　15, 156
平原君虞卿列傳　51
本紀　431
萬石君列傳　563, 731
孟子荀卿列傳　715
孟嘗君列傳　802
李斯列傳　13
留侯世家　50, 135, 481, 540, 750
梁孝王世家　6, 336
魯周公世家　562, 633
魯世家　28
老子韓非列傳　376, 397, 622
史記正義　650
史記冢記　424
史記陳涉　618
史料纂集　552
思玄賦（文選、張車子）　275, 376, 436, 497, 503, 524, 583, 767
紫薇詩話　785
詞花　408
資治通鑑　358
詩（詩經）　88, 185, 208, 228, 232, 341, 527
詩（小雅、湛露）　770
詩（大雅、大明）　153
詩、魯頌、有駜　770
詩緯　296, 739
詩經　41, 173, 217, 381, 470, 560
衞風　238, 360, 620, 624
王風　167
魏風　43, 378
國風　296, 465, 615, 750
周頌　8
周南　655, 698, 790
序　780
小雅　37, 39, 55, 59, 64, 145, 172, 425, 579, 581, 595, 607, 648, 659, 687, 808
召南　403
商頌　216
秦風　262, 465, 580, 693
齊風　445
大雅　10, 39, 146, 188, 258, 260, 357, 418, 420, 463, 502, 511, 585, 714
大序　361
陳風　671
鄭風　421, 469
唐風　435
邶風　79, 222, 258, 470, 777
豳風　258, 649, 654
鄘風　811
魯頌　215, 649
詩書　452, 513
詩大雅　9, 298, 659, 740
詩賦略　402
詩論語　652
字林　527
事物紀原　409, 423, 456, 460, 763, 776
侍中群要　448
爾雅　17, 93, 106, 119, 288, 368, 377, 388, 390, 481, 619, 638, 648, 685, 702, 750, 765, 790, 793
釋器　377, 430
釋宮　225, 534
釋詁　60, 112, 810
釋山　388
釋親　431, 709
釋地　491
釋天　119
孳滋古字通、蒼頡篇　767
式部大輔菅原在良朝臣集　180
七經（孝經・禮記・毛詩・尙書・論語・周易・左傳）　329, 455, 524
七夕賦（全唐文、王勃）　622
七略（輯略・六藝略・諸子略・詩賦略・兵書略・數術略・方技略）

402, 455, 637, 715
日本紀略　91, 141, 151, 167, 180, 184, 254, 275, 316, 321, 322, 325, 326, 332, 346, 349, 461, 525, 528, 529, 535, 552, 632, 662, 665, 685, 691, 704, 729, 761, 805
日本後紀　329
日本國見在書目錄　13
日本詩紀　19, 67, 69, 76, 109, 115, 118, 121, 124, 140, 150, 172, 177, 180, 200, 217, 237, 241, 252, 271, 278, 285, 288, 289, 294, 296, 304, 308, 310, 319, 345, 347, 351, 356, 359, 363, 366, 375, 405, 411, 416, 418, 429, 443, 454, 485, 493, 505, 521, 525, 529, 543, 570, 575, 589, 594, 602, 611, 616, 626, 632, 642, 661, 662, 681, 682, 685, 687, 695, 697, 701, 743, 746, 756, 761, 776, 787, 800, 805
日本書紀　301, 302
射雉賦（文選、潘岳）　369, 378, 596
赭白馬賦（文選、顏延年）　37
謝希逸琴論　15, 143
謝承後漢書　235
謝靈運山居圖　707
釋慧遠廬山記　106
釋氏書言　781
釋氏要覽　203
釋日本紀　302
釋名　59, 288, 470
　釋采帛　38, 584
　釋綵帛　628
　釋車　188
　釋牀帳　128, 571
　釋親屬　126
朱子語錄　230
珠韜玉機及神仙傳　376
周易　42, 279, 329, 363, 448, 451, 454, 455, 524, 531, 533, 634, 638, 813
　乾　504
　上經乾傳　375
　說卦　360
　繫辭　42, 388, 389, 517
　蒙　419
周易勘文　363
周易老莊　286
周語　141
周書月令　546
周禮　41, 100, 101, 131, 215, 276, 331, 454, 459, 464, 467, 469, 479, 501, 515, 538, 562, 585, 597, 635, 666, 667, 812, 813
　夏官　20, 244
　周官　41, 740
　秋官　131, 243, 534, 597, 747, 780
　春官　84, 425, 457, 666, 706, 814
　地官　244, 510, 536, 749
　天官　37, 132, 438
　司寇刑官之職　243
　司馬政官之職　20, 128, 244
　宗伯禮官之職　226
　冢宰治官之職　37, 353, 490
周禮鄭注　567
拾遺記　155, 159, 170, 264, 582, 584, 690, 734
拾芥抄
　官位唐名部　127, 134, 142, 180, 243, 259, 264, 271, 439, 446, 554, 707
　京程部　127, 663
　經史部　454
　諸名所部　19, 253, 663
秋興詩（文選、潘岳）　183, 394
秋興賦（文選、潘岳）　49, 182, 183, 207, 369, 595, 596, 600, 601
秋霖賦（全唐文、盧照鄰）　176

集韻　168, 192, 198, 475, 643, 788, 795
集千家註杜工部詩集　61, 338
集注　230, 464
集注文選思玄賦　497
蕭子顯齊書　16
蕭子良古今篆隷文體　795
十訓抄　363
十三經（毛經・尙書・禮記・周易・左傳・周禮・儀禮・公羊傳・穀梁傳・論語・孝經・老子・莊子）　364, 454
十洲記　38
從征記　424, 725
術異記　7, 131, 182, 255, 256, 668
術書賦（全唐文、竇泉）　367, 469
術解　766
春秋 → 春秋左氏傳
春秋緯　230, 688
春秋感精符　514
春秋經　208
春秋漢含孶　261
春秋元命苞　812
春秋考異郵　31
春秋左氏經傳集解　478, 650
春秋左氏傳（春秋）　41, 82, 121, 209, 223, 357, 358, 423, 452, 478, 505, 650, 667
春秋雜說　36
春秋傳　721
春秋繁露　156, 187
春秋文耀鉤　713
春秋命曆序　754
舜典　381
荀悅漢紀　169
荀子　227, 585
初學記　558, 669, 699, 766
　果木部　765
　器物部　239
　居處部　639
　歲時部　164, 188, 717, 757, 763
　人部　516
　地部　390, 394
　天部　599, 753
　文部　670
　鱗介部　97, 275
書（尙書）　380, 381, 617
書經（尙書）　380
　益稷　469, 515, 812
　夏書　461
　虞書　184, 462, 463
　洪範　230, 463
　周書　463, 464, 605, 768
　說命　93
　多方　465
書經集傳　186
書言故事　765, 766
　謁見類　514
　延接類　772
　花木類　807
　科第類　434
　古今喩類　48
　仕進類　265
　釋敎類　233, 796
　酒類　520
　書翰類　765, 798
　書史類　796
　諸科類　354
　小兒類　468
　親戚類　693
　人君類　795
　正月　121
　婦人類　338
　訪臨類　373
　第宅類　373
　地理類　58
書斷　796

諸子略 402
諸道勘文 468
女記讃 650
如淳漢書注 795
如來獨證自誓三昧經 305
徐靈期南岳記 390
敍貢書 765
小阿彌陀經疏 462
小雅 266, 595
小學紺珠 517
小戴記 383
小右記 110, 214, 254, 525, 627, 704, 711, 724
尙書（書經） 67, 93, 100, 140, 145, 149, 162, 185, 230, 261, 297, 328, 329, 350, 360, 379～381, 386, 400, 443, 451, 453～455, 496, 508, 524, 527, 550, 560, 634, 638, 688, 799, 813
　伊訓 153
　胤征 132
　禹貢 607
　夏書 205
　堯典 143
　康王 400
　皐陶謨 635
　周官 112
　周書 146
　舜典 172
　召誥 227, 633
　說命 216, 233, 404
　大禹謨 57, 628
　微子 141
　無逸 112
尙書今古文注疏 635
尙書金縢 740
尙書洪範 113
尙書正義 381
尙書璇機論 670
尙書大傳 451
尙書大傳註 28, 29
昭明太子集 476
相鶴經 77, 813
相如上林賦 → 上林賦
莊子 16, 34, 454
　外物 471
　黃帝 595
　刻意 85
　山木 241
　至樂 475
　秋水 49, 132, 468
　逍遙遊 58, 392, 640, 735
　讓王 247
　天下 606
　田子方 708
　漁父 375, 512
　列御寇 590
莊子鬳齋口義 247
妝樓記 751
笙賦（文選、潘岳） 369, 538
象 419
鍾會遺榮賦 67
鷦鷯賦（張華） 41
女仙傳 751
上林賦（文選、司馬相如） 47, 171, 556, 635, 665
襄陽記 614, 733
襄陽耆舊傳 280
色葉字類抄 20, 258, 435, 565, 567, 568, 657, 709, 723, 727, 752
食貨志 230
蜀志 239, 253, 779
蜀都賦（文選、左太沖） 47, 99, 253, 468, 512, 637, 673, 732, 780
職原鈔
　上 9, 14, 26, 91, 93, 131, 147, 176, 241, 259, 298, 442, 532, 714, 776

下　49, 54, 74, 134, 193, 242, 297, 298, 344, 440, 441, 541, 586, 763
辛氏三秦記　261, 394, 434, 772
津吏女歌　735
神異經　161
神仙傳　385～388, 392, 395, 406
神農本草　281, 474, 670
神農本草經　320
神女賦　639
晉　612, 614
晉夏侯湛玄鳥賦　817
晉郭璞遊山詩　283
晉紀總論　559
晉官闕名　257
晉志　735
晉書　43, 228, 247, 457, 510, 511, 649
　載記　74, 634
　晉傳　34
　宣帝紀　297
　武帝紀　521
　地理志　409
　天文志　665
　安平獻王孚　713
　隱逸、陶潛傳　17, 249, 746
　王徽之傳　32, 47, 622
　王羲之傳　33, 136, 342, 488
　王濬傳　148
　王祥傳　5
　賈充傳　613
　桓溫傳　255
　嵇康傳　80, 569, 604
　郤詵傳　781
　阮籍傳　32, 768
　山簡傳　657
　謝安傳　63
　石崇傳　246, 273, 537, 698
　孫楚傳　164
　張華傳　41
　張軌傳　280
　杜預傳　478, 650
　陶潛傳、五柳先生傳　747
　裴楷傳　572
　潘岳傳　182, 369, 431
　庾亮傳　246, 759
　陸機傳　664
　劉伶傳　113, 129
晉陽秋　518
晉令　131
新儀式　23, 110, 362
新古今　408
新釋漢文大系　515
新序　565, 617
新野問答　449
仁王般若經疏　462
塵袋　24, 299, 623
塵添壒囊鈔　317

ス

水經　434, 735
水經注　58, 116, 117, 160, 181, 255, 256, 283, 424, 493, 619, 725, 766, 793
醉鄉記　10, 656
隋江總貞女峽賦　58
隋志　383
隋書　142, 451, 500, 693
　經籍志　383
　儒林傳　451
　薛道衡傳　693
　百官志　142
　列傳　500
隋煬帝賜釋慧覺書　233
鄒陽書　436
數術略　402
騶氏春秋　652

セ

世說　766, 799
世說新語
　言語　119, 137, 612, 634
　巧藝　422
　識鑒　263
　汰侈　262
　德行　605, 720
　任誕　581, 721
　排調　16
　容止　572, 604, 702
正韻　643
正義　22, 51, 52, 257, 336, 371, 376, 389, 393, 396, 437, 452, 464, 475, 478, 526, 532, 545, 563, 623, 629, 635, 674, 730
正字通　79, 423, 536
西域記　210, 234, 305, 313
西宮記　586
西京雜記　6, 7, 61, 79, 168, 169, 239, 266, 336, 423, 679, 692, 717
西京賦（文選、張平子）　72, 81, 129, 157, 163, 169, 201, 220, 244, 253, 397, 435, 465, 481, 640, 664, 705
西征賦（文選、潘岳）　14, 76, 138, 170, 182, 369, 808
西都賦（文選、班孟堅）　98, 113, 163, 217, 468, 533, 536, 603, 668, 676, 724, 735, 747, 808, 810
西南夷傳　230
西遊咸陽中詩　231
性靈集　317
政事要略　103, 329, 346
政事離合經　391, 394
清異錄　770
清一統志　409
盛弘之荊州記　107, 390, 699, 767
聖善寺文集記　384
聖德太子傳曆　426
齊詩　381
齊書 → 南齊書
請雨經　111
聲類　767
濟萬品　403
赤精經　395, 398
摭華　484
摭言　159
籍田賦（文選、潘岳）　182, 369
雪賦（文選、謝惠連）　118, 119, 490
說苑　7, 28, 204, 231, 257, 526, 624, 667, 714, 778
說文　31, 52, 97, 118, 178, 201, 244, 257, 288, 300, 368, 373, 379, 397, 400, 447, 477, 481, 512, 536, 643, 668, 689, 715, 735, 778, 801, 809, 812
薛君　257
薛君韓詩章句　281
仙源抄　627
戰國策　146, 275, 547, 597, 726
箋注倭名類聚抄　288
璇璣經　395, 398
錢曾讀書敏求記　383
全漢三國晉南北朝詩　767
　全晉　144, 571, 788
　全隋　488, 495
　全齊　280, 652
　全宋　816
　全陳　105, 115, 596
　全北魏　571
　全梁　748
全唐詩
　韋應物　46, 342, 639, 702
　韋莊　737
　王維　3, 218, 513, 678, 691, 780

王建 753, 770
溫庭筠 736
賈島 220
韓偓 490
韓愈 107, 685, 737
魏徵 666, 675
許渾 71, 579, 671, 741, 770, 772
元稹 47, 418, 419, 558, 568, 679, 699, 716
吳少微 6
皇甫冉 138
項斯 358
崔顥 569
崔日知 535, 554
崔日用 622
崔湜 63
崔塗 66
崔峒 221
徐鉉 74, 279
章碣 7
岑參 365, 568
薛能 554
薛曜 741
錢起 812
祖詠 667
蘇味道 553
宋之問 655
曹唐 128, 708, 751
孫逖 198
太宗皇帝 214, 743
褚亮 640
張嘉貞 333
張九齡 66, 286, 643
張喬 803
張祜 339
張紘 6
張若虛 45
張說 46, 221
張文恭 44
趙嘏 189
陳子良 676
鄭薰 38
杜荀鶴 320
杜審言 25
杜甫 476
杜牧 164, 586, 781
董思恭 719
馬戴 119
白居易 91
氾論訓 66
皮日休 11
方干六 493
鮑溶 187
明皇帝 198, 675
孟郊 260
孟浩然 233, 253, 293
羊士諤 700
姚鵠 803
姚倫 712
楊巨源 341, 695
楊炯 511
雍陶 85
羅隱 559
羅鄴 189
駱賓王 31, 231, 695, 748
李遠 335
李嘉祐 446
李賀 321, 771
李懷遠 817
李咸用 199
李嶠 82, 97, 669
李群玉 130
李商隱 160, 513, 520, 614, 655, 683, 764
李拯 489
李紳 30, 492

李中　84, 577, 651
李德裕　21, 210
李頻　21
陸龜蒙　67, 141, 672
柳宗元　283, 603, 797
劉希夷　30
劉長卿　223, 368
劉方平　797
盧照鄰　220
盧仝　48, 565
盧肇　123
全唐文
王績　581, 656
王勃　55, 77, 229, 419, 622, 716, 812
韓愈　245
權德輿　741
顧雲　210
岑參　773
蘇頲　113
太宗　403
張說　633
陳蝦　168
鄭亞　122
竇泉　367, 469
白居易　188
楊炯　190, 602
駱賓王　34, 38, 367, 459, 811
李遠　564
李嶠　261
李蕭遠（康）　38
李德裕　21, 257
李白　122, 132
陸龜蒙　598
柳宗元　84
劉禹錫　104
盧照鄰　176
前漢書　121
前書（前漢書を指すヵ）　41, 60, 327, 328, 337
前書（前漢書を指すヵ）音義　261, 360, 527
前（前漢書）律歷志　121
蟬蛻賦（全唐文、李遠）　564

ソ

素書　406, 751
素問　470
楚國先賢傳　421
楚茨　808
楚詞（楚辭）　358, 673
楚辭　61, 65, 72, 165, 178, 181, 231, 253, 281, 282, 378, 490, 563, 578, 625, 637, 721, 809, 813
楚辭注　459, 568, 789
蘇軾文集　78, 136
蘇武詩　814
鼫鼠贊　378
宋玉對問　15
宋玉諷賦　15
宋刻居易集　383
宋氏含文嘉注　517
宋史　818
燕肅傳　77
外國　818
食貨志　286
蠻夷　670
李衡傳　370
宋志　384
宋書　354
志　101, 161, 181, 389
列傳　56, 245, 249, 515
宋書謝靈運傳論　25
宋人目錄　384
宋賦　71
草堂記　536
曹子建七哀詩　563

曹子建七啓 679
捜神記 155, 496
捜神後記 102, 390, 802
蒼頡篇 67, 158, 536, 676, 767, 810
臧榮緒晉書 337, 795
增韻 419
續漢志 328, 400
續拾遺集 278
續晉陽秋 25, 720, 769
續日本紀 195, 329
續日本後紀 297, 299, 318, 330, 479
續齊諧記 94, 101, 103, 126, 633, 709
續本朝往生傳 127, 460
孫子 46
孫氏瑞應圖 769
孫氏世錄 117, 320, 348
孫綽集序 96
孫盛晉陽秋 796
尊卑分脈 18, 298, 341, 399, 400, 407, 408, 415, 528

タ

大學 421, 517
大學寮式 329
大漢和辭典 470, 517, 614, 689, 709, 792
大江匡衡朝臣集 285, 492
大戴記 383
大戴禮 245, 383
大戴禮夏小正 813
大日本史料 73, 322, 325, 552, 730
大日本地名辭書 278
大莊嚴論經 207
大乘起信論 273
大人賦（文選、司馬相如） 171
大淸經 24
大內裏抄 627
大內裏圖考證 180, 275, 355
大唐西域記 312, 313
大般若經 427
大毗婆沙論 203
大論 210, 313
太極玄眞經 555, 706
太公兵法一編 481, 482
太康地志 244
太平御覽 106, 516
　羽族部 59, 769
　果部 619
　居處部 39, 247
　時序部 730
　車部 754
　職官部 235
　人事部 516
　地部 98, 106, 107, 396, 792
　天部 160
　百卉部 595, 699
　木部 117
太平廣記 750
太遊精經 380, 386, 387
台記 623
袋草紙 269
湛方生詩 233
談論集飮 354
檀道鸞續晉陽秋 720

チ

池亭記 243, 441
地理志 735
智度論 309
竹簡小篆古書十餘萬言 521
竹書紀年 733
竹杖賦（庾子山集注） 31
中古歌仙三十六人傳 5, 49, 54, 83, 122, 141, 265, 300, 347, 434, 436, 437, 439～442, 448, 474, 776
中古歌仙傳 141

中外抄　253, 663
中候　451
中國人名大辭典　235, 649
中鄒の傳　505
中右記　724
仲尼弟子列傳　547
注維摩經　202
長慶一集　384
長慶集（白氏長慶集）　384
長生經　395, 398
長笛賦（文選、馬融）　7, 50, 70, 512, 809
長楊賦（文選、揚子雲）　9, 112, 178, 298, 491, 555, 641, 659, 765, 771
張晏漢書注　465
張華輕薄篇　767
張華博物誌　15, 144, 451
張衡南都賦　101
張揖子虛賦注　281
張正見賦得威鳳栖梧詩　228
張僧鑒豫州記　50
張湛列子注　809
張湯傳　397
張勃吳錄　58
朝野群載　8, 275, 298, 352, 355
沈括筆談補　21
沈約宋書　71
陳書　185, 350, 534, 762
陳徐陵丹陽上庸路碑　202
陳樵胡氏、鐵心亭賦　709
陳留記　722

ツ

通典　134, 776

テ

丁固傳　74
帝王紀　393
帝王世紀　204, 396, 532
帝王編年紀　126, 254, 349, 664
貞觀儀式　275
貞女峽賦（藝文類聚、江總）　58, 116
貞信公記抄　528
庭菊賦（全唐文、楊炯）　602
鄭玄儀禮注　96, 745
鄭玄考工記注　275
鄭玄周禮注　93
鄭玄尙書中候注　162, 414
鄭玄毛詩注　563
鄭玄禮記注　22, 49, 207, 490, 568, 801
鄭氏箋（毛詩の注）　443, 450, 451, 453
鄭緝之東陽記　657
鄭風　421
鄭目錄　730, 757
天台座主記　462
天文七政論　451
天文地圖之書　584
傳玄琴賦序　572

ト

杜工部詩集　13, 25, 48, 78, 96, 116, 128, 133, 158, 204, 214, 216, 234, 245, 352, 489, 582, 620, 621, 638, 644, 664, 673
杜工部集　7, 130
杜預左氏傳注　465, 615
東觀漢記　127, 134, 518, 674, 748, 796
東觀記　350, 360, 400, 527
東京賦（文選、張平子）　181, 185, 394, 467, 479, 491, 506, 562, 597, 718, 743, 766, 790, 814
東大寺要錄　308
東都賦（文選、班孟堅）　257, 555, 667
東方朔十洲記　50
東陽記　181
洞簫賦（文選、王子淵）　22, 468

洞冥記（郭憲） 668, 704, 754
唐志 45, 384
唐詩選 632
唐書 542
　隱逸列傳 10
　樂志 15, 143
　經籍志 365
　藝文志 328, 365
　五行志 817
　選擧志 300, 330
　百官志 26, 342, 763, 776
　禮樂志 459, 672, 815
　王績傳 10
　魏徵傳 231, 232, 675
　吉頊傳 72
　孝友列傳 618
　高宗紀 259
　朱滔傳 206
　蕭德言傳 480
　代宗十八女 621
　張說傳 288
　裴度列傳 281
　楊貴妃 744
陶朱公養魚經 636
登徒子好色賦 31
登樓賦（文選、王仲宣） 266, 341, 602, 713
道成經 387, 391
道德經 25, 376, 379, 386, 391, 394
道德論 745
德戒經 391, 394
讀史方輿紀要
　河南 103, 246, 280, 283, 612, 701
　湖廣 597
　江西 223
　江南 396, 555, 607, 612, 692
　陝西 45, 213, 224, 230, 672
　廣東 106, 116
　山西 397
　山東 410, 608, 725
　四川 145, 256
　浙江 315, 493, 494
　名山 387
讀書志 384

ナ

南越志 98, 275
南華眞經注疏解經 16
南山經 537
南史 20, 27, 146, 286, 496, 521, 646, 683, 738
南州異物志 100
南齊書（齊書） 16, 32, 738, 801
南都賦（文選、張平子） 455, 459, 673, 750, 770, 778

ネ

涅槃經 309
年中行事御障子文注解 95, 195, 330, 627
年中行事祕抄 329

ハ

馬融笛賦 70
婆抄 313
佩文韻府 21, 76, 79, 93, 115, 233, 235, 273, 284, 370, 434, 534, 556, 584, 613, 614, 636, 646, 702, 771, 785
白樂天集 566
白樂天全詩集 343
白虎通 157, 328, 808
白虎通義 328
白虎通德論 328
白虎通德論舊序 328
白孔六帖 76, 83, 177
白氏長慶集 12, 21, 22, 33, 45, 47, 48,

64, 67, 70, 72, 85, 114, 142, 144, 158, 168, 170, 189, 190, 194, 198, 213, 214, 218, 223, 238, 241, 243, 246, 247, 256, 266, 269, 277, 281, 284, 290, 310, 315, 318, 319, 338, 367～370, 372, 383, 384, 432, 436, 444, 445, 477, 489, 491, 493, 494, 503, 517, 518, 536, 568, 570, 621, 628, 630, 637, 640, 651, 654, 665, 670, 671, 675, 684, 687, 700, 752, 762, 763, 785, 802
長恨歌 284, 679, 698, 705, 744
白氏文集 383, 384, 410, 411, 453
百濟經論數百卷 426
百鍊鏡（白氏長慶集） 237～239
博奕論 674
博物志 41, 422, 609, 705, 754
八公相鶴經 59
范曄後漢書 118, 518, 796
般若王經 111
般若心經 322, 417, 427, 428
般若波羅蜜多心經 427
班固漢書贊 625
班彪冀州賦 813
班孟堅辟雍詩 750
潘岳關中記 812
潘岳賦（文選） 594, 599, 600
晩栖烏詩 172
萬葉集 278

ヒ

飛燕外傳 169
悲華 305
尾州記 299
尾張國風土記 302, 303
微言經 387, 390, 391
彌勒成佛經疏 462

フ

不斷經 271, 273
扶桑略記 92, 304, 322, 329
普賢觀經 111, 228, 322
舞鶴賦（文選、鮑明遠） 38, 77, 320, 377, 670, 813
舞賦（藝文類聚、張衡） 333, 341, 671
蕪城賦（文選、鮑明遠） 767
風俗通 39, 64, 99, 508, 558, 567, 699
風俗通義 70, 100, 392, 609
風土記 59, 103, 296, 299, 730
風賦（文選、宋玉） 377, 416, 600
伏侯古今註 → 古今註
物理論 720
佛所行讚 207
佛祖統紀 234
文苑英華辨證 384
文言 504
文字集略 201, 586
文集（白氏文集） 379, 383, 386, 407, 443
文心雕龍 8, 9, 226, 438, 609, 715～717, 732
文選 17, 70, 129, 158, 175, 177, 178, 275, 367, 379, 382, 386, 443, 453, 477, 497, 523, 547, 553, 556, 560, 600, 635, 639, 669, 771
古詩 17, 31, 231, 458, 561, 580, 811
韋弘嗣（曜） 40, 559
袁彥伯（宏） 265, 307, 674
王簡栖（巾） 448, 812
王景玄（徽） 341
王元長（融） 334, 441, 464, 467, 513, 519, 599, 638
王康琚 585
王子淵（褒） 112, 468, 504, 674
王仲宣（粲） 81, 266, 602, 713

王仲寶（儉）　94, 131, 233, 413, 541, 554, 648, 651
王文考（延壽）　164, 433
王文考（逸）　467
應休璉（璩）　508, 779
何敬祖（劭）　757
何平叔（晏）　112, 450, 463, 515
夏侯孝若（湛）　293
賈誼　27
郭景純（璞）　58, 368, 556, 701, 813
干令升（寶）　309, 531, 559, 696, 753
漢武帝　735, 793
顏延年（延之）　13, 15, 37, 93, 96, 127, 155, 378, 533, 535, 560, 598, 611, 666, 813
魏文帝　65, 157, 184, 229, 263, 488
丘希範（遲）　608, 654
虞子陽（羲）　71
屈平（原）　32, 60, 148, 255, 444, 448, 560, 561, 610, 620, 638
嵆叔夜（康）　6, 177, 194, 235, 474, 738
阮元瑜（瑀）　696
阮嗣宗（籍）　222, 698
吳季重（質）　37, 816
孔德璋（稚珪）　16, 466, 764, 795, 809
孔文擧（融）　12, 146
江文通（淹）　22, 39, 45, 50, 60, 156, 201, 249, 339, 341, 361, 372, 425, 544, 641, 645, 667, 784
後漢書皇后紀論　65, 127
左太沖（思）　46, 47, 96, 99, 132, 133, 186, 205, 226, 253, 255, 456, 463, 468, 476, 512, 518, 523, 539, 544, 578, 579, 589, 598, 634, 637, 673, 686, 722, 723, 732, 748, 767, 780, 782, 784, 809, 810, 813
蔡伯喈（邕）　279, 749
司馬子長（遷）　334
司馬長卿（相如）　461, 489, 491, 556, 583, 635, 665, 753, 807
謝希逸（莊）　420, 447, 665
謝惠連　118, 119, 490, 568, 792
謝玄暉（朓）　105, 167, 256, 261, 436, 563, 603, 625, 653, 749, 813
謝宣遠（瞻）　69, 638
謝靈運　26, 106, 149, 181, 217, 277, 282, 361, 433, 459, 501, 531, 550, 578, 656, 685, 692, 707, 778
鍾士季（會）　40, 731
石季倫（崇）　337, 339, 538
蘇子卿（武）　137, 219
宋玉（宋世）　15, 144, 280, 377, 416, 576, 594, 600, 696, 721, 752, 785
曹子建（植）　10, 61, 100, 123, 148, 152, 172, 262, 264, 289, 413, 460, 484, 563, 595, 637, 639, 725, 754, 768, 779, 782, 793, 814
棗道彥（據）　726
束廣微（晳）　469, 637
孫興公（綽）　208, 558, 608
張景陽（協）　67, 230, 464, 608, 636, 668, 679, 688, 758, 766, 773
張平子（衡）　72, 81, 129, 159, 163, 169, 181, 185, 194, 201, 220, 244, 261, 376, 394, 397, 435, 436, 455, 459, 467, 479, 481, 491, 496, 503, 506, 524, 562, 583, 597, 640, 664, 673, 705, 718, 743, 750, 759, 766, 767, 770, 778, 790, 814
張茂先（華）　463, 721
張孟陽（載）　481
沈休文（約）　25, 27, 35, 89, 99, 138, 152, 170, 185, 414, 469, 563, 595, 621, 782
陳孔璋（琳）　15, 28, 471, 523, 722,

762
禰正平（衡） 82, 447, 509, 779
陶淵明（潛） 14, 107, 244, 287, 586, 607, 747, 759
任彥昇〔升〕（昉） 28, 42, 56, 147, 260, 276, 402, 421, 442, 455, 509, 564, 584, 636, 715, 726, 810
馬季長（融） 7, 70, 809
枚叔（乘） 281, 558, 609, 654, 716
范彥龍（雲） 778
范蔚宗（曄） 65, 127, 539
班叔皮（彪） 615, 618
班婕妤 30, 468
班孟堅（固） 3, 54, 98, 105, 113, 217, 257, 260, 384, 468, 522, 536, 555, 561, 603, 606, 667, 668, 670, 676, 715, 718, 724, 735, 747, 808, 810
潘安仁（岳） 49, 76, 93, 138, 178, 186, 207, 369, 378, 472, 519, 533, 538, 595, 596, 600, 636, 713, 721, 725, 789, 791, 808
潘元茂（勗） 55
潘正叔（尼） 258, 334, 719
繁休伯（欽） 457
傅季友（亮） 807
傅休奕（玄） 70
傅長虞（咸） 475, 651, 707, 783
傅武仲（毅） 456
舞賦注 288
鮑明遠（照） 38, 77, 133, 238, 264, 320, 334, 499, 663, 670, 679, 757, 767, 813
庾元規（亮） 62, 564
羊叔子（祜） 739
揚子雲（雄） 9, 14, 39, 112, 134, 238, 298, 491, 512, 522, 532, 555, 577, 620, 641, 659, 745, 748, 765, 771
揚子幼（惲） 43
李斯 673
李少卿（陵） 142, 705
李蕭遠（康） 38
李善（文選注） 367
陸機顧譚誄 442
陸佐公（倕） 690
陸士衡（機） 17, 57, 71, 98, 99, 132, 142, 143, 186, 195, 219, 232, 335, 413, 435, 445, 466, 470, 503, 508, 527, 672, 737, 764, 771, 801, 818
劉越石（琨） 71, 274, 514, 783
劉休玄（鑠） 599
劉公幹（楨） 22, 44, 433, 456
劉孝標（峻） 96, 518, 638, 796, 814
劉子駿（歆） 576, 637
劉伯倫（伶） 130
盧子諒（諶） 596
文賦（文選、陸士衡） 132, 142, 195, 413, 435, 445, 447, 672, 764
分類補注李太白詩 56, 57, 70, 78, 138, 159, 187, 190, 208, 284, 372, 475, 494, 537, 577, 669, 672, 683, 700, 751

ヘ

平原禰衡傳 614
兵書略 402
別國洞冥記 → 洞冥記
別賦（文選、江文通） 339, 372, 425, 641
辨官補任 341

ホ

補史記 387, 405
輔仁本草 739, 745, 754
菩薩藏經 317
方技略 402
方言 27, 96, 244, 281, 477, 481, 491,

679
法花經 311, 312, 322
法華及び開結二經 111, 228
法華經 111, 228, 273, 304, 305, 310, 311, 321～323
観世音菩薩普門品 311
化城喩品 305, 306
如來壽量品 206, 209
隨喜功德品 312
提婆達多品 311
不斷經 273
方便品 228, 311
藥草喩品 206
譬喩品 202
法言 424
法言、訓纂、州箴、反離騷 179
抱朴子 24, 133, 154, 520, 659, 699, 737, 739, 769, 770
望月佛教大辭典 111, 197, 202, 207, 273, 305, 306, 318, 427
北史 155
北次二經 735, 793
北齊邢子才七夕詩 167
北齊書 432
北堂漢書 354
北野緣起 294, 295
木公金匱 153
墨子 809
穆天子傳 38, 366, 733, 734
本起經 484
本行經 484
本草 738
本草綱目 59, 214, 263, 570, 704, 708
本朝書籍目錄 13
本朝世紀 151, 322
本朝文粹 4, 12, 124, 150, 252, 275, 526, 529, 552, 648, 661, 662, 744, 761
卷第一 76
卷第三 99, 177, 208, 377, 437, 486, 584
卷第五 248
卷第六 210, 275, 314, 353, 355, 438, 577, 583, 797, 812
卷第七 5, 296, 300, 361, 368
卷第八 4, 107, 136, 150, 432, 436, 445, 567, 736, 743, 800
卷第九 91, 95, 354, 419, 445
卷第十 304, 354, 457, 803
卷第十一 100, 182, 350, 554, 623, 678, 701, 766
卷第十二 243, 441, 446, 462
卷第十三 207, 305, 421, 808, 811
卷第十四 428
本朝文粹註釋 16, 529, 560
本朝無題詩（無題詩） 317, 801
本朝麗藻 252, 271, 293, 294, 314, 317, 498, 525, 526, 562, 661, 662, 682, 712
飜譯名義集 210, 305, 312, 313, 484

マ

摩訶般若波羅蜜多心經 427

ミ

妙法 313, 417, 427
妙法華經 322
妙法蓮花經 427
妙法蓮華經 306, 309, 428

ム

夢溪筆談 584, 792
夢蕉詩話 798
無題詩 → 本朝無題詩
無量義經 111, 228, 322

メ

明經　259, 331
明堂位一篇　383
明堂陰陽記三十三篇　383
盟會圖春秋長曆　650

モ

毛詩　10, 14, 43, 54, 65, 257, 279, 292, 329, 379, 381, 386, 443, 451, 453, 454, 467, 474, 502, 524, 533, 536, 563, 578, 625, 631, 639, 648, 696, 707, 750, 770, 783, 791, 808, 810, 812, 813
　國風序　531
　小雅　555, 557
　大序　8, 541
　豳風　538
毛詩碩人釋文　288
毛詩箋　451
毛詩草木鳥獸蟲魚疏　537
毛詩傳　451, 512
毛詩譜駁　451
毛萇詩傳　71, 98, 119, 152, 238, 372, 474, 558, 595, 641, 674
孟子　41, 67, 476, 509
蒙求
　卷之上　117, 320, 348, 354, 653
　卷之中　192, 249, 357
　下　605, 659
捫蝨新話　263

ヤ

藥王品　312

ユ

酉陽雜俎　780
庾子山集　262, 279, 567, 577, 787, 800
庾子山集注　31, 719
庾闡楊都賦　578
幽居賦（全唐文、陸龜蒙）　598
幽經　77
幽通賦（文選、班孟堅）　260, 561, 606
遊後園賦（藝文類聚、齊謝朓）　534
遊仙詩　217, 283, 757, 873
遊天台山賦（文選、孫興公）　208, 558, 608

ヨ

與語大說　204, 257, 421, 499, 526
輿地紀勝　256, 382
輿地志　165, 475
揚子法言（楊雄法言）　89, 276, 367, 373, 463, 781
楊雄長楊賦 → 長楊賦
楊雄法言 → 揚子法言
楊太眞外傳　630, 744
雍州府志　270
雍勝錄　213, 230
養生抄　13
養生方　11, 13, 14
養性方　13
養生要論　813
養生論（文選、嵇叔夜）　474, 604, 738

ラ

羅山疏　263
羅浮山記　106
洛神賦（文選、曹子建）　639, 754, 782
洛中集　384

リ

李奇漢書注　568
李三郎注　529, 541
李部王記　253, 663
李陵詩　813

李陵書 784
六經 451, 606
六藝略 402
六藝論 383, 451
陸機疏 512
陸機洛陽記 527
律歷志 122
劉淵林吳都賦注 368
劉欣期交州志 263
劉向雅琴賦 707, 783
劉向傳經 13
劉向別錄 715
劉孝標書 208
劉勰新論 385, 559
劉劭魏文帝誄 812
劉楨雜詩 22
劉楨魯都賦 102
龍魚河圖 795
呂氏 629
呂氏春秋 170, 190, 204, 257, 281, 526, 556, 571, 579, 589, 718, 721, 726, 809
呂覽 73, 464, 537, 538
兩都賦（文選、班孟堅） 3, 384, 413, 522, 715, 718
梁簡文帝詠中婦織流黃詩 787
梁簡文帝昭明太子集序 583
梁元帝纂要 188, 757, 763
梁高僧傳 77
梁書
　王筠傳 765
　何胤傳 612
　朱异傳 97
　陶弘景傳 554, 706
　劉孺傳 72
　列傳 135, 713
梁張纘秋雨賦 190
梁沈約反舌賦 192
漁者歌 793
楞嚴經 203
臨海記 718

ル

類聚句題抄 366
類聚國史 102, 103
類聚符宣抄 5, 340
類聚名義抄 640, 709

レ

令義解 429
嶺南志 106
禮記 15, 31, 38, 41, 145, 156, 165, 185, 263, 292, 309, 320, 329, 331, 334, 379, 382, 383, 386, 451, 454, 455, 479, 504, 513, 522, 524, 535, 537, 629, 707, 735, 783, 799, 812
　王制 181, 345, 630
　學記 42, 355, 420, 464, 531, 724
　樂記 152, 371, 455, 617
　曲禮 220, 431, 535, 538, 751
　玉藻 185
　月令 22, 34, 58, 188, 511, 730
　昏義 720
　緇衣 407
　儒行 629
　檀弓 250, 423, 466, 580
　仲尼燕居 364, 448
　投壺 423
　內則 343, 425
　表記 558
　禮運 151, 504
禮記集說 629
禮記正義 383, 629
禮記注 468, 568
麗古字通 790
靈題詩（文選、班孟堅） 3, 555

曆忌釋 164
列子 259, 679, 789
　黃帝 80
　周穆王 385, 649, 734
　說符 471
　天瑞 475
　湯問 162, 270, 680
　力命 173, 444
列女傳 735
列仙傳 105, 145, 386～388, 395, 457, 555, 596, 706, 817
列仙傳(不詳) 7

ロ

魯詩 381
魯禮禘祫義 451
魯靈光殿賦(文選、王文考) 164, 433, 467
老易 16
老子 16, 32, 259, 344, 403, 443, 454, 558, 622, 737
老子經 399, 404, 406, 453, 623
老子三尸經 24, 623
老子道德經 380, 438
琅邪代醉編 24, 564, 575, 624, 798
論語 38, 43, 101, 145, 292, 328, 329, 331, 410, 436, 451, 454, 455, 464, 513, 522, 524, 543, 585, 773, 783, 799
　爲政 420, 560
　衞靈公 413, 619
　學而 42, 393
　顏淵 94, 651, 724
　季氏 576, 783
　堯曰 756
　公冶長 370
　子罕 76, 174, 446, 740, 749, 782, 783
　子張 549, 598
　子路 152, 576
　述而 784
　先進 516, 779
　泰伯 64, 94, 430
　八佾 198, 364
　微子 187, 512
　陽貨 301, 409, 474, 518, 726
　雍也 188, 543, 598
　里仁 559
論語集解義疏 690
論語讖 576
論衡 55, 703, 809
　儒增 703
　明雩 55

ワ

和漢兼作集 285, 317
和漢三才圖會 422, 816
和漢朗詠集 285, 339, 440, 575, 792
和漢朗詠集考證 801
和名抄 283
倭名類聚鈔 422
淮南子 15, 216, 264, 434, 469, 481, 519, 634, 759, 766, 784, 809
　主述訓 153, 450
　脩務訓 724
　俶眞訓 209
　齊俗訓 42, 247, 519
　精神訓 100
　說林訓 599, 810
　天文訓 187, 570
　道應訓 578
　氾論訓 66, 371
　本經訓 465, 668, 678
　覽冥訓 48, 399

江《ごう》吏《り》部《ほう》集《しゅう》注《ちゅう》解《かい》

2025年3月25日　初版第一刷発行　　　定価（本体25,000円＋税）

著　者　甲　田　利　雄

発行所　株式会社　八木書店出版部
代表　八　木　乾　二

〒101-0052 東京都千代田区神田小川町3-8
電話 03-3291-2969（編集） -6300（FAX）

発売元　株式会社　八　木　書　店

〒101-0052 東京都千代田区神田小川町3-8
電話 03-3291-2961（営業） -6300（FAX）
https://catalogue.books-yagi.co.jp/
E-mail pub@books-yagi.co.jp

印　刷　平文社
製　本　牧製本印刷
用　紙　中性紙使用

ISBN978-4-8406-2607-1